魯迅與姚克合照，攝於 1933 年 5 月 26 日。

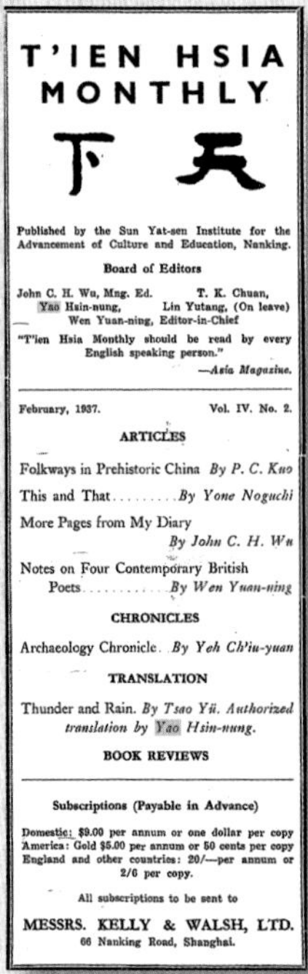

T'IEN HSIA MONTHLY

天下

Published by the Sun Yat-sen Institute for the Advancement of Culture and Education, Nanking.

Board of Editors

John C. H. Wu, Mng. Ed. T. K. Chuan,
Yao Hsin-nung, Lin Yutang, (On leave)
Wen Yuan-ning, Editor-in-Chief

"T'ien Hsia Monthly should be read by every English speaking person."
—*Asia Magazine.*

February, 1937. Vol. IV. No. 2.

ARTICLES

Folkways in Prehistoric China *By P. C. Kuo*

This and That .... *By Yone Noguchi*

More Pages from My Diary *By John C. H. Wu*

Notes on Four Contemporary British Poets .... *By Wen Yuan-ning*

CHRONICLES

Archaeology Chronicle. *By Yeh Ch'iu-yuan*

TRANSLATION

Thunder and Rain. *By Tsao Yü. Authorized translation by Yao Hsin-nung.*

BOOK REVIEWS

Subscriptions (Payable in Advance)

Domestic: $9.00 per annum or one dollar per copy
America: Gold $5.00 per annum or 50 cents per copy
England and other countries: 20/—per annum or 2/6 per copy.

All subscriptions to be sent to

MESSRS. KELLY & WALSH, LTD.
66 Nanking Road, Shanghai.

《天下月刊》版權頁。該刊 1935 年 8 月面世，姚莘農（姚克）是其中一位編輯。

文畫週刊

阿姊！

姚莘農

本期要目

姚克較少寫的抒情散文，〈阿姊〉，《文畫週刊》第六期，1938年11月19日。

「香港當代作家作品選集」顧問委員會：

姚克卷

香港當代作家作品選集

盧偉力 編

1968 年香港業餘話劇社重演《陋巷》演員嘉賓大合照。後排右起：李援華、黎覺奔、黃澤綿，前排站立右二似是張清、右四黃蕙芬、吳雯、右九黃友竹、何文蔚，左三汪海珊、殷巧兒、左六區偉林、梁鳳儀、鄭子敦，左十姚克。姚克幾個孩子亦有參演。

《陋巷》部分參演者。殷巧兒（中間黑衣）、梁鳳儀（前左二白衣）、汪海珊（二人中間）。

1950 年代，姚克與孫晉三（右一）、宋之淇（左一）攝於國際影片公司。

前排：姚克（右一）、姚克夫人吳雯（右四），陳有后（左三）。攝於 1959 年浸會學院《西施》公演後。

目錄

導讀：在香港開拓中國戲劇的出路——說姚克的自主文化意識　盧偉力……9

戲劇

《西施》（節選）……36
《李後主》（節選）……66
《秦始皇》……92
《陋巷》……201

電影

《人海奇女子》本事 …… 312
《玫瑰玫瑰我愛你》（故事簡介） …… 316
《阿Q正傳》電影小說 …… 319
寫在《阿Q正傳》後面 …… 342

翻譯、改編

《推銷員之死》（節選） …… 346
《快樂國》（節選） …… 370

評論

有關電影劇本的三封信 386
關於希治閣及其他 392
戰後香港話劇 398
我們需要新的劇本 414
我們要「新」的戲劇 416
從三十一年前說起 419
英譯《雷雨》——導演後記 423
論法國的現代劇 431
從《誰怕薇琴妮亞．吳爾芙》談到目前中國的影劇 450
明清戲曲散論（一） 463
《出使中國記》之戲劇史資料 482
李賀詩歌散論 504

其他

從憧憬到初見——為魯迅先生逝世三十一週年作 534
《魯迅日記》的兩條詮注 547
揚棄形式主義和教條主義（附：吳雯〈啟發知識，增進見識〉） 552
獨白 556
魚之樂 558
姚克的檀香山書簡 560
四人幫中的二位舍親——江青與姚文元 580
籍貫與故鄉 586

附錄

《清宮秘史》劇作者的自白　姚克　596
《清宮秘史》電影攝製本（第十九場節選）　姚克　630
姚克著作　盧偉力　636
有關姚克的資料和評論（發表年序）　盧偉力　654

導讀：在香港開拓中國戲劇的出路

——說姚克的自主文化意識

盧偉力

前言

二十世紀中國天翻地覆，衝擊好幾代文化人，其中，姚克（一九零五—一九九一）是很具代表性，亦很特別的一位。

姚克原名志伊，字莘農，祖籍安徽歙縣。前半生除一九三七年下半年到歐洲、蘇聯等地交流及之後到美國留學那兩、三年之外，基本在中國內地渡過。然而一九四八年底移居香港後，除一九四九年三月中曾回上海一星期之外，他再沒有踏足國內。[1] 一九六七年，受國內文化大革命波及，全國自上而下組織批判他上海時期編寫的《清宮秘史》，說電影是「賣國主義」，他是「反動文人」。對於這誣衊，姚克迅速揮筆撰文自白[2]，並把其與電影劇本、聲討他的文字等一併出版單行本[3]。一九六九年初姚克到美國

1 姚克，〈《清宮秘史》劇作者的自白〉，《明報月刊》第十七期，頁一八—二八，一九六七年五月。見本書，頁五九六。
2 姚克，〈《清宮秘史》劇作者的自白〉，見本書，頁五九六—六二九。
3 姚克，《清宮秘史：電影攝製本》。香港：正文出版社，一九六七年。

講學、退休、定居，只是短期回香港出任電視台顧問及導師。一九八零年中國共產黨糾正對《清宮秘史》的錯誤看法[4]，但消息傳到姚克那裏已是十年後的事了[5]。姚克一九九一年病逝於美國。

姚克的人生軌跡，甚具象徵意味。有學者以「漂泊文人」來形容他[6]，大概是從自然地理「國內／海外」對位，文化感受「鄉土／異域」對位，又或者身份認同「族群接受／族群拒絕」對位來看。離港定居美國後，他確實曾經有一抹離群的孤獨感，跟當時在日本留學的香港中文大學學生李浩昌通信中有提及[7]。不過，細心想，那時正值「文化大革命」十年浩劫，政治鬥爭衍化群眾聲討，中國知識分子大規模「被邊緣化」、「被族群拒絕」，人身安危也不保，姚克身在海外，若他心感「漂泊」，也應當表現在一分「倖存」意識上。觀乎他在美國時談及他的寫作計劃，再引證他一九六七年遭受批判後不慌不亂的自白，娓娓敍述，情理兼備，有力迅速，可以說，就心靈歸屬「有信念／沒信念」對位看，姚克並非處於不安、無着的狀態，無論在香港，抑或美國，他持續不斷地在身處空間展開力所能及的文化實踐與藝術探索，並不能說他「漂泊」。

要了解姚克，應當從他的文化自我意識入手。本書盡量找尋姚克一生著作篇目，以及對他的評介，

4　姚眉，〈關於姚克平反經過〉，《炎黃春秋》。一九九五年第九期，頁四七—五零。
5　羅孚，〈姚克未收到的一封信——《海光文藝》二三事〉，《文苑繽紛》。香港：天地圖書公司，二零零七年。
6　姚錫佩，〈避禍海外的著名戲劇家、翻譯家姚克〉，《一代漂泊文人》頁七七—一零三。台北：秀威資訊科技，二零零七。
7　姚克，舒明整理，〈姚克的檀香山書簡〉，《文學世紀》第四期，頁四八—五六，二零零零年七月。

編年收入於附錄，以方便大家進一步了解這位作家。

來港後，姚克積極參與文化生活，編寫電影劇本、編導舞台劇、推動香港劇運之外，更在大學任教。他一家人也積極參與香港文化活動，甚至英文報章也常有報道。在姚克的人生中，戲劇是重心，而這重心並未因移居而受阻礙，在創作題材上，他亦沒有因離開中原而顯得失落，相反，在香港這特殊文化空間，中西交匯、左、中、右混雜，傳統與現代交融，他得到當時華人社區中較大的自由度，能以創作來反省中國文化歷史的問題。

姚克八十六歲逝世。一九四八年他四十三歲，人生剛剛過了一半，他移居來香港。為了突顯姚克人生中這下半章，了解他在香港時期以及之後在海外的寫作，多少關乎在地，多少關乎文化家國，多少關乎自身，本書主要收錄他來香港後的文字。

向世界介紹中國·向中國介紹世界

姚克的文化工作，是由翻譯開始的。一九三一年大學畢業，曾任東吳大學附中英文代課教員，不久後到上海世界書局任職，譯介了《茶花女遺事》（*Camille*）、《西線無戰事》（*All Quiet On the Western Front*）等世界名著，以及《世界之危境》（*The World's Danger Zone*）、《近代世界史》（*Modern History*）等論著。那時期，姚克亦開始散文寫作，現在能找到的包括〈北平印象記〉、〈天橋風景線〉、〈北平素描〉等在《申報．自由談》發表的一系列散文。

姚克英文極好，經常為一些英文報刊《字林西報》（*North-China Daily News*）、《北華捷報及最高法庭與領事館雜誌》（*The North-China Herald and Supreme Court & Consular Gazette*）等撰稿。除此之外，他常常擔任外國作家與中國作家交流的傳譯，三十年代美國黑人作家修士（Langston Hughes, 1902-1967）、英國劇作家蕭伯納（Bernard Shaw, 1856-1950）訪問上海，他一直陪同。稍後，他更翻譯他們的作品，包括刊登在《譯文》一九三六年新二、三期修士的小說《好差事沒有了》、《聖誕的前夕》，以及一九三七年單行發行的蕭伯納劇本《魔鬼的門徒》（*The Devil's Disciples*）。

民國新舊交替，中國要現代化，就要與世界接軌，這文化意識，促成了一些中國知識分子自覺地用英文寫作。學者沈雙認為這是世界性寫作（cosmopolitan writing），而這亦是三十年代上海文化特有的「外向性」[8]。細心看，這外向性是以中國為主體的，主要關乎視野，一方面引入國際關注，一方面向國際借鑑。

不過，中國知識分子學習英文，用英文寫作，並非要離開中國，而是向世界介紹中國，也向中國介紹世界。一九三五年出版民國時期最重要的英文月刊《天下》（*Tien Hsia Monthly*），一九三四年出版向

8 Shen Shuang. "Yao Ke: Narrating Hong Kong During the Cold War," in *Cosmopolitan publics: Anglophone print culture in semi-colonial Shanghai*. New Brunswick, NJ: Rutgers University Press, 2009. 144-153.

國民介紹世界現代文學的刊物《譯文》，正正是這兩方面的代表刊物。

姚克是《天下》其中一位編輯，亦積極為《譯文》撰稿，此外，他也為英文《中國評論週報》（*The China Critic*）寫稿。姚克後來被人稱為「洋狀元」，與其說他是放洋歸來，不如說他是民國時期以英語向世界介紹中國文化的重要一員。並且，他展現了對當代中國的關注。

許多年後，姚克移居美國了，跟學生通信，還談到想編一本「現代中國文選」英譯本，托學生搜集資料。[9]

與斯諾及魯迅的關係

姚克帶着讓中國走向世界的意識寫作，因此他很早就結識了一些國際友人，包括美國記者埃德加・斯諾（Edgar Snow, 1905-1972），逐漸建立了深厚的友誼。斯諾後來到過延安，採訪共產黨領袖[10]，一九三七年寫成《*Red Star Over China*》，一九三八年有中譯《西行漫記》，很轟動。斯諾後來成為中國人民著名的國際友人，多次訪問中華人民共和國，並於一九六八年製作中國革命歷程紀錄片《四分之一的人類》。

9 見本書五六五—五六八頁。

10 這行程很可能通過魯迅搭線安排，在魯迅與斯諾見面時，姚克也許在場當翻譯，事關秘密，魯迅沒有記在日記。

斯諾與姚克一家一直保持親密的私人關係。[11]文革期間，斯諾被力捧上天，姚克被踐踏在地，這是歷史對中國文化人的嘲弄。與姚克過從甚密，又被中國共產黨力捧，甚至「封聖」的人物，還有魯迅（一八八一—一九三六）。

三十年代初斯諾邀請姚克一同編譯《活的中國——現代中國短篇小說選》（*Living China*）。通過這有國際交流突破意義的計劃，姚克與魯迅開始密切交往。他英譯了魯迅五篇小說和兩篇散文：〈藥〉、〈一件小事〉、〈祝福〉、〈孔乙己〉、〈離婚〉、〈論「他媽的！」〉和〈風箏〉。姚克仰慕魯迅，魯迅器重姚克，他們來往書信亦頗多。魯迅生前最有神采的一幀照片，就是一九三三年五月二十六日與姚克到照相館為出版該書而拍攝的。[12]當天，魯迅與姚克亦同時拍照留念。在魯迅鼓勵之下，姚克用英文寫了一系列談中國文化藝術的文章，〈中國詩歌之精神〉、〈中國現代繪畫〉、〈中國舞台的衰敗〉等，發表在《字林西報》。值得注意的，是姚克在這一系列文章之前，首先寫了一九三四年一月十七至十九日的〈中國鄉村之破落〉，可見三十歲前的姚克對中國社會有明確的關注。

一九三六年十月十九日魯迅去世。姚克悲痛之下，用英文撰寫了〈魯迅的生平與著作〉（Lu Hsun: His

11 姚湘，王建國譯，〈兩種文化，一個世界——埃德加·斯諾與我父親姚莘農的友誼〉，《魯迅研究月刊》，一九九二年第八期，頁二八—三零。

12 姚莘農，〈魯迅先生遺像的故事：一九三三，五，廿六日的追憶〉，《電影戲劇月刊》，一九三六年，第一卷第二期，頁一一一—一一二。

Life and Works），在《天下》（*T'ien Hsia Monthly*）一九三六年十一月刊出。

姚克了解魯迅，關係深刻。所以，在五十年代中後期，姚克停止寫電影劇本，決定集中精力於戲劇事業之後，仍然接受東吳大學學友，長城電影公司袁仰安（一九零五—一九九四）邀請，與徐遲聯合改編了魯迅小說《阿Q正傳》。

姚克當時化名「許炎」做這工作，甚至在場刊中有意識地讓人誤以為許炎是一位新人。這跟當時香港文化空間的意識形態角力有關，究竟是為了避左派耳目，抑或避右派耳目？

長城是左派公司，而姚克早年受過左翼思想影響，據説四十年代還認真看過共產主義的經典《資本論》。細心看姚克五十年代寫的一些文字，可以知道他一直在了解中國大陸的文化狀況。

關於這一點，歷史細節其實頗有值得追尋之處。現象背後究是當時微妙的政治佈局？抑或姚克對文化工作的超越意識？很值得探討。

姚克的視野遠高於當時香港一般左派與右派文化人，他對國內知識分子的境況應該有具體的了解。但是，姚克來港後基本上避免有太强的意識形態聯繫，而以獨立文化工作者之身份從事文化藝術。他的獨立文化工作取態，使他得以在香港這英國殖民地參與頗多的公共文化工作。

不過長城電影公司這製作關乎魯迅，所以姚克責無旁貸參與。

在中國現代文化史上，一九三七年初《阿Q正傳》曾有田漢（一八九八—一九六八）、許幸之（一九零四—一九九一）兩個改編舞台劇版本，演出都頗轟動。抗戰期間，好像還有人要把小說改編為電影，但未實現。

姚克的改編是一次成功的嘗試。在人物關係上作了細心的處理，在視點上有所補充，其中加強阿Q心儀於女幫工吳媽這條戲劇線，帶出吳媽對阿Q的關心，以及阿Q赴刑場時她同情的凝視，並以之作影片收結。看看他在當年公映特刊〈寫在《阿Q正傳》後面〉一文中怎樣說：

> 在魯迅先生的筆下，阿Q的弱點是被刻劃得淋漓盡致了。阿Q的精神勝利法，他的癩痢頭，他的革命觀念……是可笑的，但我們不要忽略了隱藏在「可笑」後面的沉痛。阿Q不是一個塗着白鼻子的小丑。他雖然可笑，但他並不覺得可笑，他的精神勝利法是一種本能的反抗，他的革命是一種反抗的表面化，他受知識的局限，不知道誰在革命，和為甚麼革命？甚至於他的革命意識也是「盔甲」，「造反」，「要甚麼就是甚麼……」這一套不正確的觀念。這樣的愚懵是可悲的，不是可笑的。如果我們把阿Q扮成一個小丑，那就非但辱沒了阿Q，也歪曲了魯迅先生的本意。[13]

13 見本書，頁三四三。

一九六七年《清宮秘史》被「文革」波及，年初姚克遭到多篇文章圍攻，他迅即情理兼備地寫長文以自白，文章中，他也以《阿Q正傳》中阿Q被判死刑而周遭冷漠來自況。

以戲劇為志業

姚克是五四新文化運動後，積極參與學校戲劇的典型知識青年，二十年代中在蘇州東吳大學讀書時，愛上了戲劇，主持「東吳劇社」，並從學於戲曲家吳梅（一八八四—一九三九），研習中國戲曲歷史和理論。若中國現代戲劇以一九零七年留學日本的中國學生組織「春柳社」演劇為開始的標記，直接參與的李叔同（一八八零—一九四二）、歐陽予倩（一八八九—一九六二）為第一代中國現代戲劇人，那麼姚克可說是第二代中國現代戲劇人，帶着新文化運動的氣息。

與姚克同期，二十年代在大學時積極參與中國愛美劇（Amateur Drama）、學校戲劇的，有侯曜（一九零三—一九四二）及後來他的妻子濮舜卿（一九零三—？），他們在二十年代中畢業後參加電影工作，分別擔任導演與編劇，侯曜是有才華及電影意識的年輕導演，濮舜卿後來更成為頗有名氣的女律師。

姚克則對戲劇矢志不渝。三十年代初他到上海工作是從編輯、翻譯開始的。那時，他會因應發表平台而展開不同的書寫或翻譯。不過他一有機會就爭取向外國介紹中國戲劇，無論傳統與現代，論述與創作。他很快就以英文發表〈元劇之主題與結構〉一文，並把崑劇《販馬記》、京劇《打漁殺家》翻譯為英文，接着，他更花很大氣力，把一九三四年才發表的曹禺（一九一零—一九九六）成名作《雷雨》翻譯為英文，由一九三六年十月起分多期刊出。

姚克一直關心中國現代戲劇發展，他第一篇公開發表的論述文章，是一九三一年的〈十年來的中國戲劇〉[14]。他欣賞同代人曹禺在創作上的突破，花功夫翻譯，這是有能者之襟懷。我想，曹禺的《雷雨》對姚克矢志戲劇創作有催化作用。

抗日戰爭爆發，他與上海名作家阿英（一九零零—一九七七）、夏衍（一九零零—一九九五）等十六人，集體創作了第一部抗戰戲劇《保衛蘆溝橋》。不久，他代表中國赴莫斯科參加蘇聯戲劇節、又於海外爭取國際支持中國，之後到耶魯大學進修戲劇[15]，一九四零年執意回上海孤島參與戲劇運動，這是有重大意義的文化實踐空間決定。

這決定，使姚克直接參與中國現代戲劇史蓬勃、飛躍的一章。關於這方面，姚克的中文大學學生、香港文化工作者古兆申有很好的概述。[16]在那幾年，姚克與黃佐臨（一九零六—一九九四）、柯靈（一九零九—二零零零）、石揮（一九一五—一九五七）等創立「苦幹劇團」；又與費穆（一九零六—

14 姚莘農，〈十年來的中國戲劇〉，《世界雜誌增刊》，一九三一年，頁一八九—二零一。
15 香港戲劇界前輩鍾景輝，亦於一九五九年至一九六二年赴耶魯大學戲劇學院。
16 古兆申，〈電影的衰落與話劇的勃興〉，《今生此時今世此地——張愛玲、蘇青、胡蘭成的上海》（Oxford: Oxford University Press, 2002），頁一零三—一一三。

一九五一）建立「天風劇社」，一九四一年七月在上海首演了他回國後第一個作品——影響深遠的《清宮怨》，就是由費穆導演。

那幾年姚克除了編劇、導演之外，更擔任過監製、戲院經理等崗位，劇場經驗全面。上海孤島時期，劇場商業運作，姚克編導作品包括驚奇劇（Thriller）《霓裳曲》（一九四二）、改編荷里活電影的《七重天》（一九四三），借鑑莎士比亞《羅密歐與茱麗葉》的《鴛鴦劍》（一九四二）。《鴛鴦劍》以明朝遺民為題材，講述一對青年男女因階級不同而殉情，體現姚克對歷史題材的關心。這幾個戲，加上《春去也》（一九四二）、《銀海滄桑》（一九四四），以及歷史題材原創作品《清宮怨》（一九四一）、《楚霸王》（一九四二）、《美人計》（一九四五）三個劇本，四、五年間，姚克創作了八個戲，創作力很旺盛。在《清宮怨》與《清宮秘史》中飾演光緒皇帝的舒適（一九一六—二零一五）[17]，在一九八零年聽到姚克平反的消息後，馬上寫了一篇文章公開表達對摯友的思念，其中說到姚克寫劇本是「立等可取」的。[18]

這個時期姚克的佳作有《清宮怨》、《楚霸王》、《美人計》，都是歷史題材。一九七八年台北聯經出版社把這三個劇本，加上一九五六年寫的《西施》，出版四個單行本，可算是文革後出版界別有意義的文化行動。北京人民文學出版社，亦於一九八零年出版《清宮怨》。

17 一九五二年一月，港英政府遞解八位左派電影工作者回中國大陸，舒適是其中一人。
18 舒適，〈遙念姚克〉，《新文學史料》。一九八零年第三期，頁二四五—二四六。

創作上，姚克是電影、戲劇皆能，但在成熟期他選擇了戲劇。三十年代，他曾加入「明星公司」，任編劇委員會副主任，四十年代末亦寫電影劇本，根據《清宮怨》編寫的《清宮秘史》就是一九四八年初來港前在上海寫的。姚克來港後，初期寫了不少電影劇本，包括《豪門孽債》（一九四九）、《一代妖姬》（一九五零）、《女人與老虎》（一九五一）、《愛的俘虜》（一九五一）、《人海奇女子》（一九五二）、《此恨綿綿》（一九五二）、《名女人別傳》（一九五三）、《玫瑰玫瑰我愛你》（一九五四）、《霧夜情殺案》（一九五五）等，收入是頗豐富的，但他在五十年代中之後卻銳意搞話劇，連續創作了《西施》（一九五六）、《秦始皇》（一九五九）、《陋巷》（一九六二），並組織了多次大型演出。

姚克妻子吳雯本身也熱愛戲劇，就現在資料，她曾經寫過《釵頭鳳》一劇，一九六一年由黃蕙芬（一九一二—二零零四）導演，培道女子中學演出[19]。一九五四年，香港一群跨意識形態背景的戲劇文化工作者出版期刊《戲劇藝術》，第二期以「我們需要怎樣的戲劇」向劇人約稿，姚克與吳雯都表達了見解。一九五七年姚克與吳雯成立「香港劇藝社」，出版《怎樣演出戲劇》一書，把西方戲劇的新發展概括介紹給華人社會。同年，姚克夫婦（吳雯以雨文為筆名）一同改編了影響中國幾代人的意大利童話《木偶奇遇記》（*Pinocchio*，一八八三年，*Collodi* 原著）。書名改為《快樂國》，集中呈現通過學校系統誘騙

19 莫名，〈從培道演出《釵頭鳳》說到香港學校劇運〉，《中國學生周報》第四百六十四期，一九六一年六月九日。見盧偉力等編，《香港戲劇評論選（一九六零—一九九九）》。香港：國際演藝評論家協會（香港分會），二零零七，頁六。

孩子到「快樂國」，實際把他們變為驢的極權運作過程。劇中有一位「馬老師」，是否暗喻「馬克思主義」難說，不過那時中國大陸已開展「反右運動」，無數知識分子受到衝擊，也許姚克夫婦亦在反省極權意識形態為中華民族帶來的問題。

大概在一九五七年前後，姚克夫婦為推動戲劇，亦曾尋求一九五四年成立的亞洲基金會（Asia Foundation）的資助，添置燈光、服裝，資助部份製作費用之外，亦贊助過姚克到日本戲劇交流。一九五九年姚克為香港浸會學院戲劇社排演了《西施》。就資料顯示，姚克曾希望亞洲基金會支持他在香港浸會學院成立「戲劇系」，但後來沒有成事。

不過，他不忘爭取開辦戲劇藝術課，一九六一年為聯合書院開辦戲劇校外課程，請來柳存仁（一九一七—二零零九）、譚國始、雷浩然等香港戲劇界前輩助陣，開設「演出概論」、「導演概論」、「編劇概論」等科目。

六十年代初，姚克擔任香港中文大學聯合書院教授，有一段時間曾擔任中文系系主任，直到一九六七年退休，轉到英文系教翻譯一年。在中文系，他開辦「中國戲劇史」、「中國文學史」與「中國現代文學」等科目，亦寫了一些學術論文，本書收錄了一九六二、六三兩年刊登在《聯合書院學報》第一、二期的〈明清戲曲散論（一）〉、〈《出使中國記》之戲劇史資料〉，史料豐富，思想縝密，論述紮實，是大將所為。

姚克在學術上自然可以繼續深入探索，但是，他最在意於開展戲劇文化。在中文大學，他協助整理中文大學戲劇藏書。[20]他亦常常為同學排演話劇，包括莎士比亞的《威尼斯商人》（Shakespeare, *The Merchant of Venice*）[21]。教學與研究之外，自己亦一直留意世界戲劇發展，並撰文詳盡述評，以為香港及華人地區文化工作者參考，本書收錄的〈論法國的現代劇〉是最有代表性的一篇[22]。

由五十年代末開始，姚克在推動香港本土戲劇文化上，有了新的發展：他開始排演粵語話劇。一九五七年，他為「香港勵志會」籌募福利經費，導演《清宮怨》，以粵語演出，一九五九年，他為香港浸會學院排演《西施》，他的妻子吳雯亦擔任演出顧問。一九六零年雷浩然、譚國始、陳有后、黃惠芬、張清、伍宛鈺（慧茵）、梁舜燕等成立「香港業餘話劇社」，姚克大力支持，寫了《秦始皇帝》給其作為創團演出，並於一九六一年親自導演。一九六二年，他為香港戒毒會編導了《陋巷》，亦由「香港業餘話劇社」演出。及後，「香港業餘話劇社」於一九六二年、一九七零年重演《秦始皇帝》，一九六三年演出了《西施》，一九六八年、一九七一年重演《陋巷》[23]。

一九六七年姚克被誣衊為「反動文人」後，他竟爆發出強大的生命能量，除出版《清宮秘史：電影

---

20 姚克，〈中國現代戲劇專藏簡介：香港中文大學聯合書院圖書館十週年校慶展〉。香港：中文大學，一九六六。

21 姚莘農，〈《威尼斯商人》演後記〉，《聯合校刊》第九期，頁三—四，一九六四年七月。香港戲劇界前輩馮祿德告訴我，他唸高中時參與校際朗誦節，得以認識擔任評判的姚克，邀請他到中大參觀《威尼斯商人》。

22 姚克，〈論法國的現代劇〉，原刊《海光文藝》第六、七、八期，一九六六年六月、七月、八月。

23 一九六八年姚克仍然參與《陋巷》導演團，六九年初他離港。一九七一年《陋巷》重演，導演：張清（執行）、雷浩然、陳有后。舞台監督：鍾景輝、李子昂。演員：慧茵、黃蕙芬、湘漪、鄭子敦，黃宗保、陳有后、駱恭、袁報華、張之珏等。

攝製本》一書之外，更連番撰寫不同文章，包括在一九六七年六月完成的〈從《誰怕薇琴妮亞．吳爾芙》談到目前中國的影劇〉，對中國戲劇創作的未來表達真誠的寄語[24]。同年底，他出版《坐忘集》，收錄他多年來在香港寫的文章，本書所選，反映他編寫電影劇本的心得，並以創新的思想和嚴肅的態度「推動劇運」。一九六八年，他仍然寫了〈戰後香港話劇〉一文，準備參與香港大學的「香港戲劇研討會」。國內「文革」，昔日的戲劇界朋友被批鬥、關進「牛棚」，當中包括姚克曾經激賞的曹禺，那一年，他為香港中文大學「聯合書院劇社」排演了曹禺的《正在想》，由馮祿德、殷巧兒、顧爾言主演。

在姚克一生中，香港不單是重要的生活空間、文化實踐空間，亦有豐富的感情脈絡。在移居美國之後，他跟五、六十年代香港一同搞話劇的朋友仍有聯絡[25]。他亦曾於七十年代中應電視廣播有限公司之邀，出任鍾景輝監製電視劇《清宮殘夢》的製作顧問，一九七六年亦曾應張清（一九三五——二零零五）之邀，回港任麗的電視編劇顧問及藝員訓練班導師。

以戲劇論述文化

戲劇是姚克言志的空間。相對於電影要迎合市場，姚克在戲劇中要表達自己對文化、歷史與藝術的

24 姚克，〈從《誰怕薇琴妮亞．吳爾芙》談到目前中國的影劇〉，原刊《純文學月刊》第二卷第二期，一九六七年七月。

25 據曾參與一九六八年《陋巷》演出的汪海珊告訴筆者，他們常到姚克夫婦家，在姚克移居美國後，亦間中會通電話。

理念。亦因如是，他常常不計酬勞地搞話劇。一九五二年，「中英學會中文戲劇組」成立，香港大學中文系教授馬鑑（一八八三—一九五九）為主席，姚克與胡春冰（一九零六—一九六零）任副主席，組員有六十人，出版《戲劇藝術》、組織演出。由於他們都是知名文化人，使香港戲劇活動能在主流社會生根。

姚克來港後第一次重要排演是一九五四年為香港大學導演的英語版的《雷雨》。一九五五年他在第一屆香港藝術節為「中英學會中文戲劇組」排演了《清宮怨》。

來港後姚克第一個公演的戲劇新創作是《西施》，一九五六年於利舞台公演，由當時的國語片明星尤敏（一九三六—一九九六）、羅維（一九一八—一九九六）、王萊（一九二七—二零一六）等主演。在一九五七年劇本出版前言，他開宗明義説要探索「中國的」新戲劇：

> 二十年前在上海從事於新戲劇運動的時候，我曾和幾位話劇界的朋友談起這個問題。那時我就覺得：經過了三十多年的學習，模仿，中國的新戲劇應該擺脫西洋形式的束縛，而開始真正的創造。因為中國的文化和歐美有相當的距離，人情，風俗更有絕大的不同。合於歐美人的不一定合適中國觀眾。我們必須創造我們自己的新形式，廣大的觀眾纔能彀充份地接受，欣賞。[26]

---

26 姚克，〈西施·前言〉，見本書頁三六。

姚克以為理想的戲劇要像莎士比亞的作品，能雅俗共賞，因此他提出向先進戲劇文化學習有六忌：（一）忌亦步亦趨的模仿；（二）忌剽竊；（三）忌形式至上主義；（四）忌技術至上的傾向；（五）忌庸俗；（六）忌晦澀，枯燥的高雅。

在文化身份上，姚克表現出很明確的中華民族認同，他提倡「文化中國」的觀念，他說：「要創作『中國的』新戲劇，我們必須先將西洋戲劇與中國固有的戲劇冶為一爐，然後鑄成一種新的戲劇。」[27]

中國大陸學術界有一段頗長時間忽略姚克，一九九九年焦尚志在《戲劇》發表了〈論姚克的戲劇創作〉，高度讚揚姚克的戲劇，他概括了三個特點[28]：

一，重視人物性格刻劃和豐富誘人的戲劇性編織與創造

二，美學上，頌揚真善美的人性

三，以抒情化的敘事方式，帶出鮮明的民族風格

上面第一點是一般編劇技巧，第二點是傳統中國學者的主題分析，第三點則具有敘事學意義，與姚克「中國的」新戲劇的探索有關連。

五十年代姚克在香港推動劇運，對於自己的藝術實踐，他在意的並非單單在戲劇，而是要發展「中

---

27 姚克，〈西施．前言〉，見本書頁三三六。

28 焦尚志，〈論姚克的戲劇創作〉，《戲劇》一九九九年第二期，頁七零—八零。

國的」新戲劇。所以，精通英語的姚克當時沒有搬演西方戲劇，而提倡創作。我曾寫過〈香港戲劇遲來的西潮〉一文談及：

香港現代戲劇除陷日的三年零八個月之外，自一九三七年起開始興旺，至五十年代，在特殊政治形勢下，仍有一定數量有心人在推動劇運。值得研究的，是本來香港戲劇可能出現的西方戲劇影響（西潮），在姚克等人當年的文化選擇下，亦未有在五十年代就出現。[29]

當時姚克他們探索如何把中國傳統題材與西方形式結合。在這樣的氛圍，香港不少文化工作者都相繼寫出大型歷史劇，本書收錄姚克〈戰後香港戲劇〉一文有概括記述。陳麗音認為歷史劇是南來文化人的「避難所」[30]，但我認為這是文化反思，「是在中國共產黨統治中國大陸，中國政治產生巨變，中華文化分流後，深刻反思中華文化，鋭意在藝術層面上建立中國戲劇」[31]。

29 盧偉力，〈香港戲劇遲來的西潮及其美學向度〉，《當代香港戲劇藝術》。香港：國際演藝評論家協會（香港分會），二零一二，頁一九。
30 陳麗音，〈簡述香港的話劇劇本創作（一九五零—一九七四）〉，方梓勳、蔡錫昌編，《香港話劇論文集》。香港：中天製作有限公司，一九九二，頁三六。
31 盧偉力，同上。

姚克提出「融洽」的方向很值得探討。但西方戲劇二千多年，中國戲劇自南戲開始算也一千年，各自都有豐富多元化的形態、元素，如何進行「融洽」？

姚克沒有系統論述，但他言傳身教，在五六十年代演出場刊中寫過不少文章，並在六十年代中寫了〈論法國的現代戲劇〉、〈從《誰怕薇琴妮亞．吳爾芙》談到目前中國的影劇〉兩篇文章，擴闊香港戲劇界的文化視野。姚克當時強調對西方戲劇文化的了解，認為感性的涉獵與理論的認知不可偏廢。他抱持的是理性的態度：

> 新興戲劇企求從傳統戲劇的桎梏中解放出來，本來是無可非議的。可是我們不能因為它在理論上站得住，就盲目地接受，更不可眩於它的新奇，不加思索就給它一個滿堂彩。我們應該先對新興戲劇的內容和形式作一客觀的檢討，然後再作決定。[32]

五十年代在香港推動劇運，跟上海時期的商業運作模式很不同，姚克不再需要迎合大眾趣味。他追求雅俗共賞，但亦重視人文性，往往是在目的明確的前提下，作出探索性的藝術實踐。

---

32 姚克，〈論法國的現代劇〉，原刊《海光文藝》第六、七、八期，一九六六年六月、七月、八月。見本書四三一頁。

下面，我們就姚克的《李後主》與《西施》，看看姚克關於「融洽」的探索。

就目前能找到的資料，姚克第一個在香港發表的新劇本是《李後主》，在一九五四年創刊的《戲劇藝術》上連載。現在未看到關於《李後主》的演出資料，據香港大學圖書館所存的兩期，姚克結合歷史人物所寫的詩詞，能夠運用情景同理心再現而以詩意送出，衍化場面。整個戲對白簡約，夾以京劇唱詞推進劇情，加上宮廷歌舞，以渲染氣氛來經營意境，抒情性很強，在人物性格塑造與戲劇行動的結合上很明確、精準，是骨法用筆，透露了李後主雖然才華世間難得，但卻容易受身邊弄臣影響而決定處斬忠臣，經所寵愛的周后力勸卻為時已晚。現在看不到戲的下半部份，但相信是關乎亡國後的追悔吧。

《李後主》的嘗試，似乎是結合元雜劇的結構、西方戲劇行動的觀念，以及中國京劇唱詞，是不同風格與體裁的拼貼，框構以詩意想像，簡潔中見多元，很符合西方傳統美學理想所謂的「多樣統一」。至於《西施》，則可說是有意而為的全面融合冶煉的實踐。

姚克的歷史劇，是在當時當世能確認的史實基礎上，發揮戲劇想像。早於一九四一年他寫《清宮怨》時，他已明確地說：

> 把史實改編為戲劇，並不是把歷史搬上舞臺；因為寫劇本和編歷史教科書是截然不同的。歷史家所講究的是往事的實錄，而戲劇家所感興趣的是故事的戲劇性和人情味。[33]

33 姚克，〈獨白〉，《清宮怨》。上海：世界書局，一九四七，頁一。

姚克創作歷史劇的方法，是結合歷史研究與人物心理再現的戲劇想像。他是以有限的史實，再現歷史場面，並以他的史觀與史識，賦以人物性格，有血有肉地活動。他的劇本常帶有議論的描述，詳細分場說明，細緻的舞台說明，既為演出本，亦為閱讀本。

《西施》以西施和吳王夫差的關係為結構中心。在姚克的筆下，吳王是英偉、有才智的，西施與吳王之間有真正的愛情，整個戲的主題與各種以越王勾踐臥薪嘗膽，或以報復吳王夫差為基本取向的戲不同。姚克在各場戲讓鄭旦穿插其間，作為西施的反襯，也作為對西施的監察。兩位美女，代表兩種忠誠，不是簡單化吳國與越國對位，而是執行任務過程，非人性與人性的對位。

所以，比起《李後主》，《西施》在形態上更似西方戲劇，但在感覺上卻富有中國情懷。究其因，是戲劇行動在意於揭示西施的內心矛盾，而各種抒情因素都根植在複雜的戲劇衝突中，姚克的潛台詞處理，使整個戲的情韻很靈動。

「融洽」的內涵與外延，足可以使一代又一代戲劇文化工作者展開探索，有很多領域，有很多課題。在六十年代初，姚克似乎意識到這除了是戲劇創作問題，更是劇場美學問題，所以一九六一年他在導演《秦始皇帝》時，佈景簡約，重想像、暗示而遠寫實，在表演上，則引入「臉譜」與「京丑」。[34]

---

34 中國學生周報，〈姚克教授給現代舞台一個新嘗試，《秦始皇帝》帶來革新氣象？〉，《中國學生周報》四四五期。一九六一年一月二十七日。

細心看，他是先有這構想再進行劇本創作的，所以《秦始皇帝》中，優旃一角以「京丑」出之，很出彩，語言破格，甚至有當代香港色彩。這角色以「京丑」穿插其中，甚至可以說起到布萊希特（Brecht, 1898-1956）的間離效果（Alienation Effect）。在戲中秦王政與嫪毐兩個角色用上「臉譜」，形式與內容結合，臉譜處理，容易突顯前半與後半的戲兩個角色氣勢的逆轉。[35]

四十年代末姚克仍傾向於寫實主義，六十年代初《秦始皇帝》的探索，標誌着姚克戲劇美學觀念的突破。從這個角度看，六十年代姚克的重頭文章，是他取經於中國戲劇文化史與當代西方戲劇的成果。

結語：姚克劇作之立意

這次編輯《姚克卷》，我們首先較全面地把姚克一生著作勘察，然後細看其香港時期的文化工作，可以肯定地說，二十年間，姚克在香港「立德、立功、立言」，文化建樹很巨大。在香港，姚克及家人，常常出現在中英文報紙報道，姚克擔任很多公共文化工作，我們不能說他「漂泊」。

中心與邊緣，其實是相對，甚至是辯證的。身處中國地理邊陲，心志連結中華文脈，這是姚克的文化意識。

---

35 劇中秦王政有一場近乎變臉的處理，甚至真可以用川劇「變臉」。

來到香港之後，姚克大力推動戲劇，為生活寫了好幾年電影劇本之後，似乎立意專注戲劇創作。「三十而立，四十而不惑，五十而知天命」，這是以文化意識為基礎，以文化使命作指導的人生事業安排。尤其是六十年代，當「香港業餘話劇社」成立之後，姚克甚至可以說是他們的推手。他甚至以自己的社會關係，為該團爭取到香港政府的委約，創作了《陋巷》，在大會堂劇院開幕那一年演出。

《陋巷》說的是九龍城寨，題材直接關乎吸毒，結尾又要簡單地儆惡懲奸，但在戲劇主要場面，姚克為我們塑造了一個本地外來、南北混搭的「淪落社群」，很不簡單。《陋巷》是一九四九年之後香港第一個重要的現實生活劇作，首演於市中心，非常轟動。

在香港，姚克可以較自由地創作，反省中國文化與政治。

姚克寫《西施》，着眼於對西施身份認同的處理，以及尾聲〈義釋〉一場。戲的結尾越國借吳王會盟而突襲吳國，西施與鄭旦被越國人指為「奸逆」，西施因為之前「突圍」晤吳王告之形勢危急而避過一劫。在尾聲〈義釋〉一場，我們知道鄭旦已被處死，而西施被國人說「畏罪潛逃」。那時還未到「反右」、「文革」，姚克的《清宮秘史》亦未被批判為「賣國主義」。今天看，倒佩服姚克的歷史直觀，[36]他從范蠡與西施的有限史實，拈出〈義釋〉的時代意義。這場戲的想像，固然有四十年代末國民黨法辦「附

---

36 姚克與費穆（一九零六—一九五一）曾經在上海孤島合作搞話劇，關係密切。費穆一九五零年到北京與江青（一九一五—一九九一）見面，回港之後一直鬱結，姚克應知內情。

逆影人」的參照，但更可視為在香港這特殊文化空間，姚克對文化工作的自我意識，及對有獨立思考的左派與右派文化人，在英殖民地生活與工作，帶同情的凝視。

文革期間，根據姚克《清宮怨》改編的《清宮秘史》被指是「賣國主義」，其實只不過是借一個庸俗的民粹主義說法，進行政治鬥爭。半個世紀之後，我們可以看得更清楚。不過，必須指出，《清宮秘史》的戲核，是在第十九場光緒皇政變失敗之後面對西太后的戲。姚克彷佛預視了不斷在中國發生的歷史。當權者不願放權，視制度為無物，也視忠良為草芥：

西太后：好！那我就跟新政拼了！（向李）小李子！傳我的口諭！叫步軍統領抓住那班亂黨，押到刑部下監。

李蓮英：喳！

（光緒磕頭苦苦哀求）

光緒皇：求皇阿瑪開恩！要降罪，降在兒臣身上就是了！

西太后：沒有那麼容易，他們有膽量造我的反，我就叫他們死在我手裏。

光緒皇：（磕頭哀求）皇阿瑪殺了他們，就是殺了中國的人材，毀了咱們的國家！

西太后：（狠毒地）胡說！（略停）我寧可把國家毀了，也不能饒他們！

（光緒愕然片刻，懂得了太后的意思，然後坦然不懼地慢慢站起來。）37

二十世紀中國翻天覆地變化，辛亥革命推翻封建帝制，極權似被打倒，但獨裁、專權、橫蠻、殘暴揮之不去。

姚克的《清宮秘史》觸碰逆麟，呈現了無懼極權的意志，以及極權者的內在被挫敗感受。在原來的《清宮怨》，珍妃甚至在後幕目睹這一切之後衝出來，直面至高無上的極權，展示了中國現代文化史最需要的意志力量：

珍　妃：……現在太后是得勝了。可是咱們的國家是失敗了……皇上這一次果然也沒成功，不過他良心上並沒有甚麼慚愧，（着重地）至少他的良心是成功的——可是太后呢？太后非但沒有真的得勝，甚至連良心都失敗了！

西太后：（忽然覺得自己在發愣，雖然有些內疚，可是外表上卻竭力裝得嚴厲）你竟敢當着我的面譏笑我！

（光緒着急，珍妃用手止住他。）

---

37 見本書附錄，頁六二零—六二五。

珍　妃：　我並沒有譏笑您；我只覺得痛心……38

在抗戰時，姚克以《清宮怨》表達痛心極權將使國亡；六十年代初在香港創作的《秦始皇帝》，姚克使我們見證一個城府深藏暴君的變臉。從這個角度看，《秦始皇帝》就具有反映時代的意味，而戲中王后一角，或許就是姚克劇作之立意。

姚克一九六九年頭離開香港赴美國講學。在離去之前，於一九六八年十一月，他導演了世界劇社的《捉鬼傳》。這個喜鬧劇是吳祖光（一九一七—二零零三）的作品，一九四七年面世後得罪了當時執政的國民黨，吳為此而逃亡來香港。姚克特別找來青年戲劇人汪海珊合作改編，增加了現代部份，對毛澤東、江青等作出了諷刺。

於姚克，戲劇關乎治亂興衰，是重要的事業。

（感謝鍾景輝、盧瑋鑾、李浩昌、古兆申、張雙慶、汪海珊、馮祿德、殷巧兒提供寶貴意見和資料；感謝何嘉莉、蔡甘泉、黎民望協助整理資料。）

38　姚克，《清宮怨》，頁一一一。

戲劇

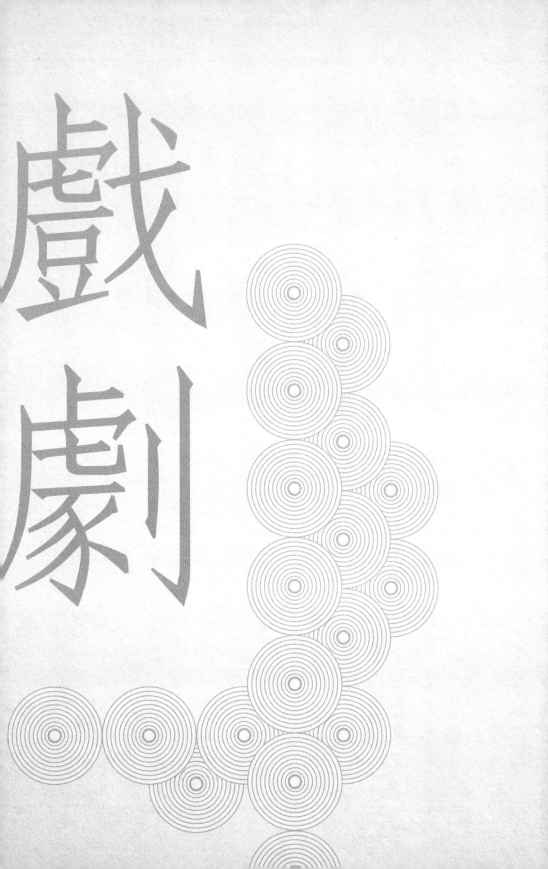

《西施》（節選）

前言

（一）創作「中國的」新戲劇

現代戲劇所反映的是一個眾說紛紜的時代。現代劇作家日常縈心於各種不同的主義，永遠在尋求新的形式。試漫舉幾位現代世界劇壇的名家，如 Anouilh, Brecht, Claudel, Cocteau, Eliot, Giraudoux, Lorca, O'Neill, Pirandello, Salacrou, Sartre 等，他們標榜的主義和嘗試的形式，燦然雜陳，使入目眩神迷，不知道究竟哪一種主義和形式可以為現代中國戲劇指示一條新的道路。

中國的新戲劇向以歐美戲劇為楷模。早期的劇本如《黑奴籲天錄》、《茶花女》等。幾乎都是翻譯或改編的本子。五四運動以後，文藝的創作劇本才開始在劇壇上出現，到北伐以後新劇作家的技巧纔漸臻於嫻熟。大體上現代中國的戲劇還在邯鄲學步的階段，沒有完全擺脫西洋戲劇形式的束縛，即使最優秀的劇本，也不免有刻意摹擬的——甚至於剽襲的——痕跡。其尤甚者非但劇情依樣葫蘆，連人物的形象也像是照某一個西洋劇中人物雕塑的，不像一個活生生的中國人。這種弊病固然是學習時期所不免的，但我們不能因為不能避免而否認它是弊病。

二十年前在上海從事於新戲劇運動的時候，我曾和幾位話劇界的朋友談起這個問題。那時我就覺得：經過了三十多年的學習，模仿，中國的新戲劇應該擺脫西洋形式的束縛，而開始真正的創造。因為中國的文化和歐美有相當的距離，人情，風俗更有絕大的不同。合於歐美人的不一定合適中國觀眾。我們必須創造我們自己的新形式，廣大的觀眾纔能彀充份地接受，欣賞。譬方說：中國製造橡皮鞋是由西洋學習來的，可是不能照西洋人的腳寸，一定要照中國人的腳寸纔合適。一雙鞋尚且如此，何況戲劇？

復次，現代西洋戲劇的傾向似乎對於形式和技術過於偏重。在形式方面可以分為現實主義和反現實主義兩大主流；現實主義之下又有極端現實的自然主義和社會現實主義；反現實主義，包括象徵主義，新浪漫主義，表現主義，超現實主義，未來主義，實存主義等，其支流之多可與現代西洋畫媲美。在技術方面則非但各種舞台的設備和技巧有驚人的進步、劇場的建築、音響、和氣溫調節也成了專門學問，而導演藝術之講求更能使戲劇發揚光大。但現代戲劇的主體——劇本——則有顯著的衰退現象，若將現代名家的傑作和希臘或伊麗莎白時代的古典戲劇相較，其詩歌的質素及辭藻之美，確乎不逮遠甚。這是現代西洋戲劇不可否認的弱點。戲劇屬於文學的分野；如果忽略了它的質素和辭藻，僅注意它的形式和技術，那就是捨本逐末，不足為訓了。

由於社會組織的改變和教育之普及，歐美和日本的戲劇都有兩個不同傾向的發展。以營利為目的的商業劇場所倚重的是迎合一般人趣味的通俗戲劇，比較文藝的戲劇只能在小劇場演出，給智識水平較高的人看。這種發展的結果是：戲劇或失諧於庸俗，或失諸於曲高和寡。有些文藝劇本之晦澀，枯燥，甚至一般智識分子也望而卻步，只有極少數風雅之士纔能欣賞。戲劇之庸俗化固為有識者所不取，但極度的高雅化是否可嘉？是否應該效學呢？

「戲劇不應該脫離大眾」，固然是一句老生常談，但自有顛撲不破之至理。一般人都能欣賞的戲劇不一定庸俗，極少數人能懂得的也未必一定高明。質勝於文易陷於粗鄙，文勝於質易失諸纖巧。我個人的私見以為須如莎士比亞的戲劇那麼雅俗共賞纔合理想的規範。現代的劇作家每喜以哲理及心理分析來賣弄其高深，藉以掩飾自己作品境界之卑下及其辭藻之拙劣。這種左道旁門只能驚世駭俗於一時、本不值識者一笑，更談不到「藏之名山，傳諸後世」了。

向先進國家的劇作者學習，當然是我們必由之途，可是我們不可盲目地學習，不可不分好歹地吸收。我們應該記住上面所說的六點禁忌：（一）忌亦步亦趨的模仿；（二）忌剽襲；（三）忌形式至上主義；（四）忌技術至上的傾向；（五）忌庸俗；（六）忌晦澀，枯燥的高雅。這「六忌」可以幫助我們在學習的時候作合理的取捨；這樣，我們纔不至於盲目地鑽進了牛角尖。

但單純的禁忌是消極的；積極的創造還得看我們是否能於學習之後，擺脫形式的束縛，寫出另闢蹊徑的，「中國的」，新戲劇。

（二）怎樣創作「中國的」新戲劇？

每一個民族或國家都有它獨特的文藝風格；即在同一個民族或國家也可能因地區之懸隔而有不同的作風。譬如：江南的民歌和華北的民歌就有很大的區別。所以中國的新戲劇自然也應該具有中國的風格。建立這種獨特的中國風格，為的是要滿足中國觀眾的需要，並不是硬要在劇本上燙上一個褊狹的民族主義的烙印。因為只有「中國的」新戲劇，中國觀眾纔易於接受和欣賞。

要創作「中國的」新戲劇，我們必需先將西洋戲劇與中國固有的戲劇治為一爐，然後鑄成一種新的戲劇。猶如道教和儒教吸收了佛教的思想一樣，到宋朝產生了新道學和理學。這說起來似乎很簡單，但事實上卻並不容易。十幾年前我曾經在《美人計》劇中運用若干京劇的形式，去年又在《西施》上演時作第二次嘗試。這兩次的演出證明了通過「融治」來創造新戲劇的可能性。可是我自己還是覺得不滿意。也許要經過很多次的嘗試，很長時期的琢磨，纔有可觀的成績。

（三）《西施》的時代背景

西施的生卒年月不可考。據《吳越春秋》的記載，越獻美女西施、鄭旦似在句踐十二年（公元前四八五年）算至沼吳之年（公元前四七三年）止，西施在吳宮應有十二年之久。這一個階段乃自春秋進入戰國的過渡時期，正是叔向所謂的「季世」。

在春秋的初期，由於周室之衰微，大國「挾天子以令諸侯」而稱霸。公元前六七九年至六四三年，中原的盟主是齊桓公。桓公卒，宋襄公有繼起之志，但為楚所敗，霸業終成畫餅。前六三二年晉文公敗楚師於城濮，會諸侯於踐土，於是霸權乃歸晉國。至春秋的中期，楚莊王問鼎中原（前六零六年），不久又大敗晉師於邲（前五九七年），此後的半世紀遂成晉楚爭霸的局面。至中期之末，中原諸國已有「公室卑微，政出於私門」的現象，如魯之三桓，齊之田氏，晉之六卿，都是典型的例子。所以在春秋後期，諸侯在宋國會盟弭兵（前五四六年）之後，先進的齊、晉只能讓後起的「荊蠻」楚國執牛耳了。

吳、越僻處東南，史記説它們：「文身斷髮，披草萊而邑焉」，無疑是文化落後的國家。吳自壽夢始通中國（前五七六年），越之開化則更在其後。可是至前六世紀末，吳國的文化已在突飛猛進，漸向中原看齊，同時它的國勢也日益強盛。闔廬即位之後，得伍子胥、伯嚭和兵法大家孫武的輔佐，屢次戰勝強大的楚國。前五零六年吳師大破楚兵於漢水，攻克了楚國的都城、郢。作為諸侯盟主的楚國幾乎被新興的吳國所覆滅，這是匪夷所思，震驚中原的奇蹟。幸虧秦國出師救楚，闔廬纔退了兵。（以後的史實，請參看《西施》本事）。

（四）《西施》的結構和人物

從明朝梁辰魚寫了《浣紗計》以來，用西施做題材的戲劇，我見過的至少有八九本。可是在這些戲裏，西施非但無戲可做，甚至於她的個性也不突出，祇是一個單純，平庸的愛國女子而已。這些劇本多數是以臥薪嘗膽、生聚教養做骨幹的，可是偏以西施為劇中主要人物，其結果當然造成了主角無戲的局面。所以在執筆的時候，我就決定捨棄句踐臥薪嘗膽、生聚教養的故事，而以西施與吳王夫差的關係為結構的中心。

在人物造像方面，我把吳王夫差定為一個心高氣傲，好大喜功的英雄；西施則是一個手段高強的，（可是有良知而矛盾的）蠱惑者，不是一個單純的，機械的愛國者；伯嚭則是力主北伐爭霸的權臣，手腕靈活，城府極深，可不是一個塗着白鼻子的賣國「吳奸」。

戲劇之進展全恃戲劇性的「衝突」來推動，所以編劇所忌的是人物個性的「順」和「逆」不能造成勢均力敵的局面。猶如足球比賽一般，如果甲隊太強，乙隊太弱，成了一面倒的形勢，這場球賽就不會緊張，好看。在《西施》劇本中亦然如此。假如吳王夫差是個昏庸淫佚，見了女人就着迷的「窩囊廢」，那麼只須一個二三流的交際花就可以使他神魂顛倒，又何必用西施這樣的傑出人物來蠱惑他呢？假如太宰伯嚭是個賣國的「吳奸」，那麼句踐「沼吳」未免太容易了，絕對不須臥薪嘗膽，生聚教養，費那麼大的勁。所以，只有將夫差和伯嚭寫成霸主，權臣，纔顯得出西施的機變和魔力。這樣，兩邊的旗鼓相當，纔有強烈的戲劇性的衝突。有強烈的衝突，導演和演員纔能施展他們的身手。

我對吳越史料的看法和解釋，和普通的頗有不同。一般人的印象都以為吳國之亡是由於吳王沉湎於西施的美色，和伯嚭之賣國。這種理解其實並沒有歷史根據。據我看，夫差絕對不像一個沉湎於女色的君主。舉例來說：闔廬臨死時囑咐夫差報仇，夫差就教左右每日對他說：「夫差！爾忘句踐殺汝父乎？」同時他傾力習戰射，二年後大破越兵，使句踐向他北面稱臣，報了父親的仇。這豈像一個玩物喪志的人的行徑？據歷史的記載，夫差於公元前四八九年伐齊，大破齊師於艾陵：同年又伐陳，並會魯君於繒。四八七年吳伐魯；四八五年范蠡獻西施，但在同年吳王又二次伐齊。四八四年吳與魯伐齊，敗之，四八三年吳王召魯衛之君於橐皐。四八二年吳王北會諸侯於黃池，與晉君爭盟主地位，晉君畏吳之強，只能讓夫差先歃。同時越王句踐乘夫差北征，興兵襲吳。由此可知獻西施那年的前後，吳王幾乎每年都在征伐北方的國家，爭取霸主地位。在戎馬倥偬的生活中，他即使貪戀西施，也沒有空閒的時間。說他沉湎於女色，實在是「查無實據」。

至於太宰伯嚭，我以為是力主北伐爭霸的權臣。他和伍子胥的衝突不是「忠臣」和「奸臣」的鬥爭，而是兩個敵對的政治集團的鬥爭；因為伍子胥是竭力主張「南進」滅越的大臣。（這很像侵華時期日本海軍和陸軍的矛盾）一般人都喜歡以成敗論英雄；吳國被越國滅了，大家就覺得伍子胥是忠臣，伯嚭是奸臣。如果吳王完成了他的霸業，與齊桓公媲美，那麼大家也許會把伯嚭比作管仲的。

吳越的史料太少，其中有一部份還有傳說的色彩，未可遽以為信史。我對吳越史料和人物的看法和解釋，似比以前西施的劇作者的見解來得近乎情理。是否有當，尚希當代的歷史家有以教我。

香港一九五七年六月

《西施》本事

公元前四九六年，吳王闔廬伐越，受傷而薨。其子夫差立志為父報仇，每日進出之時使人對他說：「夫差，爾忘句踐殺汝父乎？」一方面他教士卒勤習戰射。二年後，夫差伐越，在夫椒之役大破越軍。越王句踐勢窮力蹙，遣使卑辭求和，願意撇下越國，和他的夫人到吳國去做臣妾。伍子胥勸吳王夫差乘勢滅越，太宰伯嚭則主張接納越王的請求。結果，夫差聽從了伯嚭的話，寬恕了越國。

前四九三年，（或云前四九二年）越王夫婦偕大夫范蠡赴吳為臣質。據傳說，越王住在石室裏，替吳王「駕車養馬」，直到三年後吳王患病，越王親嘗吳王的糞溺以覘吉凶，吳王纔大為感動，放他們君臣三人回國。

吳王志在揚威中原，做諸侯的盟主，像齊桓公，晉文公一樣，所以他聽信伯嚭的話，對越採取寬大的政策，而致全力於北伐。前四八九年吳伐齊。齊國是北方的大國，可是在艾陵會戰，竟被吳國殺得大敗，於是吳王的英名震驚了諸侯。同年吳又伐陳，前四八七年吳伐魯（或作邾）。吳王銳意北進，卻疏忽了對越的防備。

越王返國後，與范蠡、文種、苦成、泄庸、皐如等五大夫密謀報吳之策。文種提出了著名的「滅吳九略」，其中一條計策是「遣美女以惑其心而亂其謀」。越王採納了文種的建議，命范蠡赴吳，將寶器、美女獻與吳王。《西施》的戲劇就在這裏開始。

第一幕 獻美

時：夫差十一年（前四八五年）春。

景：吳王的正殿。

在早朝時，范蠡來朝的問題，激起了伯嚭和伍子胥的廷爭；伯嚭袒越，伍子胥則力勸夫差拒絕句踐的貢獻。吳王召范蠡進見，范先獻上越國的寶器，夫差不顧伍子胥的力諫，將寶器收下。范蠡次獻美女西施，鄭旦；伍子胥看了西施的相貌，從她「顰」的美麗，斷定她和妺喜、妲己一樣，是個禍水妖孽。夫差勉強聽他的話，將西施、鄭旦原璧奉還。

西施下殿時忍不住覺得好笑。吳王查問她笑的緣故；她說：伍子胥罵她是妺喜、妲己，猶如將吳王比作昏君桀、紂，所以她覺得好笑。夫差聽了這話，不肯默認自己是桀、紂，乃將西施，鄭旦納於後宮，要讓天下人看看，他究竟是桀、紂呢，還是禹、湯？

第二幕（第一景） 探病

時：三日後的早晨。

景：館娃宮西施的梳粧台。

太醫奉了吳王之命到西施的梳粧台，給她看病。他告訴西施：吳王盼她早些痊癒，他要看看西施有甚麼妖法可以迷惑他。鄭旦來探望西施，乘機告訴她：越國旱荒嚴重，已另派文種來向吳王借糧，希望西施能勸吳王應允。

夫差來探病，西施故意勸他不要與她接近，免為「妖孽」所蠱惑。夫差賦性好勝，偏要試試她有多大的魔力。但他很乖覺謹慎；西施偶在談話中將他比作堯、舜、禹、湯，他立刻召內史進來，將他的箴言改為：「夫差！當面奉承的話，你千萬不可聽信！」

內史催夫差到射台去閱兵；夫差告訴西施：如果她遠望射台，可以看見他白盔白甲，秉鉞戴旗，在中軍大旗下指揮三軍。

夫差去後，西施和鄭旦遠望吳軍的演習；西施見夫差威風，英俊，為之神往；鄭旦恐怕她墮入情網，力勸她以國仇為念。西施自信意志堅強，決不會動搖。

第二幕（第二景）　折箭

時：同日閱兵後。

景：吳王更衣室。

閱兵後，夫差在更衣室換衣裳，與伯嚭談起伐齊的戰略；伯嚭乘機言越國饑荒，勸夫差借糧救災。

伍子胥來見夫差，以闔廬射狙的故事來諷諫吳王不要自作聰明，反被西施所惑，勸他要與西施背道而馳，夫差與伍子胥折箭為盟；如果他不能與西施背道而馳，他寧願放棄「北伐齊晉，爭霸中原」之政策。伍子胥也折箭為誓。如果吳王能與西施背道而馳，他以後決不攔阻吳王北伐。

第二幕（第三景）　借糧

時：同日晚間。

景：姑蘇台。

那天晚上吳王設宴款待越國使臣范蠡、文種，在幽揚的鼓樂聲中，西施與幾個舞伎翩然而入，她們在席前行了一個禮，開始表演越國的「擁楫舞」，同時西施曼聲高歌。歌舞畢，眾皆擊節稱賞。吳王不諳越語，西施乃將歌詞譯給他聽；詞曰：

> 今夕何夕兮，搴中洲流？
> 今日何日兮，得與王子同舟？
> 蒙羞被好兮，不訾詬恥；
> 心幾頑而不絕兮，知得王子。

山有木兮，木有枝；

心說（即悅字）君兮，君不知。

酒過三巡，越國使臣范蠡、文種乘機提起了借糧之事。伯嚭勸吳王學秦繆公救災恤鄰的好榜樣，伍子胥則竭力反對，吳王教他們不要爭論，等翌日上朝時再說，他又召西施出來敬酒，以緩和雙方劍拔弩張的空氣。在西施敬酒的時候，伍子胥心生一計，猝然問她：「依夫人之見，大王是否應該借糧與越國呢？」他想西施是越國人，當然主張吳王應該借糧，這樣，吳王就不得不與她背道而馳，拒絕借糧了。

西施覺得伍子胥問得蹺蹊，她再看了一看吳王的眼色，就回答道：不該借糧。伍子胥驚詫地問她：「難道說夫人不是越國人麼？」

西施承認是越國人，可是她說：「倘使伍大夫勸大王借糧，那就是『見義勇為』，倘使妾身勸大王借糧，那就是『假公濟私』。與其教妾身『假公濟私』，何如伍大夫『見義勇為』呢？」

吳王聽西施說「不借」，就乘機故意與她背道而馳，借糧與越國。伍子胥弄巧成拙，更覺得西施是個可怕的妖孽了。

席終人散，吳王喜西施善伺人意，備加寵愛，西施亦因夫差借糧賑災，頗為感激。二人初因矜持而相左，至此矜持盡釋，乃定情焉。

第三幕　斬胥

時：夫差十二年（前四八四年）。

景：館娃宮西施梳粧台。

夫差二次伐齊，因舟師於海上遭遇颶風，無功而還，所以他脾氣非常暴躁，身體略感不適。太醫診視之後，勸他靜養，可是他執意要上朝。西施恐上朝時，伍子胥「逢彼之怒，」乃矯命內史傳諭百官退朝。

鄭旦接到范蠡的密簡，要西施設法置伍子胥於死地，免得他攔阻夫差誓師北赴黃池，與晉國爭霸。西施不願陷害忠良，但又不能推辭。

在夫差心緒惡劣之時，適其心愛的鬥雞「白羽將軍」被野貓咬死，他暴躁地將雞坡監李保責打二十杖。他聽說內史傳諭百官退朝，又大發雷霆，幸有西施緩頰，內史方得免受廷杖。

太宰伯嚭進宮探病，乘機譖毀伍子胥將其子伍封託與齊國的權臣鮑氏。恰巧伍子胥與大夫被離進宮探病，伍子胥力諫夫差不可輕舉妄動，勞師遠征，不料觸犯了夫差的怒火。伍子胥在憤激之時，面斥西施為妖孽。西施竭力解勸，反如火上添油。她明知自己在場，事態將更趨惡化，乃假裝心痛而退。

西施既退，夫差和伍子胥的衝突，果然漸趨平靜。鄭旦見此情形。心生一計，她假借西施的名義，將屬鏤之劍呈與吳王。她說：西施被伍子胥當面辱罵，痛不欲生，如果吳王不能庇護西施，就該將此劍賜與西施，讓她自盡！這幾句話又激起了夫差和伍子胥的怒火。伍子胥在盛怒之下，直斥夫差為昏君。夫差怒不可遏，乃將屬鏤之劍擲與伍子胥，教他自盡。被離諫夫差不可殘殺忠良，也被髡髮為奴。

伍子胥慷慨出宮去自盡的時候，西施聞訊慌忙出來，苦苦哀求夫差刀下留人。夫差被她說得回心轉意，忙囑內史傳旨釋放伍子胥。這時伯嚭已進來覆命，將血劍呈上，他說伍子胥已經自刎了！

第四幕（第一景）私語

時：夫差十四年春（前四八二年）。

景：館娃宮內庭的幕後。

伍子胥死後。夫差神明內疚，壯志消沉。前四八二年春，黃池會盟之期將近，他每日只在館娃宮裏和西施飲酒作樂，絕無誓師北伐的表示。

西施徬徨於戀愛和義務的歧途，內心非常痛苦。鄭旦早就猜透她的心事，相機潛拉西施到館娃宮內庭的幕後。責她不該忘了國恥家仇，要她用計激夫差北征。西施無可奈何，只能任鄭旦擺佈。

第四幕（第二景）計激

時：緊接第一景。

景：館娃宮內庭。

西施和鄭旦同到內庭，夫差正在館娃宮內作投壺之戲。夫差見西施面有淚痕，追詢其故。鄭旦佯言：外界盛傳吳王受西施的蠱惑，每日飲酒作樂，已無爭霸中原之志；所以西施覺得滿腹委屈。時適伯嚭進見，夫差囑伯嚭為西施闢謠，伯嚭直言相告，他說：「天下人都知道大王寵愛西施，縱然闢謠也沒有人相信。」夫差賦性好勝，決以事實來粉碎謠言，當即降旨於翌日率領全國精銳，赴黃池與諸侯會盟。至此，鄭旦之計得售，但西施則心亂如麻矣。

第五幕（第一景） 報警

時：同年仲夏之夜。

景：館娃宮響屧廊。

越國探知吳王夫差已赴黃池會盟，乃乘機潛謀，發兵侵襲吳國。

鄭旦接得密報，奔告西施。西施聞訊大驚，但又不敢露出痕跡。這時句踐看見烽火台上已舉烽火，急向西施報警。西施這纔知道戰禍已迫眉睫。

第五幕（第二景） 夜奔

時：八日後的夜晚。

景：館娃宮內庭。

越兵襲吳，太子友率三千老弱的守兵，奮勇抵抗。兩軍相持了七八日，吳軍寡不敵眾，死傷枕藉。餘光之父不幸陣亡，西施遣她回去營葬。

鄭旦密告西施，越國的生力軍已陸續開到，不日就可以攻下宿甲，進取姑蘇。她向西施建議，於暗中預備美酒佳肴，等越兵進城，犒賞三軍。

夫差遣內史回來見西施，報告黃池會盟及夫差取得盟主地位的經過。西施擔憂的是：夫差雖已得到了警報，班師南返，可是路途遙遠，不能立刻回國退敵。

這時警報傳來，宿甲失守，太子友被俘，越兵已向姑蘇挺進，形勢非常危急。西施聞訊，佯允鄭旦準備犒賞越軍，暗命內史備好馬匹，乘夜離蘇，去投奔夫差。

第五幕（第三景）　突圍

時：翌日晚。

景：陽山。

吳王中途聞國內形勢危急，乃率領輕騎三千，不分晝夜，兼程趕返。不料在延陵中了越兵埋伏，人馬折損大半。夫差殺出重圍。只剩二百餘騎，看天色已晚，恐怕再中埋伏，只得在陽山（一名秦餘杭山）山麓，暫宿一宵。

西施和內史、句鄧於前夜離了姑蘇，一路往西趲路，翌日趕到延陵，方知吳王中了埋伏，已突圍東去。他們折返追尋，經過一個村莊，方得牧童的指引，來至陽山。西施與夫差久別重逢，相對淒然。

戰鼓聲起。吳王接得探報，知越兵雲集在陽山四周，即將合圍，吳王決定向北突圍，俟衝了出去，再鳴金為號，接應西施出圍。在突圍之前，夫差與西施戀戀不捨，伯嚭等再三催請，夫差方絕裾而去。

尾聲　義釋

時：翌日晨。

景：陽山。

天色微明，吳王突圍之後，杳無消息；西施心中焦急，遣內史衝出去一探究竟。內史剛去，越兵一隊忽衝上山來，吳國衛士均被殺死。越兵俘獲了西施和句鄧獻與文種。文種奉越王之命，欲將西施逮捕，治以奸逆之罪。

范蠡聞訊急來拯救，勸文種手下留情，將西施釋放。但文種執法如山，不肯徇私。

范蠡有一枝竹簡是越王所賜，以紀念他的功勳的；憑這枝竹簡，范蠡不論有何請求，越王都可以應允。

至此范蠡只能拿這枝竹簡，為西施贖罪。同時，范蠡告訴文種：他看越王長頸鳥喙，不可與共安樂，勸文種及早引退。文種只好拿這枝竹簡去覆旨。

范蠡功成身退，已買了一隻船，預備帶着全家老少，去泛舟五湖。他同情西施的遭遇，邀她同去，但她還在癡心地等吳王的消息，不肯就走。

這時越軍在陽山附近，捕獲一名身藏利劍的「奸細」。西施認出這個「奸細」是內史，就請范蠡將他鬆了綁。內史含淚告訴西施，吳王被越軍圍住，脫身不得，已將步光劍自刎了。

西施聞耗，仰天悲呼，痛不欲生。范蠡見狀，亦為之惻然。西施的戲劇至此已告終結，但她的悲哀卻綿綿無盡。

《西施》於一九五六年三月十八日，在香港利舞台初次公演時的演員陣容：（以出場先後為序）

吳　王……………………羅　維
太子友……………………邵　峯
內　史……………………李　昆
伍子胥……………………賀　賓

伯嚭……唐迪
被離……李允中
奚斯……楊易木
范蠡……吳家驤
西施……尤敏
鄭旦……王萊
句郢……丹妮
餘光……吳美琪
太醫無咎……尤光照
……爾峯
文種……朱冠軍
李保……千軍

第五幕（第三景）　突圍

……

（樹林裏一片雜沓的馬蹄走聲和嘶聲）

西：妾身要與大王一同衝出去。

夫：唉！如果夫人同去，孤一定要顧此失彼，那可怎麼衝得出去呢？

西：妾身怕的是突圍之時，若被越兵衝散，到那時候，豈不是不能與大王相見了麼？

夫：你盡管放心，孤既能衝得出去，就能衝得進來。如果你衝不出去，孤一定返身再衝進來，與夫人相見。

（鼓聲漸近。探子上。）

探：啟奏大王，越兵快合圍了，請大王定奪。

夫：你快到這邊上馬。

探：得令。（向左下）

（戰馬嘶聲）

夫：（向衛士甲、乙。）你們先把他們的馬匹，牽到這邊來，少時但聽鳴金三通，你們就保護夫人，奮勇突圍。

衛甲乙：得令。（下）

夫：（向內史）孤這就突圍去了。你好生保護夫人，不得有誤。

內：遵旨。

（伯嚭自左方急上）

伯：啟奏大王，北方已有火光，請大王即刻上馬突圍。

夫：孤即刻就來。

伯：是，大王。（下）

（戰馬怒嘶聲）

夫：（上前拉着西施的手）你千萬小心在意。孤這就去了。（他一撒手就向左方急下）

西：（聲淚俱下）大王！（向左衝了兩步）大王！

（樹林裏陡起一陣鼓聲和群馬奔騰聲，如山崩海嘯，使人心膽俱裂。）

（幕急落）

尾聲　義釋

天色將近破曉，樹林裏一片鳥囀蟲吟，混雜着戰馬嘶鳴和遠遠的鼓聲。

內史和衛士甲、乙保衛着西施和句踐，從左邊樹林出來。失眠和焦急在她險上刻劃出一種不可言喻的姿態，使人憐惜，同情，同時忘記了自己的苦痛。西施頹廢地坐在樹椿上，不禁悲從中來；句踐在旁扶持着她。

西：（嘶啞地）天快亮了。大王怎麼一點動靜都沒有？

內：夫人不必落淚。待臣單人匹馬，殺出重圍去找尋大王。

西：如今四面都是越兵，你怎麼衝得出去呢？

內：不論衝得出去，衝不出去，臣打聽了大王的下落，一定回來覆命。

西：你千萬要小心謹慎。

內：是，夫人。臣這就告辭了。

（他向西施打了一個躬，急向左下。西施起立，句踐扶她走到左邊遠望。衛士甲、乙也在後面遠看。）

西：（遙向內史叮嚀）你要速去速回。

內聲：遵命。

（接着是內史的馬蹄聲自近而遠。西施等正在遠望着內史衝出重圍，不提防右邊一聲吶喊，接着是雜沓的腳聲和馬蹄奔騰聲，她們駭然回身，只見越兵一小隊正從右方湧來。西施和句郢急以袖掩面；衛士甲、乙急揮戈迎敵，可是兵刃未接，衛士乙背上已中了一枝冷箭，他掙扎了幾步，頹然倒仆在左後方，直嚇得句郢沒命地往西施背後亂躲。）

句：（失聲驚呼）呀！……

（衛士甲奮勇上前肉搏，不料後邊樹林裏跳出一個越兵，一戈刺中他的右脇，他慘呼一聲，跌倒在地上。句郢正想逃入左邊的樹林，早被越兵甲、乙橫戈攔住，倒曳出來。）

句：（邊哭邊嚷）夫人！……夫人！

西：（放下衣袖，瞋目怒斥越兵。）你們怎敢如此無禮！

（越兵剛要動蠻，忽覩西施的容光四射，猶如瑤台月下羽衣翩躚的仙子，直驚得他們目瞪口呆，身不由主地把句郢放了。西施忙將這孩子摟在懷裏。這時逼近的馬蹄聲戛然停止；一個士師階級的越兵自右上。）

士師：文大大駕到！你們快把屍首拖開！

兵士們：是。

（他們忙把衛士甲，乙的屍體拖入樹林。這時幾個隨從的將佐自右上，一字兒站在旁邊；後邊穿着盔甲，昂然直入者就是越國的大夫文種。他猝然瞥見西施，頓露驚異之色。）

文：（略一欠身）啊，西施，久違了！

西：（斂衽）文大夫。

文：昨日大軍進佔姑蘇，知道你畏罪潛逃，已經不知去向，原來你在此地！

西：文大夫說妾身「畏罪潛逃」，但不知所犯何罪？

（這時又聽得馬蹄聲自遠而來）

文：你到吳國來委身事敵，做吳王的姬妾，這就是你的罪。

西：可是，當初妾身並不願意來，是大王教范大夫把妾身獻給吳王的。請問大夫，這「委身事敵」的罪名，怎麼能算在我身上呢？

文：這是大王的旨意，我不過是奉旨逮捕你和鄭旦而已。

西：（愕然）難道說連鄭旦姊姊都要問罪麼？

文：告訴你吧：鄭旦已經在姑蘇市口正法了。

西：啊！（兔死狐悲，不禁潸然。）噢！大姊！（掩面而泣）

（馬蹄聲停止，士師自右上。）

士師：啟稟文大夫，范大夫到。

文：哦。

（文種向右迎上去，范蠡穿常服上。）

范：啊，子禽！

文：少伯。

范：小弟將有遠行，特來拜辭。

文：但不知到那哪去？

范：小弟已經辭官不做了。

文：（詫異地）這是哪裏話來！想此番滅吳，你是大王第一個大功臣，如今大功告成，你怎麼反而辭官不做了呢？

范：功成身退，乃是小弟素來的志願，你又何必奇怪呢？況且我們大王長頸鳥喙可以共患難，而不可以共安樂。當年他兵散身辱的時候，自然待我們好像兄弟手足一樣，如今他已經揚眉吐氣，那就又當別論了。

文：少伯此言差矣，想我們大王臥薪嘗膽，生聚教養，乃是一個難得的賢君，你怎麼反而說他不能共安樂呢？

范：子禽，常言道：「飛鳥盡，良弓藏，狡兔死，走狗烹。」你我就好比射鳥的良弓，捕兔的獵狗。等到飛鳥都完了，狡兔都死了的時候，我們就該明哲保身了。

文：如此說來，你是一定要走的了？

范：我非但自己要走，還要奉勸你早點告老回鄉，安享林泉之福，免得將來後悔不及。

文：多謝你的好意。可是大王待我恩重如山，如今正是用人之秋，我豈能潔身引退，半途而廢呢？

范：既然如此，小弟亦不必多言了。不過……（他猛然瞥見西施）啊！西施！

西：（斂衽）范大夫。

范：子禽，你莫非要逮捕西施？

文：小弟不過是奉旨行事罷了。

范：我勸你還是把她放了吧。

文：少伯此話怎講？我看此事你還是少管為妙！

范：我怎能不管？想西施、鄭旦乃是小弟為大王選的美人。她們來到吳國也是小弟帶來她們進見的。如今大王要將她們正法，小弟怎麼能夠坐視不救呢？

文：雖然是大王的旨意，卻也是她們的自願。

西：文大夫此話就不對了。想我們二人都有父母、兄弟，豈肯拋鄉離井，做吳國的姬妾呢？當初國破家亡的時候，你們君臣將妾身和鄭旦獻與吳王，如今大仇已報，越王縱然不論功行賞，也該讓我們回到家鄉，與父母兄弟重聚，怎麼反將我們當作叛國的奸逆，明正典刑？這還有公理嗎？

范：唉！子禽，你奉命逮捕他們二人，如今鄭旦已經正法了，難道你還不夠嗎？

西：可憐她一片忠心，只落得這樣的下場。范大夫，我們做女子的怎麼如此命苦呢？

范：子禽，人心不是鐵石做的呀，想當初——

西：范大夫，你不必勸了。我西施雖然是女流之輩，卻不是貪生怕死的人。當初到吳國來，我早就將生死置之度外，恨的是：我雖不殺伍子胥，伍子胥卻因我而死；我雖不害吳王，吳王卻因我而亡國，教千秋萬代的人，都要將我們女人視為禍水。天呀！難道說我西施真的是一個妖孽嗎？

文：你既然視死如歸，那就不必多言了。左右。將她押下去！

兵士們：是！（一擁而入）

范：（厲聲）且慢！

（眾兵站住）

范：子禽，我說了半天，你難道還要執法如山麼？

文：少伯，你若要我把西施放走，除非有大王的旨意，否則小弟恕難遵命！

范：子禽，如今你掌握着生殺的大權。你若肯網開一面，放走西施，大王怪罪下來，我范蠡情願獨自擔承。你我是患難之交，情同手足，難道說你還不相信我麼？

文：並非小弟不相信你，可是你要我違背旨意，把賣國的要犯放走，你教小弟怎麼向大王覆旨呢？

范：也罷！（掏出一支竹簡）你既然如此為難，就拿這個去覆旨吧！

文：（接過竹簡一看）這是大王賜與你的。

范：當年我陪大王住在石室，為吳王養馬，大王念我的功勞，賜我這支竹簡。他說：憑着這支竹簡，日後不論我懇求大王何事，大王一定應允。你拿這個去覆旨還不彀麼？

文：唉！少伯，你何必將一生的功勞來替西施贖罪呢？

范：我若不如此，坐視你將西施明正典刑，那豈不教捨身報國的人寒心麼？

文：也罷！你既然執意要救西施，小弟也不能不看你的情面。（向西施）西施，如今既有范大夫替你將功贖罪，我就將你釋放了。（向范）少伯，王命在身，我這就覆旨去了。

范：子禽先請。

（文種率將佐等下）

西：多謝大夫救命之恩！

范：西施何出此言？目前兵荒馬亂，這個地方，不是你安身之處。你還是早些走吧！

西：范大夫，如今吳國百姓，怨我是禍水、妖孽，人人將我唾罵，越國的百姓，又說我是委身事敵，范：賣國求榮的奸逆。妾身進退兩難，百口莫辯，在這茫茫天地之間，你教我到哪裏去好呢？

范：這倒也是實話。我告訴你，因為我們大王不能同安樂，我已經辭官不做了。如今我買了一葉扁舟，決計帶了全家老小，泛舟於五湖，如蒙不棄，你就隨我來吧！

西：多謝大夫的美意。妾身想不到天壤之間，還有大夫這樣的好人。不過，妾身不能遵命。

范：（詫異地）這卻是為何？

西：妾身要在此等候消息，才能決定去處。

范：我勸你不必「守株待兔」了。昨晚吳王突圍不成，已經被我軍團團圍住。你就是望穿秋水，恐怕也不會有消息來了！

西：他若一天沒有消息，我就等他一天，一個月沒有消息，我就等他一個月。

范：（感嘆一聲）唉！當時我選你的時候，還不知道你竟是這麼一個癡心的女子。

（士師上）

士師：啟稟大夫，捉到奸細一名，身藏利劍，請大夫發落。

范：把他押上來。

士師：是。（向外）把他押上來。

（越兵甲、乙手執寶劍，押內史上，將寶劍呈與范蠡。）

西：（定睛一看，認出是內史。）呵！內史！

內：夫人。

西：范大夫，他不是奸細，乃是吳王的內史。

范：哦！他來此何事？

西：（問內史）你可有大王的消息？

內：啟稟夫人，大王突圍出去，中了埋伏，脫身不得。他——他就用這步光之劍自刎了。

西：（突然搶前幾步，淚如泉湧。）噢！大王！……大王！（慢慢地倒下）

（幕徐徐落）

《李後主》（節選）

第一場

時：宋開寶四年（公元九七一年）春。

地：金陵南唐宮內之柔儀殿。

人：宮女六人、流珠、周后、龍套、劉存孝、李後主。

【流珠率宮女們侍周后上】

周后：（念引）日落黃昏近，春殘紫禁幽。

（念詩）手卷真珠上玉鈎。

依然春恨鎖重樓。

風裏落花誰是主？

丁香空結雨中愁。

我乃南唐周后是也。只因我主登基以來，國勢日蹙，壯志消沉，適才赴佛寺進香，許下一願：但求世尊保佑我主，國泰民安，我就親繡佛像，終身供奉。流珠。

流珠： 娘娘。

周后： 安排繡床，待我洗手焚香，刺繡佛像者。

流珠： 奴婢遵旨。

【流珠安排繡床，宮女們侍候周后盥手焚香禮佛。】

周后： (唱西皮原板)

盥素手，跪佛前，焚香祝禱。

願家國，無烽煙，雨順風調。

我這裏，壓金線，拈針試巧，

發宏願，怎顧得，十指辛勞。

【宮女甲遞茶盤與流珠】

流珠： (向周后獻茶) 娘娘，請用香茗。

周后： 不用了。

流珠：娘娘，莫非是玉體違和？

周后：我只覺得有些疲倦。你教他們退下，待我閉目養神。

流珠：是，娘娘。

【流球揮退宮女】

周后：（唱搖板）

霎時間，眼矇矓，春困可惱。

凭繡床，嬌無那，暫把針抛。

【周后凭繡床假寐，流珠放下珠簾。】

【龍套，太監劉存孝，引李後主上。】

後主：（念引）偏安江左，欲忘憂，且享溫柔。

（念詩）

金陵王氣黯然收；

折戟沉沙江自流。

可嘆從龍無猛士，

聊借笙歌解國愁。

孤乃南唐國主李煜是也，慨自襲位以來，向宋帝奉表稱臣，暫得偏安江左。適才較獵回來，見櫻花落盡，已是暮春光景。想浮生若夢，為歡幾何？倒不如以送春為名，與周后宴樂一番，借此消愁便了。

【圓場】

後主：（唱搖板）

開到了，荼薇花，春色已老，
須及時，行歡樂，暫把愁消。
步香階，只見得，落花未掃。
畫堂上，珠簾垂，卻為那條？

看珠簾深垂，想必是她睡着了。劉存孝。

劉： 萬歲。

後主： 教左右兩廊伺候，不要驚醒了娘娘。

劉： 遵旨。（向龍套）兩廊伺候。

【龍套下】

【流珠捲簾，後主入殿介。】

流珠：娘娘，萬歲駕——

後主：禁聲！快拿一杯酒來。

流珠：遵旨。

【流珠下】

後主：看她春睡方濃，只恐睡出病來。待我略施小計，將她驚醒便了。

【流珠捧酒上，後主接了酒杯，悄悄走至繡床前，將杯送到周后唇邊，把衣袖遮了自己的臉。】

周后：（睡着說）嗯！

後主：（學女子口吻）呀，請娘娘用酒。

周后：（猛然醒來，戟指而起。）哇！膽大的奴才！

後主：（放下衣袖，露出真面目。）奴才不敢。

周后：（竟想不到是後主，又羞又惱。）喲啐！

後主：哈哈……哈哈。（放下酒杯，挽着周后。）

適才故施促狹，擾卿清夢，望勿見怪。

周后：臣妾春夢方酣，未曾親迎御駕，還請陛下恕罪。

後主：這是哪裏話來？愛卿請坐。

周后：陛下請。

後主：適才被卿啐了一口，孤倒想出一首妙詞了。

周后：但不知是甚麼妙詞？

後主：卿且聽了。

（歌詠一斛珠）

晚妝初過，
沉檀輕注些兒個。
向人微露丁香顆；
一曲清歌，
暫引櫻桃破。

【起身續歌，兼做身段。】

羅袖裛殘殷色可，
杯深旋被香醪涴。
繡床斜凭嬌無那；
爛嚼紅茸，

笑向檀郎唾。

周后：真乃絕妙好辭！不過這樣的美人香口，只有西子毛嬙，才能當之無愧。臣妾哪裏比得上呢？

後主：愛卿不必太謙。

周后：臣妾不敢。

後主：看天色不早，我二人到御花園歡宴送春，如何？

周后：如今萬方多難，豈是行樂之時？

後主：縱情詩酒，聊以忘憂。難道説，孤的心事，你還不知麼？

周后：臣妾知道。

後主：這就是了。劉存孝！

劉：萬歲。

後主：擺駕御花園。

劉：領旨。擺駕御花園哪！

【吹打，宮女龍套上，後主與周后登輦。】

周后：（唱搖板）收拾起，國家事，休上眉梢。

後主：（接唱）莫等閒，孤負了，花月良宵。

【同下】

第二場

時：緊接第一場。

地：金陵街道。

人：潘佑。

【潘佑上】

潘：（念引）忙將軍國事，叩闕報君知。

下官潘佑。適才接得邊報，宋將潘美滅了南漢，屯兵漢陽，有窺覷江東之意。我只得前去宮門，叩闕求見，請萬歲傳檄守將，以防萬一。正是：

敵騎壓境猛如獅，

正是忠臣報國時。

【潘佑急下】

《戲劇藝術》第一期，一九五四年。

第三場

時：緊接第一場。

地：南唐宮中之御花園。

人物：四小太監、四宮女、劉存孝、流珠、周后、李後主、車夫、八舞伎、窅娘、四金剛、太監甲、徐鉉、張洎、潘佑。

【場面奏《出隊子》。四小太監，四宮女，劉存孝，流珠，周后，李後主，車夫同上，李後主與周后下車，車夫暗下。】

【場面轉《吹打》。李後主偕周后入席。劉存孝，流珠斟酒。】

周后：陛下請。

後主：愛卿請。

【飲酒介】

後主：今夜歡宴送春，你我對酌，未免冷落了良宵花月。待孤宣梨園子弟進來，熱鬧一番如何？

周后：花間小酌，何必驚動梨園？依臣妾之見，不如宣幾個詞臣陪宴，再教窅娘歌舞助興，不知萬歲御意如何？

後主： 愛卿高見深合孤意。劉存孝！

劉： 萬歲。

後主： 宣徐鉉張洎進宮侍宴。傳諭窅娘歌舞供奉。

劉： 遵旨。（向外）宣徐鉉張洎進宮侍宴。傳諭窅歌舞供奉。

【內場應聲：宣徐鉉、張洎進宮侍宴。傳窅娘歌舞供奉。】

【八舞伎各持瑞蓮燈一盞，自左右上，對走圓場。窅娘上，繞場一匝，舞伎左右分列，窅娘居中，向上稽首。】

【場面奏《柳搖金》窅娘率舞伎作瑞蓮舞。舞至半，四金剛捧品色瑞蓮上，加入舞蹈。最後，窅娘躍登蓮心，四金剛將瑞蓮抬起，舞伎迴環旋舞，窅娘在蓮上作凌波微步。舞畢，窅娘與四金剛向上稽首，同下。】

後主： 窅娘之舞，真乃翩若驚鴻，婉若遊龍，想當年的趙飛燕也不過如此。

周后： 看她凌波微步，那一雙纖足，好似新月一樣。聽說名門閨秀，爭相效尤，竟成了一時的風尚！

後主： 哦！那才是邯鄲學步，日後連走路都走不成呢！哈，哈，哈。

【太監甲上】

太監甲：（向劉存孝）徐鉉，張洎來了。

劉：啟奏萬歲爺，徐鉉張洎在園門候旨。

後主：宣他們進來。

劉：宣徐鉉張洎進見！

【徐鉉，張洎上。】

徐鉉：（念引）曉就仙班列，

張洎：（接念）暮隨御宴來。

【徐張至御座前叩見。太監甲暗下。】

徐鉉、張洎：臣徐鉉、臣張洎見駕，願我皇萬歲，娘娘千歲。

劉：平身。

徐、張：萬萬歲。

後主：賜坐。

徐、張：謝坐。

【徐張二人坐下】

後主：賜酒。

【劉存孝斟酒】

後主：今夜小宴送春，孤與卿等同飲一杯。

徐、張：謝萬歲。

【飲酒科】

【太監甲上】

太監甲：（向劉存孝）內史舍人潘佑說有緊急軍情，現在宮門求見。

劉：甚麼緊急軍情，值得這麼大驚小怪的！萬歲爺跟娘娘這會兒正在小宴，要是掃了他的興，回頭發起皇帝脾氣來，連我們都要吃不了兜着走的。你告訴潘大人，教他等明兒再說吧。

太監甲：您說得是。

【太監甲下】

【徐張擎杯離座】

徐、張：臣等恭祝陛下娘娘千秋萬歲，國泰民安。

【後主，周后與徐張同飲。】

後主：看櫻桃落盡，春將歸去，卿等各賦新詞一首送春，如何？

徐：陛下天縱之資，詞壇盟主，臣等豈敢獻醜？

後主：御園小宴，不拘君臣之禮。卿等高才，千萬不要吝惜珠玉。

張：臣等豈敢。想春城花落，陛下定有新作，臣等不揣冒昧，願以先覩為快。

後主：（慨然言之）自從去冬趙宋興兵，侵略南漢，數月以來，孤心緒惡劣，多時不曾吟詠。只有子夜歌一首，也稱不得愜意之作。

徐：陛下清新俊逸，臣等一定要拜讀。

後主：（向周后）徐張二卿不是外人，就煩愛卿歌此一曲，以助清興，如何？

周后：臣妾遵旨。

後主：流珠！

流珠：萬歲。

後主：你與娘娘奏曲，待孤親自擊鼓。

【劉存孝慌忙將羯鼓置於御座旁，流珠抱着琵琶，後主擊鼓起樂，周后載歌載舞。】

周后：有勞了。

周后：（唱子夜歌）

尋春須是先春早，

看花莫待花枝老。

縹色玉柔擎，
醅浮盞面清。
何妨頻笑粲？
禁苑春歸晚。
同醉與閒平，
詩隨羯鼓成。

【周后歌畢，後主忙起身挽她入席。】

後主： 愛卿辛苦了。（向徐張）這支子夜歌不過是即景抒情之作，不妥之處，還煩卿等推敲更正。

徐： 陛下錦心繡口。

張： 娘娘玉貌珠喉，臣等得聆新聲，不知幾生修到。敢奉杯酒，恭謝聖恩。

後主： 卿等也乾一盃。

徐、張： 萬萬歲！

【君臣乾杯】

後主： 瓊宴坐花，羽觴醉月，倒引起孤的詩興來了。劉存孝，取文房四寶侍候！

劉： 領旨。

徐：陛下咳唾珠璣，必有佳句。

張：臣等洗耳恭聽。

【劉取文房四寶呈上】

後主：（提着筆）卿等聽了。

【後主開始吟詠，做各種身段寫字，劉擎紙跟着他走。】

（唱玉樓春）

晚妝初了明肌雪，
春殿嬪娥魚貫列。
鳳簫吹斷水雲閒，
重按霓裳歌遍徹。
臨春誰更飄香屑？
醉拍闌干情味切。
歸時休照燭花紅，
待放馬蹄清夜月。

【太監甲暗上】

徐：（擊節稱賞）真乃絕妙好辭！縱使飛卿再世，也甘拜下風的了。

【後主剛要歸座，不料太監甲闖入來，幾乎撞個滿懷。劉存孝慌忙搶步上前扶後主歸座。太監甲嚇得跪下叩頭。】

劉：瞎了眼的東西！甚麼事這麼慌慌張張的！

太監甲：（惶恐得語無倫次）是奴……奴……奴婢……告訴他：萬歲爺……正……正……正在小宴，教他……等明……明……明天再說。……可是他……他……一定要見駕。

後主：是哪一個這麼大膽？

劉：啟奏萬歲爺，是內史舍人潘佑。

後主：原來是潘佑！

劉：正是。

張：啟奏陛下。潘佑素性狂悖，這般時候，還要叩闕求見，足見他目無君上。請陛下治以應得之罪，以儆效尤。

後主：（向太監甲）不中用的奴才！還不快快教他回去！

太監甲：奴婢擋……擋……擋了他半天，可是……他……他……他說有緊急軍情，一定要見萬歲爺。

後主：哦！有緊急軍情！

太監甲：奴婢不敢妄報。

徐鉉：若有緊急軍情，這滿朝文武，怎麼單單潘佑一人知道？

張洎：這明明是他揑造邊警，借此危言聳聽。陛下休要聽信他的胡言亂語。

周后：他既叩闕求見，或有要事，也未可知。

後主：也罷。（向太監甲）你且宣他進來，問個明白。

太監甲：領旨！

【太監甲爬起來，急下。】

後主：（廢然拂袖）唉！歡宴送春，偏偏遇着這等掃興之事！

【周后舉杯相勸】

周后：陛下休要懊惱，待臣妾把盞。

【後主一飲而盡。太監甲引潘佑上。】

【太監甲向劉做手勢】

劉：啟奏萬歲爺，潘佑在園門候旨。

後主：宣他進來。

劉：萬歲有旨，宣潘佑進見。

【潘佑到御案前跪下】

潘：臣潘佑見駕，願我皇萬歲，娘娘千歲。

後主：你深宵叩闕，難道有甚麼軍國大事不成？

潘：啟奏陛下，適才臣接得驛報，上月宋將潘美大破南漢於馬逕，南漢王劉鋹已經投降了。

後主：哦！南漢已被宋兵滅亡了。

徐：臣卻不信。想南漢居瘴蠻之地，有五嶺之險，宋兵勞師遠征，萬無成功之理。

張：這明明是潘佑危言聳聽。（向潘）我且問你，若是南漢滅亡，我們滿朝文武，豈有不知之理？

潘：你們這些醉生夢死之輩，哪裏會知道！

後主：（怒形於色）潘佑！休得出言無禮！

潘：（慨然言之）如今宋兵屯在漢陽，虎視江東，忠義之士，就該學祖逖當年，聞雞起舞，哪裏還有功夫與這班佞臣講禮貌呢？

後主：你說宋兵屯在漢陽，此話當真？

潘：臣一片丹心，難道說陛下還不相信麼？

張：你休得胡言亂語，淆惑聖聰。漢陽此去甚遠，宋兵若要侵犯江南，必然就近從江北發兵，何必在千里之外，虛張聲勢呢？

徐：這真是一針見血之論！潘佑危言聳聽，可以不攻自破了。

【潘佑起立，戟指徐張。】

潘：呀，呀，呸！

（唱西皮搖板）

他二人，惑聖聰，令人可惱。
反說我，虛報警，無事生謠。
我這裏，髮衝冠，煙生七竅，
打死了，狗奸賊，我的恨方消。

【潘打徐張，二人走避，後主勃然大怒。】

後主：住手！

【潘住手屹立】

後主：（唱西皮搖板）

見潘佑，逞猖狂，無理取鬧。
禁不得，氣填胸，怒火如燒。
內侍臣，將此賊，與孤拿下了！

【劉與太監甲將潘抓住】

後主：（接唱西皮搖板）

出危言，逞兇暴，法不輕饒。

潘： 唉！

【唱西皮快板】

為國家，那顧得，塗地肝腦？
恨的是，君不聽，枉自唇焦。
那宋兵，屯漢陽，虎視江表，
君豈可，信佞言，猶戀春宵？
後蜀亡，南漢滅，殷鑒匪遙，
君莫等，國亡後，痛哭號啕。

後主：（接唱快板）

老匹夫，不知罪，還要咆哮！
出狂言，竟將孤，比作孫皓，
南唐國，奉正朔，低頭服小，

那宋主，又何必，妄動鎗刀？

潘：（接唱快板）

宋主雄心誰不曉？

鷹隼豈肯放鵪鶉！

後主：（接唱快板）

孤已虔心皈三寶，

佛法無邊佑南朝。

潘：（接唱快板）

梁武也曾把佛禱，

餓死台城無人弔。

後主：（接唱快板）

長江天險終可靠，

北兵自古畏波濤。

潘：（接唱快板）

長江若無周郎保，

後主：（接唱快板）
　　　銅雀春深鎖二喬。
　　逆臣説話太可惱！
　竟敢當面把國后嘲！
（轉唱搖板）
　叫左右，把匹夫，推出斬了！

【劉與太監甲剛要動手】

周后： 且慢！

後主：（唱搖板）
　　問愛卿，攔阻，所為那條？

周后： 陛下且息雷霆之怒。想潘佑乃是骨鯁之臣，陛下將他斬首，豈不教天下人嗤笑？

後主： 難道説你未曾聽見他説：「銅雀春深鎖二喬」麼？這話若是傳了出去，那才教天下人嗤笑呢！

周后： 這是將古比今，算不得諷刺臣妾。

後主： 孤寧願做亡國之君，也不願被這匹夫當面取笑！

潘： 陛下願做亡國之君，臣卻不願做亡國之臣。亡國之後，求生不得，求死不能，倒不如今日一刀兩段，來得痛快！

後主：（拂袖大怒）匹夫還敢頂撞！快快推出去斬了！

【劉與太監甲將潘佑抓住】

後主：（向徐張二人）就煩卿等監斬。

徐、張：遵旨！

潘：（起叫頭）昏君呀！昏君！你不聽忠言，日後國亡家破，悔之晚矣也！

徐、張：走！

【劉與太監甲推潘佑下，徐張隨下。】

周后：（叫頭）陛下！（白）潘佑雖然出言無狀，罪不至死。望陛下體我佛慈悲之心，饒了他的性命吧。

後主：他當面將你諷刺，你怎麼還要替他求情？

周后：陛下！

（唱西皮搖板）

非是我，恃聖眷，把人情來討；
怕的是，殺忠良，社稷動搖。
我這裏，跪塵埃，哀哀求告……

【周后跪下】

（白）陛下呀！

（接唱西皮搖板）

看薄面，發慈悲，快把他饒。

【後主忙扶起周后】

後主： 快快起來。孤本知潘佑是個忠臣，不過是一時氣忿，嚇他一番罷了。

周后： 既然如此，就請陛下快快降旨，教他們刀下留人。

後主： 愛卿且自回宮安息，待孤親赴午門，將他開釋就是了。

周后： 多謝陛下。

【周后，流珠，宮女們下。】

後主： 擺駕午門！

劉： 擺駕午門！

【小太監們引後主走圓場】

【劉存孝急上】

劉： 啟奏萬歲爺，徐鉉張洎監斬已訖，在午門候旨。

後主：怎麼？他們已把潘佑斬了！

劉：是，萬歲爺。

後主：啊呀！不好了！

（唱西皮搖板）

聽說潘佑首已梟，

悔恨交併把牙咬。

茫茫大地夜寂寥，

耿耿忠魂何處招？

劉：人死不能復生。萬歲爺不必悲慟，還是保重龍體要緊。

【太監甲上】

太監甲：啟奏萬歲爺，剛才宮門傳來驛報，宋兵已經把南漢國滅了，現在屯兵漢陽，怕有浮江東下之意。

後主：（喫了一驚）哦……潘佑之言果然不虛。孤妄殺了忠良也。

（唱西皮搖板）

內侍臣，傳來了，邊警驛報，

這才知，誤殺了，愛國的英豪。

往日裏，耽詩酒，一晌逍遙，
這時候，倒教我，意亂心焦。

劉： 事到如今，不如召見王公大臣，再作道理。

後主： 也罷。宣他們到光政殿候見。

太監甲： 領旨！

【太監甲下】

後主： 正是：只宜繡口吟風月；
那有雄才作帝王！

【劉存孝引後主同下】

《戲劇藝術》第二期，一九五四年。

《秦始皇》

演員表（出場序）

優旃
陛楯郎（2）
李斯
趙高
秦始皇
胡母敬
王后
呂不韋
嫪毐
太后
華陽老太后
宮女（2）
內侍
宮女
倡優眾
宮女丙
蒙嘉
甲士（2）
乳娘
大王弟
小王弟

第一幕

維秦九年，歲在作鄂——公元前二三八年——秦王趙政已屆「親政」之年。照秦國的傳統，他特地從首都咸陽到雍城來，宿在蘄年宮，準備舉行冠禮，由太后將政權正式移交給他。從表面上看，這不過是母子授受的儀式，但內幕卻並不如此簡單。事實上，一個醞釀了多時的政潮，已經臨近洶湧的邊沿，隨時都有突變的可能。

原來趙政即位之初，雖然太后臨朝，秦國的政柄大半掌握在相國文信侯呂不韋手裏。後來太后寵幸宦宮嫪毐，封他為長信侯，「予之山陽之地，事無大小，皆決於毐」，嫪氏的權力遂有後來居上之勢。據《戰國策》說：「秦自四境之內，執法以下，至於長輓者，故畢曰：『與嫪氏乎？與呂氏乎？』雖至於門閭之下，廊廟之上，猶之如是也。」可知呂氏和嫪氏已形成了對立之勢，而趙政親政後的傾向，足以使這個局面失其均衡，而變成一面倒的。

因此，到了那年四月甲申日——秦王舉行冠禮的前夕——呂氏和嫪氏之間，劍拔弩張，頗有一觸即發之勢。趙政那時還沒有取得實權，處於兩虎之間，他的地位非常微妙，同時也非常危險。他既沒有法子消弭他們的鬥爭，更沒有實力來鎮壓他們，他不便袒護任何一方面，可又不能袖手旁觀，聽其自然。在極尷尬的時候，別人都急得替他捏把汗，但他卻處之泰然，似乎對這危機四伏的局面，滿不在乎。他的態度簡直教人納悶。

那年秦國的氣候很不正常，四月裏忽然天寒地凍，冷得像隆冬一樣，同時彗星見於西方，又見於北方，從斗以南，亘八十日之久，據古代的迷信，這是上天垂象，警告人們快有大禍臨頭了，所以太史令胡母敬特地到蘄年宮來，請秦王到露台上去觀察一番。

蘄年宮的前殿是趙政臨時召見廷臣之處，御座設在右方的平台上，後邊有一座屏風，舞台後方中央是個鳳闕，兩旁有雕刻的石柱。開幕時已是黃昏時分，御座前燃着巨燭，鳳闕開着，兩旁鵠立着兩名瑟縮的陛楯郎，頻頻呵着凍僵的手。

侏儒優旃匆匆從闕門走出來，他是侍從秦王的一個倡優，長得矮小醜陋，滑稽可笑，大家都以為他是個專供君王消遣的傻瓜，其實他那一雙綠豆似的眼人兒裏，可隱埋着一個智慧的寶藏。他的職業不過是以詼諧來博取君王的一笑，可是他常在突梯滑稽之中，寓諷諫之意，比起那些「脅肩諂笑」，「先意承志」的大臣們，不知要高明多少。他踉踉蹌蹌走下台階，連連打着寒噤。

旃：合哰……可凍死我了，（向陛楯郎嘆了一口氣，開始訴説。）説起來我真是個大傻瓜，
誰教我聽着太史閒磕牙，
説甚麼彗星出現鬼都怕，

眼見得地要翻身天要塌，
直說得大王心裏長疙瘩，
定要我陪他上去看一下。
露台上滴水成冰，油變蠟，
凍得我腳板丫子僵得像兩片瓦，
凍得我上邊兒的牙跟下邊兒的牙，
磕磕吧吧，吧吧磕磕的直打架。
我滿以為彗星的個兒不知有多少大，
誰知道看了半天，看得我兩眼花，
只看見這麼一個小不點兒[1]，長了條長尾巴！
長尾巴！
（他邊念邊做，直逗得陛楯郎們忍不住笑。他念完了，接着打了個寒噤。）合唿……
這時一個狀貌魁梧，中郎打扮的人從闕門出來。他年紀大約三十多歲，高額修頦，疎朗朗的三

1 即「小東西」。

縚長鬚，一望而知是楚人，鼻直口方，雙目奕奕有神，顯露着他的機智和幹才。他原是楚國上蔡的小吏，姓李名斯，曾從荀卿學帝王之術，與韓非同學。後來他到秦國，走通了門路，在相府做舍人，呂不韋看他很能幹，就保薦他在秦王駕前當一名中郎（入掌門戶出充車騎的侍臣）。職位雖不算高，可是他做事非常幹練，應對又很便給，所以很為秦王所倚重。那兩個陛楯郎看見他進來，慌忙斂笑立正。

李：優旃，外面風聲這麼緊，彗星又突然出現了，你還儘在開頑笑。大王一回兒就下來，仔細挨一頓罵。

旃：呦！李斯——（故意改容）不，我的李中郎。你知道：

（念數板）恭維好比殺人的刀，
痛罵倒是治病的藥。
我不怕大王把我魷魚炒，
就怕棉裏藏針給我戴高帽。

李：（打斷他）不要唱了。大王教你挑選兩隻最好的鬥雞，送給兩位王弟。你趁早給送去吧。

旃：明兒個送去也不遲。這回兒天都快黑了，忙甚麼？

李：你可不要忘了，明天是大王舉行冠禮的大喜日子。

旃：我說：

你為大王，掌管門戶，出充車騎。

我為大王，插科打諢，解愁消氣。

你我是「風馬牛不相及」；

我不管你神出鬼沒的用詭計，

你也休管我甚麼時候兒送鬥雞！

李：算了，算了。我纔說了一句，倒惹你又唱了一段。

（這時趙高自右上。他年紀還不到三十歲，雖然說話略帶雌音，嘴上一根鬍鬚也沒有，可是卻生得一副精明強幹的樣子。那時他還沒做中車府令，只是秦王左右一名親信的宦官。）

李：趙高，有甚麼消息？

趙：剛才——（見優旃在旁，他突然住口不往下說。）

旃：你儘管放心。你們鬼鬼祟祟的事講給我聽，我還嫌煩呢！

（他一轉身，骨碌就地一滾，自右後方下。李斯和趙高目送他出去，然後到右下方低聲密語。）

趙：在下得到密報，剛才彗星突然出現，嫪毐就進宮去見太后，據說也許要請太史令占卜一下，吉凶如何。

李：哦。這個消息如果可靠，那麼事情也許還有變化。

趙：消息是太后左右的人透露出來的，絕不會不可靠。

李：正是：天有不測風雲。人事的變化是難以逆料的。剛才咸陽有消息傳來，說王后聽見了嫪毐要發動變亂，特地懇求華陽老太后調動昌平君昌文君的兩支精兵，趕到雍城來保駕。她又約了呂相國來，請大王面授機宜。

趙：啊！果然不出大王之所料！

李：這是必然的。太后和嫪毐是呂相國的對頭，如果他們將大王廢了，立王弟為君，呂相國的地位權力也就完了。依目前的形勢而言，呂相國非出死力來擁護大王不可。怕的是太后和嫪毐幡然變計，暫時沒有舉動，那麼呂相國就師出無名了。

趙：既然如此，那麼我們趕快將消息啟奏大王吧。

（闕門外傳來腳聲和談話聲。李斯慌忙一看。）

李：大王跟太史令從露台下來了。

（趙高忙走到左前方鵠立，李斯略退後幾步，拱身候駕，陛楯郎肅然立正，像兩尊石像。霎時間太史令胡毋敬陪着秦王趙政自闕門入。胡毋敬年紀大約六七十歲，鬚髮斑白，道貌岸然。他雖不是執掌行政權的大員，可很受王室的敬禮。

秦王趙政那時只有二十二歲，據《史記．秦始皇本紀》的記載，他是個「蜂準長目，鷙鳥膺，豺聲」的畸形人物。可是他的血液裏充溢着青春的活力和朝氣；人家雖看他「其貌不揚」，卻並不覺得他「面目可憎」。他的眉梢唇角，常常流露幾分笑意，見人的時候，態度非常謙撝，有時候甚至於有些自卑。皮相的觀察者一定認為他不過是一個沒有甚麼作為的庸主，不知道在他平庸謙虛的外表之下，隱藏着莫測高深的機智和雄心。他一邊從台階上走下來，一邊傾聽着胡母敬的議論。

敬：（邊走邊說）……前年彗星出現，將軍蒙驁在兩軍陣前，斷送了性命；到五月裏彗星再見，十六日之後夏太后就歸天了。這一次彗星，橫掃天空，比前年的更大，更亮。據臣的愚見，這是上天垂象，大王必須小心在意才是。

政：（看李斯趙高的神情，知道必有要事，可是他仍鎮定地與胡母敬談話。）太史令說的是。寡人一定小心在意。（向李斯走去）你有甚麼事？（李斯上前低語。秦王聽了故意裝得若無其事的樣子。）嗐！這種謠言，也值得這麼大驚小怪！

敬：但不知是甚麼謠言？

政：李斯說外頭謠傳，長信侯嫪毐和文信侯呂不韋已經在咸陽聚集了家僮，準備一決雌雄。這可不是捕風捉影之談麼？

敬：依老臣之見，這倒不一定是捕風捉影之談。嫪毐和呂相國明爭暗鬥，積不相容，已經有好多年了。大王親政是他們的生死關頭，他們當然要拚一個你死我活了。

政：（故作驚慌）難道說在寡人舉行冠禮之前，他們就要有甚麼舉動麼？

敬：這是咸陽傳來的消息，大王寧可信其有，不可信其無。

政：啊！寡人離開咸陽只有三日，想不到他們竟然鬧到這步田地！如今國家的大權不在寡人手裏，如果他們真的廝殺起來，這可怎麼得了？

敬：這次兩虎相爭，如果嫪毐得勝，（他向左右一望，不往下說。）

政：（會意）你們退下。

李斯、趙高和陛楯郎等：遵旨！

（他們退下。胡母敬機密地與秦王低語。）

敬：如果嫪毐得勝，只怕對大王大大的不利。

政：（佯為不解）太史令此話怎講？

敬：大王須知，太后心愛的不是大王，而是大王的兩位御弟。

政：這個寡人知道。

敬：據老臣所知，太后早有廢長立幼之心，只怕呂相國力持異議，所以不敢輕舉妄動。嫪毐是太后政：心腹的倖臣，如果他戰勝了呂相國，大王的寶座恐怕就要發生動搖！

（做作得非常懦弱無能）既然如此，寡人倒不如明哲保身，乘早讓位與大王弟，免得嫪毐來逼宮。

但不知太史令的高見如何？

敬：（愕然）大王要讓位與王弟？

政：除此之外，還有甚麼別的辦法呢？

敬：據老臣看，這一次兩虎相爭，嫪毐一定先發兵攻擊呂相國，可是呂相國老謀深算，還有許多精兵猛將願意拔刀相助，嫪毐飛揚跋扈，不得人心，雖有太后做他的靠山，也不見得是呂相國的敵手。

政：不過太后和嫪毐都很相信天文，如今彗星出現，他們也許會按兵不動的。

敬：他們看見彗星，一定要問老臣吉凶如何。老臣只消三言兩語，管教他們箭在弦上，不得不發的。

政：多謝太史令為寡人效忠。

敬：大王不必過謙，老臣告辭了。

（秦王送太史敬下，他轉身過來，優旃已自右後方上。）

旃：（舒了一口氣）這糟老頭子總算走了！

政：原來你在偷聽機密。

旃：大王，耳朵聰明的不用偷聽，眼睛聰明的不用偷看。我優旃雖然愚蠢，也不肯自投羅網，給自己找麻煩的。

政：優旃，明天舉行冠禮，寡人想讓位給大王弟，你以為如何？

旃：大王，我說王位王位真玄妙，
矮人坐了就比長人高，
可是神仙坐了也會多煩惱。
你說它不好，
為甚麼人人都當它是無價寶？
你說它好，
為甚麼送給許由他不要？
如果坐得穩，天下太平萬國朝，
如果坐不穩，難免脖子上吃一刀。
你坐了上去就休想跑，
是禍是福是憂是喜，你得一擔挑。
你想讓位給別人要乘早

政：別等到時過境遷欲罷不能，你再雙腳跳。

旃：你說的很有些道理，可是說來說去，還是沒有個着落。

政：有了着落就是正經。優旃甚麼都會說，就是說不出半句正經。若要說出正經，除非等我壽終正寢。

（啞然失望）嘖，嘖！你這個油嘴！

（李斯上）

旃：（指着李斯）說正經的來了。

李：啟稟大王，王后駕到。

政：哦，她不是原定明日來的麼？

李：王后是跟華陽老太后同來的。

政：啊，她把她的祖姑母也拉來了。

李：聽說相國文信侯呂不韋也要來覲見大王，他少時就到。

政：哦，（機密地）你別忘記了，他們來見的時候，你和趙高得隨機進來，報一兩次緊急的消息。

趙：是。大王。

政：現在先請王后進來。

趙：是，大王。（轉身向右去）

政：優旃！你暫且迴避，王后就要進來了。

旃：是，大王。（說着，他一溜煙從左方下。）

（趙高從左方上，恭敬地立在一旁。王后隨後從外邊走進來。她年紀大約比秦王小兩三歲，可是遠不如他那麼成熟，神情間還保留着少女的天真和稚氣，她系出楚國的王族，是華陽太后的內侄孫女。她的容貌像蘭芷一般清秀，和秦王的醜陋，恰好成一個強烈的對比。富貴沒有使她變得庸俗，宮廷生活沒有桎梏她浪漫的幻想。在法治的，現實的秦國，她好似戈壁沙漠裏一個小小的綠洲，孤獨地，頑強地，不受環境的同化。這種氣質，在思想上，昇華為老莊的哲學，在文學上，結晶成屈宋的辭藻，在政治上，鍛煉出「楚雖三戶，亡秦必楚」那種韌的戰鬥性。但氣質是空虛的，潛在的，流露在王后外表的僅是一般人認為楚國人的弱點：幼稚、浮躁、脆弱、誇誕、不實際、感情用事。在秦王的心目中，他的王后就是這麼一個人物。

她匆匆地走進殿來，臉上顯然罩着一層憂慮的陰影。秦王自御座下來，迎接她。她疾趨而前，緊緊地握着他的手。這時趙高悄悄地退下。

后：東皇太——！（在舞台上演出時可代之以「天呀！」）妾身躭心了好半天，現在才放下了胸口這塊石頭。

政：你就心甚麼呀，夫人？（笑着說）我離開咸陽三日，你就不放心了麼？

后：我不是不放心別的，你不知道，謠言說雍城兵變，蘄年宮已經被圍了。我和祖姑母本來約定明天一早來參加你的冠禮的，後來聽到了這個消息，我們就趕先來了。誰知道，走到半路，又看見天上彗星出現，祖姑母說這是不祥之兆。你叫我怎麼能不着急呢？

政：哦！她老人家在哪裏？

后：她先到西宮歇息去了。我特地求她老人家發了兵符給昌平君和昌文君，調動本部人馬，前來給大王保駕。

政：啊，你把他們的人馬都調來了？

后：是的。

政：唉！這樣打草驚蛇，真的要激起兵變來了！

后：你放心。三軍都在城外紮營，一個都沒有進城來。

政：你真是楚國人的脾氣，少時，你見了母后，要是她問你：為甚麼帶這麼許多兵來，你有何言答對？

后：（稚氣地）我可以說：他們是特地賀大王舉行冠禮的。

政：嘖嘖！你們以為母后和嫪毐是三歲的小孩子麼？

后：那末我跟祖姑母說，教昌平君昌文君各回原防就是了。

政：算了。如果打發他們回去，反而露出痕跡來了。讓他們駐紮在城外也好。說不定早晚就用得着他們呢。

（這時趙高自左上）

趙：啟稟大王，剛得到咸陽來的密報，說長信侯嫪毐的家僮五千人，弓上弦，刀出鞘地，如臨大敵，恐怕要發生變亂。

后：啊呀，這可怎麼得了呢？

政：（安慰她）你不必驚慌。咸陽離開這裏有五里地，萬一發生變亂，有昌平君和昌文君在此，料想無妨。

后：可是，咸陽是我國的都城，是大王的根基。大王怎麼可以在此地偏安，而不顧都城的安危呢？

政：（優柔寡斷地）你這麼慌張，我更沒有主意了。（向趙高）你教他們再去探聽，再作道理。

趙：是，大王。（下）

后：你教我不要慌張。我們總不能像沒事人似的，呆在這裏，不想一個應付之策呀！

政：夫人須知，這是嫪毐和呂不韋的衝突。他們兩虎相鬥，你我何必置身其間，招災惹禍呢？

后：大王平日優柔寡斷，還只罷了。如今咸陽就要發生變亂，你既然是一國之主，就不能袖手旁觀，政：隨他們兩家，把你的都城當戰場的。

后：咳，我的好夫人，國家的大權不在我手裏，難道你要我憑着赤手空拳，來對付他們麼？

政：妾身可以替你向祖姑母借兵符，將昌平君和昌文君的人馬聽你調遣的。

后：（躊躇的）可是老太后只有這兩道兵符，其餘的差不多都在太后手裏，你知道太后是幫嫪毐的。

政：太后總不見得幫着嫪毐來對付你呀。

后：難道你不知道——（突然縮住話頭，似有難言之隱。）

政：大王怎麼不往下說呀？

后：咳！說出來，徒然給你添憂，倒不如不說的好。

政：我情願添憂。（不耐煩地）這麼半吞半吐的，我可受不了。

后：好，我說，我說。（低聲說）你知道我有兩個兄弟，據你看，太后寵愛我呢，還是寵愛他們？

政：太后寵愛兩位王弟。

后：你既然知道，就該明白了。

政：（略一思忖）難道說，太后有廢立之意不成？

后：（忙向她搖手）低聲！（向四邊一看，然後機密地說。）實話告訴你，太后早就想把我廢了，立大王弟為國君，就怕相父呂不韋反對，如果不韋下台，我這王位也就坐不穩了！

后：真有這樣的事。（略停）那麼大王何不借重呂不韋的力量，來對抗嫪毐呢？

政：（懦怯地）這未免太冒險了。萬一呂不韋鬥不過嫪毐，你我豈不是就有殺身之禍？我看，我們還是安分守己，置身事外，這樣縱然保不住王位，也許還可以保全性命。

后：常言道：「畏首畏尾，身其餘幾？」大王何以見得呂不韋鬥不過嫪毐？他門下食客幾千，都是有才幹的人，還有上萬的家將家僮，嫪毐可只有幾千個家僮呀。

政：可是管轄宮門衛屯的衛尉竭，統治都城的內史肆，這一班人都是嫪毐的黨羽。夫人可知道麼？

后：（不耐煩地）不錯。可是呂不韋也有王翦、王賁、李信、蒙恬、楊端和、桓齮，這些大將和他意氣相投。在危急之時，他們可以拔刀相助的。

政：不過兵符在太后手裏，他們怎麼能輕舉妄動？除非——

后：（搶着說）有昌平君和昌文君的人馬，對付嫪毐已綽綽有餘了。

政：（沉吟一下）夫人以為呂不韋一定肯為我們效忠麼？

后：他一方面為大王效忠，一方面可以借此打倒自己的政敵，（焦急地）這樣一舉兩得的事，他又何樂而不為呢，大王？

政：你不要性急，讓我再想一想。

（這時趙高自左上）

趙：啟稟大王，相國文信侯呂不韋剛從咸陽到此，有要事求見。

后：（興奮地）啊，他特地從咸陽來，一定有效忠之意。大王快和他推心置腹地談一談，不要錯過了機會。

政：我還沒有仔細想過呢。

后：（又懇摯、又躁急。）如今變亂就在眼前，大王再不當機立斷，將來後悔就來不及了！

政：（勉強地）你既然這樣迫不及待，那麼——（向趙高）你快去請太史令來。（向王后）讓他先探探呂不韋的口氣再說。

后：唶，何必煩太史令呢？待妾身來探問他就是了。

政：也好。我先迴避一回兒。（向趙高）你到殿後叫優旃來。

趙：是，大王。（自右後方下）

政：（向王后）呂不韋是個非常機警的人，你可千萬不要讓他覺得你是代我探他口氣的。

后：我知道。（敲釘轉腳地）如果他有效忠之意，我就請大王出來和他面談。

政：我到露台上去，暗中觀察，到時我自會下來。

（這時趙高和優旃自右後方上）

政：（向趙高）請文信侯進來。

趙：是，大王。

政：（向他暗遞眼色）你可別忘了！

趙：遵旨。（自左下）

政：（向優旃）你隨我來。（向露台走去）

旃：大王到哪裏去？

政：寡人想再上去看看彗星。

旃：（慌忙跪下）求求大王，這個好差使照顧了別人吧。

政：既然是好差使，那就非賞給你不可。

旃：謝大王。可是——（雙手按着肚子往下蹲）啊呀！不好了！

政：你怎麼了？

旃：肚——肚子忽然痛起來了！（滿地亂滾）哎喲……痛死我了……

政：你只要再看一下彗星，肚子就不痛了。（把優旃一把抓起來，拖着他向台階走去。）

旃：（邊走邊嚷）哎唷……救命呀……

（秦王和優旃走上露台去，王后到右方，剛坐在御座上，趙高已自左入。）

趙：（高聲報告）相國，文信侯呂不韋進見。

(呂不韋自左上。這位遐邇聞名，《呂氏春秋》的作者，生得身軀魁梧、器宇軒昂、一望而知是一個廊廟之器、一個傑出的領袖。他雖然出身是陽翟的大腹賈，他的腰圍可並不怎麼大，也沒有一般市儈們的俗氣。他有頭腦、有眼光、有魄力、有見識、有圓活的手腕，還有投機家的冒險精神。他愛好的是遠大的事業，對蠅頭微利，可不怎麼感興趣，如果有可能獲利無倍的「奇貨可居」，他可願意傾囊一博毫無吝色。他在秦國政治上的地位和權勢，就是從投資於「奇貨」得來的收穫。他的年紀大約六十歲上下，鬚髯已經斑白，但步履仍很輕健，和一個三四十歲的人，不分軒輊，他走進殿來，看見御座上坐的是王后，不是秦王，心裏暗自納罕，王后謙遜地起立相迎，他忙搶步上前，深深一揖。)

呂：老臣呂不韋參見王后，千歲。

(趙高悄然下)

后：相父少禮，(坐下)大王略有小事羈身，相父有甚麼話，儘管請講，我可以代奏。

呂：(開門見山地)恕老臣斗膽，先要請問王后，華陽老太后將昌平君和昌文君的人馬，調到這裏來，不知為了何事？

后：只因咸陽謠傳，此地發生了兵變，是我稟明了老太后，發出兵符，命他們前來保駕的。

呂：原來如此。王后可知這是亂黨調虎離山之計麼？

后：相父意思説——嫪毐？

呂：正是他。

后：（恍然）怪不得剛才大王得到密報，說咸陽眼前就要發生變亂呢！

呂：這不過是管中窺豹，只見一斑而已（從袖內取出一小卷帛書來，遞給王后。）王后欲見全豹，請看這一卷。

后：（閱卷後神色變得緊張）剛才大王告訴我，他們早有廢立之意，想不到如今他們竟然想滅此朝食了！（將帛書交還呂不韋）

呂：（聲音低沉而緊）據老臣得到的密報，今晚半夜時分，他們就要在咸陽發動變亂，將大王廢為庶人，擁立王弟為秦國的國君，所以，老臣特地前來，奏明大王，乘早定一個萬全之策，免得到時候做他們的階下囚，那就來不及了！

后：（驚慌地）他們當真今晚就要動手麼？

呂：（冷冷地一笑）今晚不動手，難道要等明日大王舉行冠禮，取得大權之後，再動手麼？

后：我只料到眼前就要發生變亂，誰知道大火已經燒到眉毛上來了！

（這時趙高匆匆自左上）

趙：請王后代稟大王，剛才得到密報，衛尉竭和內史肆喬裝改扮，從咸陽來，此刻正在長信侯府上與嫪毐密談呢！

后：（愕然）哦！

（趙高下）

呂：他們二人突如其來，恐怕情勢已經迫不及待了。

后：啊呀，這便如何是好？（焦灼地）大王優柔寡斷，相父你是知道的。如今事情到了這步田地，相父總不能袖手旁觀，任憑他做釜底之魚呀。

呂：王后不必焦慮。老臣如果袖手旁觀，也不會冒寒挨凍地趕到蘄年宮來見大王了。

后：相父如肯為大王效忠，剪除嫪毐這一班逆黨，我與大王沒齒不忘你的大德。

呂：（躬身）老臣萬不敢當。本來，為大王效忠，是老臣分內之事。嫪毐雖然猖狂，好在他的羽毛還沒豐滿，要剪滅他還不算太難。（乘勢轉入正題）不過，目前形格勢禁，老臣不能不有所顧忌。

后：（恍然）嫪毐是太后的心腹，所以相父有「投鼠忌器」的顧忌，是不是？

呂：「投鼠忌器」還不要緊，怕的是，翦滅嫪毐之後，萬一太后翻起臉來，大王又不肯挺身而出，替老臣作主。那時候老臣上天無路，入地無門，縱然一死，也沒有葬身之地了！

后：相父儘管放心。明日舉行冠禮之後，大權就歸大王執掌，縱然太后要為嫪毐報仇，大王也不會順從她的。

呂：大王對太后一向「唯命是聽」，誰能保證他以後不聽太后的話呢？

后：相父如果放心不下，我可以為大王擔保，但不知相父相信否？

呂：王后為大王擔保，老臣豈有不信之理？不過，母子乃是骨肉之親，王后雖然和大王是夫婦，也難以保證大王不聽母命的。此事只有大王自己，才可以保證，別人是不能勝任的。

（這時只聽得一陣腳聲，優旃忽然從露台上跑下來，一個筋斗，直翻到台前，他跳起身來，隨口就念。）

旃：文信侯，真乖巧，
沒講好，先要保，
娘娘出面還怕不可靠，
一定要大王親自寫包票。
依我說，大王年青，嘴上無毛，
說話好比沒線的紙鷂，沒根兒的苗。
老相爺倒不如把我優旃來找
讓我代替大王來撐你的腰。
保你一輩子太平無事，沒煩惱，

哪怕青天塌下來，你都不會倒。
萬一太后翻臉，不念你的大功勞，
我優旃情願代替相爺去坐監牢。
要是我臨時反悔，叫一聲「饒」
隨便你把我抽筋、剝皮、拔掉我的毛，
再把我的鼻子割下來，去餵狗，餵貓。

后：請問相爺，你說好，不好？

旃：相國與我商議國家大事，你不要在這兒打攪！
（嬉皮笑臉地）相爺，我優旃做保，你老人家還不要麼？
（這時秦王從露台下來，站在台階上。）

政：慢來，慢來！（他走下台階）

呂：（忙搶步上前）老臣呂不韋，參見大王。

政：相父上禮。

旃：（哭喪着臉，裝出一肚子的委屈。）臣給大王做保人，可是相爺睬都不睬。這未免太瞧不起人了！

政：（故作不解）這是怎麼一回事呀？

后：妾身請相父翦滅亂黨，他恐怕太后怪罪於他，一定要大王親自保證，他才能夠效忠。

政：啊！相父要寡人保證！（向呂）只要相父能夠相信我，我一定勉為其難。不過，我是個有名無實的國王，與其叫我保證相父，還不如相父自己保證自己，比較可靠得多。

呂：到明日，舉行冠禮之後，太后照規矩應該將政權交給大王，那時候大王還怕沒有實權麼？

政：如果太后真的歸政，那當然水到渠成，一點沒有疑問。萬一她仍舊專政，寡人可不依然是個掛名的國君麼？

呂：老臣顧慮的就是這一點。要是大王始終仰太后的鼻息，這就難了。

（優旃從旁邊竄出來念數板）

旃：你說難來他說難，
我看一點兒都不相干，
萬一太后掐着政權不肯還，
我就買幾本武俠小說給她看，
保險她看得津津有味，忘了吃飯，
國家大事，不用說，她更要嫌煩，
一定交給大王，由你去管。

如果大王不肯接過來辦，她准要恨得你像一隻等張不來的嵌八萬。

政：（假意怒斥優旃）醜奴才，國家大事也配你插嘴！

（優旃吐吐舌頭，就地翻個筋斗，由右後方下。這時趙高自左上。）

趙：啟奏大王，衛尉竭和內使肆從咸陽來到了長信侯府上，侯府的家僮都弓上弦，刀出鞘，賓客去拜訪，一概擋駕。

政：（故作驚慌）哦……叫他們再去探來！

趙：是，大王。（下）

后：（似坐針氈）咳，我們還沒有商量出一個辦法，人家已經「如臨大敵」似的，快要發動了（迫切地）難道我們就這麼束手待斃不成?!

呂：王后不用着急，嫪毐作亂，老臣只須略施小計，就可以平定，只要大王保證老臣，不會因此而得禍，老臣就可以放心去進行了。

后：說來說去還是要大王保證。（向秦王）可是大王偏又保證不了，妾身擔保他又不要，這——這可真要急死人了。

呂：大王既然不能保證，那麼只剩一條路可走，如果這條路也行不通，老臣只有離開秦國，回到陽翟去做買賣，幹我的老本行，免得在這裏做釜底之魚了。

后：但不知相父要大王走哪一條路？

呂：說起來也很平常，只要大王在平定嫪毐的變亂之後，依從老臣的愚見，發落這班亂黨，萬萬不可徇私容情，這樣，他們才不至於死灰復燃，老臣就可以高枕而臥，大王的寶位也可以安如泰山，永遠沒有後患了。

政：相父要寡人照你的意見，發落這班亂黨，這個——（略一遲疑）寡人大概還做得到。（向王后）夫人以為如何？

后：大王不必遲疑了，發落亂黨，必須根據商鞅的法律，相父決不會一意孤行的。

政：（向呂）那麼！寡人一定遵命就是了。

呂：老臣不敢當，（目光如電，瞅着秦王。）不過，君無戲言，在發落亂黨之時，萬一太后出來干預，大王自信能彀堅持不屈，一點不動搖麼？

后：（看秦王有些遲疑，忙挺身上前。）相父請放寬心，萬一太后出來干預，我一定以死力爭，決不讓大王食言而肥的！

呂：既然如此，就請王后給老臣一個憑證。

后：（解下腰帶上的一雙玉璧）這一對是大王送給我定情之物（將玉璧的一隻遞給呂不韋）相父收着

呂：這一塊以為憑信，大王如果變卦，我寧可與這一雙璧同為玉碎，不為瓦全。

政：謝王后，（躬身）如今形勢危急，老臣只能勉為其難，先將亂黨肅清，以報大王和王后知遇之恩！

呂：但不知相父有何妙計，可以將亂黨一鼓而下？

政：老臣這就趕回咸陽，率領家將家僮，進攻亂黨巢穴，殺他一個措手不及。

呂：如果嫪毐請太后發出兵符，調動大軍到咸陽來救應，相父便怎樣應付？

調動遠處的兵，須要好多日子，在咸陽附近，他們只有少數的人馬可以調動，大王只消派昌平君和昌文君來接應，從後面夾攻，嫪毐一定全軍覆沒，束手就擒，大約日出之前，大王就可以聽到好消息了！

后：（興奮地）啊，早知道相父成竹在胸，我們也不用擔心了。

呂：（像教師教誨學生似的）一國之君本來只要將大事交給臣子，臣子自會替他治國平天下的。

后：相父意思說——（接着朗誦）「君也者處靈，素服而無智故能使眾智也，智反無能，故能使眾能也，能執無為，故能使眾為也。」是不是？

政：（向呂）你看，她把你的大作《呂氏春秋》都背得爛熟了。（這時趙高自左上）

趙：啟奏大王，衛尉竭和內史肆，剛從長信侯府裏出來！已經回咸陽去了。

政：嘖嘖，他們無論施甚麼詭計，也逃不出相父的神機妙算呀！

呂：可是大王也不可以輕敵，常言道「驕者必敗」，這「驕」字乃是兵家之大忌，我們還是小心謹慎的好。

政：相父説的是！

（這時優旃慌慌張張地自右後方上，跑到秦王跟前。）

旃：（喘息未定）大—大—大王！

政：你慌慌張張的作甚麼？

旃：啟奏大王，太后——和嫪毐快來了！

政：（驚慌地）哦！

后：相父快到西宮去，迴避一下吧。

呂：老臣還得趕回去，調兵遣將，這就告辭了。（他忙向秦王及王后鞠躬）

政：那麼寡人也不強留！

后：祝相父馬到成功！

呂：託大王和王后的鴻福！

（呂不韋匆匆下，秦王親自送他到殿左方，然後敏捷地回轉身來，在一剎那間，他的神情態度突然發生了一種魔術似的幻變，和先前判若二人。他好像天外飛來的山峰，屹立在殿上，迅速地，可是有條理地，發號施令，他的聲音忽然變得響朗，堅決，具有不可抗的壓力，儼然是一個大獨裁的聲音。）

政：（向王后）王后聽旨，（王后瞠目望着他，幾乎不相信自己的耳朵。）你快到西宮去，請老太后將昌平君和昌文君的兵符交給寡人，萬一變生肘腋，寡人可以隨調兵應變，免得誤了大事！

后：（仍在眩惑中，機械地。）妾身遵旨。（匆匆自左下）

政：（向趙高）快傳李斯進來。

趙：遵旨！（疾趨而下）

政：（向優旃）你在殿後守着，看見太后和嫪毐來，即刻報上來！

旃：遵旨！

政：快去！

（優旃連跑帶翻筋斗，向右後方下，這時趙高引李斯自左上，李斯搶步上前，剛要行禮，秦王忙搖手攔住他。）

政：不用行禮了，趕快跪下，（李斯慌忙跪下，莫明其妙地。）太后和嫪毐即刻就到這裏來，寡人假裝審問你，你要看寡人的眼色，隨機應變，千萬不要説錯了話！

李：是，大王。

政：（向趙高）你在一旁，見機行事，萬一李斯説話有疏漏之處，你即刻替他彌補。

趙：是！大王！

（這時優旃緊張地自右後方跑出來，邊跑邊説。）

旃：來了，來了！

（秦王忙走到右方，坐在御座上，開始審訊。）

政：（怒容滿面地向李斯）你從實招來，你是不是文信侯的黨羽？（他説得一半，宮女數人已自右後方出現，太后和嫪毐隨後就上，太后年紀雖已四十上下，但還保持着幾分年青時的風韻，她的眼睛又大又黑，顧盼時目光四射，顯露出她放誕任性的本相，她是趙國人，具有北方人的臉型，鼻樑很高，準頭很高，嘴唇相當寬闊，像多數北方人一樣，她是一個外在的人，一本攤開的書，有些人喜歡她的豪爽直率，有些人卻憎惡她的浮躁，沒有含蓄，其實這不過是一個個性的兩方面，見仁見智，各不相同而已，嫪毐是她得寵的太監，比她略小幾歲，他原來出身很微賤，可是進宮之後，得到太后的賞識，陡然平步登天，變成秦國最有權勢的人物，宮廷的豪奢生活，養得他腸肥腦滿，居然像一個廊廟之器，可是神態之間還免不了暴露出「乞兒暴富」的猥屑相，高顴骨，塌鼻樑，和狹小的三角眼，給他構成一幅又驕橫，又諂媚的面目，雌雞似的嗓音，和他肥碩的軀體，很不調和，可是秦國的政治舞台上，他的聲音是最響亮的。

他們走進殿來，驀見秦王在親自鞫訊，不由得愣了一愣。

趙：（向李斯吆喝）快招呀！

李：（連連向秦王碰頭）大王明鑒，臣實在不是文信侯的黨羽，

（這時秦王瞥見太后和嫪毐，他忙離座相迎。）

（優旃和趙高也跪下）

政：兒臣迎接母后！

嫪：（略一躬身）臣嫪毐參見大王！

（優旃和趙高起身）

太后：大王，你在作甚麼？

（優旃搶步上前，向太后躬身。）

旃：讓優旃替大王回稟太后，我說——（接着就滑稽地念起來）

我說：希奇希奇真希奇

老虎要吃花生米，

黃蓮樹上結了一個小荸薺，

蘄年宮裏出了一個大啞謎。

李斯在那邊兒愁眉苦臉地，好像下蛋下不出來的老母雞。
趙高在這邊兒豎眉瞪眼地，好像驢子傷了風在擤鼻涕。
大王坐在上頭，好像姜太公在妲己！
但看他的眉毛，一回兒高來一回兒低，
一回兒打破沙鍋問到底，
一回兒平白無端的發脾氣，
要是他們爺兒三（讀如薩）不是在做戲，
那是我優旃脫了襪子在放——

旃：（太后向他一瞪眼，他慌忙按住嘴，然後小心翼翼地念下去。）
——在放冷氣。

（太后聽了忍俊不禁，嫪毐也湊趣陪着笑，其餘的人都咬着嘴唇，不敢笑出聲來。）

政：（忍着笑，斥優旃。）在太后駕前，你敢這樣放肆！

太：不要罵他，為娘看見彗星出現，心裏不自在了半天，難得他給我解悶兒，（向嫪毐）長信侯，
賞他兩枚大錢！

毐：是，太后。（掏出兩枚十二銖的大錢來，賞給優旃。）

旃：謝太后。（向太后拜了一拜，起身退立一旁。）

太：（向秦王）你剛才在作甚麼？

政：兒臣因為彗星出現，特地吩咐左右，大小官員到蘄年宮來都不准通報，誰知道李斯大膽，偏偏將文信侯呂不韋放了進來。

太：為娘也聽說呂不韋來了，現在他在哪裏？

政：他已經回咸陽去了！

太：哦，（向嫪毐）長信侯，你手下有沒有吃了飯管事的人，你看，我們剛聽說他來，人家已經回去了！

毐：太后說的是，這一班貪吃懶做的酒囊飯袋，非要罪他們做四年城旦，採三年鬼薪，才肯改呢！

太：等他們「改」還來得及，倒不如你自己多費點心吧。

毐：真的是，剛才陪太后聽樂工們彈箏，我儘顧着「黃鐘」，倒錯過了「大呂」了。（他笑吟吟地，對自己的幽默非常得意。）

太：（微微一哂，轉面向秦王。）為娘看你審了半天，還像瞎子穿線似的，沒找到鍼眼，倒不如我來替你審吧！

政：是，母后！

（太后不等待秦王回答，逕自向右方走去，嫪毐忙追隨於後，扶她上台階，登御座。）

太：（用手一指）你們都站在一旁！

政：是，母后！

（秦王站在中間偏右，優旃和趙高挨次而在他左邊，李斯仍然跪在台左，嫪毐在御座前伺候，宮女們在太后兩旁。）

太：李斯，你可知道「不聽君命」是甚麼罪名？

李：臣知道，依法輕則割鼻，重則棄市。

太：那麼你怎麼敢不聽大王的旨意，讓呂不韋進來？

（李斯向秦王投了一眼）

政：（邊說邊向李斯使眼色）太后問你，怎麼會讓他進來的？

太：（向秦王）不用你傳話，他聽得懂，（向李斯）快說！

李：文信侯等不及通報，就自己進來了，他說，有緊急軍情，要面奏大王，所以臣沒敢攔阻！

太：哦，（向嫪毐投了一眼，再問李斯。）他有甚麼緊急軍情？

李：他進來面奏大王，臣在外邊可不知道！

太：（向趙高）你知道麼？

旃：（指着自己的鼻子）我！

太：不問你！

趙：臣也不知道！

太：（向秦王）那麼你呢？

政：（陪着笑臉）呂不韋說的話，兒臣可不敢相信！

太：他說些甚麼來了？

政：（吞吞吐吐地）他說——今晚咸陽城也許發生兵變，他要兒臣下一度密旨，准他先斬後奏，格殺勿論，他才可以討伐這班亂黨！

太：亂黨？（冷笑一聲）他說亂黨是誰？

政：兒臣不敢說！

太：叫你說，偏這麼拖泥帶水的，我又不是毒蛇猛虎，怕吃了你不成，（疾言厲色地）你說，誰是亂黨？

政：呂不韋說，（囁嚅地）衛尉竭……是亂黨！

太：既然是亂黨，當然不止一個人，還有誰？

政：他說，還有內史肆……佐戈竭……中大夫令齊這一班人！

太：（以目向嫪毐示意，然後向秦王冷笑一聲。）哼哼，他有沒有告訴你，為首的是哪一個？

政：為首的——（戰慄地）他說，就是……（眼看着地）長——長信侯！

毐：（太后和嫪毐早就料到，所以並不驚訝，他們只相視而笑。）哈哈哈！真是笑話奇談，這老賊自己要造反，反倒說我是亂黨！

政：（瞠目結舌地）你說呂不韋要造反?!

太：（冷笑）哼！這個消息滿宮裏都知道了，你還睡在鼓裏麼？

政：這恐怕是捕風捉影之談吧！

太：你還幫着他說話？

政：臣兒並不是袒護呂不韋，不過，他究竟是先王的大功臣！

太：（搶着說）不錯，（一口氣說下去，如數家珍。）當初先王在趙國做質子，他在邯鄲做買賣，乘便替先王跑跑腿，到咸陽來，使了幾個臭錢，走通陽泉君的門路，勸華陽老太后立先王為嫡子，這點功勞，他自吹自擂了十幾年，誰都聽得耳朵裏生老趼了，拆穿了說，有甚麼希奇，先王繼承王位，這是他命中注定的福氣，就算沒有呂不韋幫忙，他不見得就餓死在邯鄲呀。

政：母后說的是，可是，平心而論，呂不韋是多少有點功勞的！

太：憑着這點功勞他做了十二年的宰相，封了文信侯，食邑河南洛陽十萬戶，尊榮富貴，誰都比他政：不上，難道說，這還不彀報答他的麼？（愈說愈生氣）如今他要造反，你還口口聲聲的念着他功勞？一死兒不相信，我看你呀，真的是愈長愈糊塗了。

太：兒臣並不是不相信，就怕眾口鑠金，冤枉了兩代的老臣！

政：老實告訴你，要不是有人告發他，為娘也不會相信他會造反的！

太：哦，但不知是誰告發他！

政：告發他的不是別人，就是以前在他門下做舍人，現在在你駕前當議郎的李斯！

太：（大驚失色，向李斯。）是你?!

李：是的，大王！

政：你——你怎麼知道呂不韋要造反？

李：是相府的舍人們，私下告訴臣的！

政：那麼，你為甚麼不稟明寡人知道？

李：只因大王一向不准隨從在左右的人，說長道短，播弄是非，所以臣只能「三緘其口」了！

政：（佯怒）你既然知道呂不韋要謀為不軌，那麼剛才你為甚麼還要放他進來？

李：臣把他放進來，無非想乘此機會，打聽他隨從的舍人們，咸陽有甚麼動靜！

政：他們怎麼說？

李：他們……他們說，今晚咸陽要發生兵變！

政：（以目向他示意）他們意思說，呂不韋今晚上就要動手麼？

李：是大王，他今晚上就要動手了！

（太后和嫪毐警惕地以目相視）

太：（向秦王）現在你該相信了吧！

政：要不是母后親自審問李斯，兒臣到現在還在夢裏呢！

太：（向李斯）不用問你了，起來吧！

李：謝太后。（起身）

太：（向李斯，趙高，優旃。）你們退下！

李：是，太后。（他們退下）

（太后離座，走下平台來，嫪毐忙上前攙扶。）

太：（笑着說）呂不韋今晚就要動手了，你也該乘早打定主意是跟着他走呢，還是跟我走？

政：（惶恐地）母后說哪裏的話，兒臣當然唯母后之命是聽呀！

太：（突然變色）那麼，我問你，你教王后攛掇華陽老太后，把昌平君和昌文君的人馬調到這裏來，這是對付誰的？

政：母后不必多疑，這是老太后的一片好意，她在咸陽聽見謠傳説這裏發生兵變，所以特地調了兵來，保護兒臣的，

太：這兩支人馬既然是來保護你的，就該聽你的調動，我正想叫長信侯調兵到咸陽去，鎮壓呂不韋的變亂，現在湊巧有這兩支人馬在此，就請你借給長信侯使用吧。

政：（誠懇地）兒臣一定遵命，不過，兵符不在兒臣手裏，還得跟老太后情商，我想她大概肯借的！

太：不管他肯不肯，我只問你要。

政：是，全在兒臣身上。

太：（向嫪毐）大王問老太后去借兵符，還得一些時候，你看會不會躭誤大事？

毐：太后儘管放心，呂不韋只有一萬家僮，就算他們一個個都像虎狼那麼兇，也算不了甚麼，衛尉竭，內史肆他們儘管可以對付得了，我們倒不如備些美酒，喝一個通宵，等候他們的好消息。

政：好，我吩咐太官令丞即刻備酒。

太：（向嫪毐）你不要目中無人，呂不韋詭計多端，不是個容易對付的。

毐：（狂妄地）萬一他們敵他不過，臣再發兵去救應也不遲，不是臣妄誇海口，不消一炊飯時間，包管把呂不韋生擒活捉，押到雍城來，聽候太后發落。

太：你不要大言不慚，少時喝醉了酒，連馬都上不去，那才叫人笑話呢！（向秦王）你先叫他們備酒，

政：為娘回宮去，一回兒就來！

是，母后！

（太后向右後方走去，嫪毐和宮女們跟隨在後，走到右柱邊，太后忽回身向秦王說話。）

太：可不要忘記了借兵符！

政：兒臣這就去借！

（太后一行人下，秦王轉過身來，只見李斯，趙高和優旃已悄然而自左上。）

政：（向李趙二人）啊，你們見機而行，恰到好處，真是寡人的左右二手！

李：大王過獎！

政：（向趙）你先吩咐太官令丞備酒，少時酒席筵前，如何應付，寡人再面授機宜！

趙：是，大王！

政：（向李）你快傳諭給昌平君和昌文君，少時寡人有錦囊給他們，教他們照計而行，不要誤了！

李：是，大王！

（李，趙同下，秦王剛要想走，忽然想起優旃，只見他撅着嘴，在一旁呆着。）

政：優旃，你怎麼了？快跟我到西宮去！

旃：我不來，他們見機而行，恰到好處，要是大王的左右二手就我一個人做得不好！

政：誰說你做得不好？

旃：要是做得好，大王怎麼不說我是大王的手？

政：你當然也是我的手！

旃：（受寵若驚）真的？

政：（點頭）現在你該滿意了，快跟我去吧！（秦王下）

旃：（急忙追上去，忽然止步思忖。）哎喲，我上了當了！他們是大王的左右手，我可不成了第三隻了麼——（以手作勢然後懊惱地向左下）

（幕）

第二幕

第一景　西宮——華陽老太后暫時寄宿的內寢

室內的佈置很簡單，左邊中央有兩個連屬的平台，一個略大而高，一個略小而低，上面都鋪着獸皮的茵褥，大平台的左側擺着一個古樸可喜的鐙台，後邊是紫色的帷幕，前邊地上放着一盆炭火，一個宮女正在撥火灰。

時間是第二日的清早，天還沒有亮，古代的國君在天明前就預備上朝聽政，所以宮廷中有早起的習慣，華陽老太后一早起了身，在太平台上梳妝，另一個宮女正在替她挽髻。這位老太后本是楚國王族之女，於秦昭襄公二年（公元前三零五年）嫁與秦安國君嬴柱，號為華陽夫人，公元前二五一年昭襄王卒，安國君繼位，是為孝文王，可是即位後三日，他就死了，華陽夫人無所出，她的嗣子子楚即位，號稱莊襄公，尊她為太后，到前二四七年，莊襄王薨，趙政承繼王位，她又高陞壹位，為太王太后，算起來，在秦王政舉行冠禮的時候，她的年齡至少有八十三歲上下，從早年到耄耋，她差不多安享了六十年崇高的地位，她的權力足以在秦國的政治上，發生決定性的作用，譬如說，孝文王將子楚（秦王政的父親）立為嫡嗣，就是她的主意，但自秦王政即位以後，她似乎不預問國事了，一則也許因為她年紀已高，須要頤養天年，二則照中國傳統，太后可以代替幼君執行統治權，而將太王太后束之高閣，所以那時這位老太后的地位雖高，卻不像從前那麼炙手可熱，像一個退出棋壇的弈者，如今她自己不在局中，只在旁邊看人家勾心鬥角，縱然觀棋不語，可比局中人看得更清楚。她一邊照着銅鏡，一邊在自言自語。

華：今天好像比昨天更冷，手指頭凍得連鏡子都抓不住了。

宮女甲：（放下火筯）天還沒亮呢，老太后，出了太陽也許會暖和一點！

（說着，她提着盛炭的竹筐，向右邊走出去，這時候遠遠傳來一陣哄笑聲。）

華：他們還在喝酒麼？

宮女乙：（邊說邊挽髻）喝到現在了，蘄年宮裏可熱鬧着呢。

（宮女甲自右上）

宮甲：啟稟老太后，王后駕到。

華：有請。

（宮甲下）

華：你快點兒梳吧！

宮乙：一回兒就好了。

（宮女甲引王后上，王后臉上略有憔悴之色，和憂慮陰影。她是華陽老太后的孫媳婦，同時又是她的內姪孫女，所以老太后格外鍾愛她，要她照娘家的稱呼，叫她「祖姑母」以強調她們之間的雙重血緣關係。）

后：參見祖姑母！

（上前向她行了一個禮）

華：你一夜沒有睡，是不是？

后：是呀，太后和大王都在蘄年宮喝酒，等消息呢！

華：你不陪她們喝酒，又來打甚麼主意了，兵符已經借了給你難道說還要我這副老骨頭親自出馬，替你家男人去打仗麼？

后：我急都急死了，祖姑母還要打趣我呢！

華：你急甚麼呀？（慈祥地）來，告訴我，他們鬧得怎麼樣了？

（王后向平台走過去，這時宮女乙已將髻挽好。）

宮乙：好了，老太后！

（華陽老太后對鏡略照一下，就將銅鏡交給宮女乙。）

華：快扶我起來，烤烤火！

（宮女乙剛要放下銅鏡，王后已上前來攙扶老太后。）

后：我來扶你，祖姑母！

（王后扶着老太后下平台，到火盆前。）

華：（伸出手來烤火）剛才我同你説甚麼來着？

后：你問，呂不韋和嫪毐鬧得怎麼樣了！

華：對了，你看，我前説後忘記，記性越來越差了，昨晚你把兵符借了去，後來怎麼樣？

后：我將兵符交給大王，萬一風聲緊急，他可以調兵到咸陽去鎮壓這般班黨。

華：其實你們不用替呂不韋躭心，他這麼大的官兒，難道還怕他們對付不了他麼？

后：你猜得不錯一點，還不到半夜，咸陽就有消息來，説呂不韋已經把這班亂黨都包圍住了。

華：可不是？

后：嫪毐喝得醉醺醺的，聽見了這個消息，酒都嚇醒了，他嚷着要借昌平君和昌文君的人馬，即刻到咸陽去，當時我就説，這得先跟你老人家商量，可是大王——（囁嚅地説不出口）

華：你儘管説，大王怎麼樣？

后：大王拿不定主意，太后一瞪眼，他就雙手把兵符交給嫪毐了。

華：把我的兵符交給嫪毐？

后：（低頭）好容易向你借了兵符預備幫助呂不韋的，如今反而給嫪毐借去，救他的同黨，教我怎麼向你交賬呢？

華：你且不要懊惱，我看其中也許有別的緣故，大王決不會這麼糊塗的！

后：他倒不是這麼糊塗的，是懦弱，沒有骨頭，平時太后要他長，他就長，太后要他短，他就短，我都不怪他，這一次嫪毐這班亂黨造反，想把他廢了，立王弟為君，我以為他一定會振作起來華：了，誰知道，事到臨頭，他還是老鼠見了貓似的，（抽抽咽咽地哭起來）你教我如何不灰心呢？傻丫頭，哭甚麼呀？（替她拭淚）你不要嫌大王沒骨頭，我看他比誰都利害呢，他有幾分像他的曾祖父昭襄王，平時見了宣太后真的千依百順，連哼的都不敢哼一聲，大權都抓在國舅穰侯手裏，可是後來他忽然發作起來，一腳就把穰侯踢下台，連宣太后都給廢了。

后：大王到現在還順着太后，我看他是一輩子也不會發作的了。

華：你怎麼知道他不會發作，他現在不露聲色，也許是時機沒到，要是到了時候，他說變就變，也許變得連你都不相信呢！

后：（猛然想起）啊，我想起來了，剛才他送呂不韋出殿，忽然回身轉來站在那兒，像山那麼一座，叫我「聽旨」。我從來沒看見他這麼威風凜凜的，連聲音都跟平日不同，好像是另外一個人在代他說話似的，他教我來借兵符——不知道怎麼的——我就身不由主地向你老人家借了，說起了，我真覺得有點奇怪。

華：你且慢覺得奇怪。日後也許他會變得教你毛骨悚然呢。

后：那麼，為甚麼他見了太后還是這麼低頭服小的？

華：我看，一定有他的道理。

后：難道說，他將兵符借給嫪毐也有他的道理麼？

華：你這個丫頭，打碎砂鍋問到底，真囉嗦，也罷。（向宮女乙）把我的拐杖拿來。

宮乙：是。

華：我與你到蘄年宮去走一趟，看看他到底在搗甚麼鬼。

（黑變）

第二幕　第二景

天快要亮了，蘄年宮前殿仍然燈燭輝煌，笙歌未歇。右方御座上巍然坐着太后，中央靠後並列着三張几案，秦王佔着右邊第一席，其餘二几虛設着，應是王后和嫪毐之席，几案上列着殘餚贕酒，可知這長夜之飲已經到了尾聲，可是趙高還督率着內侍和宮女們在斟酒，奉湯，撥爐添炭，忙個不了。

太后酒已半酣，斜憑着几案，依着歌舞的節奏，頻頻以手按拍，興致很高。秦王好像喝得不多，他既沒有醉態，也沒有半點倦容。他的眼睛鷹瞵鶚視地，常在留意默察他母親的態度。這時，優旃正領導着一班倡優，在殿上獻技，每人手裏拿着一根木杵，一邊唱着「成相」，一邊做春米的姿勢。

旃：（引吭高唱）　　　　眾倡優（舂而和之）

請成相，　　吭！

笑螳螂，　　吭！

伸出雙臂把車擋。　　把車擋！

車輪過處　　吭！

輾（讀如攆上聲）成泥漿，　　吭！

一命喪！　　一命喪！

旃：（換一個地位，向着御座，繼續唱。）　　眾倡優（舂而和之）

勸走狗，　　吭！

切莫忘，　　吭！

飛鳥射盡良弓藏　　良弓藏！

兔死狗烹　，　　吭！

古今一樣。　　吭！

無話講！　　無話講！

旃：（再換一個地位，向着秦王，繼續唱。）　　眾倡優（舂而和之）

強中強，　　吭！

居人上，　　吭！

孤孤獨獨最淒涼。　　最淒涼！

一朝身死　　吭！

國破家亡　　吭！

夢一場！　　夢一場！

（唱畢，優旃率領着眾倡優，向太后和秦王行禮。）

太：（高興地）唱得好……唱得好！

旃：太后過獎。

太：（向趙高）賞酒給他們喝。

旃：是，太后。

（趙高忙指揮內侍們斟酒給優旃和眾倡優）

旃和眾倡優（持盃嵩祝）太后萬歲！大王萬歲！

（太后舉杯而飲：他們忙一飲而盡，隨即鞠躬而退；內侍們收了酒盃。）

太：（放下酒盃）甚麼時候了？

旃：快要天亮了，母后。

太：嫪毐早該把呂不韋打得落花流水了。他怎麼還不報捷音回來？

旃：這倒有些奇怪，他也許唱得太多，甚麼都忘記了。

（這時一個內侍自左上）

侍：啟稟太后，大王，華陽老太后和王后駕到。

太：（不；懌地。）唉！她怎麼把老太后給請來了？

（她起身，走下平台，秦王忙離席來扶她。這時王后扶着華陽老太后自左上，後邊跟着宮甲乙。殿上的內侍和宮女們，見老太后進來，全都肅然跪下。太后和秦王也按照禮節，搶步上前行禮。老太后忙搖手，阻止他們。）

華：你們不用參見，儘管照舊喝酒。

太、政：謝太王太后。

華：（向王后）你原來坐的哪一席？

后：（指着正中第二席）在這裏。

太：太王太后請登御座。

華：你們各歸原席，我喜歡和她同坐。

政：（她說着就和王后並坐第二席和第三席。太后和秦王也各自歸座。）

華：（向王后）你怎麼一大早就去驚動太王太后？

政：你不要冤枉她。一來，今日是你的大喜日子，我特地叫她陪我來，給你道喜的。

華：不敢當。

政：二來，我要問你，（嚴重地）你借了我的兵符，把昌平君和昌文君的人馬，調到哪裏去了？

華：（惶恐地）吼——這個——

政：你不用膽小，儘管說好了。

華：吼——他——他們到咸陽去了。

政：是誰調他們去的？

華：（低着頭，囁嚅地。）這是——我可沒有——

政：不是你，那麼是誰？

（秦王急得只向王后看）

后：這與大王不相干，都是我的不是，求祖姑母開恩。（跪下）

華：如此說來，昌平君和昌文君是你擅自調出去的？

后：祖姑母不必追究，兵符是我借的，有甚麼差池，有我來擔戴就是了。

華：（指桑罵槐，句句針對着太后。）我不是不准你調遣這兩支人馬，可是你也得先同我商量商量才是，怎麼敢自作主張，連口信都不給我一個。你眼睛裏還有我這個老太婆麼？姪孫女該死。

后：（太后聽了半天，忍無可忍，突然變色起立。）

華：（向王后和秦王）你們兩個人，不用吞吞吐吐的，怕甚麼（向華陽老太后）這兩支人馬，是我作主讓嫪毐調到咸陽去的。太王太后如果不肯借，我可以即刻派人叫他們回來另外再調人馬去。

華：哦！既然是你調他們去的，這又當別論，可是你也該先和我說一聲，才是道理。

后：臣媳本來應該先向太王太后請示的。可是，一來軍情緊急一刻不能躭誤。二來，你還沒有起身，臣媳不敢驚動大駕。

華：（冷笑一聲）哼！你真會說話！可是我還記得，在孝文王臨終病危的時候，你怕別人爭奪太子的王位，半夜跑到我宮裏，跪在我床前，求我替太子作主。那時候你可一點不怕驚動我的大駕呀！

太：（走下平台來）過去的事，提它作甚麼？那時候是那時候的情形，現在是現在的情形。

華：（離座上前，搶着說。）對了，那時候你不過是太子的夫人，要借重我的勢力，如今你做了太后，大權都在你手裏，當然不用和我商量了。

太：（反唇相譏）就算是我錯了，沒向你請示：也犯不上這麼小題大做的追究呀！

華：（勃然大怒）啊！你自己目中無人，反倒說我小題大做?!
（她們劍拔弩張，內侍和宮女們都震驚失色。秦王和王后，忙上前來解勸。）

太：笑話！
（她剛要說下去，秦王忙打斷她的話頭。）

政：母后，不必多說了。都是兒臣不好，惹你們二老生氣。母后請先歸座，讓兒臣不好，敬你一杯酒，給你們二老賠禮。（邊說邊扶太后歸座）

后：（向華陽老太后）祖姑母請暫息怒，這原來是我鬧出來的禍，要是你們二老失了和氣，姪孫女就沒有容身之地了。（輕輕地拉她歸座）
（這時李斯匆匆自左上，衝破了殿上的緊張空氣。）

李：啟奏老太后、太后、大王。接到咸陽來的急報，文信侯呂不韋調動了驪山的囚徒十萬人，在咸陽郊外助戰。長信侯怕調去的人馬太少，寡不敵眾，請太后火速調動大軍前去救應。

華：（愕然）啊！呂不韋有十萬囚徒助戰，昌平君和文君怎麼抵擋得住？他們是我的姪子，要是有甚麼差池，那還了得！

太：請你放心！萬一有甚麼三長兩短，你儘管找我算賬就是了！

華：找你算賬！出了事找你有甚麼用？

太：（不睬她，向李斯和趙高。）你們替哀家想想，應該調動哪幾路兵去救應才好。

李：遠水救不得近火，各地的守軍，只有王翦、李信和蒙恬的部下，離此不遠，合算起來，足有十萬精兵，如果太后即刻發出兵符，還來得及為長信侯解圍。

太：（急不暇擇）那麼，你快派人拿兵符去，調這三路人馬，火速到咸陽去，救應長信侯。（將几上的符璽盒打開，拿出兵符來。）

李：（上前接了兵符）遵旨。

（秦王乘機向趙高丟了一個眼色，趙高會意。）

趙：臣趙高啟稟太后，想驪山的囚徒共有幾十萬人，呂不韋既能調動十萬，其餘當然也可以隨時調動，臣以為，單單調動三路人馬，也許還應付不了。

太：那可怎麼辦呢？

趙：太后不如一面派人去調動王翦、李信、蒙恬，一面將兵符交與一個親信之人，命他火速送與長信侯，由他隨機應變，調動人馬接應，這才萬無一失。

太：還是你想得周到。（向李斯）哀家就派你把全國的兵符，送給長信侯，教他便宜行事，你要火速前去，千萬不要躭誤了大事！（將兵符盒交給李斯）

李：遵旨。（接了兵符盒，鞠躬疾趨而下。）

華：（冷笑着）哼！調了人馬出去，後邊連接應的都沒有？真是輕舉妄動！

（太后剛想反駁她，王后忽然走上前來。）

后：啟奏太后，想咸陽乃是我國的都城，如今雙方大動干戈，自相殘殺，咸陽必然要遭兵燹之禍。臣媳不忍見生靈塗炭，不忍見祖宗的基業變成一片焦土；請太后降旨，命雙方偃兵息爭，化干戈為玉帛，臣媳不勝萬幸。（跪下）

太：你真是小孩子的主見！呂不韋興兵作亂，我怎麼能不派兵去討伐他？要是咸陽變成焦土，這也是無可奈何的事。

后：太后不可輕信讒言，臣媳知道呂不韋是萬萬不會造反的。

太：（大怒）不是他造反，難道倒是嫪毐造反？是我造反？

（華陽老太后不平地，扶杖離座，拉王后起身。）

華：你不必多說了。如今生米煮成熟飯，憑你這幾句話也挽救不了的。

（她們剛要歸座，忽然一名宮女匆匆地自右後方進來，到御座前跪下。）

宮女丙：啟稟太后，大王弟起了身，頭暈嘔吐，寒熱很高，請太后快去看看。

太：（驚詫地）啊！昨晚上他還好好的？你先伺候他睡下，我即刻就來。

宮丙：是，太后。（自左下）

（太后起身，走下平台。）

太：（向秦王）我去看看大王弟就來，咸陽有甚麼緊要消息，即刻派人報與我知。

政：是，母后。（起立，送太后。）

（太后自右後方下，秦王返身，見王后在垂淚。他忙走過去，安慰她、華陽老太后在冷眼旁觀。）

政：夫人，你不要如此。依我看，咸陽未必見得會變成焦土，百姓也未必會受到兵災。萬事自有定數，你又何必杞人憂天呢。

后：（拉秦王到右前方，悄悄地說。）你想：呂相國的十萬囚徒，只是烏合之眾，與王翦，李信，蒙恬的精兵交戰，猶如趕着一群羊和虎狼搏鬥，萬萬沒有倖勝之理。教妾身怎麼能不擔憂呢？

政：（笑着說）或許這三路精兵沒到，呂相國已經把嫪毐生擒活捉了，也未可知。

后：（譴責地）到了這步田地，你還談笑風生的，一點都不着急。我真不知道你是何居心？

（這時趙高自外入）

政：（搶着問趙高）太醫令去傳了沒有？

趙：已經傳到了。

政：咸陽有消息麼？

趙：剛接到消息：昌平君和昌文君大獲全勝，將十萬囚徒俘虜了五六萬，殺死了三四萬；長信侯已政：經將呂不韋生擒活捉，一路押解回來了。

（大家聽了都覺得驚奇，王后更如頂門上起了個焦雷，唯有華陽老太后不動聲色。）

趙：（興奮地）啊！長信侯已經把呂不韋捉住了！

是，大王。（疾自右後方下）

（王后震驚之後，剛回復過來；她慌忙去到秦王跟前。）

后：大王，如今——（猛覺得內侍和宮女們都在向自己注視，忙將話頭縮住，輕輕地說。）這可怎麼得了呢？

政：我們着急也沒有用呀。

后：難道你就置身事外，不想——（以腰間的玉璧示意）昨晚上說的話了麼？

政：我怎麼會不想到？可是——（安慰她）你先不要着急，等嫪毐回來了，再說。

后：等他回來，那就來不及了！

（這時太史令胡母敬自左上）

敬：啟稟大王，吉時快到了，請大王及早更衣，準備舉行冠禮。

政：哦，我知道了。

敬：尚衣令已經等候多時，請大王起駕。

政：寡人這就去。（向王后）我先去更了衣，我們再商量。（說着，他就和太史令自左下。王后不便攔住他，只能呆呆地眼看着他出去，惘然走到華陽老太后跟前，向她老人家訴說。）

后：祖姑母，你說大王自有他的道理。我看他是長楊宮的楊柳條，東風吹來向西飄，西風吹來向東飄，一點主意都沒有。（華陽老太后拄着枴杖起來，王后忙扶着她，向左前方走去。）

華：（邊走邊說）他才不是隨風倒的柳條哪。剛才我冷眼看他，一舉一動愈看愈像昭襄王了。依我說，他倒像風，你們大家都是柳條，給他吹得東飄西蕩，自己還不知道呢。

后：（不信地）如果他真的是風，決不會甚麼事都隨太后擺佈的。

華：信不信由你。

后：剛才趙高稟告：呂相國給嫪毐捉住的消息，我聽見了，急得心都要跳出來了。他還是不冷不熱，好像跟他一點不相干似的。

華：傻丫頭，他不着急，就是胸有成竹；這麼重要的事，他怎麼會不關心呢？據我看，這個消息有點蹊蹺。呂不韋老謀深算，可不是個顧前不顧後的冒失鬼，就算嫪毐能彀出奇制勝，要想活捉呂不韋，恐怕沒有這麼容易。

后：難道說，這個消息是假的不成？

華：真假我可不知道。我只覺得大王面子上雖然慌張，骨子裏可相當鎮定，說不定，裏頭還有文章呢。

后：可是——

（她正要往下說，驀見太后和趙高自右後方上，她忙扶華陽太后歸座。）

趙：（邊走邊說）……據使者說，長信侯留昌平君和昌文君在咸陽掃清殘餘的逆黨，自己帶了一千騎兵，將呂不韋押送回來，請太后發落。

太：（眉飛色舞地）想不到長信侯第一次出兵，就馬到成功，恐怕身經百戰的老將，都沒有這麼神速。

趙：這全靠太后的鴻福。

太：但不知他甚麼時候可以趕回來？

趙：據說，使者來的時候，長信侯接着也出發了。說不定一回兒就到。

太：那麼，你快吩咐他們換上豐盛的酒菜，傳倡優們預備好歌舞和百戲，待哀家與長信侯接風。

趙：遵旨。

（他走到後方，指揮內侍和宮女們收拾杯盤，然後疾自左下。太后走到殿前方，瞥見王后愁眉不展的，明知她心裏有病。）

太：（嘲笑地）你聽見長信侯活捉了呂不韋，不覺得高興麼？

后：他們自相殘殺，這是秦國的不幸，如果太后以為應該高興，臣媳就無話可說了。

太：（有弦外之音）那麼，你等着吧。彗星出現本來不是好兆；教你無話可說的事，也許還不止這一件呢？

華：（譏諷地）對了！（向王后）你還是小心一點的好。彗星的兆頭誰知道？誰又保得了自己不會「無話可說」呢？

（這時內侍們端着一盤一盤的酒餚，自左魚貫而入，宮女們早將几案收拾，換上了乾淨的杯箸。）

太：（向內侍們）你們在一旁伺候，等長信侯到了，再拿酒餚上來。

內侍甲：是，太后。

（內侍甲領導其他的內侍們，排立在後邊台階兩旁。宮女們也整齊地，侍立在御座和其餘三席的附近。這時趙高匆匆自左上。）

趙：（興奮地）啟稟太后，長信侯的先行官已經到宮門口了。

太：（驚喜地）他們來的好快呀？

趙：馬隊的燈籠火把，好像一條火龍似的，即刻就到了。太后到露台上可以看得見。

太：哀家這就上去看看。你吩咐外邊準備好。

趙：是，太后。

（趙高自左下。太后興奮地向後邊的露台走去，走到台階上。她忽然回身向眾招手。）

太：你們都上來看。

（內侍和宮女們應聲而往，簇擁着太后上露台去。殿上只剩下王后和華陽老太后二人。王后上前，扶着老太后。）

后：我們走吧，祖姑母。

華：走？我們為甚麼要走？

后：終不成呆在這裏，眼看呂相國鐵索鋃鐺地，讓嫪毐押上殿來麼？

華：你不忍心看見，只圖一個眼不見為淨。這樣就沒你的干係了麼？

后：我並不是想擺脱干係。（將佩玉給老太后看）昨晚上我拿那一塊玉璧給呂不韋做信物，保證他不會因效忠於大王而得禍，今天怎麼能袖手旁觀，不想法子救他呢？

華：既然想救他，你就不能走。少時在太后面前，你至少還可以替他説幾句話。

后：我情願以死為爭，保全呂相國的性命，怕的是，到時候大王還是像剛才那麼漠不關心的，那就糟了。

華：傻丫頭！他哪裏是漠不關心？你還看不出他早已胸有成竹了麼？

后：難道説他有法子可以救呂相國不成？

華：這個我可不知道。不過我相信，他自有他的安排。眼前雖然不知道他葫蘆裏賣的甚麼藥，到時候你就知道我的眼光沒看錯了。

（這時露台上傳來歡呼之聲，隱約還有雜沓的馬蹄聲。）

后：（聳着耳）來了！

華：正是時候。再不來，可不躭誤了大王的冠禮？

（這時趙高陪太后自露台走下來，後面跟隨着內侍和宮女們。他們還沒有各歸原位，中庶子蒙嘉已自左上。）

嘉：啟奏太后，長信侯已到闕下，即刻就要上殿獻俘。

太：傳太樂令奏樂相迎。

嘉：遵旨。（下）

（太后昂然走上平台，端坐在御座上，內侍和宮女都整整齊齊地排立在後方，華陽老太后和王后也各自歸座。）

太：（向趙高）斟好御酒三盃，待哀家與長信侯慰勞。

趙：是，太后。

（他忙指揮內侍三人，各捧一盤，盤裏各斟一盃御酒。這時外邊樂聲起奏，大家向左方翹企着，以為是長信侯來了，不料進來的是太史令胡母敬和秦王。秦王頭上戴着玄冕，身上穿着玄衣絳裳，佩着太阿之劍，居然氣宇軒昂，比前大不相同。）

敬： 啟稟太后，吉時已屆，恭請太王太后、太后、王后、親詣太廟，觀禮。

太： 你們站立一旁，等長信侯上殿獻俘之後，再作道理。

敬： 大王舉行冠禮乃是國家之重典，不可錯了吉時，長信侯獻俘應該緩行，才是。

太： （聲色俱厲）這是哀家的旨意。你不必多言！

政： （毫不介意地向胡母敬）你且等一等，略遲片刻也不要緊呀。（拉他到一旁）

（這時蒙嘉復自左上，嚴肅地高聲通報，秦王乘此機會，悄悄地拉着胡母敬到後方去。）

蒙： 長信侯上殿！獻俘！

（在音樂聲中，兩名甲士押着一名俘虜，走上殿來。俘虜褫了甲冑，反綁着手，口中銜着枚，鬅鬆的頭髮遮住了臉，急切認不清是誰。這時音樂突然停止；甲士們把俘虜捽在地上，他抬起頭來；這才看得出他是嫪毐。）

太： （瞠目結舌地）啊！

（在一旁的王后，也詫駭得失聲驚呼。）

后： （向旁邊的華陽老太后）啊！我在做夢麼？

（華陽老太后微笑不答，這時太后已離座，走下平台，嫪毐徒然膝行而前，投在她的裙下。）

太：嚇？長信侯！

趙：（站在台階的下級，高聲吆喝。）聽……旨……

（大家正在看嫪毐和太后，忽聽得後邊趙高的聲音，回頭一看，只見秦王高高站在台階的上層，胡母敬站在右邊下二級，趙高不知甚麼時候溜到後邊去的，正在那裏傳旨。）

趙：（聲音高而朗）大王降旨，宣相國文信侯呂不韋上殿！

（人情是勢利的，眼見得嫪毐已為階下囚，太后當然是已經失了勢了，誰還高興睬他們？現在大家知道秦王的勢力已經抬頭，他們聽見了宣旨，忙向左右兩邊站開，讓出中央一條路來；撇下太后和嫪毐在那裏「楚囚對泣」，沒有人哀憐，也沒有注意。華陽老太后此時拉着王后向台階走去，站在秦王右邊下一級。外面樂聲再起，呂不韋穿着甲冑自左上，李斯捧着符璽盒，跟在後邊。他們莊重地向台階走去，秦王笑微微地，巍然獨立在上邊，旭日照着他的玄冕，放出萬丈光芒。）

（幕徐落）

第二幕　第三景

大約二十刻（合四小時左右）之後，蘄年宮前殿已收拾一清，中央設着兩個几案，和一個炭盆，李斯獨自在盆旁烤火，頻頻向左邊望，似有所期待。

（趙高自左上）

李：（盼切地）你跟嫪毐談得怎麼了？

趙：起先他以為我是呂相國的間諜，一句話都不說。後來我說明了來意，他才肯來。

李：好。那麼把他帶進來吧。

趙：哎。

（趙高下。李斯回轉身，只見優旃從右後方出來。）

旃：哈！大王還在太廟，你怎麼先回來了？

李：大王派我回來有公事。

旃：甚麼公事？

李：這可不能告訴你？

旃：你不說，我就不走。看你能把我怎麼樣？（往右邊的几案坐下）

李：（忙陪笑上前）哎，幫幫忙，不要來打攪了。我給你打個躬，好不好？

（說着就向優旃唱了個肥喏）

旃：哼！你們鬼鬼祟祟的，以為瞞得過我麼？告訴你吧，大王在太廟吩咐他們：如此這般行事，我李：都聽見了。你和趙高對付太后和嫪毐，蒙嘉去連絡隗狀，王綰，這班大臣……

旃：（慌忙打斷他的話）唉！不要講了。給旁人聽見了，可了不得！

李：（覷着李斯腰間一塊小玉珮）那麼，你把這個珮送給我。

李：這是呂相國送給我的，怎麼能給你？

（趙高和甲士二人押嫪毐上。嫪毐戴着鐐銬，精神頹喪，比昨晚似乎矮了一截。李斯見他進來，忙上前來招呼。）

旃：不給就不給。

李：（向甲士們）啊！你們快給長信侯鬆了鐐銬！

甲士甲：是。（他們卸去了嫪毐的鐐銬）

旃：（乘機上前招呼）呀，長信侯——

李：（忙上前攔住他）不要胡鬧了。

旃：（刁鑽地威脅）你給不給？

李：（無奈）好，好。（忙將玉珮解下來給優旃）你這該走了吧！

旃：（將玉珮扣在自己腰帶上，嘴裏念着。）你不給，我不走，李：我不走，你就難開口。算起來送我一塊玉珮還不彀，只算便宜了你這哈巴狗！（說着，他一溜煙往右後方下。）

趙：（向趙高）去看看他走了沒有。

李：哎。（向右後方去）

甲士甲：（向甲士們）你們退下。

是。

（他們退下）

李：（客氣地向嫪毐）長信侯，請坐！

（趙高自右後方回到前方，向李示意，優旃已走了。）

毐：（坐下）你們二位的好意我很感激，但不知二位有甚麼法子給我開脫？

李：我們特地請你來，就是為了要商量一個給你開脫的法子。

毐：這不用商量。只要把我送到太后那裏，由她替我作主，呂不韋能把我怎麼樣？

趙：（笑着說）長信侯，你早點死了這條心吧。這件案子現在全歸呂相國發落。太后恐怕連自己都不毐：能保全，怎麼能替你作主呢？
李：（將信將疑地）難道呂不韋想把太后廢了不成？
毐：就算不廢掉，至少也得打入冷宮，一世不得翻身。
趙：我看沒有這麼容易。太后是大王生身的母親，就算呂不韋想把她打入冷宮，大王也不會答應的。
毐：（失笑）我們大王向來是「楊柳條，隨風飄」的，你還不知道麼？
李：（黯然）可是——呂不韋也得拿出證據來，才能把我論罪呀！
毐：（冷笑一聲）證據還怕沒有？（機密地）告訴你吧，呂不韋已經買出人來告你十大罪狀了！
李：哦！他買出誰來告我？
毐：就是半個月前你喝醉了酒，罵他是「窶人子」的侍中王式。
李：（他聽見侍中王式，不由得臉色驟變，眼睛直往下順，聲音都變得低弱了。）他——他——含血噴人，這是不可以相信的。
毐：長信侯，你不要自欺欺人。他告你的罪狀都有憑據，我已經看見過了。剛才呂相國還教他到你府上去搜查，說不定有更重要的東西抄出來呢？
李：（惶恐地）這是他們存心要陷害我。我——我實在是冤枉的！
趙：（刁惡之至）你既然是冤枉的，王式當然抄不出甚麼證據。（向李斯）我們秦國是講法令的；呂李：相國總不能無憑無據的隨便坑死人呀！
如此說來，我們竟可以不必事，讓長信侯自己應付就行了。

毐：（慌急地）哎，哎！二位不要誤會我的意思，我並不是說我沒有失於檢點之處，不過那是我一時糊塗。

趙：（故作驚慌）哎喲！如果你真的有失於檢點之處，那就難了！

毐：（央求地）求你們二位千萬替我想想法子，只要我嫪毐不死，一定報你們的大恩。

趙：（向李斯）我是一籌莫展，還是你替他想想，有甚麼好法子。

李：（為難地）真憑實據給人家拿到了，還有甚麼法子可想呢？

毐：我知道你是個足智多謀的大才。我求求你！（跪下去向李斯叩頭）

李：（忙扶他起來）快起來！我們再商量商量。

毐：你要是不想法子救救我，我就一輩子不起來。

趙：（向李斯）你就替他想個法子吧。

李：法子不是沒有。（向嫪毐）你先起來，我才能說。

毐：（起身）現在你可以說了。

李：說出來，就怕你沒有膽量做，也是枉然。

毐：你儘管說。隨便你要我赴湯蹈火，我決不皺一皺眉頭。

李：好。既然如此，你有沒有膽量，拖一個人下水？

毐：拖一個人下水？

李：你敢麼？

毐：只要能救我自己的性命，我有甚麼不敢？但不知你要我拖誰下水？

李：他就是要陷害你的大仇人。

毐：你意思說：呂不韋？

李：除了他，還有誰？

毐：可是，我拖他下水，也救不了自己呀？

趙：你真是聰明一世，糊塗一時！你和他（指李斯）以前不都是呂不韋的舍人麼？

毐：不錯。

趙：後來你到太后宮裏當差使，不是呂不韋保薦的麼？

毐：是的。

趙：那麼，等到廷尉審問你的時候，你就說……（與嫪毐附耳低語）

毐：這可不要牽連到太后身上？

李：非要如此，呂不韋才不敢追問你的罪名。如果他定你個死罪，他自己也免不了受到牽連，輕則革除官籍，褫奪爵位，重則腰斬，棄市。我想他不至於如此愚蠢。

毐：（恍然大悟）啊，我這才明白了！

李：你可不要臨時怯場，說不出口呀。

毐：（奮然自任）我嫪毐情願發誓，一口咬定呂不韋這個老賊，要不然我不是父母養的！

李：（向趙高）那麼，事不宜遲，我這就送長信侯到廷尉去等候審問。

趙：哎。

（這時甲士甲乙拿着鐐銬自左上）

甲士甲：回議郎。王后從太廟回來了。

李：（向嫪毐）那麼，我們快走後邊出去吧。

（說着他和甲士甲乙押着嫪毐自右後方下。趙高忙將几案擺正；王后懷裏抱着尚不足一歲的公子扶蘇，自左上，後邊跟着兩名乳娘。）

后：（向趙）啊，你在這裏。

趙：大王吩咐臣先回來安排，少時大王也許要在這裏議事。事情也許還有一點變化呢。

后：哦？有甚麼變化？

趙：剛才舉行冠禮的時候，王綰、隗狀，這一輩大臣都勸大王給太后留點餘地，不要使她太難堪。大王聽了他們的話，就教臣回來安排了。

后：哦？難道說大王又拿不定主意了麼？

趙：這回臣可不知道。

后：吭……沒甚麼了。

趙：是。（下）

后：（走到几後坐下，輕輕地揭開扶蘇的兜被。）啊！他睡着了。（向孩子端詳）在太廟吹了風，臉都凍得紅蘿蔔似的。（輕輕地在小臉上吻了一下）乳娘，少時拿香脂給他擦一點。

乳娘甲：我帶着。

（說着，她就掏出一盒香脂來，遞給王后。這時優旃悄悄地自右後方出來，走到乳娘背後，伸長脖子偷看。乳娘回身時，冷不防背後有人，嚇了一跳。）

乳娘甲：啊喲！嚇了我一跳！（慌忙躲開）

后：（正在給扶蘇擦香脂，聽見了回頭看。）優旃，你怎麼了？

旃：沒甚麼，大王教我到這裏來等他。

后：大王到哪裏去了？

旃：（詼諧地）大王在打獵呢。

后：胡說！

旃：真的。

（這時趙高自左上）

趙：啟稟王后，文信侯呂不韋求見。

后：哦。（略一沉吟）有請。

趙：是，王后。（下）

后：（向乳娘）抱他到床上去吧。（起身，將兜被蓋好。）

乳娘甲：是。

（乳娘甲接過孩子，偕乳娘乙同走右後方下。）

后：（離座，向優旃。）真的，大王到哪裏去了？

旃：大王從太廟回來，一路帶着獵狗，趕野兔子。趕了半天，野兔子給逮住了，這回兒他又栓了個套圈兒，只捉那隻獵狗，想吃狗肉呢。

后：別淨說笑話了。

（趙高引呂不韋自左上）

旃：（失望地）嗐！說實話偏說是笑話，王后不信，可以向他（他向呂不韋一指，王后回頭看，他乘機一溜煙自右後方下。）

呂：（慨然言之）昨晚上大王和王后對老臣說的一席話，想不到口血未乾，言猶在耳，就要發生變卦。早知道如此，老臣倒不如回陽翟去，重理舊業，而團團作富家翁，好得多呢。

后：我們昨天談得嘴唇都焦了，我想大王決不會反悔的。

呂：不管大王反悔，不反悔，老臣只憑這一塊玉璧向王后請示，萬一大王聽了太后的話，拿不定主意，王后又將如何？

后：我既然以玉璧為證，決不讓大王「依違兩可」的。相父請放寬心。

呂：王后必須及早提醒大王才是。如果等他慉然變計之後，再想挽回，那就來不及了。

后：（變色）難道說：大王昨日親口答應相父的話，都不算數了嗎？

政：誰說不算數呀？我不過想略微給太后一點面子罷了。

后：怎麼給太后一點面子，我倒要請大王講出來聽聽。

政：（囁嚅地）吭——吭——譬方說——

后：（不耐煩地）要說就直說，何必譬方？還怕妾身聽不懂麼？

政：你不要急呀。讓我解釋給你聽；譬方說——

后：嗐！還是嬖方！

李：（陪着笑說）王后就讓大王用嬖方吧。

后：（打斷他）好，好，你快點嬖方吧！

政：嬖方說：呂相國要將嫪毐五馬分屍，如果太后堅持要恕他無罪，那麼我只能想一個執中的辦法。

后：你想怎麼辦？

政：我想褫奪長信侯的爵位，將他革職留任，仍舊在太后左右當差，這樣，太后就無話可說了。

后：太后當然無話可說了，可是呂相國呢？

政：削去嫪毐的爵位，呂相國也該滿意了吧。

后：可是，昨日商議的時候，大王怎麼親口答應他的？

政：不錯，我答應照他的意見，發落這班亂黨，不過，現在的情形——

后：大王既然答應了他，怎麼能言而無信？（秦王俛首無言）祖姑母誇獎你城府很深，像昭襄王一樣；（秦王驚愕地抬頭向她投了一眼）起先我倒有三分相信，可是，照現在看起來，你非但胸中沒有城府，別人替你打了主意，你還拿不定呢。

政：這是我生性太懦弱，耳根子太軟，是我的不是。

后：嫪毐這班亂黨，如果不照相父的意見發落，日後他們死灰復燃，非但相父要遭他們的毒手，大政：王的寶位恐怕也不能安坐，到那時候，大王可怎麼辦？
后：夫人說的是。我本來是決定照相父的主意的，後來太后——
政：這都不必再提了，如今只要請大王爽直地說：昨日親口答應相父的話，究竟算數不算數？
后：（無可奈何）當然算數。
政：（敲釘轉腳地）那麼，嫪毐這班亂黨，全照相父的意見發落。
后：我照他的意見就是了。
政：大王的主意已經拿定，不會變卦了？
后：決不再改變了。
政：那麼讓我請相父來，當面言明，大家不要反悔。
（高聲向屏風說話）相父請出來吧。
（言猶未了，呂不韋已從屏風後出來。）
呂：（笑微微地邊說邊走下來）老臣遵命。
后：剛才的話，我已經和大王說過，「薄言往愬」總算沒有「逢彼之怒」。
呂：老臣已經都聽見了。（疾趨而前，向秦王躬身。）老臣斗膽竊聽，望大王恕罪。
政：（笑着說）哪裏？哪裏？寡人「首鼠兩端」，還請相父不要介意。

后：你們君臣何必客氣？不如乘早將亂黨發落，免得橫生枝節；又要來追問我這個保人。

政：（向呂）你看楚國人的急性子！

呂：這班亂黨還是早點發落的好。老臣已經擬好了他們應得的罪名，只要蓋上大王的御璽就行了。

政：好。那麼寡人與相父這就去。

（他們向左走去）

后：（送他們到左邊）大王可千萬不要耽擱了。

政：（笑着說）你放心，等發落完畢，我即刻回來告訴你。

（秦王和呂不韋李斯同下。這時太后已自後方暗上。王后回身，瞥見太后在台階旁，不由得大吃一驚。）

后：（忙上前行禮）后媳迎接太后慈駕！

太：（忙還禮）如今我是待罪之身，萬不敢當！

后：太后怎麼說這樣的話呢？

太：（冷笑一聲）哼！難道說，王后還不知道麼？

后：臣媳只聽說，長信侯和他的黨羽，要依法論罪，可沒聽說有甚麼牽涉到太后的話。

太：你不必裝癡作聾了，呂不韋說我是罪魁禍首，滿朝文武都知道，偏你耳朵不方便，沒聽說。你想我會相信麼？

后：臣媳為甚麼要裝癡作聾呀？這種謠言，慢說是我，恐怕大王都沒聽說過。

太：誰說他沒聽說過？告訴你吧，這就是他親口告訴我的。（王后愕然）他說呂不韋非但要把我廢了，還要將兩位王弟正法呢！

后：這話如果是大王告訴太后的，這就奇怪了！臣妾知道相父絕沒有這種意思。這是謠言。

太：如果這是謠言，那除非是大王在造謠生事了！

后：不管它是謠言，還是實話，臣媳可以擔保，呂相國決不敢冒犯太后和兩位王弟的。

太：他不敢？他要是沒有潑天的大膽，行賄賂，走門路，攛掇華陽老太后收先王做嫡嗣；憑他一個跑六國的販子，也能做秦國當朝的宰相？他呀，只要有利可圖，有權可抓，連驪龍下巴頦兒下邊的珠子他都敢摘，慢說廢掉一個太后，殺掉兩個王弟了。

后：太后既然成見這樣深，臣媳也不必多說了。至於說呂相國有犯上之意，臣媳是絕不會相信的。

太：我不要你相信，我只要你答應我一件事。

后：只要臣媳做得到，請太后儘管吩咐。

太：（竭力克制自己，將平素的傲氣嚥下肚裏去。）你知道我是個心高氣傲的人。平生只有在孝文王歸天的時候，恐怕諸公子爭奪王位，我萬不得已，只能懇求華陽老太后作主；除此之外，我從來沒向誰低過頭。可是今天我又得低一次頭，向自己的媳婦——你——低頭！

太：臣媳可不是乘人之危的卑鄙小人，太后有甚麼事，但請直說。又何必向臣媳低頭呢？

后：你既然如此直爽，那麼我希望你不念舊惡，替我在呂不韋面前，求他手下留情。（怕王后誤會，忙加補充。）我不是為嫪毐求情。他平日狐假虎威，飛揚跋扈，得罪的人太多了。如今落得這麼一個下場頭，可以說是他「咎由自取」。我自顧不暇，也顧不得他了。

太：太后還是不顧他的好，像他這樣無法無天的狂徒，平日目中無人，甚至於連大王他都要欺侮，就算太后想顧全他，臣媳也不會替他說半句好話的。

后：我固然不是為他求情，可也不是為我自己。老實說，我是個「無怨不記，有仇必報」的人，這一次要是呂不韋失敗了。我絕不會饒他，如今我失敗了，他也絕不會饒我。

太：太后和相父在趙國共過患難，難道說彼此之間，一點寬恕的餘地都沒有麼？

后：就因為共過患難，才不能同安樂，你年紀太青，不知道；交情越深，生出來的仇恨越大，「恩」「仇」本來是從一個根上來的。

太：太后既不為嫪毐，又不為自己，莫不是要臣媳為兩位王弟求情麼？

后：對了。（上前一步，懇切地。）你想，他們年紀這麼小，無知無識地懂些甚麼？就算我為娘的有天大的罪，他們是沒有罪的，你是他們的大嫂，我求求你，大發慈悲，在呂不韋面前，說個人情，饒了他們兩條小性命吧。

后：臣媳相信：相父不會將二位王弟問罪的。

太：問罪不問罪在他，肯不肯求情在你。（其嗚也哀）我求求你，答應了我吧！

后：（躊躇地）臣媳並不是不肯去求情；可是現在形勢非常為難，臣媳恐怕不能遵命。請太后不要見怪。

太：（失望地）我不怪你。只怪我自己沒有眼睛。你一進門就跟我冰炭不投，面子上雖然對我很恭敬，心裏可把我恨如切骨。如今我來求你講情，可不是自討無趣？

后：太后這話錯了。（侃侃而談）我們性情不合，這固然是非常不幸的事，可是我並不恨你。我只是看不慣你放縱嫪毐，把他捧上天去，反而將大王踹在腳底下，壓得他在你面前像囚犯見了官府似的，大氣兒說話都不敢，我同情大王的遭遇，所以對你不免有些憤慨。這不是怨恨，不過是不平而已。

太：如今嫪毐已經從雲端裏摔倒萬丈深淵，我也像鳳凰變成烏鴉了。難道你的不平之氣還沒有消麼？

后：臣媳向來不記人家的舊惡，更不會幸災樂禍，乘人家失意的時候，向他報仇雪恨。太后不必多疑。

太：王后真的對我不念舊惡麼？

后：這是臣媳的肺腑之言。

太：你既然不念舊惡，決沒有見死不救之理。（説着，她忽然轉身向右後方呼喚。）王弟，你們出來吧。

（王后詫異地向右後方看，只見大王弟和小王弟應聲走了出來，據《史記》和《説苑》的記載，他們是太后和嫪毐的私生子，如果這是事實，那麼大的年齡不會超過七八歲，小的應該更幼一點。大王弟雙顴如火，口唇枯燥，正在發寒熱，他的步履非常虛弱而勉強，太后忙上前去扶他。）

太：快參見王后。

弟甲乙：小弟參見王后。（躬身）

后：王弟少禮。（向大王弟端詳）你的臉色不對，好像在昇火似的。

太：他在發燒。吃了太醫的藥，還沒有發汗呢。

后：那麼他怎麼能見風呢？快讓他回去吧。

太：如果王后肯答應替他們去求情，他們即刻就可以回去。

弟甲：求求王后，可憐可憐我們吧！

后：（非常矛盾）臣媳剛才已經説過……我實在有不得已的苦衷……我——（欲言又止，經過一刹那的內心掙扎，才説出口。）我已經向呂相國保證，這一次的事情，由他一手辦理，完全照他的太：意思發落。如果他真的要將二位王弟問罪，我去求情，他儘管可以置之不理的。我不要你擔保他們平安無事，我只求你去説情。（熱情奔放，聲淚俱下。）請你忘記了我是太后，忘記了我是你的婆婆，只認定我是一個女人，是一個寡婦，是這兩個沒有父親的孩子的母親。你自己也有孩子，你知道母親對孩子的心情。我現在站在母親的地位，求你救救這兩個孩子的性命。（其聲悲慘，使人不忍卒聽。）請你也站在——母親的地位……可憐……可憐……（她嗚咽抽噎，不能畢其詞，突然跪倒在王后面前。兩個王弟看見母親如此，也向嫂嫂跪下。王后聽了太后這番話，感動得正在落淚，驟見他們跪求，更覺得進退維谷，不知怎樣才好。）

后：（上前扶太后）快點請起來，這不折煞我了麼？

太：（仍舊跪着）為娘已經把心都挖出來了。可是她還不肯答應。這也是你們的命苦！（和兩個王弟抱着啜泣）

后：我——我答應！我答應！我這就去説情！

太：（叩頭）我們母子日後一定赴湯蹈火，報答你的大德。（他們這才拭淚起身，王弟甲忽然晃晃悠悠地站不穩。）

太：（驚詫地）你怎麼了？

王弟甲：有點頭暈。

后：快讓他回去躺一會兒吧。

太：哎，（扶着王弟甲）我們回去吧。

（太后和王弟乙夾着王弟甲，自右後方下。王后送了他們，回身轉來，只見優旃愁眉哭臉地自左後方出來，邊走邊擦眼淚。）

后：你哭甚麼呀，優旃？

旃：剛才太后說的話，實在太慘了，連我這沒正經的人都憋不住掉眼淚。

后：你給我想個主意吧。現在我一面保證了相父，一面又答應了太后，這可怎麼辦呢？

旃：咳！誰教王后自投羅網來了？這個天羅地網雖然是安排着拿毒龍，擒猛虎的，可是鳳凰飛了進來，也一樣的走頭無路，王后要想跳出這個是非圈，那除非學我優旃——

（接着念）

睡覺嫌夢短，

吃飯三大碗；

吃飯，睡足，得空就玩；

大事，小事，我都不管。

說甚麼興亡治亂，

說甚麼離合悲歡，
說甚麼炎涼冷暖，
說甚麼苦辣甜酸；
如果一古腦兒往戲台上搬，
試問真真假假有誰能夠斷？
倒不如：人家爭權，我作壁上觀；
人家奪利，我眼睛開一半；
人家精明我裝蒜；
人家着急我心寬。
但等這一台戲演到完，
恐怕還是我傻瓜最合算。
（他還沒念完，趙高匆匆自左上。）

趙： 啟稟王后，亂黨的罪名差不多已經判定。文信侯吩咐臣先來通報，大王即刻就進來了，請王后放心。

后： 相父發落的亂黨，最重要的有哪幾個？有沒有牽連到太后和兩位王弟？

趙：臣沒聽見提到太后和王弟。

后：（放了心）哦。我早知道這是謠言。

趙：文信侯先發落嫪毐和衛尉竭，內史肆，佐弋竭，中丈夫令齊，這些為首的二十個人，決定將他們梟首示眾，然後車裂屍體，還要滅他們的宗族。

后：殺死了也就算了，滅宗可太殘酷不仁。

趙：這是商君定下的法律，王子犯法都是如此的。文信侯接着就發落亂黨的舍人和家僮，照情節的輕重，分別定罪，最輕的罰採鬼薪，奪爵，充軍到房陵去的大約有四千多家。

后：這未免株連得太多了！

旃：株連幾千家舍人和家僮，這算得了甚麼？就怕有數一數二的大人物牽連在內，也難說。

后：你又在胡說了。趙高說沒有聽見提起太后和兩位王弟呀。

旃：我說的不是太后，也不是兩位王弟。（他瞥見秦王自左上，忙改變詼諧的語氣。）若問：到底是誰？且聽下回分解。

（這時秦王自左上，優旃乘機溜到一旁，冷眼旁觀。）

政：（笑着說）夫人，這一回全都照相父的意見發落，我半句話都沒有說。你總該滿意了吧！

后：這樣我才放心。要不然，我這個保人可就啼笑皆非了。

政：相父早就把各人的罪名擬好了一個底子，所以一回兒就辦好了。第一發落的是嫪毐和衛尉竭這一班為首的——

后：趙高已經告訴我了。

政：還有最後發落的呢，他也許不知道。

后：最後還有誰？

政：就是太后和二位王弟。

后：（愕然）太后和王弟？

政：他們是相父最後提出來的。

后：難道說相父也要將他們治罪麼？

政：嗯，他們的罪名——相父已經定下了。

后：哦。他們定的甚麼罪？

政：相父要將太后遷到雍城，打入冷宮。二位王弟嘿——相父要將他們戮死在杜城。

后：（大驚失色）啊！（猛然想起）那麼太后的話果然是真的！（開始覺得秦王可疑）大王和相父瞞着我，早就把他們的罪名定下了，是不是？

政：沒有的事。我怎麼會瞞着你——？

后：那麼，剛才大王去見太后，怎麼知道相父要把她和王弟問罪的？

政：這不過是我心裏這麼猜想罷了。

后：你既然告訴太后，那麼你剛才為甚麼不告訴我？

政：嗐！我的好夫人！剛才你一句釘一句地，逼着我答應相父，完全照他的意見發落亂黨。我讓你逼得氣都喘不過來，哪裏還有功夫提別的事呀？

后：隨你舌頭上吐出花來，我總覺得事情的經過有點蹺蹊，其中變化莫測，好像有誰在操縱似的。（疑惑地向秦王端詳）祖姑母說你城府很深，難道說是真的？

政：如果你認定我和相父有預謀，我縱然有一百張嘴，恐怕也辯不清。事情實在是太湊巧了。

后：我無論如何不相信你們一點默契都沒有。

政：你不相信，儘管可以親自去問相父，聽聽我們的口供合轍不合轍。

后：好，我這就去。我本來要找他談談太后和王弟的事呢。（她說着就走，走到左方又回轉身。）哦，請你把祖姑母的兵符撿出來，少時我送還給她。

政：我知道了。

（秦王送王后下了場，回頭發號施令。）

政：（向趙高）你趕快傳旨給獄吏，即刻將二位王弟正法，不得有誤。

趙： 遵旨。

（他剛要走，又被秦王喚住。）

政： 且慢。文信侯本來要將他們戮死於杜城。朕看杜城太遠，而且王弟有病，不如就在這兒正法吧。

趙： 是。

（李斯自左上）

政： 讓寡人想想：將他們處死有甚麼好一點的辦法？（略停，語氣悠閒得如談風月。）你知道太后最心愛二位王弟，平常就體貼得他們無微不至——冷氣吹了怕他們凍，熱氣吹了又怕把他們吹融似的……

趙： 是，大王。

政： 所以，寡人覺得「戮死」不大合適，教他們身首異處，一定要傷太后的心，而且寡人也覺得於心不忍。（沉吟）

趙： 大王說的是。

政： 況且，大王弟正在發寒熱，不宜見風……

趙： 是，最好不要見風。

政： 你想想有甚麼好辦法？

趙：要不見風，那除非是囊撲——這樣也許可以免得太后傷心。

政：囊撲？

趙：是。臣也覺得囊撲是最好的辦法。

政：那麼你吩咐他們就這麼辦，限他們即刻覆旨。

趙：是，大王。（下）

李：（上前躬身）啟奏大王，廷尉狀接了旨意，即刻提審嫪毐。（從袖內掏出一卷帛書，呈上。）這是嫪毐的口供。

政：啊！他的口供有沒有照你的意見？

李：他倒是全照臣的愚見招的。不過口供裏有提到太后之處，未免肆無忌憚，駭人聞聽，是否須要刪改，請大王聖裁。

政：待寡人看一看。（忙展開帛書瀏覽）好！非要如此說法才拖得人落水。（又看了幾行）這一段的確有些駭人聞聽；妙在他是呂相國保薦給太后的，他的話儘管荒唐，呂相國可百口莫辯。

李：臣就怕太褻瀆了太后。

政：這幾句雖然不免有傷風化，卻也無傷大雅。（略停）但不知在廷尉聽審的人聽了，覺得如何？

李：旁聽的人很多，其中也有不少文武官員，他們聽了嫪毐的口供，大家都非常憤慨。這事傳播出去，對文信侯的威信是非常不利的。

政：這就是了，剛才王綰，隗狀，這班大臣對呂相國已經很不滿意；如今有了嫪毐的口供，他們更振振有辭了。

李：據臣得到的密報，有好幾位大臣已經在起草彈劾文信侯的奏章，少時也許就會遞呈上來。

政：（色喜）這是勢所必然的事。你看，嫪毐這麼一鬧，呂相國是否會給攀倒？

李：依照我們秦國的法律，文信侯必須與嫪毐對簿公庭。如果他不能駁回嫪毐的話，那麼他的罪名至少也得「連坐」。臣看：文信侯已經是大王甕中之鱉了。

政：寡人還得多謝你上次送來那部奇書。這次初試牛刀，得力於這部書的地方甚多。如果能與作者交遊，寡人死無恨矣。

李：這部書的作者是臣的同學，名叫韓非。

政：（喜出望外）啊！原來是你的同學！

李：他現在韓國為官，大王如果要見他，臣也許可以設法請他到秦國來。

政：那好極了。（忽然想起）哦，你快去吩咐獄吏，少時囊撲二位王弟之後，太后前去收屍，可以讓她與嫪毐見一面。她和文信侯是冤家對頭，一定會幫着嫪毐，咬他一口的。

李：遵旨。（剛要走，又被秦王喚住。）

政：吼……華陽老太后的兵符，你放在哪裏？

李：和太后的兵符放在一起，都在大王的內寢。

政：哦。少時出發回咸陽去，你別忘記拿出來交給我。

李：是，大王。（下）

（秦王剛想再看一遍口供，驀見優旃在後方台階上坐着出神。）

政：優旃，你在想甚麼？

旃：臣忽然想起了一個故事。

政：甚麼故事？

旃：臣記得——（接着念數板）：

有一年夏天，天乾燥，

野鹿下山把水來找。

臣的東鄰逮住了鹿兩條，

西鄰捉了一對，一共四枝角。

東家宰了一頭做犒勞，

請左鄰右舍大家吃一飽。

留下一條到明年才開刀，
又吃得老老少少哈哈笑。

政：還有西家那兩頭鹿呢？

旃：西家年青意氣豪，
捉到就宰不等明朝；
煮好了鹿肉堆的一滿灶，
也把左鄰右舍都請到；
直吃得大家肚子爆，
剩下的連精帶肥還有不少。
可惜過了一夜全餿了，
倒在地上餵狗餵貓都不要——
都不要。

（優旃邊念邊做姿態，在詼諧中別寓深意。）

政：（聽出弦外之音來）啊！你的故事真奧妙！一時貪多嫌少，吃不下去也是白饒，硬吞下去消化不了，還是留下一隻鹿，到明年開刀。這個辦法——我想——比較好。

旃：（幽默地）可了不得！大王出口成章——「奧妙」，「嫌少」，「白饒」，「不了」，「開刀」，「較好」——「蕭豪韻」一路押到底。念白口功夫這麼到家，做工又那麼好，幸虧是玩兒票，要不然我優旃可就沒飯囉！

（這時王后和呂不韋自左上，他們邊走邊說。）

呂：（憤慨地）……早知道有這麼多的反覆，老臣還是回陽翟去，做我的老本行了！

政：相父氣沖沖地為甚麼呀！

呂：王后起先疑心老臣和大王瞞着她，早就定了太后和二位王弟的罪名，接着又要老夫開脫太后和二位王弟的罪。這樣反反覆覆，老臣只能敬請不敏，讓大王另請高明了。

后：你們既然都矢口不認，我也不再深究。不過，你們將太后和二位王弟問罪，我以為萬萬不可。

呂：太后與嫪毐同謀作亂，依照律例，應該判死刑，如今將她打入冷宮。已經是顧念大王的孝心，格外從輕發落，如果說這樣還不可以，要怎麼樣才可以呢？

后：相父不怕天下人罵大王不孝麼？

呂：「孝」和「慈」是相對的分不開的。做父母的先要慈，然後做子女的才會孝。鄭莊公遷其母於城潁，昭襄王廢掉宣太后，天下人又何嘗說他們不對呢？

后：（向秦王）太后是大王的母親，大王難道袖手旁觀，一句話都不說麼？

政：（冤屈地）咳！你倒要我怎麼樣？剛才你要我照相父的意見發落，如今又要我說話了！

后：（向呂）如今嫪毐這班亂黨已經一網打盡，大王的冠禮也舉行了，以後太后既沒有羽翼，又抓不到大權，相父何必一定要把她打入冷宮才快意呢？

呂：老臣自信不是一個私仇公報的小人。老實說，剛才從太廟回來的時候，我還沒有處分太后之意，直等到大王見過了太后，忽然變起卦來，老臣才覺得非要斬草除根，才可以沒有後患。否則，「浸潤之譖，膚受之愬」，大王難免要聽信太后的話，幡然改圖的。

后：相父真的是在大王變卦之後，才決定將太后定罪的麼？

呂：當然是真的。

后：那麼，大王見太后的時候，怎麼就知道相父要將太后和二位王弟問罪呢？

呂：（詫異地）哦？（向秦王看）

政：這不過是我在猜想，剛才不是告訴你了麼？

呂：（猜疑地望着秦王）大王能彀未卜先知，這就怪不得王后要疑心，連老臣都覺得有些奇怪呢。

（優旃機警地上前打岔）

旃：這有甚麼奇怪？慢說是大王，連我這個大傻瓜都早已料到了。昨晚晌我不是告訴相爺：大王嘴上無毛，做事不牢，不如讓我來給你做保麼？

政：（怒斥之）你又來打攪了！

（優旃吐吐舌頭，連爬帶滾的由右後方下。）

后：（將詞鋒換一個方向，措詞比先前婉轉。）別的都不用說了。如今將亂黨論罪，株連的已經很多，何必再將太后和二位王弟牽連在內，使大王有不孝，不弟的惡名呢？但不知相父以為如何？

呂：此事老臣已經再三想過，治亂必須要除掉亂的根源。太后既然是罪魁禍首，豈有徇情保全之理？況且大王初掌大權，必須樹威立信，萬萬不可以朝令夕更，以昊天之命為兒戲。王后要開脱太后之罪，老臣實在難以遵命。

后：太后說的一點不錯，她不會饒你，你也不會饒她。所以她教我不用為她說情。

政：哦？太后託「你」說情來了？

后：嗯……她說：二位王弟年幼無知，他們是沒有罪的。為了他們，她特地來求我向相父說情，開脱他們的死罪。

政：你允許她了？

后：起先我拿定主意拒絕她，（越講越沉痛）可是她越說越懇切，越動人，最後她和二位王弟，跪在我面前，痛哭流涕的向我哀求……我實在忍不住了，沒法子只能答應她。

呂：王后怎麼能答應她？（將玉璧給她看）王后忘記了這塊玉璧了麼？

后：（矛盾地，痛苦地。）我沒忘記。可是——（眼淚奪眶而出）我是人！（竭力克制自己，譴責自己。）我從小就不喜歡跟着父親和哥哥們去獵兔，我不忍看見「弱肉強食」這種血淋淋、慘無人道的事。昨日我求相父幫助大王，因為我怕嫪毐要向他下毒手。我以為除掉了嫪毐這一個毒蛇猛獸，我們就可以平安無事了。誰知道如今非但牽連了這麼多人，甚至於引起了王室中骨肉的慘變——眼見得二位年幼無知，天真無罪的王弟，也要身首異處……（暫停，嗚咽啜泣。）

政：相父，你看怎麼樣？

呂：早知道如此，老臣應該在發落之時，即刻將二位王弟推出宮門正法，省得另生枝節了。

后：（倔強地）可是我已經答應了太后，我不能讓你把他們殺了。

呂：剛才王后竭力勸大王依從老臣的意見發落，怎麼如今反而倒行逆施起來了？

后：（固執地）我只求你這一次，以後決不再說半句話。

呂：大王的命令已經發下去了，老臣萬不能請大王收回。

后：（向秦王）那麼妾身請大王收回成命，赦免二位王弟。

（秦王正在左右為難，呂不韋挺身上前。）

呂：（鬚髯戟張地）大王萬萬不可以將命令視同兒戲，毀了國君的威信。

后：（把臉一沉）那麼，我命令你把它收回！

呂：（不屈不撓地）老臣不能遵命！

（秦王看形勢已成僵局，忙居間排解。這時宮女甲乙扶着華陽老太后自左上。）

政：夫人……相父……快不要爭論。我們暫時——

華：（邊走邊説）你們在爭論甚麼呀？

政：相父因為要斬草除根，以除後患，將二位王弟定了死罪。可是夫人已經答應了太后，向相父求情將他們開脱。相父執意不肯，因此爭論起來了。

華：（向王后和呂不韋）有大王在此，你們爭論甚麼？（向秦王）你自己下個決斷，不就得了。

（宮女甲乙扶老太后坐下）

政：我是無可無不可的。不過，我已經答應王后，照相父的意見發落了。

華：（微笑着）我原先覺得你隨隨便便的，活像你的曾祖父昭襄王，現在看起來，你竟比昭襄王還要「沒主意」呢！

（這時趙高自左上）

趙：啟奏大王，二位王弟已經由獄吏驗明正身，就地正法了！

（除秦王和優旃外，大家都震驚失色。）

后：（突然疾趨到老太后跟前，和身撲倒在她懷裏，痛哭失聲。）哦……祖姑母……！

華：（撫慰王后）你哭甚麼呀？人死不能復生，你已經盡了你的力。雖然救不得他們，總算對得起太后了。

呂：獄吏們怎麼敢擅自執行？他們難道有大王的旨意麼？

趙：這個——趙高可不知道。

呂：（疑惑地將眼睛盯着秦王）奇怪！如果沒有大王的旨意，獄吏們決不將二位王弟，就地正法的！

政：剛才相父不是想即刻把他們推出宮門正法，省得另生枝節麼？

呂：啊！原來這次又是大王的「未卜先知」！

后：（詫異地瞅着秦王）是大王下的旨意？

政：（奸笑着說）我不過是順着相父的意思罷了。

呂：（諷刺地）如今我倒有點迷惑起來了，究竟是大王順着我呢，還是我不知不覺地順着大王！

華：（向呂）你初到我們秦國來的時候，我看你倒非常機警能幹。如今多了這些年的閱歷，怎麼越老越背晦起來了？你是看見過昭襄王的；別人沒趕上，迷惑還情有可原，你迷惑可太不應該了！

（這時優旃匆匆自右後方上）

旃：大王，太后來了！

（大家聽了，面面相覷，有風雨欲來的預感。王后覺得沒有面目見太后，忙躲在華陽老太后身邊。

太后自右後方上，後邊跟着兩名健碩的宮女；她身上衣冠不整，髮髻散亂，雙目紅腫，滿臉都是淚痕，她走上前來，向大家掃了一眼。）

太：你們現在應該心滿意足了吧！……可憐這兩個無知無識的孩子——他們犯了甚麼罪，要受這麼殘酷的死刑！我趕到法場，已經不能見到他們一面，只看見地上兩個布囊，沾滿了鮮血和泥土。打開布囊來——一片血肉模糊，幾乎分不出哪一個屍首是哥哥，那一個屍首是弟弟！……（她禁不住嗚咽）

呂：（向秦王）原定是「戮」，怎麼變成「囊撲」了呢？

政：自己的骨肉身首異處，寡人於心何忍？所以臨時改為囊撲。

太：（向秦王）你好狠心呀！沒想到我會養出像你這麼一個魔王來的！

政：母后如果安分守己，不和嫪毐作亂，也不會連累到王弟受刑了！

太：啊！呂不韋誣賴我作亂，還只罷了，你也幫着他用血口來噴我麼？

政：那麼請問母后：你和嫪毐陰謀：將我廢了，立王弟為國君，有沒有這回事？

太：誰說要把你廢了？

政：我可以教侍中王式和嫪毐的舍人，家僮們出來，當面對證。

太：我們只說：等你歸天之後，立王弟為王，可沒說把你廢了呀！

政：我今年只有二十二歲，你們就在等着我死了！這是存的甚麼心呀？（冷笑一聲）等了幾年，偏偏我又不死，所以不得不在我舉行冠禮之前，發動變亂！如此大逆不道，還要說我誣賴你麼？

太：哼！你以為我不知道這是你的圈套麼？呂不韋在咸陽起事，我知道一定是和你串通的把戲。只怪嫪毐做事太糊塗，沒打聽清楚就發兵到咸陽去，以致於中了你的詭計。

政：沒有我的旨意，擅自發兵，這還不是作亂，是甚麼？

太：（冷笑）哼哼！你自己想想：昌平君和昌文君的人馬是誰借給嫪毐的？

政：你不要忘記了，這是你逼着要借，不是我自願借的。

太：（自怨自艾）我應該自己打嘴！你做好了圈套，誰教我自己鑽進去？到事後我才知道：嫪毐沒走到半路，昌平君和昌文君就把他拿下了！

政：發兵，借兵，都是你們自己的主意，可不是我教你們這麼做的。就算是我擺下了天羅地網，你們自己一定要投到網裏去，還有甚麼話可說？

太：我被自己親生的兒子陷害到這步田地，本來還有甚麼話可說？

（她痛心地嗚咽。這時忽聽得遠遠鼓譟之聲，大家覺得驚詫。）

政：趙高，你出去看看，外邊何事喧嘩？

趙：是，大王。（下）

太：別的我現在都不在乎，我只可憐這兩個孩子。（向王后）我苦苦哀求你，可是你還是沒有替他們求情。我到死，口眼也不會閉的！

華：（向太后）你不要錯怪她。我進來的時候，她還在向文信侯求情呢。

后：臣媳求了半天，相父還沒有答應；誰想到消息傳來，說二位王弟已經明正典刑了！

太：（咬牙切齒地向呂不韋）好！呂不韋！我們冤家狹路，你不肯刀下留人，我也怨不得你。……可是，你不要以為拔掉了我這眼中釘；你從此可以高枕而臥了！我一息尚存，王弟的血債非向你清算不可。實話跟你說吧，嫪毐剛才告訴我，他已經在廷尉招了口供，一口咬定是你主使他的。我們寧可千刀萬剮，五馬分屍，也要拖你下水，決不讓你一帆風順，做太平宰相的！

政：母后不必多說了。兒臣少時就要回咸陽去，母后一向喜歡住在雍城，那麼就請母后在這裏的棫陽宮，頤養天年，享享清閒之福。但不知母后意下如何？

太：（辛酸地）如今我是你俎上之肉，你何必再來問我？

政：（向那兩個監視太后的宮女）好，你們伺候太后回棫陽宮去，不得有誤。

宮女：遵旨！

（她們開始押太后向右後方去。將近下場時，太后忽然回身向呂不韋冷笑一聲。）

太：呂不韋，螳螂捕蟬，不知道黃雀就在後頭，黃雀等着吃螳螂，不知道拿彈弓的人在後頭。我看呂：你的死期也就不遠了。

政：（向秦王）太后這一番話，大王是親耳聽見的。還求大王替老臣作主，老臣不勝萬幸。（忙跪下）相父請起。寡人當然要秉公辦理。不過我們秦國是以法治國的；嫪毐既然在廷尉招了口供，相父必須親自出廷，與他對質才是。

呂：（呂不韋惶駭地起身，瞠目望着秦王。）這麼說——大王難道想公事公辦不成？

政：請相父設身處地，替寡人想想。如今一邊是太后，一邊是相父——你。要不公事公辦，你教寡人袒護了哪一邊好？

呂：大王明知道嫪毐蓄意攀陷老臣，老臣如果與他當廷質對，恐怕百口莫辯。請大王明鑒。

政：就算他是故意攀陷，也得當廷質對，才可以水落石出。相父大可以不必過慮。

呂：（以腰間的玉璧，持向王后。）王后，老臣早就料到，大王不肯替老臣作主的！

后：（收了呂的玉璧）相父，如今事情已經轉變成這個局面，我決不能袖手旁觀，食言而肥的。（不平地上前向秦王）大王，昨晚我們三面言明的話，大王總不至於忘記吧。

政：我當然不會忘記。

后：那麼大王怎麼可以不替相父作主呢？

政：可是現在我還不須替相父作主呀。相父怕的是：在發落亂黨之時，萬一太后出來干預，我也許拿不定主意，是不是？那麼，請夫人當面問問太后，她有沒有出來干預？

太：我想求情，保全兩個孩子的性命，都做不到，還能出來干預麼？

政：再請問夫人和相父，我有沒有在發落之時，拿不定主意？（王后和呂不韋默然）那麼是誰聽了太后的哀求，拿不定主意了？這可不是我；是夫人。是誰出來干預發落，一定要相父開脱二位王弟的死罪了？這可不是太后，是夫人。

（王后被他説的啞口無言，幾乎要哭了。華陽老太后忙扶着枴杖立起來，走上前。）

華：（向秦王）得了，得了！不要再嘔她了。（假意譴責秦王）我只有這麼一個姪孫女；氣壞了她，我可不饒你！

政：（順水推舟）孫兒臣並不是故意嘔她。相父又沒有做甚麼虧心之事，和嫪毐質對，有甚麼要緊呢。太王太后勸勸夫人，教她安心就是了。

華：（拉着王后走）來。你也不必多説了。要是大王做出對不起你的事，有祖姑母替你出頭呢。

（華陽老太后歸回原座。這時李斯自左上。）

李：啟奏大王，現有文武官員幾百人，在宮門求見。

政：哦！他們為了何事？

李：他們知道文信侯要大王囊撲二位王弟，再將太后打入冷宮，恐怕如此做法，會陷大王於「不孝」，「不弟」。所以他們動了公憤，要面奏大王，將文信侯論罪。

政：（向呂）相父，聽見麼？我看：嫪毐攀陷你，還不要緊；如今文武百官動了公憤，相父倒不可不防呀！

呂：依老臣看，這一定是嫪毐的黨羽，危言聳聽，在暗中煽動。

政：嫪毐的黨羽已經都拘禁起來了，我看不見得還有這麼許多人吧？（向李斯）你去曉諭他們，就說寡人現在要回咸陽去；他們有甚麼意見，要勸諫寡人，儘可以備好奏章，遞呈上來，讓寡人過目。

李：遵旨。（下）

呂：（不免有些氣憤）大王剛才要臣與嫪毐當面質對，如今又允許文武百官，彈劾老臣。如此不分皂白，將置老臣於何地？

政：（笑着說）我記得相父在大著《呂氏春秋》裏說的好：「世主之患，恥不知而矜自用，好愎過而惡聽諫，以至於危，恥無大手危者。」如今相父要寡人不准他們彈劾相父，那不是教我「惡聽諫」麼？

呂：直言正諫當然要聽，誣衊攻訐的話可不可入耳。

政：（語氣雖極婉轉，其實咄咄逼人。）寡人還沒有聽見他們的話，怎麼知道他們不是直言正諫呢？如果他們真的是挾嫌攻訐，無理取鬧，等寡人看了奏章，再駁斥他們，也還不遲。相父以為如何？

呂：（無話可說）大王說的是。

（這時趙高引胡毋敬自左上）

趙：（高聲通報）太史令胡毋敬見駕。

敬：（上前躬身）啟奏大王，據臣的推算，彗星已經越過東井輿鬼的分野，秦國也轉危為安了。臣特來恭喜大王。

政：哦！這果然是大大的喜事！少時回到咸陽，寡人要賜酺三日，與萬民一同慶賀。（向趙高）車駕備好了麼？

趙：車駕已經齊備多時。昌平君和昌文君的人馬都在闕下，準備出發，大王請到露台上，就可以看得見。

政：（起立）寡人這就登台一望。卿等隨我來。（他走下台階向露台走去）

呂敬：是，大王。

（他們和趙高跟在秦王後邊，走上露台去，只剩下王后，華陽老太后，和優旃。）

后：祖姑母，我做夢都沒想到他會像剛才那麼雄猜忍鷙，冷酷無情的。

華：我早就跟你說，他會變的。

后：不錯。你說：他也許會變得使我毛骨悚然的。如今我非但毛骨悚然，我——我簡直不認得他了！

旃：大王可沒有變，倒是王后的眼光變了！

后：（猛想起）啊，剛才你說甚麼天羅地網，我一點都不懂。現在我可明白了。太后，二位王弟，嫪毐，和這班亂黨已經落了網了；相父的處境危如累卵，恐怕遲早也逃不了。但不知我們以後怎麼樣？

旃：我已經說過這個天羅地網是專為拿毒龍的，擒猛虎的。我們雖然都在網裏，只要不是毒龍猛虎，還不至於有甚麼危險。

華：（點頭）還是優旃聰明。權勢本來是招災惹禍的東西。近幾年來，我虧得沒有管事；要不然，這條老命恐怕早就沒有了！

后：（惘然凝視着空間）我還怕他太懦弱，要受人家的欺侮，癡心妄想他挺起脊樑來，做一個名副其實的國王。……好比一隻自作聰明的驢子，把老虎當作綿羊，教它怎麼樣對付豺狼……背地裏他不知怎麼笑話我呢！

（說到這裏，只聽見一陣腳步聲，秦王和呂不韋，胡母敬，趙高等開始自露台上走下來。）

華：（猛想起）對了！昌平君和昌文君的兵符，你千萬別向大王要還了。

后：哎喲！我已經向他要過了。

（秦王等走下露台，向前方來，邊走邊說。）

政：寡人倒忘了，昌平君和昌文君的兩支人馬，討逆有功，相父以為應該如何賞賜他們？

呂：（卑恭地）老臣不敢專擅，請大王定奪。

政：（走上台階，在御座坐下。）寡人決定賞昌平君昌文君錢一百萬，讓他們分賞給生擒嫪毐的將士。其餘的依功勞大小賜爵。咸陽宮內的宦官參加討逆的，賜爵一級。相父以為如何？

呂：大王恩高賞重，將士們一定感戴。

政：那麼就煩相父代寡人論功行賞吧。

呂：（奉命唯謹地）是，大王。

（這時李斯捧着兵符盒，自左上。）

李：啟奏大王，吉時已屆，車駕恭候大王起程。（他上前將兵符盒呈在几上）

政：（忽然想起，向華陽老太后。）承借的兵符，現在要用麼？

華：大王不用還給我了。今日是大王舉行冠禮之日，這兩道兵符就算我的薄禮吧。

政：多謝太王太后。（向趙高）傳諭下去，寡人即刻就回咸陽去，吩咐他們擺駕！

趙： 是，大王。

政： （向李斯）吩咐廷尉將嫪毐這班亂黨押回咸陽，依法處刑！

李： 遵旨！

政： （向李斯）你傳旨廷尉，等太后到了棫陽宮，即刻派人守住宮門，非有寡人的旨意，任何人不得進出。

李： 遵旨。

政： 相父到了咸陽，必須親赴廷尉，與嫪毐質對，然後再論功罪！

呂： 遵旨。

政： （向趙高）擺駕！

趙： （高聲向外宣旨）擺駕！

（外邊音樂起奏，在肅穆的鐘鼓聲中，秦王巍然起立，大家在這種威嚴之下，皆慴伏跪下，等他徐步走下來。）

（幕徐落）

《陋巷》

一九六二年六月二日首演演員表

劇中人	飾演者
楊復生	陳曙光
周紀良	陳淦旋
曾夔公	鄭子敦
王　偉（可望）	袁報華
王亞梅	陳文美
李　權	張　清
陳　蘭	譚務雪

亞　仙……梁浣清
扭計華……陳有后
白　萍……梁舜燕
馬騮精……李德祥
矮腳炳……龐焯林
歪嘴洪（即豆皮洪）……鮑漢琳
梁　彩……黃蕙芬
王式輝……黃宗保
錢妙英……陳勁秀
霸王添……駱迺琳
王亞榮……陳肇君
幫　辦……阮黎明
警探甲……劉　佳
警探乙……彭景開
警探丙……彭樹強

水兵……………………………………黃湛森
氓民……………………………………徐守滬
……………………………………陳世鼎

第一景

時：現代——夏天，將近日落時分。

地：九龍城砦西頭村。

景：在數年前，九龍城砦是個著名的無法無天的區域，猶如戰前天津的「三不管」。這裏的建築全是木屋，街道是泥地，一下雨遍地都是泥漿。整個區域沒有電燈，也沒有自來水，只有街旁的溝渠，淌着污濁腐臭的黑水。號稱「白粉街」上的吸毒檔口，敞開着大門，「道友」們在裏邊「追龍」，「吹口琴」，「放高射炮」，或在胳臂上「打虎」；過路的對他們看，他們簡直旁若無人，一點沒有顧忌。在白粉街附近還有幾條街，公開地開着賭場，煙格，脫衣舞場，和各種色情的「架步」；香肉檔在舖門口吊着整隻剝光了皮的狗，只剩下尾巴梢上一撮黑毛，號召吃客們來嘗嘗異味。

在過去幾年中，迭經當局的厲禁和警方的掃蕩，公開的脫衣舞場、賭窟、煙格和香肉檔早已銷聲匿跡，從前簡陋不堪的木屋，大半已改建為洋式樓宇，爛泥的街道也用混凝土改築，變成了比較堅實的道路，雖然許多住户仍在用火油桶挑水，電燈卻已普遍地取火油燈而代之。從表面上看，這個地區的確是進步了，改良了。但事實上，它的陰暗面依舊存在，街道雖已改觀，可是地上仍然潮濕，污穢，路旁的溝渠裏仍舊潺潺地淌着烏油似的污水，兩邊的房屋距離不過幾尺；有些房屋的二樓向外突出，幾乎和對面的樓宇相接，有些索性改建為過街樓，阻塞了整個上空。比較空闊的街上都密密層層晾着衣服，濕漉漉地滴着水。所以，即使在烈日當空的夏天，這些街道仍然是一片陰暗，潮濕，像不見天日的鬼市。

用「鬼市」這兩個字來形容這個地區，實在一點都不誇張。如果你到衙前塱道西頭村大街口，向裏一望，你立刻會感覺到，裏邊的陰暗和外邊的明朗卻形成一個強烈的對比，宛如陰陽的分界。如果要進去，你必須一步一步循着狹窄的台階往下走，猶如降落到地下的窖室去一樣。其實裏邊的地平比外邊低得並不多，但在感覺上，你好像走進了地獄。

進入了這低窪、潮濕、陰暗的地區，你首先接觸到的是一陣撲鼻的霉蒸、污濁、腐爛的臭味。你眼前所見到的景象和香港其他貧民區沒有甚麼分別：小店舖、麻雀館、小型工場、小飯館、廣告招牌、商店招牌、招貼，赤裸裸在街邊玩的小孩子，挑水的苦力，赤着膊在工作的男人，坐在門口做活計的女人，翹起了光光的腳板丫子在門口打牌的男男女女，鳩形鵠面躺在床位上的白粉道人……還有那些坐在門外板櫈上的私娼，搽着一臉的脂粉，敞開着胸前的鈕扣，三五成群的聊天，看見過路男人，裂着嘴用下流話來兜搭，蹲在大街台階旁的「帶街」，眼巴巴地向過路人招攬生意……。不過，這裏的一切比其他藏垢納污的區域更低級，更暴露，更粗獷，也更陰暗。

上面所說的是這個地區的鳥瞰，觀眾所看見的僅是這活地獄的一個角落——白粉街側邊一條曲尺形的陋巷。這條巷實際上是一系列參差不齊的水泥台階，既狹窄，又沒有街燈，上空晾着的衣服，掩蔽得整條巷陰暗。循着階級向上走，迎面是一堵牆，上面寫着「××麻雀娛樂館」七個紅漆大字，還有橫七豎八的招貼，沿牆根向舞台右方拐彎上去，就是有名的「白粉街」了。

開幕前，樂隊奏 Khachaturian 的 Concerto for Piano and Orchestra, 2nd Movement: Andante con anima 或 Liszt 的 Fantasia quasi sonata 的第一節，（或情調相似的其他現代樂章）。約三十秒鐘後，幕漸漸昇起，音樂淡出至調低，只聽見遠處傳來的麻雀牌聲和收音機播出的粵曲。二三秒鐘後，忽聞一陣橐橐的皮鞋聲；楊復生拿着一本手冊和一個蓬頭垢面的老頭子（曾瘦公）在台階上出現，一步一步走下來。曾瘦公的實際年齡還不到五十歲，可是他的頭髮已經白多黑少，彷彿是六十開外的老翁。他的臉瘦削得只見突出的眉稜，雙顴和齶骨，臉皮黃裏帶青，上面薄薄地浮着一層灰色。他那雙眼睛昏暗得好似枯乾的油燈，只有在吸足了白麵兒之後，才會偶然發出從前的光芒。他身上的夏威夷衫又舊又髒，好像破廟裏神龕前的帳幔，褲子雖然是西式，可鬆散皺褶得倒像一條洗乾未熨的中國布褲，腳上的皮鞋和賈波林（Charlie Chaplin）那一雙不相上下，不過他的是短統，而且鞋跟早經踏倒，兼有拖鞋之用。

在這個區域裏，曾瘻公可以算得數一數二的高等智識分子。憑着他的社會經驗和銳利的觀察力，他和人家初次見面，往往就能猜中他的家世，職業，經濟情況和家庭環境，甚至於能彀一語道破人家心裏所想的念頭。所以左鄰右舍的人對他都有幾分敬畏，管叫他「真陰功」或簡稱「陰功」。

曾：（邊走邊說）上邊兒的白粉街，狗肉檔，脫衣舞，這些「架步」你都看到了。現在我帶你到這十九層地獄的角落兒去。（在台階下層的平台上略停）。我住在這條死衚衕裏，左鄰右舍一齊只有四戶人家。你先看這兒的外景，我再說底根兒給你聽。

（楊向周圍巡視了一下，同時在手冊上振筆疾書。瘻公引他走下台階，向左拐彎，走過中屋，到左邊木屋門口。）

曾：（幽默地）這就是我的公館。如果想見識見識道友的標準洞府，你不妨參觀一下。讓我先進去點洋蠟。

（他領先走進去；楊見裏邊黑魆魆地，躊躇到瘦公點好蠟燭他纔跨進去。他的剪影在門框中，映着熒熒的燭光，顯得非常凸出。曾瘦公雖被牆壁所蔽，他的影子卻憧憧地在那破舊的窗簾上晃動。）

曾聲：你先請坐。我到間壁去討點茶水。

楊：別客氣。剛喝過茶，一點兒不渴。

曾聲：那麼我就不客氣了。

（楊坐在近門口的櫈上，露出半個側影在門框裏。）

楊：這條衕衕裏住的都是道友麼？

曾聲：哪！那邊兒就是一個。

（弧燈投射在屋門外，只見一個二十來歲，臉色灰暗，工人模樣的青年，穿着一件汗背心和漆痕斑斕的工裝褲，有氣無力地坐在一張破竹椅上，閉着眼睛，好像在養神。楊自左門口探頭出來，向右窺望。）

楊：他是做甚麼的？

曾聲：他原來是個油漆工人，叫李權。我們都管他叫「靚仔權」。

楊：（將名字記下來，嘴裏念誦着。）靚仔權。

曾聲：他父親是個排字工人，早就死了。前年他娶了老婆，想多賺幾個錢，白天做了還要開夜工。日子久了，身體頂不住，用「高射砲」來提神。沒想到一抽就上了癮。

楊：他怎麼這樣糊塗呀？

曾聲：家裏開銷大了，物價又漲了。教他有甚麼法子呢？

楊：情形確實不簡單，牽連着複雜的社會問題哪。

曾聲：對了！抽白麵兒本來是個社會問題嘛！後來，給掌櫃的知道了，把他辭了工。他只能耗在家裏，靠母親替人家洗燙衣服，做些活計，對付着過日子。

（這時一個削骨臉的瘦小傢伙在台階上出現。他肩膊上搭着一件褪了色的夏威夷短袖衫，和下身那條火剌剌的橙黃柳條布睡褲，很不稱配，腳上拖着一雙厚帆布橫梁的木屐，嗒啦嗒啦地走下來。）

楊：這是誰？

曾聲：（一聽腳聲就知道）他是馬廣，外號人稱「馬騮精」，是個做字花的「艇仔」。

楊：兜攬人家買字花的？

曾聲：對了。

馬：（下了台階，邊說邊向李權走去。）靚仔，我不是跟你說，「安士」守廠，不出三日一定有「火官」

麼？你偏要打「明珠」。

權：（沒精打彩地）可是昨兒的中廠已經出過「火官」了。

（這時黑魆魆的樓梯腳邊忽地閃出一個矮小猥瑣的人物來。他披着一件捉襟見肘的舊灰布短衫，下身一條黃斜紋短褲，趿着一雙車胎底的膠拖鞋。鳩形鵠面，頭髮像飛蓬似的，看去三分似人，七分似鬼。）

矮：怎麼？頂頭兒又出「火官」了？

馬：出的十九號「艮玉」，可不是「火官」的替身麼？

矮：（向權）哈！你打大老婆，偏出了小老婆。（向馬）好久沒出過「艮玉」了。我看，晚廠「兜底」都說不定。

馬：（念誦花會書上的口訣）「禁死八九日，一來必旺堆。」你有膽量就追，沒膽量壓根兒不用想發橫財。

矮：好。我就追「艮玉」。

馬：（一邊在字花條上寫號碼，一邊向李權。）你打甚麼？

權：一個銇子都沒有，打甚麼呀？

（馬騮精將寫好的字花條子遞給矮鬼）

矮：（掏出一個輔幣來）只有一個花旗斗零。到街上換了給你。

（他和馬騮精走上台階去，一眨眼不見了。）

楊： 這個三寸丁是誰？

曾聲： 他叫矮腳炳，姓徐。原來是買水果的小販，現在給這兒的「私寨」「帶街」。

楊： 這兒還有私寨？

曾聲：（他手的影子指着右方）那邊就是一個。

（弧燈投射在右屋樓窗上，白萍在窗口出現。她拉開窗簾，吸了一口香煙，接着伸了個懶腰。）

楊： 唔。看樣子就像個風塵中的人物。

曾： 你看錯了。她可是天上掉下來的隕星呢！十幾年前她是個影劇雙棲的名演員，不知賺過少多錢，更不知道有多少人拜倒在她的石榴裙下吶。

楊：（將信將疑）她是誰？

曾聲： 她就是那大名鼎鼎的白萍。

楊：（愕然）白萍！（不信地）你意思説，當年煊赫一時的白萍？

曾聲： 除了她還有誰？

（這時白萍自窗口走開，弧燈驟熄。）

楊： 想不到她竟然會墮落——（自覺失言，趕快改口。）我意思説：她怎麼會到這兒來的？

曾：抽上了白麵兒，誰都可能落到這十九層地獄來的。要不然，我也不會在這兒打公館了。

楊：這麼說，這條衖衕裏都是道友了？

曾聲：只有一家是例外。

楊：哪一家？

曾：間壁王家。

（弧燈照着中屋門口的王可望）

楊：（向中屋看）門口有一個小夥子在看書的，是麼？

曾：對了。他是個電料舖的學徒，新近得了肺病，沒滿師就回來了。

楊：這麼年青就害了肺病！

曾聲：他的父親沒錢給他治病，只能讓他在家裏耗着。他的名字叫可望。事實上，他是沒有甚麼希望的了。

楊：他父親是做甚麼的？

曾：他父親做過常熟縣政府的文書科長。到了香港來，找不到事。現在他是個黑市教員，替登記教師改改學生的作文。

（這時一個十二三歲的少女王亞梅背上駝着一個兩歲大的嬰孩，從台階走下來，到中屋門口。）

梅：（譴責地向王可望投了一眼）哥哥，天都快黑了，還在看書！（王可望抬起眼來向她看）媽不是教你別看麼？

望：看書有甚麼關係？

梅：媽說：你就是整日地看書，才會得肺病的。

望：得了，反正這一章已經看完了。（他闔了書，乾咳了兩聲。）媽還在麻雀館麼？

梅：她說，等爸爸回來就去叫她。

望：她手氣怎麼樣？

梅：今兒還好。起先輸了足有四塊錢，現在差不多翻回來了。

望：（慨然言之）爸爸替人家改小學生的作文，一天至多賺兩三塊錢！（又乾咳）

梅：（忽然想起）對了，爸爸怎麼還不回來？

望：也許今兒卷子多了幾本。

梅：要是爸爸多改幾本卷子，每天能賺五塊錢，那就好了。

望：傻丫頭，正式的先生每月薪水也不過幾百塊錢，哪來這麼多錢，請人替他們改卷子呀？

梅：那麼爸爸為甚麼不做正式的老師？

望：這個——說給你聽你也不會明白明的。別囉唆了，快煮飯去吧。

（他邊說邊拉着亞梅進屋去。曾和楊自左屋出來，楊拿着手冊邊走邊記錄。）

曾：屋子裏悶熱，我們坐在外邊談吧。

楊：我到九龍城砦來，還是第一次，要請你多多給我一點材料。

曾：最要緊的還是你自己的採訪。（他的眼睛銳利地向楊看了一眼）你貴處是中山，是不是？

楊：是的。

曾：你從小就在廣州唸書。你的國文老師是順德人。

楊：（驚奇地）你怎麼知道？

曾：你說的是地道廣府話，可是有一丁點中山土音，說文言的時候——比如「煊赫一時」，「墮落」——又帶順德味兒，只要用心聽，就聽出來了。

楊：啊！你的耳音真了不起。

曾：這算不了甚麼！

楊：你太客氣了。

曾：你是唸過新聞系的，是不是？

楊：你怎麼猜得出來的？

曾：如果你是個混事兒的記者，你祇要把剛才我說的話記下來就可以回去交差了。可是你一定要自己來觀察。只有新聞系畢業不久的人，才有這種傻勁呀。大概你畢業還不久吧！

楊：是去年夏天畢業的。

曾：這就對了。你想寫一篇很出色的特寫，是不是？

楊：希望如此。所以要請您多多指教。

曾：我只能當一匹識途的老馬，主要的還是你自己的觀察力。如果你不嫌冒昧，我先試試你的觀察力如何。（向楊看了一眼）你猜猜，我這間屋子裏一共住幾個人？

楊：（想了一下）大約有四個人。

曾：不錯，這兒有四個床位，可想而知有四個人了。你再猜猜這四個人中有幾個是道友？

楊：這可猜不透。

曾：你看見桌子上有甚麼東西？

楊：（翻開手冊看了一下）桌上有些洋蠟、煙盒、火柴盒、小剪刀、錫紙和錫紙捲成的管子。

曾：不錯，可是你有沒有注意，這些吸毒的道具是一份兒，一份兒，分開擺的？

楊：啊！對了！分三份擺着。那麼四個人之中至少有三個是道友了。

曾：（笑着點點頭）不錯。

（這時舞台右前方的燈光淡入，左屋門外的燈淡出。楊向右屋注視，只見一個年青的少婦——陳蘭——和一個十四五歲的少女——李權的妹亞仙——拿着丫叉，自右屋走出來。）

仙：（向閉目養神的哥哥投了一眼）哥哥，媽病着，你來幫幫忙啦。

權：（沒精打采地）收這幾件衣服，還用我——

蘭：（搶着向亞仙說）亞仙，你不知道大爺斷了糧，沒勁頭兒麼？

（她賭氣拿着丫叉向台階走去，亞仙忙跟着走，亞權內疚地看她們走上台階，右手的拳頭往自己腿上搥一下。楊見此情形，忙掏出本兒來記錄。這時，躺在右屋床位上的中年婦人——梁彩——掙扎着爬起來，搖搖晃晃地走出門來。李權忙將身子向前一挪，可是並沒站起來。）

權：媽，你要喝水麼？

梁：我——我幫她們收衣服去。

權：（勉強起身，上前攔住她。）還是躺着吧，媽。好容易今天風濕痛好一點，就掙扎着下床，回頭發作起來——

梁：我知道。（淒然）可是，亞權，我們是做一天吃一天的命。米缸裏一粒米都沒有了，要是我再躺三五天，一點活兒不做，那怎麼得了呀？

權：你先別着急，明兒個我去找阿才，好歹找一份散工做做。

梁：（悲痛地）你瞧，阿才戒了白麵兒，身體也胖了，工作也找到了，一個月賺二三百塊錢，一家子過

得舒舒服服的……（咽哽）

權：（慚愧地）媽，你別難過。我一定戒就是了。（邊說邊扶母親進去）明兒我就去登記。……（右屋門外燈光淡出，左屋燈光淡入。曾、楊二人望着右屋門口。）

曾：瞧見沒有？

楊：凄慘，真凄慘！

曾：比這個更凄慘的還有呢。

楊：（邊說邊記錄在手冊上）總算還好，他覺悟得早，明天就去戒了。

曾：（微微一笑）要是這麼容易戒，我早就不在這兒受折磨了。

楊：我知道，戒癮容易守戒難，可是，據我看他倒很有決心。

曾：事情並不這麼簡單。就算他有決心，要是環境不允許，也是白搭。你知道（用手向自己屋裏指）這兩個床位上的朋友麼？他們都是下決心戒了又抽上的。

楊：哦。（忽然想起）這兩個朋友是做甚麼的？

曾：這邊兒床位的就是剛才你看見的矮腳炳，那邊床位的就是馬騮精。他們倆都是白麵兒販子豆皮洪的「馬仔」。

楊：那麼，這間屋子還有個床位該是豆皮洪的了。

曾：豆皮洪不住在這兒，那個床位的主兒判了六個月的罪，在大欖涌監獄坐監，還沒出來呢。

楊：哦，他是不是因為吸毒給逮進去的？

曾：倒不是為了吸毒。他原來是個銅匠，抽上了白麵兒，改行做小偷兒，他是臨陣失風，給警察逮住的。

楊：啊，原來是個小偷兒。（邊記邊說）你跟他住在一個屋子裏，不怕他順手牽羊麼？

曾：他們這一行的規矩，向來不吃窩邊草。所謂「盜亦有道」，決不隨便胡來的。

楊：可是，你跟這幾個小偷兒、艇仔、帶家住在一起這可不太……

曾：我一點不覺得委屈。說實話，我覺得與其在「大撈家」、小政客、偽君子的圈子裏周旋，還不如跟他們一起生活，比較有意思得多。他們至少還講一點江湖義氣。我沒有錢的時候，他們還肯同病相憐，分出一兩包白麵兒給我過癮，決不會看我的冷破，更不會反面無情，乘機會來打落水狗的。

楊：（懇摯地）無論如果，你總不能老在這個鬼地方呆下去，你應該拿出勇氣來，打開這人間地獄的門，給自己找一條生路才對呀。

曾：我剛到這兒來的時候，曾經這麼想過。可是——（這時他忽然聽得橐橐的木屐聲，他忙打住話頭，向台右看，只見亞蘭和亞仙提着一竹筐剛晾乾的衣服，從台階走下來。她們剛走到下邊的平台，猛聽得人呼喚。）

聲：亞蘭！（聲就未了，只見人影一閃，一個短小矯捷，穿黑色唐裝衫褲的人，像小老鼠似的從台階溜下來，蹲在亞蘭背後。）

蘭：誰呀？

仙：啊！華叔，你出來了？倒嚇了我一跳！

華：七點零五分出來的。先去理髮，再到澡堂子洗了個大湯，在肥佬七大牌檔吃了一個飽。搭火車到元朗去看姑媽，一路回來，已經天黑了。（向陳蘭）亞蘭，你瞧，我怎麼樣？

蘭：你胖了，華叔，氣色也好得多了。

華：（得意地）前兒個大欖涌的李醫官給我檢查，磅了一下，他說我重了十二磅。

仙：那麼，你是真的戒了？

華：這還有假的？在裏頭呆了六個月，不願意戒也得戒呀。

蘭：還是戒了的好。亞權的工友阿才，跟他一起抽上白麵兒的。現在人家在石鼓洲戒斷了癮，找到了生意，日子過得多好呀！（失望地）我們亞權就沒志氣，跟阿才講定了一塊兒戒的，可是——（她眼圈一紅，扭計華忙用好言撫慰。）

華：這不能怪他，初戒的一個禮拜真的比死都難受。你瞧（指自己額角上一個痕）這就是癮頭兒發的時候，在監房的鐵柵欄上撞出來的。

（這時右屋燈淡入，亞權在門口出現。他瞥見扭計華，忙上前招呼。）

權： 華叔。

華： 嗨，靚仔，你真不彀朋友，我坐了監，你一次都不來看我！

權： 不是我不來看你，怕給警察看出來我是——

華： 我知道，我不過跟你説着玩吧了。

仙： 哥哥，你瞧，華叔已經戒了。

權： 敢情是；怪不得這麼紅光滿面的。

蘭： （向仙）我們先把衣服收進去，再遲就來不及燙了。

（亞蘭和亞仙拿着丫叉和籃子，回到右屋去。扭計華繼續和亞權談。）

華： 不瞞你説，老弟，這次出來，我可決計洗手不幹了。做這二更窮三更富的買賣，就算發了財，晚上睡覺都要提心吊膽。還是做我的老本行，給人家配鑰匙，補補銅吊子，吃一碗太平飯，好得多哪。

權： 那敢情好。不過——我看霸王添不見得肯放你過華容道吧。

華： （驚惶地）誰説他不肯放我過去？

權： 昨兒我聽見他吩咐豆皮洪，等你一出監，馬上通知他。

華： 哦！

（這時亞蘭和亞仙已開始在右屋窗口燙衣服，同時白萍在二樓窗口出現。她向下邊一望，用唸台詞的調子，嬌聲媚氣地說。）

白： 啊……！我說好像是扭計華的聲音，想不到真的是你回來了！

華：（玩笑地學着她的聲氣）是呀，親愛的萍姊。

白： 你要死了！見了面兒也不叫聲「白小姐」，一開口就是萍姊萍妹的亂叫。你算我哪門子的兄弟呀？快到毛廁裏吹開了尿缸上的白沫，照照自己的臉吧！

華： 你叫我扭計華，我叫你一聲萍姊就算很客氣了。要是不客氣，我就叫你——

權：（拉開華）得了，得了。你跟她計較甚麼呀！（他們下台階向左屋去，白萍直氣得破口大罵。）

白：（像嚇退了司馬懿，在城樓上自鳴得意的諸葛亮。）叫甚麼！你說呀！（眼看亞權拉着扭計華走開，索性再接上一段「罵王朗」，以表示自己的勝利。）醜八怪……小偷兒……監躉……你別走呀，有膽量說出來給大家聽聽。

（扭計華走到左屋門外，剛要和曾瘻公招呼，又聽見白萍在挑戰。他猛然回轉身來，戟指着她，也以惡聲相向。這時，中屋裏的王可望、亞梅，右屋裏的亞仙都出來看，馬騮精、矮腳炳恰巧從台階下來——。）

華：我勸你別擺大明星的臭譜兒了。我是小偷兒、監躉，你是接「阿差」[1]，拉水兵的「啄地」[2]，（邊說邊向右衝過去。）

（亞權、瘦公、馬騮精和矮腳炳，忙上前拉住扭計華。下面的話是同時講的。）

白：甚麼？你還敢罵人？

權：華叔！

馬：算了，算了。大家少說兩句吧。

炳：大熱天的，吵甚麼呀？咱們屋裏去。

（他們邊勸邊拉地簇擁着扭計華向右屋去。可是白萍怎肯就此善罷干休呢？）

白：有種的不要逃走！讓你知道老娘的利害！（說着她從窗口轉身，一眨眼又在二樓門口出現，敞開着胸前的鈕扣，踏着一雙木屐，揎袖勒臂地從木梯上衝下來。）

權：（向矮腳炳）來，幫我攔住她。

（他們倆走上前去，攔住去路。）

炳：別吵了，白小姐，大家說說笑笑，認甚麼真呢？

1 香港俗語，呼印度及巴基斯坦人為「阿差」。

2 「啄地」意思是：雞，即妓女。啄字讀如（tiong）。

白：他一開口就罵人，要是不給一點利害，那還了得？

權：憑良心說，是你先罵了他，他才回嘴的。

白：嚇，你還幫着他說話！

權：誰幫他來着？我是好意——

白：好意？你們男人沒一個好的！（她想衝過去，可被他和炳擋住。）撒手！

（他們扭作一團的時候，曾忙向楊低語，楊立即挺身上前向白萍作自我介紹。）

楊：白小姐，（白萍聽見驀生人叫她，頓時停手。）我是《鏡報》的記者。

（白萍起先不知道楊是誰，現在突然發現他是個記者，不由得一楞。但她究竟是個經驗豐富的老演員，懂得怎樣應付臨時發生的事變，在一眨眼間她已經將自己扮演的角色，從一個罵街的私娼變成一個彬彬有禮的大明星，好演員。）

白：哦！您貴姓？

楊：我是楊復生。（邊說邊掏名片出來給她）

白：啊，原來是楊復生先生。

（亞權見她的攻勢已被楊所打消，悄悄地拉着炳到右屋門口。其他的旁觀者，看事態已趨和暖，也都各回己屋。）

楊：我想訪問白小姐，不知道您有工夫麼？

楊：您就住在這兒？

白：我怎麼會住在這種地方哪，楊先生？說起來話可長了，我們公司的張老闆要我拍一部像戰前《馬路天使》那樣的戲。可是我對妓女的生活知道的太少了，所以特地到這兒來實地觀察。體驗各種不同的生活，才能夠演甚麼像甚麼。你說對麼？

楊：敢情是。

白：你看我體驗得像不像一個下等的私門子？

楊：太像了！簡直跟真的一樣。

白：前幾天我們的陳大導演來看我，簡直認不出我是白萍。他說：（學着陳導演的口吻和態度）「白小姐，你的學習精神真值得佩服。要是電影圈裏都像你這樣下苦功，香港的影片一定可以在康城、威尼斯，這些國際性的電影節，大出鋒頭了！」

楊：是，是。（乘虛而入）白小姐，我可以參觀參觀您的屋子麼？

白：咳！快別提這間屋子了！我真對它沒辦法，既不能裝冷氣，又不能安風扇，又熱又悶，鼈得我氣都喘不過來。我們不如就近到鄭明園去談談吧。

楊：也好。

白：那麼，請你等一等，我去換件衣服，馬上就下來。

楊：不必換了，白小姐……

白：你放心，我是趕場趕慣了的，頂多兩分鐘。

（說着，她就轉身走到右屋側邊，三腳兩步跑上樓去，楊很高興地走到左屋門外，曾瓔公向他微笑。）

曾：這個機會不錯吧？她自慚形穢，平時瞧見面熟的人就躲開的。

楊：她究竟是個舞台出身的演員，演技真有根蒂。半腰裏殺出我這個程咬金，突然訪問她，她的鎗法一點都不亂，沒有露出破綻來。這麼老練的演技，在年青的演員裏恐怕還找不出哪。

曾：（打了個呵欠）說起來也真可憐，鳳凰變了烏鴉，還不肯忘記它從前是百鳥之王，還在裝腔作勢地一死兒要維持鳳凰的尊嚴！你瞧，剛才扭計華叫了她一聲「萍姊」她就鬧得天翻地覆。要是沒有你把他擋住，也許會鬧到警察局去都說不定。

楊：咱們一塊兒到鄭明園去吃晚飯，好麼？

曾：對不起，我不去了。

楊：這不算請客，我不過想利用吃飯的時間，向你老前輩討教討教罷了，你可千萬別客氣。

曾：我並不是客氣，實不相瞞，我們有嗜好的過兩三個鐘頭就得加一次油。你別看我剛才說話滔滔不絕，好像很有精神似地，（又打了一個呵欠）現在我已經沒勁兒了。（微妙的頓逗）你與其請我吃飯，倒不如索性「乾折」，借兩塊錢給我，讓我抽個痛快，咱們回頭可以暢談。你說好不好？

楊：（惋惜地向曾看了一眼，從袋裏掏出兩塊錢給他。）既然這樣，那我不便勉強。

曾：我們萍水相逢，就向你開口，真不好意思。

楊：哪兒的話！

（這時楊聽見樓梯響，他回頭一看，只見白萍換了一套美國式的女裝襯衫，長褲和「空前絕後」的高跟鞋，嬝嬝婷婷地走下來。）

楊：回頭見！

曾：回見。

（楊走到台階旁，白萍已下了樓梯，儀態萬方地向他走來。）

白：對不起，楊先生。

楊：您別客氣。

白：曾先生不一塊兒去麼？

楊：他不去了。

白：那麼咱們走吧。

（他們剛要走，右屋門前的矮腳炳冷冷地把頭一歪，向白萍使了個眼色。）

炳：回頭——有人來怎麼辦？

白：我一回兒就回來的。（回頭向楊一笑）正是，一個人出了名就有麻煩。我躲在這個窩兒裏，還有影迷來找我要照相、簽紀念冊，不知他們怎麼會知道我在這兒的。

炳：到鄭明園找你行不行？

白：不行。最好在你屋裏等着，要是不肯等，你就瞧着辦吧。（說着，她就和楊從台階走上去。這時一個穿香雲紗衫褲歪戴着鴨舌帽的漢子——豆皮洪——自上而下。白萍見了他，馬上止步。）

白：啊，阿洪哥。（向楊）你先上去，我跟着就來。

楊：哎。

（白萍等楊走出視野，急忙向那漢子低語。）

白：先給我五包吧。

洪：（掏出一個鐵煙盒來）昨晚上還短一塊錢呢。

白：回頭一起找補給你。

（豆皮洪從盒裏拿出五小包白麵兒遞給她。她匆忙收入手袋，跑上台階，向白粉街去了。豆皮洪走下來，在台階末層站着。這時右屋裏已點了火油燈，燈光射在豆皮洪的臉上，顯露出一臉的橫肉和天花的疤痢。矮腳炳見了他，第一個上前來，掏出一個五毫輔幣和五毫子交給他。）

炳： 洪哥，你瞧，這死要面子的臭窰姐兒，見了個報館記者，就狗顛屁股似的跟着走，連生意都不想做了。

洪：（收了錢，眼睛不看炳，好像並不注意他的嘮叨。）少廢話，扭計華出來了，你也不言語一聲。

（曾癭公原來瞑目靠在籐椅上，驀地聽見豆皮洪的聲音，好像大旱天望見了烏雲，馬上喉急地起身跑過來。他的聰明、機智、尊嚴、像風吹殘燭一般，霎時間熄滅得半點火星都沒有。）

炳： 他剛回來，還不到十分鐘。你不信問「陰功」。（向曾看）

曾： 真的，至多七八分鐘上下。

（他邊說邊將剛才借來的兩塊錢交給豆皮洪。這時馬騮精和扭計華也自左屋出來。）

洪：（似信非信地盯着炳）要不是肥佬七告訴我，我還不知道呢？

華：（邊走邊招呼）啊，阿洪哥！今兒你這麼早就來了？

洪： 聽說你出來了，我馬上趕過來看看你，不好麼？

華： 我本來打算一出來就先到阿添哥那兒，跟你們問好兒的，可是——

洪：（搶着說）可是——你現在戒絕了，用不着我們這班朋友了，是不是？

華：（陪着笑說）這是哪兒的話？朋友到底還是朋友，戒不戒都不相干。

洪：（冷笑着）不相干！（逼上前來，聲色俱厲。）告訴你，霸王添吩咐我，等你一出來，就代他送你一份兒賀禮。你要是受他的，以後咱們還是朋友，跟從前一樣。（陡然猙獰地一把揪住扭計華的領口）要是你不受，那麼你自己把禮退還給他，以後咱們各人頭上一方天，各走各的。（眼盯着他，慢慢地鬆了手，從袋裏拿出另一盒白麵兒來，遞給扭計華。）喏，這就是他的賀禮！

華：（勉強笑着求他）阿洪哥，憑着咱們的老交情，求你在阿添哥面前美言幾句，請他高抬貴手，給我一條生路，譬如買一隻烏龜放生，我日後做牛做馬也要報你的大恩。

洪：哼，我可不做你的替死鬼，你先收着，有話你自己去跟霸王添說。

（扭計華哀求地望着其餘的人，可是他們都不敢出頭。馬騮精看情形很僵，只好硬着頭皮，上前解勸。）

馬：阿洪哥，你別逼他了，讓他今晚上好好兒想一想，你明兒再找他也不遲呀。

洪：（惡狠狠地瞅着馬騮精）他媽的！不勸他，倒來勸我！你反了？（劈面打了他兩個嘴巴，接着一腳把他踢到台階下。馬騮精爬起來，嘴角淌着鮮血。）

炳：（向洪）你何必發這麼大脾氣呢？他不過是為了大家和氣，他可沒有勸阿華不要收這份禮呀。

洪：好！你們都跟着扭計華走得了，要是他收下這份兒禮，我就配貨給你們，要不然我拔腳就走，咱們明兒見！

（大家聽了這話，面面相覷，敢怒而不敢言。曾瘦公早已癮頭兒發作，眼淚鼻涕直往下流，他痛苦地抓着自己胸部的皮肉，呻吟着。）

曾： 我——我是給的——現錢！

洪：（蠻橫地）你給的是金子我都不管！（刁惡地一笑）配貨不配貨你們倒是問阿華呀。（他攤開掌中的白麵兒盒，滿不在乎地望着空間。）

曾：（哀求地）你就發個慈悲吧。我——我已經撐不住了！

洪：（咆哮如雷）撐不住，你求阿華呀！（頓逗）囉囉唆唆！

（曾、炳、馬只得用眼向扭計華央求。）

華：（無可奈何，只得向洪屈服。）得，我收，我收。

（拿了那盒白麵兒）

洪：（馬上換了一副嘴臉）我知道你是夠朋友的。

（掏出另一個鐵盒來，將白麵兒一包一包分配給其餘的人。）你先去過癮，回頭霸王添也許會來看你的。

華：（機械地）哎。

（這一群道友們拿到了白麵兒，如獲至寶，他們忙扶着曾回左屋去。扭計華嗒然若喪地也跟着他們走，豆皮洪看見李權在右屋門外呆着，沒來買白麵兒，他點了一枝煙，悠閒地踱過去。）

洪： 阿權，你怎麼了？

權：（有氣無力地）沒甚麼。

洪： 來，我有話跟你說。（把他從椅上拽起來，拉他到屋角梯口。）瞧！你額角，手心，都在冒冷汗！幹嘛不向我要貨呀？

權： 我……（停口不語）

（這時左屋裏燭影搖紅，窗櫺上顯出道友們追龍的影戲。）

洪： 你沒現錢，是不是？（亞權不語）不要緊，霸王添說你油漆的手藝又好，年紀又青，過兩天就找得到好生意的。他教我儘管賒給你得了，慢慢兒再算。

權： 可是——家裏一粒米都沒有了，我總不能只顧自己抽白麵兒，不顧一家子的死活呀！

洪： 前兒霸王添不是跟你想出一條財路來了麼？

權： 財路！他要我教亞蘭到跳舞學校去當舞女。這也算財路？

洪： 這不是財路是甚麼？每個月至少可以賺兩三百塊錢，要是混得好，千兒八百都不希奇。難道說你還不願意麼？

權： 我們雖然窮，可是清清白白的人家，我不能讓自己的女人去做舞女。

洪：（笑着說）嘖嘖！你真是孔夫子的腦筋。做舞女不過是陪人家跳舞，不是跟人家睡覺。你去打聽打聽，大官兒，大老闆請客，他們的太太小姐都得摟着客人跳舞的。這是最時髦，最有面子的事呀。

權：你真當我是鄉下人，不知道做舞女是怎麼檔子事麼？跳舞的時候要貼在客人身上，坐着得讓人家渾身上下亂摸，客人要帶出去開房間，就得乖乖兒跟着走！

洪：這算得了甚麼？陪客人開了房間回來，臉上不少一個眼睛、不短一個鼻子，口袋裏可多了一大把鈔票。（近前一步）有了鈔票，買魚買肉，添衣裳，頂房子，一家子過得舒舒服服地；你要追龍就追龍，打虎就打虎，別說不用賒賬，連你欠霸王添的舊賬都可以還清了。

權：（按捺不住，突然爆發。）誰要這種不乾不淨的鈔票？（頓逗，堅決地。）乾脆一句話：我不能讓亞蘭去跳舞！

（亞蘭和亞仙聞聲到窗口來看，只見豆皮洪冷冷地瞅着阿權。）

洪：願不願在你，不用發這麼大的脾氣呀！

權：（邊和毒癮掙扎，邊走上前來。）我不願意，你儘管跟霸王添說得了：（補充一句）我餓死也不能讓老婆賺錢來養家。

洪：好！真有你的！可是你別忘記，霸王添可不是好惹的，你要做好漢，得先還清舊賬。要不然，我勸你還是聽話的好。（權支撐不住，頹然倒在竹椅上，豆皮洪望着左屋窗檯上的影子，臉上露出獰笑。）你瞧，他們追龍得多夠勁呀！（故意向空嗅了一下）唔！今兒的貨香味真濃。（掏出盛白麵兒的盒兒，向權賣弄。）要不要先給你一包？

權：（暴戾地跳起來）我不要！我不要！我不要！

洪：（司空見慣，一點都不驚奇，他冷冷地一笑，收了盛白麵兒的盒。）不要，我就收起來。我們明兒見！

（說着，他轉身就走，一步一步踏着台階上去。亞權陡然起立，呆呆地望着他的背影，每一步腳聲猶如鈍銹的小刀子在他肚子裏鸞割。直等到豆皮洪的影子消失，他才頹然倒在地上，痛楚地呻吟。亞蘭和亞仙慌忙跑出來，扶他起來。梁彩也掙扎着下床，向門走來。）

蘭：（淚隨聲下）嘸！亞權！

梁：（顫巍巍地走到亞權身邊，撲地跪下來，雙手緊抱着他的頭。）亞權，媽知道你是有志氣的。可是你身體既然頂不住，你就別戒了。媽情願賣了這條老命，多掙點錢來讓你抽吧！

權：（喘息着）不，我——我頂得住。（死命掙扎着爬起來）你們先扶着媽進去！

（亞蘭和亞仙將梁彩扶起來）

梁：你跟我一塊兒進去。

權：不。我這就去找阿才。

（他蹌蹌踉踉地跑上台階，幾乎摔了一交。）

蘭：（慌忙撇下梁，追上台階。）亞權！（一把拉住亞權）

權：撒手！

（他用力掙脱，沒命的往上狂奔，一瞬間已出視野。亞蘭被他一摔，立腳不住，倒在台階上。）

第二景

射在中屋的弧燈漸明，可望正在火油燈下看書，他忽然聽見熟悉的皮鞋聲從台階下來，忙將書本藏起來，走到門外一望，果然是他父親王式輝回來了。

王式輝年紀約摸四十多歲，生得白淨文弱，一望而知是江浙一隅的人。他的步履略有些蹣跚，但極謹慎，可知他的身體並不十分健康，性格也相當拘謹，懦弱。他脇下挾着兩個紙包，傴僂地從台階走下來，每一步都顯露着疲乏。

望：爸爸！（向屋內高叫）阿梅，爸爸回來了！

梅：哎。

（王式輝喘吁吁地走到門口，可望在燈光下瞥見父親穿了一套半新半舊，不大合身的「的確涼」〔Dacron〕西裝，不由得詫異。）

望：爸爸，這套西裝哪兒來的？

（王式輝顧不得回答，先把疲乏的身體擱在籐椅上，喘了一口氣，然後把脇下的紙包拿出來。）

王：先把這兩包擱在桌上。

望：（拿了紙包）這兩包是甚麼？

王：這包是學生的卷子，那包是我脱下來的舊衣服。

望：哦！

（他一邊乾咳，一邊拿着紙包走進屋去。王式輝開始脱上裝，可是脱到一半，忽然皺皺眉頭，連連呼痛。）

王：哎唷！（痛得倒抽一口氣，發出嘶聲。）

（亞梅自屋內走出來）

梅：您怎麼了，爸爸？

（可望也自屋內走出來，幫着父親脱上裝。）

王：跟老劉跑了一下午故衣舖，買了這套寶貝行頭！

梅：您哪來這麼多錢呀？

王：（瞪了她一眼）我還沒有講完呢！

望：你快去叫媽回來吧！（走進屋子把上裝掛在牆上）

梅：嗯。（她忙背着牙仔往台階走去）

（可望翻身走出來）

王：唷，累得我脊樑骨都快斷了，腰眼兒又痠得慌，你給我搥兩下吧！

望：哎！（開始搥背）

王：你媽還在打牌呀！（還在二字重讀）

望：吃過午飯就去了。

王：咳！成天的打牌，怎麼她不覺得膩的？

望：要是能贏錢也就罷了。老是輸錢，這有甚麼好玩兒？

王：就因為老輸錢，她才覺得有趣哪！（按住腿，連連呼痛。）嘖！嘖！

望：要不要搥重點兒？（乾咳）

王：（忽然想起）吭！不——你不用搥了。我忘記了你的病，使勁兒對你是不相宜的。

望：搥兩下背有甚麼關係？

王：你還是歇着吧！

望：哎！（他坐在一張櫈上）

王：（自己反手搥腰，邊搥邊說。）本來還不至於這麼累的，可是，接着又爬了十幾層的樓梯，這可把我累壞了。

望：爬十幾層樓梯？

王：新蓋的大廈不是都有十幾層麼？

望：您不能坐電梯上去麼？

王：（猶有餘憤）我怎麼坐？上邊掛着牌：「修理暫停」！

（他邊說邊脫下襯衫，往屋內一摞，只剩下一件汗背心，仍歸原坐，頻頻搥着自己的腰背。這時阿梅和她的母親——錢妙英——從台階下來，後面跟着她八歲的阿榮。）

望：啊！媽回來了！（乾咳）

王：（低聲喃喃）真該死！成天把阿榮帶到麻雀館去！

（錢妙英一邊下來，一邊說，好像有甚麼喜事似的。）

英：告訴你一個好消息！眞的是，瓦片兒也有翻身日！（說着她已走到王式輝面前）式輝，你該走運了！

王：甚麼好消息？

英：你聽着，每月三百塊錢薪水，生了病還有醫生給你看，不用花錢。這還不是走運麼，嗄？（她喜歡得在王式輝背上用力一拍。）

王：（躲閃不及，直疼得他跳起來。）啊唷！

英：（楞了一下）你幹麼呀？

（王式輝疼得說不出話，只以手按着腰背。）

英：這是怎麼一檔子事兒呀？

望：爸爸跟着劉先生跑了一下午，接着又到觀海大廈爬了十幾層樓，累得腰背都疼了。

英：（向王）這是你自己不好。誰教你重陽沒到就去登高啊？

王：誰登高來着？我是替老劉去給學生補習！

英：爬到十幾層樓上去給學生補習？

王：（被她歪纏得着急）這倒楣學生住在十八層樓上，我又有甚辦法呢？

英：（強詞奪理）要是學生住在十八層地獄，難道你也鑽地洞下去？

王：（被她駁得無話可說，急得直乾瞪眼。）這——這——這……

梅：剛才您說每月三百塊錢薪水，這是甚麼事呀？

英：（被她提醒，興奮地繼續和王式輝說。）對了！式輝，你得趕快準備一下，明兒他們就來談公事，談得合適，馬上給你下聘書，事由就算定了。

王：（又氣又着急）你沒頭沒腦的說了一大堆，我簡直不知道你在說甚麼？

英：（向兒女們）瞧你們這位寶貝爸爸！我說了半天，他還不明白，虧他還念過大學，做過常熟縣政府的文書科長哪！

偉：媽，您先別怪爸爸。您說的事，連我都聽不明白呢。（乾咳）

英：正是，有其父必有其子！

王：是不是？聽不懂的可不是我一個呀！

英：（不服輸）你們爺兒倆是一對飯桶，祇有阿榮像我，鑑貌辨色，甚麼他都懂，（將阿榮拉到前方）阿榮，我跟爸爸說的話，你聽明白了沒有？（阿榮呆呆地望着她）喏，就是剛才坐在我對面那個高個兒跟我說的話，你記得麼？

榮：記得！

英：真乖！（向式輝和阿望）你瞧，阿榮只有八歲，都聽明白了。（向榮）你告訴爸爸，那高個兒跟我說些甚麼？（阿榮怯場不語）你說呀！

榮：（不敢不說，可是又害怕又忸怩，聲細如蚊。）他說——

英：怕甚麼？放膽說呀！

榮：（勉強提高嗓子）他說，你扣住他一個嵌七筒。（式輝和阿梅聽了。忍不住笑出聲來。）

英：有甚麼好笑？（怒向阿榮）你也不爭氣！（向阿梅吆喝）快去倒水，讓他洗澡去！（坐在一張木櫈上）

梅：哎！（和阿榮走進大門，到屋後去。）

望：現在你可以講了，媽。

英：喏！剛才跟我打牌的高個兒姓莫的，他說有一個很好的差事。今兒他是大輸家，一共輸了兩塊四毛錢。（忽然眉飛色舞地）本來他是贏的，做莊的時候他手裏一副清一色，門前碰出一筒，九筒開槓，二三四筒，三攤落地，裏頭是五筒一對，六筒旁邊靠個八筒，等嵌七筒絕張，可是對面早已碰出了。我抓進一個七筒，一看牌面兒不對，就扣住不打。他把牌抓黃了還是和不出，後來他的手氣就霉了，（警告式輝）明兒見了面，你可別告訴他。

王：你說着說着又岔開去了！他說的到底是甚麼好差事呀？

英：急甚麼呀？他說，他們學校裏——他在那個學校——叫甚麼學校來着？我可想不起了。反正他在那裏做校役，可跟校長太太是親戚，所以校長甚麼都得跟他商量。

王：唔……

英：（猛然想起）啊呀，你的西裝在當舖裏早就滿期了，明兒他跟校長一塊兒來，你得想法子借一套西裝，才能見人呀！

望：爸爸已經買了一套了。

英：你買了一套？（本來想責問他，忽然改了語氣。）在哪兒？（阿望進去拿上裝）

王：（提起褲腿兒給她看）喏——半新舊的。

英：怎麼不買上裝呀？瞧，你這個人真沒腦筋，買了全套，至少人來客到，也好見見人呀！

望：（邊説邊走出來）在這兒！（忙將上裝拿給母親）是「的確涼」的。（乾咳）

英：（拿在手裏看了一看，然後向王。）你穿着試試。（王用手按着腰背，小心地站起來，妙英給他穿上裝。）

英：轉個身！

（王像時裝表演那樣轉個身）

英：還可以將就，可惜太寬大了。（向阿望）把它掛起來。

望：哎！（替父親脱了上裝，邊咳邊進屋去，將上裝掛在牆上。）

（式輝直挺挺站在那裏，恭候太太的支配。）

英：（瞪了他一眼）你等甚麼？難道要我替你脱褲子麼？（式輝打了個寒噤，慌忙走進屋去，將褲子脱了。錢妙英從外邊向裏望着他。）別擱在床上，弄得百結爛皺的。把它摺好了，先擱在櫈子上，回頭我教阿梅給你燙。

望：（自屋內出來）媽，剛才你說，那個高個兒說他們學校裏甚麼差事呀？

英：他說，他們學校裏要請一個先生。

望：是不是教國文？

英：不，要教兩三樣課呢。（想了一想）第一樣是甚麼來着？（忽然想起）哦！對了！第一是音樂。（式輝在屋裏聽見了這話，不由得着慌。）

王：音樂我可不會教！

英：誰說你不會？我們剛結婚的時候，不是常聽見你唱《毛毛雨》的麼？

王：可是我沒學過音樂。怎麼能濫竽充數，誤人子弟呢？

英：怕甚麼？你常說老劉一竅不通，他可不是在教國文麼？這個年頭只要膽大臉皮厚就可以混飯吃！你到外邊兒去調查調查，哪一行沒有掛羊頭賣狗肉的？真材實料的行家能有幾個呀？

望：媽，除了音樂還要教甚麼？

英：還要教——體育。（式輝剛換上一條黃斜紋布舊的短褲，露出一對皮包骨的羅圈腿兒。他聽了這話，急得褲帶來不及束好，就跑了出來。）

王：教體育？

英：你在大學裏受過軍訓，難道教小學生體操還不行麼！

王：可是——

英：（搶着說）你可別再說不會教！（瞪着他）一個男子漢在外頭混飯吃，連這點兒膽量都沒有！難道你想吃軟飯，要我賺了錢來養你麼？（式輝默然坐下）要是這兩樣你都不肯教，你還能做「百搭」麼？

王：甚麼「百搭」？

英：百搭就是麻雀裏的百搭。

王：（忍無可忍）他們還要我教學生打麻雀？

英：不用你教打麻雀，可是，不論哪一課的先生病了，你就得給他代課，這叫「百搭」。

望：啊！要是全校的先生都病了——

王：（喃喃自語）那，我這張百搭可得槓頭開花了！

英：（猛然想起）哎，我忘記問你，這套西裝多少錢買的？

王：二十塊。

英：（疑惑地）哦，怪不到你拿回來的錢這麼少！原來你藏着梯己哪！

王：我哪有梯己？這是老劉出的錢。他——

英：他憑甚麼給你置行頭？他怎麼不買一件衣服給我呀？

王：你別跟我牛頭不對馬嘴的胡扯，我的話還沒講完呢。

英：誰教你不講完？我又沒不准你講！

王：事情是這樣的：剛才我到老劉家去改卷子。他說：不如拿回去改吧。他後天到西貢去，要我替他給一個有錢的學生補習一個月國文。

英：他給你多少錢？

王：薪水每月一百塊錢，他跟我對拆，每人五十塊。

英：哼！他不用教也拿五十？

王：這當然是不合理的。我當然就提出抗議，要求三七拆賬。

英：你真不會打算盤！二八拆賬你已經吃虧了！

王：可是他說：「式輝兄，你願意就五五對拆，要不然我就另外找別人。」我沒法子，只能委曲求全，答應了他的條件。

英：咳，你真是太窩囊了！要是我跟他談，我決不讓他佔這麼大的便宜！

望：媽，爸爸不算吃虧，這套西裝不是劉先生付的錢麼？

英：就算他出錢，合着也不過三七拆賬呀！

王：誰——誰說他出錢的？他嫌我身上衣服寒傖，到學生家裏去，太不像樣，所以墊出二十塊錢給我，買了這套破西裝，等到付薪水的時候，還得扣還給他的。

英：（憤憤地）這二十塊錢他還要扣還呀？（向阿望）你把這套破西裝拿出來。（阿望忙進門去拿）式輝，你一輩子懦弱，沒骨頭，才會受人家的欺負，剝削。你聽我的話，把脊樑兒挺起來，看人家能把你怎麼樣！（阿望拿着衣服出來，她以手示意他交給式輝。）把這套衣服即刻退還給老劉。你教他另請高明吧！

王：（遲疑地）可是——

英：怕甚麼？反正學校的事兒明兒就可以決定了。每月有三百塊錢進項，你還希罕這五十塊錢的補習費麼？

王：我並不是捨不得這——

英：（搶着說）那麼你還不趕快去退還？

王：我腰痠背痛得慌，明兒去退還好不好？

英：腰痠背痛可以請醫生治好的，這套衣服過了夜，人家就不肯收回了，我的老爺子！

王：（無可奈何，只得勉強遵命。）得，得！你一定要退，我還能不去麼？

英：阿望！快拿夏威夷衫給爸爸。

望：哎！（跑進門去）

英：你可別跟老劉泡蘑菇。乾乾脆脆兩句話，說完了撂下衣服就走。知道麼？

王：（沒精打彩地）嗯！

（阿望拿着一件舊夏威夷衫出來給父親穿上，式輝蹣跚地走上台階。）

英：早點回來。等着你喫晚飯。

（王式輝在台階下層回轉身來）

王：唔！

英：（向望）你記着：明兒長大了，千萬別學你爸爸這麼窩囊，一輩子受人家欺侮！

（王拾級而登，剛走到半途，忽聽得錢妙英在叫他。）

英：（邊叫邊跑，走上台階。）式輝！……式輝！

王：（回轉身來）甚麼事呀？

英：你還是明兒去吧。

王：你不是說過了夜就不能退了麼？

英：我差點兒忘了，（指着那套西裝）明兒你還得穿着它見校長呢！

（王翻着白眼向天，作認命狀。）

（燈光驟熄）

第三景

約兩小時後。

夜吞噬了這橫巷的一切，只有房屋的輪廓還隱約辨認得出，投射於右屋門外的燈光漸明，只見阿仙從裏邊出來，阿望悄悄地自右走入光圈，將手中一碗冷飯遞給她，阿仙接了碗低聲向他道謝，翻身走入屋去。

燈光跟着阿望到右屋角，他用手抿着嘴，低低地乾咳了兩聲，隨即向左方回顧，看是否有人注意。……像幽靈一樣，亞仙倏然走來，將碗還給他。他順便挽着她的手走到樓梯前，並坐在堆在那裏的磚塊上。

望：我等媽到麻雀館去，才好把這碗飯拿過來，你餓了一天，為甚麼不馬上喫呀？

仙：已經交給嫂子煮泡飯了，回頭大家分來喫。

望：這可怎麼夠呢？

仙：只能對付着喫了再說。等哥哥回來。也許借到錢，那就有辦法了！

望：今晚媽的胃口特別好，要不是我故意說天熱，拿着飯到門外頭吃，連這一碗都不會剩的。

仙：那麼你自己沒有喫？

望：不要緊。自從得了肺病，我的飯量早就減少了。少吃一頓也不覺得餓。（話猶未畢，又乾咳了兩聲。）

仙：你快到醫院去治呀，我聽人家說，生了肺病要吐血的。

望：我到醫院去過了。醫生說，我的肺病是初期，不用住醫院，衹要好好兒的休息，多吃點營養豐富的東西，多吸新鮮空氣，慢慢兒就可以好的。

仙：那麼你得趕快搬到乾淨點的地方去住。這兒的空氣這麼臭，沒病也會薰出病來的。

望：搬到山頂去也沒用。我們家哪兒有錢給我買營養的東西吃呀！

仙：要是你媽不到麻雀館去，你也許可以吃得好一點。

望：媽向來只顧她自己，就算不打麻雀，她也不會把錢花在我身上。（乾咳）

仙：要是你媽像潘大嫂一樣，那就好了。

望：潘大嫂是誰？

仙：她是我們住在黃大仙時候的同居，在榮記酒家廚房裏洗碟子，每天晚上要做到兩點鐘才回家。可是帶回來的東西可真多呀，雞、鴨、魚、肉，麵飯、點心，甚麼都有，有時候連魚翅、燕窩都有呢。

望：這是人家酒席上吃剩的。

仙：總比沒得吃好的多呀！（阿望語塞）那時候我才十一歲，每天看見潘大嫂家有這麼多好東西吃，真饞得我流哈喇子。（憧憬地）等我長大了，要是也能夠到酒樓去洗碟子，每天帶許多好吃的東西回來，那可多美呀！

望：吃人家剩下來的飯菜多寒傖？而且也不衛生。在未來的世界裏，這是絕對不許可的。

仙：未來的世界？

望：（從袋裏掏出剛才閱讀的那本書）你聽，這本書上說：「在未來的世界，人人都是平等的；沒有大財主，也沒有窮要飯的，沒有饑荒，也沒有打仗。一切的勞動都有機器代替人做，各種吃的東西都用科學方法製造，每一個人都可以得到充份的營養。醫學的新發明克服了各種細菌，使人類沒有疾病的痛苦。人們每星期衹要做一兩天工作，其餘的時間可以儘量地娛樂。人類用科學征服了空間，可以隨便坐着太空船到月宮裏去玩，或者到別的星球去遊歷……」（望着遠天，恍若身歷其境似的；亞仙也聽得出了神。）你說這樣的世界多幸福？

仙：這樣的世界真的會有麼？

望：書上說，一百年之後，這樣的世界就可以實現了。

仙：一百年之後？（失望地）那時候我們可不早就死了？

望：我們雖然看不見那個世界，也應該覺得高興，是不是？

仙：那個世界敢情太好了，可也太遠了。也許是我太蠢，不配這麼好的世界。（略停，眼望着遠空。）我別的不敢想，只要眼前不挨餓，我就心滿意足了！

（她淒然望着亞偉，亞偉乾咳了兩聲，低頭沉思。這時燈光漸漸熄滅，他們的形骸霎時間消失於黑暗中……）

（這時中屋裏燈光漸明，王式輝獨自在煤油燈下在改卷子。他頻頻搥背揉腰，神態很疲乏似的。在屋裏沒有燈光，只有門外兩點煙捲的火頭，乍明乍滅，好像墳場上的鬼火。從下面對話的語音，可以聽得出這兩個吸煙捲的是曾瘦公和扭計華。）

華：那個記者倒挺絕的，跟每一個人都談得來。

曾：他在找材料，想寫一篇九龍城砦的特寫哪。

華：特寫？特寫是甚麼？

曾：特寫就是專門描寫一個人，一件事，或者一個地方的文章。

華：原來是你們寫文章的切口。怪不得這麼「各澀」。

曾：他覺得這個地方非常有意思，明天還要來呢！

（這時忽聽得一陣腳步聲，投射到台階上的弧燈光跟着錢妙英從上邊下來，直到中屋門外。餘光散播如霧，在左屋門外吸煙的人也依稀可見。）

英：你卷子還沒改好呀？（邊說邊進去）

王：還有一半呢。

英：這麼慢工出細貨的，人家給你多少錢呀？（拿起扇子給自己搧）煤油燈點了這麼久，烤得屋子裏蒸籠似的，虧你坐得住！（邊搧邊向外走）還不快點出來！我有話跟你說呢。（一屁股坐在籐椅上）

王：（無可奈何）哎！（收拾桌上的卷子和紅筆）

英：拖泥帶水的！回頭拾掇都不行麼？看你做事，真教人急得滿肚子螞蟻在爬似的。

王：你急甚麼呀！（他趕快熄了燈走出來）

英：告訴你，剛才老莫——就是那個高個兒——他跟我說：他們校長是出名的摳門兒，可是有好勝的脾氣。明兒他來，最好找另外一個學校的校長來請你，跟他競爭，逗得他急了，也許多出四五十塊錢請你，都說不定。

王：可是，哪兒去找另外一個校長呀？

英：你真是死腦筋！這點兒主意都想不出來。（以手向曾瘦公示意）放着一位大主筆在這兒，你不會請他假扮一個校長麼？

曾：（慌忙推辭）承蒙您瞧得起。我本來應該効勞的，可是，您瞧我這個德性；怎麼像個校長呀！

英：不要緊，明兒一早我請您去理髮，再給您借一套西裝，不是就得麼了？

曾：王太太，就算我理了髮，換上了西裝，我的仙風道骨人家還看不出來麼？

英：要是您不肯，哪兒還有合適的人呀！

曾：（忙用手指着右屋樓上）喏！

英：這個鹹水妹，她也能扮校長？

曾：您別瞧她不起。她從前原是舞台上的演員，演技有底子，跟眼下那些只會擺個拍照架子的電影明星，可大不相同。我在桂林看她演過一個女校長，拿着一本聖經，挾着一把雨傘，那種缺德樣兒可別提多絕了。

英：真的？（略一躊躇）可是，我平常跟她很少招呼，怎麼跟她開口呢？（猛想起）啊！有了！式輝呀，她對你倒很客氣的，不如你到樓上去跟她情商吧！

王：（慌忙連連搖手）吭！吭！我可不敢去惹她。要是——要是她不放我下來，那——那——

英：你是小白臉呀？你別屎蛇蜋戴花，自個兒臭美了！

曾：（一時興到，挺身而出。）得了，得了，讓我來替你安排。（向矮腳炳）阿炳，你先去跟白萍說，我想請她演一齣戲，看她的意思怎麼樣？

炳：有咧。（向右走出光圈）

曾：（向王氏夫婦）這些搞藝術的人，都有點狗熊脾氣，要是弄擰了，說甚麼她也不肯答應的。

英：那麼，回頭我們說話得小心點兒，別把她弄擰了，（向式輝）你聽見沒有？

王：（瘟頭瘟腦地）嗯！

（燈光漸熄，投射在右屋二樓門外的燈光漸漸亮起來，白萍穿着一套無袖的衫褲，敞開着領子，蓬鬆着頭髮，自樓房出來，我走下樓梯，矮腳炳跟在後邊。）

白：（邊走邊向左邊叫）曾先生，你要我演戲麼？

曾：（邊說邊走入右方的光圈）是呀，白小姐，這是一個臨時性質的——

白：（不等他說完）我知道，剛才楊先生到這兒來，我就猜到他一定有甚麼事。（自作聰明地）鏡報要演一台義務戲，是不是？

曾：戲倒是義務的，可不是鏡報要你演，不知道你肯不肯答應？

白：演戲我是最喜歡的；說實話，舞台出身的演員都覺得拍電影一點兒不過癮，每一個鏡頭得等老半天，拍起來一眨眼就完事，好比嫁個在輪船上做事的男人一樣，好容易一年半載回來一次，親熱不到三五天，他又得走了。演舞台戲就不同了，一上台就三四個鐘頭，連着幾個星期，也許幾個月。我好久沒演舞台戲了，正想過過癮兒，何況是您曾先生來說的，我還能說個「不」字兒麼？

曾：好，白小姐既然親口答應了，（回頭向左邊）其餘的細節，請你們二位當面跟她談吧！

（妙英拉着式輝，滿臉堆着笑走上前來。）

英：（邊走邊說）多謝您，白小姐。

白：別客氣，為社會謀福利的慈善演出，誰都應該盡一份兒力的。但不知這次是哪一個團體主辦？

英：吭——（推王式輝上前）式輝，你說呀！

王：（硬着頭皮，囁嚅地說。）剛才——吭——內子告訴我，有一個學校——吭——一個小學校——

白：我明白了，這個學校想演一次戲，籌點兒欵子來蓋新校舍，是不是？

英：不，說起來話就長了。剛才跟老莫打牌——您別見笑，我們打的是一塊底的，小玩玩。

白：要是打的新法，一塊底也挺好玩兒的。

英：我們打是老法，可有四張百搭。

王：（突然插嘴，向白萍解釋。）對了，這個學校現在就是要找一張百搭。

白：（恍然）啊！說了半天，原來說的是一間麻雀學校！

（曾瘦公看他們越說越不明白，忙走上前來。）

曾：你們越說，她越糊塗了，還是讓我來說吧！白小姐，我們這邊兒來談。

（他和白萍向左屋角走去，站在樓梯口低語。）

英：（瞪了王式輝一眼）你瞧你，這一點兒事都說不清楚！

王：我剛說了半句，你就搶着說了……

英：你自己吭呀吭呀的說不出口，還要怪我搶着說？（式輝默然，妙英越發引經據典的數說他。）俗語說：「要吃要穿嫁男人」。要是你會賺錢，我樂得呆在家裏，茶來伸手，飯來開口的，做個不用操心的全福太太。誰高興打躬作揖的求人家幫忙啊？

（這時曾夔公和白萍自右方走來）

曾：你們二位不用爭論。白小姐非常講義氣，已經答應扮校長了。

英：真的！

白：我答應給你扮，決不會誤事的。

英：您真慷慨，白小姐。我不知應該怎麼多謝您才好。等式輝的差事成了，一定請您吃飯。（向式輝）你怎麼不肯語聲兒？白小姐幫的是你的忙呀！

王：（向白萍拱手）真對不起，要勞您的神。

白：這算不了甚麼。至多幾分鐘就完了。

王：（勉強笑着敷衍）好比嫁了輪船上做事的男人，不過癮兒，吭？

白：可是，這場戲雖然短，也得有台詞，排地位，才演得好。要像文明戲那麼「台上見」，我們話劇演員可不行。

英：啊呀！這個——我們可是外行。誰會編台詞，排地位呀？

王：你不是說，無論甚麼，只要膽大臉皮厚就行了麼？

英：哈！那麼你來編台詞，排地位得了！

曾：得了，得了，是我出的主意，有問題還是我來解決。白小姐，您放心，一切都有我負責，明天大家起個早，九點鐘在王家門口排戲，好不好？

白：好，瞧你的了。那麼咱們明天九點鐘見。

曾：（同時）包你沒錯兒。

錢：（同時）明兒見。

王：（同時）恭候，恭候。

（白轉身向右走去，還沒下台階，忽又回身。）

白：啊，我可忘記了。還有服裝哪！

曾：啊呀，要旋磨一套女校長的服裝，可不簡單。除非找人到電影公司去借。

（這時扭計華自左邊走來。）

華：何必這麼費事呢？

曾：這可不是普通的服裝，當舖裏都未必一定有的。

華：（自負地）只要地面上有，我就有法子把它找來，不過——

曾：（猜透他的意思）你別放在心上，剛才的事大家別再提了。白小姐是個爽快脾氣，說開就算了，不會記在心上的。

華：好，衝着你的面子，我給她想法子。

曾：真彀朋友！這事就交給你了。（向白）白小姐，你要些甚麼服裝？

白：一件灰布旗袍，或者一件灰布衫，一條黑綢裙子也行。還要一雙白紗襪子，一雙圓頭平底的黑皮鞋——

華：要幾號的？

白：五號半的。

華：還要甚麼？

白：最好還要一副老花眼鏡，一把雨傘。不過有這身行頭，也可以對付了。

華：得，明天早晨八點半，你問我要得了。少一件我就不是扭計華。

白：謝謝你，華叔。

（她欣然伸手出來和扭計華拉手——黑燈。）

第四景

時：片刻之後

地：同前

景：同前

（右屋裏，燈光漸明，亞仙站在桌旁盛泡飯，亞蘭拿着半碗泡飯走到床前。）

蘭：婆婆，要不要吃點泡飯？

梁：（撐起身子來）哪兒來的飯呀？

蘭：剛才亞望偷偷地送了一碗飯給我們。

梁：（聽了又不忍吃）我還不餓，留着給亞權吃吧！

蘭：您儘管吃，我給他留着呢。

梁：咳！

（她端着碗，先呷了一口湯，這時只聽得一陣腳步聲，亞蘭向外一看，忙站起來。）

蘭：亞權回來了！

（她走出大門，亞權正在台階走下來，在暗淡的燈光下只見他背上負着一個小蔴布袋，手裏拿着兩三個小紙包和一束青菜，亞蘭迎上台階，見他滿載而歸，全無委頓之態，雖然心頭放下了一塊石，可又遮上了疑慮的陰影。）

蘭：你看見亞才了？

（亞權看了她一眼，默然走下石階，蘭跟着他下來。）

蘭：阿才借錢給你了？

權：（把肩上的一袋米和手裏的小菜交給她）你先熬碗粥給媽吃，我要在這兒涼一會兒。

（他走到門旁坐在竹椅上，蘭猜疑地看了他一眼，然後走進屋子，屋內的燈光漸熄。亞權點了一支煙，深深地吸了一口，忽然煩躁地站起來，向左方走去。投射在右屋門外的燈光漸熄，同時左屋門外燈光漸明，扭計華自屋內走出來。）

華：（向着右方）你回來了，亞權？

權：（走進光圈）不回來也沒有路可走呀？

華：你沒有去找阿才麼？

權：別提了，要找的人沒找到，偏偏撞見了不願意見的傢伙！

（他氣憤地丟下煙蒂頭）

華：你撞見霸王添啦？

權：他跟豆皮洪把我拉到他煙格去……（住口不往下說，只狠命地用拳摀了一下手掌。）

華：我知道，霸王添對付我，對付白萍，馬騮精，矮腳炳，還不是一樣？我們都是他的囚犯，（從袋裏掏出一包吃剩的白麵兒）這是栓在我們脖子上的鐵鍊子。我們活着一天，就得給他做一天苦工，直做到白麵兒的毒把整個身體的精華給收斂枯了，只好到茅廁裏等死。每天茅廁裏拖出來的屍首，就是我們的榜樣。

權：我自作自受，怨不得別人！可是——（他握拳透爪，額角上的青筋突起，聲音陡然變得沙啞。）我決不讓他把阿蘭打進火坑！我要跟他拚命！一刀把他宰了，我再到警察局去投案！

（華慌忙按住亞權的嘴，向兩旁看看有沒有人聽見，這時曾瘦公忽然幽靈似的，從屋內走出來。）

曾：老弟，你靜一靜，別這麼緊張，給人家聽見了，可不當玩的。（他和權、華坐下。）你以為幹掉了霸王添跟豆皮洪，一切問題就解決了麼？（略一頓）告訴你們，問題可並不這麼簡單，本港抽鴉片煙、吃白麵兒、打嗎啡針的，一共有多少人，你們知道麼？

權：有多少？

曾：少說也有七八萬。

權：七八萬！（疑惑地）難道有七八萬人吸毒？

曾：對了，五十個人中間就有一個是我們的道友！

華：啊，可了不得！

曾：所以，這不單是你我的問題，也不單是霸王添、豆皮洪的問題，這是威脅香港整個社會的問題。他們的遭遇本來也跟我們差不多，不過他們進了和勝堂，霸王添變成了白紙扇，豆皮洪變了他的馬仔罷了。你別看他們在這一帶橫行不法，像土皇帝一樣，其實他們不過是白麵兒大王手下的小嘍囉，他們過的生活並不見得怎麼好。他們的大老闆可就大不相同了，住的是大洋房，坐的是漂亮汽車，他的販毒機關資本比普通的銀行還要雄厚，分公司不知有多少，連美國都有他們的莊口呢。

華：啊，這麼利害呀！

曾：敢情。（繼續說）這本來是一種國際性的組織，不是一個小本經紀的小買賣。（向權）今天你把霸王添宰了，明天就有第二個霸王添來代替他。除非一方面粉碎了它的國際組織，一方面改良社會的環境，禁毒是永遠不能徹底的。禁毒還得老百姓幫忙，看見了馬上去報告警察，要不然警方難免有百密一疏的地方。

華：可是誰肯多管閒事呀？別人製毒、販毒、吸毒，跟他們有甚麼關係？

曾：誰説跟他們沒關係？我問你，普通的道友每天要抽多少錢白麵兒？

華：總要五六塊錢吧。

曾：就算它五六塊錢吧，全港七八萬道友，合着每天可不要花五六十萬塊錢！你們想想，每年省下二萬萬塊錢，要是用來造平民房屋，開免費學校，辦貧民醫院，有多少窮人可以得到好處呀？

權：能這樣可就好了！

曾：可是，每年兩萬萬塊錢，都到哪裏去了？

權：還不都燒成了煙，變得影蹤都沒有了！

華：（惘然望着手裏那包白麵兒）這個鬼東西，它害了我們，害了整個香港！

曾：只便宜了一個人——白麵兒大王！

權：要是警察能逮住他，那可不是給香港除了一個大害。

曾：可是，這個人行蹤詭秘，聽説他每天晚上住的地方都不同，除非有靠得住的眼線，恐怕很難逮住他！

權：難道説，香港就沒有人知道他躲在哪兒！

曾：當然有人知道，可是誰肯去報告警察呢？所以我説，要是大家都不肯幫警察的忙，禁毒是很難成功的。

華：那麼你為甚麼不幫幫警察的忙呢？

曾：（自嘲地）你別指望我。實話告訴你，我們念書人只會嘴裏説説，筆頭上寫寫，若要貨真價實地幹，我們就不行了。

（他擦洋火，點了半枝臢煙，這時，左屋前燈漸熄。）

（右屋門外，燈光漸明，亞權獨自坐在竹椅上沉思，蘭從屋內出來，邊走邊叫。）

蘭：亞權！

權：（冷冷地）甚麼事？

蘭：開飯了！

權：我不餓！

蘭：（向他端相）你怎麼了？

權：（避開她的眼光）沒甚麼。（訕訕地起身，走到屋角。）

蘭：（跟在他後邊）告訴我，你到底見着阿才沒有？

權：（煩躁地）你讓我一個人靜一會兒，好不好？（他瞋目瞪着她，可是她並不畏避，他們相持了一霎時，他的眼睛慢慢兒順下去，語氣也變得緩和了。）你給媽吃過了沒有？

蘭： 她喝了一碗米湯。

權： 我等一會兒吃，你跟亞仙先吃吧！

蘭： 嗯。（回身向門去）

權：（猛然想起）慢着！（蘭回頭望了他一眼，默然走近前來，他從身邊掏出一小疊鈔票交給她。）你收着！

蘭：（猜疑地）這是哪兒來的？

權： 你先別問。（走開兩步，用迂迴的戰略，從側面提出難以直說的問題。）你有好久沒到你表姊家去了？

蘭： 前幾天想去一趟，可巧婆婆又病倒了！

權： 你要去，今晚就可以去。

蘭：（詫異地）今晚？

權： 你快去收拾自己的東西，馬上就走，太晚了你表姊也許睡了！

蘭： 你幹嗎忽然心血來潮地，要我到表姊那兒去呀？（權避而不答）我知道你一定有甚麼事！

權：（緊張得血脈僨興）我的事你別管。

蘭：（堅決地）你不說，我就不去！

權：（勃然發作）你要逼死我麼？

蘭：（迫得退後一步，向他注視了一二秒鐘。）我知道了，這錢是霸王添給你的，是不是？

權：（默然，但被她一語道破，他倒覺鬆了一口氣。）我先去找阿才，可是他不在家。回來，走到大街口，偏偏碰見了霸王添和豆皮洪。

蘭：你到他們煙格去了？（權不答，她一句緊似一句逼着他。）他們拿出白麵兒來引誘你，你癮頭兒發作，頂不住，就抽了他們的白麵兒，收了他們的錢，把我給賣了！

權：（內心的疚慚迸發出來，變成了無名火。）你既然知道，還來問我！

蘭：就是死也得死個明白呀！

權：現在你明白了，還不快到表姊家去？

蘭：我不去！

權：（聲色俱厲）告訴你，他們明天就要把你送到舞廳去！你再不走就來不及了！

蘭：我可不怕他們，我不到舞廳去，難道他們能把我吃了不成？

權：（蠻橫地）我教你走，聽見沒有？

蘭：我為甚麼要走？

權：（瘋狂地喊，挺身上前去。）你走！你走！你走！

蘭：我不！

權：你馬上走！

（她屹然不動，權用手推她走，在撐拒中，她被推倒在地上，這時扭計華從左方衝入光圈，攔住了權，順手把蘭扶起來。）

華：亞權，你幹嗎呀！

（權掙開華的手，轉身走到屋角去。）

蘭：（邊哭邊說）你打死我也不去，我沒做甚麼醜事，為甚麼要趕我走呀！

華：（把她拉起來）他並不是趕你走，他為的是你呀！霸王添和豆皮洪都是吃人不吐骨頭的魔王，你怎鬥得過他們呀！

（這時亞仙扶着梁彩從右屋出來，梁彩走到蘭面前，緊緊地抓住她的手。）

梁：亞蘭，你就聽他的話走吧。他並不是不要你，他不過是不願意你吃眼前虧，教你暫時到表姊家去避一避，等到風聲過了，他會接你回來的。

蘭：（邊哭邊說）我怎麼能走呢？要是他們找不到我，一定要把他打死的！

華：你放心，他們如果帶馬仔來打亞權，我就去報警察。

（這時矮腳炳在台階出現，他邊走邊叫扭計華。）

炳： 阿華，（眾向台階）霸王添教我告訴你，他一會兒就來，有話跟你談！

蘭：（無可奈何）也罷！你們既然要我走，我這就去拿衣服。

梁： 不要拿了，明天讓阿仙給你送去！

蘭： 好！（向華）要是他們動手，你得即刻去報警察！

華： 一定！

蘭：（向梁彩和仙）那麼，我走了！

（權聽見她辭行，忙搶步上前，拉着她的手。）

權： 阿蘭！你到了表姊家，可千萬別出來！

蘭： 我知道。

（她依依不捨地向權望了一眼，轉身就走，權衝上幾步，看她上了台階，走出巷口，這才痛苦地撲倒在台階上，淚如泉湧。）

權：（邊哭邊喚「亞蘭」，聲音低啞凄涼，令人不忍卒聽。）哦……亞蘭……亞蘭……

（黑燈）

第五景

時：約十幾分鐘後

地：同前

景：同前

中屋裏燈光漸明，王式輝獨自在窗下改卷子，他打了個呵欠，不小心牽動了腰背痠痛處，忙起身用手揉按一番，然後疲乏地拿起扇子，邊扇邊走出來。

華：（在黑魆魆的左門外）還沒有睡呀，王先生？

王：還有幾本卷子沒改好呢！（頓逗）真對不起，白小姐的服裝又要你費心。（頻頻搥腰背）

華：這算甚麼？明天一定給她辦到。（剛注意到）腰痛麼？

王：（邊說邊搥）爬了十八層樓梯，給一個小學生補習。

華：啊，學生雖小，住的房子倒好高呀！

王：看樣子，他父親準是個大財主，客廳裏的陳設全是貴重的瓷器和骨董。

華：許是假的吧。去年我拿一個這麼大的古銅香爐到當舖去，朝奉告訴我這是假的，只能當爛銅賣。

王：這份人家可真的有錢，我那個學生手裏就拿着一張大牛在玩。

華：（聞所未聞）五百塊的大牛？

王：他告訴我，剛才他爸爸的夥記送了一包鈔票來，這張大牛是他媽隨手抽出來給他玩的。

華：啊，一張就是五百，一包該有多少呀？

王：這還不希奇。他說，今晚上那個傢伙還要送五十萬塊錢來呢。你想，這份人家轂多麼闊呀！

華：（吐吐舌頭）可了不得，他們是做甚麼買賣的，一天有這麼多的進項？

王：這可不知道。我是今天才開始去代課的。

（這時忽聽得後屋裏錢妙英的呼聲）

錢：（聲）式輝，一腳盆的衣服，怎麼還不洗呀？明兒還得排戲呢？

王：來了！來了！（向華）回見！

（他慌忙走入中屋。這時忽聽得一陣腳步聲，燈光投射在台階上層，只見矮腳炳和馬騮精，邊談邊走下來。）

馬：……一會兒教我們不用等他，一會兒又教等，不知道他們又在玩甚麼鬼把戲！

炳：反正沒有甚麼好事兒，八成兒給霸王添跑腿兒，要不，就是跟豆皮洪去開片。

（他們走下台階，向左屋去，華迎上來，台階上燈光已熄，中屋外燈光漸明。）

華：豆皮洪要跟誰開片呀？

馬：沒跟誰開片，我們不過隨便亂猜罷了！

華：（向矮腳炳）你説霸王添一會兒就來，怎麼等到這回兒還接不着他的風呀？

炳：剛才「香主」派「草鞋」來，把他叫去了，不知道有甚麼事兒呢？

華：媽的，你不早言語一聲兒，教我直着脖子白等他這麼老半天！

馬：急甚麼呀！豆皮洪説，他這就回來了！

炳：靚仔權在家麼？

華：他心裏有事，邀我一塊兒去喝酒，我因為霸王添要來找我，沒陪他去。

炳：我聽豆皮洪的口氣，要是明天亞權不把老婆交給霸王添帶到舞廳去，惹出來的禍殃恐怕不小吧！

華：他們打算怎麼樣？

馬：他們知道我們跟亞權都有交情，明天也許另外帶一幫兒弟來。

華：哼！要是由得他們這麼強兇霸道，以後我們就別想有出頭日子了！

馬：這還有甚麼可説的，只好怪我們自己太他媽的窩囊，低眉順眼地，隨他們釘鞋腳踹在頭上也不敢哼一聲兒。

炳：哼一聲有麼用？不過招他們多踹幾腳罷了！

華：我可受得㲉了，剛才亞權活生生地把老婆撵走，我是親眼看見的，要是他們再要泡製他，我可不能見死不救。

炳：難道你真的想報警察？

華：（警惕地）小心！（他四顧無人這才放心）來，我們先跟陰功商量。

（他們向左屋走去，燈光驟滅。）

（台階上燈光復明，豆皮洪從上面走下來，忽聽得有人叫他。）

白：（聲）阿洪！

洪：（抬頭一望，只見白萍在樓窗口。）下來！有話跟你說！

白：不行，客人還沒走呢！

洪：少廢話！你要我拿大紅帖子來請麼？

白：有話，你跟矮腳炳說不是一樣？

洪：不是我要跟你說話，是霸王添！

白：得了，我一回兒就來。

（她離開窗口，洪轉身向左方。）

洪：過來，你們！

（扭計華、矮腳炳、馬騮精和曾瘻公像犯人提堂似的，惴惴地自左方走到台階旁，這時樓梯上一陣腳聲，豆皮洪向右一望，只見白萍趦趄地走來，站在台階右側。）

洪：（向華）叫阿權出來！

華：他出去喝酒，還沒回來呢！

洪：教他等着的，怎麼出去了？

華：這個我可不知道。

洪：（怒目向華）媽的！

（這時忽聽見腳聲自遠而近，豆皮洪忙打住。）

洪：霸王添來了！（忙翻身走到台階轉彎處，迎接霸王添。）

添聲：人齊了麼？

洪：齊了！就短一個阿權。

（霸王添在台階上層出現，他生得又矮又肥，像個豎直的冬瓜，紫膛色面皮，豬婆眼，身上穿着一件雪白的夏威夷衫，簇新的「的確涼」西褲，一雙黃皮的「懶佬鞋」擦得亮晶晶地，驟然看起來，活像一個肉舖的掌櫃，他昂然走下來，站在台階下層的中央，豆皮洪侍立在他右邊，他的眼睛向左右一掃，猶如司令官在台上檢閱部隊似的。）

洪：（向眾）大家聽着，「九八三」（註：黑社會中管賬者號稱「紙扇」其數字為「九八三」。）有話跟你們說。

（大家緊張地站着，猶如犯人在警察法庭等候罰欵的判決。）

添：剛才「香主」叫我去，他說這兩天水緊，不能放長喉，你們以前賒欠的，得先清賬，拿貨都得付現錢，你們大家趁早跟阿洪合計一下，限定三天裏頭拔清，短一個鈃子你們就別想再向我拿貨。

白：三天裏頭怎麼湊得出來呀！這幾天輪船來的少，生意難做……

洪：（喝住她）廢話！這是香主交代下來的，就是沒生意你也得想法子！

白：（咕嚕着）要是想得出法子，我也不到這臭水坑裏來了！

炳：（向添）你就寬限幾天吧。她的生意可是真的不好，我的水頭更不用說了！

添：要寬限，你自己去找香主。（向眾）平常是我幫你們的忙，沒現錢就掛在賬上，現在我得向香主交賬，你們就不能給我一點面子麼？……

華：他們並不是不肯還賬……

添：（把臉一沉，打斷他的話。）他們又不是土地廟的泥胎，不用你替他們說話！

洪：（向眾）來，跟我到檔口上去，大家把賬算算清楚！

（他們亂嘈嘈地一邊咕噥，一邊跟着他走，以下的對話是同時說的，演員可以斟酌情形，隨意增減。）

馬： 你一定要算，咱們就算，湊不出數兒，你可別怪！

白： 這幾天我可是真的生意不上門兒，你不信問問他們，剛才好容易來了一個，偏偏又是摳門兒，打了個旋磨兒就走了！

炳： 真的是，打鴨子上架，打死我們也不中用呀！

添： 阿華，你先別走，我有話跟你說。

（曾瘦公鑑貌辨色，瞧出添的意思，他忙和華私語。）

曾： 我看，霸王添一定有事兒求教你，勞你隨口給我說個情兒，好麼？

華： 知道了！

（曾忙上台階，跟着白萍等往白粉街去，霸王添從台階走下來。）

華： 我說「陰功」是個念書人，三五十塊錢他一時湊不出來的，你讓他過幾天再算吧！

添： 好呀！要是大家都跟他一樣，香主那兒你教我拿甚麼去交賬呀？

華： 那麼，他欠的錢就在我賬上扣得了！

添： 嚇！你在牢裏關了六個月，沒交一個鉼子的賬進來，你哪有錢替人家划賬呀？

華： （詫異地）我給警察逮住那天，你還收我四隻金戒指，合着足有半兩重，我賬上怎麼會沒錢呢？

添：（把臉一沉）你要算這筆賬也好！咱們索性合算合算，這四隻戒指查出來是犯法的，我替你擔了六個月的風險，你該怎麼謝我？算它每天一塊錢，合着也得一百八十塊呀！你半両金子至多值一百四十幾塊錢，得了，刨了零的，乾脆不要，天公地道，你找我三十塊錢，咱們就算銀貨兩清，誰也不欠誰，你說怎麼樣，我的老兄弟？

華：（竭力按住怒火，但語氣仍露鋒稜。）你要怎麼算就怎麼算啦！

添：（刁滑地）哈哈！我是跟你說着玩的，三五十塊錢的事，我還能跟你斤斤較量麼？（親善地將手搭在華肩上）老兄弟，咱們的交情可比他們不同，我是來追他們的舊欠，不是跟你算賬來的。

華：承情，承情！

添：我聽阿洪說，你這次出來，想洗手不幹了，是麼？

華：我早就想不幹，可是，（話中有刺）改行又不行，教我有甚麼法子？

添：（笑着說）你以為我不讓你改行麼？我怕的是你沒有本錢呀！

華：沒本錢就做不要本錢的生意，至不濟光着膀子賣氣力。

添：這多沒出息？還是讓老大哥我給你出主意吧！（把華拉到右邊，機密地說。）告訴你，有一間很大的戲院，每天最少要做萬兒八千的買賣，晚上十二點鐘上門，收進來的現欵都在賬房，要等到第二天早晨才解銀行……

華：（不等他說完）戲院我可不敢惹，前後台都有夥計住着，不容易下手，要是給他們逮住了，這一頓太平拳頭，我可受不了！

添：怕甚麼？那些夥計們累了一天，睡下去就挺屍似的，你踹在他們頭上都不會醒哪！（鄭重地）再說，香主這兩天水頭非常緊，要是你能弄到一筆錢，孝敬他老人家，你可就卯上了！

華：香主怎麼會水頭緊呀？

添：索性讓你知道底兒吧，（低聲說）今天從曼谷來了一大批貨，要付一百萬現欵才可以提出來，剛才香主已經送了五十萬現欵給貨主，今晚晌還得送五十萬去。

華：（陡然一驚）今晚晌——還要送五十萬去？

添：（做個禁聲的手勢）小聲！（機密地）這筆錢是香主臨時借來的，講明三天就得還清，要不然，他怎麼會水頭這麼緊呢？

華：（若有所悟）我這才明白了！

添：你既然明白，還不乘此機會抓個尖兒？只要費半宵功夫，就可以穩穩地到手萬兒八千塊錢，你拿出一兩千孝敬香主，以後他一定有水頭足的差事給你做，餘多的錢咱哥兒倆二一添作五，大家一半兒，你想改行做生意，不是就有本錢了麼？

華：也罷！我聽你的話，去碰碰運氣！

添： 這樣你才有出息了！

華： 你說的是哪家戲院？

添： （和他耳語片刻）……我教豆皮洪給你把風，好麼？

華： 不用了，我一向做慣了單檔，有人把風反倒提心吊膽的。

添： 隨你的便。來，先到我檔口上，加點兒油去！

華： 不，我得先去看看風水，回頭不會抓瞎。

添： 好，那麼我在檔口上等你。

華： 哎！

添： 回見！

（他說着就走，華看他走上台階，影子消失，這才一溜煙跑到中屋門口。）

華： 王先生！

王聲： 誰呀？

華： 是我，扭計華！

（王式輝扎煞着兩隻濕漉漉的手，自中屋走出來。）

王： 甚麼事呀？

華：剛才你去教書的那家，住在哪兒？

王：哦，他們住在觀海大廈，十八層樓，一千八百零一號。你有甚麼事麼？

華：我想去拜候他們！

王：（莫名其妙）哦？

（華說完了就迅捷地走上台階，一霎時已不見蹤影，王愕然望着他去，回過頭來，才猛然想起他是小偷。）

王：（瞠目結舌地）哎呀，糟了！

（黑燈）

第六景

時：翌日上午八點多鐘

地：同前

景：同前

天空陰雲密佈，有風雨欲來之象。但陋巷的景色畢竟比昨晚明朗得多，雖然被夜幕遮蔽的一切醜惡和腌臢，在晨光中格外顯得是個人間地獄。

王式輝坐在門口的矮櫈上改昨晚剩下的卷子。他的臨時桌子是兩張骨牌櫈拼成的。雖然面積太小，使他傴促如轅下駒，總比彎在屋子裏涼快些。

八歲的亞榮拿着一本連環圖畫冊子，從屋內出來。

榮：爸爸，這是甚麼字？

王：（煩躁地）你不看見我在忙着改卷子麼！拿去問大哥。

榮：大哥去買小菜了。

王：（沒奈何）真要命！我哪有功夫來教你呀！等我改完卷子都不行！（向那本冊子一望）哪個字呀？

榮：（指着字）這兒。

王：真要命！八歲的人了，今天明天的今字都不識！

（揮之使去）快別再來打攪我了！

（亞榮走進屋去，王式輝繼續改卷。扭計華拿着一個手提布袋自左屋出來。）

王：啊，今天這麼早呀？

華：我答應白萍，一早就給她服裝的。

王：哦，你偷——（說出了半個字，趕緊縮住。）吼，你弄到了？

華：（把布袋一揚）這不是？

王：啊！你真會——（幾乎說出「偷」字來。）嘖嘖，你真會——辦服裝呀。（再補一句）戲班兒裏有了你，可就省事多了。

（白萍聽見扭計華的聲音，從樓窗裏探頭往下望。）

白：阿華，你答應我的服裝呢？

華：（舉起布袋）等着你來拿了。

白：啊！真有你的，我這就下來。

王：曾先生起來沒有？

華：今天我們都早，「陰功」一起身就在加油，馬騮精一天亮就到菜市去兜字花，阿炳知道有兵船進口，已經到碼頭上接生意去了。

（說話時，白萍已自樓梯走下來。）

白：（邊走邊說）給我看看。

華：（迎上前去，將布袋打開。）你瞧合適不合適？（抽出一件灰竹布衫）喏！灰竹布衫一件。

白：（抖開來一看）式樣一點兒不錯。

華：（掏出一條黑綢裙子）黑綢裙子一條。

白：（接了裙子）就要這樣古老的。

華：（拿出一雙平底黑皮鞋來）平底黑皮鞋一雙。

白：啊！你真細心，一件都沒漏。

華：（拿出一柄黑洋布傘來）回頭也許要下雨。

白：好極了。

華：（再拿出一個假頭）還有一個假頭。

白：（如獲至寶）我正在愁沒假頭髮呢！這可都全了！

華：（將布袋交給她）用過了，請你照原樣收在裏邊。

白：謝謝你。我先去試試。（正想走，可又被他叫住。）

華：別忙。（從邊掏出一個眼鏡盒）這對老光眼鏡你也試試。

白：（笑着說）你真缺德，把眼鏡拿走了，可不害人家抓瞎麼？

華：（又掏了一本聖經來，遞給白萍。）再拿着這本聖經，那個德性才缺德呢。

白：（笑得彎腰曲背地）虧你想得出來！（邊說邊走）一回兒你瞧我的德性吧。

華：（忽然想起，又將她喚住。）哎！慢着，慢着！

白：（轉身過來）你有完沒完呀？

華：（從身邊拿出一個小鏡框來，交給白萍。）索性連這個都給你。

白：（詫異地）這是孫校長的照相，給我幹嘛？

華：給你照着她化裝呀！

（白萍啞然失笑，她對照相揣摩，把臉一綳，戴起眼鏡，左手挾着雨傘，提着布袋，右手拿着聖經，學着孫校長的姿勢，昂然走到樓梯口，一直上去。這時曾夔公已自左屋出來，遙望着白萍的背影，不禁連連點頭讚嘆。）

曾：論演技可真是一絕，演甚麼像甚麼！

王：說的是。還沒有化裝已經這麼像了。嗬！

（開始整理卷子，收拾好筆和墨水瓶，拿到屋裏去。）

華：（自右邊走來，和曾夔公交談。）陰功，我有一件要緊的事跟你商量。

曾：哦。

（扭計華拉他到左屋角，切切低語，神情非常緊張，這時楊復生忽在台階上出現，興沖沖地向左方走來。）

楊：（邊走邊叫）曾先生，早。

（曾瓔公和扭計華看見楊復生，忙迎上來。）

曾： 啊，你一大早就來了！

華： 楊先生，早。

楊： （走到他們跟前）你早，華叔。

曾： 你來得真湊巧。（向扭計華）這件事得請他（指楊）幫忙才行。

楊： 甚麼事呀？

（曾瓔公拉他到左角，機密地告訴他。）

曾： 告訴你一個秘密。昨天從曼谷運到了一大批白麵兒。

楊： 哦！這消息是哪兒來的！

曾： 在一個偶然巧合的機會，阿華得到了一條重要的線索，他根據這條線索，半夜裏冒險去偵察，果然發現了販毒大王的機關，和它的主要人物。這些白麵兒隱藏的地點都讓他聽到了。

楊： 啊！（向扭計華）那麼你為甚麼不報警察呢？

曾： 你知道，他是最怕見警察的。

楊： （向華）怕甚麼呀？要是你去報警，非但為社會除了一個大害，你還可以領到一筆很大的獎金呢？

曾： 慢來，你不能貿貿然去報警察，要是走漏了消息，那就糟了。

楊：那麼，讓我先陪華叔去見我們社長。他跟警察總監是老朋友，只要他打一個電話去，警察總監一定會派警探即刻分頭去逮捕主犯，搜查毒品。這樣就萬無一失了。

華：可是你得馬上陪我去。遲一分鐘也許就太晚了。

楊：對。（向扭計華）咱們這就走。

（他拉着扭計華就走）

（黑燈）

第七景

時：將近上午九點鐘

地：同前

景：同前

台階上燈光漸明。王可望與李亞仙各自提着買菜的小竹籃，從上邊下來，走到右門外。

望：……這個故事實在太好看了，三言兩語絕對講不盡的。要不要借給你看？

仙：我看不懂的。還是講給我聽吧。

偉：也好，我吃過飯就來。

仙：不行，我嫂子走了，吃過飯我有好多事做呢。

望：那麼，你得閒就來找我吧。

仙：嗯。

（亞仙走進右屋，亞望走到自己門口，恰好亞梅駝着牙仔出來。）

梅：怎麼到這回兒才回來呀？

望：你懂甚麼？青菜魚肉都漲價了。

梅：媽問過你兩三回了。她急着要排戲，爸爸衣服換得慢一些，已經捱了一頓罵了。

（她話猶未了，錢妙英已自後屋出來，從大門望進去，可以看見她已經換了一件比較新的旗袍，打扮得比昨晚大不相同。）

英：（邊走邊嘀咕）正是，急驚風，偏遇着慢郎中！教你早點換衣服，你偏不聽。再不出來，就來不及排戲了！（瞥見亞望）你跟你爸爸真是半斤八両，一點兒不差。教你去買這麼點兒菜，倒像斷了線的風箏似的，一去就不回來了。（說着她已經走出門口，亞望直挺挺站在那裏不敢分辯。）楞在這兒幹嘛？又沒人替你畫像！還不把小菜拿進去，我的大少爺！（亞望忙提籃往裏走，亞梅向他丟了個眼色，表示自己有先見之明，不想又被錢妙英瞧見。）你擠眉弄眼地搗甚麼鬼？你們背着我做事，你以為我不知道麼？他呢，成天捧着一本書，甚麼事都不想做。你呢，背着小弟弟，門口泡一會兒，街上逛一圈兒，就算念過消災經了。我像你這歲數兒，早就一隻手拈針，一隻手當稱，幫着你外婆管家了。（亞梅被她平日罵慣了，反倒坦然無動於中，這時曾瓔公自左屋走出來。）啊，陰——啊，曾先生，你早。

曾：你早，王太太。

（亞梅想乘機溜之大吉，卻又被喝住。）

英：又想上街去了？（亞梅趕緊止步）快去請白小姐下來。

梅：嗯。（忙向右方走去）

英：你說我們都在等她排戲了。

梅：哎。

英：（回頭向後屋叫）式輝！你還沒換好麼？

王聲：就好了！

英：校長馬上就要來了！

王聲：來了！來了！

英：（向曾）我跟他，簡直就像兔子跟忘八賽跑一樣，看他這麼慢條斯理地，真教我急得慌。

曾：不過，照故事講，先跑到的倒是忘八。

（這時王式輝穿着那套的確涼西裝，三步併兩步地從後屋出來，呲牙裂嘴地，邊走邊打領帶。）

英：你瞧你，穿一套西裝倒像李三娘磨房產子似的，還拖着一條臍帶沒咬斷！

（王式輝用力一抽，將領帶拉好。）

曾：（幽默地）啊，這可咬下來了！

（這時白萍穿着校長的全套服裝，戴着眼鏡，挾着雨傘，拿着聖經，道貌儼然地在二樓門口亮相。後邊跟着亞梅。）

白：（誤會曾在說她）你們急甚麼呀？這不是我下來了？

英：我們也可以開始排戲了。

白：是呀。（向曾瘦公）大導演，我們等候着你講劇情了。

曾：劇情很簡單，一開場是那個校長來找你（向王式輝），可是你不能馬上出來，這樣才有氣派。

英：（向王）聽見沒有？一定要我擋在前頭，你才有氣派。

曾：（向王）見了校長，你當然得先跟他客套一番。

王：就用普通的十八句兒行麼？

曾：行。這可不用我編台詞了。接着你就問他：「校長，您大駕光臨，有甚麼見教？」他當然談到正題了。

白：那麼，我甚麼時候出場呢？

曾：就在這個節骨眼兒出場。（向錢妙英）你聽他們談到正題，馬上就咳嗽一聲。（向白萍）你聽見咳嗽，就到亞權門口問：「借光，這兒是王式輝先生的住宅麼？」

白：（跟着說一遍）「借光，這兒是王式輝先生的住宅麼？」

曾：對了。（向錢妙英）你聽見白小姐問話，馬上就跟王先生說：「式輝，孫校長找你來了！」

英：這樣可不打斷了校長的話？

曾：就是要打斷她的話呀。（向王）接着你就走過去招呼白小姐。

王：我還叫他白小姐？

曾：你當然叫她孫校長囉。（向白）你一看見他，就說：「感謝神，我可找到你了，王先生！」

曾：下面的詞兒你可以隨意編，大意說：你想請他做國文教員兼級任，每月薪水——（向錢妙英）你要她說多少錢？

英：（略想一下）說五百塊錢吧！

曾：獅子大開口，把真校長嚇退了，可不枉費心機？

英：那麼說多少呢？

曾：我看人家三百塊錢都未必肯出呢。

英：好，就說三百吧。

曾：（向白）你說每個月薪水三百，以後每年都有得加。

白：我知道了。主要的是：逼那位真校長多給點兒薪水，是不是？

曾：對了。

白：這幾句話我現編都編得出來，包管沒錯兒。

曾：你能現編就省事得多，我們這就可以開排了。

白：他們的詞兒全是見面的客套話，不用排的。先排我的戲好麼？

曾：有理，我們從你上場開始排。（向白）你在台階上等王太太的暗號。（白萍忙走到台階上，曾指揮王氏夫婦。）你們坐在那兒，我代替校長，坐在這兒。現在我們的客套話已經說過了，王先生開始說吧。

王：我說甚麼呀！

英：真要命，剛說過就忘記，你說：「校長，您大駕光臨，有甚麼見教？」

王：是。（像小學生背書似的）校長，您大駕光臨，有甚麼見教？

曾：別這麼緊張，語氣要自然，跟平常說話一樣。臉上要帶笑容。

王：（心裏慌急，發音又像笑又像哭，很不自然。）校長——（自己覺得不對，趕快打掃喉嚨，咳了兩聲。）

（白萍聽見咳嗽聲，忙自台階走下來，到右門口。）

白：借光，這兒是王式輝——

英：（向白萍搖手）慢來，慢來！

白：不是說聽見咳嗽我就上場麼？

英：這是他的咳嗽！

白：哦！（回上台階去）

英：（向王）你可別再咳嗽了。

曾：你先笑一聲，就不會這麼緊張了。

王：（勉強笑了一聲）嘻嘻。

英：（聽得她汗毛直豎）哎唷！我的媽呀！

曾：（向錢妙英搖手）讓他說下去。

王：（幾乎是乞丐哀告的調子）校長，您大駕光臨，有甚麼見教？

曾：（忍着笑）豈敢，豈敢，兄弟今天來拜候，為的是敝校要聘請一位音樂和體育的教師。久仰王先生是音樂和體育兼長的大才，不知道您肯不肯屈就？

（白正在等暗號，錢妙英見她不動聲色，忙向她招手。）

英：該你上了。

白：你不咳嗽，我怎麼上呀？

曾：得了。咱們再來過。

白：王先生，我第一句台詞唸完，你得馬上就接，要不然就冷場了。

王：哎。（曾做手勢，教他重新開始。他這一次比較好一些。）嘖嘖，校長，您大駕光臨有甚麼見教？

曾：豈敢，豈敢！兄弟今天來拜候，為的是敝校要聘請一位教音樂和體育的教師，久仰王先生是音樂和體育兼長的大才，不知道您肯不肯屈就？

英：（咳嗽）吭嚇！

（白萍是老演員，不等錢妙英咳嗽，早已走下台階，到亞權門口，一聽咳聲，她就緊緊地接上。）

白：借光，這兒是王式輝先生的住宅麼？

英：式輝，孫校長找你來了！

（王式輝楞了一下，錢妙英忙把他一把領子，提了起來，推他向右方去。這時，矮腳炳帶着一個水兵，從台階走下來。）

王： 啊，孫校長！

白：（將雙手抱在當胸，抬頭望着天空。）感謝神，我可找到你了！（嘴裏唸台詞，眼睛卻瞥見了水兵。）Charlie!

（水兵看她的神情，像是向他傳道似的，不由得倒抽了一口冷氣，往後倒退了兩步。）

白： Charlie!（她伸開雙臂向水兵撲去，那水兵以為她要拉他去做禮拜，慌忙掉轉身就跑。）快拉住他！

（矮腳炳想攔住水兵，水兵把他推倒在台階上，奪路狂奔而去。白萍那裏肯讓他漏網，趕緊急起直追。）

白：（邊追邊叫）Charlie! Charlie!!

（王式輝看了這幕活劇，禁不住笑。）

王： 嘖嘖……

英： 戲都排不成了，你還笑哪！（恨恨地用手指戳他鼻子。王式輝慌忙躲閃不迭。）

（黑燈）

第八景

時：幾分鐘後
地：同前
景：同前

燈光投射在中屋門外，曾瓔公仍坐籐椅上，錢妙英正在數說王式輝，亞仙在門口洗衣。

英：都是你不好，一句台詞念了半天還念不上口，要不然早就排好了。

曾：（起身解勸）這不能怪他，誰想到半道兒上會跑出一個水兵來的呢。

英：好容易找到白萍扮校長，阿華又費盡心機，給她弄到了全副行頭，如今可不都白費了。

曾：話可得說回來，要是那個校長誠心要請個好教師，薪水多一點兒，他也不在乎。要不然，我們這齣戲演得多像也沒有用的。

（這時白萍和矮腳炳在台階上層出現，他們垂頭喪氣地走下來。）

王：（瞥見他們，忙報告太太。）他們回來了！

英：（如獲至寶地迎上去）白小姐，追上沒有？

白：跑啦！

炳：我們追到街口，他已經跳上一輛的士走了，連我的帶街錢都沒給。

英：真對不起，為了我們的事，躭誤了你的正經。

白：算了，（達觀地）多掛上個客，少掛上個客，還不是一樣，賺多不過便宜了霸王添跟豆皮洪這幫白麵兒販子，賺少我也一樣混日子，這是命。

英：說的是，窮通富貴都是自己命裏註定的，式輝昨天去補習的那家，一天就進賬了百兒八十萬，我們一個月賺百兒八十都很難。

曾：可是，爬得越高，摔得越重，到明兒他們比我們還不如，也說不定。

白：（感慨地）我可不就是一個摔下來了的！

曾：（幽默地）彼此，彼此。

白：想當年我在上海紅得發紫的時候——

曾：（忙打斷她）咱們好像不談當年勇，不如再來排一遍吧！

炳：（懊惱地）反正生意跑了，（向白萍）你索性排個痛快吧。

白：（不理他，向曾。）跟剛才一樣嘛？

曾：對了。

（白萍向台階走去，矮腳炳走到左屋門口旁觀，亞偉和亞榮走出來看。）

英：（向王）快坐下。

（她和曾王二人在門口坐下，像剛才一樣。白萍在台階下層站着，等候錢妙英咳嗽的暗號，這時亞梅背着牙仔匆忙地從台階上層走下來。）

梅：（邊走邊說）媽，我在街上碰見高個兒叔叔，他說他們校長已經僱了一個教師，教你不用等了。

英：（失望地）缺德！他早點兒說，我們也不用昨晚晌折騰到今天了！這不是跟窮人開玩笑麼？

白：我們還是要排麼？

曾：當然不排了。

炳：（阿Q地）全跑了！

白：（像小孩子向母親訴苦似地）曾先生，我才冤枉呢！化裝化了半天都白廢了，好容易來了個Charlie又給嚇跑了．你瞧死鬼阿炳還要冷言冷語地嘔我！

炳：嘔你？眼見得霸王添就要逼你還賬了，我還嘔你？我這是看杜十娘怒沉百寶箱，替你彆扭得慌。（在阿炳說話時，亞權在右屋門口出現。他看見台階上站着一個傳道的女教徒，心裏好生納罕，定睛一看才認出是白萍。）

權：（向白萍）我說哪兒跑出一個講耶穌的來，原來是你呀。（向曾㜲公等一望）你們這是玩兒甚麼把戲來着？

白：我們排戲來着，你看我的化裝怎麼樣？

權：太像真的了。

白：（猛想起）告訴你，剛才我走過霸王添的檔口，聽見豆皮洪跟他談起你的名字。我看你得提防着點兒。

炳：可不是？檔口上還有五六個橫眉豎眼的傢伙，揎拳將臂地好像準備打架似的。

曾：（向權）看情形他們一回兒就要來找你的。我說，你還是到甚麼地方去避一避吧。

權：避到哪兒去，早晚總要見面的。

白：別充好漢了。真好漢不吃眼前虧，就算你拳頭大肐膊粗，他們人多手眾，你也敵不過呀。

炳：可不是，你還是聽「陰功」的話，先到阿才家去，回頭霸王添來，讓我們跟他講個情兒。要是講得開你就回來，要不然咱們再想法子對付他。

權：我走了，家裏只剩我媽跟阿仙，媽又病着，霸王添要是問他們要人，教她們怎樣對付得了呢？

白：你儘管放心，如果他們問她們要人，我們會替她們說話。就算霸王添不講理，他總不能教馬仔打你媽跟亞仙呀！

炳：（向權）你快走吧，有「陰功」、白小姐、扭計華、馬騮精跟我在這兒，霸王添講理，咱們就講理，要動手咱們就叫幾個朋友來，跟他們開片決不讓他們碰你媽跟亞仙一根汗毛？

權：（還是不放心）不行。

曾：亞權，我們鄰居有兩年了，我預料的事，眼光，有沒有看錯過。

權：你一向都看得很準。

曾：那麼，你儘管相信我。你只消出去半天，甚麼事都沒有了，以後霸王添跟豆皮洪絕不會再來找你。

權：（將信將疑）不再找我，他們怎麼會不找我哪？

曾：你不用問。要是他們再找你算賬，我就不叫陰功。現在你該相信了吧！

白：曾先生說得這麼確定，你還怕甚麼？

（這時忽聽得台階上急促的腳步聲，大家回頭看，只見馬騮精氣急敗壞地從上跑下來。）

馬：（邊跑邊嚷）亞權，霸——霸王添來了。

（大家一聽這個消息，頓時空氣緊張。）

炳：（向權）快走吧。

（亞權馬上跑上台階，可是霸王添和豆皮洪已在台階上層出現，亞權收住腳步，一時進退不得，直站在那裏發愣，霸王添向眾掃了一眼，冷冷地一笑，慢條斯理地走下來。）

添：（邊走邊說）亞權，你早。

權：（尷尬地）你早。

添：（向眾）你們全班人馬整整齊齊地給誰送行呀？

白：不給誰送行，我們在等候着歡迎你們呀！

添：（向豆皮洪）聽見沒有？他們一大早就在等着歡迎我們了。

洪：敢情。

添：這麼看起來，我們在這地面上人緣還算不賴。

洪：真不賴。

添：（向眾）現在我們已經來了，你們也歡迎過了，大家還在看甚麼？我可不是任劍輝，他又不是白雪仙——就算是白雪仙，也是給釘鞋踹過了的——（突然翻臉）難道說你們還沒瞧夠麼？

（他嘲笑地向大家一瞪眼，膽小的王式輝忙拉着他老婆和兒女到屋裏去。其餘的人雖然略退一兩步，可都沒有走，霸王添向豆皮洪丟個眼色，豆皮洪就惡狠狠地將他們趕開。）

洪：走……有甚麼好看？

白：你別推人呀！（走到樓梯口）

馬：站一回兒都不行麼？

洪：你想「阻街」！

炳： 皇帝的路，百姓的街，為甚麼——

洪： （推他們走）去你媽的蛋！

權： 你別罵人！（挺身上前，圓睜雙眼，瞪着豆皮洪。）

炳： （拉亞權走）別說了，要咱們走，咱們就走。

添： 慢着！亞權，我還要跟你談公事哪。

權： （明知道自己無法躲避，索性硬着頭皮和他周旋。）有公事你儘管談，我等着呢。

添： （走到他跟前）我問你：昨兒我們談的事怎麼樣了？

權： 沒怎麼樣。

添： 你跟阿蘭提過沒有？

權： 沒有。

添： 沒有？（獰笑）你這是存心跟我打哈哈，是怎麼着。（亞權默然不答）好。你不願意提，我自個兒跟她提，（向豆皮洪）你叫阿蘭出來。

洪： 嗯。（剛要向右屋去）

權： 你不用叫，（豆皮洪止步，回頭向他瞅着。）她已經走了。

洪： 她走了？

添：嚇，靚仔，真有你的！（向豆皮洪）昨兒他一口答應，讓阿蘭到上海妹的舞場去做。你聽見沒有？

洪：嗯，他連定錢都收了。

權：定錢你放心，我一定還你，我找到了生意，加上利錢還給你。

添：（露出猙獰面目來）沒那麼容易！（直瞪着他）你要是知趣的，馬上把亞蘭交出來，要不然，我倒沒問題，我們下的一夥「四九」可就難對付了。

權：（把心一橫）你怎麼說都行。要我把亞蘭送到火坑裏去，這可辦不到。

添：哈！（向豆皮洪）你聽聽，連詞兒都改了，咱們種了冬瓜，結了茄子，以後就不用想在這碼頭上混囉！

洪：你交給我得了，（上前來，惡狠狠地瞅着亞權。）你他媽的（陡然揪住他的領口）你當我們是孫子——？

（亞權不甘示弱，也用手揪住豆皮洪，二人勢均力敵，扭做一團，矮腳炳、馬騮精、白萍、曾瘦公，和其他鄰舍看見豆皮洪動手，都自門後和屋角走出來！亞仙也提着一鉛桶洗好的衣服，到門口張望。霸王添假意排解，把雙臂插在二人中間，用力將他們分開。）

添：大家不准動手！

洪：誰教他先動手呀？

權：你先動手，還要賴人！

（他們洶洶地幾乎又要打起來，霸王添忙把他們攔住。）

添：慢來，慢來，咱們有歌好唱，有話好講，（向豆皮洪）你先沉住氣，聽他下一回書怎麼說，我們再打主意，（向亞權）你也別使花招兒，丁是丁，卯是卯，講定了的事你可別想賴，定錢都收下了，難道說你能讓我們空着手回去麼？

（亞權默然）你倒是說呀！

權：不是告訴你，她走了麼？

添：你意思說：她走了，我們就認了，是麼？

權：這有甚麼法子？我可沒第二個媳婦兒。

添：好嘛！憑你這句漂亮的台詞兒，咱們也得賣個交情，反正阿蘭也跑了，定錢你也還不出來了，我索性好人做到底，放你一條生路吧！（向豆皮洪）不知道你們意思怎麼樣？

洪：放他一條生路？

添：我想這麼着——（和豆皮洪耳語）……你看怎麼樣。

洪：也只好這麼辦了！

添：你先趕他們走。

洪：嗯。（往右屋去）

添：（向亞權）告訴你吧！我霸王添在這碼頭上混了這麼多年，從來沒栽過跟斗。現在我情願自個兒爬下，不要立刻把亞蘭交出來，也不逼你還定錢。你再說不好，我就要對你不起了。

洪：（向白萍等）看甚麼？去你個妹子的吧！

（眾人被他趕得躲躲閃閃地往後退，他走到亞仙跟前，陡然把她一把抓住，拖她上台階去，眾人不提防，來不及阻攔。）

仙：（邊掙扎邊走）媽呀！

（亞權急忙來救，卻被霸王添攔住。）

權：撒手？

（他和霸王添扭作一團，亞仙賴在地下，掙扎着不肯上台階，梁彩顫巍巍地從右門出來。）

梁：救命啊！

仙：媽！

（豆皮洪想拽她起身，早被白萍、矮腳炳和馬騮精纏住，他拳揮腳踢不讓他們近身，冷不防王亞望從後邊衝來，用嘴咬他的手。他痛得一鬆手，亞仙乘機爬起來，白萍扶着她直奔右屋角，跑上樓梯，豆波洪一腳踢倒了亞望，飛身直撲到梯口。王式輝和錢妙英慌忙跑到台階上，扶起亞望。）

英：亞望！

（他們扶着亞望到中屋門口坐下，低聲慰問他。同時，豆皮洪逼到梯口，恫嚇白萍。）

洪：你不放她下來，我宰了你！

白：這跟她甚麼相干呀！

洪：你她媽的！

（他想衝上去，可是白萍在上頭用腳踢，矮腳炳和馬騮精在後邊用手拉，急切上去不得。這時亞權掙脫了霸王添的手，搶步上前，把豆皮洪倒拽幾步，霸王添忙趕來幫助豆皮洪，亞權乘機橫身擋住梯口。）

添：（向權）我勸你趁早兒躲開，讓我們帶她走。

權：你們抓她幹嘛！

添：不幹嘛，你多咯交出亞蘭，我就幾時放她回來，留住個雛兒有麼用？

（豆皮洪竄上前來，劈面一拳，亞權剛把它擋開，霸王添攔腰把他抱住。）

洪：他媽的！

（他一拳打在亞權下顎上，只打得他鮮血從口角流出來。馬騮精和矮腳炳上前搭救，可是敵不住霸王添和豆皮洪的拳腳。正在危急之際，忽聽得台階上一陣腳步聲，亞蘭從上面直跑下來。）

蘭：住手！

（豆皮洪撇下亞權，上前來抓亞蘭。）

權：（大叫）亞蘭，躲開！

（他拚命掙脫這霸王添的手，躍登台階，推開了豆皮洪，拉着亞蘭直奔左方去，將她交給錢妙英，錢妙英要拉她進屋，可是她躭心亞權的安全，不肯進去。）

添：（向豆皮洪）快到檔口上叫他們馬上來！

洪：哎！（轉身飛跑到台階上層）

添：（高叫）帶着傢伙來！

洪：哎！（跑出視野）

白：（在樓梯上）阿炳，快去報警察！

（矮腳炳疾向台階走去，霸王添早已搶步上前，站在平台中央，攔住去路，矮腳炳怕他的兇燄，只得退後。）

添：（轉面向亞權）亞權，你知趣點兒，讓亞蘭跟我走，我們萬事皆休，要不然，等他們一到，動刀動槍地，弄出一場人命官司，那就不好玩了！

蘭：（突然跑到阿權身邊）亞權，你就讓他帶我去吧！

權：你別害怕。

（他像困獸似的，猛然向霸王添走去。）

權：起開！

添：去你的！

（亞權陡然上前和霸王添拚命，卻被他一劈掌，幾乎跌下台階去。馬騮精和矮腳炳忙上前相助，只聽得台階上一陣腳步聲，豆皮洪已率領着四五個彪形大漢，自上而下。亞權和馬騮精，矮腳炳慌忙掩護着亞蘭和亞仙向王家門外撤退，霸王添見自己的黨徒來到，早已胸有成竹，他指揮他們站在台階上方，自己勝算在握地站在平台上向亞權發出最後的警告——）

添：亞權，我得提你個醒兒。周圍十幾里地出的人命案子，都是他們做的，你趁早兒打主意吧。

權：隨便怎麼樣。我跟你拚了！

（霸王添見他倔強，頓時兩眼射出兇光，向他的馬仔們做了一個手勢。豆皮洪和那些紅棍就從台階下來，向左方進迫，亞權和矮腳炳馬騮精，看他們來勢洶洶，忙拿板櫈籐椅來抵禦。）

仙：（狂呼）呀！

（梁彩搖搖晃晃地從右屋出來，邊走邊叫。）

梁：亞權！

（她走了兩三步，猝然跌倒在台階旁，白萍忙跑過去扶她起來。這時亞權等招架不住對方的猛攻，連連向後退卻，眼看快退到牆跟了。亞蘭祇得奮不顧身，從右方衝出，直到台階下，和身撲倒在霸王添跟前。）

蘭：（邊哭邊説）我跟你去，我跟你去！

添：（顧盼自豪地）住手！

（這時亞權已背靠着牆，不能再退，身上早受了幾處輕傷。）

添：（向豆皮洪）算了。先帶她走再説。回頭再跟他算賬。

（吩咐既畢，他率領豆皮洪等帶着亞蘭向台階走去。）

權：（心如刀割，向前跑了兩步，卻被矮腳炳攔住。）亞蘭！

（這時扭計華和楊復生突自台階上面出現，後面跟着一個警察幫辦和武裝便服的警探四五人，一個個拿手槍指着他們。）

辦：別動！（霸王添這一干人慌忙止步）把手舉起來！

（霸王添等立刻舉起雙手）

華：（用手指給幫辦看）這個就是霸王添，這個是豆皮洪，這幾個都是他們的「馬仔」，和勝堂的「四九」仔。

辦：（向霸王添詢問），你帶着馬仔到這裏來幹嘛。

添：沒事。

辦：（冷笑）哼！你的底子我全知道，告訴你吧，白粉大王已經逮住了，你們的香主現在在警車上，等着你一同到局裏去呢！（向警探們）搜搜他們身上！

警甲：是。

（開始將霸王添等搜身）

辦：（向權等）不是他們的同黨，到這邊來。（亞權等走到王家門外近台階處）打架是犯法的，你們知道麼？

權：不是我們要打架，是他們來開片的。

白：（上前報告）幫辦，他們是來強迫她去當舞女的。她的男人不答應。剛才差點兒給他們打死。

華：不錯，是霸王添來開片。

辦：（點頭，向亞權等。）你們站在那兒。

（亞權等立刻走到右方，與梁彩相聚。）

警甲：（拿着劍，棍，三角銼等上前。）這是他們身上搜出來的刀劍，還有好多白麵兒。

辦：把他們銬起來。

警甲：是。（指揮警探們將他們銬起來）

辦：（向扭計華）他們都是住在這兒的麼？

華：他們都是住在這兒的。

辦：（疑惑地望着白萍）她也是？

華：她就是白萍小姐。

辦：（不相信）白萍小姐？

白：（上前）是的，我剛才化裝成一個校長，你看還像麼？

辦：簡直認不出是你了？

白：這套行頭還是他——（猛然想起對方是警察，慌忙住口。）

辦：（向華）是你？

華：（尷尬地笑着說）嚇嚇，是我——我——借來的。

辦：告訴你，今天早晨有一位孫校長到我們局子來——

華：我明白。這套行頭本來是她的，不過我借的時候太匆忙，忘記告訴她啦。

辦：那麼，你趕快去還給她，要不然，你知道——

華：我知道。今晚上我就去還。

辦：（笑着說）你可別再「借」別的東西了。

華：不會，不會。

辦：（向各道友看了一下）你們都是受霸王添跟豆皮洪欺侮的人，現在他們雖然給逮住了，可是你們也該趕快回頭，把癮頭給戒了。要是你們不戒，日後查到了，我們可得公事公辦。

華：我們今天就開始戒了。進醫院的錢都歸我付。

白：你別說大話了。

楊：你不知道，阿華中了馬票了！

（眾皆驚愕）

權：（向華）你中了馬票？

楊：他這次報案可以領到一筆很大的獎金，也許比中馬票還多呢。

（王家門前的錢妙英聽得出神，上前。）

錢：（向華）這是真的麼？

華：說起來，還是你們王先生給我的貼士呢。

王：我給你的貼士？

華：告訴你吧，你那個有錢學生的父親就是販毒大王啊！

王：（恍然）就是他呀！

錢：（埋怨王）你看你，淨給人家的貼士。你自己去報了案，那就好了。

華：別埋怨他了。（向王）你明天就送亞權入療養院醫好肺病。要多少錢我來付，這算是我的謝意。我們今天就開始戒了。（他向各道友）你們住醫院的錢都是我的。

辦：我得回局去了。願你們前途光明。

眾：多謝幫辦。

（向他們揮手，逕自上台階去。這時，亞蘭扶着梁彩來慰問亞權，王氏夫婦上前來和扭計華，白萍等人拉手，亞仙和亞權歡欣地談話，亞梅和亞榮也在一旁拍手跑躍。這時天空的陰雲漸散，太陽照着這條窮巷，驅散了先前的陰暗，給這一群沉淪已久的人帶來了新生的希望。）

辦：不用你花錢。現在石鼓洲醫院已經蓋好了，你們去戒毒，一個錢都不用花。

華：那麼我們今天就去。

（眾歡呼）

幕徐下

電影

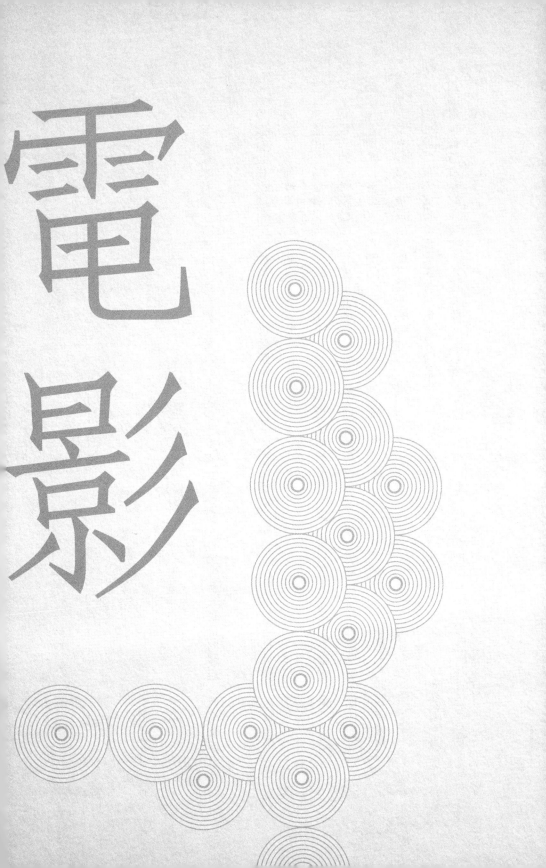

《人海奇女子》本事

慈濟醫院舉行護士訓練班畢業典禮，邀請該院創辦人吳素行致訓辭。吳講述個人離奇的遭遇，與創辦這所慈濟醫院的經過。

吳素行也學過護士的，父親早故，母親是小學教員，在她快要畢業的那年，母親忽然患了癌症，因乏錢為母親療治，便改集舞蹈，藝成，為某夜總會邀聘表演。

專在中上流社會鬼混討生活的楊小亭，他是這間夜總會的常客，對吳素行極為垂涎。有晚素行甫表演完畢，侍役告知她母親已陷入昏迷中的噩訊。她急切中回舞院借款未果，楊見有機可乘便大獻慇懃。他伴素行歸家，並助素行將母親送入醫院。藥石無靈，回天乏術，素行的母親終告長眠不起。小亭助為葬殮後，便用藥酒把素行迷姦，造成既成的事實便賦同居了。

楊小亭是個不安份的人，素行和他同居仍遏止不住他尋花問柳的邪心，他的狐朋狗友小王，適結識了四川的財神爺唐占春的九姨太。九姨太最近跟老頭子走開，手頭很有私己。老楊便向這妖媚而多財的九姨太下手了。姣婆巧遇脂粉客，自是一拍即合，老楊和九姨太遠走高飛到菲島去。

小王見和他平日素通聲氣的老楊竟然會鑿他的牆角，很不甘心，經多方打探到這對野鴛鴦匿居在菲島，便唆使素行前往追蹤。素行正在六神無主，而且已懷了身孕，暗忖除了這條路外也別無良策，便依從了小王的主意。

素行到菲島後，依着小王所示她的住址，不料楊小亭已遷居他處，經多方探詢她獲悉楊改居馬尼拉公寓。楊事前獲到吳來菲島的風聲，待素行尋到公寓便躲匿起來，由九姨太告知素行說老楊已離開菲島，留有一張飛機票囑吳速作歸計，說畢便把房門關了。

素行在室外號泣搥門，室內的老楊和九姨太毫無一絲憐憫的反應，只得怏怏離去。她在菲港機中，鄰座是自美歸國的一對青年夫婦，看見素行疲憊萬分很不舒適的樣子，便由那位年青太太樓玉瓊將自己的大衣為素行覆在身上，並伴她到盥洗室去，樓告她所懷身孕和她月份差不多，因為在美戀愛結婚，和婆母尚未覿面。樓在盥洗時將戒指交遞給素行暫戴，飛機在將抵香港低降時突告失事，同機十餘人除吳素行外均遇難。因了那件大衣和戒指關係，被誤認為王府新婦樓玉瓊，素行被急救送到醫院，震動了胎氣誕生了一男嬰，滿月後為王府的姑奶奶迎歸謁見那性格嚴峻的婆母。

素行本想將內中的真相向王府合盤托出，但在人地生疏舉目無親的港島能到哪裏去呢？為了稚兒的前途，她又把箇中真相隱諱了下去。

王府的長子王立人從英倫歸來，他從素行的言語和習慣上察覺出許多可疑之點，經他向航空公司查詢，得悉素行是移花接木冒名頂替的，他原想向母親稟明真相，見素行善良，轉生同情，把箇中秘密又保守了下去。

從此王立人和素行的感情日見款洽，某天二人到舞廳遣興，素行竟和幾乎使她踏上絕路的楊小亭相遇。楊原以為素行已早登鬼錄，也暗吃一驚。他探知素行在冒名王家二少奶，王府為港地富戶，便生了敲詐之念，暗通電話及寄函致素行。素行坐立不安，內心痛苦萬分，但這件事終須有個解決，便應約到楊小亭所居的酒店。老楊先向素行索取小孩，素行自然不肯放手，老楊便改索五萬元。她簽了支票給他，哪料到老楊到手後頓然翻臉，脅吳承認與楊是結髮夫婦，將來獲得王府家產時得分享半數，不然便附了這張素行所簽的支票將真相向王府揭發。素行無奈，終在那張紙上簽了字。

吳坐在汽車的歸程中，越想越是憤懣。她以老楊逼人太甚，返寓後將王立人平時置放在書桌內的手槍取到，重返老楊住的酒店，想與老楊同歸於盡。

王立人得傭人的報告，趕緊追蹤趕到酒店。素行已較他先一步踏入老楊室內，正舉槍欲射，見楊已橫死在床上，驚慌中手鎗砰然走了火。警探聽到鎗聲趕來查究竟，王立人和素行均承認自己是兇手，王府的老太太在臨終的頃刻也承認楊小亭是她擊斃的。警探長主張此案要謹慎處理。

正擾攘中，卒將真兇九姨太緝獲歸案。原來九姨太在素行離去酒店的頃刻，曾和楊小亭爭奪支票及約據，她憤楊欺騙自己，氣急中將老楊槍斃了。

王立人和素行得無罪獲釋。雨過天晴，在相互深切了解下也結成了眷屬。

編者按：摘自特刊，劇本由姚克編，但這本事似非由他書寫。

《玫瑰玫瑰我愛你》

（故事簡介）

故事在上海開始。音樂家李直民被一位賣花女郎的歌聲所吸引，欣賞她的天份，認為是可造之才。同時，直民為他負責的歌舞劇主角張蘭惡劣的工作態度煩惱。一次排練，張蘭變本加厲，直民終於忍不住，解僱了她。之後直民在街上不小心撞到正在賣花的沙春，輾轉，沙春來到直民家。沙春身世可憐，直民決定收留她，訓練她，而學生瑛子教她跳舞。

第二天，直民告訴劇團成員將會以沙春代替張蘭，雖然劇團王經理認為團員青萍更適合，但直民堅持要用沙春，青萍不服，獨自在哭。沙春憑着她的天賦，以及在直民和瑛子的教導下，進步神速，團員開始接納她。新戲上演，大受觀眾歡迎，滿場掌聲，大家非常高興，都向沙春祝賀。惟青萍妒恨交集，在旁流淚，瑛子告訴直民此事，直民連忙安慰青萍，而且送她回家，但被沙春看見。幾個月來，沙春心裏其實喜歡直民，但此時看見兩人如此親密，令她有離開直民的想法。後來瑛子告訴她，原來青萍已經結婚了，沙春才打消念頭。之後，直民和沙春也在一起了。

五年後，他們更有了孩子小玫瑰，直民更為她編了歌劇《玫瑰玫瑰我愛你》。上演當日，大受歡迎，青萍佩服沙春，盡釋前嫌。接着，王經理陪同沙春跟香港製片人吳林霜和導演張中行洽談到香港拍電影的合同，張、吳兩人欣賞直民，想託沙春請他到香港做導演。怎知直民認為沙春是為了錢才簽約，覺得她無情無義自私自利，其後更與小玫瑰到了南京，和沙春各奔前程。沙春雖然曾想中止合約，但吳不允許，無可奈何，只好隻身到香港。

沙春在香港一舉成名，名利雙收，但她很寂寞，掛念着家人。她的名氣甚至傳到南京。有一次，瑛子不小心說話太大聲，被直民聽到，原來劇團的經營是靠沙春來維持的。直民聽到後覺得沙春對自己那麼好，而自己很自私，把小玫瑰留在身邊吃苦。他決定把小玫瑰送到香港，並把《玫瑰玫瑰我愛你》的版權賣出，維持劇團營運，而自己則去星加坡教書。

一家三口終於在香港團聚。沙春為兩人準備好房間，但直民反應冷淡。同時，吳林霜為劇本一事找直民，直民出售了劇本，但拒絕當導演。跟着幾天，沙春因為工作關係，跟家人相處少了，而直民覺得這個環境對小玫瑰不太好。

為歡迎丈夫和孩子的來臨，沙春在家舉行宴會。然而，直民覺得自己是無名導演，而妻子卻是大明星，兩人地位懸殊，自己會連累她的前途。同時，他也不願靠妻子過活。當晚直民寫了封道別信，帶小玫瑰離開，搭船去星加坡。離開不久，沙春就發現那封信，急急出門。

到了碼頭，小玫瑰發現爸爸打算帶自己到星加坡，離開媽媽。她發脾氣，回頭找媽媽，怎知一架行李車撞倒她，剛好沙春趕到碼頭，看見這一幕。幸好，小玫瑰傷得不重，而沙春與直民經過此事和好了。

小玫瑰出院後，一家人搬家到粉嶺。直民簽下了導演合同，在家譜曲；沙春就減少工作時間來陪伴家人多一些，劇團成員也來香港參加拍攝。在眾人齊心合作下，歌舞劇《玫瑰玫瑰我愛你》順利完成，令直民在電影圈中聲名大噪。

編者按：據特刊電影小説概括，小説不肯定是姚克文字。

《阿Q正傳》電影小說

《阿Q正傳》所反映的時代在辛亥革命前後，地點在浙江省紹興城外的未莊，這個村莊雖然不大，卻也有一條市街，有幾家舖子，一家酒店，還有一個廣場，這兒有幾家大地主；有許多生活還過得去的自耕農；有許多地主們僱用的長工；還有那些沒有耕地，沒有固定的工作，只給人家做短工的貧僱農，人家要他撐船就撐船，舂米就舂米，割麥就割麥，其中一個就是我們的主人翁——阿Q（阿桂的諧音）。

阿Q的頭上有幾個癩瘡疤，常常受人家的戲弄和嘲笑，這在他認為是身上唯一的缺陷，因此非常遺憾。有一天，時值鬼節，破廟門前的廣場上做水陸道場，村民鄉人都趕來看熱鬧，阿Q做完工，也來廣場閒逛，孩子們見了他，慣常地唱起了癩痢歌來，引起閒人們戲弄他，把他的破氈帽給抛了。

「啊，原來有保險燈在這兒！」

一陣哄笑，阿Q怒目而視，「你還不配……」說着拾起了地上的帽子。

阿Q不甘服輸，跟閒人們打了起來，卻反被閒人們制服了，大家在他的癩疤上亂打一通才放他走，阿Q

怒氣不消，嘴裏訥訥自語：「總算給兒子打了，現在世界還像個樣子……」這便是他的精神勝利法寶，雖然挨了打，可是人家當了他的兒子，倒也心滿意足了。

偏偏這話被閒人們聽見了，追上去揪住了他的辮子，拉到牆壁上去碰了四五個響頭。

「阿桂，這不是兒子打老子，自己說，是人打畜牲！」

阿Q忍着痛，無可奈何的叫着。「打蟲豸，好不好？我是蟲豸還不放嗎？」

閒人們這才放手，阿Q依舊運用他精神勝利的法寶，一邊走一邊心裏在罵，「兒子打老子，兒子打老子，兒子打老子……」他罵個沒停，這一回他當然不罵出聲了，阿Q想，這不是一樣嗎！

阿Q牙癢癢地走了開去，心沒好氣，走到牆腳根小石櫈旁，想坐下去歇一回，而王鬍已佔據了整個石櫈在捉蚤子，王鬍也是一個專替人家做短工的貧僱農，為人生性懶惰，阿Q向來看不起他，阿Q滿以為王鬍該讓出一個座兒來，那知他對阿Q似理不理的紋絲兒也不動，阿Q氣咻咻地吐了口唾沫，「這毛蟲！」

「癩皮狗，你罵誰？」王鬍對阿Q瞪着眼。

「誰認就罵誰！」阿Q聽得罵他「癩皮狗」更氣了，他一個箭步上前對準王鬍臉孔就是一拳，他決定要發洩一下剛才所受的烏氣，那知王鬍機警地把頭一讓，阿Q撲了一個空，卻反被王鬍伸手抓住了他的小辮子，用力一推，阿Q一個蹌踉跌倒在地，閒人們一片哄笑，阿Q想不到今天會那麼晦氣，王鬍算得了甚麼，竟然會吃了這毛蟲的虧！也罷，反正他瞧不起這種人，過後也不與計較了。

* * *

正是日暮倦勤的時候，咸亨酒店裏坐滿了酒客，阿Q也靠着櫃枱一杯在手，忽然街上傳來了一片鑼聲與喝道聲，原來是趙府上的趙大少爺中了秀才，官府裏派人來報喜了，酒客們聞訊都歌功頌德起來，因為秀才而出在未莊，未莊的人豈不「與有榮焉」！阿Q這時喝了酒，早把捱打的屈辱忘得一乾二淨，聽了趙大少爺中了秀才，忽覺臉上掛上光彩。

「不是我誇口，只有我們趙家才會出秀才！」

「你們趙家？」有一酒客聽了奇怪起來。

「一筆寫不出兩個趙字，趙大爺跟我都姓趙，我們是本家……要是排起輩份來，我還比趙秀才長一輩呢……」

未莊的人只知道他叫「阿桂」，當他們聽到他是趙太爺的本家，都對他肅然起敬了。

可是第二天清晨，地保沉着臉來把阿Q叫去了。

趙太爺不認有這麼一個本家，狠狠地打了他兩個嘴巴罵道，「你怎麼會姓趙，你哪裏配姓趙？你給我滾出去！」

阿Q沒有評理，也沒有回答，祇用手摸摸熱辣辣的面頰，忍辱地和地保退了出來，他把身邊僅餘的二百大錢孝敬了地保，還挨了他一頓罵。

從此阿Q還是阿Q，未莊的人都知道趙太爺不認他是本家，至於他到底是不是姓趙，誰還要去管他呢。

* * *

這是未莊敬神演戲的晚上，曠場上搭了戲台，台前黑壓壓的擠滿了人群，阿Q孤零零地在橋頭上，猛聽得戲台上的鼓樂聲傳來，他頓時戲癮大發，哼着「小寡婦上墳」，「得……鏘！得得……鏘，」的一路來到戲台外圍的曠場上，那裏擺滿了各種賭攤、番攤等……五花八門，撩人耳目。

阿Q擠了半天，才擠到了近下場門的立腳點，顛着腳尖向台上看，演的正是「龍虎鬥」，他看得出神，忽然把手一揚，學戲中唱詞，拉長嗓子，也唱起，「我手執鋼鞭將你打……」來了，人們看了他的怪樣只覺好笑，而阿Q卻旁若無人的在為台上拿鋼鞭的小將打氣，分明他是幫着這個小將而代抱不平，阿Q就是這樣一個見義勇為的人！

忽然人群裏起了一陣騷動，原來是趙府裏的趙太太趙少奶來看戲了，她們由鄰婦鄒七嫂陪伴着，在人群裏分開一條路來，趙府的女傭吳媽跟在後面。

「吳媽，快點呀！」是趙少奶回頭在叫擠落在後邊的吳媽。

這一叫，可把全神貫注在看戲的阿Q叫醒了。因為吳媽是阿Q的夢裏情人，雖然是個寡婦，可是未莊上有誰比她長的更美呢？他連忙讓開一條路，正好吳媽擠着過來。

他看見吳媽俏麗甜淨的臉向他嫣然一笑，她的豐滿的身體又恰巧在他的肩旁擦過，阿Q感到一陣飄飄然了，他望着前面吳媽背影爬上高櫈的臀波，只是想入非非。

「謝謝你，阿桂叔！」

「這個小寡婦……娶她做老婆吧……可是，錢呢？」他摸摸腰袋，袋裏只有一文錢，他自知無望，決心拋卻這個「邪念」，一本正經看戲吧，可是總是情不自禁地回過頭去偷看近在咫尺的吳媽。

當戲台上冷場的時候，賭攤上的吆喝聲，「咳，開啦！」顯得特別清晰，阿Q靈機一動，從人叢中擠了出來，向那熟悉的聲音走去，阿Q擠入了賭攤前的人圍，從腰裏摸出了一文錢押在天門，天門賠了，阿Q緊張的臉上露出了一絲笑容。

夜漸漸深了，賭攤上阿Q已據正中的位子，他汗流滿面的賭着，面前已贏了一大堆錢，還有白花花的銀元，賭攤老闆和他的爪牙妒恨地注視着他。

忽然，不知怎的，兩個賭徒在賭攤邊打起架來了，瞬息間，阿Q只覺得發生了一陣天翻地覆的混戰，賭攤推倒了，銀元散落了滿地，阿Q的頭上和腰際被人猛擊了幾下，支撐不住，昏昏然倒下地去。

待他醒來，賭攤早已不見了，人們也散盡了，他那疊白花花的銀元也沒有了，只覺得腰際陣陣作痛，阿Q托着腰，垂頭喪氣地回到土穀祠的陋室去。

阿Q可上了這夥歹徒的當了，贏了這麼多的錢可以足夠娶吳媽做老婆的，竟然變了一場空歡喜，他感到忽忽不樂，說是給兒子拿去了吧，心有不甘，說自己是蟲豸吧，也還是愁眉不展，他這回才有點兒感到失敗的痛苦了，可是一會兒，他又轉敗為勝了，他擎起右手，用力在臉上重重地打了兩個嘴巴，這兩下解救了他，他好像覺得打的是自己，被打的是另外一個人，過會兒就彷彿自己打了別人一樣，雖然臉上還有點熱辣辣的，他可心滿意足了，倒下頭去，睡在草堆上，一會兒鼾聲大作。

＊　＊　＊

阿Q甚麼事過了就忘，但對吳媽卻並不忘情，有一天，他散了工，去到河埠閒逛，與其說是「閒逛」倒不如說是「尋芳」，他知道河埠是吳媽常去洗衣的地方，巧啦，他的心上人正提了衣籃迎面走過，而且又是這麼甜純白嫩的臉，又叫了他一聲「阿桂叔」，阿Q的心頭樂啦，他張着嘴，眼不轉睛地對擦身而過的吳媽的背影看一個飽。

冷不防錢大少爺拿着手杖大踏步走來，錢大少爺到東洋留過學，剪掉了辮子，回到未莊後鄉人都叫他「假洋鬼子」，老婆為了他沒有辮子跳過井，因此他在頭上裝上一根假辮子，他上街去總要拿一根手杖，平時阿Q咒他像死了老子娘拿哭喪棒，好，現在阿Q就幾乎撞在那根哭喪棒上，阿Q連忙閃開，等他走過去了，不自主地罵出了聲，「假洋鬼子……禿鬼……驢……」

「你說甚麼？」這一回可被錢大少爺聽見了，他舉起手杖在阿Q頭上拍拍的猛擊幾下。

阿Q挨了打並不叫痛，反正打過了倒似乎完結了一件事，他習以為常地到咸亨去喝了兩碗酒。這時，迎面來了靜修庵的小尼姑，照阿Q的學說，凡是尼姑，一定跟和尚私通，在平時，阿Q看見了尼姑定要唾罵，何況在受了假洋鬼子屈辱之後，而且還喝了空肚酒呢？「怪不得我今天這麼晦氣，原來就是因為遇見了你！」他說完大聲吐了一口唾沫，「咳，呸！」

小尼姑低了頭只顧走，阿Q走到她身旁突然伸手去摩她新剃的頭皮，獃笑着說：

「禿兒，快回去，和尚等着你呢！」

小尼姑含臊地斥責他，「你怎麼動手動腳的！」

酒店裏的人大笑了，阿Q覺得自己的勳業得到了欣賞，索性扭住了小尼姑的面頰，「和尚動得，我動不得？」

閒人們一陣哄笑，阿Q更高興了。而且為滿足那些鑑賞家起見，再用力一擰這才放手，小尼姑掙脫了阿Q，趕快跑了幾步，連哭帶罵地咒詛着：「斷子絕孫的阿桂！」

阿Q在閒人們哄笑中得意得手舞足蹈，嘴裏哼着《小寡婦上墳》，飄飄然飛過市街，飛過田野，像戰勝的大將凱旋似的，一直回到土穀祠神龕後的陋室，在稻草鋪上躺下了，在平時，阿Q一躺下就睡着的，可是今晚上可有些異樣，他覺得自己的大拇指和第二指有些作怪，彷彿比平常滑膩些，好像小尼姑的臉上有點兒滑的東西黏在他手指頭上似的，他由小尼姑而想到了女人，由女人而想到了吳媽的甜淨的臉，白嫩的手臂，啊！還有她爬上高櫈時的臀波，阿Q在一幕一幕旖旎的幻境中矇矓地合上了眼。

第二天一早，阿Q被管祠的老頭兒從甜蜜的夢境中喚醒了。

「阿桂，鄒七嫂帶信叫你到趙太爺家裏去！」

阿Q猛的一怔，驚疑地問，「幹嗎要我去？自從那回挨了兩個嘴巴，我可沒説過是他的本家呀！」

可是這回卻是趙大爺聽説阿Q肯減工錢，特地來叫他舂米去的。

「哦，我就去！」阿Q臉也不洗，跟了鄒七嫂來到趙家後院。

鄒七嫂邊走邊説，「早晚你得舂好兩臼米，合一石六斗，工錢每天算五十大錢……好，就這樣説定了，到了晌午吳媽會來招呼你吃飯的。」

阿Q聽見「吳媽」突然心一動，點頭應了聲「嗳！」

鄒七嫂走了，阿Q舂了半天米，熱起來了，他歇手脱去了衣服再舂，忽然望見不遠的井邊吳媽正在淘米，她那花布襖裏豐滿的乳房隨着淘米的動作在隱隱顫動，阿Q看呆了。又有點飄飄然了。幾十斤重的石杵在阿Q的手裏變成輕飄飄了，他的舂米動作有點像在舞花錘。

中午，吳媽來叫阿Q吃飯，阿Q走出舂米場，到井邊洗了手臉，拿了布衫和旱煙袋走進廚房去，吳媽已為他盛了一滿碗堆得高高的飯，阿Q不客氣了，在枱板前坐下，開始狼吞虎嚥起來。

「敢情是餓了？」吳媽忍不住問。

「不瞞你說，我沒吃早飯就來了。」

「咳！你早說了，我先盛碗飯給你吃，犯不上餓着肚子充好漢呀……明兒我給你留着一碗，來了就吃！」

「謝謝你！」阿Q對她說不出的感激。

這是第三天的黃昏，阿Q照例到廚房吃飯，吳媽給他燙了一碗酒。

「這是前天祭祖吃剩的，預備做料酒，給你喝了吧，去去寒！」

阿Q對酒垂涎地看了看，把一碗酒分兩口喝下了，心頭一陣熱，想不出話來答謝吳媽的盛意。

吃完飯，阿Q坐在板櫈上吸旱煙，吳媽也在他對面坐下了，聊起天來。

阿Q望着吳媽打了個呃，分明是既醉且飽了，肚裏的酒頻頻在鼓舞着他的勇氣，吳媽絮絮叨叨在談家常，阿Q根本沒聽見，望着吳媽在想入非非，「這小寡婦……討她做老婆吧……」

「……我們少奶奶八月裏要生孩子了，上上下下一個人，一雙手，叫我怎忙的過來呢？」吳媽還在嘮叨。

這時阿Q臉紅唇燥，呼吸急促，他終於在吳媽膝前跪下了，「……我跟你……」阿Q的聲音有些沙啞。

吳媽猝不及防，楞了一下，慌忙向通上房過道處看，只見遠遠一個人影，那正是趙秀才，她嚇得直是發抖。

「啊呀……」吳媽邊叫邊向外跑出去，一路哭嚷着，「救命啊……啊喲……我不要活了呀……」

阿Q跪在櫈旁，吳媽早不見了，這才慢慢起身，彷彿覺得事情有些糟，他慌張地取了煙袋，轉身想走，冷不防頭上着了重重的一棍。

「你反了……你這……混蛋！」趙秀才的大竹槓又向他劈下來了，阿Q捧着頭，竄出了廚房，躲到舂米場的一角裏。

躲了一會，他見趙秀才並沒有追來，以為風波過去了，定了定神，點起油燈，又開始舂米了。

說也可憐，阿Q情場失風，又挨了趙秀才的竹槓，可是他那飄飄然的毛病卻給趕跑了。

阿Q的石杵一起一落地舂着米，忽聽得外面人聲嘈雜，夾雜着吳媽的哭聲，還有鄒七嫂在勸解，「誰不知道你坐得正，站得穩，短見是萬萬尋不得的。」

阿Q心想，「哼，有趣，這小寡婦又在鬧甚麼玩意了？」他不自覺地向內院走去，打聽一下甚麼事，猛然間，看見趙大爺提着竹槓向他奔過來，這一下，他才恍悟到似乎這熱鬧和自己剛才的事有關，慌忙轉身向斜刺裏溜，衣服也忘了拿，一口氣從後門逃了出去。

可是事情並沒有這樣輕易了結，不一會，地保找到土穀祠來，把阿Q押着走了。

阿Q赤着膊，夾着棉被，垂頭喪氣的跟着地保出來，先到當鋪押了棉被，買了一付香燭，提了一串半錢，來到趙家，趙家大廳上坐着趙府全眷，還有鄒七嫂鄰人等，都團團圍着，紛紛議論，阿Q像搗蒜似的磕完了頭，站起身來，地保遵照趙太爺吩咐阿Q說，從此不准踏進趙家的門檻，還要他擔保吳媽平安到大年晚，阿

Q點了頭，阿Q要討取三天舂米的工錢和他遺留在舂米場的布衫，可是趙太爺宣佈工錢充公，布衫罰給了趙少奶將出世的孩子做襯尿布，阿Q並沒有點頭，但也不敢違抗。

這一回，我們的阿Q可嘗到了戀愛的痛苦了，他祇剩了一件破夾衫，披在身上在街上走，覺得有些古怪，女人們看見他來都躲到門裏邊去了，他心裏在罵，「他媽的，這些東西都學起小姐模樣來了。」這還不算奇怪，奇怪的是酒店不讓他賒賬了。管祠老頭也變了嘴臉，好像要趕他搬家，最使他恐慌的是好多日都沒有人來找他做短工，他忍不住到好幾家老主顧家裏去問問，可是情形也很古怪，忽然一家都不要他幫工了，他留心打聽，才知道他們有事都去找小D（小童的諧音）。哼，這又瘦又矮比王鬍還不如的小D，竟然把他的飯碗給搶了。

有一天，阿Q忽然和小D狹路相逢，他將手一揚，唱了句，「我手執鋼鞭將你打！」便不問情由迎上去打小D。

「畜生！」他怒目而視地罵，嘴角上飛出唾沫，撲上去就拔小D的辮子，小D也拔阿Q的辮子，兩個人彎了腰，扭成一個虹型，閒人們圍攏來看熱鬧，小孩子們叫着「好，好！」老年人進行折勸說「好了，好了……」正在難分難解之際，忽然阿Q的手放鬆了，在同一瞬間，小D似乎也鬆了手，他們同時直起腰，擠出人叢去。

「記着吧，媽媽的！」阿Q回過頭來向小D示威。

「媽媽的，記着吧！」小D也不認輸的回頭罵！

阿Q懊喪地蹺坐在荒丘上靜思，他原想扭打小D，出一口骯髒氣，誰知道這場龍虎鬥竟然會不能取勝，現在他明白了，這是由於他挨了餓，使不出勁來。

寒風吹來，他覺得有點冷，肚子又餓得利害，身上的破夾衫賣不起錢，褲子又是萬萬不能脱的，他站起身來在村道上躑躅，想找到些甚麼值錢的東西，可是沒有，他來到突出在翠竹叢的靜修庵，沿着粉白的圍牆走到後面菜園的短牆腳下，攀着一株老桑樹的樹枝爬進菜園裏去，他迅速地拔了四個蘿蔔，正想拔腿走來，不給老尼姑看見了，一條大黑狗吠着追了出來，阿Q翻身便逃，爬越短牆，連人帶蘿蔔的滚到牆外，牆內傳出了犬吠聲和老尼姑的念佛聲，「阿彌陀佛，罪過呀……」

在失業的威脅下，飢餓逼着我們的阿Q離開了未莊，當他吃完了第四隻蘿蔔，臉上開始有暖氣的時候，他已經決定進城去另找「生路」了。

* * *

當阿Q再在未莊出現的時候，是剛過了這年的中秋，阿Q居然在城裏發了小財，衣錦榮歸了。

阿Q穿着新夾衫褲，戴了一頂新氈帽，腰裏的搭袱沉甸甸墜成了一個弧形，在咸亨酒店門口被一大堆人圍着聽他講述中興史，他自己說是在城裏白舉人家裏幫了一陣工。

「……現在白府上我不幹了，因為舉人老爺實在太他媽媽的了！」閒人們覺得感慨婉惜。

他又講到看殺頭，「你們可見過殺頭嗎？唉，好看，殺革命黨，唉，真好看！」他說時口沫直飛到聽眾的臉上。

「劊子手舉了起鬼頭刀……」阿Q接着說，揚起右手，照着伸長脖子正聽得出神的王鬍的後頸窩上直劈下去，「嚓」！

王鬍嚇得直跳，急忙縮頭，閒人們都悚然而且欣然了，這時阿Q已成為未莊風雲際會的人物，而阿Q也覺得當之無愧。

「阿桂叔！阿桂叔」鄒七嫂在門外輕聲叫他。

「甚麼事？」

「趙太爺聽說你回來了，叫我來請你去！」

「等我喝完了酒再說！」阿Q大模大樣的自顧喝酒。

「不要緊，你慢慢兒喝好了，我在隔壁等你……」

原來鄒七嫂從阿Q那裏買了一條又便宜又好的九成新藍綢裙，趙太爺得知了，忙叫她來找阿Q。

趙府上的全眷都聚在大廳上焦急地等待着，過了好久，才聽得鄒七嫂氣喘喘地領着阿Q進來了，一路嚷着。

「他只説沒有沒有，我説你當面去説，他還要説……」

阿Q在簷下站住了，似笑非笑地叫了聲「太爺！」

「聽説你在城裏發了財，那很好……那是很好的……這個……聽説你有些舊東西……」趙太爺謙恭地迎上去。

「我對鄒七嫂説過，都賣完了。」阿Q搶着説。

「賣完了？那會完得這樣快，總該有一點吧！」

「現在只剩一張門幕了。」

「那麼，就拿門幕來看看吧！」趙太爺有些失望，但是還不肯放過買便宜貨的機會，「阿桂，以後有甚麼東西，儘先送來給我們看看！」

「價錢你放心，決不比別家出得少！」趙秀才在利誘他。

「我要一件皮背心！」趙太太也説話了。

「哎，我一有就送來！」阿Q應着，懶洋洋的走了。

趙家的人對阿Q的態度大感不平，趙太爺老於世故，第一感覺到阿Q賣便宜貨的來歷有些古怪。

「這忘八蛋，我們得提防點兒，倒不如吩咐地保，不准他來未莊！」趙秀才也會意了。

「這樣可要結怨了。做這路生意的，大概是老鷹不吃窩下食，本村倒不必擔心！」趙太爺下了斷語。

「哦！原來阿桂這些東西是偷來的！」鄒七嫂張大了口恍然地說。

「對了，可是我們有便宜貨落得買一點，還是別跟人家說！」

「太爺，您放心，我半個字也走漏不了！」

可是鄒七嫂是長舌婦，不到半天功夫，已經把阿Q的底細傳遍了未莊，漸漸的人們更打聽得他只不過是一個小腳色，於是大家又像從前一樣瞧不起他了。

第二天，地保尋上門來，把那張門幕拿走了，還要阿Q每月拿孝敬錢給他，阿Q受了這個打擊之後，漸漸的東西都賣光了，錢也越花越少，最後連腰裏的搭連袋都賣給了趙白眼，未莊的人對阿Q又都投以輕蔑的冷眼。

＊　＊　＊

就在阿Q賣了搭連袋的那一天，武昌起義了，中國各省都湧起了革命的怒潮，連古老的紹興城也風聲緊急起來，半夜裏，有一隻大烏篷船載滿了箱籠被褥，從紹興城開到未莊，瞬息間全村的人都傳說舉人老爺逃到趙太爺家來避難了。

咸亨酒店是傳播消息的中心，這時門裏外都擠滿了人在紛紛議論，最後消息是知縣老爺把總老爺都跑了，大家聽了人心惶惶，風聲鶴唳！

在阿Q，本來認為革命就是造反，而造反是一定會給殺頭的，因之一向是深惡而痛絕之，可是當他聽到革命會使舉人老爺知縣老爺把總老爺嚇得逃跑，這倒是件大快人心的事，於是他把一大碗酒喝下了肚，而嚮往革命了。

「據說今晚革命黨一定要進城，說不定會開火的，大家沒事還是早點兒回去，關起大門睡覺吧！」地保惶恐地說着。

眾人聽了都嚇得一哄而散，街上冷清清的，店家都上了排門，可是阿Q卻飄飄然起來了，他心裏想：「革命也好吧……革這夥兒媽媽的命……這班狗男女太可惡，太可恨了……」阿Q越想越得意，在街上挺起胸膛，大聲喊叫：

「造反了……造反了……」

店家都掀開半扇門，用驚懼的眼光向他看，不但驚懼，而且顯得可憐，這情境是阿Q從來沒見過的，他痛快極了，不知怎麼一想，忽然覺得革命就是自己，而未莊的人都是他的俘虜了。

「好……我要甚麼就是甚麼，我喜歡誰就是誰……

得得……鏘鏘……

悔不該酒醉錯斬了鄭賢弟……

悔不該，呀……

得得，鏘鏘，得，鏘令鏘，

我手執鋼鞭將你打……」

阿Q昂首闊步直唱到趙府門前，趙太爺在門隙裏望見了，疑心他就是埋伏在未莊的革命黨，忙叫趙白眼上去跟他打交道。

「老桂……老桂！」趙白眼膽怯地在後邊叫他，可是阿Q怎想得到自己的名字會和「老」字連在一起，他逕自走着。

「阿桂！」趙白眼只好改口直稱了。

阿Q這才回過頭來，「……何事驚慌？」

「老桂……現在……現在你發財了？」趙白眼戰戰兢兢地說。

「發財？自然囉，我要甚麼就是甚麼，喜歡誰就是誰。」

「……那你不喜歡的呢？」

「不喜歡的一個不饒，哈哈……革命……真有趣！」

「窮朋友？你總比我有錢！」阿Q說着又得鏘鏘鏘的飄飄然走了。

趙白眼惶恐地望着他的背影在橋頭消逝。

＊　＊　＊

阿Q飄飄然的飛過街市，回到土穀祠，管祠的老頭兒也對他意外的和氣，請他喝了茶，阿Q躺在稻草鋪上，心裏說不出的興奮，做了一夜革命所帶給他勳功偉業的好夢。

阿Q在雀噪聲中夢醒起來，天色陰沉沉的，太陽沒有出來，他覺得世界似乎還是老樣子。

咸亨酒店也恢復了原狀，店裏酒客在紛紛談論，城裏傳來的消息，說甚麼縣太爺把總老爺還是老人，不過改了官銜，白舉人也做了官，叫「幫辦民政」，只有一件事非常嚴重，航船七斤今天進城去，給革命黨革去了辮子，可是據說變通辦法還是有的，只要把辮子盤在頭頂上就行了。

「這倒是真的！」王鬍點頭說，「我清早出來親眼看見趙秀才盤着辮子到錢府上去了。」

「這可奇怪了，他們兩家是向來不對勁兒的，秀才相公怎麼會去拜會假洋鬼子呢？」大家不大相信。

「烏龜忘八蛋騙你，我還親眼看見他們一塊兒到靜修庵去了。」

不錯，趙秀才和假洋鬼子一清早闖進靜修庵把供案上「皇帝萬歲萬萬歲」的龍牌搶下，一腳踏成了兩段，又把一隻宣德爐捧着走了。

阿Q聽了王鬍的話，悄悄地去到靜修庵，想探個究竟，老尼姑看見阿Q來，閉門不納，說趙秀才和假洋鬼子已來革過一次了，阿Q很失望，心裏在埋怨：「他們革命怎麼不來找我呀！」

阿Q決心投降革命，把辮子盤在頭頂上，用竹筷梢住，走向市街去，那知剛到廣場進口處，迎面來了小D，居然也用竹筷把辮子盤在頭頂上，學革命黨様兒了，阿Q看了非常氣忿，本想上前去懲罰他，但終於祇怒目而視，不再演「龍虎鬥」了。

後來他從地保那裏知道，要革命，單盤辮子是不行的，還得要掛上一枚銀桃子，掛了這銀桃子就是甚麼「柿柚黨」，才算是真革命，而銀桃子只有假洋鬼子才有，阿Q為了革命，只得去找假洋鬼子了。

阿Q來到錢府，正好大門開着，他怯生生地走進去，看見假洋鬼子在院子裏踱來踱去，手裏拿着哭喪棒正在訓話，趙司晨和另外三個人挺直的站着聽，阿Q做了一些聲音，「唔……咯……這個……」

「甚麼？」假洋鬼子看見了他大聲吆喝，「出去！」

「我要投……」

「滾出去！」假洋鬼子揚起手杖來就要打，阿Q用手抱着頭就往外逃。

阿Q心中十分悵惘，以為假洋鬼子不許他革命，他再也沒有別的路了，所有志向，抱負，希望，前程，全給一筆勾銷了。

夜深了，阿Q還在街上閒蕩，當他走到市梢頭，忽聽得幾聲槍聲，黑暗中猛然有一個人從對面逃來，阿Q便趕緊翻身跟着他逃，那人轉了個彎站住了，他也站住，定睛一看，原來是小D。

「甚麼事？」

「趙……趙……趙家給強盜搶了！」小D説着便走，阿Q卻站在路角處仔細觀察動靜，恰巧這時趙司晨提着燈籠走過，見狀疑心阿Q是在望風。

阿Q在夜色朦朧中，看強盜搬了趙家衣箱財物出去，以為是穿着白盔白甲的革命黨到了，他奇怪為甚麼不來向他打招呼，帶了這麼多好東西去，又沒有自己的份……想來想去是為了假洋鬼子可惡，不准他造反，不准他革命……他回到土穀祠，倒在稻草鋪上，愈想愈惱。

「……好！不准我造反，只准你造反，媽媽的假洋鬼子，造反不成殺你的頭，滿門抄斬……嚓，嚓，嚓……」

阿Q帶着滿腔的憤慨入夢境，恍惚間他看見許多白盔白甲的革命黨，拿着武器，從土穀祠門前經過，其中一個拿大刀的向他高聲喚召，「阿桂，隨我來也！」

阿Q應聲而出，也披了白盔白甲，手執鋼鞭，來到那人身旁，「大哥……小弟早想前來，怎奈假洋鬼子百般阻攔，不准小弟革命，可惱呀……可惱！」

「原來如此！」那人向隊伍一聲吆喝，「眾家弟兄，快將錢家團團圍住，不得有誤！」

阿Q聽了，揚鞭上馬，卻不料驀地裏被一夥人拉了起來，帶上腳鐐手銬，連拖帶拉的捉將去了，原來趙家遭搶劫後，趙司晨去報了案，疑心阿Q是強黨，這晚把總帶了一隊團丁，一隊警察，五個偵探，悄悄地來到土穀祠，對正大門架了機關槍，遣兩個團丁爬牆進去，裏應外合，一擁而入，把個睡夢中的阿Q抓了出來，押到城裏，已是午牌時分了。

阿Q根本不知道是怎麼回事，被押解到紹興縣大堂，抬頭一看，只見上面坐着個剃得精光的縣知事老頭，下面站着一排兵，兩旁站了十幾個長衫人物，把總，白舉人，趙太爺，趙秀才，趙司晨也在，他覺得情形似乎有點嚴重，一個寒噤，身不由主地要跪下去。

「不要跪……奴隸性！」一個長衫人物喝着，但阿Q終於跪下了。

「你從實招出來吧，免得吃苦，我都知道了，招了可以放你回去！」縣知事曉諭阿Q說。

「我本來要……來投……」阿Q糊裏糊塗的想了一通，以為是不投革命黨才被拘審的。

「那麼，為甚麼不來投案呢？」老頭子誤會他是強盜同夥，避不投案。

「假洋鬼子不准我……」阿Q沒有聽懂。

「胡說，現在說也太遲了，你的同黨在哪裏？」

「甚麼？」阿Q莫名其妙了。

「那一晚打劫趙家的一夥人！」

「他們沒有叫我，他們自己搬走了！」阿Q提起此事還氣呼呼地。

「搬到哪兒去了？說出來就放你！」

「我不知道……他們沒來叫我……」

「好，你不招，我還是要判你的！」

這可使站在原告席上的趙太爺着了急，他請求最要緊的是追贓，可是那縣知卻認為做了革命黨還不上二十天，搶案就十幾件，全不破案，面子上不好看，現在好容易捉到了阿Q，也不管他招認不招認，先來個殺一儆百。

「你還有甚麼話說麼？」

阿Q想了一想，沒有話，便回答，「沒有。」

於是一個長衫人物拿了一張紙和一枝筆給阿Q，這可把阿Q嚇得魂飛魄散了。因為他的手和筆發生關係，這還是第一次，他說他不會寫字，長衫人物叫他衹畫一個圓圈就行了，可是這可惡的筆非但很重，而且不肯聽話，阿Q使盡了平生的力氣，終於只畫成了一個瓜子形。

長衫人物拿了紙筆去了，接着有人來給他穿上一件白洋布背心，上面寫着些黑字，又把他的反手綁了，一聲吆喝，把他拖下堂去了。

當阿Q被綁上囚車去遊行的時候，才突然想到：「這豈不去殺頭嗎？」他心裏一急，頓時兩眼發黑，耳朵裏皇的一聲，差點兒暈了過去，可是一會兒，他又處之泰然了。他覺得人生天地間，大約本來有時也未免要殺頭的。

囚車在大街上經過，路旁擠着成千累萬看熱鬧的人，阿Q偶一旁顧，在人叢中發現了吳媽，心裏一陣感觸，「怪不得好久不見她，原來她在城裏做工了！」他想唱幾句《小寡婦上墳》，覺得不夠堂皇，他又想舉起右手，唱那「手執鋼鞭將你打！」可是手又動彈不得，他輕輕地嘆了口氣，垂下頭去。

阿Q抬頭向天邊望，白雲間忽覺出現了他的夢中大哥，正在鼓舞着他，他頓然感到了一股熱辣辣的力量充滿全身，忽然無師自通地喊出了聲，「過二十年又是一條好漢！」

人叢中爆出了一陣豺狼嗥聲似的「好」！

阿Q閉了眼，只覺吳媽就在他的身邊，不，吳媽沒有跟着囚車走，她在城腳下站着出神，城外秋風呼呼吹來，「碰！」一陣排槍聲，把吳媽整個人震撼了，吳媽大夢初醒似的，熱淚奪眶而出，嘴裏喃喃地唸着。

「唉……阿桂……阿桂！」

她仰望天際，模糊的淚眼中，衹見秋雲在變幻。

編者註：選自特刊，沒有署名，很可能是姚克本人的文字。

寫在《阿Q正傳》後面

是一個偉大的文藝作品，但不是個容易處理的故事，有許多絕妙的片段，可沒有一個戲劇性的整體，有冰冷的諷刺，可又有溫暖的同情。這些是《阿Q正傳》的特點，同時也是改編者的難題。

起先我沒有意料到改編《阿Q正傳》是一個艱巨的工作。像初生之犢一樣，我懷着興奮的心情，負起了這千斤的重擔。我素來是個有自卑感的人，平時即使輕而易舉的事都不敢自信，不知怎樣對這樣困難的工作反而毫不遲疑地接受了，而且居然把劇稿如期交了卷。過了幾個月，得悉長城的攝製工作開始，我才像爬上了高牆的夢遊者，猛然醒過來，自己只覺得寒慄、惶恐。

在改編的過程中，我抱定忠於原著的原則，盡量避免不必要的改動，只將原作中的片段貫穿起來，使它們組成一個整體。在必要時我酌量加強了故事的戲劇性，以符合電影的要求。不過這是有限度的戲劇化，如果超過了適當的限度，那就難免歪曲了原著的精神，同時也失去了改編的初衷了。我明知這樣的改編也許有人說太拘謹；我明知大刀闊斧的改編可以使故事的戲劇性變得更濃厚，而易為觀眾所接受；可是我覺得與其失之於不忠實，毋寧失之於拘謹，因為拘謹至少是不歪曲的。好在劇稿到了導演手裏，還有導演的處理創作過程，當劇中人物形象化了之後，會加上細筆刻劃，添上姿采，並可運用電影的蒙太奇和聲光音樂音響等的特賦條件，使影片更為生動。

《阿Q正傳》本是一個刻劃入微，可是外表平淡無奇的故事。它決不是荷里活西部片和歌舞片的觀眾對象。我們當然希望這些觀眾也能欣賞阿Q，但我們不必歪曲了阿Q來討好他們。

在魯迅先生的筆下，阿Q的弱點是被刻劃得淋漓盡致了。阿Q的精神勝利法，他的癩痢頭，他的革命觀念……是可笑的，但我們不要忽略了隱藏在「可笑」後面的沉痛。阿Q不是一個塗着白鼻子的小丑。他雖然可笑，但他並不覺得可笑，他的精神勝利法是一種本能的反抗，他的革命是一種反抗的表面化，他受知識的局限，不知道誰在革命，和為甚麼革命？甚至於他的革命意識也是「盔甲」，「造反」，「要甚麼就是甚麼……」這一套不正確的觀念。這樣的愚懵是可悲的，不是可笑的。如果我們把阿Q扮成一個小丑，那就非但辱沒了阿Q，也歪曲了魯迅先生的本意。

將小說名著改編成電影劇本是極不容易的工作：《阿Q正傳》比一般的小說更難着手，當然不是像我這樣的庸手所能勝任的，我只能盡我的能力，在忠於原著的原則下，將它改編成電影劇本；這樣，縱然我的改編沒有一點可取之處，至少還保持一點原著的面目。電影是一個集體創作的產品，我不過在集體創作中供獻出起點的意見，它的成就是要靠全體工作人員的智慧和努力。

署名：許炎（姚克化名）

刊於《阿Q正傳》電影小説，（香港：長城畫報社，一九五八年）

翻譯、改編

《推銷員之死》（節選）

譯序

去年夏天，《推銷員之死》的譯文脱稿之後，我本來想寫一篇廣徵博引、相當有份量的導言，將密勒的生平，以及歐美文藝界對他和他著作的評價，盡量的介紹給中國讀者。這是很好的意念，因為中國出版界對西方文藝的推介實在太貧乏，而僅僅看到一本譯文不過是管中窺豹，不足以見到作者和他著作的全貌。要彌補這個缺陷，惟有在譯本的卷端加上一篇詳盡的導言；這樣，雖不能示讀者以全貌，至少能給他一個比較完整的印象。

可是我一開始蒐集資料，問題跟着就來了。單只密勒的傳記，估計至少要寫一萬字才勉強夠一個概略。至於有關他著作的介紹和評論，恐怕三四萬字都未必能兼收並蓄，例如：討論《推銷員之死》是否是悲劇的問題，評論家引經據典的反覆論難，莫衷一是，如果彙編在一起就是厚厚的一大本。舉一反三，其他就可想而知了。為介紹一個劇本而寫一篇好幾萬字的導言，似乎有小題大做之嫌，所以我決計放棄原來的計劃，只留密勒的小傳，此外僅在譯序內略談幾個有關於《推銷員之死》譯文的問題，其餘只能暫時「割愛」，留待日後如有機緣，再寫一本關於密勒和他全部著作的專書。這是我不得已的苦衷，希望讀者鑒諒。

在翻譯《推銷員之死》的過程中，我首先遭遇的問題是劇名的譯法。一般的英華字典都將 salesman 解作「售貨員」，其實售貨員就是店員，夥計，而 Death of a Salesman 的 salesman 卻並不指在店堂裏售貨的店員，這種 salesman 是帶着樣品到外碼頭去推銷的僱員。他不做零售，也不做批發；他的任務僅是將樣品給買主看，或者在適當的場合展覽，接下定單交給總公司，而在推銷的實數中賺固定的回佣。因此他並不是上海人所謂的「跑街」或「走單幫」的，更不是「掮客」或廣東人所謂的「經紀」。這種只在外埠推銷而不販賣的夥計，在中國似乎很少見。記得四十年前曾在天津遇見一個中學時代的同學，他是屈臣氏藥房的 Salesman，可是他的名片上赫然印着「華北營業部協理」的字樣，可見這種職位是沒一個專門稱呼的。現成的名稱既找不到，我只能將 Salesman 譯為推銷員，這固然不是很理想的譯名，念起來更覺得生硬，可是和「售貨員」和「夥計」等等相比，似乎略勝一籌。

Salesman 這個字算解決了，把劇名直譯作《推銷員之死》也頗費推敲。這五個字硬繃繃的不夠雅馴，其癥結當然全在推銷員三個字的粗俗和生硬。可是，如果將它譯得雅馴些，改為「行商之死」（註：中國原有「行商坐賈」的說法。），或抽象些用一句現成的「醉生夢死」，和原劇名總覺得不很相稱。英文的 death 源出於古英語的 dēath，和古哥特語 Gothic 的 dauth(us) 及日耳曼語的 Tod 語原相同，是一個子音重濁，拙樸無華的字。Salesman 則非但形聲都鄙俚，還有銅錢鈔票的臭味。總之，這個劇本的英文原名本來就不求高雅，作者似乎有意要用拙樸鄙俚的字面，這樣才能與劇本的內容契合無間。如果劇名取得典雅，它就顯得與針砭「美國的大幻夢」的主題太不調和了。所以，經過再三的考慮，我決意摒棄「醉生夢死」和「淘金夢」之類的劇名，寧可選取不雅馴的《推銷員之死》。我相信：讀者看過全劇後一定會和我有同感。

劇名之外，劇中對話的翻譯也很傷腦筋。過去中國出版的翻譯劇本，對台詞僅求明白易曉，不管在舞台上是否容易上口，所以一般用的都是白話文而不是日常生活中的口語。這樣的翻譯可有兩個缺點：第一，原文的語氣和口語的生動活潑處要打很大的折扣；第二，劇團排演時非將台詞完全改為口語不可，但導演和演員不一定精通原文，修改時往往失之毫厘，差之千里。所以，在着手翻譯《推銷員之死》的時候，我決意要把它譯成口語。密勒生長在紐約的布魯克林區，他在劇本中用的就是紐約中層社會的日常口語，俚俗而多美國的土話。翻譯這種台詞，非得用北京話或另一地方的鄉談才易於傳神，將原文的語氣和生動活潑的口語傳達出來。我用北京話翻譯劇中的對話，就為這個原故。

不過，中美的人情風俗和生活方式大不相同，有些美國話簡直沒法子譯成地道的北京話。例如：美國人驚嘆時常用 My God 和 for Christ's Sake 等語，如果把它譯成「阿彌陀佛」和「看菩薩的金面」，意義雖很近似，終覺得張冠李戴，非但不稱而且非常滑稽。如果在舞台上表演時，劇中的美國人物忽然念起「阿彌陀佛」來，那一定會引得觀眾哄堂大笑。諸如此類的例子，我覺得不如將原文直譯，藉以保留原文的地方色彩和風俗的特點；如果勉強譯成現成的中國口語，好比用醋來代替醬油，顏色固然差不多，味道可完全不對了。

除此之外，美國話中有些詞彙至今還沒有現成的中國名詞。譬如說電線的plug，北京話是「插楔」（註：讀如插消。），上海話是「撲落」，牆壁上受插楔的socket，上海俗語叫「插頭」，北京話似乎沒有現成的說法，我只得姑且借用筍頭的「卯眼兒」以名之。又如汽車的輪子滑轍，英文稱為skid，中國語彙中還沒有這個字，我想了半天才想起溜冰時在冰上打滑澾，北京話叫「打冰出溜兒」，這才決定把skid譯成「打出溜兒」。像這樣的例子不勝枚舉。我費了很多功夫，想把這種美國語詞完全譯成通俗或現成的北京口語，可是事實上只能做到七八成，其餘的二三成非得等將來新語彙激增，變成通用的口語時才可以做到。即此一端，可見翻譯之不易。

我努力將《推銷員之死》譯成北京口語，目的不僅是為盡量保持原劇的風貌和味道，一半是為了便於搬上舞台。排演翻譯劇本的第一個困難是台詞之詰屈聱牙，演員嫌它繞口，觀眾聽得似懂非懂。我於譯文脫稿後曾請夏威夷大學「中國普通話」講師榮滕家毅夫人閱讀一遍，凡是念起來不順口之處，她都一一指正。拿這個譯本來排演，導演和演員可以不必傷腦筋，做修改台詞的工作；這是我差可自信的。我順便在這裏向榮夫人致謝。

排演這個劇本也須注意它的風格。密勒雖使用了若表現派和象徵派的手法，但基本上他的風格是現實主義的。可是劇中有許多倒敘的場面，演出時過去與現在，幻覺和真實，錯綜交織，撲朔迷離，習慣於直敘的觀眾也許會看得眼花撩亂，摸不着頭腦。導演必須運用演區的畛域，燈光的控制，音樂的暗示等種種手法，分得陰陽有別，層次井然，觀眾才不致於看得莫名其妙。尤其是真實與幻想並行的場面——例如第一幕惟利一邊和查禮打牌，一邊和鵬談話——須處理得真幻分明，若即若離，方能恰到好處。說起來好像容易，做的時候可並不簡單。我相信：這個譯本出版後，戲劇界一定有人要把它搬上舞台；所以我不揣冒昧，附帶在卷端談談演出這個劇本的要點，同時就以此為本文的結束。

最後我要向內子吳雯和長女姚蘭、幼子姚森表示一點感愛之意。在炎暑逼人的夏天，他們撇下自己的事，幫我將《推銷員之死》的草稿謄清；這樣我纔能夠在去年暑假中將譯文全部脱稿。要不是他們謄得快，催得緊，我也許拖到今年夏天還譯不完呢

一九七一年五月三十一日於夏威夷大學慕爾堂

角色

惟利：推銷員
林妲：妻子
彌甫：長子

海庇：次子
鵬：惟利之兄

第一幕

……

鵬：（字字千鈞，而且相當辛辣地肆無忌憚。）惟廉，我走進森林的時候，才十七歲。我走出來的時候是二十一歲。憑着上帝説話，我已經發了老財了！（他轉過屋子的右角，消失於黑暗中。）

惟利：……發了老財！我就是要給他們灌飽了這種精神！走到森林裏去！我説的完全正確！完全正確！完全正確！

（鵬已經走了，可是惟利還在跟自己説話，同時林妲穿着睡衫和長袍，走進廚房；她四顧不見惟利，走到門口往外看才瞧見他。她走到他左邊，他對她看。）

林妲：惟利，親愛的？惟利？

惟利：我説的一點沒錯兒！

林妲：你吃了乾酪沒有？（他不回答）很晚了，親愛的。去睡吧，呃？

惟利：（仰面向天看）在這個院子裏，你得扭折（讀如「舌」）了頸子才看得見一顆星星。
林妲：你進來不？
惟利：那個錶墜子哪兒去了？記得嗎？那次鵬哥從非洲來？他不是送我一個錶墜子嗎？上面有一粒金剛鑽兒的？
林妲：你把它當了，親愛的。十二三年前。為了弼甫要念無線電函授課程。
惟利：嘿！那真是個漂亮的玩藝兒。我要去蹓躂蹓躂。
林妲：可是你穿着拖鞋。
惟利：（向左邊屋角走去）我說的一點沒錯兒！我說的是！（一半向林妲說，一邊轉過屋角，一邊搖頭。）真是個大人物！這樣的人才值得跟他說話。我說的一點沒錯兒！
林妲：（在後邊呼喚）可是你穿着拖鞋，惟利！
（惟利差不多已經下場，弼甫穿着睡衣從樓梯下來，走進廚房。）
弼甫：他到那兒去幹嘛？
林妲：一到早晨他就沒事了。
弼甫：我們該怎麼辦呢？
林妲：嗰，好孩子，你有很多事該做的，可是現在沒你的事。你倒是去睡吧。

（海庇從樓梯下來，坐到台階上。）

海庇： 我從來沒聽見他嘟囔得這麼響亮，媽。

林妲： 甭提了，要是你來得勤一點兒，你有得聽見吶。（她在桌旁坐下，補惟利大褂的夾裏。）

弼甫： 你為甚麼不寫信告訴我，媽？

林妲： 我怎麼寫信給你呀？三個多月你連地址都沒有。

弼甫： 我在東奔西走，沒準地方。可是你知道我一直惦記着你。你知道嗎，好媽媽？

林妲： 我知道，好孩子，我知道。可是他盼着你來信。他只想知道：瓦片兒也有翻身的日子。

弼甫： 他不見得間天兒這個德性的，是不是？

林妲： 每逢你回來，他這毛病就鬧得最厲害。

弼甫： 我回來的時候？

林妲： 你捎信說要回來，他就眉開眼笑了，談到將來的遠景和——他簡直精神好極了。等到你回家的日子一天近一天，他就越來越坐立不定，結末了兒你到了，他反而跟你話不投機，好像跟你生氣似的。我想，原因也許是：他想跟你打開窗戶說話——可又說不出口。你們爺兒倆為甚麼這樣仇人見面兒似的？為甚麼呀？

弼甫： （閃避地）我跟他沒有碴兒，媽。

林妲：可是你一進門兒就鬥上了！

弼甫：我不知道怎麼的。我誠心想改。我在試着步兒，媽，你明白麼？

林妲：這次你是回來長住嗎？

弼甫：我不知道。我想四周圍去瞧瞧，看有甚麼機會。

林妲：弼甫，你不能一輩子東瞧瞧西瞧瞧的，是不是？

弼甫：我就是紮不下根兒，媽。我不能死釘坑兒的過着一種生活。

林妲：弼甫，人可不比鳥兒，跟春天一塊來一塊兒去的。

弼甫：你的頭髮……（他摸摸她的頭髮）你的頭髮變得這麼白了。

林妲：嘔，你在高中的時候就白了。我現在不過不染頭髮罷了。

弼甫：你重新把它染了，好嗎？我不願意我的好媽媽顯得這麼老。（他笑微微地）

林妲：你真孩子氣！你以為你可以在外頭浪蕩一年再……你得心裏先有個底兒，也許有一天你回來敲門，這兒住的已經是陌生人——

弼甫：這是哪兒的話呀？你還不到六十歲吶，媽。

林妲：可是你爸爸呢？

弼甫：（支吾地）原是，我意思連他一起說。

海庇：他崇拜爸爸。

林妲：弼甫，好孩子，要是你對他沒有感情，那麼你對我也不可能有甚麼感情。

弼甫：當然可能，媽。

林妲：不可能。你不能單只來看我，因為我愛他。（淚汪汪地，但沒哭出來。）在我心目中他是世界上最親愛的人，我不許任何人對他態度不好，使他覺得消沉，憂鬱，受人家厭棄。你現在就得打定主意，好孩子，沒甚麼彎子可繞的了。要不承認他是你的父親，要不對他尊敬，你就別回來。我知道跟他相處可不容易——我知道他，比誰都清楚——可是……

惟利：（自左上，笑着。）嗨，嗨，弼甫！

弼甫：（一見惟利，抽身就走。）他在見甚麼鬼呀？（海庇攔住他）

林妲：別——別走近他。

弼甫：別替他遮說了！他一向——一向壓派得你只有招架，沒有還手。一丁點兒沒放你在眼睛裏。

海庇：他一向敬重——

弼甫：你懂得個甚麼屁？

海庇：（氣憤地）你可別罵他神經！

弼甫：他哪有人品來着——查禮就不會像他這樣。在自己家裏——把肚子裏的噁心底兒都吐了出來。

海庇：他非得把苦水吞下去，這樣的苦水，查禮可從來沒吞過。

弼甫：比惟利．羅門更倒霉的人多着呢。不冤你，我親眼看見過！

林妲：那麼你認查禮做父親呀，弼甫。你說行嗎？這當然不行。我並不是說你爸爸是個了不起的人。惟利．羅門從來沒賺過很多錢。他的名字從來沒見過報。他不是個從古以來最好的好人。可是他是一個人，而且眼前他正在大難臨頭的關口。一定要小心照顧他。我們不能漠不關心的讓他一伸腿就死了，像一隻老黃狗似的。這樣一個人，到了兒我們不能不照顧他，不能不照顧他。你說他神經——

弼甫：我並不是有意——

林妲：嗯，許多人覺得他失掉了——平衡。可是，你不一定有知人之明，就可以知道他的病根在哪兒。他是累得精疲力盡的了。

海庇：可不是！

林妲：小人物和大人物一樣，也會精疲力盡的。到今年三月為止，他已經為公司做了三十六年的推銷員了，他為他們的商標開闢了許多陌生的地區，現在他人老珠黃，他們索性連他的薪水都不給了。

海庇：（憤然不平地）這我可不知道，媽。

林妲：你從來沒問過呀，好孩子！現在你不用問他要錢花，你就懶得把他的事放在心上了。

海庇：可是我把錢給過你——

林妲：那是去年耶穌聖誕時候，一共五十塊錢！修理熱水爐就付了九十七塊半！他已經有五個星期沒有薪水了，單靠賺些佣金，像一個初學推銷的新出手兒，一個無名小卒！

弼甫：這幫子沒良心的狗雜種！

林妲：他自己的兒子就比他們有良心麼？當年他出錢給他們做生意，他正在年富力強的時候，他們見了他都喜歡。當年的老朋友，那些老買主——他們喜歡他，在緊急關頭也要想法子給他一些定單——可是現在他們死的死，退休的退休了。往日他在波士頓，一天可以跑六七筆生意。現在他用他盡是把樣品箱白倒騰，從車裏拿出來，放進去，再拿出來，他可累得精疲力盡了。現在他用嘴說代替跑腿。他開車趕了七百英里的路程，等到他趕到，那兒可沒有人認識他，沒有人歡迎他。一個人兒趕七百英里的路程回家，一個銔子兒沒賺到手，他心裏會怎麼想？他怎麼能不自言自語呢？怎麼能不？每星期他得向查禮借五十塊錢，還要哄我這是他賺的佣金呢？這樣下去可以支持多久？多久？你們知道我在這兒坐着等甚麼？你們還要跟我說：他沒有人品？他做工作，從來沒有一天不是為着你們的利益。他甚麼時候拿到個獎章來着？他得到的酬報是甚麼——到六十三歲的年紀，扭回頭一看，只見自己的兒子——比自己的性命更要緊的兒子——一個是儘在女人堆裏鬼混的歪刺骨——

海庇：媽！

林妲：你就是這麼一塊料，我的小寶貝！（向弼甫）你呢？你從前敬愛他的一份兒孝心到哪兒去了？你們爺兒倆多麼親暱呀：每天晚上你怎麼跟他電話裏聊天來着？他在外頭不能跟你在一塊兒，夠多寂寞呀！

弼甫：得了，媽。我可以在我房裏住下，我可以去找事做，只有一個條件，我不要跟他見面。

林妲：不行，弼甫。你住在這兒可不能一天到晚跟他鬧彆扭。

弼甫：記着，是他趕我出去的。

林妲：他為甚麼要這樣對付你？我一直不明白。

弼甫：因為我知道他是個假正經，他就不願意家裏有人知道他的底兒！

林妲：他怎麼是個假正經？為甚麼原故？你這是甚麼意思？

弼甫：別淨問我這麼多問題。這是我和他之間的節骨眼兒，我沒有別的話可說。從今以後我也負擔一部份家用。我賺的錢可以拿出一半給他，他就沒有問題了。我要去睡了。（他向樓梯走去）

林妲：他還是有問題。

弼甫：（在梯級上轉身過來，憤怒地。）我儘管膩味這個城市，我還是在這兒住。現在你要我怎麼樣？

林妲：他眼見得就要倒頭了，弼甫。

（海庇急忙轉身向她，如聞雷震。）

弼甫：（略等了一下）他怎麼會死呀？

林妲：他正在打算自殺吶。

弼甫：（駭怖至極）怎麼打算自殺？

林妲：我現在是過一天算一天。

弼甫：你在說甚麼呀？

林妲：記得我寫信告訴你：他又把車撞毀了嗎？在二月裏？

弼甫：怎麼了？

林妲：保險公司的調查員來了。他說他們有證據：去年他發生的意外——都不是——都不是——意外。

海庇：他們怎麼知道？那是胡說霸道。

林妲：據說有一個女人……（她還沒喘氣，弼甫已插嘴了。）

弼甫：（尖厲地，可是仍留餘地。）哪個女人？

林妲：（同時說）……這個女人……

林妲：甚麼？

弼甫：沒甚麼，往下說呀。

林妲：你說甚麼？

弼甫：沒甚麼，我不過說哪個女人。

海庇：她怎麼樣？

林妲：據說，她好像在公路上走，看見爸爸的車。她說：他開得並不快，他的車也沒打出溜兒。她說他開到那座小橋，故意的衝出橋欄杆兒，虧得水淺總算沒把他淹死。

弼甫：嘓，不會的，他大概又在打盹兒罷了。

林妲：我看他沒打盹兒。

弼甫：為甚麼？

林妲：上個月……（囁嚅地）嘓，孩子們，這樣的事簡直說不出口！你們覺得他不過是個大傻瓜，可是我告訴你們：要論心腸好，比不上他的人多着呢。（她咽哽，擦眼淚。）上個月……我在找一根保險絲（fuse）。電燈沒了，我走到地窖去。在保險絲匣兒後邊——那匣兒已經在牆上掉出來了——匣兒後邊有一條橡膠管——很短的。

海庇：不冤我？

林妲：一頭兒有一件小小的東西連着。我一看就知道了。一點兒沒錯，在熱水爐下邊的煤氣管上有一個新的小火門兒。

海庇：（憤然）這個——老背晦！

弼甫：你把它拿走沒有？

林妲：我覺得不好意思。我怎麼能眼他提起呢？我每天下地窖，把那個橡膠管兒收了。可是他一回來，我還是把它擱在原先的地方。我怎麼能教他圓不下臉兒呢？我不知道該怎麼辦。我只是過一天算一天，孩子們。我告訴你們，他的事我全知道。説起來，好像是多麼舊腦筋，多麼糊塗，可是我告訴你們：他把一生的心血都放在你們身上，你們現在反而對他反面無情。（她在椅子上佝僂着，雙手掩面，吞聲飲泣。）弼甫，我對上帝起誓！弼甫，他的性命全抓在你的手裏！

海庇：（向弼甫）那個傻瓜，你説怎麼樣？

弼甫：（親親林妲）得了，好媽媽，得了。現在甚麼都解決了。我一直沒盡我的責任。我是知道的，媽。可是現在我不走了，我對你起誓，我一定掙氣。（跪在她面前，痛心疾首地責備自己。）只為——你明白，媽，我做生意不合適，並不是我不肯努力。我願意努力，我要掙口氣。

海庇：你一定會掙氣的。在生意場中，你犯的毛病是不肯討好別人。

……

第二幕

……

弼甫：我為甚麼三個月沒有地址，您知道麼？因為我在堪薩斯城偷了一套衣服，在坐監。（向林妲，她正在啜泣。）別哭。我洗手不幹了。

（林妲轉身背向他們，雙手掩着臉。）

惟利：我看那又是我的錯了！

弼甫：從中學到現在，我因為偷東西，把很好的工作一個個兒都丟了！

惟利：這又是誰的錯？

弼甫：還有，我至今一事無成，因為你把我吹捧得一腦門子的自命不凡，誰的命令我都不服！您說這是誰的錯！

惟利：我聽見了！

林妲：別說了，弼甫！

弼甫：您早就該聽見了！我從來等不到兩個星期就想做大老闆，可是我不會再犯這個毛病了！

惟利：那麼你為甚麼不上吊？要嘔氣，上吊呀！

弼甫：不！誰都不用上吊，爹！今天我手裏拿着墨水筆，從十一層樓梯跑下來。突然之間我站住了，您聽見沒有？在那座大廈的半中間兒，您聽見沒有？在那座大廈半中間，我站住了，我瞧見——天空。我看見了世界上我心愛的東西。工作，吃的東西，和坐着抽煙的閒工夫，我望着那枝墨水筆，自己跟自己說：我他媽的偷這個東西幹嘛呀？為麼我要把自己變成一個我不願意做的人？為甚麼我要在一個辦公室裏做大傻瓜，苦苦哀求得讓人家瞧不起？實際上我所要的就在外邊兒等我，只要我開口說：我知道我是老幾！我為甚麼不肯直說呢，爹？（他要和惟利面對着面，可是惟利竭力掙脱，向台左方走去。）

惟利：（懷着恨，恐嚇地。）你前途的大門開着呢！

弼甫：爹！我不過是個一毛錢可以買一打的材料。您也是！

惟利：（反唇相譏，如山洪暴發不能自制。）我不是一毛錢可以買一打的材料！我是惟利．羅門，你是弼甫．羅門！

（弼甫向惟利衝過去，但被海庇攔住。在盛怒之下，弼甫好像差點兒就要揍他父親似的。）

弼甫：我不是個做領袖的材料，爹，你也不是。你不過是個要錢不要命的跑碼頭的販子罷了，跑了一輩子結果掉在泥坑兒裏，跟其他的販子一樣！我只值一塊錢一個鐘頭，爹！我走遍了七個省，可是沒法子賺多一個鉡子兒。一塊錢一個鐘頭！您明白我的意思麼？我不會再捧甚麼優勝奬品回來，您也別指望我衣錦榮歸！

惟利：（針對着弼甫）你這恩將仇報，鬧擰兒嘔氣的狗雜種！

（弼甫掙脫了海庇。惟利害怕得直往樓梯跑上去。弼甫把他一把抓住。）

弼甫：（怒髮衝冠）爹，我不是材料！我不是材料，爹。這一點你還不能了解麼？事到如今，已經沒有一點兒嘔氣的成分。我只不過是這麼一個平凡的我，這就是了。

（弼甫的怒氣一經發洩，他不禁攥住惟利，嗚咽痛哭。惟利呆呆地摸索弼甫的臉。）

惟利：（詫異地）你幹嘛？你幹嘛？（向林妲）他為甚麼哭呀？

弼甫：（痛哭，萎頹。）您能不能發個慈悲，讓我走吧？您趁早兒把自己哄自己的夢給吹了，別等發生甚麼意外了，行不行？（他竭力想鎮靜自己，掙脫了向樓梯走去。）我早晌就走。你們伺候他——伺候他去睡吧。（至此弼甫已精疲力盡，他走上樓梯，到自己的臥室去。）

惟利：（獃了好一回兒，驚詫而喜出望外。）這可不——這可不是出乎意料麼？弼甫——他疼我！

林妲：他敬愛你，惟利！

海庇：（深為感動）他一向都敬愛您，爹。

惟利：喔，弼甫！（瞠目駭視）他哭了！衝着我哭了！（咽哽着滿腔的慈愛，他現在嚷出了對他的期望。）這個孩子——這個孩子會有揚眉吐氣的日子的！

（鵬在廚房外邊的光圈裏出現）

鵬： 對了，他會超群出眾——有兩萬塊錢在他背後撐着。

林妲：（感覺得他的神馳，不由得恐懼而小心翼翼。）快去睡吧，惟利。如今話都說明白了。

惟利：（禁不住要想跑到戶外去）嗯，咱們都要睡了。來，來，來。去睡吧，海。

鵬： 我說，非得是個了不起的人，才能夠到森林裏去打天下。

（鵬的田園音樂起奏，有肅殺恐怖之強音。）

海庇：（他的肐膊擁着林妲）我就要結婚了，爹，別忘了。我要把一切改個樣兒。在年底以前我就要主管自己的部門。您等着瞧吧，媽。（他吻她）

鵬： 森林暗得不見天日，可滿處都是金剛鑽兒，惟利。

（惟利轉身走動，傾聽着鵬。）

林妲： 乖點兒。你們兩個都是好孩子，只要肯學好就得了。

海庇： 明兒見，爸爸。（他上樓去）

林妲：（向惟利）來吧，惟利。

鵬：（加強語氣）你得先走進去，才能夠拿到一顆金剛鑽出來。

惟利：（慢慢地沿着廚房的牆腳向門走去，一邊向林妲說。）我要定一定神，林妲。讓我自個兒靜坐一回兒。

林妲：（幾乎把她的恐懼漏了出來）我要你上樓去。

惟利：（摟着她）再過幾分鐘，林妲。我現在睡不着。你累得不成樣子了，快上去吧。（她吻他）

鵬： 和你跟買主的約會完全不同。金剛鑽用手摸是又硬又扎手的。

惟利： 上去吧。我馬上就上來。

林妲： 我想只有這麼辦了，惟利。

惟利： 沒錯兒，這是最好的辦法。

鵬： 最好的辦法！

惟利： 唯一的辦法。一切的事都會——上去呀，寶貝兒，去睡吧。你太累了。

林妲： 即刻就上來。

惟利： 兩分鐘。

（林妲走進客廳，接着在臥室出現。惟利剛走到廚房門外邊。）

惟利： 敬愛我。（奇異地）一向都敬愛我。這可不是出乎意料的事？鵬，這可以教他崇拜我！

鵬：（許以期望）那兒暗得不見天日，可是遍地都是金剛鑽兒。

惟利： 口袋裏有了兩萬塊錢，他那揚眉吐氣的樣子，你能想像得出麼？

林妲：（從臥室呼喚）惟利！上來呀！

惟利：（向廚房裏呼喚）哎！哎。來了！這夠多漂亮，你明白麼，寶貝兒？連鵬都這麼想。我得走了，小妞兒。再見！（幾乎像舞蹈似的向鵬走去）你想想？收到保險公司信的時候，他又可以走在勃納德頭裏了！

鵬：這是個十全十美的條件。

惟利：他衝着我哭，你瞧見沒有？嗰，要是我能親他一下，鵬！

鵬：等時候，惟廉，等時候！

惟利：喔，鵬，我一向都知道，弼甫跟我遲早一定會成功的！

鵬：（看看錶）開船了。我們要趕不上了。（他緩緩地走到黑暗裏去）

惟利：（轉身向屋子，哀悼地。）我說，你開球的時候，孩子，我要你踢出七十碼，趁勢跟着球在下面直衝過去，撞人的時候要撞得低，撞得猛，因為這個非常重要，孩子。（他轉身過來，面向觀眾。）看台上各方面的大人物都有，不等你知道……（驟然發現只剩下自己一個人）鵬！鵬，我往哪兒……（他突然做尋覓的動作）鵬，我怎麼……？

林妲：（在呼喚）惟利，你在上樓麼？

惟利：（嚇得驚喘了一聲，轉身好像想教她禁聲似的。）噓！（然後他迴轉身來，好像要找路徑；無數的音響，面目，和人聲似乎像潮水似的向他洶湧上來，他揮手招架不迭，嘴裏連呼「噓！噓！」。陡然間又高又遠的音樂把他打住。音量急增，幾乎變成一個不可忍受的狂呼。他躡手躡腳的從台後方走到台前方，然後繞着屋角跑下場。）噓！

林妲： 惟利？

（沒人答應。林妲等着。弼甫從床上起來。他身上的衣服還沒有脱。海庇在床上坐起來。弼甫站着傾聽。）

林妲： （真的害怕起來）惟利，怎麼不應我呀！惟利！

（忽聽得汽車發動聲和以高速度駛去的聲響）

林妲： 糟糕！

弼甫： （從樓梯衝下來）爸爸！

（汽車疾駛而去的時候，音樂一陣狂響像雷霆似的轟下來，過後只剩下大提琴上一根弦線在幽婉地顫動。弼甫緩緩地回到他的臥室，他和海庇沉重地穿上他們的大褂。林妲冉冉地從卧室走出來，音樂轉變為《死亡進行曲》。樹葉覆壓着一切，已是白晝的景象。查禮和勃納德穿着嚴肅的衣服登場，到廚房扣門。弼甫和海庇緩步從樓梯下來到廚房，查禮和勃納德剛好進來。林妲穿着喪服，拿着一小束玫瑰，從客廳門簾後走進廚房，大家都肅然片刻。她走到查禮跟前，挽着他的手臂，現在他們全體穿過廚房的牆壁，向觀眾走來。走到裙台口，林妲把花放在地上，雙膝跪下，跽坐在腳跟上。大家向下呆望着墳墓。）

#《快樂國》（節選）（姚克、雨文改編）

第二幕（第一場）

時間：即日下午放學時。

佈景：校園。

登場人物：康大偉、畢志僑、金小玉（女同學）、金家寶（男同學）、馬浪波（教師年約三十餘歲），此外還有男女同學十幾人。

下課鈴聲……幕啟。許多兒童自校園回家去。康大偉偕畢志僑出。甲童向畢志僑揶揄。

甲童：鼻子翹！

眾童：（齊聲附和）鼻子翹！

僑：我不叫鼻子翹，我叫畢志僑……

眾童：（圍着他，齊聲唱。）翹鼻子，鼻子翹，鼻子尖上掛老道。（唱完，眾大笑。）

乙童：喂！有人說他是木頭人兒。你去看看是不是真是木頭的？

（丙童走近志僑，對他仔細端詳，再用手輕敲志僑的頭，直引得眾童哄堂大笑。志僑又窘又羞，可是被他們圍住不放他走，康大偉走上前來，為畢志僑解圍。）

康：別再鬧啦！他是我的街坊，大家都是好朋友。

金小玉：哼！誰希罕跟這個窮小子作朋友呀！

金家寶：小玉！咱們走。別跟這窮酸玩吧。

（眾童正在欺侮志僑，恰巧教師馬浪波經過。）

馬：（向眾童）喂！你們別欺負新學生呀！

（眾童見教師來，一哄而散。）

馬：（拉着志僑的手）志僑！別哭啦！

（志僑仍在哭）

康：他們笑他是木頭人兒，管他叫鼻子翹，還打他的頭。

馬：（微笑）這是沒法子的事，志僑。你是個新學生、家裏又沒錢，所以他們就欺負你了。要不受人家欺侮，你除非到快樂國去才行。

僑：快樂國？

馬：（笑着説）怎麼？你連快樂國都沒聽説過麼？

康：快樂國在哪兒？

馬：（拿手中的書翻開給他們看）離這兒不遠。瞧，我們這座辛苦城在這兒，那兒就是快樂國；坐火車，或者坐輪船，只要一天就到了。

僑：一天就到了？

馬：對了。你們看見過磨坊裏的驢子麼？

康：看見過的。

馬：那些驢子都是快樂國來的。那兒的工作都歸驢子做。種田呀、牽磨呀、開鑛呀、拉車呀……甚麼都是驢子，人都不用做工。

僑：那敢情好！

馬：那兒沒有窮人，也沒有財主，大家都是一樣。吃的飯、穿的衣裳、住的房子，都不用花錢。孩子們上學也不用繳學費、書本兒、筆、墨、練習本兒，隨便你拿，不用花錢買。

僑：真的，不用花錢買？

康：那可多好呀！

馬：這還不希奇，好的在後頭哪，你猜那邊兒的學校是甚麼樣子的？

康：（想了一想）我想房子一定很大？

馬：這當然不用說了！

僑：我想一定有大球場，大花園。

馬：告訴你們吧？那兒的學校裏有彈子房、有溜冰場、有電影院、有戲院、有跳舞場、有酒店、有菜館、有茶樓、有咖啡館、有跑馬場、有跑狗場、有鬥雞場、有鬥蛐蛐兒場、有馬戲班、有娛樂場、還有驢子戲班！

（志僑和大偉都聽呆了）

馬：那兒的學生，高興就上課，不高興就可以隨便走出課堂，愛到那兒玩，就到那兒玩。校長跟先生絕對不管他們。

康：（羨慕地）比如他們喜歡看電影，他們可以去看麼？

馬：當然可以啊！電影院日夜不停的開着，隨便甚麼時候都可以進去看，也不用買門票。

僑：馬老師，如果要看馬戲呢？

馬：也是一樣啊！你不但可以隨便進去看，如果你喜歡騎馬他們也會讓你騎的。

僑：那可多好啊！那兒的學生可太快樂啦！

馬：那兒不但是學生快活，不論哪一個人都是快活的。所以大家都管這個國家叫「快樂國」。

康：馬老師，我們也可以去那兒嗎？

馬：假如你們真是願意去，我可以給你們想一想辦法。

康：我是真的願意去啊！

僑：我也想去，馬老師。

馬：以前有很多學生都是說願意去快樂國，求我給想辦法。我費了很多事，才把手續給他們辦好了，等到走的日子都訂好了，他們又不去了。所以現在誰說想去快樂國，我都不敢相信啦。

康：我家裏一定准我去的！

僑：我的爸爸跟媽媽最疼我啦！他們一定會答應我的。

馬：你們不知道，做父母的人全是自私的，他們都是先想到自己的利益，然後才為子女們打算哪。你們到快樂國去，就得離開他們了。等你們在那兒畢了業，能夠自立了，他們就沒有法子控制你們，利用你們了。所以他們一定不會願意你們到快樂國去的。

康：那麼我們就不跟爸爸媽媽說。

僑：馬老師！我也不說。

馬：（微笑）你們現在說不跟父母說，我也相信是真話。可是回到家裏你的爸爸媽媽們拿話一引你們，就會全都給說出來啦！

康：我們一定記着您的話，怎麼樣都不說。

馬：不但是這樣，就是跟別人也不能夠漏出一點兒口風。

康：我們一定不說！

僑：我不跟別人說！

馬：就是這樣吧。這兩天正有人去快樂國。我去想法子讓你們跟他們一塊兒走。到時候甚麼東西都不用帶，你們穿着隨身衣服就成了。下星期一半夜裏一點鐘，你們到學校來找我。我在校園門口等你們。事前我訂妥了馬車，送你們去火車站，那兒有快樂國派來的人接你們。

康：我們到了快樂國住在哪兒呀？

馬：來接你們的人，事兒都會給你們安排好了。到了快樂國，先到學校裏去註冊。註完冊就有專人招待你們了。那兒有專為新去的人們預備的宿舍，食堂。假若不願意在學校裏吃飯，可以到外邊餐廳裏去吃。

僑：馬老師，那兒的學校要不要穿校服啊？

馬：這個，學校都會給你們預備好了的。

僑：那麼像書啊、筆記本啊、鉛筆呢？

馬：你放心吧，這些也都是由學校裏預備的。甚麼都不要你自己去買。

康：（欣喜地）這樣可太好了！

（老畢上）

僑：（喜極）真是好極啦！（見老畢）哦！爸爸來啦！爸爸！

老畢：你放學啦？（向馬）馬先生！

馬：（向老畢點頭，然後向大偉、志僑。）我還有點事，我走啦！

偉僑：馬老師，明兒見，

馬：明天見！（馬下）

老畢：（向大偉）剛才馬先生跟你們說些甚麼？

康：沒有說甚麼呀！

老畢：（向志僑）到底你們說甚麼來着？你是好孩子，有甚麼話應當說給爸爸聽，可不應該撒謊啊。

僑：馬老師剛才跟我們說快樂國來着。

（大偉在老畢背後向志僑搖手，志僑可沒看見。）

老畢：快樂國？

僑：是呀，那兒可好極啦！

老畢：你們可不要隨便地聽別人瞎說，這個地方我也聽人家說過，可是不像你們想的那麼好。

僑：那麼馬老師說的不是真話嗎？

老畢：我想馬先生也是聽別人說的。他多半沒有去過。你們要知道，聽來的話是靠不住的。

康：那麼馬老師說的：那兒穿衣裳、上學、吃飯、都不要錢，都是假話了？

老畢：這話倒不假，連住房子、看戲、跳舞、跑馬、也都不要錢呢！

康：這有多好啊，咱們都去吧！

僑：我們去到那兒，甚麼都不用您拿錢，爸爸，您也可以不再為我用錢着急啦！

老畢：你們就知道那兒甚麼都不用錢，可是天下的事沒有這麼便宜的。你們到了那兒，高興不了幾天，就會後悔都來不及啦！

康：那兒這麼好，我們不會後悔的。

僑：爸爸！你不是也跟馬老師說的一樣嗎？

老畢：馬先生說的是不錯，可是他沒有跟你們說，到了那兒的人都會變驢的。

康：是真的嗎？畢大爺。

僑：怎麼就會變成驢啦？

老畢：這我也不太清楚，聽說吃了那兒的東西，慢慢就變成驢了。好些小孩去了，就這樣都變成了驢，回不來啦！

康： 變了驢以後怎麼樣呢？

老畢： 變了驢以後當然是做苦工啦，或者是到煤礦去馱煤，或是到磨房去拉磨，要不就是拉水車啊，拖犁啊，一直等到不能再作工了的時候，就給殺了吃肉，剝下來的皮拿去蒙鼓作鞋。

僑： （半信半疑地）爸爸！真是會這樣嗎？

老畢： （以手撫僑頭）好孩子，爸爸不會騙你的。要不是這樣，快樂國怎麼會有這麼多驢子運出口哪，咱們這磨坊裏拉磨的驢，差不多都是快樂國運來的。

康： 啊！原來是怎樣的呀！

老畢： 是啊！你們想想看，要不是這樣，天下哪會有這麼便宜的事？又不費心，又不費力，你們以後應該記着，要愛享福一定要自己一手一腳的去做，凡是便宜的事全是靠不住的。時候不早了，咱們回家去吧！

（老畢偕大偉、志僑下。）

（台上燈光漸熄）

第三幕（第四場）

時間：緊接第三場。

景：快樂國的拘留所。

登場人物：老畢、偵審人員、助手、經理。

幕啟。老畢面容憔悴，雙手被反縛，由一警方人員偵審。

審：你不會是一個人來的，一定還有同黨。現在都在哪兒呢？

畢：我真的是一個人來的。哪兒有甚麼同黨啊？

審：那麼你一個人到這兒來幹甚麼？

畢：我早就說過了，我是找我的兒子畢志僑來的。

審：你是存心不想說實話了。我看不給你一點兒厲害，你也不會說真話。來呀！把他拉到隔壁屋裏去，先讓他嘗嘗皮鞭子的滋味。

（助手將老畢帶下，接着隔壁房中就有皮鞭聲，及老畢呼號聲。）

（經理上）

經：喂，你告訴他不要再打了。

審：經理，你不知道我問了他一天，一點口供都問不出來。我想叫他吃點苦頭，他就會說實話了。

經：這個老傢伙年紀太大了。假如把他打死了，咱們反而要費好多事，而且輿論方面也不好聽。現在國內正需要做苦力的人，你可以把他送到康樂市的磨房裏去做苦工呀。

審：是，是。（向隔壁房的人）把老畢拖出來。

（警員拖老畢出來，他遍體鞭痕，步履蹣跚。）

老畢：你們這些傷天害理的魔鬼！你們把孩子們騙來了，把他們一個個都變成了驢。可是老天爺決不會隨你們這麼胡作非為的！

審：你還敢胡說！（向助手）把他押下去！

助手：是。

（幕）

第四幕（第四場）

時間：翌晨。

景：康樂市的磨房。

登場人物：老畢、管工、畢志僑、追捕者甲乙。

（幕啟。老畢在磨房裏推磨，雙手被鐵鏈縛在磨柄上。管工自櫈上起身呵欠，瞧見老畢推磨時那股沒精神的勁兒。）

管工：使點兒勁出來！

老畢：我實在年紀大了，每天推上十六個鐘頭的磨子實在做不動。

管工：別跟我賣老啦！比你大上十歲八歲的砍柴老羅、挑水老李，做事全比你有精神多哪。

老畢：咳！畢志僑！我的……

管工：鼻子翹？你再不使勁兒推，包管你辮子翹哪！

（說着將手裏的煙捲兒。擲在地上，踩熄了。）

管工：現在我出去一回兒。你可不要以為沒有人看你，就可以偷懶了。等回兒我回來，要是還沒磨完，你可當心一頓皮鞭了！

（說完了走出磨房）

老畢：（嘆了口氣）阿僑！我的孩子！你在哪兒？爸爸為你受盡了折磨！（忽聞遠處數響鎗聲，老畢愕然。）這個地方是個活地獄。這幾下鎗聲又不知是誰倒了霉！咳！（他搖搖頭，又繼續推磨。

過了一回，只聽見外邊一陣急促的腳步聲，磨房門忽被推開，一個驢首人身的兒童奔了進來。老畢見狀大驚！）

老畢： 啊！

（驢首兒童忽向他搖手）

志僑： 爸爸！你別害怕。我就是阿僑呀。

老畢： 阿僑？你……你怎麼會變成這個樣子哪？

志僑： 爸爸！我自己也不明白。大概是吃了這兒的東西會變——

（志僑言未畢，忽聽外面人聲嘈雜，漸行漸近。）

志僑： （大駭）爸爸！我是逃走出來的。現在他們追我來啦！這可怎麼辦啊？

老畢： （環視屋中除了一張長櫈及一塊擱板外，別無他物，只有幾個缸。）你趕快躲在缸裏面吧！

（志僑立刻跳匿缸中。追捕者排闥而入，自顧在房中四處搜查。）

捕甲： 咦！我看見他跑進來的，怎麼不見了？（對捕乙）你再到那邊看看。

捕乙： （查看了一下）這兒也沒有。（向老畢）喂！剛才有一個驢頭的孩子跑到這兒來，現在躲到哪兒去啦？

老畢： （停磨作詫異狀）驢頭的小孩？沒有看見。這兒的管工出去，你們就進來了，再沒有旁人來過。

捕甲： 這可奇怪了！（對捕乙）我親眼看見他跑進來的，決沒有錯兒，（仍在四周找尋正要將手伸到缸裏去摸）

老畢：（急中生智）呀！那邊兒稻草堆裏是不是他？

（捕甲捕乙忙跑過去耙開草堆，裏面空無一人。）

捕乙： 哪兒有人呀？

老畢： 我好像看見它動活來着。

捕甲： 咱們還是到隔壁去找吧！

（他們走出磨房）

（志僑悄悄地從缸中爬出來）

志僑： 爸爸，他們走了嗎？

老畢： 走了。

（志僑行近審視老畢手上的鎖鍊）

志僑： 爸爸這個鎖有鑰匙嗎？

老畢： 在那邊擱板上。

（僑到牆邊擱板上見得鑰匙，將老畢手上之鐵鍊打開。老畢以兩手互搓手腕，似乎手腕已麻痺。）

志僑：（上前拉住老畢手）爸爸！咱們快走吧！

老畢：別忙！我知道管工的有一種藥可以把你現在的驢頭變回原來的樣兒！

……

（幕落）

評論

有關電影劇本的三封信

關於電影劇本的主題和主線

××先生：

來函早於十日前收到，因事忙未能即覆，望勿見罪。

承詢有關電影編劇的參考書，中文本恐怕不易覓得，英文本雖曾在西書舖見過一二種，但內容並不怎樣高明，其中僅關於劇本寫作之過程及格式的部份，可資參考，其餘則無非是一些普通的常識，即使熟讀了也未必寫得出好劇本來。

其實，與其看這種內容空洞的參考書，還不如多看幾本電影，比較有益處。優秀的固可以作為楷模，低劣的也可取作殷鑑，看出它弱點何在；這樣，自己創作的時候，就不會犯同樣的錯誤。而且電影藝術常在邁進；新的手法不久就變為陳舊，技術上的改進，日新月異，必須經常觀摩，才不至於落後。要經常觀摩就得多看幾套影片。

關於劇本的主題，理論家往往將它和劇情的主線混為一談，以至初學寫劇本的青年不易捉摸。事實上，主題是主題，主線是主線；主線是衝突（或矛盾）的癥結之所在，主題是由此得到的教訓（或顯示的真理）。以莎士比亞的《羅蜜歐與朱麗葉》為例，它的主線是戀愛和阻力的搏鬥；它的主題是「冤家宜解不宜結」；二者不必相同，只要能夠互相為用，相得益彰，劇作者的任務就算完成了。

所以，在提筆之先，劇作者必須將劇情的主線和主題，仔細地檢討一下，看它們是否配合。如果它們是背道而馳的，那麼他就得另起爐竈——或改換主題，或另找一個比較合適的故事。萬不可將不合適的主題和主線硬生生牽合在一起。許多劇本的主題歪曲，劇情牽強，都是勉強牽合的惡果；須知主題和主線的關係猶如男女之間的結合；夫婦的性情不合，必成怨耦；倒不如各自另覓對象，比較好得多。

最要不得的是：劇作者覺得劇本中原有的主題不夠健全，而在結束時硬拖一條光明的尾巴。觀眾不是這樣容易欺騙的；一個劇本中心意識不健全，豈是一條光明的尾巴所能遮蔽得來？劇作者用這種低劣的遮眼法，徒見其淺薄可笑而已！

主題和主線配合得恰當，劇本的中心意識自然會明晰地顯露出來，不需像念佛似的向觀眾重複提示。主題愈明顯，點題的對話愈需含蓄；偶然說破一二次固然是應有之筆，太多了就不免有說教之嫌，使人生厭。我記得美國有一個商人，要求廣告代理人將他商品的名字，盡量向無線電聽眾複述。廣告代理人告訴他：「這樣會使聽眾覺得討厭。」他說：「討厭不要緊，只要他們忘不了我的商品就行！」這種方法用來推銷商品是否有效，且不去管它，用來説明主題可絕對要不得；因為主題若需重複很多遍，才能使觀眾明瞭，這個主題一定是硬裝上去而不是劇情中自然顯露出來的。它即使能使觀眾記住，可是絕不能使觀眾信服。

拉雜寫了很多，就此打住。

先生有志寫電影劇本，甚好。香港電影界鬧劇本荒，這是積年的老毛病，可是永遠不肯想治本的辦法——培養優秀的劇作家。這些年來只靠「翻版」和「炒冷飯」來度日，以後大概還得繼續用這種方法支持下去。大作寫成後，當以先覩為快，並當盡力向有力者推薦。在劇本貧乏的香港，好劇本是不怕沒有人要的。草此順頌

時綏

姚克啓　一九六三、九、六

關於改編《長河》

××先生：

今晨接到來信和改編《長河》的大綱。沈從文以湘西的背景來寫小説，有濃厚的鄉土氣息，有田園詩似的情調；先生愛好他的作品，我也有同感。

但將《長河》改編成電影劇本，卻很難討好。第一，《長河》的故事瑣碎、散漫，不是一個完整的、戲

劇性的故事。作者在「題記」中說得很明白，他是「用辰河流域一個小小的水碼頭作背景，就我所熟悉的人事作題材，來寫寫這個地方一些平凡人物生活上的『常』與『變』，以及在兩相乘除中所有的哀樂。……作品設計注重在將常與變錯綜，寫出『過去』『當前』與那發展中的未來……」所以，這個故事中雖顯示了人事上的對立，和人事上的相左，作者卻並未將它發展成首尾完整的衝突。好比風暴將來之前的悶熱，正常的氣候顯然已開始轉變，可是風暴還沒有來，樹頭在靜靜地期待。作為故事片的題材，《長河》是不很適合的。

當然，電影不一定用故事性強的小說做題材。手法高超的編導往往能將人生的片段——即使是極平凡的片段——攝製成優美的影片。不過，在目前的香港，製片的方針全以票房價值為轉移，故事性弱的劇本恐怕沒有人願意攝製吧。先生將《長河》改編，作為習作的課題則可，如果意在求售，我覺得不很樂觀。這是先生所應考慮的第一點。

其次改編別人的創作，必先徵得原著人的同意，並在劇本費中提出若干成版稅付給他。沈從文的作品固然不是在香港出版的，法律上不能得到版權的保障，可是從道義上說，我們萬不可因其無法保障而恣意攘奪他應有的權益。

此外另有一點，先生必須注意：那就是影片在台灣發行的問題。《長河》雖沒有違反三民主義的意識，可是從台灣的立場看來，沈從文身在大陸，先生改編《長河》，即使攝成電影，也絕無在台灣發行的可能。近年來台灣的市場甚為片商所重視；不能在台灣發行的影片，其劇本必然無人過問。這是先生所應考慮的一點。

我不是故意向先生潑冷水，使你敗興；上面所說的都是非常現實的問題，必須冷靜地考慮，以免枉費心機，改編得辛辛苦苦卻落得沒有人要。我是喜歡直言談相的；我的意見也許會使你覺得興致索然，但你千萬不要因此而失去了勇氣。香港現實社會中，合適電影的材料俯拾即是；先生何不就地取材，寫一個針對現實的創作劇本呢？

專覆即頌

時綏

姚克手啓　一九六三、十、四

關於電影劇本公式化

××先生：

九月手教已收到。先生從善如流，決定放棄《長河》，而在現實生活中另找題材；我覺得非常欣慰。這是劇作家的正路，循此以往，一定會有良好的收穫。我可以向你預賀。

美國電影隨片而來的劇本，通稱為 dialogue cutting continuity，中譯是「對白剪接本」。這種劇本如能借到看看，可以略見分鏡之例，不過滿紙術語，只是每一個鏡頭的實錄，連綴而成，機械平板，不堪卒讀。其實，荷里活電影的長處，僅在技術方面（近年來歐洲國家和日本急起直追，美國人已不能以技術自豪）。

至於劇本的寫作，美國並不是沒有人材；不過荷里活的編劇家都是僱員，他們必須秉承大老闆和製片人的意志，迎合片商之所好，所以他們已變成編劇匠，他們的劇本比較好的還有些機巧可言，比較差的就只有一套刻板的公式；真真卓越的，不落常套的，有靈魂的創作，千百本中難得一見。

先生要參考美國劇本，必須取其長而捨其短；技術可學，機巧可學，公式則萬不可學。公式化的劇本猶如十九世紀盛行於歐洲的善構劇（well-made plays）。斯格里勃（Scribe）是善構劇的大師，他的作品曾經風靡歐陸，亘三十餘年之久，可是他屍骨未寒，聲譽便一落千丈，在我年青的時候，一般人已不知道他的名字，他自撰和與別人合編的劇本差不多有五百部，也早已如小仲馬所說的：「像加熱至三百五十度的水銀，化為一陣輕煙。」荷里活的電影又何嘗不是如此？這些年看過的美國片，試問有幾部曾在我們腦裏留下了深刻的印象？有幾部值得我們回味的呢？

為了生活，劇作者不得不用公式寫劇本，以投僱主之所好，這本來未可深責。但自由的業餘劇作者可犯不上這樣糟蹋自己的才能。專覆順頌

時綏

姚克手啓　一九六三、十、七

原刊《海光文藝》

關於希治閣及其他

希治閣（Alfred Hitchcock）電影的「構成」技巧

××先生：

……（上略）先生對希治閣非常欽佩；此間電影編導對他五體投地的也不少。平心而論，在荷里活的導演群中，希治閣確是比較特出的一個。他對於導演手法和鏡頭的運用，都有獨到之處；一個並不驚人的故事，經過他的處理，就變成一部使人屏息危坐的緊張片；一段極平淡的情節，通過他巧妙的手法，就變得波譎雲詭，引人入勝；不合情理的關目，經過他的安排，看起來就順理成章，一點不覺得突兀。這些是希氏的「絕活」；憑着這些「絕活」，他纔能得到「緊張大師」的外號，他纔敢單靠卓越的手法來吸引觀眾，不必一定靠大明星來號召。……（下略）

私淑希治閣的編導們，往往只着眼於這位大師的鏡頭角度和緊張場面；他們常把這種鏡頭和場面「翻版」，用在自己的影片中，以為如此這般就可以和希氏媲美了。事實上，模仿別人的「絕活」，並不這樣簡單。將巧妙的鏡頭插入不適當的場合，其結果必然會張冠李戴，顯得格格不入，單學緊張場面而不懂得其「構成」——英文術語稱為build——的方法，其結果必難免於畫虎類犬，使觀眾緊張不起來。

鏡頭的運用和緊張的構成，都是編導所必須有的基本技巧。來函說：「希治閣的《鳥》片中，成千成萬的鳥雀向住宅猛攻，簡直是不可思議的怪事，可是看的時候，一點不覺得不合理。」這就是「構成」的另一功用，說起來，其實並沒有甚麼新奇。戰國策上不是早就有曾母投杼的故事了麼？第一個人告訴曾母，說曾參殺了人，她當然不會相信，可是接二連三地有人告訴她同樣的消息，她就驚慌起來，投杼踰牆而走了。《鳥》片所用的「構成」也根據類似的原理：主角出場時，希氏先讓他抬頭看見群鳥在遠空盤旋；接着在鳥舖裏，一隻小雀子從籠子裏逃出來，男主角費了九牛二虎之方纔將它捉到。這兩件小事所暗示的是：（一）鳥類能團結成群，（二）即使一隻小雀子也不易對付。然後希氏再用一系列的事件，將鳥雀襲擊人類的概念建立起來，起先是一隻海鷗俯衝下來，偶然啄破了主角的頭皮，最後是千百隻鳥雀大集合，向人們進攻。這種事情明明沒有可能性，可是觀眾看到後來，卻不由得不接受這個故事，當它是真的。所以，男主角獨坐在公園櫈上的時候，觀眾眼看鳥兒一隻又一隻地棲在他背後的棚架上，就覺得緊張，恐怖。如果前面沒有一系列的「構成」鏡頭，這樣稀鬆平常的事絕對不能產生這麼緊張，恐怖的效果。希治閣擅於製造緊張，就因為他「構成」的手法高明。要學他的絕活，也必須從研究「構成」的技巧入手。

李笠翁〈閒情偶寄〉論戲曲的結構，早就提出「密針線」的重要；所謂「密針線」即是要注意「構成」

的技巧。懂得這種技巧，劇作者處理劇情的發展，絕不至於不合理，即使在常理之外的事，也可以使觀眾接受。人類雖然自稱為有理智的動物，可是人類所做的事不一定是理智的。我們翻開報紙的社會新聞來看，不合理智的事恐怕比合理智的還要多。所以，劇作者即使將真實的事寫成劇本，也得注意「構成」的技巧，要不然劇情儘管有真人真事做根據，觀眾看起來，仍不免有不合情理之感。

六七年前希氏路過香港，我由朋友的介紹，曾與他作長談。他告訴我：他攝製一部故事片大約需九個月時間，其中至少有六個星期專用於準備劇本。他對鏡頭的處理，非常注意，往往為獲得某種效果，用盡心機，想出奇妙的攝製方法來。從他的語氣，我知道他是以技術為第一的導演。他的成功無疑是得力於技術的高超，但他也因此而受技術的局限。他所攝製的電影一般都有很高的娛樂性和票房價值，至於在電影藝術上的價值，卻並不怎樣高。這至少是我個人的看法。

專覆順頌

時綏

姚克手啟　一九六三、十二、二零

希治閣的鏡頭運用

××先生：

……（上略）前函談及希治閣，僅是我的一知半解；先生譽為精闢之論，實在不敢當。希氏的長處當然不止於運用鏡頭和構成緊張而已，他對於製造氣氛也頗有獨到之處。例如他的舊作Rebecca中，女主角走到丈夫的前妻臥室，希民用風吹簾動和女管家的突然出現等鏡頭，使這場戲的氣氛剎那間變得神秘，恐佈而緊張。這種手法斷不是庸手所能辦。

他對鏡頭的運用，苦心孤詣，往往有另闢蹊徑之處。例如在《奪魄索》（The Rope）中，他只用了九個鏡頭，每個鏡頭長達一千尺左右，而且不用「化」和「淡」，而使鏡頭逼近或離開人體來造成「黑入」和「黑出」。這都是從來沒有人嘗試過的鏡頭新用法。即此一端，他比一般的荷里活導演，已不可同日而語了。

此外，他對劇情的處理，雖極微細處也不肯輕易放過去，恰似杜甫所謂「語不驚人死不休」，所以即使故事相當平凡，他也能引人入勝。例如在How to Catch a Thief片中，飛賊黑貓巧避偵探的逮捕；這一場戲如果由一個庸手來導演，只須交代黑貓在洋台上遠覩警車駛來，隨即悄悄地自後門溜走，這樣就彀了。可是希氏卻獅子搏兔亦用全力，他寫警探一到，黑貓託辭更衣，入室後即聞鎗聲一響。警探破門而入，只見獵鎗架在空椅上，黑貓已杳如黃鶴。他們回到洋台上，忽然一輛汽車自屋後開出，疾馳而去。這時警探們以為是黑貓駕車潛遁，慌忙上警車追蹤，追了半天黑貓的車為羊群所阻，警探追上去一看，駕車的原來是黑貓的管家婆。黑貓卻施施然自屋內走到巴士站，跳上巴士。等到警車開回來，和巴士對面岔過，黑貓微微向受愚的警探們一笑。……這一場戲寫黑貓的機智，非但警探們被他愚弄，連觀眾都被他瞞過。像這樣的匠心獨運，希治閣的影片中幾乎每一部都有；可惜他只在技巧上用心思，只圖取悅觀眾，對作品的藝術價值不甚重視。否則，他的成就恐怕還不止他目前的造詣呢。專覆順頌

時祺

姚克手啟　一九六四、一、五

關於《一代妖姬》

××先生：

接到廿六日來函，承詢及《一代妖姬》劇本，不勝感慚。這個劇本是十四年前的舊作，雖然是個分鏡劇本，可是未經琢磨的急就章。這樣不成熟的作品，實在不足以供先生的參考；至於說將它做範本，那更使我慚愧了。

自己的劇本，我並不怎樣珍惜。寫的時候興趣很高，不免沾沾自喜，過些時仔細一看，就看出許多毛病來，時間隔得愈久，發現的毛病也愈多，對這些作品的興趣也愈低落。這不是自謙，也不是自卑，只是眼高

手低的自嫌而已。

即以《一代妖姬》而論，這個題材原來脱胎於沙杜（Victorien Sardou）的 La Tosca。那是十九世紀末葉一本有名的善構劇，抗戰時李健吾曾將它改編為《金小玉》，在上海演出，頗能叫座。張善琨對此劇嗜痂有癖，一定要我將它改編成電影劇本。在他催促的高壓下，我只費了八九天的工夫，將《一代妖姬》的分鏡劇本脱稿了。

我向來不愛用現成故事；即使寫歷史劇，我也不喜歡落窠臼，寧可多費些心思做翻案文章，或者從一個不同的角度來發展劇情。所以，我對改編 La Tosca 不感興趣，但為了生活又不得不遷就老闆的愛好。《一代妖姬》只是一個職業編劇匠的「活」，不是一個劇作者自由的創作。劇中的人物不是活生生的真人，僅是定型的木偶；劇中的情節都是些善構劇的陳腔濫調——例如拷打男主角那場戲——並無新奇之處。劇中所用的「構成」法和由此而產生的高潮，都是純粹的技巧，沒有甚麼了不起。先生若一定要看這個劇本，我可以將它另郵寄奉，不過我只有這一個油印本，（原稿早已丟到不知哪裏去了，）閱後務請歸回是幸，專覆順頌

時綏

姚克手啟　一九六四、二、一

原刊《海光文藝》

戰後香港話劇

戰後香港的話劇恢復活動，可是發展得比較慢；話劇觀眾也逐年都有增加，可是距離理想的程度還很遠。但從大體上說，這些年來話劇界不是沒有值得一提的成績，熱心分子不斷地進行演出，同時青年學生愛好話劇的興趣普遍提高，學校演劇日益蓬勃，造成香港話劇活動一片熱鬧現象，這已是難得的事。瞻望香港話劇前途，我們還是可以抱樂觀的態度，將來有輝煌的發展是可以肯定的。

現在回顧戰後以來的香港話劇活動，可以分三個時期來說：

第一個時期：由戰後至一九五四年。

第二個時期：由一九五五年至一九六零年。

第三個時期：由一九六一年至一九六八年。

第一個時期：

香港經過第二次世界大戰，被日人統治了三年另八個月，一切文化藝術活動，差不多摧殘無遺，迨戰後始有復甦氣象。在話劇方面，本地留下來的人才並不多，僅有高浮生、何恨、秦劍……等一小部份人，他們在戰時曾演過《女店主》、《黃金迷》等劇，戰後他們繼續演過《野玫瑰》、《朱門怨》、《水仙花》等劇，為戰後數年間的劇壇保持了平靜的狀態。稍後有上海來的劇人姚克，以及永華影業公司的一部份影劇人才，使香港的「國語話劇」興盛起來；又有廣州來的劇人胡春冰，以及在各學校教學的譚國始、陳有后、雷浩然……等話劇界積極分子，使香港的「粵語話劇」漸漸蓬勃。隨着，一九四九至五零年間，中國的政局發生了變化，來港的劇人更多，而此時香港的經濟日趨繁榮，人口遞增，話劇藝術適應社會的要求，也應運而起，有急劇發展的趨勢。

這一時期的「國語話劇」，開始是以職業演劇姿態出現的。惟沒有理想的劇場，可供演出，只有租用粵劇戲院如利舞台、普慶戲院、樂宮戲院或電影戲院如娛樂戲院、璇宮戲院、樂宮戲院，經過臨時「裝」台，作演出話劇的場地。可是這些戲院的租值太昂，一場的院租就要數千元，而賣座的情況並不很好，往往虧本，所以那時演國語話劇的職業劇團，演一兩場之後便解體了。後來他們改而租用月園遊樂場裏的劇場和荔園遊樂場裏的劇場，租金較廉，並且可以以分賬方式來演出，這樣便能使國語演劇較順利地演出一個短時期。但職業劇團畢竟開支太大，做班主的實不易為，組「兄弟班」的困難也很多，終於職業劇團慢慢地消沉下去了。

「粵語話劇」方面，戰後初期表現出非常貧乏的狀態，演出的機會少之又少。當時的戲劇團體寥寥可數，沒有幾個，可舉的唯有「春秋業餘聯誼社」附屬的戲劇組，歷史最悠長，戰後還賡續着工作。社長利樹源、理事長高浮生。戲劇組的人才有高浮生、何恨、葉潤霖、阮黎明、梁舜燕、盧明……等，永遠顧問為胡春冰與黎覺奔。「春秋」每年都有一二次大規模的上演，演的多是中國戲劇家的名著。「春秋」有自己的永久社址，在雲咸街四十三號，即今之中英學會戲劇組借用的地址。目前香港的話劇團體，以「春秋」資格為最老、最長久，它的演劇工作一直維持到今天。其次可舉的有「中華基督教青年會劇藝社」，該社成立於一九四八年，梁天成初任社長，一九五四年梁先生逝世後由趙文瑾繼任社長，至今已十四年。「中青」是一個青年人的組織，它每年都有一次或兩次公開招收新社員，不斷地訓練演劇人才，利用青年會的設備可以經常作小型實習演出；二十年來有許多青年在這裏第一次踏上舞台，有許多知名演員在這裏得到進修磨練。近十年來在香港廣播電台與麗的呼聲電台的播音藝員中，有不少出身於「中青」。擔任過「中青」導演與協助其工作的戲劇界前輩中，有黃凝霖、黃容之、胡春冰、黎覺奔……等諸位。

一九四九年後由廣州來香港的劇人漸多。他們過去是華南話劇運動的努力分子，此時在香港重聚，由於大家共同的愛好，與社會上的期望和歡迎，於是又集合起來，先以「麗的呼聲話劇團紅組」名義，播出了《黃花崗》一劇，繼而參加了「中英學會中國文化組」的會議，共同推進中國戲劇。那時「中國文化組」的馬鑑、陳君葆、簡又文諸先生之外，又加入了李錫彭、胡春冰、黃凝霖、譚國始四位先生。到了一九五二年五月二日上演魏如晦的《碧血花》的時候，「中文戲劇組」便成了獨立的單位，在「中英學會」的組織下，主理中文戲劇的工作。

「中英學會中文戲劇組」的成立，在香港話劇史來説，是起了「大本營」的作用，它團結了全港劇人，協助全港各戲劇團體和各學校的戲劇工作，擔當香港劇運的主要角色。該組的本身，每年都舉辦一次盛大的公演，這裏舉出其上演的劇目：

一九五二年　《碧血花》　魏如晦編劇　陳有后導演

一九五三年　《有家室的人》　高斯華綏原著　黃凝霖導演

一九五四年　《心餤》　毛姆原著　譚國始導演

（一九五五年以後下章另述之。）

一九五二年至五四年的「中英」首創期間，領導人為主席：馬鑑。副主席：姚莘農（克）、胡春冰。秘書：黃凝霖。司庫：陳有后。工作委員及各特別小組委員有高浮生、黃友竹、譚國始、雷浩然、梁崇禮、黃宗保、黎覺奔、劉選民、馬文輝、梁國治、黃澤綿、江陵、柳存仁等，組員六十餘人。這樣的組織，顯然是相當龐大的。

第二個時期：

這一個時期，是香港每年舉辦藝術節的時期。

這一個時期，是教育司舉辦學校比賽的時期。

這一個時期，是「教育戲劇」有積極發展的時期。

香港藝術節，自一九五五年起至六零年止，一共舉行過六屆。藝術節的節目，有音樂、文藝、攝影、繪畫、雕塑和戲劇等等的展出。中西俱備，古今並重。在一切節目中，戲劇節目為最豐富。幾個英文劇團，都表演英國名劇；「中文戲劇組」的中文戲劇演出，則話劇和歌劇也一樣重視；還有電影界的演員上演國語話劇，各「票友」上演的京劇，每屆藝術節的戲劇表演，可以說是多采多姿。

在藝術節中上演的話劇，還是以「中文戲劇組」的為最有代表性，現分別列表如下：

一九五五年　《紅樓夢》　胡春冰編導

《清宮怨》　姚克編導

一九五六年　《西廂記》　熊式一編導
一九五七年　《錦扇緣》　胡春冰編導
一九五八年　《美人計》　胡春冰編導　熊式一等導演
一九五九年　《李太白》　胡春冰編導
一九六零年　《紅拂》　柳存仁編劇　鮑漢琳導演

在每屆藝術節中，中文戲劇必有一個或兩個長劇參加演出。其餘的戲劇團體，有的參加某一屆表演，但並不是每屆都參加。國語話劇方面，以「香港劇藝社」上演的《西施》（姚克編導），及「綜藝劇團」上演的《大馬戲團》和《北京人》，都受到觀眾的歡迎。至於一些臨時組合，間有表演一次國語話劇或粵語話劇，作為響應藝術節，湊湊熱鬧，也有成績可觀，不過此等劇團，並非經常的組織和經常的演出罷了。

藝術節所以有那麼多的劇社參加劇社參加戲劇表演，我們可以指出兩個原因：第一，演期和演出場地有藝術節中央委員會代為安排，無需各參加單位自己動腦筋；第二，政府准予免稅，這對戲劇團體是很大的鼓勵，也解決了戲劇團體經濟困難的問題。

但很可惜，一九六一年以後，藝術節不再繼續了。為甚麼要把藝術節停辦呢？據說是藝術節的經費入不敷出，每屆要虧蝕許多錢。

一九五五至六零年的六年間，各戲劇團體除參加藝術節的表演節目外，作公演性的單獨演出，也是常有的事。「中文戲劇組」就演過《兒女風雪》、《樑上佳人》、《妙想天開》等多幕喜劇。「中青」演過《大雷雨》、《鳳還巢》、《樑上君子》。「春秋」演過《慾潮》、《並無虛言》、《朱門怨》。「墾荒劇團」則會在荔園的劇場裏作經常的上演。

值得一提的是一九五六至五八年間，「中青」曾經舉辦過三屆「戲劇長覽」，歡迎學校及業餘劇團參加，假九龍青年會露天劇場舉行，盡量協助各單位解決演出上的困難，因此，參加的單位一屆比一屆踴躍。展出的劇目很多，包括了許多世界和中國的名著。演出的成績一般地可以使人滿意。可惜因種種客觀條件的限制，不能繼續辦下去。

在學校戲劇方面，值得大書特書的是：香港的話劇活動，內在的力量還是在學校。

大專學校的演劇，因為學生的知識水準高，所以演出的成績較優。香港大學曾於一九五五年上演姚莘農導演的英文話劇《雷雨》，以後又演過高浮生導演的《娜拉》，黎覺奔導演的《求婚》等劇。羅富國師範學院，每年都有李援華的新劇上演，校友鮑漢琳、梁國治、莫紉蘭等經常助母校演出，人才鼎盛，演出成績頗有可觀。

其次，中文中學和英文書院差不多每學年都有話劇的演出活動。私立的培正、培道、培英、嶺南、拔萃、協恩、仿林、同濟各校，及官立的皇仁、英皇等校，演出的中文戲劇常獲得一般的讚賞。教育司方面也鼓勵着各校參加戲劇比賽。每年到比賽之期，各校演劇同學莫不努力以赴，以博取美譽。學校戲劇比賽之舉，給予香港學校戲劇的發展的一個很大助力，使到各校的演劇藝術水準年年提高。

這一個時期，是香港的教育戲劇有積極發展的時期。但也很可惜，一九六零年以後，此項已辦了多年的學校戲劇比賽就停止辦理，直至目前尚無恢復的跡象。

第三個時期：

那是由一九六一至六八年這一段期間，香港話劇發展的大概。概括地說：這是香港業餘演劇活動普遍展開的時期。

這個時期可以兩大組織的力量為代表，分別說明如下：

（A）中英學會中文戲劇組演出各劇：

一九六一年　《女生外嚮》　熊式一編劇　高浮生導演

《無妻之累》　鮑漢琳編劇　朱瑞棠導演

一九六二年　《朱門怨》　周彥編劇　高浮生導演

一九六三年　《紅樓夢》　黎覺奔編劇　鮑漢琳導演
《倩影》　吳健生編劇　朱瑞棠導演
《三笑緣》　鮑漢琳編劇　高浮生導演

一九六四年　《芝蘭怨》　阿英編劇　高浮生導演
《趙氏孤兒》　黎覺奔編劇　朱瑞棠導演

一九六五年　《一家之主》　鮑漢琳編導
《孟麗君》　李援華編劇　朱瑞棠導演

一九六六年　《我是兇手》　鮑漢琳編劇　何恨導演
《欽差大臣》　鮑漢琳改編及導演

一九六七年　《並無虛言》　鮑漢琳編劇　黎覺奔導演
《意馬心猿》　李援華編劇　莫紉蘭導演

一九六八年　《生財有道》　顧仲彝編劇　鮑漢琳導演
《妙想天開》　鮑漢琳編劇　朱瑞棠導演

（B）香港業餘話劇社演出各劇：

一九六一年　《秦始皇帝》　姚克編導
　　　　　　《我愛夏日長》　柳存仁編劇　雷浩然導演
　　　　　　《野玫瑰》　陳銓編
一九六二年　《陋巷》　姚克編劇　姚克、雷浩然導演
　　　　　　《油漆未乾》　趙如琳改編　黃宗保導演
一九六三年　《金玉滿堂》　雷浩然　譚國始編導
　　　　　　《西施》　姚克編劇　雷浩然導演
　　　　　　《長恨歌》　張清、譚國始導演
一九六四年　《明末遺恨》　魏如晦編劇　陳有后、譚國始導演
　　　　　　《生死戀》　毛姆原著　雷浩然導演
一九六五年　《浪子回頭》　鍾景輝編導
　　　　　　《鑑湖女俠》　陳有后導演
一九六六年　《浪子回頭》（重演）
一九六七年　《玻璃動物園》　張鳳愛譯劇　鍾景輝導演

香港業餘話劇社是香港話劇運動的一支勁旅。它擁有知名的劇作家和優秀的演員，所以它的演出，獲得一致的讚譽。

除上述的兩戲劇組織之外，業餘劇團中還可舉出的有：

（一）「嶺東劇藝社」。嶺東成立於一九六二年，曾先後演過《酒色財氣》、《李師師》、《煮海記》、《子歸》、《還君明珠雙淚垂》、《半明半暗之戀》、《離婚》、《傳家之寶》、《選賢記》及《赤子心》等各長短劇。

（二）「中青」的青年戲劇工作者一貫地都很努力，每年都有演出。近年比較大規模演出的有《電話情殺案》、《人之初》、《水仙花》等諸劇。

（三）銀行界組成的「銀員劇團」，近年常有公演。演過《日出》、《雷雨》、《趙氏孤兒》、《矇查查的世界》等各劇。

（四）「香港話劇團」是一群影人的組織，年前曾演出《七十二家房客》及《中鋒在黎明前死去》。

近年來的粵語話劇發展得很蓬勃，可是國語話劇卻一蹶不振。國語話劇比較規模大的只有影人演出的《洛神》、「同文公司」演出的《茶花女》、「香港戲劇協社」演出的《夜店》與《紅樓夢》和「香港戲劇社」演出的《釵頭鳳》（吳雯編劇）。

大專學生的演劇這一個時期有很突出的表現。由「香港學聯」舉辦的「戲劇節」已自一九六六年至今年

（一九六八），共舉辦過三屆。香港大學、中文大學的三個成員學院，羅師及工專，共有六個單位參加。演出的成績一屆比一屆的進步。

以上這些單位除參加「戲劇節」演出外，也常在校內進行級際或系際的戲劇比賽，或舉辦公演。浸會學院演過《小城風光》、清華書院演過《事過境遷》。

大專學生公社戲劇組每年都有一二次大公演。

由大專學生和一部份知識分子組成的「世界戲劇社」，今年上半年演過黎覺奔導演的《茶花女》，十一月又演過姚克導演的《捉鬼傳》。

除大專學生演劇外，中學演劇也非常普遍。差不多規模較大的中學和書院，都有話劇組或話劇社的設立。「新法書院戲劇學會」，每學期都舉行公演，尤具成績。

目前的青年學生的演劇，大有走在劇運前頭的趨勢。

以上——就是最近期間香港話劇活動的一般面貌。

上述三個時期，從一九四五年到目前為止，已經過了二十三個年頭。在這二十三年中，香港話劇雖然不是沒有相當的發展，但與同時期中香港其他方面的發展相比，其遲速頗有霄壤之別。和工商業的直線上升固然不成比例，即使和其他文化事業比較，也覺瞠乎其後。試以電影為例，戰後初期香港電影片的營業數額和技術水平都遠不如目前的電影。那時的電影院差不多是西片獨佔的天下，現在中國片的聲勢已可以和西片分庭抗禮，賣座的成績已有超過西片的趨勢。話劇和電影本是姊妹藝術，電影的發展為甚麼如此迅速？話劇的發展為甚麼如此緩慢？這是值得我們深思的一個問題。

平時和戲劇界朋友閒談，大家都覺得香港話劇發展之未如理想，是由於五個原因：第一，話劇缺乏一個經常演出的劇場。在一九六一年大會堂落成之前，話劇只能借學校的禮堂或租電影院為演出的場地。這種場地都不能長期租借，所以只能臨時演出兩三場，不能經常上演。大會堂落成之後，總算有了一個比較適宜演出話劇的劇場了，但大會堂是為了整個香港社會而設立的，不能經常租給某一個話劇團體來專演話劇。所以至今話劇仍然沒有一個經常的據點。如果有一個勇於嘗試的地產商人能投資建築一個話劇劇場，情形當然不同。可是地產商人自以營利為第一目的，又誰肯做冒險的嘗試呢？唯一的希望是政府能於不久的將來，建築一個專演話劇的場所，而將租金定得比較合理，或改取前後台分賬的辦法。否則，話劇絕對找不到一個經常演出的場所。

第二個原因是劇本荒的問題。經常演出話劇必須有許多優秀的劇本做後盾，才能應付裕如。香港的劇作家寥寥無幾，創作劇本少得實在可憐。用過去的老劇本——如《雷雨》、《日出》之類——又不一定合適，用翻譯的西洋劇本，又不易為一般觀眾所接受。這確是一個很嚴重的問題。

不過，話又得說回來，劇作家寫劇本，必須靠劇本稅來維持生活。沒有經常的演出，劇本稅當然也不會達到合理的數字。換言之，劇作家就不能以劇本稅來維持生活。因此，劇本的創作也永遠不會多。這與缺乏經常演出的話劇是互為因果的。惟其如此，劇本荒的現象自不足為奇了。

第三個原因是演出費用的龐大。目前，商業劇場的租金至少要兩三千元一場，如果以座位來計算，差不多每個座位要合着兩元八毫錢，再加上其他的演出費用，例如排戲、佈景、服裝、道具、化裝、燈光、效果、配樂、廣告、戲票、搬運、茶水、舞台工人……等等，每一次演出，以三場計算，至少需八千元左右——如果佈景、服裝、道具等等相當繁重，尚不止此數——每場約需二千六七百元。將這個數字攤分起來，每個座位要負擔兩元五六毫的演出費。這和場租的負擔合併起來，差不多是五元三四毫錢。再加上百分之二十左右的娛樂稅，就是六元三四毫錢。換言之，即使每場賣票十足滿座，平均的票價至少也要高至六元四毫，才不至於虧本。

這樣高的平均票價決非一般觀眾的經濟能力所能付出。這是話劇的致命傷！

第四個原因是娛樂稅太高。稅局對話劇的課稅與電影一律，大約要付百分之二十的娛樂稅。在香港，英國人的業餘話劇演出，一向受免稅的優待，但中國人的業餘話劇演出則非但不能免稅，而且稅率一點不能減低。唯一享受免稅待遇的是中英學會的話劇組。這是否是因為它帶着一半「英國」的關係呢？我們不敢妄議。娛樂稅不能得到優待，姑且不說，而且每次演出須先將全部稅款繳付稅局（照滿座計算）待演畢後，再將未售出的座票的稅款要求退還，退款的時間往往要超二三個月！這在無形中更增加了劇團的經濟負擔。

上述的種種，我以為稅局應該盡快設法改善。在原則上，話劇是一種業餘的文化活動（至少在目前的香港是如此）不應該和純粹商業性的電影或其他的娛樂相提並論。話劇即使不能享受免稅的待遇，我以為它的娛樂稅應該減到最低的合理之百分比。否則，話劇很難在香港發展。

第五個原因是沒有經常演出的劇團。一般人都說香港沒有足夠的話劇觀眾，所以不可能有經常演出的話劇團。這話似乎很有理由，但事實上並不見得如此。譬如說，我個人是個話劇愛好者，可是平日偶然想請兒女們去看一場戲，我的腦筋裏決不會想到去看話劇，只會想到看電影；因為電影每天都在放映，而且每天至少有四場，可以隨便選擇一個合適的時間去看，但話劇卻不是每天都有的，有時候連接兩三個月都沒有話劇的演出。我縱然愛好話劇，也不會想到去看話劇的了。

記得三十年代的前半期，上海的話劇和香港目前的話劇一樣，也是沒有經常演出的。那時上海的話劇界都說上海沒有話劇觀眾，所以不可能經常演出。可是到了一九三六年，中國旅行劇團在卡爾登戲院演出《雷雨》之後，這種說法就不攻自破。以前上海的話劇只能演出兩三場（至多也不會超過四五場），可是《雷雨》一演就演了一個多月。從此以後，上海的話劇觀眾不知怎樣忽然越來越多，到敵偽時期甚至於有十六個職業話劇團同時在上海演出，而上座居然很盛。這看起來似乎是個奇蹟，但我們如果仔細分析一下，就可以知道這不是奇蹟，而是因為中國旅行劇團的演出是具有職業水平的經常演出，不是業餘水平的曇花一現。目前香港的話劇就做不到這兩點。第一，因為是業餘演出，演員的演技往往很不平均，其中有很老練的，也有很生硬而不稱職的，演出的效果就難達到職業的水平，不能每一次演出都使一般觀眾滿意。第二，即使滿台的演員都演得好。可是各人都有他的正當職業，即使天天滿座也不能一直演下去。連演三場之後，觀眾的口碑雖然都說好，聞風而來的人趕到劇場來定座，可是這個戲已經演完了。我在香港演出了多少次戲，每次都有朋友埋怨我不早點通知他，以至錯過了機會。這可以證明：觀眾並不是沒有，可是必須有職業水平的經常演出，他們才會來看戲。像香港這麼一個擁有四佰萬人口的都市，我不相信會沒有足彀的話劇觀眾。不過事在人為，我們應該自我檢討一下：是否有職業水平的經常演出的可能性？如果沒有，那麼我們且慢諉罪於香港的一般觀眾，因為這是不公道的。

刊於香港大學亞洲研究中心「香港之中國戲劇概況」討論會紀錄
一九六八年十一月二十二至二十三日

我們需要新的劇本

話劇和歌劇、舞劇不同；歌劇、舞劇以歌舞為主，只要唱得精彩，舞得出色，不論劇本如何陳舊，觀眾絕不會生厭。話劇的表演比較接近現實，既無清歌可聽，又無妙舞可看；如果劇本不彀新鮮，往往不能引起觀眾的興趣。譬如京劇至今常常複演《四郎探母》，西洋歌劇也常複演莫差特的《費加洛的結婚》，芭蕾舞劇也常複演柴考夫斯基的《天鵝湖》；可是話劇就不能常翻舊戲。除莎士比亞的詩劇之外，舊話劇的重演只能偶一為之，而且非有極有名的演員或極新奇的導演手法，就不足以號召。中國話劇的劇本本來不多，新的作品更寥寥無幾；所以本港的劇團往往不得不「炒冷飯」。近十年來，香港的話劇雖有蓬勃之象，但仍沒有作經常演出的把握，其原因之一就在新劇本之難得。為劇運的前途着想，我們需要新的劇本。如果沒有新劇本的產生，本港的話劇必然會停滯於現在的階段，不能有長足的邁進。

《三笑緣》的故事雖以彈詞為依據，但確是一個嶄新的劇本。作者鮑漢琳先生是一位有多年舞台經驗的業餘演員，曾經導演過好幾部戲，也曾改編過舞台劇。像英國的考華德和優斯替諾夫一樣，他是一個能演，能編，又能導的多才多藝的人。近年來中英學會中文戲劇組的活動，他是一個主要的策劃者。我和鮑先生認識已有多年，一九五八年他曾參加《西施》的演出，一九六一年拙著《陋巷》在大會堂上演，他又在劇中擔任了一個重要的角色。這兩次的合作使我對鮑先生的才能有更親切的了解。他現在正當盛年，如果他繼續不斷地努力，我相信他對本港的劇運一定會有極大的貢獻。

話劇向來很少以民間傳說為題材，因為民間傳說的故事是傳奇式的，人物是理想而不太真實的，比較宜於歌劇或舞劇，而不很適合於話劇。例如《白蛇傳》，《梁山伯與祝英台》，《孟姜女》，《牛郎織女》之類，如果改成話劇，往往不易討好。唐伯虎雖然是歷史上的真實人物，可是在《三笑》彈詞中已被渲染成一個傳說中的風流才子。鮑先生在劇本中已強調了他的浪漫典型，可是在實際演出時恐怕還得誇張些，才合民間傳說的條件，如果用寫實的手法演出，反倒不彀味。這是以話劇方式來演民間故事的一個問題，而演出之成功與失敗往往繫於編導對這個問題，是否能處理得恰當。在看到演出之前，很難憑空預測。

但無論如何，一個新劇本的產生是值得欣喜的事，尤其在文藝作品極貧乏的香港。去年柳存仁先生到澳洲去，香港的話劇作家少了一個，我覺得很可惋惜。鮑漢琳先生能在劇本創作方面努力，這是香港戲劇界之福。我以十分的敬意，希望他多寫幾個劇本出來，使劇壇有一番除舊更新的氣象。不知鮑先生有此雅興否。

原刊「中英學會中文戲劇組」特刊
一九六三年十一月

我們要「新」的戲劇

香港至今還沒有一個經常演出話劇的劇場，話劇觀眾只偶然有機會看到比較彀水平的話劇演出，而且一般演出的劇目都是二三十年前的舊作，無論形式和內容都不易使人們有新鮮的感覺。年前我寫了一個以燈光控制演區、不需落幕的劇本《陋巷》，當時戲劇界都覺得新奇，甚至於有人認為不適於舞台演出的條件，耽心這個戲的演出會使我的聲譽受到損失。我很感謝他們的美意，可是同時也感覺到：現階段的香港劇運須要多多介紹一些現代的西洋戲劇，這樣才可以使我們趕上時代。可惜這幾年來我本身的事務很忙，雖有這個志願，卻始終沒有實踐，想不到自從鍾景輝先生學成回港之後，在短短的兩三年間，他竟有毅力連續導演了三個現代美國的話劇——《淘金夢》、《小城風光》、與《浪子回頭》——而且每一次的成績似乎比上一次更好，更有說服的力量。這非但使我好似初到香港時偶然聽見渡船上有人講國語那樣高興，同時也使我對這位青年導演有十二分的敬意。

關於《浪子回頭》及其作者，這次的特刊上一定有詳細的介紹，不須我贅述。我只想借此機會來說幾句：

甚麼是新的戲劇？為甚麼我們要介紹新的戲劇？

現代的西洋戲劇是對傳統戲劇（Well made Plays）的革命，由易卜生衝鋒，斯忒林堡押陣，這兩位是前期的新劇大師。接踵而起的有許多不同派別的劇作家，各以一種新的主義為標榜。其中如表演主義和未來主義僅似曇花一現，寫實主義則持久力很強，至今仍流行於劇壇。第二次世界大戰後，又有所謂「存在主義」、「荒謬劇場」等等的新主義抬頭，因為限於篇幅、不能一一詳細介紹。總而言之，這許多新的派別和主義，有一個相同之處：它們都企圖在意識和內容方面注入新的血液。現代劇作家早已厭棄了那種古老的、完完整整的、英雄美人或才子佳人的悲歡離合的故事戲劇，他們也揚棄了道德、善惡、和其他傳統的觀念。他們所表現的多數是片段橫剖面的、或突破時間和空間的一件事或一種生活，他們的中心意識非常廣泛，絕不相同，很難用三言兩語來概括。我只能說他們絕大多數對現實不滿意。他們的色彩是灰黯的，他們的人生觀是悲觀的。但他們絕對是屬於我們這時代的，他們能獲得我們的共鳴，深入我們的靈魂。看現代劇和看戲劇不同，後者好像是另一個時代的事（現在的青年看「家」就有這種感覺）。前者卻不折不扣是我們當前的事（例如亞奴依的 Antigone，雖然是寫古希臘的故事，但在感覺上是現代的）。

在舞台技術方面，現代劇與傳統的戲劇也大不相同。易卜生雖是現代劇的開路者，他的舞台仍是十九世紀鏡框式的。可是自從戈登格雷和艾比亞之輩提倡新的舞台技術以來，舞台和舞台技術已完全改觀，現代的舞台已突破了舊式舞台的空間限制和「第四牆壁」的束縛，舞台的安排可以迎合劇本的要求，隨意改變。在歐美的實驗劇場中，有許多戲的演區是在中央，而觀眾圍坐在四周的，有些戲——像莫斯科寫實劇場的《鐵流》——整個劇場全是演區，觀眾則分散在不妨礙表演的角落。總之，現代劇對劇場和舞台技術的要求是：劇場需具有高度的彈性，可以適應不同方式的演出；舞台技術不一定要設備齊全，但必須能適應演出的要求（例如燈光設備好，不如燈光打得巧妙恰當）。所以有許多歐美的小劇場，規模都很小，設備也比較簡陋（我所見到的最小只能坐一、二百人，只有射燈幾具），但演出的戲卻很精彩。我以為這大可供香港戲劇界參考和效法。

拉拉雜雜已經說了一大堆，歸根結蒂一句話：我們要新的戲劇。因為新的戲劇是屬於我們這時代的，我們如果永遠停留在歐洲十九世紀末和二十世紀初的階段，那麼我們無形中就落後了半個多世紀。

朋友，在你看過《浪子回頭》之後，請你不要忘記：我們得迎頭趕上去！

原刊「香港業餘話劇團」特刊
一九六五年九月一日

從三十一年前說起

三十一年前，齊如山先生在北京——那時稱北平——西城絨線胡同，舉行了一次戲劇展覽會。那時我正在北京做中國古典戲曲的研究工作，幸得躬逢其盛。如今回憶舊事，還像昨日一樣，可是齊老先生已作古人，他所藏的戲劇書聽說已賣給哈佛大學了；想起來不由得感慨繫之。

一九三七年春，上海戲劇界籌備舉行一次春季聯合公演，我曾建議於同時開一個戲劇展覽會；可是因為時間太迫促，難以蒐集展出的品物，終於作為罷論。此後不久「七七事變」就爆發了，從那時起到「勝利」後的二三年中，大後方和淪陷區似乎都沒有舉行過戲劇展覽會。

一九四八年來港之後，我曾經看了不知多少次畫展和其他的展覽，可是在這十七年中，我只看到一次英國文化協會舉辦的莎士比亞展覽會。至於中國戲劇的展覽，香港可從來沒有過。

這次黎覺奔先生舉辦中國舞台藝術展覽會，非但是香港破天荒的創舉；就我個人視野所及，也可以說是三十一年來僅有的第二次。

這次展出的中國古典戲曲方面的文物，當然不能和齊如山先生所蒐集的相比擬。可是，從另一個角度來看，它僅是展出的一部份；還有一部份——中國現代戲劇的品物——卻是那次北京展覽會所沒有的。這一點可算得這次展覽會的特色。

在展出之前，我有機會先看到近百個舞台面的模型。其中絕大多數是現代中國話劇的舞台面，有些是依照在本港演出的實景仿製的。據我所知，這是王濤先生在極短的時間內，趕製出來的「活」。他所用的材料僅是紙板、紙漿，和顏料，但居然能做成這麼多精緻、複雜的模型來。可見天下本無難事，只要努力克服困難，任何事都可以做成。這些舞台模型，就是這句成語的證明。

最使人驚奇的還是展出的戲劇書籍。黎覺奔先生寄了一本手鈔書目給我，其中中國現代的創作劇本有五百三十種，翻譯的外國劇本有三百二十七種，戲劇選集和其他劇本有二百三十一種，戲劇理論和技術書有一百五十六種，一共有一千二百四十九種。黎先生告訴我：這些書都是本港戲劇界朋友收藏的；這可使我覺得驚詫了。我隨手翻了一下這本書目，其中有幾種劇本是很冷僻的，有很多種是早已絕版了的；除非原來在大陸上就開始蒐集，他絕不可能在香港買到這麼許多劇本和理論、技術方面的書。如果說：這一千二百多種戲劇書的出現，是這次「中國舞台藝術展覽會」最豐富的收穫，那是一點不誇張的說法。

香港向有「文化沙漠」的諢稱。在一個四百萬人口的現代都市裏，竟然找不到一所經常上演舞台劇的劇場，這是不可思議的怪事。在我初來的幾年，上環的高陞戲院和彌敦道的普慶戲院是粵劇的根據地，近幾年來這兩個戲院已變成了電影的屬地。話劇本來就沒有在香港打下基礎，其無立錐之地，更不在話下了。過去十幾年中，我和一些愛好戲劇的朋友，曾費了許多時間和精力，做墾荒的工作，希望在這斥鹵之地，培植出戲劇的花朵來。現在，話劇的演出確比五十年代多了一些，但每年的演出——連學校的表演在內——至多不過幾十次，每次多則三五場，少則一兩場。而且上演的劇目都是若干年前的舊劇本，新的創作劇本簡直像珍禽異獸一般，難得一見。從大體上說，戲劇界的朋友已盡了極大的努力，可是所得的收穫卻貧乏得可憐。

在這種事半功倍的環境中，搞戲運真是費力不討好的事。按情理而論，歷年來香港的電影生產量都高踞世界前三名的地位——據說去年曾超過日本和印度，而佔第一位——廣播和電視事業也突飛猛進；那麼戲劇應該和這些姊妹藝術聯步共進才合理。因為電影、廣播和電視都需要受過戲劇訓練和有舞台經驗的人才；如果戲劇不發達，它的姊妹事業也不易有長足的進步。可是在目前的香港，推動劇運似乎比移山填海還要困難。戲劇界的人不能專搞劇運而不顧自己的生活，而生活的重擔往往能使人知難而退。昔年在上海，我曾拋開其他的一切，為戲劇而埋頭苦幹，因為我知道我的努力不會白廢，一定會有豐富的收穫。在香港，我可沒有那麼大的勇氣，經過了挫折就不由不改取守勢；這也許是衰老的徵象，也許是香港的環境太不易克服吧！

所以，黎覺奔先生這次舉辦「中國舞台藝術展覽會」是值得敬佩的，我也曾經想辦一次類似的展覽會，但一考慮到蒐集展出品物的困難，就不敢再往下想了。劇運如果要在香港發展，首先必須有鍥而不捨，百折不撓的勇士。我自知力不從心，只能在一旁搖旗吶喊，默祝這次展覽會的成功而已。

這次展覽會雖是三十一年來，我所見的第二次，但願它是一個開始。如果能由這星星之火，引起社會人士的重視，我相信這對香港的劇運將會有重大的貢獻；它所播下的種子，說不定會開出美麗的花朵來，使這文化的沙漠漸漸變成一個文化的園圃。

原刊「戲劇藝術展覽」特刊
一九六五年

英譯《雷雨》
——導演後記

十八年前，我開始將《雷雨》譯成英文的時候，一位研究歐美戲劇的朋友曾經竭力慫恿我放棄這費力不討好的工作。他說：「這個戲不過是把易卜生的《群鬼》改成庸俗的傳奇劇（melo-drama），再安上了一個希臘命運悲劇的主題，和幾個從西洋名劇裏借來的人物。這樣一個東拼西湊的「雜碎」（chop suey），也值得你浪費精力！」

這樣苛刻的評語當然是不公允的。《雷雨》確有脫胎於《群鬼》的痕跡，希臘命運悲劇的氣味，和類似某些西洋名劇中的人物。我們甚至於可以承認《雷雨》有若干相當庸俗的「傳奇」場面。但我們決不能以「雜碎」二字來抹煞《雷雨》的真價值，和它對現代中國戲劇所發生的巨大影響。

在中國現代的劇壇，《雷雨》可算得近二十年來上演次數最多的劇本，也許是最受一般人推崇的劇本。不過它並不是曹禺成熟的作品。據作者自述，他寫《雷雨》的時候只有廿三歲。那時他的編劇技巧還未臻圓熟，往往在無意之中露出了許多借徑於西洋劇本的痕跡；例如第一幕：四鳳和魯貴的大段對話，顯然是承襲了《群鬼》中 Regina 和她父親 Engstrand 的開場戲；蘩漪和周冲的那一場就是《群鬼》第二幕 Oswald 和他母親 Mrs. Alving 的對場（甚至於連 Regina 拿香檳酒進來，Oswald 教她再拿一隻杯子來，都「蕭規曹隨」一點不差，僅將香檳改為汽水而已）；周樸園逼蘩漪吃藥那場則宛然是 Besier 的《閨怨》（The Barretts of Wimpole Street）Edward Barrett 逼 Elizabeth 喝黑叵酒的影子。僅此一幕中已有這許多跡象可尋，可知作者當時對於西洋戲劇雖寢饋已久，還不能完全跳出師承的窠臼，自己開闢新的蹊徑。

惟其如此，我們不難從《雷雨》的主題、結構、和人物中探測曹禺所受到的西洋戲劇的影響；我們也可以由此推尋現代中國戲劇怎樣向西洋學習而漸漸發育、長成的來龍去脈。所以，在導演《雷雨》的過程中，我時常帶幾本西洋戲劇給演員們參考，使他們知道《雷雨》的主題和 Euripides 的 Hippolytus 及 Racine 的 Phêdre 極似，它的結構脫胎於《群鬼》，它的人物多半是西洋戲劇中熟悉的人物——例如蘩漪像 Phêdre，周萍是 Hippolytus 和 Oswald Alving 的合體，周樸園是 Edward Barrett，魯貴是 Engstrand，四鳳是 Regina，周冲好似從契訶夫的《櫻桃園》（The Cherry Orchard）裏跑出來的 Trofimov……。關於這許多血緣關係，作者曾在《雷雨》的序文中作以下的解釋：

> 在過去的十幾年，固然也讀過幾本戲，演過幾次戲，但儘管我用了力量來思索，我追憶不出那

一點是在故意模擬誰。也許在所謂「潛意識」的下層，我自己欺騙了自己：我是一個忘恩負義的僕隸，一縷一縷地抽取主人家的金線，織好了自己醜陋的衣服，而否認這些褪了色（因為到了我的手裏）的金線也還是主人家的。其實偷人家一點故事，幾段穿插，並不寒傖。同一件傳述，經過古今多少大手筆的揉搓塑抹，演為種種詩歌、戲劇、小說傳奇，也很有顯著的先例。」

我不相信作者「儘管用了力量」還「追憶不出那一點是在故意模擬誰」，可是我同意「偷人家一點故事，幾段穿插，並不算寒傖」的說法。大家都知道許多莎士比亞的戲劇是有「來歷」的，俄國的詩聖普希金的作品卻有濃厚的英國浪漫詩人的氣息；只要能「青出於藍」，摹擬並不損害作品的價值。

《雷雨》明顯地告訴我們：曹禺所師承的是從古代希臘到易卜生的西洋正統戲劇。若就意識形態而言，他那時似乎已開始有左傾的趨勢，但他所刻劃出來的工人——魯大海——僅是個粗暴、幼稚、銀樣蠟鎗頭的傢伙。礦上的工友們已經被「出賣」而復工了，他非但不趕緊回去暴露真相，反而吊而郎當地淨在家裏擦手槍，和後父鬧彆扭！像這樣的礦工代表，未免太荒唐，太可笑了吧。

從周沖所憧憬的美麗的遠景，我們可以知道《雷雨》的作者所嚮往的是甚麼。在第三幕周沖和四鳳有如下的對白：

冲：有時我忘了現在，（夢幻地）忘了家，忘了你，忘了母親，並且忘了我自己。我想，我像是在一個冬天的早晨，非常明亮的天空，……在無邊的海上……哦，有一條輕得像海燕似的小帆船，在海風吹得緊，海上的空氣聞得出有點腥，有點鹹的時候，白色的帆張得滿滿地，像一隻鷹的翅膀斜貼在海面上飛，飛，向着天邊飛。那時天邊上只淡淡地浮着兩三片白雲，我們坐在船頭，望着前面，前面就是我們的世界。

四：我們？

冲：對了，我同你，我們可以飛，飛到一個真真乾淨，快樂的地方，那裏沒有爭執，沒有虛僞，沒有不平等，沒有……（頭微仰，好像眼前就是那麼一個所在，忽然）你說好麼？

這段對白裏所表示的僅是一個縹緲得像海外仙山似的烏托邦，比 Trofimov 在《櫻桃園》裏所夢想的世界更空洞，更可望而不可即。這種想法是從古以來對現實不滿意的人們所共有的想法，一點也不新奇。我們若把《桃花源記》來做個對比，不過是「落英繽紛」的桃林變為「明亮的天空」，武陵小「溪」變為無邊的海，寒傖的漁舟變為張着白帆在海面上飛的外國遊艇（yacht），船上的窮漁翁變為礦主的少爺攜着一個漂亮的伴侶，「黃髮垂髫，並怡然自樂」的世外桃源，變為「一個真真乾淨，快樂的地方」。雖然情景迥不相侔，在實質上卻是相差無幾的。

平心而論，《雷雨》所呈現的意識形態，大體上還是屬於自由主義的範疇。他所嚮往的烏托邦是包圍着浪漫氣氛的夢境；魯大海的插曲雖然略帶些火藥味，但這好像新年裏孩子玩爆竹，不過跟着人家起鬨，並不真想「造反」的。其實曹禺在《日出》、《原野》，《北京人》，《蛻變》，和其他劇本裏所顯露的仍然是自由主義的意識。最近他雖寫了一個反美的《明朗的天》，可是在心靈的深處，他也許還在憧憬着那「無邊的海」，「非常明亮的天空」吧！

* * *

初次的嘗試總是多少帶些冒險性的；困難不必說，失敗更是意料中的事。這一次《雷雨》的英語演出，當然也不在例外。在過去二十年中我曾經導演過很多戲，可是導演英語戲劇卻只有十六年前在美國耶魯劇院（Yale Theatre）公演英譯《打漁殺家》那一次；不過那是中國舊劇的示範演出，一切都守着皮黃戲的繩墨；站在導演的立場來説，這個工作並不十分傷腦筋。

這次導演《雷雨》，可就沒那麼簡單了。第一、我所用的譯本原是一九三七年我在英文《天下月刊》陸續發表的譯文。不過當時只顧忠於原著，並沒有把對白譯成適合舞台演出的英文口語。這次為適應演出的要求，不得不將原譯修改，使演員們易於上口；可是事實上這步工作不僅是修改，因為劇本的大部份是需要完全改譯的。

第二、原譯本冗長複沓，若不刪去序幕和尾聲，大約要五六個小時才演得完。這幾乎不是習慣於看一個半鐘頭一場電影的觀眾所能忍受的，外國觀眾當然更不必說。所以第二步工作是怎麼將原劇刪節到適當的長度。雖然《雷雨》是個「足尺加三」的長劇本，前後重見和複述之處極多，可是剪除駢枝贅葉，偶一不慎也許會損傷了主幹。所以我在刪節的時候，每一場都煞費躊躇；把無關緊要之處勾掉還不難，把重要而冗長的場面化為精簡可就不容易下筆。此中滋味只有身歷其境者知道，至於「功」「過」如何，那只能任憑觀眾去判決了。

第三、原劇本有若干場的情節和劇中人的性格或其應有的情緒和反應不甚協調。例如第二幕魯媽與周樸園見面的一場，魯媽一再暗示自己的身份，然後樸園才發現她是侍萍。這在舞台上確有增強「懸宕」（suspense）的效果，但和二人的個性卻顯然是矛盾的。魯媽從投河自殺之後，三十年來寧願茹苦含辛，決不去找樸園，可知她是個堅毅自重，不肯吃回頭草的女性。她一發覺這公館是周家，即刻就拉着四鳳要她「現在就跟我回家」；那麼她豈肯故意向樸園提示自己的身份，讓他認出自己是侍萍呢？至於周樸園，他是個經驗豐富，機警幹練的老奸巨猾；礦上鬧了偌大的工潮，他居然能在一二日內收買了工人代表，使工人帖然就範地復工，可知他是一個何等利害的角色。假使必須魯媽絮絮聒聒地提示了半天，他才認出她是侍萍，那他豈不成了個昏庸顢頇的老糊塗了麼？所以我把這場改為周樸園從魯媽的神情語氣中認出她是侍萍，雖然捨棄了些「懸宕」的效果，至少在情理和性格上似乎比較來得合理。諸如此類的場面當然還有，譬如說魯大海從周家出來之後，不搭第一班火車回礦去暴露周樸園收買代表的經過，反倒在家裏呆着，這和他的性格極不協調；但這是不能改的，因為他若一走那麼第三四兩幕的戲必須全部大改了。最使我頭痛的是第四幕結尾的那場——周樸園直認魯媽就是侍萍之後，那拖沓的melodramatic場面本來就使人有啼笑皆非之感。好容易四鳳「自中門跑下」去自殺了，周冲也追出去救她了，周萍卻好像熟視無覩，跑入飯廳去不知作甚麼，等到四鳳和周冲觸了電，大家都跑出去之後，他才從飯廳裏出來，拿了手槍到書房裏去自殺。我記得好多年前有一次在上海某劇場看排戲，那個演周萍的演員問導演：「我這回兒跑到飯廳去幹嘛呀？」導演正被他問得答不出話，那演魯貴的演員插嘴說：「犯人上法場之前可不是總要飽餐一頓，免得死了做餓鬼的麼？」這當然是說笑話，可是《雷雨》的結尾有些不近情理也確是事實。這些地方我已酌量修改了一點；假使熟讀《雷雨》的觀眾覺得不對，我自當負其全責。

往常看《雷雨》的演出，我總覺得台上的眼淚愈多，悲劇的氣氛愈變得稀薄，作者自己也在序文裏說：「我希望她們不要嘶聲喊叫，不要重複單調地哭泣。」用眼淚當作「狗血」灑，藉以賺得觀眾的眼淚，這是十九世紀傳奇劇用濫了的低級趣味。在導演時我曾諄諄告誡演員們以節哀為要，寧可「不及」，千萬不要過火。因為悲劇的氣氛是莊嚴肅穆的，嚎號痛哭很容易破壞這樣的氣氛而使整個演出趨於下乘。

悲劇和傳奇劇是不能用同樣的手法導演的。傳奇劇不妨花綽一些，悲劇則以單純為貴；傳奇劇的中心是情節，需要動的節奏，較快的tempo，演員的動作和地位的變化應該比較活潑，白口也不妨誇張一些；悲劇的中心是人物的個性和其內心情緒的抑揚頓挫，所以需要靜的節奏，較慢的 tempo，和有深度的演技，甚至於在舞台裝置、服裝、道具等方面也以莊嚴肅穆為要旨。所以這次《雷雨》的舞台方面力求其樸質，道具的佈置也幾乎是像廟堂似的，藉以增強劇中窒息，鬱熱的氣氛。我明知這種導演手法也許會使看慣「生猛」演出的觀眾失望，可是我相信真真愛好《雷雨》的觀眾決不會因此而減少他們的興趣。

最後我要感謝香港大學林仰山教授給我的鼓勵和馬鑑教授對我的期望；如果沒有他們給我「打氣」，我是不會有勇氣導演這個戲的。對於其他朋友的幫助，我也非常感激，尤其 Hong Kong Stage Club 的 Oblitas 先生，他曾破功夫替演員糾正讀音，並賜予許多寶貴的意見。使我覺得最愉快的是全體演職員的熱誠合作，使我在短促的時期內完成了這艱難的嘗試。雖然他們缺乏舞台經驗，可是他們的用功和進步之快是值得驚異的。假使這次演出有一點可取之處，這是他們努力的收穫，他們應得榮耀。

原刊「香港大學中文學會」演出特刊
一九五四年十一月十九日

論法國的現代劇

周麟先生在〈法國戲劇的新動向〉一文中說：「一九五零年左右，在法國戲劇方面，產生了一個新的運動。若干新興的劇作家，對於傳統戲劇的根本存在，發生疑問。戲劇理論家亦先後出版了幾本重要的理論書籍，他們一致認為這個古典性的平切面的戲台首先就不適於現時代的應用。而古典性必須遵守的時間條件又限制了現時代多線生活的展開。新劇之有別於過去的戲劇，並不是在他的題材的不同，並不是在他的作風的不同。是在基本上，將舞台上已有的成見全部改除；用一種新的手法，來表達現代人極為複雜的思想過程。另一方面，在小說上，幾個新興作家也採用同樣的方法來作新體小說的嘗試。這種新小說和新戲劇中所表現的，是超乎時間和空間的人生，超乎現實行為和目前心理的事件。因之所用的語言和對白亦往往不合我們所認可的邏輯。作家們必須創造新的字眼和句子才能表達這超乎常情習慣的感情和事件，白格脱（Samuel Beckett）、謝內（Jean Genet）、尤乃斯柯（Eugéne Ionesco），便是這一派的代表作家。」

白格脱的名著《等待哥多》，前兩年本港的Stage Club曾在大會堂劇場上演過。這個劇本幾無故事可言。

大體上說，舞台所表演的是兩個衣衫襤褸的流浪漢——愛斯忒阿貢和拉底米爾——在等待一個名叫哥多的人來。故事發生的場合是一片荒涼的「無人之地」，甚麼都沒有，只有一棵枯樹。劇中人的對話，沒頭沒腦，簡直可以說「不成話」，下面引的是其中的一段：

愛斯忒阿貢（以下簡稱「愛」）：我們走吧。

拉底米爾（以下簡稱「拉」）：我們不能走。

愛：為甚麼？

拉：我們在等候哥多呀。

愛：對，（想了一下）你肯定是在這裏麼？

拉：肯定甚麼？

愛：我們一定得等。

拉：他說：在這棵樹前邊，（他向樹看）你看得見第二棵樹麼？

愛：這是甚麼樹？

拉：人家管它叫柳樹。

愛：怎麼沒有掛葉？

拉：已經死了。

除了像上面的對話之外，二人或者枯坐，或者其中一個企圖自殺，可又自殺不成——連上吊的皮褲帶都朽斷了！後來又來了兩個人——波索和幸運——他們的形象是這樣的：

波索和幸運上。前者用一根繩栓在後者的頸上，來指揮他，所以我們起先只看見幸運背後拖着一條長繩，直到他走到舞台中央，波索才從台旁邊走出來。幸運提着一隻沉重的手提箱，一隻摺疊椅，一籃裝得滿滿的食物，臂彎裏還挾看一件大氅；波索手裏拿着一條鞭子。

波索（在出場前）：快點！（他的皮鞭抽了一下。波索出現了。他們橫走過舞台。幸運在拉底米爾和愛斯忒阿貢面前經過，逕自下場。波索看見拉底米爾和愛斯忒阿貢，止步。那根繩曳直了。波索猛地一拉。）回來！（跌倒聲。那是幸運和他負荷的東西跌倒了。拉底米爾和愛斯忒阿貢向他看，心裏很想去援助他，可又怕捲入與自己不相干的是非。拉底米爾向幸運邁了一步，但愛斯忒阿貢抓住他的胳臂，將他拉了回來。

拉底米爾和愛斯忒阿貢起先懷疑波索是哥多，後來知道他不是，他們甚至於否認自己認識哥多了。至於那曳着長繩的幸運，他顯然是波索的奴隸，他永遠提着重擔，永遠不得休息，永遠在波索鞭笞之下討生活。他永遠不說話，可是說起來就滔滔不絕，接連三頁半之多，沒有標點符號，也不成句讀，只是許多牛頭不對馬嘴的單字和詞彙。最後，聽得人家受不了，只得用武力制止他的思想。

除上述四個人物之外，只在第一幕終了前有一個送信的男童出現。他說：「哥多有事，今天不能來了，明天準定可以來。」至於哥多是誰？拉米底爾和愛斯忒阿貢為甚麼要一日又一日地等他？劇中並沒有任何說明。

白格脱的劇作還有《最後一幕》、《無言的行動》、《最後一捲錄音帶》、《灰》、《快樂的日子》等。一九六三年在法國國家新劇院上演的《噢！過去的好日子》，和《等待哥多》的風格相似。原劇本我還沒有讀過；據周麟先生文中的介紹，這個劇本所寫的是「一個五十多歲的女子在沙漠中，半身已陷入沙中，閉幕時全身陷入沙泥之中。描寫一個人慢慢地走向死亡，並不自覺。劇中女主角，雖已近末日，還在自言自語地算她的一份賬，回憶過去的好日子，十分偷快；希望將來的好日子，又十分熱誠。」

除白格脱之外，謝內和尤乃斯柯的作品，我沒有讀過原本，只看過一些東鱗西爪的介紹和批評，不過他們的作風和動向是可想而知的。謝內的第一個劇本是《下女》——個短劇，隨後又寫了《陽台》，曾在巴黎好幾個大劇院上演過，不過使全巴黎震驚的卻是一九五九年演出的《黑人》。周麟先生文中說：「《黑人》一劇是用舞踊的手法來寫的。一群黑人演員在台上表演一幕宗教性的殺死白色女人的祭祀。祭台放在戲台的中央，四周是黑人的觀眾，卻都改裝成白種人。其中有皇后及其臣族、傳教師、總督等，一如白人在黑人地方的一些高貴的人群。黑人改裝的白種人看完了祭祀，極為不滿。皇后即出師伐黑人的酋長，結果為黑人酋長所敗。戲劇以一幕偉大的舞踊來結束。」

謝內的大型劇《屏風》於一九六一年出版，還沒有上演。這是以阿爾及利亞之戰為主題的大劇，佈景須用四層高的大戲台，演員人數一百多。據說這是一個宣揚阿國農民努力的劇本，政治性並不濃厚。至於其內容如何，要等讀過劇本才知道，不便信口雌黃。

最後，讓我再引一段周麟先生的話，來介紹尤乃斯柯。「尤氏的作品到今日為止，可以分為三個時期來看：第一個時期是一九四九年到五一年間的作品，大半都是一幕的短劇。在唯一的佈景之下的一群木偶似的人做一些無聊的日常事。他們的言語又是和動作絕對沒有關係的。一切都表現我們的世界是一個荒唐的世界。《禿歌女》、《教訓》等即可歸入這一時期的作品。第二時期的劇作（一九五一年至一九五四年）比第一期更有力量，佈景亦比較重要。所針對的觀眾圈也比較寬大。最不同的，便是在這一時期裏，劇中人已不似木偶或機器人了。對於自己的不幸與窮困也比較有意識起來了。這是他與白格脫相反的地方。《椅子》便是這一時期的代表作。其他如《責任的犧牲品》、《如何放棄它》等也是這一時期裏的產品。《如何放棄它》是尤氏第一本三幕大劇，一個極有浪漫思想的男人娶了一個極平凡的女人。兩人同居一屋，門窗緊閉，從不見人，可是在房間裏，有一個死屍，天天長大，到後來人就無法容身了。男人想夜間搬死屍出去，又遇見警察。終於飛昇上天，逃之夭夭。這個結局是尤氏劇作樂觀結局的第一本作品。自此第三時期開始，劇中也添了一個名叫白郎謝的人，這個人與以前的劇中人不同，是一個清楚明白而不是機械化的人。他盡力與世界上的不幸來鬥爭。《犀牛》一劇是具有哲學意味的作品。一個城中，所有的居民都先先後後地變成犀牛。

實際上尤氏用這個寓言來描寫人民受了教育或宣傳，都可以失去他的本性的。其中有些人卻鬥爭不已。例如白郎謝即是其中一個。他說：『我要和社會作對頭，我已經是剩下的唯一的人了，不變犀牛，也決不屈服的。』……尤乃斯柯的世界是一個荒唐的世界。人類破產，即使有若干價值和良善的觀念，也都是建築在虛假上面的東西。人都是木偶和機器人，即使有張某李某之分，也是偶然的事件，沒有甚麼真意義。這些人更進一步，自己還築起自己的囚籠來。自己的社會條件、家庭關係、歷史背景等，徹底想來，都是對他的自由加以桎梏的東西。更後人又不斷地受到物質東西的侵略，《椅子》一劇中的椅子越來越多，以至不可收拾。《新房客》一劇中，房子裏堆了不少家具，無法進入。《如何放棄它》中的死屍，《犀牛》劇中的犀牛，《空中行人》中的樹，都是慢慢地將人的地盤搶去的例子。尤氏的世界是一個全部為物質所侵佔的無法挽救的世界。」

反戲劇的戲劇

白格脱、謝內和尤乃斯柯的戲劇，可以代表法國戲劇的新動向。這種新動向和傳統戲劇有甚麼不同？它和四十年代以來的存在主義的戲劇，所謂的荒謬戲劇，超現實戲劇……等等，又有甚麼歧異？

讓我先從傳統戲劇說起。第一、傳統戲劇是以故事為骨幹的，故事儘管可以簡單或複雜，平凡或神奇，正面的或翻案的，甚至於羼入一些神怪或荒唐的成份，可是必須完整，有頭尾，有起伏。所以，劇作者一開始就得將故事的時間、空間、人物和他們相互的關係，以及已經發生與正在醞釀的事，一一交兑清楚，然後將故事逐步發展到一個高潮；這個高潮的結果也就是故事的結束。第二、傳統戲劇是以語言為血肉的。語言可以用詩歌的方式，散文的方式，歌唱的方式，念誦的方式，白話的方式，或混合方式；它的作用是傳達劇情的發展和人物的意志、情緒，使觀眾能瞉理解。優美的語言——包括詩歌和説白——非但是戲劇的要素，同時也是戲劇成為一個文學大系的理由。所以，自古以來的劇作家都在劇詞上用工夫；詩劇不必説，即使是話劇，對話也要寫得生動、美妙，纔能引人入勝。

上述的兩點是傳統戲劇的主要規律。古希臘的戲劇如此，古羅馬的戲劇、古印度的梵劇、日本的能樂、我國的宋元南戲、元雜劇、明清傳奇、京劇、地方戲劇，和「文藝復興」以降的歐洲戲劇，也莫不如此。其實，白易卜生至阿諾依（Jean Anouilh）的現代劇又何嘗能脱出傳統規律的範圍？試以第二次世界大戰後的法國存在主義大師沙爾特（Jean-Paul Sartre）的獨幕劇 Huis Clos（英譯為 No Exit《沒有出路》）為例，它的佈景是一間「第二帝國」時代的客廳，牆上一點點綴都沒有，窗子都用磚砌沒，不透一點光，分不出晝夜。這就是劇中人——三個鬼魂——的地獄；它雖沒有油鍋和刀山，可比有油鍋和刀山的地獄更恐怖。這三個鬼魂，一個是有虐待狂的男性 Garcin，一個是同性戀的女性 Inez，一個是殺死小孩的女兇手 Estelle，此外只有開場時引他們進來的司閽（以後他就不出場）。在他們三人之間，談戀愛顯然是不可能的，因為他們的性情既不投機，又有第三者在場，諸多不便。人類的尊嚴，他們已失去了，希望已沒有了，甚至於情慾也興奮不起來了。逃走是不可能的，因為這裏只有進來的門，可沒有出去的路。在百無聊賴中，他們只能胡亂地聊天。可是，在這種環境和心情之下，還有甚麼可談的呢？他們只能單調地，沒完沒了地重複他們的談話。他們沒法子逃避，也不能休息；因為他們是鬼魂——睡眠、靜默、隱私、甚至於死亡，對他們已不復存在的了！

除存在主義的戲劇之外，當然還有其他的例子可舉，例如卡繆（Albert Camus）的荒謬戲劇，蒙德郎（Henry de Montherlant）的心理分析戲劇，阿達莫夫（Arthur Adamov）的超現實戲劇等……不過限於篇幅，不能悉舉，而且事實上也沒有這個必需；因為他們所標榜的主義雖然不同，他們的劇作卻並沒有完全揚棄傳統戲劇的規律。譬如說，Huis Clos 的故事儘管簡單，它至少是一個可以理解的片斷，它的人物雖是鬼魂，至少都有可以相信的，具有人性的性格，它所用的語言也是我們通常的理智所能了解的語言。它的主題，「他人便是地獄」（"L'enfer c'est les autres"），無非是說：人類的「存在」的最大痛苦就是「他人的存在」。我們生活在人群中，一輩子不得不和形形色色的人經常在一起，甚至於死後的鬼魂還是沒法子逃避他人的鬼魂的存在。這種人生哲學雖然是反社會的，極端悲觀的，可是一般觀眾的理智還不難理解。（至於觀眾是否贊成或欣賞這種思想，那是另一個問題。）

白格脱、謝內和尤乃斯柯所代表的新興戲劇可沒這樣容易理解。在他們的舞台上，時間和空間的觀念已變成虛幻，至少已不發生作用。他們的宇宙不是理智的、現實的，而是反理智的、反現實的。他們的人物，絕不似傳統戲劇中那麼刻劃得精細、生動，他們好比代數中的ABC與XYZ那些替代的符號，個性既不必刻劃，形像也不妨模糊，他們的身世、地位、和相互的關係更不必交兑，甚至於連姓名都可以不用。在有些新興戲劇中，人物還可以變換，甲變乙，乙變丙，都不算希奇。

自易卜生以來的戲劇家，對傳統戲劇儘管反抗，可是從來沒有對語言的重要性發生過懷疑。即使在現代劇作家中，英國所謂「憤怒的青年」奧斯本（John Osborne）所寫的劇本——英國人戲稱之為「廚房洗碗盆戲劇」（kitchen sink play）——對話極通俗，毫無藻飾，可是非常現實，非常生活的口語。至如英國的艾略忒（T. S. Eliot），西班牙的洛爾卡（Federico Garcia Lorca），法國的紀侯杜（Jean Giraudoux），郭洛德爾（Paul Claudel），和高克多（Jean Cocteau）等，尤以劇詞的文采，為當世所推重。

法國的新興劇作家對戲劇語言的態度可截然不同。他們認為語言不能完整地、十足地代表人的思想。在不同的時間、空間、環境和情緒之下，同一個人說同一句話，它的意義絕對不同，但語言卻不能將不同的意義，充份地表達出來。同一個人尚且如此，不同的人說不同的話，豈不是更難說出真意之所在？一個人完全說真話已難將內心真正的意義，不折不扣地表達出來，何況他的話裏還有虛偽不實的成份呢？所以新興戲劇作家根本不承認語言的文學價值，他們雖然不能不用它來寫劇本，但並不以它為血內，只當它是糟粕。白格脱劇本中的對話都是無關緊要的「神聊」，或者是「胡扯」，例如《等待哥多》劇中，不開口的奴隸——幸運——忽然大放厥詞，一口氣說了三頁半的話，沒有標點符號，也不成句讀，只是許多牛頭不對馬嘴的單字和詞彙。謝內雖沒這樣「離譜」，他的劇中人的語言至少是不寫實的、誇張的，甚至兩個女傭閒談，都用十七世紀高雅的古文做台詞。

尤乃斯柯對戲劇語言的突破，比白格脱和謝內更積極，更徹底。他以為人類的語言已成為一種桎梏，使得意識的交通受到阻礙，不能暢達。陳腔濫套纏繞在意識的周圍，像春蠶作繭一般，外殼看來很精緻，很圓渾，真正的性靈卻在裏面窒息着。尤氏的看法，其實並不算過份偏激。試問古今中外的文學名著，有多少是真的從作者性靈中發出來的心聲？有多少是矯揉做作的呻吟？至於那些名為文學，而實際上只是一些道學八股，幫閒八股之類的作品，那就更不用說了。除此之外，還有那些寫得洋洋灑灑，像煞有介事，其實甚麼話都沒說的文章。那篇膾炙人口的《二郎神廟記》，就是個現成的例子（「夫二郎者，老郎之子，大郎之弟，三郎之兄；二郎特出於其間……」）。這種文章和日常談話中的「今日天氣……哈哈哈……」一樣，雖然是語言，卻完全失去了語言的作用。這種語言空洞無物，試問還有甚麼意義？尤乃斯柯對語言不滿意，就為它不能代表人的意識；他以為非得突破語言的禁錮，纔能達到意識的解放，能獲得意識的解放，人與人之間纔沒有隔膜，纔能彀溝通。在《禿頭女歌手》的結尾，他就試用不連貫的字句和支離破碎的音節，來表達更真實的意識。他的嘗試是否可以算得成功？我準備在本文的「下篇」，對法國新興戲劇作全面討論時，再提出來。現在暫置不論。

這一班新興戲劇家們揚棄了傳統戲劇的規律，甚至於企圖突破語言的束縛，可是他們對佈景和道具卻非常重視。傳統戲劇中的佈景和道具一向處於輔佐的地位，在新興戲劇裏，佈景和道具至少和劇中人一樣重要，有時竟喧賓奪主，變成劇中的重心，如白格脱《無言之行動》中的大口袋，尤乃斯柯《椅子》中逐漸加多的椅子，和《新房客》中堆滿的家具，都是典型的例子。

這些只是法國新興戲劇最明顯的特點。你若以為這一班新興的劇作者不過是在要些新噱頭，那麼你是完全錯了，不，他們絕對不是要噱頭，絕對不是為賣弄新奇而新奇。他們有他們的理論，有他們的目的。他們以為傳統戲劇不足以表達現代人錯綜複雜的生活，更不足以表達他極端複雜的思想過程。他們以為必須先突破傳統戲劇規律的限制，創造嶄新的手法，纔能產生能彀代表我們時代的新戲劇。運用這種嶄新的手法，他們企圖表現超越時間和空間的人生，和超越現實生活中的行為與心理。

新興戲劇所表現的既不受現實生活中的時空、行為和心理的限制，自習慣於傳統戲劇的觀眾看來，自覺其怪誕而不合情理。所以，有些人稱之為「嘲世的戲劇」（Le thâètre de dèrision），也有稱之為「反戲劇的戲劇」（Thâètre anti-thâètre）。這兩個名稱其實都不恰當；前者不能概括這種戲劇的意義，後者只顧到它的手法，沒顧到它的目的；我以為稱之為新興戲劇，倒還比較妥貼些。

如果將新興戲劇在香港演出，我想它絕不會受一般觀眾的歡迎，因為它和粵劇、美國電影、國語及粵語電影之間的距離，相差得太遠了。即使英美觀眾也不會怎樣熱烈地接受它的形式和內容。

可是一九五三年《等待哥多》在巴黎上演，竟能轟動一時，連續演出了三百多場。其他的新興戲劇在法國也都有相當的成功。我們與其說法國觀眾的程度特別高，不如說法國的文藝氣氛特別適宜於新興戲劇的茁長。

要欣賞新興戲劇，我們必須摒棄一切對戲劇的先入之見，我們絕不能用傳統戲劇的尺度來量它，我們更不能用現實生活中的邏輯來理解它的形態和意識。猶如觀賞一幅現代的抽象畫一樣，如果用傳統的眼光看，簡直不成其為畫。我們必須像初次吃榴槤一般，不要被它奇怪的形狀嚇跑，不要對它難聞的臭味發生厭惡。可是，在嘗到滋味之前，我們不要憑自己的成見，武斷這種果實的「要得」與「要不得」。對於法國新興戲劇，我們也應該如此。

新興戲劇的社會背景

文藝不能脱離社會，不能單獨地存在和發展。戲劇既是文藝的一個支系，當然不能超乎社會之外。從古希臘至現代的戲劇，其內容和形式總是跟着社會的演進而改變，絕對沒有例外；因為社會的組織和人類的生活方式是決定戲劇的內容和形式的原動力。十九世紀德國的大戲劇家F．赫貝爾（Friedrich Hebbel, 1813-1863）以為偉大的戲劇在舊時代與新時代的過渡期中產生，它所表示的是「世界觀」（Weltanschauungen）的衝突。據他的看法，西洋史中曾有兩次這樣的運動：第一次是古代社會從渾噩無知進入理性的思考，從對神的信仰轉變為對命運的信仰；第二次是新教徒的個人主義動搖了中世紀的社會秩序。其次就是現代即將降臨的「新型人類」，這是第三次。第一個過渡期中的戲劇，表演的是人與意識之間的衝突，（這裏所謂的意識是它「形於外」的部份，就是政治、宗教和倫理的組織）。第二個過渡期中的戲劇，表演的是個人內心的矛盾。第三個過渡期中的戲劇，表演的是針對政治、宗教、倫理組織的問題；換言之，就是現代政治、宗教、和社會組織的內在衝突。赫貝爾的理論顯然是受了黑格爾的影響，他用辯證的方式來解釋戲劇的發展和演變。當然，他的理論只適用於高乘戲劇（high drama），商業劇場上演的純娛樂性的戲劇並不是他的對象。我們也許不同意他的結論，但我們不得不承認他的大前提——戲劇與人類社會是不可分割的。

　　僅僅知道法國新興戲劇的主要作家是哪些人，他們的代表作是甚麼，他們作品的內容和形式有何特點，這不過是浮面的認識。我們如果要求更深一層的了解，那麼非先探索它的社會背景不可。

　　第二次大戰結束後，在法國，一般人都抱着滿腔的希望，迎接新時代的來臨，可是過了不久他們便嘗到了「慘勝」的滋味。新的秩序沒有建立起來，舊勢力早已重新抬頭；政治回復了戰前的不穩定．政黨仍然那麼多而亂，議會仍然七嘴八舌，意見紛歧，內閣往往不到一年就解散，內政的措施失當，行政不上軌道；在經濟方面，法國戰後的復興非常遲緩，非但遠不及日本和德國，甚至於還不如意大利（日德意還是戰敗國呀！）；至於對外關係，法國一方面不得不仰美國的鼻息，另一方面她又不能敉平亞非殖民地的動亂。到五十年代，這種情形愈來愈嚴重。奠邊府慘敗之後，法國逼得自越南撤退，它的國際地位因此一落千丈，它在北非的殖民地也發生了動搖，眼看着阿爾及利亞的獨立運動如火燎原，而毫無有效的對策。最後，戴高樂東山再起，不顧殖民主義者的反對，讓阿爾及利亞獨立，這纔將殘局穩定下來。我們如果回溯到鄧寇克之役和法國的淪陷，法國人在這二十多年中所身受的一切是不難想像的。在這長時期的屈辱、動亂和頹喪之中，法國知識分子的感受自比一般人更為敏銳，尤其是文藝工作者。在納粹的鐵蹄之下，戰前樂觀主義的老劇作家紀侯杜也不得不改變他過去的作風：Sodome et Gomorrhe 顯示他憂慮世界即將毀滅，La Folle de Chaillot 所流露的是他的悲憤，Pour Lucrèce 則籠罩在絕望的陰影中。紀侯杜尚且如此，後進劇作家之悲觀自更不足怪。四十年代的法國高乘戲劇，例如沙爾特的 Les Mouches, Huis Clos, Morts sans Sepulture 和 La Putain respectueuse，阿諾依的 Antigone 和 Ardèle，卡繆的 Le Malentendu 和 Caligula……等，在本質上都是悲觀的，沒有希望的。這種悲觀主義並不局限於法國，在同一時期西方民主國家的劇作家如英國的 Graham Greene 和美國的 Arthur Miller 和 Tennessee Williams 之輩，他們的作品也有灰暗的陰影。

到五十年代，這種悲觀和絕望的戲劇雖然還在重複地演出，可是比較年青一輩的劇作家已經不耐煩彈消極的調子。他們不願意像 Huis Clos 的三個劇中人那樣——呆在沒有出路的牢籠裏——他們要拆毀這個牢籠。他們以為人類必須先破壞了現在的世界，方纔可以重新建築一個新的世界。對於戲劇，他們也提出同樣的主張：先破壞了傳統戲劇的一切規律和方法，然後建立新的戲劇。這種主張絕對不是一兩個人憑空想出來的怪論，而是戰後法國現實社會孕育出來的產物。如果沒有納粹佔領之下的絕望和戰後的失望，法國不會產生四十年代的悲觀戲劇；沒有四十年代的極端悲觀主義，就不可能產生反抗性的五十年代的新興戲劇。在近十幾年中，法國新興戲劇已在歐美發生了相當的影響。例如英國「憤怒的青年」奧斯本的作品，雖然格調比較卑弱，對傳統戲劇的規律破壞得也不夠徹底，可是它的反抗精神卻和法國新興戲劇息息相通。這種強烈的反抗性和破壞性，驟然看來似乎非常荒謬，但我們如果透視它的社會背景，就可以得到比較深一層的理解。

法國名演出者游費（Louis Jouvet）對卡繆的劇作，曾有如下的評語：「如果這是明日的戲劇，那麼除放棄戲劇之外，別無其他辦法。」可知法國戲劇界的老輩對四十年代的戲劇尚且未必能夠了解，對五十年代的新興戲劇，自更不必說。了解之難於此可見。

新興戲劇的「反戲劇」手法

新興戲劇之不易理解，和新興的抽象派的藝術一樣。試以尤乃斯柯（編者按：一譯伊歐納斯柯）的《犀牛》為例，劇中的主角貝杭謝是一個小市民，過着平凡、無聊、可厭的生活。有一天，城市裏突然出現了一隻犀牛，踹死了一隻貓；於是不可思議的事發生了，市民們一個個變成了犀牛。貝杭謝不願意做犀牛。他拚命保持他的本體，希望像亞當夏娃一般，開始生男育女，使人類不至於絕滅。可是他的「夏娃」也跟着眾人變成了犀牛，剩下貝杭謝一個人，獨自拿着鎗，為人類的存在而奮鬥。他說：「我要和社會作對頭，我已是剩下的唯一的人了，不變犀牛，也決不屈服。」就這句話來說，《犀牛》的要旨似乎是警惕人類勿受教育和宣傳的同化而失去了本性。可是，貝杭謝又說：「我真羞死了，我多麼醜，我的額角太平坦，我的皮膚太光滑，我沒有那種暗綠色的美麗膚色。唉！我早就該跟着他們變成犀牛的，現在可來不及了。噢！我真是個妖怪，醜死了！」從這一段話看來，貝杭謝分明自知他的奮鬥無補於事，他雖後悔沒有跟着大家變成犀牛，卻在無意中變成了英雄。尤乃斯柯的要旨似乎是針對着人類失去人性的悲劇，和反抗的無用。

再以謝內的《下女》為例，劇中的主要人物是姊妹二人：格萊和蘇郎。她們在一個貴婦人家裏做女傭，女主人外出的時候，她們常常扮演主僕，以為消遣，格萊扮女主人，蘇郎則扮格蘭。有一天，她們扮演下女毒死女主人，不料弄假成真，姊姊自以為是真的女主人，死而無恨；妹妹也認為姊姊是真的女主人，而從自己的殺人行動中獲得苦悶的發洩。

如果我們用哲學的眼光來看，這兩個劇作的涵義並不太高深。《下女》的主題是：人類習慣於作偽，終於以假作真而不自知其可悲。這頗有幾分像莊子夢為蝴蝶而不知道究竟是他夢為蝴蝶，還是蝴蝶夢為莊子——雖然哲學氣息相當濃，可並不難以了解。《犀牛》的主題似乎有些模稜兩可，但並不玄，也沒有甚麼難懂。換言之，新興戲劇的意識不難了解，只是它的表達的方法（method of approach）和傳統戲相比，確有極大的距離。例如犀牛突然在城市中出現和市民爭先恐後地變成犀牛，姊妹工人弄假成真；妹妹竟然毒死了姊姊而彼此都不覺得這是一場假戲。這些都不合乎我們現實生活中的情理；習慣於傳統戲劇的觀眾自難以接受。

至於新興戲劇在語言方面的突破，我曾簡單地介紹過。《等待哥多》中幸運的長台詞，尤乃斯柯劇中許多無意義而不連貫的對話，都是突破語言的例子。其實尤氏對語言的不滿，中國道家和佛家早有類似的見解。莊子第一個指出「夫辯有所不辯也」的缺點，禪宗對語言的不完整，說得更明白。「說無垢稱經」「聲問品」第三云：「法無文字，法言斷故；法無譬說，遠離一切波浪思故。諸有智者於文字中不應執着，亦無怖畏。一切言說皆離性相。」「除蓋障菩薩所問經」卷十說得更徹底：「此法唯內所證，非文字語言而能表示，超越一切語言境界。」法國新興劇作家深知語言的局限性，可是還免不了要用無意義和不聯貫的話來做表達的工具。道家和佛家則更進一步，不藉文字語言的媒介而獲得心領神會的神秘經驗。這就是莊子所謂「以無知知，外於心知。」也就是佛家的參禪。可是這種神秘經驗必須有極高修養的人方能得到，絕對不是一般凡夫俗子所能企及。白格脫和尤乃斯柯似乎還沒有想到利用這種神秘經驗來做他們表達的工具。要不然，他們的劇本一定會變成無字天書，他們的演出也變成觀眾和演員之間的參禪了。

新興戲劇企求從傳統戲劇的桎梏中解放出來，本來是無可非議的。可是我們不能因為它在理論上站得住，就盲目地接受，更不可眩於它的新奇，不加思索就給它一個滿堂彩。我們應該先對新興戲劇的內容和形式作一客觀的檢討，然後再作決定。

新興劇作家思想的淵源不一，見仁見智，互有不同，不像存在主義已有沙爾特著的 L'Etre et le Nèant 和

L'Existentialisme est un Humanisme 可以代表一個完整的理論體系。所以本文不擬更深入地探索新興劇作家的思想，只擬略論他們所用的方法，評其得失，作為全篇的結束。

讓我們先檢討他們「反戲劇」的手法。他們企求破壞傳統戲劇的一切規律，在舞台上創造出一個反理智、反現實的天地。這種革命的方法，使白格脱、謝內和尤乃斯柯的劇作和一般的現代劇有很顯著的不同。看過上文的讀者也許要問：像《等待哥多》、《犀牛》、《下女》這些劇本的中心思想，難道說用傳統戲劇的方式就表達不出來麼？如果傳統戲劇能表達同樣的意識，那又何必用反戲劇的手法，使一般觀眾看得莫名其妙呢？

話雖如此，同樣的中心思想用兩種不同的方式表演，其效果絕不會相同，猶如同樣一隻鴨子，用炭火烤就成烤鴨子，用醬油燒就成紅燒鴨子，各有其特殊的風味。紅燒鴨子不能代替烤鴨子，索拂克利斯的 Antigone 不能代替阿諾依的 Antigone，蕭伯訥的話劇 Pygmalion 也不能代替將它改編成歌舞劇的 My Fair Lady。我並非對法國的新興劇有所偏愛，替他們辯護。我只是說明戲劇的「形式」和「方法」自有其不可抹殺的重要性而已。我不相信法國的新戲劇已達到完善的地步，甚至它的手法還暴露出若干缺點；但新興劇作家之敢於突破傳統戲劇的樊籬，至少已是一步長足的邁進。

不過，他們超越語言的企圖，我可不敢苟同。人類的語言固然有它的缺點，可是除了佛家的參禪，道家的「以無知知」之外，我們想不出比語言更好的溝通思想的工具。新興戲劇家企圖以無意義和不聯貫的語言來代替傳統的文學語言，其效果是否能合他們的理想？難道說，這種語言的表達能力比較好？或比較容易了解？我對這一點不得不表示懷疑。文學的語言是人類不完善的語言所能達到的最高高峰。自從寫實主義抬頭以來，劇作者將市井的口語代替了文學的語言。從文藝的立場看，這已削弱了戲劇在文學上的價值，何況所用的口語還是無意義而不聯貫的呢？

復次，戲劇是文學的一大支系，因為劇本是用文學的語言寫的。如果劇本的台詞僅是一大堆無意義和不聯貫的語言，可怎麼算得是文學？我們贊成突破傳統戲劇的桎梏，我們擁護任何改善戲劇語言的企圖。問題是：這種企圖是否真能增強語言的表達力，使觀眾能了解劇作者的真意？我們看過了《等待哥多》的演出，讀過了若干新興劇作家的劇本，可是他們的台詞並不能使我們覺得有勝過傳統劇台詞之處。我們覺得新興劇作家必須將一般文藝觀眾的理解力為對象，不能把他們當作會參禪的高僧，因為一般文藝觀眾不是得道的超人，他們只是血肉之軀的凡人而已！

原刊《海光文藝》一九六六年六月、七月、八月三期

從《誰怕薇琴妮亞・吳爾芙》談到目前中國的影劇

艾德瓦・奧爾比（Edward Albee）是美國劇壇上新出現的彗星。十年前他開始寫他的處女作《動物園的故事》時，他還是一個貧苦的青年，他的名字誰都不知道。一九六三年《誰怕薇琴妮亞・吳爾芙》在紐約百老滙上演，爆炸的劇力和潑辣的台詞，震驚了美國的觀眾和劇評家，他的名字才像春雷似的轟傳遐邇。最近，他又因《微妙的均勢》的成功，獲得一九六七年普立茲獎（Pulitzer Prize）；在美國的劇作家中，他的地位寖寖乎可與亞瑟・米勒（Arthur Miller）和田納西・威廉斯（Tennessee Williams）並駕齊驅。可是在香港，一般人對他的名字仍然覺得很陌生。《靈慾春宵》——影片《誰怕薇琴妮亞。吳爾芙》的香港譯名——雖然最近曾在此間公映，觀眾大概只知道劇中人物是伊莉莎白・泰萊、李察・波頓，喬治・薛戈，和仙蒂・丹妮絲所扮演的；至於劇作者是誰，我看也許沒有多少人注意吧。

據我所知，奧爾比的劇本只有一個《動物園的故事》曾在香港演出。不過演出者是浸會書院的劇社，而且演出的場合是校內一間較大的課堂，所以外界知道的人很少。至於奧氏的其他劇作，非但不曾在港、台、和中國大陸搬上舞台，甚至連介紹的文字都很少見。奧爾比固然是一個新進的劇作家，但他在劇壇上一飛沖天的成功，已為舉世的文藝界所矚目。元真先生將《誰怕薇琴妮亞．吳爾芙》譯成中文，我覺得這是非常有意義的事。從他的譯文，我們可以領略奧爾比的作風，再進一步探索他的思想和傾向，然後可以對他的作品有比較親切的認識。我們生在原子能、噴射機，和太空飛行的時代，不能儘守看家裏的老古董，而無視於西方文藝的新動向和新著作。當然，西方的一切並不一定都是優美的，健康的；其中也有拙劣的次貨，也有不適合我們的東西，甚至於還有對我們有害的毒素。可是我們不能閉着眼睛不看，非但不能不看，還要仔細地看；如果有值得師法的，我們必須盡量吸收；有可供參考的，我們必須加以研究。這樣我們才不至於落伍。

一、劇名的意義

伊莉莎白．泰萊和李察．波頓主演的影片《誰怕薇琴妮亞．吳爾芙》，香港的影院將它譯成《靈慾春宵》固然是非常不恰當；可是英文的原名 Who's Afraid of Virginia Woolf? 卻也相當「格澀」，即使大學英文系的高材生也未必懂得它和劇中情節有甚麼關係。薇琴妮亞．吳爾芙是英國著名的女作家，可是她不是劇中的人物；而且劇中既沒有和她同名同姓的角色，也沒有任何和她相關的事；只是劇中人一再複唱的歌中有「誰怕薇琴妮亞．吳爾夫」這句歌詞罷了。既然如此，奧爾比為甚麼要用這句歌詞為劇名呢！我想對這個問題先做一個解答，因為它是劇情發展的重要關鍵，如果沒有這個關鍵，劇中人物的行逕就顯得荒謬、胡鬧，不合情理。

從第一幕瑪莎和喬治的對話中，我們知道「誰怕薇琴妮亞．吳爾芙」這句歌詞，原是瑪莎父親的宴會上，不知道誰唱出來逗人發笑的。這句歌詞曾使喬治「笑昏了頭」，同時也使瑪莎覺得自己「把疝氣都笑出來了」。可是這句歌詞有甚麼好笑呢？我們都知道，美國兒童所熟讀的童話，如《小紅兜帽兒》（The Little Red Riding Hood），《三隻小豬》（Three Little Pigs）等，都以一隻又大又惡的狼做故事中的歹角；所以美國有一種流行的遊戲，名叫《誰怕這又大又惡的狼》。吳爾芙（Woolf）和英文狼（wolf）字的讀音完全相同，拼法只多了一個o字，以「薇琴妮亞．吳爾芙」來代替「這又大又惡的狼」，在音步和韻腳方面都沒有問題。可是一個高雅，一個兒戲，以前者代替後者，猶如將一位道貌儼然的道學先生硬拉到幼稚園去，和小孩子一起玩，其不稱配與不調和是可以引人發笑的。何況薇琴妮亞的本義是「處女」，用在此處更帶一些輕微的褻瀆，把那位名女作家幽了一默，使人覺得忍俊不禁。

復次，「誰怕薇琴妮亞．吳爾芙」這種遊戲，本以捉弄、狎侮、為興趣的中心。劇本中的人物互相惡作劇地侮弄，謔而虐地冷嘲熱諷，不擇手段地揭開對方的痛瘡疤；如果不以玩遊戲為藉口，這種行逕就未免太不合情理。奧爾比用這種遊戲的名稱作為劇名，就因為它是劇情發展的一個重要關鍵。我們只須翻閱第二幕喬治的台詞，就可以得到證明：

喬治：（雙手一拍，很響）有了，我來告訴你們，我們來玩甚麼。我們已經做完羞辱男主人……這一回，不管怎樣……我們已經玩過了……而我們現在又不想玩整女主人，……現在不……所以，我曉得我們該玩甚麼……我們來玩一次作弄客人。怎麼樣？（頁一八九。本文頁數悉據《純文學》一卷四期。）

喬治明明想揭發尼克和杭妮夫婦之間的隱私，可是他偏偏套了一句遊戲中的慣語「我們來玩一下捉弄××」（Let's play "get the……"），表示他是在玩遊戲。如果不算遊戲，斷沒有在揭發別人隱私之前，先講明捉弄他的。

即使沒有上述的涵義，英文的《誰怕薇琴妮亞．吳爾芙》本身就是一個不落俗套的劇名；它非但俏皮，幽默，同時也能引起一般人的好奇心。中國劇作家對劇名都不甚注意，我自己也不在例外；譬如說：前幾年我寫了一本以九龍城砦為背景而以吸毒之害為主題的劇本，起初我用《龍城故事》為劇名，演出時又改名為《陋巷》。其實這兩個劇名都不怎麼恰當，比起Who's Afraid of Virginia Woolf來，相差簡直不可以道里計；至於《靈慾春宵》這種佛頭着糞的譯名，更不值得一提了。

二、《誰怕……》是甚麼派的戲劇？

看過影片《靈慾春宵》的觀眾，由於它的劇情有些古怪，對話不易聽懂，也許會把它誤認為新潮派或

××派的作品。其實這部影片所根據的舞台劇大體上是寫實的作品，說不上怎麼新派；就其編劇的技巧而言，它所遵循的也完全是傳統戲劇的方法。劇情的時間從淩晨二時至破曉，只有四五個小時；地點是喬治與瑪莎家的客廳——影片中有花園和一個小酒店，舞台劇中卻並沒有——劇中人物的行動和時地契合無間；一點沒有踰越「三一律」的規定。人物的個性和身世，他們之間的關係，全隨着劇情的展開，抽絲剝繭地逐漸透露給觀眾。這是從易卜生以來劇作家所慣用的手法。但看第一幕一開場，先寫瑪莎的醉態，同時不露痕跡地指出時間已是淩晨兩點鐘，暗示瑪莎的放蕩任性，和喬治的委曲求全；然後再透露（一）喬治是個大學教授，（二）他們剛從他岳父的週末晚宴回來，（三）瑪莎未徵求喬治的同意就邀新來的教授尼克和他的太太杭妮來玩，（四）夫婦之間的矛盾，瑪莎酗酒、淫蕩，和侮蔑丈夫；喬治的無能及其對太太的厭惡，（五）瑪莎哼《誰怕薇琴妮亞．吳爾芙》的歌，為後來的玩遊戲作導火線，（六）喬治要求瑪莎不要對客人提起他們幻想中的兒子。在這短短的一場戲中，劇作者將這些要點交代得清清楚楚，使觀眾對風暴的來臨已有一種預感。這不是傳統的編劇手法，是甚麼？

至於劇中衝突的發展，延宕的運用，高潮的造成，結局的外弛內張，劇作者所用的也是正宗的編劇技巧，絕對不是甚麼新潮派或荒謬劇的路數。試以瑪莎和喬治幻想中的兒子為例，在第一幕第一場中喬治已鄭重其事地要求瑪莎不要向外人提起。接着，在喬治和尼克的對場中（頁一四七）喬治說起「人都有小孩」，無形中又暗示了自己的幻想兒子。然後杭妮在一四九頁上向喬治說，她剛才知道他有個兒子；喬治聽了這話，「迅速轉過頭來，好像被人家從背後打了一樣，」盤問杭妮是不是瑪莎告訴她的。稍後，杭妮問他：「你少爺甚麼時候……地方……回家？」喬治就釘着瑪莎，責她「把這件事搬出來了。」瑪莎向他抱歉，他還是刺刺不休，結果激起了一場不算怎麼嚴重的唇槍舌劍，（頁一五九至一六二）。可是到頁一六五喬治警告她不要再把別的事搬出來的時候，語氣就很認真了。第二幕中每次提起他們的兒子，夫妻之間的衝突就變得更緊張；到瑪莎賭氣，索性明目張膽地和尼克通姦，喬治表面上裝得滿不在乎，心裏卻氣憤得要發瘋，最後他才想出一個兩敗俱傷的絕招，讓幻想的兒子死亡（頁二零七）。劇作者這樣慘淡經營，所以到第三幕喬治提議玩「教養孩子」的遊戲（頁二一七），觀眾立即感覺到風暴將臨的緊張。從這時起，喬治和瑪莎的搏鬪越來越嚴重，越來越兇暴；最後喬治使出撒手鐧來，宣佈兒子的「死訊」，瑪莎的「氣僵了」、「戰慄」、瘋狂地「撲向喬治」，「由怒號漸漸變成呻吟」（頁二三零）才不覺得突兀，不覺得過分。我們若從第一幕第一場喬治要求瑪莎勿向外客提起兒子（頁一三八），一路追到結尾，看劇作者怎樣把一個幻想演變成一場你死我活的肉搏戰，我們就可以知道，奧爾比若不是對傳統的編劇技巧寢饋有素，絕對寫不出《誰怕薇琴妮亞·吳爾芙》這麼一個劇本。他的成功可以說是由於他的功力，不是由於幸運。

我們中國的劇作者往往太偏重於主題的健康和情節之曲折和重大，而不很注意編劇的技巧。換言之，我們所重視的還是故事的敘述，不是怎樣把故事戲劇化。我並不是主張把主題和情節的重要性貶值，而把技巧的重要性列為首要。我不過想指出，劇作者若不能掌握編劇的技巧，即使有極好的主題和故事，也寫不出優秀的劇本。猶如畫家一樣，如果基本的技巧還沒有學好，縱有卓越的意境也畫不出一幅傑作。三十年代的劇作家對技巧都曾下過功夫，所以他們的成就遠在初期劇作家之上；可是在過去的二十年中，文藝界發生了主題掛帥，技術歸田的現象，劇作家「等因奉此」地照着教條寫，還怕受到指摘，哪裏敢冒「技術至上」的大不韙，在編劇技巧上精益求精呢？我們都知道，曹禺是三十年代中國最傑出的劇作家；可是據我所知，他近二十年來的劇作只有《明朗的天》和《膽劍篇》兩本，而且從技巧的角度來看，這兩個劇本和《雷雨》、《日出》、《原野》、《北京人》相比，簡直相差懸殊，不像是同一個人的手筆。在技巧方面已有造詣的老劇作家尚且如此，新進的更不必說了。我不憚辭費，闡述奧爾比的編劇技巧，無非想指出掌握技巧的重要，作為青年劇作者的借鏡。技巧也許比不上主題重要，但它是基礎；主題的重要性不需要我解釋，但它必須建立在穩固的基礎上，才能像燈塔似的放出光明來。我們不要因為基礎不是燈塔的本體而把它蔑視。

三、為甚麼不容易看懂

《誰怕薇琴妮亞．吳爾芙》之使人困惑，一半是由於中國觀眾不易了解它劇名的涵義，不懂得劇中人是在玩遊戲；一半是由於劇中人的對白俚俗粗野，是美國日常生活中的口語，與學校所教的正經英語不同，聽起來好像很簡單，其實連英國人都未必能百分之一百的聽懂。除此之外，劇中人說的話，有時似真而實假，有時似假而實真，撲朔迷離，令人有難以捉摸之感。例如喬治和瑪莎幻想中的兒子，起初說得像煞有介事，尼克和杭妮都以為是真的，甚至於喬治告訴尼克，「瑪莎根本就不懷孕」，尼克都不相信。又如第二幕中喬治講童年一個同學的故事，說他曾意外地用槍打死了他的母親，後來駕車肇禍，以至於父親當場斃命。後來瑪莎揭發丈夫的隱私，我們才知道喬治講的故事原來是他自己童年時的事。這樣似真似假的情節，劇本中不一而足，而且各人各說，究竟誰說的是真話？誰說的是假話？真的中間有多少是假的？假的中間有多少是真的？恐怕最高明的劇評家也難以斷定。這顯然是多少受了皮藍德婁（Luigi Pirandello）的影響，雖然奧爾比並沒有將真假之難辨，作為全劇的中心問題。

真假且不管它，我覺得全劇最難理解的是喬治和瑪莎看得那麼嚴重，可是事實上並無其人的——兒子。他是他們用幻想孕育出來的一個生命——一個比血肉之軀更真實的存在。這個又幻想又真實的存在究竟代表的是甚麼？如果他們渴望有個兒子，他們儘可以領養一個義子，何必靠幻想來慰情？如果說代表的是希望，喬治和尼克的對話中所透露的完全是一個對自己的前途早已不存幻想的人，而瑪莎對丈夫也早就認定他是個窩囊廢，是個零蛋；他們沒有甚麼希望可言。據我看，這個兒子所代表的大約是喬治和瑪莎的愛情。在表面上，夫妻之間這樣吵吵鬧鬧，互相不留餘地的撕破臉皮，哪裏還有愛情的存在？可是，瑪莎儘管侮辱丈夫，儘管和尼克通姦；她內心知道，生平只有一個人曾經使她快活，而這個人就是喬治（頁二一零至二一一）。她告訴尼克：「……待我好的喬治，被我辱罵的喬治；了解我，而被我推開的喬治；他能夠讓我笑，而我卻不讓自己笑出來；在夜裏，他摟着我，使我感到溫暖，我會咬他讓他出血：他可以配合我變換規則的速度，不停地學習我們在一起玩的遊戲，他可以使我快樂而我不想快樂，哦，我真的希望快樂，喬治和瑪莎；悲哀，悲哀，悲哀。……他結束光棍生涯，我是不會原諒他的，他見到我時跟我說：好了，夠了；他犯了個既可惡，又傷感情，又無禮的過失——愛我，這一點他一定得受懲罰。喬治和瑪莎：悲哀，悲哀，悲哀。……他的容忍令人不堪忍受，他的仁慈簡直就是殘忍；他的了解，令人無法理解……總有一天……哈！有一晚！……一個麻木酗酒的夜晚……我會鬧過份……我不是把他的背弄斷……就會把他永久推開……這是我的報應。」

劇中事情發生的時間正是瑪莎所說的「有一晚」——那命運注定的一晚。她在酗酒之後，果然鬧得過了份，果然把他的背弄斷[1]，結果她失去了喬治的愛，得到了她的報應。在瑪莎的全部對話中，只有上述這一段是從她內心湧出的真話，一個字不假，我們可以完全相信她。如果還有餘疑，我們不妨再看全劇終了前那段對話：（頁二三三）

瑪莎：你……你……一定要……

喬治：（稍停）是的。

1 「把他的背弄斷」是英文成語，意思是「使他受不了」。

瑪莎：是嗎……？你一定要？

喬治：（稍停）是的。

瑪莎：我不懂。

喬治：那是……時候。

瑪莎：是嗎？

喬治：是。

瑪莎：（稍停）我冷。

喬治：不早了。

瑪莎：是的。

喬治：（悠長的沉默）會好一點的。

瑪莎：（悠長的沉默）我不……知道。

喬治：會的……也許。

瑪莎：我……不敢……講。

喬治：沒有。

瑪莎：只有……我們？

喬治：對。
瑪莎：我不以為，也許，我們可以……
喬治：不，瑪莎。

這一段對話可以證明瑪莎講給尼克聽的並不是往自己臉上貼金的謊話；喬治是真正愛她的。這非但替我們揭開了他們「兒子」的謎底，同時也可以幫我們解答其餘的疑問；例如，喬治怎麼會低聲下氣地忍受瑪莎的侮辱，二十餘年如一日？劇中所顯示的喬治是一個有機智、有辯才、有頭腦的人——尼克絕不是他的對手——他明明可以到別處去發展，找到更好的出路；他為甚麼不去，反而株守在岳丈的大學，給他當一輩子的跑龍套？這些不合情理的現象，只有一個合理的解答：因為喬治死心塌心地愛瑪莎。可是話又得說回來了，喬治既然這樣愛瑪莎，他們怎麼會時常反唇相譏，各自向對方施行精神和肉體的雙重虐待，甚至於丈夫猛扼太太的頸，太太當着丈夫的面與別人調情、通姦呢？

其實這沒有甚麼不合理，中國俗語說：「不是冤家不聚頭，」又道是「打是疼，罵是愛。」相敬如賓是愛，打打鬥鬥未必就不是愛。對女人體貼入微的賈寶玉還會和林黛玉鬧彆扭呢。愛情之不可思議就在此。中國劇作家寫愛情，多數只會從正面落筆，千篇一律，俗不可耐；能從男女的敵對中烘染出愛情來已屬難能可貴。像《誰怕薇琴妮亞．吳爾芙》這樣將愛情隱去，專寫男女的矛盾和衝突的，還沒有見過。有人說劇作家處理劇情必須要顧到觀眾的文化水平；目前的中國觀眾和歐美的觀眾相比，還有一段距離，所以我們的劇情不宜寫得太隱晦。不錯，劇作者不應該脫離觀眾，一味的好高騖遠；可是我們也不可以一死兒以遷就低級趣味為能事。我們固然不必效學奧爾比，但也不宜老守着民間愛情故事的舊典型；我們應該在現實生活中找題材，將現代中國人的戀愛忠實地寫出來。我們的社會裏即使沒有與喬治和瑪莎雷同的一對夫妻；難道說找不出另一種「不是冤家不聚頭」的故事來麼？願我們的劇作家深思之。

我還要附帶提一提奧爾比的對話。為避免鄙俗之誚起見，一般劇本裏的對話都曾經劇作家的篩濾。例如我在寫《陋巷》的時候，劇中人物除三四個之外，應該都說市井的俚語，可是我連一句三字經都沒敢用。魯迅在《阿Q正傳》裏用了「他媽的」，已經算是個非常大膽的嘗試。事實上，九龍城砦的白粉道人開口就是三字經；紹興鄉下人根本不會說北方的「國罵」，他們的三字經比「他媽的」還粗褻得多。奧爾比所用的是現代美國知識階級的口語，其中粗俚、穢褻的話很多。有人統計過《靈慾春宵》裏用了十一個 God damn，七個 bastard，五個 son of bitch，此外還有 screw you，up yours，hump the hostess 等等，和北方的「國罵」、廣東的「三字經」可以媲美。舞台劇本的台詞比影片多，這些粗話應該還要多些。《誰怕薇琴妮亞·吳爾芙》在百老滙上演時，震動了美國的劇壇，其原因之一就在台詞之俚俗與穢褻。惟其如此，劇中的對話纔顯得特別生動、有力。將這種台詞譯成中文，當然免不了失去原文的若干精彩，但從元真先生的譯文中，讀者已感覺得到對話的活潑和鋒利。寫對話是一種特殊的技巧，在前一輩的美國劇作家中，鄂岱茨（Clifford

Odets）以潑辣與爽利著名；在戰後成名的劇作家中，我覺得奧爾比的對話似乎比較最特出，非餘子所能及。我們中國的劇作家中，曹禺以擅寫對話見稱，尤以《日出》裏福升和翠喜的道白，最膾炙人口；可是他寫正面人物就不免沾染「文藝腔」的通病，不生活化和口語化。老舍的京白雖然很「帥」，他劇本中的對話卻不及曹禺寫得好；其他的劇作家更不必說了。奧爾比寫對話的技巧大可以供我們劇作家參考。我們雖不必學他的粗褻，至少應該摒棄非生活的、非口語的文藝腔的濫調，向不同階層的現實生活中去找活生生的語言。如果我們不這麼做，仍舊繼續寫些「我敬愛的××，請求你憐憫我不幸的遭遇，不要讓我寂寞的心在無情的冰窖裏沉淪」之類的肉麻台詞，我們的戲劇就不可能有進步的希望。

這不是一篇劇評，不過是讀過了元真先生譯文之後的一些感想。戰後的美國劇壇先有田納西．威廉斯和亞瑟．米勒接踵而起；近幾年來奧爾比又嶄然露了頭角；再過幾年一定還有新的劇作家出現。戰後的中國雖然也有青年劇作家露面，可是至今還沒有怎樣傑出的作品可以和三十年代及四十年代的優秀劇作相比擬。我們的行列中，甚麼時候纔有新人來接班呢？我在期待。

一九六七、六、十四於九龍坐忘齋

原刊《純文學月刊》

明清戲曲散論（一）

一、明初南北曲沉寂的原因

明初[1]南北曲都有一個相當長時期的沉寂。第一個注意到這個現象的是王靜安先生。他在宋元戲曲考中說：

……沈氏南九宮譜所選古傳奇……（名略）……其名與宋雜劇段數，金院本名目，元人雜劇相同，復與明代傳奇不類，疑皆元人所作南戲。……而自明洪武至成宏間，則南戲反少……則元明之間，南曲一時衰熄，事或然也。觀明初曲家所作，雜劇多而傳奇絕少，或足證此事歟？[2]

日本漢學家青木正兒氏在中國近世戲曲史第四章的結尾，也提出了這個問題：

1 青木正兒及鄭振鐸諸家所謂的「明初」，上自洪武，下迄弘、正，實佔明朝歷史的前半，嚴格地說應稱「前明」或「明朝前期」才恰當。為避免名詞的歧異，本文中仍沿用「明初」二字。

2 王國維戲曲論文集，「宋元戲曲考」頁一二六。

葉子奇之草木子（卷四）曰：「俳優戲文，始於王魁……其後元朝尚盛行。及當亂，北院本（按此處指雜劇）特盛，南戲遂絕。」葉氏為元末人，入明而著此書。共所言者，為當時目擊之事實，可信也。葉氏之南戲盛行於元朝之言，與余所作上列之對照表所示之事實互相一致。苟以其南戲與元之滅亡同時衰絕之言考之，則上列對照表所示諸作品，似為元滅亡以前之作，且按王氏之曲錄，明初北曲雜劇，作者不乏其人，而南曲戲文，明初七八十年間，著名之作，殆無見焉。元時南戲既將盛行如上述，忽至此時期一變而為沉寂，不能毫無奇異之感。然觀乎此，使人覺草本子所云者益信。而弘治，正德間祝允明之猥談云：「數十年來南戲盛行，更為無端。」如以此言觀之，可知一旦頓挫之南戲至成化之頃始行復盛。乃就作品之可知者徵之，正統間邱濬之五倫全備及其他三種為首；次之為邵文明之香囊記，姚茂良之精忠記，沈采之千金記，王濟之連環記等，成化，弘治間著名之作漸盛。而北劇至此時期反有衰頹之兆。弘治間康海、王九思、陳鐸等雖以北曲作家著名，然其所著作品，大率為散曲，而雜劇殆無見焉。遂示南戲全盛北劇衰亡之時代將降臨之勢也。……[3]

王先生和青木氏僅言明初南戲之沉寂；其實北雜劇在同時期中，也有類似的現象。鄭振鐸先生論明初戲曲，曾有「從朱有燉到陳沂、王九思諸人，中間相隔六七十餘年，而作者寥寥如此，所作更寥寥如彼，雜劇

3　王古魯譯本，一九五八年訂正版，上冊，頁八四—八五。

的運命的沒落，誠足悲嘆」之語[4]。周貽白先生說得更詳細，他說：

……明代雜劇的初期作者，根據太和正音譜所載：如王子一，劉東生，谷子敬，湯舜名，楊景言，楊文奎諸人，都是由元入明。賈仲明續錄鬼簿雖紀及永樂初年人物，而其活動時代，似仍為洪武在位的三十年間，至遲亦當不出永樂（永樂在位二十二年）。自是以後，除無名氏作品不明年代外，降至弘治正德間，始有王九思，康海，楊慎，陳鐸等人的撰作。以此計算，自宣德丙午（公元一四二六年）至成化丙午（一四八六年）撰雜劇者僅朱有燉一人，其他方面的作者，在這六十年中間，可謂渺無消息，至少是沒有較為知名的作家。這一段長時期的中斷，既無兵戈擾攘，又無朝政更張，除了上述種種情形，似無其他原因可以釋明這種落寞的現象。[5]

綜合王、青木、鄭、周四家之說，可見在弘治之前，南北曲都曾經過一個相當長的沉寂時期。青木氏雖提出疑問，但除表示奇怪之外，並未探索原因之所在。鄭、周二氏對這沉寂的現象，各有所論釋。茲將他們的意見，彙錄如下，以便作綜合的研究。

4 見插圖本中國文學史五十二章，頁七七七。
5 中國戲劇史第六章，第十九節，頁四二九—四三零。

(一)先看他們對北曲銷沉的解釋。按鄭先生說：

……雜劇已從民間而登上帝王的劇場。許多親王們都是愛好戲劇的。周憲王和寧獻王且自己獻身於作者之林。永樂帝在燕邸開府時，也招來着戲曲作家們，若賈仲明、湯舜民等而加以寵遇。相傳明初親王之藩，必以戲曲一千餘本賜之。這雖未必可靠，但那時的盛況，卻確是空前的。這可證明雜劇是並未隨了蒙古帝國的衰亡而衰亡的。但到了弘、正之際，雜劇的氣焰卻漸漸的低落了。作者漸見寥落，演唱者也漸漸的少了。特別在中國南部，南音的傳奇，幾攫去了雜劇的地盤的全部。這也是必然的盛衰之途徑：一天天和皇室接近，而成為他們的專用的樂部，自然便也一天天的和民間相遠，而失去其雄厚的根據地以至於消亡了。[6]

按傳奇之盛行始於明代中葉，雜劇之沉寂則於洪熙，宣德間早已露了端倪。那麼，鄭先生所謂「南音的傳奇，幾攫去了雜劇的地盤的全部」，就不能成為原因。至於說雜劇已成為皇室「專用的樂部，自然便也一天天的和民間相遠，……以至於消亡了」；這個論斷在邏輯上恐怕不能成立。第一，鄭先生所列舉的許多事

6　插圖本中國文學史五十二章，頁七六八—七六九。

實，沒有一件能彀證明雜劇已成為皇室專用的樂部。第二，戲劇和皇室接近之後，是否就會和民間遠隔，而至於消亡？從邏輯上講，並沒有這樣的必然性。例如：蒙古皇室酷愛雜劇[7]，元雜劇何以非但不消亡，反而盛極一時？清慈禧太后常召名伶入宮承應，何以不曾阻礙皮黃劇之蓬勃？即以歐美戲劇而言，莎士比亞的劇團常在伊利莎白女王御前演出，且在哲姆士一世時號稱為「王家子弟」（the King's Men）[8]；這何嘗限制了那時英國戲劇的勃興？在文學大綱裏談到莫利哀的時候，鄭先生說：「法王路易十四始終愛顧他，為他的保護人。矯偽人的表演初被禁止，後來路易十四竟將禁令取消。」[9]莫利哀和王室如此接近，何以他的戲劇並未因此而消亡呢？從上述的例子看來，可知鄭先生的論證是站不住的。如果鄭先生說，「戲劇應該是民間的文娛，不該成為皇室專用的樂部，」我當然完全同意他的看法。但將這主觀的見解演成一個沒有必然性的大前提，以為論證的根據，則我不敢苟同。

周貽白先生對明初北曲沉寂的解釋，與鄭先生不同。他說：「這原因，當然與永樂初年禁演違礙之劇有關。同時，傳奇之興，已造成非數十齣不得稱為一本戲劇的風氣。而北曲音調漸次失傳，也當是雜劇之不振

7 元楊維禎宮詞：「開國遺音樂府傳，白翎飛上十三弦；大金優諫關卿在，伊尹扶湯進劇編。」明周定王元宮詞：「莫向人前唱南曲，內中都是北方音。」明蘭雪主人朱有燉元宮詞：「屍諫靈公進傳奇，一朝傳到九重知；奉宣齎與中書省，諸路都教唱此詞。初調音律是關卿，伊尹扶湯雜劇呈；傳入禁垣宮裏悅，一時咸聽唱新聲。」

8 Cecile de Banke: Shakespearean Stage Production (1954), pp. 103-4。

9 文學大綱第二十二章，十七世紀的法國文學，第三冊，頁八十九。

的最大打擊。」[10]關於「禁演違礙之劇」，周先生提出了下列的證據：

（一）顧起元客座贅語載有明初榜文云：「洪武二十二年三月二十五日，奉聖旨：在京但有軍官軍人學唱的，割了舌頭。……」[11]

（二）昭代王章第三卷「搬做雜劇」條載：「凡樂人搬做雜劇戲文，不許裝扮歷代帝王后妃，忠臣烈士，先聖先賢神像，違者杖一百……其神仙道扮及義夫節婦，孝子順孫，勸人為善者，不在此限。」

（三）永樂九年七月初一日（公元一四一一年）該刑科署都給事中曹潤等奏：「乞勅下法司，今後人民倡優裝扮新劇，除依律神仙道扮，義夫節婦，孝子順孫，勸人為善及歡樂太平者不禁外，但有褻瀆帝王聖賢之詞曲，駕頭雜劇，非律所該載者，敢有收藏，傳誦，印賣，一時拿送法司究治。」奉旨：「但這等詞曲，出榜後，限他五日，都要乾淨，將赴官燒毀了。敢有收藏的，全家殺了。」[12]

10 中國戲劇史第六章，第十九節，頁四二九。
11 同上，頁三二五。
12 周貽白中國戲劇史講座，頁一一二—一一三。

這幾條禁令看起來似乎嚴厲的怕人，但第一條只限於軍人，與民眾無關。第二，第三兩條僅為禁止褻瀆帝王聖賢，並不是禁止一切戲曲的演出，出版，及收藏；它們對於一般的民間戲劇活動，不會有多大影響。實際上，像這種官樣文章的律令，清康熙、雍正、乾隆、三朝也曾頒佈過，而且條文的內容和措辭，幾與明朝的完全相同。[13]可是從清初至道光間，戲曲之盛，與元明兩朝相比，略無遜色；戲曲作家如洪昇、孔尚任、尤侗、蔣士銓、楊潮、黃燮清等，人材輩出，並沒有因一紙禁令而銷聲匿跡。而且，那齣轟動一時，為皇室所欣賞的長生殿[14]，恰是褻瀆帝王后妃，違犯律例的作品！同樣的法律，在清朝文字獄最殘酷的康、雍、乾三朝，都不曾雷厲風行，何以見得在明朝就能使戲劇煙消火滅？如果明朝初年真正切實地執行洪武、永樂的禁令，當時雜劇的產量一定很稀少。但事實上並不如此；例如洪武，永樂間寧獻王朱權就寫了十二種雜劇，永樂、景泰間周憲王朱有燉寫的作品更多，共有三十餘種。此二人還可以說是宗室親王，不受禁令的拘束。至於賈仲明續錄鬼簿所載的雜劇作家，其中有不少人的作品是在洪武、永樂朝寫的。難道說他們也是逍遙法

13 徐珂清稗類鈔第三十七冊戲劇類：「優人演劇，每多褻瀆聖賢。康熙初，聖祖頒詔禁止裝孔子及諸賢。至雍正丁未，世宗則並禁演關羽……。」又大清律例按語卷二十六刑律雜犯：「凡樂人搬做雜劇戲文，不許粧扮歷代帝王后妃及忠臣烈士先聖先賢神像，違者杖一百，官民之家，容令粧扮者與同罪。其神仙道扮及義夫節婦孝子順孫勸人為善者，不在禁限。」又同書卷六十五載乾隆五年禁搬做雜劇律例的條文，和上面所引的完全相同，茲不贅述。

14 梁應來兩般秋雨庵隨筆云：「是獄成，而長生殿之曲，流傳禁中，佈滿天下。故朱竹垞檢討贈洪稗畦詩有『海內詩篇洪玉父，禁中樂府柳屯田，梧桐夜雨聲淒絕，薏苡明珠謗偶然』之句，（梧桐夜雨，元人雜劇，亦衍明皇幸蜀事）。」

外的特權階級麼？須知法律如不切實地執行，不過是一紙具文而已，必須有厲行的實據，才可以引為議論之佐證。周先生單以禁令的條文為憑藉，我以為是不可深信的。

周先生謂南戲之興，造成了非數十齣的長篇不得稱為戲曲的風氣，所以僅有四折的雜劇就一蹶不振了。但南戲在明初沉寂了很久，到景泰、天順間才有復甦之象，到嘉靖後才漸臻旺盛，而雜劇則早在洪熙、宣德間已趨沒落。事實上是北曲先自衰退，南曲才能彀奪取它的地位，並非南曲先得了天下，然後北曲才式微的。如果劇本的長短真的是南北曲消長的原因，那麼王實甫的西廂記就是一部五本二十折的鉅著；難道雜劇的作家們就不會順時應變，多編幾部篇幅長的劇本出來，和南劇抗衡麼？

至於周先生說，北曲的音調漸漸失傳，所以雜劇難逃沒落的厄運；這是一種倒果為因的說法。因為，戲曲必須衰落到沒有人會唱，然後它的音調才會失傳，決不會音調先失傳，然後它才開始衰落的。北曲在十六世紀初，已到了日暮途窮之境，但嘉、隆間（十六世紀中期），江南還有南京教坊的老樂師頓仁和少數人能唱。[15]那時崑山腔僅流行於蘇州一隅，到萬曆間才隆盛。可見北曲衰落在先，其音調之失傳在後。到十六世

15 何元朗四友齋叢説三十七：「老頓言：『頓仁在正德爺爺時隨駕至北京，在教坊學得，懷之五十年。供筵所唱，皆是時曲，此等詞並無人問及。不意垂死遇一知音。』」又沈德符顧曲雜言：「嘉隆間度曲知音者，有松江何元朗，蓄家僮習唱，一時優人俱避舍，以所唱俱北詞，尚得金元遺風。予幼時猶見樂工二三人，其歌童也，俱善弦索，今絕響矣。何又教女鬟數人，俱善北曲，為南教坊頓仁所賞。頓曾隨武宗入京，盡傳北方遺音，獨步東南。暮年流落，無復知其技者。」

紀末年，北曲在江南雖幾成絕響，[16]在北方則清初宮廷的樂工尚能演奏，大約到乾、嘉以後才失傳。[17]由此可知，北曲自開始衰落至失傳，中間至少有二三百年的距離。將清朝乾、嘉以後的事，作為明朝嘉、隆間發生的現象的原因，顯然與「先因後果」的常理不合。我們只能說：北曲自明中葉起漸漸衰落，是它在清中葉終於失傳的原因；不能說：北曲在清中葉失傳，是它在明中葉開始衰落的原因。

(二) 關於明初南曲之沉寂，鄭振鐸先生曾作如下之解釋：

……是南戲的盛行，在明代不過是景泰、成化以後事耳。但即在這時以前，南戲也並未真的

---

16 顧曲雜言又曰：「自吳人重南曲，皆祖崑山魏良輔，而北詞幾廢。今惟金陵尚存此調；惟此派亦不同，有金陵，有汴梁，有雲中，而吳中以北曲擅場者，僅見張野塘一人，故壽州產也，亦與金陵小有異同處。頃甲辰年，馬四娘以生平不識金閶為恨，因挈其其家女郎十五六人來吳中，唱北西廂全本。其中有巧孫者，故馬氏粗婢，貌甚醜而聲遏行雲，於北曲關捩竅妙處，備得真傳，為一時獨步，他姬曾不得其十一也。四娘還曲中即病亡，諸妓星散；巧孫亦去為市嫗，不理歌譜矣。今南教坊有傳壽者，字靈修，工北曲，其親生父家傳，誓不教一人。壽亦豪爽，談笑傾坐。若壽復嫁去，北曲真同廣陵散矣。」

17 康熙初周在浚本事詩，詠金陵古蹟曰：「頓老琵琶奉武皇，流傳南內北音亡；如何近日人情異，悅耳吳音學太倉？」自注曰：「舊院之老樂工唱北調，以琵琶、箏和之，是宮中所傳也。」又青木正兒中國近世戲曲史第七章云：乾隆十一年，「莊親王奉勅撰律呂正義，以餘力使周祥鈺、鄒金生等編九宮大成南北宮詞譜八十一卷，……其北曲之譜中，雖古如金之董西廂，亦往往有譜之之處。余始懷疑以為孟浪欺世者，既而見其樂譜及拍板之甚為精嚴，且覺宮中秘籍未必無傳之者，宮中老樂工或能據之度曲，不可斷其必無，始認此書必有所本，未必為孟浪之作。」所論不為無見。

「絕」跡；她不過是再度退守到民間的暗隅裏去，不曾和雜劇爭皇家樂隊的地位。永樂的大臣們編纂永樂大典時，也曾給南戲以和雜劇同等的地位，所收入戲文有三十三本之多。但在實際的皇家劇場上，那時恐不會有南戲出現過的。她是那樣的富於地方性，確是不大適宜於攀登到北京的及其他中國北部的劇場上的。所以，她仍在南方潛伏的滋長着，恰好和這時雜劇的跳梁，成一個絕好的對照。但她的作家們，卻也並不落寞。徐渭南詞敍錄所載明代戲文，自李景雲的崔鶯鶯西廂記以下，凡有四十八本，大概都是這時代的產品。及丘濬、邵燦、徐霖、沈采諸人出，南戲更大行於世，漸取得雜劇的地位而代之。武宗（正德）大約便是很欣賞南戲的一人。[18]

鄭先生雖沒有提起本文篇首所引青木氏的話，但他這一段議論確是針對着它而發的。按青木氏並沒有說南戲在明初絕跡，他只說南戲在明初七八十年間，「著名之作，殆無見焉」。至於南詞敍錄所載四十八本南戲，十之七八都無作者姓名，其中究有多少是景泰、天順前的作品，很難考定。我們即使假定這些都是明初七八十年間的戲曲，仍然不能解答「為甚麼同時期中沒有著名之作」這個疑問。

至於說南戲太富於地方性，不適於攀登到北方的劇場上，所以只能退處民間，不與雜劇爭皇家樂隊的地

18 插圖本中國文學史，第五十二章，頁七六九。

位；若將這話對比鄭先生先前所說的：雜劇因與皇室接近，成為他們專用的樂隊，所以漸和民間遠隔，而至於消亡；我們就可以看出二者之間的矛盾。如果北曲因接近皇家，脫離民間而沒落，何以南曲卻因不能接近皇室，只能退處民間，而趨於沉寂呢？復次，南戲不能得到皇室的青睞，這話顯然不是事實。明太祖朱元璋據說很欣賞琵琶記，說它「如珍羞百味，富貴家豈可缺耶？」[19]鄭先生自己也說「武宗（正德）大約便是很欣賞南戲的一人。清乾隆帝之愛好崑曲更是眾所周知的事。事實上，南曲自隆、萬以後，風行南北，歷久不衰，並不因方音之隔閡，而見擯於北方的劇場。鄭先生所說的，不知何所見而云然？即使在明初南戲尚不能為北方人所接受，我覺得這仍然不能解答「為甚麼那時的南戲沒有著名之作」這個疑問。

從上面的辯證，可以得到一個結論：鄭、周二家雖然答覆了青木氏所提出的問題，但他們的解答似未透入問題的癥結。那麼，明初南北曲之沉寂，究竟是為了甚麼原故呢？

在解答這個問題之前，讓我們先看看明初的時代背景。第一，自宋室南渡以後，中國的文化、政治、經濟中心，也跟着從北方移到江南。蒙古入主中原，雖以大都為京師，把政治中心重新移到華北，但江南的繁榮富庶和文采風流，仍在北方之上。南宋的故都臨安，非但繁榮甲於全國，便自足跡遍歐亞的馬可波羅看來，也是「世界最富麗名貴之城」。[20]我們都知道，戲劇的發展和都市的繁榮，有不可分離的關係；劇場和俳優

19 見明黃溥言閒中今古錄。
20 馮承鈞譯：馬可波羅行紀，第一五一章，蠻子國都行在城。

不能在窮鄉僻壤存在，一定要在人口密集的都市裏，才站得住腳跟。旺盛的都市，即使自己沒有孕育戲劇，也能將他處的劇種吸引過來。元雜劇發祥於大都，但後期的雜劇作家卻集中於臨安，這無非因為臨安比大都更繁榮，更適宜戲劇的茁長。第二，江南雖然具有這樣的優越條件，但自元末至明初，它曾遭遇一個長時期的困頓。（一）元末群雄並起，江南經歷了十幾年的兵亂，它的繁榮不免遭受摧殘。（二）朱明統一中國之後，朱元璋痛恨江浙豪紳和百姓為張士誠效忠，力抗明軍，所以將當地的官民田賦加重，以為報復性的懲罰。其他各省的田稅，通常是官田每畝課稅五升三合五勺，民田減二升，重租田也不過八升五合五勺；[21]可是浙西的稅率，每畝有高至二三石的。蘇州是張士誠的根據地，田賦最重，蘇州一府的官田糧歲額和浙江全省相等。江南人民負擔之重，可想而知。洪武七年，十三年，都有詔減蘇、松、嘉、湖的糧額[22]，建文二年詔減江，浙田賦，畝不得過一斗，但永樂中，盡革建文之政，浙西賦復重。[23]宣德、正統間又稍酌減，但終明之世，四府的田賦仍比他處高得多。（三）朱元璋怒江浙紳民之頑強，曾於吳元年（一三六七）徙蘇州富民於濠梁[24]；洪武三年又徙蘇、松、嘉、湖、杭民四千餘戶於臨濠；徐達平定朔漠（一三七零年）之後，又徙江南民十四萬戶於鳳陽；二十二年（一三八九年）徙杭、湖、溫、台、蘇、松諸郡民於淮泗；二十四年（一三九一

21 見世法錄。
22 明會要卷五十四，食貨二，頁一零零九—一零一零。
23 見明史三編。
24 見明會要。

年）命戶部籍浙江等九布政司，應天十八府州富民四千三百餘戶……悉徙其家以實京師；永樂元年（一四零三年）徙直隸（此為南直隸，包括直隸京師諸州，如徐州、滁州等）、蘇州等十郡，浙江等九省富民實北京；永樂三年（一四零五年）又徙直隸、浙江民二萬戶於京師[25]。江南的人民剛經過十幾年的戰禍，及遭受了大規模強迫遷徙的苦痛，其顛沛流離的情形是不言而喻的。

綜合上述的史實而言，江南地區的人民曾在元末明初，遭受了極慘痛的打擊，江南的繁榮經此摧殘，短期內自難恢復；一直到十五世紀中葉之後，才有復甦之象。這與明初南戲之消長，有重大的關係，自不待辯證而可知。

北方的情形雖與江南截然不同，卻也不見得合乎戲劇興盛的條件。一三六七年徐達奉詔北伐，在一年內就順利的克復了大都，可是明對蒙古的戰爭，直至一三八七年才告一段落，先後用兵，達二十一年之久[26]。朱元璋死後，永樂帝朱棣屢遣使和蒙古通好，並用離間政策，使其各部族不能團結，仍不免大動干戈，五次親自北征，每次動員人馬有多至五十萬者；但終未能徹底消滅蒙古的威脅。宣德、正統間，瓦剌部勢力擴張、統一了韃靼部和兀良哈三衛，遂成元以後最大的蒙古汗國，對中國北方侵擾，更加嚴重。正統十四年秋，瓦剌大舉南犯，英宗朱祁鎮率大軍五十萬，親赴前線禦敵，竟在土木堡被也先俘虜。蒙古軍乘勝進逼北京，舉

25 以上各次移民俱見明會要卷五十，民政一。
26 參閱明史，太祖本紀，及明太祖實錄。

國震驚；若不是于謙力排南遷之議，頑強地作背城之戰，華北也許又要淪陷於蒙古鐵蹄之下了。[27]由此可知，從洪武初至景泰、天順間，明朝對蒙古的攻防戰，持續了八九十年之久，直到一四五五年也先為其部下阿剌所弒，瓦剌部屬分裂之後，蒙古對中國的侵略才漸趨於緩和。在那個時期中，華北籠罩着戰爭的陰影，很難進入繁榮之境；欲求戲曲之興盛，當然更談不到了。

據上述的情形而言，明初江南和華北的環境，實在都不利於戲劇之發展。這是南北曲沉寂的原因之一；因為，我在前面已經說過，戲曲必須在繁盛的都市裏才站得住腳，如果市面不好，民眾沒有娛樂的心情，它就繁榮不起來。

復次，明初需士孔亟，除以科舉取士外，並屢次下詔徵辟、薦賢；這對戲曲的消長有絕大的影響。王靜安先生說：「元初之廢科目卻為雜劇發達之因」[28]；近人孫楷第先生則謂元「……自延祐元年八月復科舉，以後相承不廢者，五十三年。（中惟順帝後至元二年後至元五年曾罷兩科，至正二年復興。）今以錄鬼簿，錄鬼簿續編所錄諸人考之，錄鬼簿下卷所錄，大抵為延祐、至正間人。……續編所錄，皆至正間人。其時朝廷方以時舉行科舉，此諸人者顧不為舉業，而依然怠荒，從事於曲，為之不已。此又何說也？……謂其應舉

27 參閱明史及實錄。
28 宋元戲曲考，第九章，元劇之時地。

不第逃於曲則可……謂因元初廢科舉失所業則不可。」[29]孫先生的話，自有他的卓見，可是漢族文人受蒙古統治階級的歧視和壓迫，確與元曲之盛有重大的關係。我們都知道，蒙古統治者將蒙古人、色目人、漢人、南人分為四等，甚至於有七匠、八娼、九儒、十丐之說[30]。明胡侍云：「蓋當時台省元臣，郡邑正官及雄要之職，盡其國人（指蒙古）為之，中州人每每沉抑下僚，志不獲展，如關漢卿入太醫院尹，馬致遠江浙行省務官，宮大用釣台山長，鄭德輝杭州路史，張小山首領官，其他屈在簿書，老於布素者，尚多有之。」[31]明張燧云：「勝國初，欲盡殲華人，得耶律楚材諫而止。又欲除張、王、趙、劉、李五大姓，楚材又諫止之。然每每尊其種類，而抑華人；故修潔士多恥之……有決意不仕者，斷其右指，雜屠沽中，人不能識；又有高飛遠舉，託之緇流者；國初稍稍顯見。金碧峯，復見心諸人，俱以瓌奇，深自藏匿。姚廣孝幼亦避亂，隱齊河一招提為行童。古稱胡虜無百年之運，天厭之矣。」[32]

綜合上面所引諸家之論述，我們可以得到如下的結論：

29 孫楷第，也是園古今雜劇考，附錄五元曲新考，頁三九一——三九二。

30 謝枋得送方伯載歸三山序云：「滑稽之雄以儒為戲者曰：我大元制典，人有十等，一官二吏，先之者貴之也。七匠八娼九儒十丐，後之者賤之也。吾人品豈在娼之下丐之上者乎?」鄭思肖大義略序云「韃法：一官、二吏、三僧、四道、五醫、六工、七獵、八民、九儒、十丐，各有所統」與謝說略異。

31 胡侍真珠船卷四。

32 張燧千百年眼卷十一。

（一）元朝重要的官職都為蒙古人和色目人所佔有，中國人之入仕途者，大多數沉抑下僚。

（二）修潔之士不願為蒙古皇朝服務，或隱於市廛，或逃於釋道，或匿於山林。其中當然也有許多愛好詞曲而不甘於埋沒的文人；他們廁身於書會和劇場中，為俳優歌伎們編劇本，寫曲子，借此來舒展他們的才華。

從正面看，這兩個結論固然可以説明，為甚麼中國戲曲在蒙古的統治下，會勃興起來；從反面看，它們也可以説明，為甚麼在明初中國皇朝的統治下，戲曲反有沉寂的現象。我們都知道，統治權的轉移，對文藝有不可避免的影響。在元明之際，統治權的易手更和一般的改期朝換代大不相同。第一，蒙古人是入主中原的異族，朱明復國之後，他們只得撤退到自己的老家去；同時，為虎作倀的色目人也失去了靠山，不能保持他們的官職。第二，朱明非但收復了舊時南宋的江山，同時也收復了淪陷於異族，達二百四十多年之久的北方廣大地區。所以，明朝統一中國之後，在行政方面，必須羅致許多漢族的知識分子，來填補蒙古人和色目人撤離後的空缺。明初除以科舉取士外，屢下徵辟薦賢之詔；這就是行政官吏缺乏的反映。在有關明初的史料中，像下列的記載是很多的：

吳元年，十月甲辰，遣起居注吳琳、魏觀等，以幣帛求遺賢於四方。

洪武元年，閏七月，徵天下賢才為守令。……十一月復遣魏觀及文原吉、詹同、吳輔、趙壽等，分行天下，訪求賢才。

洪武四年，正月，詔各行省連試三年，且以官多缺員，舉人俱免會試，赴京聽選。

洪武十三年，四月己丑，命群臣各舉所知。

洪武十五年，命天下朝覲官各舉所知一人。……九月，吏部以經明行修之士鄭韜等三千七百餘人入見。

成祖（永樂帝朱棣）即位，詔文臣五品以上及州縣官，各舉所知。

永樂九年，十一月，詔京官七品外官五品以上及知縣官，各舉賢能廉幹一人。

（以上各條俱見《明史》，《明會要》，等書。）

從上面各條，我們可以想見明初行政上因官少缺多，形成需要人材之迫切。尤其是洪武四年，詔各省連試三年，舉人俱免會試，赴京聽選。若不是行政機構的缺員太多，決不會這樣輕易地放寬科舉定制的尺度。洪武十五年，吏部引見之士，一下子就是三千七百多人。這種措施非但超出了「寬」的範疇，簡直已到了「濫」的地步。若非需材孔亟，何至於此？

科舉的尺度既大大的放寬了，徵辟遺賢和薦舉才士的詔令又在積極的推行，明初的文人要得一官半爵，顯然是非常容易的事。受了蒙古人一世紀上下[33]的壓迫和歧視，一旦中原恢復，仕途暢通，功名富貴，俯拾即是，文人們當然不會留戀着書會和劇場，而將百載難逢的好機會，輕易放過。孫楷第先生指出元朝從延祐元年恢復科舉，以後相承不廢者五十三年；這固然不錯。可是元朝的科舉和明朝不可同日而語。由於前面講過的原因，文人中有許多根本就不願意做元朝的官，即使沒有民族氣節的文人，也不會對科舉存奢望。所以，科舉儘管恢復，文人之廁身於書會者仍然很多。[34]明初的政治環境既與元朝截然不同，選士求賢又異常的迫切；原來廁身於書會的文人們，大家一窩蜂的去應試、做官，那是可想而知的事。文人投入書會，原是宋元戲曲勃興的主要因素。元雜劇之盛極一時就是由於書會中文人和俳優歌伎們合作[35]，纔能彀創造出光芒萬丈的戲曲文學來。一旦文人脫離書會，重入仕途，戲曲自不免失其憑依，而呈萎縮之象。明初南北曲之沉寂，其原因就在此。雖然書會中除文人之外，還有其他提得起筆的人[36]，可是沒有「名公」、「才人」[37]代為捉刀，

33 自一二三四年金亡起算，北方淪於蒙古計一百三十四年。南方則自一二七九年帝昺蹈海起算，僅八十九年。

34 參看孫楷第也是園古今雜劇考附錄五元曲新考：書會篇。頁三九二—三九五。

35 天一閣本錄鬼簿，賈仲明所補弔李時中詞云：「元貞書會李時中，馬致遠花李郎紅字公，四賢合捻黃粱夢。」按李時中官中書省掾，除工部主事，馬致遠為江浙行省務官提舉，而花李郎紅字公（即紅字李二）皆教坊伶人。據賈仲明的弔詞，他們都是大都書會中人，且合作劇本。

36 馮沅君古劇說彙一古劇四考才人考云：「宋元時編撰劇本的人叫做『才人』。他們的流品很雜，其中除文士外，有武將，有文官，有商人，有醫生，而倡優也不少。」在她所舉的例子中，商人有施惠，醫生有蕭德祥，倡優有趙文殷、張國賓、紅字李二、花李郎等，皆能撰劇。

37 鍾嗣成錄鬼簿稱有位者為「名公」，無位者為「才人」。

或加以潤色，編出來的劇本當然減色不少。青木氏說，「明初七八十年間，著名之作，殆無見焉」，就無怪其然了。

明初南北曲之沉寂，可能還有其他的原因，但在管見所及的範圍內，上述的兩個原因無疑是最重要的。如果刪除論證所需的繁證博引，我們可將這兩個原因提要如下：

（一）明初的物質環境不適宜於南北曲之繁榮。

（二）由於明初行政官之缺乏，文人極易得到官職，他們當然不屑雌伏於書會，給優伶歌伎們編劇撰曲了。

至於明中葉以後，文人們撰戲曲又成為一時的風尚；那非但和明初的情形不同，和元朝的情形也迥異；當另文專論之。

《出使中國記》之戲劇史資料

英國最初奉遣來華之大使，喬治．馬戛爾尼伯爵（George, Earl of Macartney），曾於其日記中，詳述航程之經過，覲見清帝乾隆之情形，請求訂約通商及常駐使節之終未成功，旁及中國之風土，人情，宗教，政府，人口，賦稅，官制，武備，貿易，工藝，科學，航運，水力，語言等，雖其觀察出自純粹西方之觀點，但終不失為十八世紀末年中國概況之第一手資料。其價值差可與《馬可波羅行紀》媲美。

馬氏於一八零六年逝世；其出使中國日記連同其他有關材料，彙訂成對開本三巨冊，於一八五四年為書賈售出，屢經轉手，終為日本東京「東洋文庫」所得。日記之內容，曾為約翰．巴洛（John Barrow，隨從馬氏出使之大使館司庫）及海倫．洛賓斯（Helen Robbins）採集成書，惜皆經刪節，略而不詳，且有失真之處。除巴洛外，隨員中如製圖員威廉．亞力山大（William Alexander），侍僕伊尼．安特生（Aeneas Anderson），天文員哲姆士．定維第博士（Dr. James Dinwiddie），龍騎兵珊繆爾．賀爾姆斯（Samuel Holmes），教師J．C．許忒納（J. C. Huttner），獅子號艦長伊拉司摩司．高窩爵士（Sir Erasmus Gower），及副使喬治，斯當東爵士（Sir George Leonard Staunton）父子，咸有關於出使之著述，其內容皆遠不及馬氏日記之詳盡，生動；但百數十年來，馬氏之日記未經付梓，直至去年克蘭摩—彬先生（J. L. Cranmer-Byng）校訂考證後，始得出版。著作之幸不幸，有如是者，良可慨已。

馬氏出使來華，中國史料中之記載殊為簡略。《清史稿》邦交志，僅載乾隆「五十八年英國王雅治，遣使臣馬戛爾尼等來朝貢，表請派入駐京，及通市浙江寧波、珠山、天津、廣東等地，並求減關稅；不許。」乾隆本紀五十八年五月「癸丑，上駐蹕避署山莊」……六月「乙酉，英吉利貢船至天津；戊子，於通州起陸，命在天津筵宴之」……秋七月，「壬寅，命英吉利貢使等住宏雅園，金簡伊齡阿於圓明園分別安設貢件……庚午，上御萬樹國大幄，英吉利國正使馬戛爾尼、副使斯當東等入覲……丙戌，上還京師……庚寅，諭英吉利貢使由內河水路赴廣東澳門，附船回國」……冬十月「戊子，以長麟奏：英吉利貢使稱再進表章貢物，呈總督轉奏；諭係援例而行，並無他意，國王可安心再來表貢，亦不拘定年限。」上述之記載，與馬氏之日記較，其詳簡相去遠甚。本港公私圖書館均無清實錄，若得乾隆實錄參閱，或有較詳細之記錄也。

關於乾隆五十八年萬壽之慶典，馬氏所記極詳，其述福壽園清音樓觀劇之情形，尤為中國戲劇史之珍貴資料。茲徵得克蘭摩—彬先生之同意，將有關戲劇部份，譯成中文，酌加箋註，以貢中國戲劇史家之參考。惟手頭參考書有限，疏漏之處自所不免，尚祈博雅之士有以教我，是幸。

馬戛爾尼日記

星期二，九月十七日。

據馬戛爾尼日記所記之行程，彼於一七九三年九月二日自北京出發，九月八日抵熱河，十四日初次謁見清帝，遞呈國書。

今日是皇帝的誕辰，我們於上午三時赴行宮：（中略）

查是日為乾隆五十八年八月十三日。按張孟劬《列朝后妃傳稿》世宗孝聖顯皇后傳引「實錄」：「高宗純皇帝世宗第四子也。母孝聖憲皇后鈕祜祿氏，原任四品典儀官加封一等承恩公淩柱之女，以康熙五十年辛卯八月十三日子時，生上於雍和宮邸。」據此則馬氏所記為乾隆八十三歲壽辰，是日特偕大使館秘書斯當東爵士（Sir George Leonard Staunton）及隨員等赴熱河行宮，參加萬壽慶典。

……我們還欣賞了一場中國木偶戲，它和英國的木偶戲只有微細的差別。

王芷章《清昇平署志略》第四章第二節「內學」有「綵台偶戲」之名目，下註云：「不詳姓名四人所演即傀儡戲，亦即宮戲。」（上冊，頁五六）。又記道光三年「端五承應」，五月初一日及初五日「望瀛洲過當」龍舟上各項玩藝名目中，均有「綵台偶戲」一項（上冊，頁六六—六八）。按《大清會典》所載，外藩之宴，有掌儀司奏演雜技百戲之承應，若宮內之宴則由昇平署為之。馬氏於後文云：「我們聽說，木偶戲照規矩是宮中妃嬪們看的玩藝兒，這次是特別為了欵娛我們而派出來的。」據此則馬氏所見殆即南府（昇平署之前身）承應之綵台偶戲。

> 戲中有一個公主遭難，被囚於堡中，有一個俠士和獅子及龍博鬥之後，將公主救出來，並和她結婚——有喜筵，鬥鎗，比武等。

此劇有與龍獅搏鬥之關目，似是《除三害》，與公主結婚又似《張生煮海》及《柳毅傳書》，竟不知為何劇。容再細考之。

> 此外還有一齣詼諧劇，其主要角色是潘趣和他的老婆，班地米亞和司卡拉木契。

《潘趣和他的老婆》為英國偶木戲中之Punch and Judy，《班地米亞和司卡拉木契》為意大利古典劇之Bandimeer and Scaramouch。與中國傀儡戲中之滑稽角色極似，故馬氏即以其名名之，綵台偶戲中固無與彼等同名之角色也。

我們聽說，木偶戲照規矩是宮中妃嬪們看的玩藝兒，這次是特別為了欵娛我們而派出來的。

按百戲為萬壽慶典中原有之承應，非為英使特演者。想係陪客之官員故甚其辭，以討好馬氏耳。

表演的戲中，有一齣尤受陪伴我們的官員的歡迎；據我所知，這是宮中所愛好的戲。

此齣為何戲，馬氏並未描寫，頗難懸度。陪客之官員則為和珅，福長安，福康安，松筠等。

星期三，九月十八日。今晨應皇帝的邀請，我們赴行宮，參觀他誕辰承應的中國喜劇和其他的娛樂。這台喜劇於上午八時開始，到中午纔演畢。

趙翼《簷曝雜記》云「上秋獮至熱河，蒙古諸王皆覲。中秋前二日為萬壽聖節，是以月之六日即演大戲，至十五日止。」按甌北於乾隆二十一年夏入軍機處為漢章京，秋獮扈從至熱河者凡二載，所記皆為目覩身經之事，可資引證。據此可知乾隆萬壽慶典之承應戲，亘十日之久，馬戛爾尼所觀之劇蓋旬日中之一日耳。

永恩《嘯亭雜錄》云：「乾隆初，純廟以海內昇平，命張文敏照製諸院本進呈，以備樂部演習，各節皆相時奏演，如「屈子競渡」，「子安題閣」諸事，無不譜入，謂之月令承應；內庭諸喜慶事，表演祥瑞者謂之法官雅奏；萬壽令節前後，奏演群仙神道添籌錫喜，以及黃童白叟合哺鼓腹者，謂之九九大慶。」

吳相湘《晚清宮庭實紀》言熱河行宮「多藏乾嘉時服玩及梨園行頭，尤華好倍南府之物，而其中演戲之處三：一曰煙波致爽，在澹泊敬誠殿後，常時承應用之；二曰福壽園，在德滙門內勤政殿之前，其規模較圓明園中同樂園及大內之寧壽宮，尚稱宏麗；遇慶壽大典用之；三曰如意洲，當芝徑雲隄東北，戲台位置在一片雲，係水座，炎夏用之。馬氏所述者當為福壽園之清音樓，說見後。

他坐在正對舞台的御座上，舞台的極大部份突出於池子中；兩旁都有包廂，其中並無座位和間隔。

馬氏所記之情形，與清乾隆時定南王阮惠遣姪光顯入覲，賜宴熱河行宮福壽園之清音樓觀劇圖，完全符合。按曹心泉《前清內廷演戲回憶錄》云：「宮中戲台，最大者三處，以熱河行宮戲台為尤大，其次為寧壽宮，其次為頤和園之頤樂殿。內監稱此三戲台為「大爺」、「二爺」、「三爺」。此三戲台建築皆分三層，下有五口井，極為壯麗。有數本戲，非在此三戲台，不能演奏者：（一）寶塔莊嚴。內有一幕，從井中以鐵輪絞起寶塔五座。（二）地湧金蓮。內有一幕，從井中絞上大金蓮花六朵，至台上放開花瓣，內坐大佛五尊。（三）羅漢渡海。有大切末製成之鰲魚，內可藏數十人，以機筒從井中汲水，由鰲魚口中噴出。至今此巨鰲切末，仍陳列於寧壽宮戲台上。（四）闡道除邪。此端午應節戲也，亦從井中向台上汲水。（五）三變福祿壽。此戲在台上分三層奏演。最初第一層為福，二層為祿，三層為壽。一變而祿居上層，壽居中層，福居下層。再變而壽居上層，福居中層，祿居下層。以上五齣，佈景偉大，非此三台，不敷布置。他處戲台較小，不能演此大戲也。」據此可知馬氏所見之戲台，當是熱河行宮福壽園之清音樓，因戲中有巨鯨（按當為鰲魚）噴水之場面，非此台不能演也。

《簷曝雜記》記福壽園之清音樓云：「戲台闊九筵（約合八十五英尺），凡三層，所扮妖魅，有自上而下者，自下突出者，甚至兩廂樓亦化作人居，而跨駝舞馬，則庭中亦滿焉。有時神鬼畢集，面具千百，無一相肖者。神仙將出，先有道童十二三者作隊出場，繼有十五六歲十七八歲者，每隊各數十人，長短一律，無分寸參差，舉此則其他可知也。又按六十甲子扮壽星六十人，後增至一百二十人，又有八仙來慶賀，攜帶道童不計其數，至唐玄奘雷音寺取經之日，如來上殿，迦葉羅漢辟支聲聞，高下分九層，列坐幾千人，而台仍綽有餘地。」按馬氏所記演出之場面，視此遠遜，或因所演之劇目不同歟。

婦女們坐在上邊窗櫺後，這樣她們可以盡情賞娛而不被人看見。

據前引《簷曝雜記》，兩廂樓亦可演戲，而馬氏所見則廂樓似為妃嬪及福晉命婦觀劇之處。然則清音樓之兩廂樓蓋兼有邊台及包廂之用者矣。

我們剛進場，皇帝就召我和喬治·斯當東爵士到他駕前。他很和靄地告訴我們，不要因他這麼大年紀看戲而覺得詫異，因為除類似今日這種特殊事情之外，他是難得看戲的；而且他的疆土廣袤，庶民眾多，他根本抽不出多少時間來享受這種娛樂。

《清昇平署志略》論南府之成立云：「清代宮中之有習藝太監始於國初……及高宗接位，始就舊有習藝太監，增其人數，倍其練習，又別製新戲，用備有事奏演。」（上冊，頁五）。其論南府之制度又云：「自南巡以還，因善蘇優之技，遂命蘇州織造挑選該籍伶工，進京承差。……按乾隆第一次南巡為十二年辛未，則南府之有外學，當亦起於本年。」內學有頭學，二學，三學之分，外學則有大學，小學之別；此外尚有中和樂，十番學，錢糧處，及跳索學。其總人數雖無明文可考，至少亦在一千四五百名以上。自嘉慶以降，歷經裁減，盛況遠非昔比矣。又據《簷曝雜記》云：「皇太后壽辰在十一月二十五日，乾隆十六年屆六十慈壽，中外臣僚紛集京師，舉行大慶，自西華門至西直門外高亮橋，十餘里中，各有分地，張設燈彩，結撰樓閣，天街本廣闊，兩旁遂不見市廛。錦繡山河，金銀宮闕，剪綵為花，鋪錦為屋，九華之燈，七寶之座，丹碧相映，不可名狀。每數十步間一戲台，南腔北調，口童妙伎，歌扇舞衫，後部未竭，前部已迎，左顧方驚，右盼復眩，遊者如入蓬萊仙島，在瓊樓玉宇中，聽霓裳曲觀羽衣舞也。」按有清戲劇之盛以乾隆一朝為最，而弘曆個人之癖好，實為主因之一。馬氏所記殆為清帝自詡盛德之外交辭令，非信史也。

在對答之際，我試圖提及我的出使問題，但他似乎不願談這事，僅以一個古老的建添小匣給我。

「建漆」原文是Japan（日本漆），蓋日本漆器盛銷歐洲，故歐人誤以中國建漆為日本漆也。

匣底有幾塊中國人和滿洲人所珍視的瑪瑙和其他的寶石，上面有一本他御筆書畫的小冊頁。

「滿洲人」原文是Tartars，（韃靼人），那時歐洲人泛指滿洲及蒙古民族為韃靼人，此處則似專指滿洲人。馬氏所稱之御筆書畫，其實多為南書房詞臣代筆。

他說這個骨董匣子是他家傳八百年之物，他希望我面呈給我的主公——國王——以為他的友誼的表記。

按愛新覺羅氏之興，肇始於努爾哈齊，自彼時至乾隆五十八年，僅二百餘年；再上溯至建州左衛創始人猛哥帖木兒時代，亦不過四百餘年；即使遠溯至金太祖收國元年（公元一一一五），至多六百七十八年而已。乾隆謂係家傳八百年之物，或為舌人轉譯之誤，遂至以訛傳訛耳。

馬氏所稱「我的主公——國王」乃英王喬治第三世。

同時他送我一本冊頁，也是他自己書畫的，和幾個檳榔荷包。他也送了一個同樣的荷包給喬治·斯當東爵士，又送了些小禮物給大使館的其他人員。

《出使中國記》的「導言」中記出使中國的英大使館人員如下：

大使：喬治·馬戛爾尼，德瓦克子爵，巴斯上級爵士。

秘書（**大使不在時，任全權公使**）：喬治·里昂那德·斯當東爵士。

副秘書二人：★艾契生·馬克司威爾，和愛德瓦德·溫德（馬戛爾尼子爵的親戚。）

譯員二人：李雅各（譯音），卓拔羅（譯音），二人俱為意國奈泊爾士港華人學院修業已畢之教士。

★司庫：約翰·巴洛。

★外科醫生：威廉·司各特博士。

醫師（兼生物學者）：休·吉瀾（亞伯丁大學文科碩士，愛丁堡大學醫學博士。）

★畫師：湯馬士·希概。

★製圖員：威廉·亞力山大。

冶金家：亨利·伊茲。

★製錶匠：查爾士—亨利·北帝比埃。

★數學儀器製造匠：維克忒．替堡而忒。
園藝及植物學家：大維．司特朗納區。
大使的書童：喬治．湯馬士．小司當登。
大使的侍僕：伊尼．安特生。
小司當登的教師：許忒納。
德國樂師五人：約翰．察泊伐爾（領班）
軍事隨員：陸軍中校喬治．本生，海軍少校亨利．帕力希（皇家砲兵），海軍少校約翰．克路，
龍騎兵十名，砲兵二十名，步兵二十名。
★大使館海道運輸艦：獅子號（砲六十四門）艦長上校伊拉司摩司．高窩爵士，大副少校堪貝爾。
印度斯丹號（東印度公司艦，砲三十門）艦長威廉．馬京拓希。
註：有★號者未隨英使赴熱河。

過後，他分賜了幾件似無多大價值的綢緞和瓷器給鞑韃王公和重要的廷臣們，他們受賜時，卑恭感恩之狀，無微不至。

戲劇的娛樂包涵很多種類，悲喜兼具；幾齣個別的戲接連着上演，其間顯然絕無連係。

> 有些是歷史的，其餘則純屬虛構，一部份念誦，一部份歌唱，一部份說白，並無器樂伴奏；可是愛情場面，戰爭，謀殺，和戲劇中常有的各種情節卻很豐富。

《簷曝雜記》述熱河行宮乾隆「萬壽承應」之情形云：「所演率用西遊記封神傳等小說中神仙鬼怪之類，取其荒幻不經，無所觸忌，且可憑空點綴，排引多人，離奇變詭，作大觀也。」《清昇平署志略》述「九九大慶」云：「在初製時，原為九本，以其中各齣，儘可單獨奏演，又因此卷佚失，原九九大慶之內容，已弗可考。今惟從檔案所載，粗列其目。疏漏之處，在所難免。屢年拆用之散劇，則頗多存者，其他只有其目而無其書者，又不知凡幾矣，惜哉！」按現存九九大慶之散劇僅有：《老佛西來祝萬壽》，《寶鏡開祥》，《壽祝萬年》，《萬福駢臻》，《慶壽萬年》，《九如歌頌》，《福祿壽》，《大地週天獻壽徵》，《青牛獨駕》，《環中九九》，《萬卉呈祥》，《三壽作朋獻紫觴》，《群仙祝壽》。馬氏言各劇連續上演，絕要無情節上之連係，自是實在情形。所演多為神仙鬼怪，荒誕無稽之劇，但亦偶有歷史故事，如道光朝萬壽承應劇目中有《古城》一齣，馬氏所謂歷史劇，當指此種散齣；惜語焉不詳，難以考證其為何劇也。

馬氏謂所覩戲劇，並無器樂伴奏，疑與事實不符。按清代內廷所演之戲，或唱崑腔，或唱弋陽腔（俗呼高腔），皆有器樂伴奏，而弋腔之鐃鈸喧闐，唱口囂雜，馬氏更無充耳不聞之理。所謂「並無器樂伴奏」云云，想係寫日記時之筆誤。下文謂「大軸子是一場偉大的啞劇」，亦不盡然。該劇若為《羅漢渡海》，開場必有唱詞及念白，至開打以後則可能全是啞劇，非自始至終絕無歌唱及念白也。

大軸子是一場偉大的啞劇，照它受歡迎的程度而言，我認為它的獨創性和工巧，可算得是第一流的。就我所能了解的程度，我看它所表現的是海洋和大地的結合。大地誇耀它的種種財富和物產，龍、象，虎、鷹、鴕鳥、橡樹、松，和各種不同的樹木。海洋不甘示弱，也將自己的資產傾瀉在舞台上，鯨、海豚、五島鯨、鯤，和其他的水怪，還有船、巖礁、貝、海緜、和珊瑚。這些切未都有隱藏在內的演員表演，他們演的簡直無懈可擊，所表現的性格令人欽佩。

馬氏所述各種切末中，惟橡樹、海豚、五島鯨及海緜，為昇平署檔案中所無。切末名目中有「各樣樹四十棵」，橡樹或在其內；海豚及五島鯨想係「小口精」之誤，海緜則未見著錄，或因形似而訛傳，亦未可知。

這兩支海陸隊伍，分別在台上走了半晌圓場之後，最後聯合起來成為一體，走到台前，轉了幾次，然後向左右分開，讓出地位來，給鯨魚蹣珊而前。鯨魚好像是主將，它在正對皇帝御座之處站住，從口中噴出幾噸水，落在池子中，流入地上的孔眼裏，頃刻之間就不見了。

此劇似為《羅漢渡海》，據前引曹心泉《前清內廷演戲回憶錄》所言，此劇中有大切末製成之鰲魚，以機筒從台下五口井中汲水，自鰲魚口中噴出，與馬氏所述宛然符合，他劇無此場面也。馬氏目中之鯨魚，即曹心泉所述之巨鰲，昔有一具陳列於寧壽宮戲台上，不知猶在否。

> 這一場噴水獲得最高的彩聲，在我旁邊的兩三個大人物，要我特別加以注意，同時連呼「好啊！很好啊！」（原註：「妙啊！可喜啊！」）

按內廷演劇與民間戲院逈異，斷無高聲叫好之理。馬氏於後文中亦云：「在演出的全部過程中，大家厲持肅靜，不說半句話，不出一聲笑。」而此處卻有連聲叫好之記錄，殊不可解。

> 這場娛樂持續了幾個鐘頭，我們和其他人所佔的包廂，中間並無隔閡，可以通行無阻。所以有幾位重要的官員就借這個機會常常和我們交談，從交談中我真的聽到了許多可資注意和思維的事。我看得出，這些官員大多數是韃靼人，真正的中國人卻很少和我們接近。和我們交談得最不拘謹的官員，我要特別提及兩個人，他們的態度看來比其他人大膽而自由，他們問我是否會說波斯話或亞剌壁話。他們似乎是回教徒，是喀爾穆克部的酋長。

按馬氏所謂之喀爾穆克部（Kalmucks），實為土爾扈特部（Torguts），原為新疆塔爾巴哈台一帶之遊牧部落。

此二酋長似為土爾扈特部之渥巴錫及舍稜。

在不久以前，該部落因某種對俄不滿及誤會的事件，大規模地自裏海沿岸，遷徙到中國邊境，願受中國皇帝的保護。他給他們極優容的接待，並賞賜這兩個酋長（或「茂綏」）亮藍頂戴和花翎，以表示他誠意接受他們歸順矢忠之忱。

乾隆三十六年（公元一七七一），逃居俄境的土爾扈特酋長渥巴錫與舍稜等部眾，因不堪俄人苛待，三萬餘戶口，相率自俄境入伊犂來歸。清廷聞訊，即賜天山南北，為其遊牧地，並赦舍稜罪，封渥巴錫為汗。馬氏所記之二酋長，當即舍稜及渥巴錫。「茂綏」（Mirza）乃波斯語中綴於皇族姓名後之尊稱。舍稜與渥巴錫能說波斯語，馬氏故以「茂綏」稱之。

將近一點鐘時分，我們告退，至四點鐘再赴行宮，看晚晌的娛樂節目，在大草坪的大幄（或庭）之前表演，就是我們最初覲見皇帝之處。

《清史稿》「本紀」乾隆五十八年秋七月下載：「庚午，上御萬樹園大幄，英吉利國正使馬戛爾尼、副使斯當東等入覲。」按馬戛爾尼日記所載，「皇帝的幄（或庭）是圓形的，我估量大約直徑二十四五英尺，以許多鍍金，彩繪，或髹漆的柱子支撐，各視其距離及位置而定。正面有一六碼闊的入口，和由此向前拓展的黃色帳篷，使自入口處至御座之間的距離，加長了不少。」

我們剛到不久，他就蒞臨，坐上御座，號令表演開始。表演有摔角，舞蹈，觔斗，功架等。在我們看來，似乎特別難看而笨拙，因為藝員們多數穿着中國式的服裝，少不了有一雙厚棉靴，靴底足有一英寸厚。可是摔角力士們的功夫，似乎相當精練，堪供愛好摔角者的賞娛。

按雜技藝員所穿之靴皆為夾靴，鮮有用棉靴者，馬氏以為是棉靴，或因其靴統厚實，形似棉靴耳。

一個童子猱升三四十尺高的竿子，玩了幾下，然後站在竿頂上，作各種姿勢，可是他的表演，遠不及我在印度所見的。一個漢子仰卧着，將腳、腿、和股，直豎起來，和身體成一直角，然後將一隻四英尺長、二英尺半至三英尺直徑的大圓缸，放在腳底上，平衡了一回兒，接着將它横轉許多次之後，一個看客將一小童放入缸內，小童在缸口跳擲出各種姿勢，纔出來坐在缸上。然後他站起來，仰仆在缸上，再翻身俯卧。表演了百來個這樣的技藝，他纔一躍而下，使他的助手釋卻重負。

這時一個人走上前來，在每隻靴上縛了三根細竿，接着他將六隻直徑十八英寸的瓷碟，逐一放在手中的一根細小象牙竿端，使其旋轉若干時，再一一放在上述靴子的竿頂，繼續旋轉不停。然後他左手拿了兩根細竿，用同樣的方式，將碟子置於竿端，再將一隻碟子置於右手小指尖上；這樣他身上附着九個碟子，一齊在旋轉。過了幾分鐘，他將碟子一一拿下來，放在地上，絕無些微停頓和失手。此外還有許多類似的技藝表演，但我看沒有一種可與撒德勒司泉戲院的觔斗，舞繩，走索，豎稽，相比擬。我所見的騎術，也沒有一個像休士和阿司忒萊競技場那麼邊式，雖然我常聽人說，韃靼人對於他們坐騎的教導和訓練是非常拿手的。

撒德勒司泉（Sadlers Wells）戲院乃英國著名戲院之一。據《出使中國記》原註四十五云：「在馬戛爾尼生時，卡文花園（Covent Garden）與直魯列巷（Drury Lane）（譯者按二者皆為戲院），在一七三七年執照條例之規定下，享有表演戲劇的專利。但在倫敦的近郊區，有許多變相戲院在做市面，多數表演滑稽戲和馬戲節目。撒德勒司泉在伊司陵登（Islington）新河（New River）的岸上，原來是一個含鐵質的泉。約在一七零零年之後，這裏就有一所戲院，後來專演水上的戲劇。有一個一七七九年代的撒德勒司泉戲院的廣告上面，提及觔斗，繩舞，等節目。」關於「休士」（Hughes）原註云：「我找到了一些資料曾提及一個名休士的騎術表演員。他曾於一七八八年，自倫敦的皇家馬戲班轉讓得一班人馬，到劍橋表演。此人可能就是那個曾於一七九一年購得撒德勒司戲院四分之一股權的利查特·休士。後來他任該戲院的『經理老闆』，至一八一五年壽終為止。」關於阿司忒萊競技場（Astley's Amphitheatre），原註云：「在那時，菲列泊·阿司忒萊在藍白斯主持『藝術競技場』。每年冬季，這個班子到（愛爾蘭的）德伯林，在那裏的阿司忒萊競技場表演。關於阿司忒萊在一七九七至一七九八年間的情形，小查爾斯．迭伯丁（Charles Dibdin）曾有極好而親切的詳述。他編一場丑角出場的啞劇，『創出一切的機關變化和啞劇噱頭』，貢獻給阿司忒萊，阿司忒萊就將他僱用了。阿司忒萊本人曾在騎兵中當過曹長，原先曾在泰晤士河南邊，威司敏士忒橋附近，開設一個場子，表演馬的訓練法，並教授騎術。後來他領到一張開設馬戲場的執照，漸漸蔚成一個精婣的專業。」參閱《小查爾新．迭伯丁（一七九七—一八三零）的職業及文藝的回憶錄》（頁一七—三三）。

最後是煙火。在某些地方，它勝過我所曾見的一切煙火；若就壯麗，宏偉，和變化之多而言，固遜於瓜哇．巴達維亞的，但其新奇，乾淨，和製造的工巧，可佔勝不知多少。

按馬戛爾尼於出使之航程中，曾經過爪哇之巴達維亞，並在彼處停留一月有餘，備受荷蘭官方之優待。馬氏所見之煙火，想是招待節目之一。但此種煙火，恐非爪哇自製；蓋煙火及爆竹之製造，向為中國之專長，至今東南亞國家，猶向港澳購運入口，即一有力之佐證。然則馬氏所稱道之巴達維亞煙火，仍中國之特產也。《出使中國記》附錄B：「馬氏日記原稿之轉手考」，提及原稿於轉手易主之過程中，曾有十版（頁一一八—一二七）被撕去。惜所撕去者適當馬氏敍述荷蘭官方欵待大使館入員之處；吾人無從援引，以資參證矣。

有一具煙火，我非常愛好；那是一隻五尺見方的綠色箱子，用滑車弔至離地五六十尺高，箱底構造到時候會突然開啟，放出箱內的二三十串燈籠來。這些燈籠在降落時各自逐漸展開，分離，最後變成至少有五百盞的一大簇，每一盞裏都有顏色燦爛的燈火照耀着。這些燈籠——我看好像是用紗或紙做成的——的變幻舒展，重複了好幾次，每次所顯現的顏色和花式都不同。兩旁還有類似的小箱子，也會同樣地打開，放出巨大的火網，區分盻別，具有各種不同的形式和體積，圓的，方的，六角形的，八角形的，菱形的，照耀得如同最光彩的擦亮的銅，其在風中搖曳，則閃爍如晶稜之光芒。中國握有使火發出各種色彩的祕密：顏色之殊異，顯然是他們煙火製造術的主要特長之一。如在巴達維亞一樣，煙火的結束是像火山的噴發，放射出許多太陽，星星，火花，金蛇，爆竹，火箭，和流星，將御苑籠罩在一片不可嚮邇的煙幕下，足有一個多鐘頭。在這些娛樂的進程中，皇帝賜了各種點心給我們，因為是御賜的，照宮廷的禮節，我們必須遍嘗，雖然我們進餐還不久。

中國宮廷最高雅的娛樂，主要的似乎就是我現在所描寫的這些，和早晨的莫名其妙的戲劇。無論我們對他們的趣味和鑑賞，覺得如何卑不足道，可是我們必須承認，從整個排場產生的一般效果而言，確令人有宏偉堂皇之感。皇帝自己端坐在前面御座上，滿朝的大臣顯宦們，穿着朝服，在他兩旁伺候，有些站着，有些坐着，有些跪着，在他們後面，還有不可勝數的侍衛和旗手。

按清會典載，「凡筵宴之禮八，在太和殿者，由禮部奏辦，其餘各筵燕儀注及燕圖，均由司（指掌儀司）奏進，所用桌張亦由司查察，有不潔者參奏，一曰萬壽之燕，二曰千秋之燕，三曰宗室之燕，四曰外藩之燕，五曰千叟之燕，六曰凱旋之燕，七曰皇子婚禮之燕，八曰公主下嫁之燕。」八項之中，惟萬壽之燕、千秋之燕，注明用本司太監設中和韶樂，餘則俱用樂部和聲署樂工奏之。又云：「萬壽聖節，如遇皇帝御正大光明殿筵燕，是日皇子、王、貝勒以下，咸蟒袍補服，王以下、入八分公以上，各進桌張羊酒，本司官（指掌儀司）率太監設中和韶樂於殿下左右，復陳清樂於右，設丹陛大樂於出入賢良門左右，均北嚮。總管大臣視設席，尚膳正設御筵於寶座前稍遠，分列眾席於殿內外，僉東西嚮，設備賞諸物於殿前兩旁，武備院張黃幕於出入賢良門後廡下，內管領設反坫、壺、爵、金貝，皇子、王、貝勒、貝子、公、蒙古王公、回子王公、文武滿漢大臣、外省將軍、督撫、提督、副都統、外藩諸國、及土司、貢使等，以次坐，御前大臣及乾清門侍衛分立寶座左右。屆時中和韶樂作，皇帝升座，樂止。眾均行一叩禮，尚膳正舉御筵移近丹陛，清樂使，尚茶正進茶，皇帝用茶，眾各於坐次行一叩禮，侍衛分賜皇子、王、貝勒等茶，眾各於坐次行一叩禮，飲畢，復行一叩禮，樂止。展席冪，本司官入黃幕內，於反坫上，恭進壺、爵、金卮，以次由中路進，至殿中門閾之外，西嚮立，丹陛清樂作，進爵大臣離席，釋補服，皇子以下皆興，進爵大臣近前跪，皇子以下咸於坐次跪，本司官舉壺寶酒於爵，授進爵大臣，興、退、進爵大臣奉爵興，由中陛升，進至御座側，跪進爵，皇帝受爵，進爵大臣由右陛下復跪，皇帝用酒，進爵大臣行一叩禮，皇子以下皆行一叩禮。進爵大臣由右陛升，跪受爵，仍由中陛下，跪，本司官接爵退，皇子以下皆興，本司官以金卮酌酒進，立賜進爵大臣，進爵大臣跪受，行一叩禮，畢，本司官接卮退，進爵大臣行一叩禮，服補服，樂止。皇子以下各就座，進爵大臣入席坐，皇帝用饌，中和清樂作，皇帝賜食品與皇子大臣畢，尚膳正進肉饌，皇帝復分賜皇子、王、大臣畢，進反坫樂止。侍衛等分賜酒，皇子以下，均於坐次行一叩禮，畢，復行一叩禮，奏蒙古樂，畢，奏喜起舞樂，皇子進舞，眾均於坐處立，皇子於正中跪，行三叩禮，舞畢，復行三叩禮，退，王、貝勒、貝子、公、大臣等依次進舞，每一次舞畢，正中行三叩禮，本司官陳百戲，尚膳正徹御筵，丹陛大樂作，眾均於坐次行一叩禮，畢，中和韶樂作．皇帝還宮，眾均出。」按上述為會典所載，若於秋獮木蘭時祝壽，禮節威儀視此當稍簡略，然在馬戛爾尼心目中，已覺其宏偉堂皇，無以復加矣。

在演出的全部過程中，大家屬持肅靜，不說半句話，不出一聲笑。我們離開行宮之前，王文雄告訴我，熱河的典禮和承應現在已經完畢了，皇帝已定於月之二十四日啟程赴圓明園，照理我們應該比他早幾日動身。他（王文雄）建議二十一日，希望這個日子對我沒有甚麼不方便。所以我們必須這樣準備了。

據馬氏出使日記所載，彼自海道運輸艦獅子號，轉乘中國船，由白河赴通州，有中國官員二人（Van-ta-gin and Chou-ta-gin）在其旅華之時期中，常川陪伴。原書附錄A，「中英人物傳略」考證 Van-ta-gin 為當時通州副將王文雄，Chou-ta-gin 為天津兵備道喬人傑。《清史稿》列傳一三六有王文雄之傳略；喬人傑不見於《清史稿》，據《天津府志》及《續天津府志》等書之記載，喬氏曾於嘉慶五年晉陞為直隸按察使。請參閱原書附錄A（頁三二五—三三一。）

《聯合書院學報》第二期，一九六三年。

李賀詩歌散論

一、從一首語不驚人的小詩說起

唐杜牧的《李長吉歌詩敍》有幾句膾炙人口的評語：

雲煙綿聯，不足為其態也；水之迢迢，不足為其情也；春之盎盎，不足為其和也；秋之明潔，不足為其格也；風檣陣馬，不足為其勇也；瓦棺篆鼎，不足為其古也；時花美女，不足為其色也；荒國陊殿，梗莽丘隴，不足為其怨恨悲愁也；鯨呿鰲擲，牛鬼蛇神，不足為其虛荒誕幻也，蓋騷之苗裔，理雖不及，辭或過之。

這篇序文，作於唐文宗太和五年（公元八三一年），距今已有一千一百多年，可是歷來評論家似乎都跳不出它的窠臼。欽佩李賀的大都欣賞他峭奇幽冷，瑰麗瑰怪，絕去畦徑，而色香近古。批評他的大都嫌他晦澀，空疏，而稍欠理。「鬼才」之說，眾口一辭，已成定論。直至近三四十年來，受了西洋文學批評的影響，評論家對李賀的歌詩才有比較新的看法。錢鍾書的《談藝錄》首先說：「古人病長吉好奇無理，不可解會，是蓋知有木義而未識有鋸義耳。」第二次世界大戰後，歐美漢學家忽然發現李賀的風格和十九世紀法國大詩人鮑德萊（Charles Pierre Baudelaire，一八二一至一八六七）相似，五年前牛津大學出版社又刊行了符洛涵教授（J. D. Frodsham）的英譯《李賀歌詩集》，對這位「鬼才」詩人推崇備至。因此中國文藝界也開始對李賀刮目相看。其實葉蔥奇在一九五九年編訂的《李賀詩集》中，早就指出他承繼了「《楚辭》的精神……這在唐代其他諸家中，是找不出第二個相同的人物的」。一九七一年周誠真也出版他的《李賀論》，着眼於長吉「感性的修辭」、色調、意象等等，肯定他的詩「是中國抒情詩的發展頂點之一」。長吉生前鬱鬱不得志，死後又被一般評論家抑置於唐代詩人的「副榜」；不想在二十世紀的今日，他居然會驀地「翻身」，甚至獲得歐美的重視。如果他還在天上的「玉樓」修文，應該可以揚眉吐氣了。

話雖如此，揚眉吐氣，未必是遇到了真正的知音。古來愛好長吉歌詩的人只傾倒於像「秋墳鬼唱鮑家詩」、「石破天驚逗秋雨」、「飛香走紅滿天春」、「酒酣喝月使倒行」、「楊花撲帳春雲熱」、「羲和敲日玻璃聲」、「黑雲壓城城欲摧，甲光向日金鱗開」、「蹋天磨刀割紫雲」之類的警句。其實李賀集中並非字字皆奇，句句絕妙，他也有很平淡無奇的作品，而在平淡中蘊藏着深厚的工力和意境，不易為一般人所注意。例如卷一的《貴公子夜闌曲》：

裊裊沉水煙，
烏啼夜闌景。
曲沼芙蓉波，
腰圍白玉冷。

寥寥四句二十個字，每字每句都極平易，沒有一個奇字，也沒有一個僻典，絕對說不上晦澀、欠理，可也說不上瑰麗譎險。一般評論家根本不注意這首小詩，只有評注家才不得不敷衍幾句。舉例言之：

（一）自詡為李賀「知己」的姚文燮說：「貴公子沉湎長夜之飲，閨中注香相待。久之，夜半烏啼，則香影向闌矣。曲沼即曲房，芙蓉波即美人春心之蕩漾，寒夜孤衾，白玉腰圍，公子不至，豈惟美人怨。詩人亦當為之怨也。」

這幾句話雖說得「像煞有介事」，可是我們無論如何仔細尋搜，也找不到半個美人的影子。長吉好用代詞，這固然是大家所知道的事實，可是姚文燮說「曲沼即曲房，芙蓉波即美人春心之蕩漾」，我絕對不能同意。文學作品中用代詞，這是常有的事，但所代的事物一定揣摩得出，上下文一定有暗示和契合。例如長吉《雁門太守行》「提攜玉龍為君死」，以玉龍代劍；《殘絲曲》「縹粉壺中沉琥珀」，以琥珀代酒；《詠懷》之二「驚霜落素絲」，以素絲代髮；《羅浮山父與葛篇》「欲剪湘中一尺天」，以天代葛布；都不難索解，而且上下文都有照應，可知長吉絕對不會隨便亂用代詞，使讀者無從捉摸的。至於說「曲沼」就是「曲房」，「芙蓉波」就是「美人春心蕩漾」，詩中可絕對沒有這種暗示和照應。本來很淺顯易解的字句，被姚氏捕風捉影地加以曲解，反倒使讀者越看越糊塗了。照我的推測，姚文燮大約覺得這首詩太平淡無奇，不像是「穿幽入仄」的李賀作品，所以他才異想天開，虛構出一個美人閨怨的情節來，表示長吉另有弦外之音，同時也可以顯得自己是長吉真正的知己。要是他知道這首詩在平淡之中自有它內涵的妙處，他就不會多此一舉了。

（二）符洛涵教授在他的譯注中說這首詩「是寫一個女子獨坐在空閨，在等候夫主回來？也許可能是一個貴族酗飲了一宵，還沒有上床睡覺，等待着天亮，上早朝吧？」

他第一個解釋顯然是根據姚文燮之說，可以置之不論。第二個解釋，以為貴公子在等着上早朝，也是沒有根據的猜想。「腰圍白玉冷」所着眼的是「冷」字，是一個感性的形容詞，但「等待」是動詞，而且是非感性的，所以「冷」字不可代替「等待」。「白玉冷」固然可以暗示「久待」，可是上文「曲沼芙蓉波」所暗示的是向曉料峭的風，可知白玉之冷是由於風吹，不是由於等待。符教授的第二解比第一解近情一點，但仍嫌穿鑿，難以使人首肯。

（三）方世舉說：「此似不止於此，當大有脫文。此但一起；不然，於公子夜闌何在？既為此曲，必形容貴公子買醉徵歌，狎斜縱意，乃與題稱。若止此則一『秋聲』之歐陽、『赤壁』下之蘇矣。公子有是乎？」

方世舉疑心這首詩只寫了一個開頭，沒有往下做。他忘記了題目是《貴公子夜闌曲》，不是《貴公子夜宴曲》。「夜闌」是夜將盡的意思，天快亮了，哪裏是「買醉徵歌」的時候？如果李賀真的照方氏的話寫，反而犯了不切題的毛病。我們都知道李賀的母親，曾說過「是兒要當嘔出心乃已爾」的話。他只會過分刻意求工，絕不會做出不切題的詩來。題目既是「夜闌」，他當然只寫「夜闌」，宴飲之事只宜暗示而不宜正面描寫。除非是宴飲作樂的題目，他才會寫這種場面。我們只須檢閱他的《秦王飲酒》、《花游曲》、《榮華樂》那些宴飲的詩，就可以得到證明。可是方世舉偏要他寫到題目之外去，同時還要提出「不然於公子之夜闌何在」的責問。由此可知，他實在不懂得這首詩，要不然，他怎麼硬要人家在圍棋枰上下象棋呢？

（四）葉葱奇說：「上兩句說貴公子徹夜歡樂，下兩句說天將向曉，碰着腰帶上的玉都是冷森森的。這首詩雖然短短二十個小字，卻把貴公子驕貴逸樂的情狀描摹得非常真切。」

這幾句話似乎比姚、符、方三位的評語切實得多。可是把它和這首詩一對照，就看出破綻來了。事共上第一二兩句詩只說香爐裏餘煙裊裊，烏鴉見天色將曙而啼叫，一個字沒提「徹夜歡樂」。第三句寫的不是「天將向曉」而是「曲沼芙蓉波」；只有第四句算讓葉先生說對了。如果他到此為止，不往下說，至少四句中對了一句，還不算「全軍覆沒」。可是他接着又加上幾句總結的評語，稱讚李賀只用了寥寥二十個字「卻把貴公子驕貴逸樂的情狀描摹得非常真切」。可是全詩中簡直找不出一個描摹貴公子驕貴逸樂的特寫，試問「非常真切」這四個字從何說起？嚴格地說，除上述的第四句之外——其實這句根本不需要詮釋——葉葱奇的評語可以說全部落了空。

李賀這首小詩既不是描寫美人閨怨，和公子等候上早朝，又不是敍述買醉徵歌的夜宴，更不是形容貴公子的驕貴逸樂，那麼李賀描寫的究竟是甚麼？

我在上文早已說過，他所寫的只是貴公子「夜闌」。夜闌是夜將盡而天色將曙的光景。讀者只要順着詩的字面意義看下去，就能意味到：時間已到了夜闌，長夜的宴飲歌舞早已席終人散；酒酣耳熱的貴公子走到花園的荷花池畔，悄然獨立了一回兒，回頭一望剛才歡娛的廳堂（或亭榭），只見香爐的餘煙還在裊裊，又聽得向曉烏啼，天空在漸漸透出魚肚白色了，曉風一陣陣吹得池中的荷花和漣漪一齊漾動。他這才驀然間覺得腰圍的玉帶有點冷冰冰的。在這一剎間，這位貴公子會有甚麼感想？也許是覺得「空虛」？或者「寂寞」？或者「人生若夢」？或者「無聊」？我們如果把這首詩再咀嚼一下，就可以辨味出來，第一句是貴公子之所見——這是視覺的官感。第二句是公子之所聞和所見——這是聽覺和視覺的同時官感。第三句是公子之所見和所覺（風）——這是視覺和觸覺的同時官感。第四句是公子之所覺——這是觸覺的官感。（此外，第一句的爐煙裊裊暗示着嗅覺的官感，但公子在荷花池畔，也許聞不到，所以我沒有將它列入。）

在這些官感性的描寫中，最重要的當然是第四句的「冷」字。它是全詩二十個字的最後一個，所以具有終極性和決定性的威力。猶如擲骰子一般，五粒先轉停的都無關緊要，必須等最後一粒轉出來才能定勝負。再者，寒冷可以使人的感覺敏銳，頭腦清醒。沉醉和昏迷的人只須用冷水靧面，即可復蘇。酣飲後的貴公子，被曉風一吹，覺得腰圍玉帶冷冰冰的，他的神志驀地清醒了。至於他在清醒的一剎那間有甚麼感想，李賀根本沒提，他似乎寧可讓讀者自己去想像。他所要寫的只是貴公子在夜闌的一剎那間，從官覺直接產生的感覺——所謂的「純粹經驗」（pure experience）[1]。這樣的經驗，我們大家都有過，可是瞬息即逝，很少能保留在記憶的寶庫中，所以文學作品裏很少有純粹經驗的描寫。例如馬致遠《天淨沙》的《秋思》：

枯藤、老樹、昏鴉，
小橋、流水、人家，
古道、西風、瘦馬，
夕陽西下，斷腸人在天涯。

前四句寫的都是直接的官感，最後一句卻把題目《秋思》的對象寫了出來，這一來就把整支《天淨沙》變成了一篇相思的傑作，但也因此而不成其為純粹經驗的作品。曹雪芹的《紅樓夢》中偶然有純官感的描寫，但並不多。手頭沒有這部書，彷彿記得寶玉瞥見齡官劃「薔」字，和與妙玉見面的某一次，還有賈蓉見王熙

1 與阿文那流斯（Richard Avenarius）所謂的 pure experience 不同，也不是馮友蘭論莊子「坐忘」的所謂純粹經驗。

鳳端着茶出神，這幾處好像有純官感之筆，可謂「不着一字，盡得風流」。不過，小說的敍事詳細而有連續性，偶有一段純粹經驗的描寫，讀者不難體會，詩歌的文字簡潔，若不畫龍點睛，一般人就不能領略。如果馬致遠把那支《天淨沙》完全寫成直接官感，恐怕它就不會獲得讀者的欣賞。這也許是《貴公子夜闌曲》一向沒有受到批評家重視的緣故。

寫到這裏，我想也許有人要問我：「你怎麼知道李賀作這首詩是為了要寫貴公子在夜闌時一刹那間的感覺呢？」

李賀寫這首詩的本意只有他自己知道，我不敢以李賀的知己自命，替他答覆這個問題。可是我可以設身處地，作一個合乎情理的推測。當然，推測只是根據一些線索和理智的判斷而得到的假定，不能把它當作事實的真相。不過，如果推測得合情合理，至少我們得承認它有極大的可能性。這對於理解李賀的歌詩，也許有小小的幫助。

讓我先從李賀的性格說起。關於他身世的資料，非常缺乏。這篇文章的宗旨既不是做考據，恕不引經據典，僅就現成的資料，擇其有關他的性格的，簡單地說幾句。他是一個神童，大約十幾歲已以詩歌著名，十七歲他的詩獲得韓愈、皇甫湜的賞識，可是他因避父親的諱，不能參加進士的考試，只能在太常寺屈就從九品奉禮郎的小官職。所以他常在詩歌中發懷才不遇的牢騷。大凡有天才而不得志的文人，總不免於自負而又自憐，李賀當然不是一個例外。唐康駢《劇談錄》說元稹很想和李賀結交，「一日執贄造門，賀攬刺不容，遽令僕者謂曰：『明經擢第，何事來看李賀？』」元稹只得慚憤而退。這個故事大概是捏造的，可是不說別人，偏偏說李賀，可見當時一定有關於李賀恃才傲物，目中無人的道路傳說，所以才會把這個故事扯在他身上，惟其自命不凡，恃才傲物，他才不屑拾人牙慧，一定要探幽入仄，自己開闢一條新的蹊徑，修詞造句非要瑰奇譎險，命意構思務欲高遠隱僻，使人學不像，跟不上，目眩舌撟，無從捉摸。我可以肯定地說，李賀作品的精煉，風格的獨特，其決定性的原因是他的自負和驕傲。

其次，李賀的天才雖高，且有敏捷之譽，流傳下來的詩篇卻很少，連《外集》在內，一共只有二百四十三首。唐張固《幽閒鼓吹》說李賀的表兄嫉恨李賀生前傲忽，把他的遺稿都丟掉了，所以只剩下寥寥的二百多首。這話當然是不可靠的，因為杜牧在《李長吉歌詩敍》中明明說李賀臨終時把平生所著歌詩四編，共二百三十三首，交給他的好朋友沈亞之。這篇序文既是沈亞之請杜牧寫的，所記的當然是絕對可靠的第一手資料，可是李商隱的《李長吉小傳》根據李賀姊姊的口述，說他：「能苦吟疾書」，「每旦日出與諸公游，未嘗得題然後為詩。」又說他「恒從小奚奴、騎距驢、背一古破錦囊，遇有所得，即書投囊中。及暮歸……研墨疊紙足成之，投他囊中，非大醉及弔喪日，率如此。」這一段記載非常真切，可信；看來長吉所作的詩，數量一定很多。就算被朋友們「時復來探取寫去」，遺留下來的似乎應該不止二百多首。不過《小傳》又說：「長吉往往獨騎往還京洛，所至或時有著，隨棄之。故沈子明家所餘四卷而已。」從這幾句話，我們可以推想李賀對自己作品的取捨，一定非常嚴格，不愜意之作，隨手就丟掉，留下的必然有值得保留的價值和理由。

這與他自負和驕傲的個性非常合轍，可以信為事實。

李賀既然對自己作品的取捨甚嚴，那麼他把《貴公子夜闌曲》收在他的詩集裏，一定是因為它有某種特色，或者在命意和遣詞方面，有甚麼獨到之處。單從字面上看，這首詩並沒有使人拍案叫絕之處，和李賀其他的歌詩相比，也許是最平凡最寒傖的一首。我從前讀李賀的詩集，每次都把這首詩草草翻過，沒有仔細地咀嚼。直至看了符洛涵教授的譯注，我才開始對它發生興趣，再檢閱其他評注家的按語，覺得他們竟然沒有一個說得中肯的。好比癬疥之疾而群醫束手，豈不是咄咄怪事？再進一步想，李賀和杜甫一樣，是個「語不驚人死不休」的詩人，還有「筆補造化天無功」的自負。他怎麼會做出一首這樣平淡無奇的詩？他對自己作品的取捨既然非常嚴格，為甚麼他不把這首詩丟在字紙簏裏，反而把它收在卷首的篇幅中呢？（注：這首詩列在開卷第十五首。）這麼一想，我相信這首詩一定有隱而不顯的卓絕之處。猶如籃球隊員通常都是六七尺高的巨無霸，如果偶然有一個矮小的球員入選，他一定有極不平凡的身手，這是可以斷言的。根據這個想法，我這才深入地探測這首詩的涵義，終於得到了上述的結論，就是說：李賀寫的是貴公子在夜闌時一剎那間的純粹經驗。這是唐詩中絕無僅有之作，所以李賀覺得有收入詩集的價值。我的推測如此，是否有當，請博雅之士不吝賜教。

原載一九七五年十月香港《明報月刊》第一一八期

二、論李賀詩之難譯

一九六八年間，有一位美國朋友要和我合譯《李賀歌詩集》。我們的原定計劃是先由我將原著譯成英文的初稿，盡可能用直譯法，以求保留原詩的意象和色彩。然後由這位朋友加工，譯成西洋現代詩的形式，因為它比較不受詩律和文法的限制，易於解決許多文字上的問題。在開始翻譯時，我還在香港，可是到翌年一月杪我就應夏威夷大學之聘，離港赴美。到了檀香山之後，方知澳洲國立大學的符洛涵教授（J. D. Frodsham）已將李賀的詩集全部譯成英文，不久將由牛津大學出版社出版。我正在一團高興地翻譯，卻被人家捷足先登，未免有點不得勁兒，可是再想一想，倒覺得躍然如釋重負。因為長吉的詩實在不容易譯，我費了兩三個月的時間，只譯了幾十首，還是直譯的初稿，而且自己越看越不順眼，真想一把火燒了。現在有人把全集都譯了，豈不是一件快事？

我原定的翻譯計劃是放棄了，但已做的功夫可並沒有完全白廢。以前我自以為對長吉的詩頗有心得，其實我的研究始終沒有超出唐宋以來詩話的家數，不過加上了一點西洋文學批評的皮毛，似乎比較時髦新奇一點罷了。直到動手翻譯，認真字斟句酌，往深裏探索，這才恍然覺得過去對李賀認識之膚淺。我不敢說現在自己已有了「慧眼」，不過既做了探索的功夫，至少可以知道從前的理解錯在哪裏。單單這一點已是莫大的收穫。

讓我先從李賀的用字說起。初讀他的歌詩集的時候，我和一般讀者一樣，往往只注意奇險工麗的地方，而輕易放過微妙而不顯著的骨眼兒。試以《蘇小小墓》為例：

幽蘭露，
如啼眼。
無物結同心，
煙花不堪剪。
草如茵。
松如蓋；
風為裳。
水為珮。
油壁車，
夕相待；
冷翠燭，
勞光彩；
西陵下，
風雨吹。

起頭兩句，粗看時全是熟語凡字，一點不稀罕，可是一動手把它譯成英文就不簡單。第一個「幽」字，我最初想譯為 tranquil, serene, secluded, isolated, solitary，覺得都不對勁兒，再改為 recluse（用作形容詞），有遺世和幽居的涵義，似乎比 tranquil 等等較為貼切一點。可是再推敲一下原詩，我猛然看出，這極平常的「幽」字和詩題的「墓」字有一點微妙的關係。因為「幽」字常用於「幽冥」、「幽明」、「幽壤」、「幽壙」、「幽靈」……那些常用詞，有「墳墓」、「陰世」、「鬼魂」之類的暗示。把「幽」字用在開頭第一個字，和「蘭」字結合成「幽蘭」，非但針對着題目，同時也定下了全詩的色調（tone）和情調（mood）。除此之外，「幽」字還可以勾起「幽怨」和「幽期密約」的聯想，和下文的「無物結同心，煙花不堪剪」，及「油壁車」以下的六句遙相呼應。想到這裏我才悟到長吉用字選詞之精妙，在歷來的詩人中罕有其儔。我儘管搜索枯腸，也想不出一個比「幽」字更恰當、更神來的字眼。要在英文詞滙中找出一個與「幽」字有同等韻味的字，可真不易。我查遍了字書也找不到，結果只能勉強譯為 recluse orchid in the shade，雖然不愜意，也只好聊以塞責了。

接下去第二句，又撞上了一個傷腦筋的字；這次是「如啼眼」的「啼」。「啼」的本義是大聲哭喊，但如果把「如啼眼」譯為 like wailing eyes 則病在不辭，且非長吉的本意。如果譯為 like weeping eyes ——以淚比露——固然比較妥帖一點，但還不能傳「啼」字之神，不能使人意味到長吉賦予此字的新意。如所周知，中晚唐的詩人競尚煉字，手法高妙的能以「平字見奇，常字見險，陳事見新，樸字見色」[2]，而長吉鎔鑄文字的才力更非其他諸家所能企及。前文說過的「幽」字和《貴公子夜蘭曲》末尾一個「冷」字，都是很好的例子。我以為「如啼眼」的「啼」不應該單純地作「啼泣」解。第一，我覺得《蘇小小墓》很像《九歌》的《山鬼》，並不是一首憑弔或哀悼的歌詩，所以它只需有一點幽冥的示意已經夠了，絕對不需要悲啼號哭的字面。因為詩題雖是物故已有三百多年的錢塘名妓之墓，長吉所寫的卻是她的絕代風華和「做鬼也風流」的幽期密約。全詩的風格是浪漫的、抒情的。和它風格相似的《山鬼》，開頭的三四兩句就是「既含睇兮又宜笑，子慕予兮善窈窕」。「睇」字照王逸注是「微眄貌也」；「含睇」猶如現代漢語的「做媚眼」[3]。由此，可以悟出長吉用「啼」字，可能有字面以外的涵義。按長吉此篇本自梁武帝的《蘇小小歌》：

我乘油壁車，
郎乘青驄馬。

---

2 見范況《中國詩學通論》第三章第七節，頁二五六。

3 含睇。王逸注：睇「微眄貌也。」《說文》：睇「目小衺視也。南楚謂眄曰睇。」段注：「眄為衺視，睇為小衺視。」克按「微眄」與「小邪視」皆有眼波流動的涵義。若僅作衺視解，則「含睇」遠不如「善睇」。《說文》：「含，嗛也」，「嗛，口有所銜也」，蓋因眼波流動，故用「含」於義為勝。若僅作衺視解，則「含睇」遠不如「善睇」也。又按睇、涕同聲，（據《說文》都是「弟聲」。）在古代楚語中，「睇」字可能作「如涕」解，「如涕」就是《招魂》的「目曾波些」，也就是後世所謂的「眼波」或「秋波」。質諸文字學家，不知以為然否？

何處結同心？
西陵松柏下。

從這四句仿民歌的小詩，長吉幻想出一個風華絕代的幽靈，穿着風裳，掛着水珮，到晚晌坐着那草茵松蓋的油壁車，借着鬼火的光，到風吹雨打的西陵下，去赴她的幽期密約，和那騎着青驄馬的情郎結同心之盟。長吉既然是寫她的風姿和靚妝赴約，絕對沒有理由一開頭就特寫她的眼睛像在啼泣。所以我覺得「如啼眼」應作「水汪汪的眼睛」解，才合長吉的本意。

按《長吉集》中常用「啼」，但不一定作「啼泣」解，例如《南山田中行》「冷紅泣露嬌啼色」的「啼」字，若作「啼泣」解就和上邊的「泣」字犯重複。而且「嬌啼」是聲，不是色；既稱之為「嬌啼色」，就該是視覺的而不是聽覺的。據此，我以為「嬌啼色」應該釋為「水瀅瀅的嬌艷顏色」，才能和上邊的「冷紅泣露」相契合，不該死板地解為「嬌聲啼哭的顏色」。歷來評注家對「嬌啼色」都不加詮釋；葉葱奇只照字面說：「紅花上綴着冷露，像女郎啼泣一般」，輕輕帶過，猶如囫圇吞棗，沒有辨出一點滋味來。這句詩可不是一個孤例。我可以再舉《梁台古意》的「蘭臉[4]別春啼脈脈」為證。這裏的「啼」字我以為也不宜照字面作「啼

4 「蘭臉」我以為應作「蘭瞼」。長吉用象喻非常精審，絕不肯用形象不侔之喻。蘭瓣中寬，而兩端尖細似眼，不似面，長吉曾用以喻目，例如《蘇小小墓》之「幽蘭露，如啼眼」，但未聞其以蘭喻面也。「瞼」「臉」字形相似，疑為傳鈔之誤。

泣」解。因為「脈脈」是「眽眽」的同聲假借字，本義是「相視貌」而有「含情脈脈」的涵義。《古詩十九首》的「盈盈一水間，脈脈不得語」就是「一水相隔，僅能脈脈相視，而不能交一語」的意思。長吉這裏用「啼脈脈」三字，顯然脫胎於這兩句古詩，只要看上文的「別」字就揣摩得出。既然如此，那麼「啼脈脈」是着重在「脈脈含情相視」，而不在「啼泣」。「脈脈含情的眼」是水汪汪的，長吉用「啼」字就因為它有「淚」的暗示，可以引申出「水汪汪」的意象；如果釋為「啼泣」就和「脈脈」格格不入了。

文學中用水來比喻眼神的美本來是極普通的。《招魂》的「娭光眇視，目曾波些」，早已成了古語，「秋水」和「秋波」也淪為舊套。長吉在《唐兒歌》中曾有「一雙瞳人剪秋水」之句，雖然加上了一個「剪」字似乎新鮮一點，但仍不能改變「秋水」二字的陳舊性。要真正擺脫陳言濫套，只有創新的一途。所以他常以別人不敢用的奇字險語和嶄新的意象，來代替平凡的和陳舊的。譬如說「泣」字也是他愛用的奇險字之一。有時候他把「泣」字代替「濕」、「浥」等字，例如《李憑箜篌引》的「芙蓉泣露香蘭笑」，其實就是「芙蓉浥露香蘭笑」；有時候他也以「泣」字作為「水」或「如水」之義來使用，例如《夢天》第一句「老兔寒蟾泣天色」，就是「月明如水」的意思。可是把「泣」字這樣用法，芙蓉就不是被動地為露水所浥，而是主動地哭泣出露珠來了；月光不是本能地明潔如水，而是月宮裏的老兔和寒蟾哭泣出來熒熒淚水的光色。這種用字手法，非但使人耳目一新，其意象之奇特、生動、鮮明，亦非「浥」與「月明如水」可以同日而語。昔人論煉字之工，常舉杜甫的「身輕一鳥過」的「過」字，「卑枝低結子，接葉暗巢鶯」的「低」、「暗」二字，「綠垂風折筍，紅綻雨肥梅」的「垂」、「綻」二字，等等。如果把杜甫比作解牛的庖丁，那麼李賀可以算得運斤的匠石，要有堊鼻的郢人才能領略斲堊之神妙。《蘇小小墓》「如啼眼」的「啼」字就是運斤成風的用字法之又一例。以「啼」代替「秋水」和「秋波」，「如啼眼」就變成了「像水汪汪的媚眼」，猶《山鬼》之「含睇」。英國戲劇家康格理（William Congreve）《人間世》（The Way of the World）劇中韋須佛夫人（Lady Wishfort）說的 a swimmingness in the eyes 巧則巧矣，可是還不及長吉「如啼眼」之奇詭。所以，我覺得把它譯成 weeping eyes，固然不能「傳神阿堵」，即使襲取康格理的「泳」義，譯為 swimming eyes，其意象也似是而非，而且沒有淒惻的弦外之音。英文字書中不乏 weeping，sobbing，crying 等字，但只有悲泣義而無秋水流媚之感，其他如 welling, watering, moistening, dewing, bedewing 等字則只有涓涓或濕潤之義而無悲哀傷感之情。真能貼切這個「啼」字的英文同義字，除非是有長吉之才的英國詩人也許創造得出，我只能謹謝不敏。於此可見翻譯長吉詩之不易。

復次，長吉之用「啼」字尚不止上述諸例。譬如《黃頭郎》第三聯的「水弄湘娥珮，竹啼山露月」，他把湘妃以淚揮竹的古舊傳說，變成山上的斑竹泣淚成露，而露珠上映的月亮像是它啼出來似的嶄新意象，與上句流水弄湘娥之珮玉而作淙淙之聲，相對成趣。極平常的水聲竹露，因意象之推陳出新而成為絕妙好辭，古舊的典故經他一鎔鑄，便像新發於硎一般。寫到這裏我又想起了另一首詩中的一個「啼」字。這首詩就是世所傳誦的《秋來》：

桐風驚心壯士苦，
衰燈絡緯啼寒素。
誰看青簡一編書，
不遣花蟲粉空蠹？
思牽今夜腸應直，
雨冷香魂弔書客。
秋墳鬼唱鮑家詩，
恨血千年土中碧。

第二句的「啼」字，粗看似作蟲鳴解，並沒有甚麼新奇。「絡緯」在江南一帶俗呼為「紡織娘」，它的鳴聲像紡織，所以，長吉用「啼寒素」形容唧唧的蟲聲。可是他筆下創造出來的意象卻是絡緯啼出寒素來。原來是聽覺的蟲聲，現在可結合了視覺性的「素」和觸覺性的「寒」，這個混合意象就不簡單。讀者如果閉目冥想，非但可以聽到唧唧如織的蟲聲，同時還可以在衰燈的光影中看見絡緯的雙翅振動，一分一寸地紡織出雪白而觸指森寒的絹素來。這哪裏是單純的蟲聲而已？如果將「啼」字直譯為 chirp, cry, hum, whirr 等字，這種意象就沒有了。Chirp 且有愉快的涵義，和這首詩的情調不合。Cry 用作他動詞，讀者很可能誤會是「叫賣絹素」。Hum 是嗡嗡聲，不像絡緯的鳴聲。Whirr 也許比較妥帖一點，因為 Whirr 既可以狀紡車之軋軋，又可以狀蟲聲之唧唧，可惜沒有悲哀的涵義，還是不能傳「啼」字之神。如高明之士能想出一個更恰當的譯法，我一定拜他為一字之師。

除「啼寒素」之外，《秋來》還有其他值得研究之處，不能悉舉。比較重要的是第三聯的「雨冷香魂弔書客」。這一句詩，歷來的評注家似乎都誤解了，我覺得有澄清一下的必要。一九六八年我初譯這首詩的時候，我也根據評注家一致的解釋，將「香魂」譯為 fragrant phantom。後來復閱自己的譯稿，猛然心血來潮，湧出一個疑問：長吉既寫了一個「香魂」來「弔」他，何以接着又於下句介紹一個在秋墳唱鮑家詩的鬼呢？如果我們設身處地，為這位滿腹牢騷的詩人着想：秋夜獨坐斗室，淒然苦吟，忽有一個同情的「香魂」來安慰他，這是多麼使人驚喜感激的事。多愁善感的長吉絕不會將這麼香艷的奇遇，輕輕地一筆帶過就算了。也許有人覺得下句「秋墳鬼唱鮑家詩」的鬼就是這個「香魂」，我可絕對不同意這個看法。第一，以文理而言，上文已有了「香魂」，下句再提「鬼」字便犯了複贅之病，除非它是另一個鬼。如果是同一個鬼，長吉一定會用「低唱」、「曼唱」、「泣唱」、「愁唱」等字面，以避免「鬼」與「魂」重複。據此，我敢肯定地說「香魂」和下句的「鬼」絕對不相同，而且也不相干。第二，長吉好用代詞是大家都知道的，上文說過以「啼」代「水汪汪的」，以「啼寒素」代「蟲聲唧唧」，都是例證，不必再多舉。由於他有這種癖好，我相信「香魂」不是鬼，只是一個代詞。這可以從修詞的慣例和文法獲得證明。

先按修詞的慣例而言。自漢魏以降，詩人專尚文字的工整和駢儷，到六朝已成風氣。唐朝盛行律詩，對仗之講究更不必說，即使在同一句中，可以對的地方也對得很工整。這種「句中對」有兩種極普通的格式。第一種是上下相對，例如：

王昌齡：秦時明月漢時關。（秦時對漢時）
李　白：朝辭白帝彩雲間。（白帝對彩雲）
常　建：曲徑通幽處。（曲徑對幽處）
劉長卿：孤雲將野鶴。（孤雲對野鶴）
柳宗元：城上高樓接大荒。（高樓對大荒）
白居易：弟兄羈旅各西東。（弟兄對西東）
李商隱：畫樓西畔桂堂東。（畫樓西對桂堂東）
杜　牧：清時有味是無能。（有味對無能）
韓　翃：疏松影落空壇靜。（疏松對空壇）
温庭筠：澹然空水對斜暉。（空水對斜暉）

第二種是上四字相對的，例如：

韓　愈：長戈利矛日可麾。（長戈對利矛）

白居易：楓葉荻花秋瑟瑟。（楓葉對荻花）

岑　參：山回路轉不見君。（山回對路轉）

李　白：千岩萬壑路不定。（千岩對萬壑）

杜　甫：千秋萬歲名。（千秋對萬歲）

王　維：洞門高閣靄餘輝。（洞門對高閣）

張　繼：月落烏啼霜滿天。（月落對烏啼）

李商隱：碧海青天夜夜心。（碧海對青天）

杜　牧：水村山郭酒旗風。（水村對山郭）

温庭筠：冰簟銀床夢不成。（冰簟對銀床）

上面所舉的例子都是普通人所能諳誦的名句，不是僻例孤證。在長吉的作品中，這種對仗簡直多不勝舉，例如《李憑箜篌引》的第一句「吳絲蜀桐張高秋」和「石破天驚逗秋雨」，《出城寄權璩楊敬之》的「草暖雲昏萬里春」，《雁門太守行》的「霜重鼓寒聲不起」，《夢天》的「老兔寒蟾泣天色」。單單卷一的頭二十首詩中已有這麼許多上四字相對的例子，可見這是長吉慣用的句法。「雨冷香魂弔書客」的句型與上舉的例子相同；按理說，它的上四個字是應該對的，因為「冷雨香魂」，非但比「雨冷香魂」順口，且亦比較工整。像長吉這樣在修詞煉字上用功夫的詩人，豈有可對而不對之理？惟一的合理解釋是：這四個字不是句中對，因為這裏的「冷」不是形容詞，而是他動詞（transitive verb），所以必須置於主語（subject）「雨」之後，不可以置於主語之前；這樣，「雨冷」和「香魂」就對不起來了。

「冷」字既然是他動詞，是述語（predicate），那麼「香魂」必然是賓語（object）；「弔書客」的當然不是賓語的「香魂」，而是主語的「雨」。雨是淚的象徵，下雨好像是落淚；所以，把下雨比作「弔書客」，是非常自然的意象。因秋雨來「弔書客」，以致「香魂」冷卻，可見得這個「香魂」早已在書客的斗室中，而且它本來是溫暖的。如果「香魂」是鬼，那麼它當然不會有體溫，秋雨怎能使它變得冷呢？從上面的推論，我們可以作下列的假定：（一）這個香魂不是鬼；（二）它在下雨之前，早已在書客的斗室中了；（至少也得近在門外或窗外，要不然長吉怎知它來弔呢？）（三）它本來是溫暖的，到下雨時它才冷卻。我們已知道鬼魂不合這些條件，可以不必再論。秋雨更不用說了，因為它是來弔書客而使得「香魂」變冷的。能合這三個條件的，我想大概只有一爐香了。

我們都知道，唐朝的士大夫階級最喜歡爇香；唐詩中有很多關於香的描寫，這就是最可靠的證明。在秋夜讀書，吟詩，點上一爐香，既可以使室中芬芳馥郁，又可以辟蚊蚋，計時刻。一爐香燒完，可知已是夜深了。這種古老的計時方法，在我童年時候還相當流行，不過爇的已經不是爐香，而是線香、棒香，和盤香罷了。爐香燒盡，室中猶有餘馥，可是只聞到芬芳而看不見煙篆之裊裊，好比人死而陰魂未散似的。所以長吉就用「香魂」二字來表示這種香爐芬留的情形。這時已屆夜深，忽然秋雨淅瀝，好像來哭弔長吉不幸的遭遇。同時香爐漸冷，「香魂」已淡得幾乎聞不到了，猶如被秋雨沖冷的。我以為「雨冷香魂弔書客」應該這樣解釋才恰當，而與「秋墳鬼唱」不犯重複。我的初譯根據舊注，翻為 In cold rain, a fragrant phantom laments for a scholar in exile. 現在改譯為：

Rain
chills the Phantom
of incense,
while lamenting for
this scholar in exile.

雖然遺詞遠不及原詩那麼清新奇險，至少保留了它的意象，不至於譯得面目全非。

其實，這句詩的命意遣辭，並不難於理解；但因下句有「秋墳鬼唱」之語，一般評注家就神經過敏地以為「香魂」一定也是鬼，而且是個女鬼。細心的讀者也許覺得有點蹊蹺，可是長吉的「多才少理」早成定論，誰都不覺得有深究的必要。惟其沒有人深究，這句詩才會被人誤解了一千多年。這可以說是古來詩人罕有的厄運。類似這樣的誤解，在各種評注的李賀歌詩集中，差不多隨手就找得到；例如開卷第一首《李憑箜篌引》：

吳絲蜀桐張高秋，
空山凝雲頹不流。
江娥啼竹素女愁，
李憑中國彈箜篌。
昆山玉碎鳳凰叫，
芙蓉泣露香蘭笑。
十二門前融冷光，
二十三絲動紫皇。
女媧煉石補天處，
石破天驚逗秋雨。
夢入神山教神嫗，

老魚跳波瘦蛟舞。
吳質不眠倚桂樹，
露腳斜飛濕寒兔。

第十句的「逗」字，評注家或引《文選》李善注，釋為「止也」。吳正子說「言箜篌之聲忽如石破而秋雨逗下，猶白樂天《琵琶行》『銀瓶乍破水漿迸』之意。」董懋策和他相反，他說：「逗秋雨即遏雲也。」王琦說：「玩詩意，當是初彈之時凝雲滿空，繼之而秋雨驟作……皆一時實景也……秋雨驟至者乃箜篌之聲感之而旋應也。」葉葱奇則以為「九十兩句說聲響激破天空，震落細雨。」我初譯這首詩的時候，把「逗」字譯為 stops，覺得不很恰當，又改為 pours down、gushes forth……等，還是不夠勁兒，最後易以 is arrested，可是與上文的「石破天驚」相比，仍嫌不夠份量。仔細一想，不是我譯得不好，而是「逗秋雨」三個字接在「石破天驚」之下，似有「狗尾續貂」之嫌。在女媧煉石補天之處，陡然裂開一個大窟窿，連老天都震驚，這是多麼令人駭愕的意象！和它相形之下，「逗秋雨」未免顯得太平凡了。誰沒見過秋雨「停止」、「迸下」、「驟作」，或「震落」[5]這種常有的現象？誰會見此而覺得驚奇？按中國語文除上文所說

5 葉葱奇所說的「震落」，形象非常模糊，不知如何震落法？如果是指像迅雷疾震之後秋雨驟降，那可平常得很，不能令人覺得驚奇。

的對仗之外，兼重上下文辭義的對稱；即使日常的口語也不例外。譬如俗話說的「知人知面不知心」，「白米飯好吃田難種」，「拳頭上站得人，胳膊上跑得馬」，都是上下對稱的例子。至於文學的語言講究對稱，則自古已成風習。例如：

《易經》：「同人先號咷而後笑」（同人九五）

《詩經》：「知我者謂我心憂；不知我者謂我何求」（《王風．黍離》）

《楚辭》：「操吳戈兮被犀甲」（《九歌．國殤》）

項羽：「力拔山兮氣蓋世」（《垓下歌》）

漢高祖：「大風起兮雲飛揚」（《大風歌》）

漢武帝：「秋風起兮白雲飛」（《秋風辭》）

（按上三例都是楚歌）

諸如此類多不勝舉，都是上下文銖兩悉稱的修詞體例，在《楚辭》中更屢見不鮮。長吉胎息屈、宋，所以也常用這種句法。即以這首詩為例證，第三句以「素女愁」對稱「江娥啼竹」，第五句以「鳳凰叫」與「昆山玉碎」相匹敵，第六句以「香蘭笑」配合「芙蓉泣露」，第十二句以「瘦蛟舞」偶「老魚跳波」，不論辭義和意象都對稱得半斤八兩，絕無「齊大非耦」的偏差。他怎麼會偏偏在全詩最精彩的警句中犯了不對稱之病呢？我絕對不相信這是由於他一時的疏忽與才力不足，因為他的「嘔心」和「苦吟疾書」[6]是當時就有名的，而他天才之橫放傑出更是古今所公認的事實。要是他會在「石破天驚」的虎頭後邊接上「逗秋雨」的蛇尾，那麼他就不成其為李長吉，我也不會浪費筆墨來寫這篇文章了。

我們如果仔細分析一下，就可看出「逗秋雨」的癥結，全在「逗」字的意義。評注家多數只照字面直解，遇有典故則注明出處，就算盡了詮釋的能事。但李賀是以象喻和煉字取勝的詩人；他的用字遣詞往往有點鐵成金或撒豆成兵的魔術，他幻化出來的意象猶如萬花筒一般，有時候匪夷所思，令人難以理解，例如《夜坐吟》的「簾外嚴霜皆倒飛」，《秦王飲酒》的「義和敲日玻璃聲」等句皆是。「石破天驚」還不難想像，不過一般人只想到這裏為止，想不到下文的「逗秋雨」還有甚麼玄虛。必須要着眼於上下文意象的對稱，然後才看得出長吉運用這「逗」字的神妙。

上下文的意象既要銖兩悉稱，那麼「逗秋雨」必須是像「石破天驚」那麼使人瞠目結舌的象喻。按長吉在《河南府試十二月》樂詞的《二月》篇中有「薇帳逗煙生綠塵」之句。這裏的「逗」字作停留不動解，意思說煙霧附着在綠色的紗帳上，看起來好像帳上生了綠塵似的。根據這個內證，我可以肯定地說，「逗秋雨」

6 見李商隱：《李長吉小傳》。

應釋為「秋雨停留不動」，不過並非附着在甚麼東西上，而是懸在半空中。必須這樣解釋，我們才能想像出李憑箜篌演奏之神奇，它非但使「石破天驚」，同時也使密密麻麻的秋雨陡然停留在空中，像億兆顆水晶的細珠虛懸在天地間。這樣新奇詭譎的意象才配得上「石破天驚」，才能使人對李憑的演奏生出神乎其技的幻想。上四個字寫箜篌聲之高亢，下三個字寫它的頓挫，同樣令人怵目驚心，妙在絕不重複。評注家不在意象上探索，僅在字面上索解，解釋不通時就怪詩人晦澀、欠理。我不能不為長吉叫屈。

「逗」字的辭義總算弄清楚了，其次讓我談談英譯的問題。原詩的九十兩句是連接的；「女媧煉石補天處」是副詞性的子句（adverbial clause），只須附注典故的出處，辭義自明，翻譯上並沒有甚麼困難。下句的「石破天驚」也沒有甚麼同題，我先譯「破」為 splits open，譯「驚」為 is astounded，後因「驚」字的初義是「馬駭也」，乃改為 startled heaven is agape，有驚馬口哆的形象，和「補天處」爆開了一個大窟窿非常切合。不過 agape 和 open 犯了重複，所以又把「破」字改譯為 cracks asunder 方覺得妥帖。下半句的「逗秋雨」，我本來想譯為 and autumn rain stops short, hanging in mid air，可是又嫌字太多，略有拖沓之感，只得把它改得簡短一點。這兩句詩的暫定譯文是：

Where goddess Nu Kua
Once filled the celestial gap

With molten marble,
The rock cracks asunder,
The startled heaven is agape,
And autumn rain in mid air
Stops short.

原文只十四個字，譯文卻多了一倍；若論勁峭洗煉，固然有雲泥之別，可是原詩的意象總算保全了，並沒有歪曲，這是差可自慰的。我不是一個詩人，更不是一個創作英文詩歌的詩人，我只能略盡一點提要鈎玄的微力，把歷來對長吉歌詩的許多誤解和曲解，盡可能的刮垢磨光，讓英語讀者可以看見原作的廬山面目。長吉詩的難譯，一半是因為他的意象奇詭，一半是因為文字經過他的鎔鑄，別有新義，須細心辨味才不至於誤解他的意思。在迻譯的過程中，我曾遭遇到許多令人困惑之處，本文所討論的僅是百中之一二。愚者一得，未必對長吉歌詩的研究和翻譯有甚麼貢獻；但願拋磚引玉，能博得高明之士的垂教。

一九七五年八月於美國加州斯鐸克敦市之坐忘齋

原載一九七六年四月香港《明報月刊》第一二四期

其他

從憧憬到初見

——為魯迅先生逝世三十一週年作

人是複雜、善變，有許多不同靈魂的存在。韓信沒發跡的時候，在淮陰屠中少年的眼中，他不過是曾經俛首「出我袴下」的懦夫；即使同情他的漂母也不過因為他「大丈夫不能自食，吾哀王孫而進食」罷了。可是蕭何卻肯定他是「國士無雙」，力勸劉邦拜他為大將。讀歷史的人都以為漂母和屠中少年有眼不識泰山，不知道韓信不是一個單純的大將之材，他還有其他方面的性格和不同面目的靈魂。漂母認識的是一個暫吃「拖鞋飯」的韓信，屠中少年認識的是一個不吃眼前虧的韓信。在某一個空間和時間的特殊環境之下，韓信的憊賴、懦怯，都是真實的；漂母和屠中少年其實都沒有認錯。

「從憧憬到初見」是我對魯迅先生的回憶，它所代表的只是我所認識的魯迅。我的認識當然和別人對他的認識不同，也沒有強異從同的必要。在屬稿時我竭力照當時的印象，忠實地寫出來，可是事隔多年不敢保證沒有失實之處，不過我自信：在偏見的限度之內，我的記錄可以說一點沒有誇張和美化。最後我要附帶聲明：這篇文章的對象是魯迅先生這個「人」和他早期的小說，與他思想的傾向及政治立場無關；因為我僅是他的朋友，不是他的戰友。

一九六七年九月十九日，於九龍坐忘齋。

一、憧憬的故事

我開始對魯迅先生的作品發生憧憬是在中學時代。一九一九年的秋季我在上海崑山路東吳大學附屬第二中學念書。那年將近陰曆年底——事實上已是一九二零年初——學校放了寒假，我急匆匆搭火車回家去過年；不想「急驚風碰着慢郎中」，偏偏乘的是俗稱為慢車的「區間車」。它非但逢站必停，有時候客貨上下早已清訖，它還癡漢等老婆似的呆着，要等一列——甚至兩列——下行的快車轟雷一般的疾駛而過，它才有氣無力地繼續向前爬。

坐在我對面的是一個戴金絲邊眼鏡的青年，瘦削的臉，高高的額角，約摸二十歲上下。他一上車就打開小籐篋。拿出書來閱讀，直到火車開到一個小站等待「交錯」[1]，等了好半天下行快車還沒來，他才放下書

1 蘇滬俗稱兩列車迎面駛過為「交錯」，「錯」字讀若「差」（ts'o）。

和我攀談。事隔多年，我已想不起他說些甚麼，只記得他的上海話有南京口音，大約他是南京人在上海念書的吧。這次等「交錯」足足等了半個鐘頭；他看我等得煩躁，從籐篋裏抽出一本《新青年》給我。那時我只有十四歲，在五四運動的浪潮中我雖曾參加了罷課和遊行示威的行列，可是究竟年紀太小，不過是跟着人家起鬨，實在對五四的意義並沒有徹底的認識。至於乘着五四的浪潮而勃興的新文學，我僅從守舊的教師上課時痛斥白話文的讜論中，約略知道有這種「離經叛道」之徒的存在；除此之外可以說茫無所知。所以，那個同車的朋友把那本《新青年》借給我的時候，我雖然面子上不好意思拒絕他的好意，心裏卻非常矛盾。

莫須有的戒懼畢竟抵不住童心的好奇；我終於展開了那本被人翻閱得書角都捲折的《新青年》，看看老師說得像洪水猛獸的新文學到底是怎麼一回事。這時下行的快車風馳電掣似的來了，交錯而過的時候，捲進車廂來的煤煙落了幾點在書上。就在這一刹那間，我初次看到了魯迅先生的小說——《孔乙己》。

《孔乙己》給我的印象特別生動，真實，因為在實生活中我曾親眼見過像那樣的人物。這個人是蘇州名門巨室P家的子弟——一般人都管他叫琴少爺。P家從明朝以來科甲之盛在當地可算得數一數二，在民國初年還是相當顯赫，可是琴少爺那一房已開始衰落了。琴少爺從小嬌生慣養，不事生產，只懂得吃着嫖賭，鬥雞走狗，不到三十歲已經把自己一份家產花得一乾二淨。起初他的本家和親戚還肯周濟他，免得他給P家丟臉；他的小楷寫得很端正，人家就給他黃紙和硃筆，讓他鈔金剛經，每一部給一塊龍洋——那時一大碗大肉麵只要三枚銅元，一塊龍洋可以吃六七十碗麵；這樣的鈔寫費是不太菲薄的——可是錢到他手裏就像雪片落在炭盆裏似的，一眨眼就沒有了。有時他索性連黃紙、硃筆，硃硯都帶走，還要順手拿去一個痰盂、花盆。結果是沒有人敢再請他鈔寫，六親都和他斷絕往來；他走遍蘇州城也借不到一個鉡子兒，討不到半碗殘羹冷飯。到後來可賣的都賣完了，可當的都當絕了，他的太太還娘家去了，丈人氣得不准他上門，他無可奈何只能走上偷盜的末路。可是他連阿Q爬牆鑽穴的本事都沒有，只能乘本家不注意的時候，把本宅大廳窗上的明瓦片和地上的水磨方磚偷出去賣。最後，在一個飢寒交迫的冬夜，他在橋洞邊的一堆稻草灰裏僵死了。

《孔乙己》和琴少爺的故事當然有許多不同之處，可是他們的類型很相似。我看了《孔乙己》就不由得聯想起琴少爺——那時他還沒有死——心裏暗忖：他的結局會不會像孔乙己那麼悲慘呢？他的墮落究竟是他自作孽呢，還是由於舊家庭本身的缺點？由於琴少爺是實生活中的一個真實人物，我覺得孔乙己一定也是一個真實的人物。我彷彿也認識他，在心靈的眼睛裏我可以看見他用指甲蘸了酒，想在櫃上寫字給咸亨酒店的小夥計看……把茴香豆給圍繞着他的孩子們吃，他們吃完了不走，他又着慌地把五指罩住碟子，彎腰下去向他們說「不多了，我已經不多了。」直起身又看一看豆，自己搖頭說：「不多不多！多乎哉？不多也。」……被人打斷了腿之後，他在腿下面墊着一個蒲包，用草繩在肩上掛住，用手撐着身體爬到咸亨櫃台下，從破衣袋裏摸出四文大錢來買最後的一次酒喫；喝完了酒，在旁人的說笑聲中，坐着用手慢慢走去……

孔乙己是這麼一個活生生的舊社會裏被侮辱、被損害的人！他使我對他的故事發生愛好，對這故事的作者——魯迅——發生了憧憬。

二、初見的原因

十二年後，在十九路軍淞滬抗戰的前夕，我在上海認識了那時尚未露顯頭角的美國記者史諾（Edgar Snow）。他的年齡和我差不多，到中國還不久，沒有沾染上「中國老手」（old China hand）那種瞧不起中國人和中國的一切的壞習氣，所以我們一見面就很投機。

淞滬抗戰開始，他第一個拍發戰爭爆發的消息到美國，他的機警敏捷使他在外國記者群中穎脫而出，而為美國新聞界所重用。戰爭結束後，他將觀察所得寫成了一本書——《遠東的前線》（*The Far Eastern Front*）——在美國出版，為後來蜚聲國際的《西行漫記》（Red Star Over China）奠定了基礎。

在《遠東的前線》屬稿時，他為了解現代中國的政治，經濟，社會，文化的背景起見，要我供給他一些材料和我的見解。他對我所講述的一切深感興趣，嘆為聞所未聞，尤其是關於五四運動和新文學運動的部份。他由此覺得歐美人對現代中國的了解實在太貧乏、太膚淺；於是他想和我合作，而先從介紹中國的新文學着手，讓歐美人從文藝作品中看見真實的、在急劇變遷中的中國，別再懵懵懂懂地以為中國人還拖着辮子，中國女人還纏着小腳，中國的統治者還是滿清的皇帝。

我們決定先翻譯一些五四以來新文藝的代表作；我提議先譯魯迅先生的小說集《吶喊》和《彷徨》，於是我們就開始工作了。翻譯的方法是這樣的：我先從這兩集的二十五篇小說中選出幾篇來，盡量忠實地翻成

「直譯稿」，再由史諾把它修改成流暢的「二稿」，然後我們二人把二稿和原文勘對，逐字逐句的推敲，務求其忠實流暢，兼而有之。這樣譯法當然不可能進行得很快；那年自秋徂冬我只翻了《阿Q正傳》，《孔乙己》，和《故鄉》三篇直譯稿；史諾一開頭碰上了《阿Q正傳》第一章的「序」就大傷腦筋。這篇序外表雖似遊戲文章，骨子裏卻是慘如蠭蠆的諷刺；可是單說「列傳」、「自傳」、「內傳」、「外傳」、「別傳」、「家傳」、「小傳」、和言歸正傳的「正傳」這些名目，別說外國人莫名其妙，即使線裝書讀得較少的中國人也看不出它幽默和嘲笑之所在。要把它譯得傳神阿堵簡直是不可能的事。史諾和我一再推敲，將直譯稿修改了好幾次，但始終覺得不很愜意。於此可見魯迅先生文章之難譯。

翻譯工作正在進行中，史諾告訴我：他不久就要偕佛斯特女士（Helen Foster 後來改名為 Nym Wales）到日本去結婚，再到巴里島（Bali）去度蜜月；而且統一報社（Consolidated Press）要調他到北平去，因為那時日本覬覦華北的陰謀越來越露骨，北方的局勢遠比寧滬一帶緊張、危險，新聞的價值當然也比較重大。眼前他忙着結婚的事，只能暫將翻譯工作擱置，可是希望我仍照原定計劃進行，同時還得設法取得魯迅先生的許可，由我們二人將他的著作譯成英文，在外國出版。

歐美國家都遵守國際間的百倫條約（Bern Convention），對著作權最為重視，所以我就寫信給魯迅先生，請求他給我們翻譯的許可。隔了不久我接到了一封信、白紙的小洋信封，上面是毛筆寫的行書，筆跡挺秀但很陌生，看不出是誰寫來的。拆開來一看，原來是魯迅先生的覆信[2]。我們冒昧的請求，他竟一口答應了！我還記得他用的是一幅素箋，措辭很簡潔、直爽、也很客氣，但沒有尺牘慣用的客套。這封信後來由史諾寄給美國的出版社，作為翻譯權的憑據；可惜當時我們沒有影印一個副本，所以《魯迅書簡》給我的信中獨缺了這一封信。

許可得到了，可是有些翻譯上的疑問和有關先生寫作的問題，必須向他當面請教。於是我在十二月四日又寫了一封給他。我滿以為他會很快地給我答覆，像第一封信一樣，誰知等到耶穌聖誕他還沒有回信，一眨眼陽曆新年也過去了，仍舊像石沉大海。以情理而言，翻譯者遇到疑難的問題要向作者請教，作者不應該置之不理。難道說先生也有文人疎懶的習氣？還是他崖岸自高，不願意接見我？可是在禮貌上我未便馬上去信催詢，顯得自己浮躁、沉不住氣。直到二月杪史諾從北平一再寫信來催促，我纔寫第三封信給魯迅先生。這封信是一九三三年三月三日付郵的。出乎我意料之外，這一次他倒覆得很快，信上說：

姚克先生：

三月三日的信，今天收到了，同時也得了去年十二月四日的信。北新書局中人的辦事，散漫得

2 據《魯迅日記》的記錄，這封信是一九三二年十二月三日寫的。

很，簡直連電報都會擱起來。所以此後賜示，可寄「北四川路底、內山書店轉、周豫才收，」較妥。

先生有要面問的事，亦請於本月七日午後二時，駕臨內山書店（北四川路底、施高塔路口），我當在那裏相候，書中疑問，亦得當面答覆也。

此覆，順頌

文安

魯迅 上　三月五日

看了這封信我纔明白，他遲遲不覆原來是由於北新書局把我的信躭擱了，可是我卻以為他疎懶成習、崖岸自高！

第二天中午，我飯都沒心思吃就匆忙地跳上了「一路電車」到虹口去。好在我對虹口的街道瞭如指掌，一點不用摸索，電車開到目的地，我第一個跳下車來。迎面一所雙開間的屋子就是內山書店，只須橫過施高塔路，走進店門，我就可以見到我憧憬已久的魯迅先生了。可是掏出錶來一看，長針纔指着一點半，離約定的時間還有半個鐘頭。早到和遲到一樣，也是不守時間；萬不該第一次就給他老人家一個壞印象，非得準兩點鐘到不可。上海早春的天氣冷，在街角站半個鐘頭可不是個辦法，倒不如折回向南走十五分鐘再走回來，時間正合適，身上也暖和些。於是我轉身向老靶子路走去。那天沒有太陽，西北風吹在腦後真像剪刀那麼犀利，我拉起大衣領子，走了一段路，猛然覺得肚子裏空枵枵的有點餓。我記得附近有小飯館，想去吃碗麵又怕時間不彀，只能在街邊買一包花生米，一邊走一邊吃，暫時充一充飢再說。這時我忽然想起《孤獨者》第一人稱的主人翁是先買了一瓶燒酒、兩包花生米、和兩個燻魚頭，然後去訪魏連殳的。魯迅先生是不是和我一樣也愛吃花生米的呢？

這些年來我看了很多新文藝的書刊，魯迅先生的作品差不多全部都讀過。從閱讀所得的印象，他似乎是個愛恨極分明的人，他對青年和勞苦大眾寄予希望和同情，對舊社會、舊禮教、官僚、軍閥、和道貌儼然自命為正人君子之流則口誅筆伐，不留一點情面。他的筆鋒利、辛辣、嬉笑怒罵皆成文章，所以在文藝論戰中他曾被對方挖苦為「刀筆吏」、「紹興師爺」；此外還有人罵他是「學匪」、「學棍」、「土匪」，或諷刺他為「世故老人」，「青年的絆腳石」，官方則給他戴上了「反動文人」[3]的帽子。可是崇拜他的人，尤其是青年，都認為他是「青年的導師」、「思想界的先驅者」、「文壇的巨人」。

敵友的貶褒當然免不了有些偏見甚至於意氣的成份。魯迅先生究竟是怎樣一個人，我還沒見過；可是從他的文章來推測，他絕不像一個兩面三刀、口是心非的虛偽人物。他的筆鋒雖然尖鋭，可並不惡毒，它是一柄戰場上洞胸穿甲的利刃，不是刑場上凌遲碎剮的割刀。

---

3 當時我做夢也想不到，三十四年後，中共的官方也給我戴上了同樣頭銜的帽子！

三、談話與印象

兩點鐘正我走進了內山書店的大門。我向一個中國店員說明了來意，他就請老闆內山完造出來。內山先生是個圓頭闊面，中等身材，健碩而寬膊的中年日本人。我掏出信來，他一看封面魯迅先生的字，就引我到東邊用書架間隔成的小會客室。我剛坐下，只見一個穿長袍的中年人從書架後邊走出來。他的身材大約只有四尺八寸左右，可是那件深青色的舊棉袍卻很寬闊，更顯得他矮小。他腳上穿的是一雙黑帆布的橡膠底鞋，走起來幾乎沒有聲音。我若不是面對着書架坐，他突然在我面前出現，真會使我嚇一跳的。

許多人寫過魯迅先生的印象，但對他的音容笑貌都略而不詳。我初見魯迅先生的時候，他已五十三歲，可是實足年齡只有五十一歲半。瘦瘦的長方臉，膚色黃中略帶些微灰暗，這大概是由於他的胃病與肺病。他眼下的眼袋還不很顯著，精神也很好；眼珠黑而大，在深沉中閃爍着精鋼似的光芒。鼻樑隆直，兩顴和顎骨都有鋒稜，暗示他堅強執拗的個性；額角很寬廣，眉毛和鬢髮又黑又濃，（許多浙東人都有這種特徵），在清秀中透露着剽悍的氣概。他那著名的「一字鬍」正如他自己所說的一般，既不上翹也不下垂，只沿上唇邊緣剪短，並不加工修飾，和他頭髮的風格很調和，頭髮作平頂式，四邊剪得短短的，很隨便，可不是亂得像飛蓬。

在談話時，我注意到他目光的冷峭，尖銳。他的眼神兒正對着我，一點不游移，彷彿透視到我靈魂的深處似的。但這是一雙正直的眼，它的寒光沒有使我戰慄，它的鋒利沒有使我如坐針氈；而且我可以打賭，它的光源蘊藏着無限的熱情和溫暖。

我記得有人說魯迅先生「對於初見面的人，話是很少的」，可是我並不覺得如此。那天在內山書店，他和我談了十足有兩個鐘頭，而且大部份時間都是他在說話。他說的是一口紹興官話，說得相當慢，我每一個字都聽得清楚。事隔三十四年，當時談話的次序和措辭，我已經記不清，只記得個大概，若依話題的性質來分類，約有以下幾種：——

（一）翻譯上的疑問：

我提出來的疑問，現在只記得兩條，第一是《故鄉》裏閏土用鋼叉刺而未中的「猹」，這個字《康熙字典》上都沒有，是否可以譯成 badger（狗獾）？魯迅先生說這「猹」字是照紹興土音創造的俗字，他不能肯定地說這種動物是不是狗獾，只記得牠的狀像一隻小狗，跑得很快，常在瓜田裏偷西瓜吃而已。他以為譯成 badger 大抵是不錯的，因為牠既不是貛豬，也不是刺蝟，也不是黃鼠狼，更不是紹興獨有的甚麼珍禽異獸，想起來大概只有「狗獾」足以當之。即使牠不是狗獾也沒有多大關係，因為故事中所描寫的是閏土少年時代的英雄故事，他用鋼叉刺的是「猹」或者是「狗獾」都一樣。我告訴他：我比較喜歡猹字，它非但新鮮、略帶一點神秘性——因為不知道牠究竟是甚麼——同時也有濃厚的地方色彩。他笑着說，「那麼你就當牠是猹得了。」

第二個疑問是：「三百大錢九二串」是不是三百大錢之外另加九十二個錢的一串？魯迅先生告訴我：這是紹興鄉下的一種陋俗，名義上是三百大錢，事實上每串只有九十二文，三串合着是二百七十六文，差不多打了一個九折。我記得還有幾個零星的疑問，不過一時想不起來了。

（二）關於創作的問題：

魯迅先生的小說所受的西方文藝的影響，在形式上比較顯著，在人物的創造方面他似乎得力於中國的傳統小說較多。例如阿Q、孔乙己，這些人物，素描的筆墨用的都很少，他們的性格主要是在言語行動中顯露出來的。只要將《水滸傳》、《紅樓夢》中的人物和《吶喊》、《彷徨》中的人物比較一下，就可以看出筆法相同之處。我將這一點意見提出來問魯迅先生。他說：在寫作的時候他完全沒想到這一點，可是他從小看過的中國舊小說很多，當然會受到它的影響，不過他並不是有意揣摩施耐庵、曹雪芹的筆法罷了。我說：中國小說對人物的刻劃不重素描可能是承受了自宋朝以來「說話人」的傳統，因為說書時如果用冗長的素描講法，故事的進行就變得緩慢，使聽眾覺得沉悶，所以「說話人」寧可避免單純的形容而在人物的言語行動中表示他的個性。魯迅先生覺得我的想法頗有見地，他覺得刻劃人物如能用動的手法，創造出來的個性自然生動，素描的筆法無論怎樣精彩總不免於呆版，譬如看仇十洲畫的仕女絕不可能像電影中的人物那麼活潑。

在談話時魯迅先生不停地抽煙捲兒，一枝剛吸完，一回兒又點了一枝。他的食指和中指的指甲和指尖都給煙薰得黃黃的，我已記不清他吸的是甚麼牌子，只記得不是舶來的名貴香煙，而是在上海製造的一種，大約和老刀牌、金鼠牌差不多，那時這種煙十枝裝的只賣一毛錢左右一包，而我吸的二十枝裝的駱駝牌要賣三毛錢一包。於此可見魯迅先生自奉之儉。可是他幫助窮作家，支持青年人辦的刊物，卻肯盡力為之，一點沒有吝嗇。單是這一點已經值得我景仰的了。

我們還談了許多其他的問題，不能一一詳述。他似乎談得很高興，不過那天我另有一個約會，談到四點鐘我只得起身告辭。走出了內山書店，跳上電車，我一路在想着今日的晤談和魯迅先生的為人。他一點沒有大文豪、大教授那種自視甚高的神氣。他是一個冷靜、尖銳的觀察者，可並不使你有冷酷，不近人情的感覺。你一看他那雙眼和臉上的鋒稜的骨型，就可以知道他是一個堅定、固執、恩怨分明的人，可是他冷冷的眼神中藏着熱情，他紹興官話的語氣中透露着幽默和溫暖。他會和你因意見不合而鬧翻，甚至於絕交，但我可以保證他絕不會出賣你。他可能和你在戰場上殺個你死我活，但他絕不肯在暗地裏向你放冷箭，或在背後刺你一刀。

這是我初見魯迅先生的印象。在三十四年後的今日，這個印象仍然沒有變。在文壇上相識的許多名作家中，他仍然是我最尊敬的人。

《魯迅日記》的兩條詮注

魯迅先生的日記，敍事簡略，往往僅有枝幹而無片葉，例如：「××來」，「得××信」……之類。後者如果能在他的書信集裏找到原函，還可以查出他信上說些甚麼；至於前者，那就無從知道其詳了。譬如說，《魯迅日記》二十二（一九三三年）五月二十六日曾記「……同姚克往大馬路照相。」可是他並沒有說，為甚麼要去照相，也沒有說明何以要我陪他去。這件事雖然並不很重要，可是在研究魯迅的學者看來，即使一鱗半爪也是珍貴的資料。

事情是這樣的：一九三二年秋，我和《西行漫記》（*Red Star Over China*）的作者史諾（Edgar Snow）計劃將魯迅先生的短篇小說譯成英文。第二年春，徵得了他的同意，我們就和美國的出版界接洽，先在《亞細亞》（*Asia*）雜誌刊登《風箏》、《藥》，和一篇魯迅的小傳。可是魯迅先生給我們的幾張照片都不夠好，《亞細亞》的編者請我們找一張比較好的；最簡單的辦法是陪他去照一張。所以我就和魯迅先生約定，於五月二十六日（一九三三年）到南京路先施公司後邊的雪懷照相館去——並不在大馬路。我和雪懷照相館的東主林雪懷相識，預先言明要攝到滿意為止。他非但替魯迅先生拍了幾個樣子，還拍了一張我和魯迅先生的合影。洗印之後，我從底樣中選了一張最好的，寄到美國去，後來登在《亞細亞》雜誌上。魯迅先生逝世後，掛在萬國殯儀館靈堂上的那張大照像，也就是從這張照片放大的。這張照像攝得非常慈祥，眼神中略有一點悲憫而又銳利的光芒，我個人以為是最傳神阿堵、最能代表他晚年神情的小影。可是後來大陸出版的書刊，多數都不用這張照像，他們也許嫌它太慈祥，不夠橫眉怒目，不像一個「戰士」吧？其實真正的戰士，何嘗滿臉殺氣騰騰的？魯迅先生自己就看不起那些左傾得可怕的所謂激烈分子。在一九三四年四月十二日給我的信中，他說：「……大約滿口激烈之談者，其人便須留意。」他如果死後有知，眼睜睜看自己的形象被人家漫畫化得惡狠狠的樣子，他不知會有甚麼感想！

至於我和魯迅合攝的那張像，我記得曾在石淩鶴主編的《戲劇與電影》上登過——大約是一九三六年的十一月或十二月號，事隔四十年，已經記不清了。那時我才三十一歲，攝影時穿着一套那時最時式的西服，渾身「小布」氣（那時「小資產階級」文藝界通稱為「小布爾喬亞」，簡稱「小布」），但魯迅先生卻並不因此而嫌棄我，可見他不是一個以貌取人的皮相者。

寫了半天，只寫了《魯迅日記》上一句話的注腳。我但願有人能把全部《日記》都詳細詮釋，像左丘明給《春秋》做「傳」一樣。不過，這絕不是一個人所能做得到的。最好是由魯迅先生的朋友們，各人把有關自己的部份寫出來，然後再滙成注疏，附於《日記》的正文之後。如果能這樣做，那麼這部《日記》將成為當時文壇的一部份實錄，豈不遠勝於寫些歌頌魯迅先生的空洞文章？

順手一翻，翻到《魯迅日記》二十五（一九三六年）九月二十二日。這裏有一節簡短的記載：「……下午姚克來，並贈特印本《魔鬼的門徒》一本，為五十本中之第一本。……」這二十幾個字，也隱涵着一些不很重要的事，但不無一敍的價值。

魯迅先生一向對翻譯文藝作品和理論，非常重視。他青年時代在日本留學，就和他的令弟周作人，合譯了一部《域外小説集》。這種工作費時費力，而且不易討好，可是他多年來沒有放棄過。一直到臨死之前，他還在譯果戈里的巨著《死魂靈》的第二部份。由此可知他在翻譯方面真肯下功夫；他自己努力之外，還要鼓勵別人翻譯。那時的《譯文》月刊就是他創辦的，《譯文》的停刊曾在文壇上掀起一個不小的波浪，可是他鍥而不捨，終於達到了復刊的目的。這是他晚年的大事之一；知道其經過情形的人，現在恐怕很少了。

一九三四年我自北平回上海。那時林語堂正在提倡小品文和幽默，風靡了上海的文藝界。魯迅和我閒談時，曾説過一些惋惜的話。他勸我不要學語堂的榜樣，應該多做一點翻譯工作。我接受了他的意見，不久就開始翻譯蕭伯納的《魔鬼的門徒》（*The Devil's Disciple*），不過因為雜事太多，精神不能集中，一曝十寒，進度非常緩慢，直到一九三五年夏末秋初，方才脱稿。魯迅先生知道我已譯畢，就向文化生活出版社推薦。在當時的文壇上，他説一句話，真有「九鼎」的重量，文化生活社當然表示歡迎，並且託他向我催稿。所以那年十月二十日他給我的信中有「……先生所譯蕭氏劇本及序文，乞從速付下，以便轉交付印。」之語。這句話雖極短，可是它的內涵卻並不那麼簡單。我翻譯《魔鬼的門徒》，原是聽了魯迅先生一席話而起意的；交給文化生活社出版，也是由他老人家介紹的；雖然動筆翻譯的是我，但自這本書的孕育到出版，可以說完全由魯迅先生所促成。單從時間上說，前後的經過綿亙差不多兩年；其間他譯成了果戈里的名著，厚厚的兩巨冊（雖然第二部因病而輟筆），而年富力強的我，卻只譯了薄薄的一本蕭氏戲劇。現在回想起來，還覺得慚愧。

《魔鬼的門徒》付印時，我特地到一家進口洋紙的公司去，買了一些上等書紙，託文化生活社代我印五十冊精本。又找小沙渡路別發洋行（Kelly & Walsh）的印刷廠代我做蕭伯納和伯谷英將軍的兩張銅版，用上等銅版紙精印，同時託他們用中國錦做封面，裏封面則用孔雀翎圖案的厚洋紙，精裝五十冊，每本書上都有編號；我將其中的第一號謹獻給魯迅先生。

那天是一九三六年九月二十二日。魯迅先生六月間曾一度病危，到七月初才漸漸脫離險境，但已消瘦得體重不到九十磅。我帶了第一號精裝本的《魔鬼的門徒》，到施高塔路大陸新村去。……魯迅先生躺在二樓臥室的籐椅上，看見我進去，忙要起身，我趕緊上前扶他坐下。他笑着說，「不要看我嬌嫩，我早已復原了。」我看他雖然眼眶和兩頰仍然深陷，兩眼倒奕奕有神，確實比前一陣好得多了。

談了幾句，我就打開紙包，將那本《魔鬼的門徒》奉贈給他。他放下手指上的煙卷，接過書去一看。我知道他是愛好書的人，尤其喜歡精印的書。看他的神情，他似乎很欣賞那中國錦的封面。我乘機告訴他，這是五十部精裝本的第一冊，特地呈獻給他，藉以酬答他對我的鼓勵和期望。

他稱讚這本書的裝訂和銅版之精，在中國出版的新書中鮮有其匹。我告訴他，每一本的費用差不多要四元。他覺得價錢是貴了一點，但書是精美的。接着我們又談了些其他的話，我只記得他殷殷地問我：加入明星公司之後，工作得是否愉快？身兼兩職——那時我也在英文《天下月刊》做編輯——工作負擔是否太重？……那種關切之情，彷彿還在目前。不料那天的下午竟是我和魯迅先生最後一次的晤面。二十幾天之後，一九三六年十月十九日，他就逝世了。

原載一九七七年二月香港《南北極》第八十一期

揚棄形式主義和教條主義

編者按：一九五四年香港出版了《戲劇藝術》期刊，第二期開首刊登了馬鑑、李伯言、譚國始、胡春冰等十八位文化界、戲劇界人士就〈我們需要甚麼樣的戲劇〉而寫的回應，當中，包括了姚克、吳雯夫婦。

從舊的形式和思想體系裏解放出來——這是五四以來中國新文藝運動的基本精神。我們的戲劇運動所追求的就是這五四精神的實現。站在劇運的立場而言，我們所要的戲劇必須與這種精神契合，而不為任何形式主義和教條主義所束縛。

形式主義本無所謂新舊。中國科舉時代的八股文章是形式主義，現在許多拖着一條光明尾巴的劇本又何嘗不是形式主義？除了這種淺薄的，一望而知的形式主義之外，另有一種比較技巧的形式主義，例如：現在過度商業化劇場的產物——公式化的所謂「客廳戲劇」（parlour drama），就是具有戲劇的形式而沒有內容的。因為要迎合劇場老闆的心理，這種戲劇通常只用一堂客廳佈景，登場人物不多（這樣可減輕演出費的負擔）；情節相當曲折，總是以三角或多角戀愛為中心，對話則力求其俏皮，逗笑（這樣才能保證營業不致失敗），演出時間不超過二個半小時（以便觀眾從容地吃過晚餐來看戲，能於十二點以前回去睡覺）。在這些嚴格的限制之下寫劇本，猶如科舉時代依照着限韻做工整妥貼的試帖，那是非有高度的技巧不成的。可是只顧了技巧就顧不得內容，其流弊是戲劇的內容貧乏，只有純技巧的戲劇公式。軀殼雖很好看，內中卻沒有靈魂。這種形式主義和光明的尾巴，一樣的要不得。

教條主義是意識形態的硬化。我們都知道「月亮是外國的好」這種意識的可笑，就因為它是教條式的。如果說：「外國的工業的確比我們進步，可是外國的月亮也和中國的一樣。」那就一點不可笑了。意識變成了教條，就不容有不同的或相反的意識的存在。這樣，個人的思想就受了教條的束縛，只准附和，不准異議。換句話說，在教條主義之下，思想是沒有自由的。五四運動要打倒舊禮教，就因為舊禮教中如「三從四德」之類無非是一套古老的教條。

在中國新戲劇運動的過程中，教條主義的流弊似乎比形式主義更嚴重。有些戲劇工作者受着政治的教條主義的影響，不知不覺地呈露了意識形態硬化現象。假使教條頒定「太陽是我們的咒詛」，他們就齊聲附和着咒詛太陽；假使教條歌頌該撒大帝而貶斥漢武帝，他們就把該撒演成英雄而把漢武帝演成反派（其實這兩個統治者是同一類型的征服者）。這樣的盲從，其偏激可笑與贊和「月亮是外國的好」有甚麼兩樣？假使戲劇的意識必須受這種教條主義的統制，那麼毋寧不講意識，還比較自由些。

我們如果真心誠意的愛好戲劇，想推進劇運，我們必須揚棄形式主義和教條主義。因為我們所要的是不受形式和教條的束縛，而在內容和形式上都能自由發展的戲劇。

附：啓發知識，增進見識

吳雯

戲劇對於人生是很重要的，它是一種活動的宣傳教育。因為不論識字或不識字的人們，他們在工餘之暇，都可能買張戲票去看齣戲的，他們中間的分別，就是在於瞭解的多或少而已。因為如此，所以我們應當注意一下劇本的本身及主題的正確問題；否則它貽害人們不淺。

關於主題的問題，這是要看演出者（也即投資者）的見解及智識了。如果他們唯利是圖，管它黃色不黃色，祇要有生意眼（當然不注意內容了，這樣內容自然毫無可取之處。）能獲取厚利，他們的目的就達到了。而編導呢，因為本身是個受聘者，一切當聽命於投資者，如果編導甲乙覺得這種故事無價值，拒絕去接受編導，而投資者可另找丙丁去編導。（在目前的資本主義社會中，一部份編導，他們一切都看在「錢」的面上去接受了。）所以現今的編導，簡直沒有發揮他們天才的機會，他們祇是個文匠而已——依靠投資者的主見去編成一個戲劇而已——如果長此搞下去，那麼戲劇對於人們是害多於益。我們愛好戲劇的人，應當去改革一下，否則將來的社會，不知將演變成甚麼樣呢！

所以目前以及將來，我們所需要的是一種能啓發人的知識，增進人們的見識的戲劇，決不是一味胡鬧或悲哀而無意義的戲劇。這也是我個人的願望。

獨白

泉涸，魚相處於陸，相呴以濕，相濡以沫，不如相忘於江湖。

——〈莊子．大宗師〉

魚處於陸纔會「相呴以濕，相濡以沫」，人類處於逆境方懂得互助、團結。十四年前《清宮怨》在上海「孤島」初次演出，現在又在香港「孤島」搬上舞台，這決不是偶然的巧合。回憶屬稿之初在民國三十年（一九四一）的六月，那時因為時間侷促，每一景纔寫完，導演費穆兄就拿去排練；我連參對上文的機會都沒有，更談不到仔細琢磨了。可是那一次的演員和工作人員精誠團結，非常努力，演出的效果極好，一連賣了幾個月滿座，劇本的先天不足也被掩飾過去了。

這次香港第一屆藝術節決定演出《清宮怨》，我本該趁此機會把原劇本修正一下，可是一直抽不出功夫來，衹能將就照原本排練，等日後得暇再修改了。在香港演話劇是費力不討好的差事，何況《清宮怨》的佈景、服裝都很費錢，所要求的舞台條件又相當的高，演出尤為不易。幸而這次參加的演員和工作人員都有同舟共濟的精神，不顧一切的困難和犧牲，一定要達到目的；此外，還有許多朋友不辭辛勞，在多方面給予我們幫助，鼓勵，和精神上的支持。所以在短促的一個多月中，居然能夠將這麼繁重的戲順利地演出。這是使我覺得非常感動的。

抗戰時期的話劇在上海和重慶都有驚人的發展，那就是這種精誠團結的收穫。目前劇人在香港的處境是艱苦的，但我們如能永久相呴相濡，又何貴乎「相忘於江河」？

一九五五、四、一二於香港

原刊《香港第一屆藝術節國語話劇演出特刊》

自一九五七年冬到現在，我曾擔任了四次導演。第一次是那年十二月中為勵志會籌款，劇目是我二十年前的舊作《清宮怨》。那一台戲又為《華僑日報》濟助貧童運動義演了一次，仍是原班人馬，所以並不需要重排。第二次是一九五八年一月邵氏影業公司響應星系報紙濟貧運動的義演，劇目也是《清宮怨》，由國語影星集體演出，每人衹演一幕或一景，所以陣容非常浩大，是香港空前的創舉，可是導演也加倍費力。第三次是去年十一月為浸會學院籌款，由該校學生排演我在四年前寫的《西施》。由於他們師生的努力，非但演出的成績斐然，籌得的款項也達五萬七千餘元之鉅數。

這一次為教師講習班校友會建校籌款，重排《西施》，算起來是我在最近三年中的第四次導演。這一台戲的陣容大多數是有好多年舞台經驗的教師，其中有幾位是教講班的校友，彼此都是自己人，辦事就方便得多，排戲的時候校友會主席周日如先生和其他各位，差不多每次都親自來照料，所以空氣特別融洽。這是我覺得最愉快的經驗。

話劇本來是我最愛好的工作。香港雖然沒有經常上演話劇的劇場和職業劇團，幹話劇的朋友不能殼盡情演個痛快，可是偶然有機會過一次戲癮，也算得「慰情聊勝於無」，何況還可以借此來濟貧興學，為社會略盡一點棉薄呢？

我於一九四八年春來港，到現在整整虛度了十二個年頭。往時在上海，我每年至少也得寫一兩部舞台劇本。在此地，我受着生活的驅策，不得不碌碌為稻粱謀——說也慚愧，十二年中祇寫了兩部劇本：一九五六年春為第二屆藝術節趕寫的《西施》，和去年十月中脫稿的《秦始皇帝——第一部》。照香港劇藝社的原定計劃，本來打算在今年春季上演《秦始皇帝》的；但因《西施》的演期挪後了兩個月，只能委屈秦始皇暫坐「戲監」，等秋涼後再露臉了。

在香港演話劇有三難：湊合陣容難，尋找劇場難，銷售戲票難。搞一次話劇，排戲至少要費一兩個月的時間，可是演出祇可以有兩三場。如果銷票不如理想，也許賠上三五千塊錢都說不定，能彀不蝕本就是上上大吉；至於說賺錢，那幾乎是不可能的事，除非劇團本身有推銷的能力和把握。這種情形，我們這班幹話劇的朋友大家都知道，可是我們卻偏偏願意耗費許多時間和人力物力，來從事於無利可圖的演出。人家說我們傻也好，說我們發神經病也好，我們還是一樣的自得其樂。但求能「過戲癮」，我們就心滿意足了。

如果有人疑問：「過戲癮有甚麼可樂呢？」我祇能借惠施駁莊子的話來答覆他：「子非魚，安知魚之樂？」

原刊《香港市區教師講習班校友會建校演劇籌款特刊》
一九六零年四月

姚克的檀香山書簡（整理：舒明）

一、檀島來信

多年來我一直珍藏着姚克（姚莘農）老師的一束書信，是他在美國夏威夷大學當客座教授時寄給我的九封郵簡。最早的寫於一九六九年七月，最晚的在一九七零年五月，每封都用藍色或黑色原子筆寫在面積約十九乘三十公分大的淺藍色航空郵簡上。字體工整流麗，字數由四百餘字到二千多字不等，有時密密麻麻地佈滿全紙的正反兩面。

姚老師寫信給我，主要是答應做我申請外國大學就讀時的諮詢人。信中他除了提及自己的工作、生活和研究外，也很關心在香港的三個年輕人的學習，充份表現出他厚愛後輩和平易近人的一面。在最後寫給文世昌、古兆申和我的信中，他語重心長地勉勵我們要團結和合作，好組成一支生力軍。文世昌畢業於香港大學英文系，當時正在用英文撰寫他的碩士論文〈李漁戲劇理論的研究〉。古兆申（古蒼梧）是香港中文大學聯合書院中文系的高材生，已取得中大研究院的碩士學位。我當時正結束了在東京的日話學習回到香港。我們都參加了由港大張曼儀及中大黃繼持主持的《現代中國詩選一九一七—一九四九》編輯計劃，合編者還有黃俊東、余丹和吳振明。姚老師當年雖然已經離開香港，但在越洋千里外，對我們三人都期許甚殷。

三十年後重讀這組信件，因事過境遷，當年我們爭取深造機會的努力與成敗已無關重要。但姚克老師言簡意賅的卓識，治學精審的風範，以及他離開中國後懷才不遇的感嘆，都可以在信的字裏行間窺見。至於他對晚輩的關懷與推勉，更是有跡可尋和令人難忘。

編者註：二、姚克簡介（從略）

三、九封書簡

以下整理發表的九封信，約近八千字。文中方括號內有省略號處，代表了因涉及個人升學問題或無關宏旨的閒話而被刪節的一些段落。此外，乘排印刊出之便，對原信中幾個筆誤的地方也作了改正。

1、國防文學

浩昌同學：

〔……〕

我現在計劃寫一篇文章，將「國防文學」論戰的真相，和盤托出，澄清三十多年來中共御用文人對這事的蒙蔽，而歪曲了魯迅的耿直和無畏。可是夏大圖書館沒有當年上海和北平的重要文藝刊物，我要引證時苦於找不到材料。這種材料港台也極缺乏。史丹福大學的胡佛研究所可能有一部份，不過也不見得全備。據我所知日本當時搜集中國的報章雜誌不遺餘力，京大應該有一九三五、一九三六、一九三七上海和北平各雜誌的全份。那時的雜誌很多，有些出了一、兩期就停刊，不久又有新的雜誌產生，而且名目近似的極多，事隔多年往往記不清楚。我記得起的就有：文學界、生活、生活星期刊、新東方、今代文藝、禮拜六、文學叢報、中流、作家、光明、東方文藝、譯文、論語、人間世、逸經、西風、現實文學、每週文學、文學、文學季刊、文季月刊、新認識、新生週刊、新語林、東方月報、中學生等等。各報的文藝副刊也很多，如申報的自由談、大晚報的火炬、中華日報的動向……等等。此外還有小報如社會日報、鐵報等等。如果你的工作不太忙，我希望你能幫助我，在京大和其他圖書館查一下，有多少種報章雜誌，抄一份目錄給我。此外還有當時出版的重要書籍，可以用作第一手材料的，例如胡風的《密雲期風習小紀》及新潮出版社編印的《國防文學論戰》等書均請代查為盼。這些材料如能為我所用，我的文章一定可以引起漢學界的注目，而國防文學論爭的真相也可以大白了。研究中共文學的人並可由此而認識中國左翼宗派主義和自延安第一次整風至文化大革命的關係。這篇文章目前除我之外更無第二個人能寫。知道事實真相的人如茅盾、黃源、和台灣的黎烈文等都因處境微妙，不可能說出當時的真實情形，海外研究三十年代中國文藝的漢學界則根本隔膜，即使掌握到材料，也不能正確地瞭解幕後的真相。我若不寫，等我死後恐怕就永遠變成一筆文藝史上的糊塗賬了，豈不可惜？

我的《清宮怨》劇本數年前由 Dr. Jeremy Ingalls 譯成英文，交 University of California Press 和倫敦 George Allen & Unwin 聯合出版，六月中已將全書清樣寄來校閱。據該出版社云，今年聖誕前即可出版。一九六七年曾有友人代為接洽日本出版界將《清宮怨》譯成日文，但到今消息杳然。吾弟在東京若有師友感興趣者，希代接洽為盼。若需該劇本，我可寫信囑小兒從香港直接寄上。該劇之電影《清宮秘史》曾為中共文化大革命時期攻擊對象之一，日本出版界一定知道。現在英譯即將出版，我相信日本出版界必感興趣。

我在此間甚安閒，但也很寂寞，暇中希常通信，以慰遠念。順問

近好

莘農手啟

7/23/69

《國防文學論戰》如舊書店有此書請代收購一冊為盼

又《清宮怨》之英譯名為 *The Malice of Empire*

2、小說研究

浩昌同學：

〔……〕

澳洲國立大學雖有柳存仁，可是它的中文系並不怎樣強。柳存仁對小說的研究是承繼他北大的老師孫楷第的餘緒，而孫楷第是屬於胡適俞平伯這一派的，以考據為主。事實上中國現代研究戲曲小說的學者都是考據家而不是批評家。近年來出了夏志清等以批評為主的學者，但不甚多，而且都是研究西洋文學出身的。你如有意研究小說（或戲曲）須早立定宗旨，如從事考據，須修歷史及考據方法，如從事於批評須修西洋文學及文學批評，可是更須多讀中國小說和文學作品。讀西洋文學和文學批評，方能作比較，論同異，多讀中國小說和文學作品方知每一篇小說的淵源及其所受的影響，如能兼修梵文及Pali文，讀印度的文藝作品，更好，因為中國小說曾受印度的影響也。我在抗戰前就想研究印度及伊朗文學以為研究中國戲劇的幫助，但因戰爭和戰後的動亂，始終未能如願。今年紀衰邁，不能達成夙願，是生平一大憾事。你若能打好基礎，擴大視野和研究範圍，日後必有極大的成就。如果只步武前人的足跡，縱有成就，也不能自樹一幟。目前國內學者研究戲曲小說，鮮能跳出王國維和魯迅的範圍，就是這個原故。

夏大研究院的Bulletin你閱後可知一般情形。如擬來夏大，可直接申請，我當盡力幫助。不過此間大學行政組織龐大而散漫，人事也比較複雜。有時容易得一拍即合，有時非常麻煩，即使有人幫忙。也未必有百分之百的把握。我想幫小女自聯合轉學來此，至今尚未有眉目，可見夏大辦事散漫之一斑。美國人喜以效能自詡，其實頗多誇張之處，好在他們有的是錢，有錢能使鬼推磨，所以甚至登陸月球都讓他們做到了，只能由得他們說嘴了。

勿覆順頌

日祉

華農手啟　一九六九、八、二於檀香山

文世昌的地址希告我

3、寫作計劃

浩昌同學：

收到九月十四日的來信，多謝你為我費功夫找尋我所需要的材料。夏威夷不是個文化城，其沙漠的程度並不比香港差，也許比香港更像戈壁。舊書店幾乎沒有，中國舊書店更不必說。像北京的琉璃廠和東京的神田區，恐怕再過五十年都不會在這裏出現！這裏是新興的旅遊區——一個擴大的尖沙咀，不過比尖沙咀乾淨些罷了。

大安翻印的雜誌除《禹貢》之外，都可以買。我記得《禹貢》不是文藝性的刊物（也許我的記憶有些模糊了）。現代文學史資料，內容顯得雜亂，但仍有一讀的價值，可惜大部份都是零本，殘缺不全，不過價錢似乎定得相當貴，例如李何林的《中國文藝論戰》二千五百元，合美金大約七元，比美國一般 paperback 的書貴得多了！但不知拍賣時是否會便宜些？大安之失敗就在居奇，不肯薄利多賣，和香港的龍門犯同病。現在龍門的倉庫堆積如山，銷路則極有限。不久恐怕也難支持下去。

我希望找到新文學運動自早期至一九四九年為止的重要刊物。例如一九三六年出版的《中流》。但一看大安翻版書之殘缺不全，恐怕在日本也不易找。下星期我到圖書館查查美國各圖書館的統一目錄，其中有多少種中國刊物，然後再寫信告訴你，要補購些甚麼。

至於我的寫作計劃，南戲研究的書都留在香港，現在我的子女都到檀香山來了，香港的屋子只有工人和花王看守，若寫信教他們替我把書找出，寄來，事實上不可能，而此間沒有有關南戲的書，只能暫時停頓。其他的計劃如下：

（1）李賀歌詩研究及索引。這書的 card 已初步做到，索引部份不久就可以寄到香港排字。現在只等台灣將中央圖書館的北宋本攝成顯微片寄來，我便開始據以校勘。校好後即可發排。

（2）我想收集北京出版的新文藝作品的英譯本，選出最重要的，編成一本《現代中國文選》，你如果願意幫助我，可代我在東京收集這些 Foreign Languages Press 出版的譯本，英文的 Chinese Literature 若有全套也要。這一本書輕而易舉，並不難做到。我想在東京收買，價錢不至於貴得離譜。

（3）去年我在香港，曾向電影界的老朋友多人提議，改正中共出版的那部《中國電影史》，因為它的內容不但偏差太大，而且失實之處也很多。當時大家都擁戴我主編，將該書的各章分別交給各人去修正，誰熟悉那一時期，那一公司的事，他就負責改那一段。如果不能動筆（例如卜萬蒼）可由他口述，用錄音機錄下來，再由別人動筆。這樣，可以在一年內完成這改編的工作，至多用一年排印的功夫，一定可以出版。可是今年一月我到檀香山來了，這個工作就沒有人主持，所以就擱了下來。你和古兆申如果感興趣，我們即刻就可以動手。除此之外，我想增加滿洲國和香港的電影事業，使這部電影史沒有缺少的部份，滿洲國電影史的材料很容易在日本找到，香港的材料可以請粵語電影界的朋友編。預計將來出版，要比中共的《中國電影史》完備，客觀，公正。不過，要編就得趕快動手，因為電影界的老輩都在六七十歲以上，死一個就少一份資料的敍述者。這是沒法彌補的。中國電影史料的記錄最不完備，例如永華公司的事至今不過十幾年，已沒有多少記錄可查，只能靠私人的記憶了。

上述的（1）（3）都是有永久價值的計劃，我很想及早完成它。（2）是易辦的，我現在夏大教現代中國文學，編好後可以用為課本，但價值當然不及（1）（3）。香港出版界的朋友只想我寫些短文交給他們在雜誌上發表。我對短文並不是不肯寫，可是我總覺得雜文是曇花一現的東西，即使魯迅的雜文也不是例外。像我自己，曾經身歷文壇的變化，現在看看魯迅的雜文還不會覺得單調，年青人就要覺得索然無味了。魯迅的文章尚且如此，何況我的？去年我在純文學上寫了一篇〈籍貫與故鄉〉，許多寫文章的朋友都覺得那篇文章寫的好，不可多得，但我自己一點不覺得怎麼樣，再寫一篇就沒有興趣了。魯迅晚年就被雜文所累，這一個刊物請他寫一篇，那個刊物也請他寫一篇，他自己幽默地說這是打雜差，可是情面難卻，只能東塗西抹的敷衍一番，結果他晚年只有一本又一本的雜文，沒有一本大塊文章的著作，這是中國文壇的大損失。我不敢自比魯迅，可是前車之鑑，不由得我不警惕。

你的外國朋友到京都去，不妨託他代我留意，如有所需要的書刊而價錢不太離譜，就請他代買，如果價錢在美金五元以上，而此書並非必要的，那麼我就不想買了。因為我如果借一本書製顯微片或 Xerox，普通也不過 200 pages 五元美金（顯微片更廉）。我有精裝二冊的《中國電影史》，如日本有此書出售而價不太昂，可為我物色一部（平裝的亦可，只求其價廉）。

近佳

勿覆順問

莘農手啟

Sep. 19, 1969

文世昌古兆申二同學久不通信，不知他們近況如何？我因為臨行匆迫，忘將地址簿帶來，所以沒法和他們通信，便中如果和他們寫信，請代我致意，同時希望他們寫信給我。他們碩士學位已得到了麼？我從前輕視學位，唾手可得的博士竟然沒有去爭取，在中國大陸我已經成了名，人家聘請我，根本就不問我有甚麼學位。進中文大學時候，沒有博士學位就吃了大虧。這個世界只重虛銜，不重真才實學，所以你們如有得到學位的機會，千萬不要放過。饒宗頤在港大沉淪於副講師的地位有很多年，這就是一個榜樣，其實他的學問遠在地位比他高的人之上呢！

你們如有意深造，我可以就近替你們留意，不過到外國留學，一定要打好外文的基礎。香港來的學生，說英文倒還能應付，聽講也不成問題（初來的一個月也許不習慣），可是看參考書的速率往往不夠快。外國教授 assign 的參考，一下子一兩百個 pages 不算希奇，閱讀不快，就應付不了。我的小女兒在 Punahou 中學讀 9th grade（等於香港 Form III），英文先教她閱讀課本以外的文藝作品，一下子就要看三本！這是香港同等班級的學生所不能想像的。所以。你們如想到歐美深造，應該趕快練習閱讀，增加速度，這是很重要的。寫了一大堆，不能再寫下去了。但願你一切順利，學業進步。

莘農手啟

Sep. 19, 1969

4、中國電影、李賀詩

浩昌同學：

十月三日來函，前兩天已收到，連日應酬很忙，到今天才能答覆，甚歉。所云香港朋友的情況，很能一針見血。我自己在香港也有同感，一天到晚忙碌，做學問，寫創作都沒有時間，這是多麼大的浪費！

我很希望你和兆申、世昌，幾個志同道合的朋友，能打起精神來，做些有價值的工作，搞出一點成績來。上次我信中提及的編輯《中國電影史》計劃，我想兆申應該感興趣。你何不寫信告訴他？如果他認真肯幹，我想我們三人費一二年的氣力，便可編成一部非常有價值的書來，而且出版也不成問題，在離港之前早有出版社向我表示願意給我印這部三大冊的鉅著了。我已找到兆申的地址，日內就寫信給他，同時想託他代我買一套 Chinese Literature。

東京的舊書鋪如有英譯現代中國小說、戲劇或其他文藝作品，請你代我收買。這裏是買不到的。《林家鋪子》和《保衛延安》我都要，請你告訴我：連寄費多少錢，即當匯上。我目前計劃盡量收集中國文學作品的英譯本（其次是他種文字的譯本），因為介紹現代中國文學給歐美人，非通過英譯不可。第二次大戰後，西人讀中文的人數雖已激增，但他們絕大多數是修語言的，能和中國人用國語談話而已，能看文藝作品的實在不多。只有先借徑於英譯，引起他們的興趣，然後才會有許多人修中國文學。這是鋪路的工作，可是對中西文化之交流非常重要。

你既買到《中國電影史》的下冊，如留意訪求，我想定可買到上冊。東京和京都的舊書舖很多，不妨寫信去詢問一下。大陸的電影雜誌和文藝報都有關於電影的報道，宜留意收購，因為《電影史》只寫到一九四九年，以後的發展須靠直接材料了。

「滿映」的資料可在「滿鐵」的年鑑中找到，此外定有其他資料，不過不知哪一個圖書館有這種收藏。我希望你能告訴我。

李賀詩的英譯因合譯之Dr Norma Young已於夏間赴大陸暫時停頓。現在我計劃寫兩本《李賀歌詩研究》，一冊是對李賀的生平及其作品的評述，一冊是版本的校勘和幾種不同性質的索引。中國的批評家多數只憑印象，寫些籠統的評語，錢鍾書的《談藝錄》比較能用西方的批評方法和觀點，可是他這本書涉獵太廣，個別的批評仍然不彀精密，只是博賅而已。我用這樣細密的方法來研究李賀，在中國還未之前有。將來出版之後，我希望能發生一點示範作用，以藥中國傳統的空疎高遠的積弊。日本學術界做學問的功夫比較踏實，例如京都人文研究所對元雜劇方言的研究，集合許多專家，分別鑽研，每獲一解，必須在開會時提出討論，經各人反覆質難，認為解釋滿意，方才採錄下來。所以編輯工作進行了多年尚未成書，將來出版金元方言的辭典一定能凌駕中國研究者之上。可是這種基本的繁瑣的工作，試問港台所謂的學者，誰肯做？可是不做這種工作就不能對金元方言做出通盤、徹底的詳細解釋。中國學者喜歡唱高調，不喜深入，喜砌門面，不喜打樁，清朝的學人早已指出宋儒空疎之弊，可是至今學術界仍然積重難返，可勝浩嘆！

《中國電影史》之編撰必須訪問港台兩地的前輩影人，但這是第二步。第一步是先有確定負責編輯的人，然後才有人負責去一個一個訪問，而且在訪問之先，應該提出的問題都得預先寫下來，寄給被訪問者，讓他有個準備。若無負責編輯的人，這事就很難進行。本來我在香港，一切都有我自己負責，我早已買了一架手提輕便錄音機，專為訪問之用。可是我現在美國，非得有人在香港代我負此責任，此事才能推動，兆申如感興趣，那就太妙了。

匆覆即頌

旅祉

農手啟　一九六九、十、八日

5、李賀詩

浩昌同學：

接到你的郵簡已很久，後來又接到兩次寄來的書，感謝，感謝，前些時蒐集李賀研究材料，費了很多工夫，才寫成一篇〈論李賀詩的理性〉，自己覺得兼用中國傳統和現代西洋的文學批評理論，對李賀的分析，可算得發前人所未發，但還不願立即發表，想過二三個月再修改一遍，然後交給學術刊物刊載。文章剛脫稿，接着就是夏大考試閱卷，又忙了一陣，直到聖誕後才得閒。因此躭誤了覆信的時間，很對不起。

你所申請的幾間大學，至今還沒有信來，我希望你能將在聯合的入學及畢業年月，及其他資料——例如各科成績，參加活動等——大略寫一點給我，因為美國有些大學所諮詢的很詳細，只怕我一時記錯了，反為不妙。據我的看法。University of California, Berkeley 的中文系似比哈佛「新」一些，你不妨寫信去申請。加大的教授中如陳世驤，Cyril Birch 等對我都有相當的認識，如能申請入學，可能有相當的便利。

〔……〕

兆申最近有信來，據云香港舊書價激增，但算起美金來，似仍不貴。匆覆順頌

近祉

農手啟　一九六九、十二、卅一日

6、派系鬥爭

浩昌同學：

〔……〕

夏大亞洲太平洋語文系內部派系鬥爭非常劇烈，較強大的是主任派，可是日本文學派不甘示

弱，殺法也很利害。最近為聘請一位教授的問題，鬧得天昏地暗，連客卿地位的我，也不免捲入漩渦，下學年續聘問題，至今尚未決定，可謂城門失火，殃及池魚了。這一場鬥爭連續了兩個多星期，到最近才告一段落，可是為了本系的改組問題，新的鬥爭又爆發了。中大雖也有系派之間的磨擦，可遠不如此間的猛烈也。由於系務之爭，每日至少開一次會，此外另有場外的拉攏，密斟，所以直到陰曆年底，還是烏煙瘴氣，忙得我簡直沒功夫寫信給你，真覺得抱歉！……在香港時，宋淇曾介紹一個普大的研究生 Richard Strassberg 和我見面，日昨忽收到他的信，告訴我：他在普大中國文學研究院讀博士學位。我立即寫了一封信給他，託他詢問是否已收到我推薦你的信，同時託他向主管人說幾句好話。美國也重視人事關係，我在普大無熟人，恰巧 Strassberg 信來，希望我肯遙遙指導他的論文，可算得踏破鐵鞋無覓處，來得全不費功夫了。美國學生和教授間的關係，猶如並輩，學生的話也相當能起作用。等 Strassberg 回信，我就告訴你有甚麼消息。

哥倫比亞大學教授夏志清博士，於陰曆除夕抵檀，昨日中午乘機經東京赴台北。可惜他在東京逗留時間太短，我本想寫信給你，介紹和他見面，可是一算時間，恐怕你收到信的時候，他已離東京了，所以沒有寫信。好在你若來美，將來總有相見之機也。匆覆順問

近好

華農手啟　一九七零、二、八日

7、最好不結婚

浩昌賢棣：

〔……〕

近年來美國私立大學除哈佛外，皆有捉襟見肘之情況，看大勢的趨向，不出十年必定沒落，難與國立或州立之大學競爭。英國經濟不穩，倫大恐亦有經濟問題，澳洲國立大學反而比較有錢，能入澳大也很好。柳存仁日內可能有信來，有無眉目，他可能透露給我，當再函告。夏大研究院明年將舉辦博士學位，不妨早日申請，此外東西中心也有獎學金學額，聯合之鄭忠強就是東西中心獎學金的學生，來此已二年，不過申請此學額須由中大推薦。李卓敏和夏大的新校長Harlan Cleveland曾在戰後上海的聯合國救濟總署UNRRA同事，交情很好。下星期三（三月十八日）Cleveland的就職典禮，原來中大來電請我做代表出席慶賀，後來Cleveland特致電李卓敏請他出席並於典禮中致詞，所以李卓敏將於三月十七日乘日航機來檀，你若能和中大聯絡，取得李卓敏的推薦信，申請夏大或東西中心的獎學金，我想一定能發生效力，你是中大畢業的優異生，李卓敏沒有理由不幫你的忙。這次他到檀香山來，我將盡力招待，將來你和他聯絡，提我為諮詢人，他就不能不略講交情了。

囉囉嗦嗦寫了很多，無非希望你能獲得進修的機會。但願你能掌握時機，早償夙願！

來檀一年多了，也不知忙些甚麼，始終沒有寫出甚麼大塊文章來，說起來也慚愧！新文藝的書籍，不論中英文的仍請留意代為收購為盼。這次寫的是郵簡不能附支票，下次寫信當附寄支票一紙，以償代付的書款和郵資。

人生最好是不結婚，我這些年來家累太重，影響到創作和做學問，實在很利害。想當年孑然一身在上海，每個月寫個十萬八萬字簡直稀鬆平常得很，現在若要寫這麼多字，恐怕一年也交不出卷了！

此間初春已如盛夏，氣温午後常在八十二三度，不過晚上總是涼快，即使七八月間也如此，東京上野公園的櫻花已着花未？匆覆順問

近佳

華農手啟　一九七零、三、十二日

8、燈火闌珊

浩昌同學：　昨得三月廿三日郵簡，知道你已在作歸計，京都文物素著，在那裏一定可看到很多書，如能見到京都大學的漢學名教授如吉川幸次郎及清水茂等，順便看看他們圖書館收藏的中文書籍，探詢他們的研究計劃，我想你一定可以有更大的收穫。Expo70 在美國宣傳得很甚囂塵上，各航空公司和旅行社也都有廉價赴日參觀 Expo 的辦法，不過在開幕之初一定人山人海，擁擠不堪，聽說旅館早已訂定一空，物價當然也會水漲船高。所以遊覽的來回費用雖不太貴，我沒有打算去。第一我

是怕熱鬧的，第二我不願花了錢去受宿無屋及「刨黃瓜兒」（杭州俗語：打斧頭的意思）的渾罪。如果要去也要等Expo自絢爛至平淡時再說。不過你在四月初去看Expo當然也有好處，這份兒熱鬧勁兒只有在開始時才能領略，等到燈火闌珊就看不到了。

〔……〕

這兩天夏大放復活節，到再下星期一才上課，假期中我想做點工作，但不知能否如願耳。匆覆

即頌

時綏

農手啟　一九七零、三、廿九

9、離群孤雁、《清宮怨》

浩昌、世昌、兆申同學：　上午接到浩昌的信，欣悉世昌和兆申將於今秋分別赴倫敦和Iowa，而浩昌也已獲得威靈頓聘請。以後你們也許要有一兩年的睽違，可是我希望你們經常保持密切的聯繫。志同道合的朋友是可遇而不可求的，古今中外的文人沒有不靠朋友的合作和揄揚的例子，試看任何名作家的小傳，就可以知道他的成名，至少有一部份是因為他是某一派或某一文藝集團的一個成員。你們如能保持長久的聯繫，日後可能成為一個派，或一個集團。借用一句中共的口頭禪「團

結就是力量」，這是不錯的。我自從一九四八年到香港之後，雖然過了廿二年比較自由的生活，可是和國內的文藝界隔絕，猶如離群的孤雁；儘管在香港活動得還算不惡，可是活動的範圍終久是地方性而不是全國性的，和從前的文藝界老朋友——現在仍在大陸的——比較，就相形見絀了。這是因為獨木不成林的緣故！謹以自己所感受到的貢獻給你們三位，希望你們能長久合作，成一支生力軍，不要像我這樣孤單。

香港的範圍太小，久處其間，難免要變成井龜，可是我們這班文人不可能到大陸去從事於文藝活動，只能到歐美去開開眼界。因此，我們非得有相當的外文修養才「吃得開」。我到美國來之後，眼看英文程度較差的中國學者處處吃虧，所以奉勸你們三位要努力學好英文或法德文。好在你們英文已有良好的基礎，進修不至於有甚麼困難。據我自己的經驗，修習外文最切實有效的方法不外是（1）多閱讀現代名家的作品，（2）從事於翻譯工作。我自己就得力於這兩個方法，除此之外更無其他捷徑。

《中國現代詩選》，如能由 HKU 出版最好，但 HKU 的行動太慢，非要催他們開一下快車才好。我在夏大教中國新文學，如果詩選能在今年年底以前出版，我可以選為春季的課本。這可以提高這書的聲譽。我的意思，最好要有一個英文目錄和英文扉頁，這樣我就容易向美國各大學的中文系推薦。總之，詩選排字完竣後，亟以先覩為快。

夏大留我續約一年，但因校章的限制。六十五歲以上的教授不能有長期的聘約，所以到明年秋季我將往美國大陸教書，目前已有offer，但我尚未接受，因為我全家在此，一切須考慮周詳，方能作再後的決定。大約不赴加州即赴新英格蘭，因這兩個地區對研究中國文學較多便利，而且文藝活動也比較廣泛，夏威夷終久是個旅遊區，不是個文化中心，唯有風景，氣候和沒有種族歧視，這三點差強人意耳。

《清宮怨》的英譯本，已出版的是英國版，美國版由加州大學出版社印行，本定五月出書，但該社最近來信說要到六月中才行。美國人素以效能自詡，但事實上是他們的機器有效能，美國人辦事不一定比我們東方人快。若以印刷出版業而言，我們香港的出版社實在比美國出版社快得多。《清宮怨》的英譯所根據的是中文的初版（一九四三年上海世界書局印行），我曾向譯者建議，請她根據一九五七年香港南風出版社出的修訂本，可是她沒有照我的意見做，這是一個遺憾。你們三位如有功夫，希望你們寫些文章為《清宮怨》的英文版作介紹。如報刊上有書評，或消息，請剪寄。

兆申來美，希在檀香山小住一二日，如果先來信告我日期和班機，我可以到機場來接你。

匆覆即頌

藝祺

農手啟　一九七零、五、二二

四人幫中的二位舍親

——江青與姚文元

年前美國加州斯丹福大學請我去演講，該校亞洲語文系的教授們請我到附近的一家北方館去吃飯。那天坐在我右邊的是該系主任劉若愚教授，坐在我左邊的是紐約市立大學中國史副教授薇特璣（Roxane Witke）。她剛到中國大陸去觀光回來，在斯丹福大學的歷史系暫任一個短時期的客座教授，所以也參加了那天的宴會。那時美國人有機會到中國大陸去觀光的人還不多。誰能到北京、上海，各處去跑一趟，就好比從火星探險回來一樣，頓時變成一個熱門的新聞人物。薇女士特別幸運，居然能獲得江青的賞識，讓她替自己寫一本傳記，並且還給她許多不易得到的資料。正所謂「一登龍門，身價十倍」，薇女士那本《江青傳》還沒有動筆，出版商已經搶着要替她出版了。

在那天的宴會上，薇女士告訴我，江青雖然告訴她許多早年的事，但沒有提起她和唐納結婚和後來分離這一段事。她知道我那時也在上海，問我是否可以供給她一點資料。我就告訴她，當年唐納、江青（那時名藍蘋）和趙丹、葉露茜，顧而已、杜璐璐三對情侶到西湖六和塔去結婚的經過，和後來江青怎麼和導演章泯發生了曖昧的關係，而致唐納到吳淞口去企圖跳海自殺，造成轟動一時的桃色新聞，終於他們離異分手。薇女士聽得津津有味，不過她說這一段羅曼斯也許是江青不願意別人知道的，所以她還不能決定，是否要採用在她的《江青傳》中。

我看她的興趣那麼濃，索性讓她驚異一下。「你知道麼，」我鄭重其事地說，「江青還是我的親戚呢！」

「真的！」她睜大了半信半疑的眼睛。

於是我不嫌絮煩地告訴她：唐納原來不姓唐，他是蘇州人，真姓名是馬驥良（也稱馬季良），他的母親姓倪，是蘇州平江路朱馬高橋倪家的女兒。倪家只有一子單傳，名文若，他就是唐納的舅父。我的胞姊志芳嫁給倪文若，就成為唐納的舅母。所以，就親戚關係而言，唐納應該叫我一聲舅表叔，而江青在與唐納結合的短時期中，也應該如此稱呼我才對。

外國人對中國人複雜的親戚關係，往往弄不清楚，可是我和唐納、江青的關係，還不算太複雜，我想薇女士是弄得清楚的。至於她是否採用於她的《江青傳》中，我就不得而知了。

江青和唐納的結婚是完全自由式的。在六和塔舉行了極簡單的儀式之後，他們並沒有到蘇州去補行舊式的婚禮，也沒有發請柬給親戚們吃喜酒。所以我和他們雖是親戚，卻從未正式見過禮。唐納當然知道我是他嫡親母舅的舅爺，在先胞姊出嫁時，我和他是否見過禮，我已經記不得，因為那時是民國九年（西曆一九二零年），我的虛歲只有十七歲，見禮時親戚又多，我腼腼腆腆地正眼都不敢對人看，哪裏會記得？不過照風俗習慣而論，我和唐納是應該見過禮的。至於他是否曾將我們的親戚關係告訴江青，那就不知道了。

在煊赫了十年的「四人幫」中，有一門不算太遠的親戚，而這位親戚不是別人，竟是毛澤東的未亡人江青——這已經是比買馬票中頭獎更難得的奇遇。沒想到最近看報紙，又在無意中發現了「四人幫」中還有一位我的親戚！這位親戚就是比我小兩輩的姚文元。

說起來也奇怪，姚文元的名字，我早就在大陸的報刊上見過了，不過要等到一九六七年初，他首先在文章裏「批臭」《清宮秘史》，把導演朱石麟急得當場氣絕身亡，我才開始對他注意。當時香港的大陸問題專家，多數不知道姚文元的身世，有人說他是姚蘇鳳的兒子，也有人說他是姚蓬子的兒子。姚蘇鳳是蘇州人，是當年鴛鴦蝴蝶派的少壯派，我在蘇州東吳大學讀書的時候，和鴛蝴派的中堅分子范煙橋的幼弟同班，所以很早就認識了姚蘇鳳，可是這些年來沒聽說過他有個名叫姚文元的兒子。

至於姚蓬子，我到一九三三年方才認識。他那時也算是個左傾的作家；由於當時的環境特殊，左派的人都不願意把自己的真名實姓和身世的背景，輕易告訴別人，別人也不便多問。我對蓬子當然也不例外。和他談話時，只聽出他似乎有杭州嘉興的口音，其他可就不知道了。魯迅先生不喜歡他的作風，覺得他不可靠，所以曾經勸我少跟他往來。《魯迅書信集》上冊，第六二零頁，登着他於一九三四年八月卅一日給我的一封信，信末說：「先生所認識的貴同宗，聽說做了小官了，在南京助編一種雜誌，特此報喜。」所謂「貴同宗」

就是指姚蓬子而言。由此可知，魯迅對姚蓬子是深惡而痛絕之的。

大陸文化大革命期間，姚文元扶搖直上，不久就坐上第三四把交椅，那時候大家才知道他是姚蓬子的兒子，而且還檢討過他的父親。可是我仍舊不知道，他和我有親戚關係。最近，華國鋒把「四人幫」拘捕，大陸的報刊立即開始對他們「批臭」，猶如以前他們把別人「批臭」一樣。在批判的過程中，透露了許多前所未知的事。有一天我看到一篇批判姚文元的文字，説他的祖父名姚漢章，多年前曾任中華書局的編輯。我這才發現，我當年認識的左翼作家姚蓬子原來是姚漢章的兒子。

這個發現是完全出乎我意料之外的。因為姚漢章不是外人，他是我的從堂伯父文俊公的兒子，是我的從堂哥哥啊！為便於明了起見，讓我先把這一層親屬關係從頭説起，我們姚家的原籍是安徽歙縣。遠在太平天國以前，我的祖先已在杭州仁和縣落了籍。我的祖父錫爵公和姚漢章的祖父某某公（我一時想不起這位叔祖的名諱，容於日後補正）是同胞弟兄，老家住在杭州城裏興中巷，我幼年曾經去過幾次，不過印象已模糊了。我的先父文倬公和姚漢章的父親文俊公是堂房弟兄，我小時候稱呼他「俊伯伯」。先父是前清光緒十六年庚寅科的進士，殿試後進翰林院，大約就在那時候，他在蘇州葑門十泉街五十四號，買了那所門前豎着旗杆的大房子，（因為前清的門第相當嚴格，在沒有點翰林之前，他不可能買這樣氣派的住宅。）以後他就住在蘇州，不常到杭州老宅去。因此我們這一房，和俊伯伯那一房，就漸漸地疏遠了。

姚漢章是清朝末年的舉人，在我同輩份的弟兄中，他是獨一無二的，他中舉之後科舉就廢了。他因為是個舉人，特別受親屬的重視，所以隔了六七十年我還記得他，別的從堂弟兄的名字我就想不起來了。我和姚蓬子認識的時候，從來沒有互相展問邦族；我絕對沒想到他會是我從堂哥哥的兒子，他也絕對想不到我會是他父親的從堂弟弟，因為我是先父晚年的兒子，年紀和姚漢章相差至少二十歲上下，而且我說話帶一點蘇州口音，更不像是他們的本家。如果我和姚蓬子交往得長久一點，彼此也許會發現出親屬關係來。可是經過魯迅先生的勸告，後來我就和姚蓬子疏遠了。若不是最近報紙上透露姚文元的家世，我也許永遠不會知道他們父子是我的本家親屬。

我還記得，民國初年間，姚漢章就在上海中華書局做編輯。當年中華版的教科書，有不少都出於他的手筆，六十歲以上年紀的人也許曾經讀過。如果報紙上沒提姚漢章是從前中華的編輯，那麼天下很可能有同名同姓的人，我就不敢貿貿然認他為從堂兄弟。報上既明明白白地說他是從前中華的編輯，那麼我可以斷定他一定是杭州俊伯伯的兒子，也就是那位末科舉人的從堂兄姚漢章。大前提已經絕對沒有問題；那麼姚蓬子當然是我的從堂侄兒，他的兒子姚文元也當然是我的從堂侄孫了。

不過，還有一個問題：我先父那一輩是以「文」字排行的。（上文已經說過，先父諱文倬，姚漢章的父親諱文俊。）姚文元如果真正是姚漢章的孫子，他絕對不可能用曾祖父輩的「文」字來做名字的。姚漢章是個舊社會的人，當然不會替孫兒取一個與自己父親犯忌諱的名字，姚蓬子雖然曾一度做過左翼作家，也不至於糊塗得連這一點規矩都不懂。我懷疑這個名字可能是姚文元自己取的筆名，而不是原來的真名。據說他曾經在一個會議的場所，當眾檢討自己的父親，弄得姚蓬子啼笑皆非，無地自容。像這樣一個目無尊長的畜生，當然不會顧慮到自己的名字犯了曾祖父的忌諱，至於把我這位從堂叔祖的《清宮秘史》批臭，那當然更不在話下了。

江青、姚文元二人和我的親戚關係，既如上述，那麼按傳統的宗法而言，江青和姚文元自然也是親戚了。他們血緣關係自以我先姊為樞紐；對江青說，姚文元是她前夫（唐納）的舅母的從堂侄孫，簡單一點的稱呼是「舅表侄」。對姚文元說，江青曾經一度是他從堂祖姑母的外甥媳婦，簡單一點的稱呼是「姑表嬸」。這麼算起來，江青還比姚文元長一輩。我不憚絮煩，把他們的親戚關係和稱呼都搞清楚，但願有仁人君子轉告江青和姚文元，也好讓他們兩位親密的戰友覺得更親密一點，豈不漪歟盛哉！

據大陸所發表的資料，遠在一九五零年間，江青已經堅決地反對《清宮秘史》在大陸各地放映。姚文元則直到一九六七年初才開始批判我那部電影。現在把《清宮秘史》批臭的人，都「曲終人不見」了，而《清宮怨》和《清宮秘史》還巍然獨存。根據我原劇本改編的《清宮殘夢》曾在香港無綫電視連續播映，本年（一九七七年）一月三十日，東華三院又將在香港大會堂上演我的《清宮怨》。同時，聯經出版社已將《清宮怨》收在我的劇本選集的第一冊中，今春就可以出版，蓋不以「批臭」而煙消火滅者也。溯自秦始皇帝到現在，文學作品曾經遭受焚書毀版之厄者，不知有多少，可是有些作品卻偏偏燒不盡，毀不絕，流傳至今還有人閱讀。「四人幫」如果有機會看到《大成》雜誌，亦將有感於斯文！

原載一九七七年一月香港《大成》第三十八期

籍貫與故鄉

鄉土觀念是人皆有之的意識。大約從游牧生活進入農業社會之後，人類有了固定的居留地，這種意識才會產生；逐水草而居的人是不會對鄉土戀戀不捨的。

我們中國人對鄉土似乎特別重視。我們的姓氏都有所謂的郡望，《百家姓》上注明趙是天水郡，錢是彭城郡，孫是樂安郡，李是隴西郡……等等，其實就是各氏族發祥之地，也就是它們祖先的老家——故鄉。從前已嫁的女子寫信，不署自己的名字而用夫家的郡望，寫為「妹歸××氏斂衽」。這種習慣在四十年前仍舊如此，北伐後才慢慢的改為自己署名的形式。此外，不相識的人初次見面，交換過「尊姓大名」之後，照例要問：「貴處是——？」這些都是鄉土觀念積厚流廣之徵。現代人的寒暄雖常以「您在哪兒得意？」或「哪兒發財？」來代替展詢邦族的老套，但同鄉會、宗親會之類的鄉土組織，仍然盛行於工商業最發達的都市，和海外華僑聚居之處；由此可知在中國人的頭腦裏，鄉土觀念多麼根深蒂固。

我的原籍是安徽歙縣；姚家本來是安徽省一個大族，尤以皖北桐城和皖南歙縣這兩支系最有名。不過遠在太平天國以前，我祖父這一房早已定居在杭州，我父親應科舉時已將寄籍代替了原籍，報的不是歙縣而是杭州府仁和縣。果如他留居不徙，那麼我的籍貫自然是杭州，一點沒有疑問。可是他從翰林院散館之後，一直在外省做官，又在蘇州買了一所房屋，作久居之計。這麼一來，我的杭州籍就落了空，和他的徽州籍一樣；父親的籍貫和祖先的籍貫既然都不是我真的鄉土，那麼我究竟算是仁和縣人呢？還是算歙縣人？這是個使人困惑的問題。

假使我在杭州或歙縣出世，這個問題就比較容易解決。歐美的習慣都以誕生地為籍貫，中國現代的人口登記也採用這種制度，在哪裏出世就入當地的戶籍。可是問題又來了：因為我的誕生地既不是浙江省的杭州，又不是安徽省的歙縣，而是福建省的廈門。香港的人口登記依照英國習慣，是以誕生地為籍貫的，這倒乾脆爽利，我只要在身份證上照實填寫就行了。不過照中國傳統的看法，廈門可不能算是我的籍貫，因為我們的祖先和我的父親都不是廈門人。而且我出世之後不久，父親就把我帶到福州，過了幾年就是辛亥革命，福州光復之後我們全家就離開福建，算起來我在廈門和福州總共不到七個年頭。這短短的歲月似乎還不夠取得籍貫的資格。我也當然不會憑這點淵源，和廈門人攀鄉親。

歙縣、杭州、廈門既然都有問題，此外只有一個地方可以算得是我的故鄉——那就是蘇州。蘇州當然不是我祖先的原籍，也不是我父親的寄籍，可是它卻具有做我故鄉的主要條件。第一，它是我老家的所在地，除它之外我只有現在住的一所房子。（這是我到香港來之後的寄廬，不是我的老家。）第二，我初到蘇州的時候只有七歲，那是辛亥革命那年的陰曆年底，從那時起我就在那裏定居，在那裏讀書上學，在那裏齠齔，變嗓音，長大成人，一直到大學畢業。其間雖有幾年在上海念書，可是絕大部份時間都在蘇州。第三，蘇州的「吳儂軟語」是我唯一講得純粹的方言，甚至於我講上海話都帶一點蘇州口音。別處的方言我也能講幾種，但都不夠純正，常熟北門外的鄉談說得相當地道，幾可亂真，國語可以打八九十分，粵語則勉強過得去，講得多就要露馬腳，其他更不必說了。總之，如果以口音來做標準，那麼我只有做蘇州人最夠資格。

其實這三個條件還在其次，最說得嘴響的是：我母親是蘇州人。當然，依中國的傳統而言，子女只能從父系的籍貫，沒有從母系籍貫的。可是時代變了，現在男女平權，論理即使從母親的姓氏也沒有甚麼說不過去，從母親的籍貫為甚麼就不可以呢？不過，這只是理論，事實上傳統的勢力還繼續存在；反傳統的急先鋒錢玄同曾經一度主張廢姓，自稱「疑古玄同」，可是到後來仍把廢姓復闢，他的兒子錢三強也仍姓錢，沒有變成「疑古三強」。目前，所謂的「文化大革命」在大陸上鬧得天翻地覆，錢玄同已淪為落伍的「資產階級思想的智識分子」，可是「文化大革命」所歌頌的偶像——毛澤東——仍舊是湖南人，沒有將籍貫改為江西瑞金，陝西延安，或蘇聯的列寧格勒。像這樣倡導「造反有理」的大人物尚且擺脫不了姓氏和籍貫的封建傳統，我怎敢標新立異，把母親的故鄉算自己的籍貫呢？我至今沒有自稱為蘇州人，就因為我不是個敢於造反的戰士，雖然蘇州最有資格做我的籍貫，而且我的脈絡裏有一半是蘇州人的血液。

蘇州和杭州都是中國數一數二的地方。俗語說：「上有天堂，下有蘇杭」；《馬可波羅行紀》也盛稱蘇州和杭州的繁華壯麗，在十三世紀時世界莫與倫比。中國人能以蘇州或杭州為籍貫，應該是很值得自傲的事。可是我年輕時候對這兩個「天堂」並不覺得怎麼了不起。蘇州的街道狹窄，最逼仄的地方兩輛洋車平行就擠不過去，下了雨石板的路面好像上了油，穿着皮鞋走路，一不小心就打滑蹋。外國人因為蘇州河道多，管它叫東方的威尼斯，其實河道既不寬闊，河水又不澄潔，沿河人家都在河邊洗衣服，攡[1]馬桶，倒垃圾，一到黃梅天臭氣郁蒸，更使人惡心。杭州的市容也差不多，比舊的都市遠不及北京，比新的都市遠不如上海。至於說風景，蘇州最有名的虎丘，實際上只不過一個小墩，郊外的靈岩、范墳、七子、諸山雖比虎丘高得多，可不如香港的大帽山、鳳凰嶺那麼峻秀。杭州的西湖固然不差，可是我總覺得它的波瀾不夠壯闊，而且人工的雕琢勝於自然的天趣。其實富春江離杭州不遠，溯江而上的風景，遠非西湖所能及。我不明白為甚麼一般遊客只知遊西湖，不知近在咫尺還有更優美的去處？難道說山川都有幸不幸之別的麼？

西諺云：「書僮看主公，英雄像狗熊。」（No man is a hero to his valet.）也許是我對蘇州和杭州太熟悉了，所以覺得一點不希罕。我心裏憧憬的反而是從來沒去過的歙縣。小時候我就聽父親講黃山的風景怎樣雄奇，他甚至於說虎丘「做它的踏腳櫈都不配」。三十年代我在上海的時候，京滬一帶正流行着「黃山熱」，旅行社宣傳黃山的名勝，畫報上登出許多黃山的圖片。看了圖片上那些嶙峋的岩石，浩瀚的雲海，清奇的古

1 吳語以竹筅洗物曰「攡」，讀若蕭。

松，和像山水畫似的景色，我覺得我家原籍的風景真可以使虎丘陸沉，西湖失色。聯想起來，我相信歙縣也一定比蘇杭美麗，雖然它也許不如它們那麼繁華。但繁華是俗氣的，少一些俗氣又有何妨？從那時起歙縣就變成我夢魂中的故鄉；人家問我是哪裏人，我就毫不遲疑把祖先的原籍抬出來。我這樣做絕不是為了虛榮，因為蘇州和杭州的名氣，比歙縣大得多，做歙縣人絕對不會比做蘇州人或杭州人更體面。我對歙縣的憧憬不過像古人望東海而羨仙山一樣，如果我在那裏生長，或到那裏去過，大概也會覺得它稀鬆平常，不值得心嚮往之了。

不過，後來我到外國去了幾年，才知道歙縣只是我的夢境，不是我真的故鄉。因為我在寂寞無聊的時候，心裏懷念的不是歙縣和它雄奇的黃山，不是杭州和西湖或廈門和鼓浪嶼，也不是我曾經久住的上海和它不夜的繁華。我念念不忘的只是消磨了我的童年和少年的蘇州。當年我對蘇州一點不希罕：想不到在羈旅之中它會這樣縈迴在我的心頭。我曾經居留過的地方——如上海和北京——有時候固然也會浮現在我的夢憶中，但總不像蘇州那麼親切，那麼可愛，那麼溫暖。

平心而論，無論市容或風景，蘇州都比不上北京和杭州，論繁華蘇州可比不上上海。那麼蘇州究竟有甚麼值得懷念的呢？據我的想法：甚麼值得懷念？甚麼不值得懷念？這不是一個可以憑理智來判斷的問題，而是情感上親疏、深淺的問題。我在外國常常懷念蘇州，無非因為我和它的關係比較親，比較深。即以蘇州而論，它的景物和我也有親疏深淺之差。譬如說，蘇州的塔要數北寺塔最巍峨，保存得也最好，我非但登臨過多次，而且還在第九層的壁上題過詩。可是最使我懷念的倒是定慧寺巷的雙塔，因為它離我家很近，一出大門就望得見它一對筆似的塔尖矗立在不遠的天空。這座姊妹塔年久失修，一邊的槊蓋、長表，和輪相已略微歪斜，塔中的佛像、經卷、掛燈、燭台、香爐，早已蕩然無存，連木梯都沒殘留的痕跡，塔頂的瓦楞裏長着野草和矮樹，變成了野鴿和八哥的巢穴。定慧寺圮廢已久，沒有和尚也沒有香火，我曾和五弟六弟帶着電筒和布袋，黃夜爬牆入寺，攀緣到塔頂上去捉野鴿和八哥。這是很危險的勾當，幸喜我們那時只有十幾歲，身輕如燕，手腳敏捷，所以每次都滿載而歸，從來沒出過岔兒，可是附近的街坊卻紛紛傳說有人看見塔上有狐仙出現，引得善男信女到塔前膜拜。現在想起來我還覺得有趣，彷彿又回到了當年。上海、杭州、北京、香港，和其他我曾到過的地方都有塔，但對我個人可沒有一個比得上雙塔那麼親切；那些塔是人人所得而有之的，唯有雙塔是我的。教我怎麼能不懷念它？

蘇州教我想念的東西實在太多，千言萬語也說不完。我時常想起我家的花園，大正月庭院裏就聞到綠萼梅的清香，接着就是杏花、桃花、芍藥、牡丹，挨一排二的開花。等到石榴花在枝頭燃燒，撲面的柳絮在薰風裏飛舞，我和五弟六弟就猱升樹梢，採桑椹、取鳥卵，貪婪地吃還沒有熟的生果。只有一棵樹的果子我們不敢碰，那是靠北花牆的柿子。起初我們不懂，以為至多像其他生果一樣，略微酸一點，誰想一口咬下去，只覺得舌頭、嘴唇、牙齦一陣發麻，慌忙吐出來還是滿口澀。虧得廚房的常熟老媽子教我們用鹽水漱口，舌頭才會動彈。

說起水果，我以為蘇州的雞頭——亦稱芡實——可以算一絕。不過運到上海至少要大半天功夫，即使運到就剝，已經不夠新鮮，南貨舖裏晒乾的雞頭肉更沒有味。這種植物比菱角還要嬌嫩，一離水就要變質。蘇州人講究吃雞頭的，喜歡坐船到南塘去現採現吃，這樣才能嘗到它色香味俱全的真滋味。我記得有一年的夏天，我們全家賃了一艘船，剛破曉就從門口的河灘出發，出了葑門的水城門，悠閒地划到南塘，把船繫在柳陰下，看塘裏的鄉下小姑娘坐着小艇或木桶，在圓桌面大的芡葉間，晃晃悠悠的採雞頭。採下的芡實是拳頭大小的圓球，外面長着短刺。她們剖開外殼，取出一粒粒龍眼似的黃色或赬色雞頭，然後剝出乳白色的果肉來。她們手指熟練得猶如機器，我剝了半天才剝了一顆，她們每人已剝了一大把。

船家早預備好白色瓦的罐和紅泥小炭爐，等她們剝完，他就把雞頭倒在罐裏，放在炭爐上煮。煮雞頭最好不用鐵鍋，鐵鍋的火氣重，煮出來的湯難免有點鐵腥氣，雞頭的色香味就要減色。即使在瓦罐裏煮，也只能等水滾，一爨就拿開；這樣煮出來的雞頭既脆又嫩，湯略微有一點淺碧色，熱氣蒸騰時另有一種似香非香的清氣。湯裏不能多加糖，稍有一點甜絲絲兒的意思就行，糖重了反而嘗不出雞頭的原味。那時我和弟妹們都在髫齡，哪裏懂得這麼許多講究？我們各人拿了一碗，就想用匙子滿滿的加糖。幸而母親及時阻止，告訴我們新鮮雞頭應該如何欣賞，我們如法炮製，斯斯文文的咀嚼，慢慢的辨認它獨特的味兒，和它淡淡的幽香，淺淺的瑩碧。這樣才覺得它和平常吃的雞頭確乎大不相同。我到香港來將近二十一個年頭，此地只有芡實乾，連不新鮮的都沒得運來，因為雞頭最容易腐爛、變味，即使運來也不堪煮來吃。回想當年在南塘吃雞頭的情景，不由得低徊久之。這種口福大概這一輩子不會再有的了。

說了半天只說了雙塔、柿子，和雞頭三件值得我懷念的事。可是從這三件小事可想見我和蘇州關係之深，感受之切。多年來我一向自稱為歙縣人，但精神上，我是屬於蘇州的。一個人如果能有一個籍貫又有一個故鄉的話，我可以說歙縣是我的籍貫，蘇州是我的故鄉。

一九六八、九、二三

原載一九六八年十月台北《純文學》第十九期

附錄

《清宮秘史》劇作者的自白

姚克

我寫《清宮秘史》的經過

一九四八年初，李祖法兄告訴我：他的堂兄弟李祖永已在香港創建了一個規模宏大而有最新設備和器材的電影製片廠，名為永華公司，他並有意將我的舞台劇本《清宮怨》攝製成電影；如果我同意的話，他希望在短期內就開始籌備。永華公司設備之精，李祖永魄力之大，早些時已在國內電影圈中轟傳，上海許多優秀的編導、演員、和技術人員已經被永華當局以重金聘去；以這樣龐大的人力和物力來攝製我的劇本，我當然不會不願意。

那年一月杪——也許是二月初——我又接到了舒適從香港寄來的信；他說關於永華公司籌攝《清宮怨》的事，他擬於陰曆年底返滬過年時與我面談一切。舒適在中學讀書的時候，我就認識，學名叫舒昌格；《清宮怨》在上海初演時，光緒皇帝這個角色就是他演的；所以我們的私交很深。他一到上海就來找我，他說永華公司籌攝這個劇本，已到密鑼緊鼓的階段；導演決定由朱石麟擔任，男主角光緒內定由舒適演，女主角則以當時紅透半片天的「金嗓子」周璇為首選；永華公司希望我立即動手，將電影劇本趕寫出來，準備在三月或四月中開拍。我答應把劇本儘快寫好，不過那時內子吳雯臨盆在即，我要等她分娩之後才能到香港去，和李祖永及朱石麟討論有關攝製這部戲的許多問題。經過那次接洽，舒適不久就匆匆回香港去了。

那時我在上海 G. A. 公司任職；劇本脱稿後還得向公司告假，同時內子恰巧在三月上旬達月，我當然不能在她臨盆之前動身。永華公司雖有電報來催我速去，直到三月十一日——我女兒姚蘭誕生後的第三日——我纔能成行。

來港之後，我就和永華的負責人，尤其是導演朱石麟，討論劇本。由於周璇是一個以歌唱著名的大明星，朱石麟慫恿我在劇本裏加入兩三支歌曲。這個建議也許是很好的「生意眼」，可是站在劇作者的立場，我不贊成這種做法。第一，我以為一個藝術作品必須憑本身的優點來爭取觀眾，不能倚賴「噱頭」。第二，《清宮秘史》是一部相當寫實的影片，珍妃是否會唱歌，我不知道；即使她會唱；至多也不過唱些當時北京流行的京戲和北方小調，或廣東的民歌（因為她的父親長叙曾在廣東做過官，她幼年在廣東學會幾支民歌倒是可能的。）周璇唱的現代流行歌曲要到一九二零年代纔有。珍妃嘴裏唱出流行歌曲來，那非但不合時代，而且會破壞寫實電影的真實性。第三，對話片與歌舞片猶如話劇與歌舞劇，各有各的風格，不宜相混。例如蕭伯訥的舞台劇 Pygmalion，在一九三八年攝成對白片《賣花女》，近年來又攝成歌舞片《窈窕淑女》。《清宮秘史》裏若要加歌曲，不如索性把它編成歌舞片，若要將它攝成對白片，那就不該插入歌唱，以免破壞形式上的統一性。我的意見雖然是「持之有故，言之成理」的，可是製片者和導演都不肯接納。我拒絕寫歌詞，他們就找別人代庖（作詞者好像是已故的李雋青）。這是我和他們意見相左的第一次。

那一次我在香港只逗留了半個月。李祖永要留我在香港，繼續為永華寫劇本，可是我上海的職務還沒有告一段落，萬不能不辭而別。好在《清宮秘史》的劇本大體上並沒有問題，不需要我「動大手術」；朱石麟說，一些微小的修改，他可以在攝製時斟酌辦理，等我下次來港再討論。於是我就在三月廿六日搭中航機回上海。

同年夏天，G. A. 公司要在香港設分公司。我本來要到香港來協助《清宮秘史》的攝製，所以 G. A. 公司就委託我在港物色適當的辦公室，進行初步的籌備工作。我在七月中來港，《清宮秘史》的鏡頭，已拍了十之六七。在看了「毛片」（rushes）之後，我發現其中有些鏡頭是朱石麟加進去的，（例如翁同龢在御書房給光緒講「天下為公」的一場戲），另有些鏡頭是借用別人劇本裏的戲，（例如李蓮英給慈禧太后梳頭是楊村彬《清宮外史》中的一場）。我生平最憎惡蹈襲的行為；作品寫得不好還不要緊，唯有盜竊別人的作品以為己有最可恥。當時我曾向朱石麟提出抗議，可是他說李蓮英梳頭的傳說早見於野史，不能算竊取楊村彬的戲。這話雖然不錯，可是我總覺得像收進了賊贓似的，縱然順手牽羊的並不是我，片頭上的編劇卻是我的名字呀！

舞台上有一個大家遵守的傳統：凡是劇本的增刪改動必須得到劇作者的同意。電影圈可不然；製片和導演可以隨便修改劇本，不必徵求作者的同意，甚至連通知他都不需要。只有萃編劇、導演、製片於一身者，如希治閣（Hitchcock）之輩，劇本纔能倖免於被別人攪得支離破碎的厄運。多年以來，我從電影劇本獲得的稿酬不可謂不豐，但對編撰電影劇本始終不甚熱心，其原因之一就是不願意將自己心血的結晶，讓人家泡製得變了質。

一九四八年的夏天，中國金融的危機已到了非常嚴重的階段；法幣的信用早已破產，金圓券的發行仍不能挽狂瀾於既倒。那時奸商屯積居奇，豪門壟斷物質，以至於物價飛漲，釀成民眾的搶購風潮。商店櫥窗裏室無一物，糧食有價無市，酒樓茶館的酒菜價目上午與下午之間就有很大的距離。我在G. A.任職，底薪雖以生活指數計算，也絕對追不上物價的「大躍進」。所以我一邊和永華公司簽訂編劇合約，一邊教內子到台灣去觀察一下，看情形是否比較好些。上海的經濟情況已壞得像第一次大戰後的德國一樣，我是薪水階級的人不得不作「逝將去女」的打算；這是無可奈何的事。

自七月至九月，G. A.公司在港設立分公司的事已初步就緒，辦公室也已租定，開始營業。《清宮秘史》的攝製自有朱石麟負其全職，工作進行得相當順利，已接近完成的階段。石麟是一個主觀很強的人，和他相熟的朋友大概都知道。我和他反覆討論劇本，大概只有十分之一二的意見他肯接受，其餘的八九成卻絕對不能使他動搖。討論得最劇烈的是全劇的觀點問題：我主張電影須保持舞台劇的觀點，集中於宮廷以內所發生的事，至於外邊的事則僅寫宮廷內主要的反應，而避免正面的描寫。石麟則堅持電影與舞台劇不同，寫宮廷以外的事不過是換換佈景而已，不比舞台上換景那麼困難。他正要借此來顯出電影的全能，和不受時間和空間的局限。他的主張並不是完全沒有理由，但劇本兼寫宮廷和外邊的事，則頭緒紛繁，勢不能將每一件事的來龍去脈和互為因果的關係交代得清楚。這麼寫法，對於熟悉晚清歷史的觀眾固然不發生問題，對於一般觀眾的理解力就未免要求得太高。石麟當然也顧慮到這一點，他竭力將劇情的發展交代得清楚，可是這麼一來，全片的長度超過一般的故事片很多，雖經一再刪剪，上映時仍需兩小時才能映完。目前在香港重映的《清宮秘史》是經過美國導演剪接過的歐美版，專為歐美放映之用，其中刪去的場子很多，所以放映時間只需一個多小時，可是其中有若干場戲不相銜接，使觀眾覺得故事有些不連貫。如果當時朱石麟肯接受我的意見，將戲集中於官廷之內，而減少繁紛的頭緒，這種毛病是可以避免的。

在《清宮秘史》攝製的過程中，我早已決定在香港作久居之計。因為電影和戲劇是我本性所愛好的工作對象，而且香港的幣值穩定，生活程度也相當廉宜，不像上海那麼混亂。永華公司設備和器材之精絕非國內各片廠所能及；李祖永又是我十一二歲的老同學，對我另眼相看，一點沒有大老闆對夥計的可憎面目；公司的同人都是從上海來的老朋友，老夥伴，朝夕相處，使我不感覺在異鄉作客。那時我若要回上海，絕對沒有問題，但上述的許多因素卻使我選擇了香港。不過上海還有許多未了之事，須我回去一次，將它結束停妥，纔無後顧之憂。所以那年九月中我又第二次回上海。這次我先飛到台灣，因為內子吳雯那時帶着出世纔六個月的姚蘭在台北暫住。我在台北逗留了十天，再獨自飛回上海。那時上海的情況比兩個月前更惡化；我匆匆的將未了之事料理完竣，在十一月初第三次飛返香港。

抵港時，《清宮秘史》的攝製早已竣事，配音工作亦已完成。香港的排期已定於十一月上旬。我記得是十一月八日在娛樂戲院初映，但事隔多年，日子也許有錯誤，月份是不會錯的。

在公映之前，我在永華片廠看了《清宮秘史》的試片。除以前看毛片時所見那些不是我劇本中的鏡頭外，我又發現了一段描寫老百姓愛戴光緒的結尾，最後將御書房那場戲中「得人心者得天下，失人心者失天下」這兩句話又複述了一遍。這個結尾我覺得是要不得的，因為：（一）原劇本以光緒大選開始，以珍妃殉情作結。珍妃一死，全劇的高潮已過，按編劇的理論而言，應該急轉直下，寫到光緒暈倒就戛然而止，這樣纔不至於拖沓。如果高潮已過，再加上一場平淡的戲，這樣就使結局鬆弛無力，戲劇的術語謂之「反高潮」（anti-climax）上述的結尾正犯了「反高潮」的毛病。（二）《清宮秘史》中的中心故事是家庭和政治結合起來的雙重鬥爭，它的主題是骨肉和新舊之間的互相殘殺必至於造成兩敗俱傷的悲劇。朱石麟加入御書房這場戲，其中有「得人心者得天下，失人心者失天下」之語，這本來不是主題，只是光緒日後維新變法的伏線。如今在結局的戲中特別將這兩句話重述一次，使觀眾發生錯覺，以為這就是全劇的主題。那就犯了喧賓奪主之嫌，為編劇之大忌。

由於上述的原故，在試片之後我就向朱石麟提出反對的意見，請他把這多餘的結尾刪改。石麟對我的抗議表示同情；他當了多年導演，決不會連這種淺而易見的原理都不懂。「不過」，他笑着說，他瘦削的臉上並沒有一點推諉責任的狡獪相，「這是老闆的意思；他堅持要加這場戲。你不妨跟他談談。你的意見他也許肯接受的。」

可是老闆並沒有接受我的意見。在中環某一個「俱樂部」裏，我和他談了差不多兩個鐘頭，他還是覺得這個結局「蠻好的」。不過，他是一個不願意使朋友下不了台階兒的人，最後他說：「現在映期已經排定，廣告宣傳已經發了出去，要在幾天之內重拍這場戲，事實上絕對不可能。且等首期公映之後，如果觀眾的反應不好，我一定聽你的話，照你的劇本將結尾一場重新拍過，好不好？」他的話說得很婉轉，我雖然明知道他在敷衍我，可是也有他的理由。如果我堅持要改，勢必至於大家都沒有上海人所謂的「落場勢」。朱石麟和我談話時的笑容，這時又在我腦中湧現。我這纔看清楚了：他雖沒有推卸責任的狡獪，可是他的眼神裏卻閃爍着一種冷雋的光芒，彷彿在說「你去試試看。」原來他早就料到我會碰橡皮釘子的了！

當時我只顧向祖永提出刪改結局的理由，卻沒有問他為甚麼要加這場戲。現在回想起來，他在最後強調「得人心者得天下，失人心者失天下」這兩句話，也許是針對着一九四八年豪門誤國，金融混亂，以至於造成人心離散的現象而言。可是有些批評家偏罵這場戲「大肆美化光緒皇帝」，「污衊勞動人民」，沒看出它寓意之所在。李祖永泉下有知，也許會有啼笑皆非之感吧！

《清宮秘史》在香港初映之後，一九四九年初又在上海南京各地公映，一般的批評都將它推崇得很高，聽說上海的報界還頒給它一個「最佳劇本獎」（按：這是祖永後來告訴我的。）那時上海已臨「解放」前夕，局面非常混亂，人心惶惶，不可終日，我早已定居於香港，內子吳雯也於一九四八年冬帶着女兒姚蘭，從台灣來港。除在一九四九年三月中代李祖永陪伴二十世紀福士公司的製片導演岳圖普賴明吉（Otto Preminger）到上海去觀光一星期之外，我以後沒有再回上海去過。不過我曾聽見電影圈內人說，上海的左傾文藝界看過《清宮秘史》後，意見頗不一致，有些人以為它是一部優秀的作品，有些人則以為它是一部反動的影片。

在香港、南京、上海各地公映之後，《清宮秘史》的「中國版」並沒有改動過。直到一九五零年永華公司準備發行「國際版」的時候，李祖永才請美國導演威廉．麥堅（William McGen）將繁瑣的場面作必要的刪節，剪去了不少鏡頭，原來映兩小時的片子，僅剪剩一小時二十分左右。經此一剪，拖沓之處果然是減少了，可是御書房和最後結尾的兩場戲卻巍然獨存。大概威廉．麥堅也秉承了李祖永的意志吧。

以上是我將《清宮怨》舞台劇改編成《清宮秘史》電影劇本，和攝製《清宮秘史》及最後剪輯該片「國際版」的經過。我不厭其詳地把實際情形縷述，為的是要將有些不分青紅皂白的議論澄清一下，使讀者知道關於《清宮秘史》的內幕真相和關於我個人的一些事實。為忠於事實起見，我所敘述的過程未免太冗長、太瑣碎；其實歸納起來只有五個要點：

（一）《清宮秘史》是根據《清宮怨》舞台劇改編的，所寫的主要是宮廷內的事變和衝突，外邊的事多用暗場來交代，絕少正面的描寫。

（二）《清宮秘史》的電影劇本雖然是我編的，但其中有若干場戲是出於導演的手筆或製片者的要求，並未於攝製前徵得我的同意。對於這些鏡頭我當然不能負責。

（三）《清宮秘史》的中心故事是家庭和政治的雙重鬥爭；它的主題是骨肉的互相殘殺，新舊的拚命搏鬥，結果必定造成兩敗俱傷的悲劇。至於別人羼入的意識應由別人負責，我不敢掠人之美。

（四）我於一九四八年三月初次來港，到同年夏天第二次來港時已決定在這裏作久居之計；那時距上海「解放」尚遙，有人說我在「全國解放前夕」「逃亡香港」，不知何所據而云然。事實上，促使我離開上海的是一九四八年上海經濟情形的惡化；若說是「解放軍」把我嚇跑的，那豈不是把金圓券誤認為五星旗了麼？

（五）我不覺得《清宮秘史》是一部愛國電影，至於說它是一部賣國電影，我更覺得「受寵若驚」，不知道應該怎麼說才好。因為這部片子的主題我已經在上面說明，無非是些老生常談而已，既說不上「愛國」，更說不上「賣國」。李祖永所強調的「得人心者得天下，失人心者失天下」也一樣。說它是「愛國」或說它是「賣國」，無非是「仁者見仁，智者見智」罷了。

* * *

所謂「愛國主義」和「賣國主義」的嚴重鬥爭

上文曾經指出，在一九四九年春我曾聽說過：上海左傾文藝界看過《清宮秘史》後，意見頗不一致，有些人以為它是一部極優秀的作品，有些人則以為它是一部反動的影片。可是我做夢也沒有想到這部渺乎其小的電影，竟然會引起中國共產黨內部的一場嚴重鬥爭；更料不到在該片初映後十九年的今日，還會被重新提出來徹底批判！

莊子說：「辯也者，有不辯也。……辯也者，有不見也。」（當然，有人說莊子根本就是個「反動」哲學家，他的理論當然是「反動」理論。）所以我向來對別人的批評只取「存而不論」的態度。這些年來，有人罵我是「反動文人」，近來又給我加上「賣國主義者」，「反動統治階級的一條小走狗」和「漢奸」等等的頭銜；另有一些人則斥我是「匪諜」。對於這些辱罵，我一概置之不理。因為事實上我僅是一個以寫劇本和教書來餬口，而家裏除了幾本破書之外別無長物的小資產階級文人。我對自己所做的事，問心無愧，別人的笑罵又何足介意？

我已經在上文聲明，《清宮秘史》中有若干場面和意識並不是我的手筆。現在這部影片既受到了這麼徹底的批判，我自不得不將電影劇本從頭至尾複看一遍，看看它的內容是否真有「反動」、「賣國」的地方。可惜我所寫的劇本原稿交給永華公司之後，並未另鈔一個副本。手頭只有一本永華油印的「對白本」，而這個對白本是已經朱石麟「修正」過的，中間已刪去原劇本中若干場戲和對白，增入了他自己寫的情節和李祖永所要加上去的結尾。好在那些是我寫的，那些是別人寫的，我一看就知道，對白本雖未註明，我也不至於弄錯。

近來批判《清宮秘史》的文章有五六篇之多，其中最重要的是戚本禹的〈愛國主義還是賣國主義？——評反動影片《清宮秘史》〉，原載《紅旗》雜誌一九六七年第五期。其餘幾篇如史紅兵的〈徹底批判賣國主義影片《清宮秘史》——打倒黨內頭號走資本主義道路當權派〉（原載《人民日報》），歷史革命研究所東方紅戰鬥隊的〈吹捧《清宮秘史》是宣揚投降主義〉（原載四月十一日光明日報），中國人民大學新人大公社語文系教工大隊的〈《清宮秘史》是澈底的賣國主義影片〉（原載四月十三日人民日報）……等，都以戚本禹的文章為根據，內容大同小異，舉一可以反三。戚本禹說：「反動電影《清宮秘史》是一部所謂歷史題材的影片，寫的是清代末年戊戌變法運動和義和團鬥爭。它公開站在帝國主義、封建主義和反動資產階級的立場上，任意歪曲歷史事實，美化帝國主義，美化封建主義和資產階級改良主義，歌頌保皇黨，污衊革命的群眾運動和人民反帝、反封建的英勇鬥爭，宣揚民族投降主義和階級投降主義。」

這一節是批判《清宮秘史》的總綱，猶如八股文的「破題」；短短的一百三十四個字，羅列的罪名倒有七款之多，計開：（一）公開站在帝國主義、封建主義和反動資產階級的立場上，（二）任意歪曲歷史事實，（三）美化帝國主義，（四）美化封建主義和資產階級改良主義，（五）歌頌保皇黨，（六）污衊革命的群眾運動和人民反帝、反封建的英勇鬥爭，（七）宣揚民族投降主義和階級投降主義。

再看這篇文章裏所提出的證據；在「怎樣對待帝國主義的侵略？」的分段標題下，戚本禹提出了幾句許景澄的話，來證明《清宮秘史》是完全一副「極端可恥的恐帝、崇帝、親帝的奴才面孔」。這幾句話是從朱石麟的修訂本（以後簡稱「朱修本」）第廿一場摘出來的。原文如下：

西（太后）：我派你們去調查義和團的事情，怎麼樣了？

剛（毅）：回老佛爺，義和團法力無邊，奴才已經當面試過，的確是刀劍不入，槍砲無靈。這正是聖朝鴻福齊天，所以天降神兵，扶清滅洋。

趙（舒翹）：請老佛爺降旨，把義和團編為義軍，殺盡洋人，立威天下。

袁（昶）：臣袁昶啟奏太后，義和團都是一班無知愚民，烏合之眾，決不能重用。

許（景澄）：臣許景澄啟奏太后，義和團是左道旁門，妖言惑眾，萬萬靠不住。

西：怎麼？你們都不以為然麼？

王（文韶）：太后聖鑒，臣等實在不敢贊同。

端（王）：老佛爺，奴才願以身家性命保義和團成功。

袁：太后，中國自從甲午以後，財力虧損，兵力單薄，如果再跟洋人開戰，恐怕寡不敵眾，一定又要吃虧，請太后——

西：廢話！你們還要幫着洋鬼子說話：瞧我把所有的洋鬼子都殺了！

許：太后，我們無緣無故的亂殺洋人，一定要闖大禍，萬萬使不得，萬萬使不得。

許：皇上！……皇上怎麼一句話也不說？

光（緒）：皇阿瑪！義和團本來是我們的好百姓。他們因為洋人接二連三的欺負咱們中國，所以集合起來，要替國家報仇，原意是非常好的。可惜他們領頭的人不學無術，用迷信來騙人，恐怕是成事不足，敗事有餘。請皇阿瑪慎重一點。

西：你的病還沒有好，少管閒事！

光：是。

許：皇上真是聖明。這件事皇上一定要據理力爭，決不能由着他們去胡鬧，決不能由着他們去胡鬧！

西：你說胡鬧？好大的膽子！你不要命了麼？還不給我攆出去？

小監：喳！

許：皇上，皇上！我們的國家！我們的國家……！

光：皇阿瑪！

西：不必多說。我已經打定主意，跟洋鬼子拚了！端王！

端：喳！

西：我把義和團的事交給你了。你瞧着吧！

端：喳！

西：去吧！

端：喳！

這一場戲雖然不是百分之百的歷史實錄，卻不是編導們「站在帝國主義、封建主義和反動資產階級的立場上」，憑空虛構出來，藉以「歪曲歷史事實，美化帝國主義……歌頌保皇黨，污衊革命的群眾運動和人民反帝，反封建的英勇鬥爭，宣揚民族投降主義和階級投降主義」的。這一場所依據的史料，可以從中國史學會主編「中國近代史資料叢刊」第九種——「義和團」——中找到許多身歷其境者的記載。

在攝製《清宮秘史》的時候，距庚子事變已有四十八年。庚子是一九零零年，朱石麟和我還沒有出娘胎，不及目覩那一場「人民反帝、反封建的英勇鬥爭」；我們當然只能通過史料來了解當時的情況。我們知道當時人的記載對義和團多少有些偏見，可是有些事實卻是眾口一詞，絕對不像惡意的誣衊，例如關於義和團的起源和運動，所有的材料都說它原來是一種邪教。勞乃宣的〈義和拳教門源流考〉說它：

> 乃白蓮教之支流，其教以練習拳棒為由，託言神靈附體，講道教拳，詭稱誦念咒語，能禦槍砲，有祖師及大師兄、二師兄等名目。

支碧湖的〈續義和拳源流考〉也說：

> 義和拳匪始發難於山東沂州之十八團，遂及曹州，蔓延直隸，夤緣而入京師，其術分八卦為八門，名八卦教，乃白蓮教遺孽……予所見者僅乾坎兑三門，乾坎拳首皆僭用章服，乘綠輿，其徒則

黃紅其巾以抹首，惟兑門服雜優伶，其首長衣執麈尾。衣尚黑，以次小結束，戴英雄帽如劇台所扮黃天霸者。以此優孟之態，鬼蜮之行，出入城市，橫行白晝中，而卒以亂天下，是可悲也。

柳堂的《宰惠紀略》說：

光緒二十六年春，撫帥袁出示，各州縣禁義和拳會。時縣境未有學者。夏四月，東關有寧津宋姓童子二，教人以降神之咒，童子皆用為戲。余聞之，驅逐出境。越二日，自相傳習已五六人，父兄罔不呵止，私習究不能絕也，然尚知畏官。至五月二十五日，朝廷有義民之獎，公然以庶人而操生殺之權，雖撫憲具有卓識，始終嚴禁，而百姓祇知有天子，不知有疆吏，州縣奉承，處處棘手。迨至六月，勢如燎原，幾至不可撲滅。而鹽山縣王劉二匪首，自慶雲縣糾聚匪徒千餘人，逕入郡城，謀紮糧台。邇時城內寸兵俱無，同城文武皆瞪目相視，膽為之寒，承辦北路邊防委員會曾太尊啟墳，以請兵去，本府曹太尊坐鎮而已。余身任地方，責無旁貸，乃含垢忍辱，從容見以客禮，爭以口舌，（大旨責以義民宜北不宜南等語）。該匪既窮於詞，復於暗中散其脅從，翦其羽翼，（濟陽惠民二百餘遣之歸），又執盜犯匿其中之張黑小斬之。若輩岌岌乎有不克自保之勢。遣人秘探，已潛蹤去矣。

作者柳堂是惠民縣的知縣官，所記的是第一手材料，雖然他對義和拳多少有些成見，但大體上我們可以相信他所記錄的是實在的情況。他在《宰惠紀略》後邊附載的〈義和拳問答〉中自述其對義和團的認識，也可以供我們參考。他說：

> 夫義和拳者非曰「保護身家」，即曰「效力朝廷」皆非探本之篤論也。蓋其初習猶燈社然；一村有，村村皆欲效尤。在諸兒輩，不過一時嬉戲，爭奇鬥捷，力欲見好，社首呼之東則東，呼之西則西，渾渾噩噩，一無所知。然而社首賢則借以報賽，可已即已；不賢則借以漁利，可已而不已。義和拳香頭襄壇之類即社首也。其賢不賢之所分，即義和拳之匪不匪所係。仇殺教民，小兒焉知為教民也？社首告之也。社首何為而殺教民？不殺教民，不足以赫平民也。平民不隨，即教民也。由是生殺之權自操之，禍福之權自主之，何所圖而不可哉？其隱惡如此而借仇教以行之，不惟習拳之小兒不知，即習拳之成童亦不知也。伊但告以「輔清滅洋」而已，告以「勉為義民」而已，焉知其陷入匪徒哉？……：總之，人而匪，義和拳固匪，即不義和拳亦匪。義和拳殺人固匪，即不殺人亦匪。何也？主殺人者也，首惡所必誅也。人而不匪，不義和拳非匪，即義和拳亦非匪；義和拳不殺人非匪，即偶殺人亦非匪。何也？有使之殺人者也，脅從所宜散也。吾故曰：以義和拳謂匪不得，以義和拳謂非匪不得，以義和拳謂在匪與不匪之間亦不得；惟離義和拳而論其平日，是為得之。

從這一段議論而言，柳堂的看法在當時士大夫階級中可算是比較客觀的。這種態度在最後幾個問題中表現得更清楚；他說：

或曰，五六月間，不惟村農學之，間有讀書人子弟，父兄亦不深禁；即不學，亦絕不以為非，而心向之者，何也？余曰：中國受外國凌侮，平民受教民欺壓，人人銜恨，無以制之。一旦傳義和拳燒洋樓，燬電桿之奇技，明知非正，未始不足稱快……憶當義和拳勝時，有問余者曰：義和拳能久乎？余曰兵無主則亂，無餉則亂，二者俱無，何以能久？且如能久，遍地皆鬼，是陰世，非陽世也。或問：朝廷何以用之？余曰：天地之大，何奇不有？焉知非外國恣肆，神人共憤，特生此類，使之互相殺害？朝廷用人，使詐使貪，不拘一格，或亦以毒攻毒之一道歟？是余亦不能不心向義和拳也。然實非向義和拳，意有在也；而萬不料義和拳之惡劣，至於此極，為皇上惹出如此大禍也。……或曰：義和拳之不當學，吾聞之矣。然拳曰「神」，有神乎？無神乎？余曰：以為無神，三尺童子未嘗習藝，持刀而舞，勇力過人，似非無故。然竟以為神，但念咒語，一呼即至，何神如此之多，而招之如此之易？總之，何處遺此數萬無主冤魂，來勾此數萬在劫生靈。不託神，不能被誘如此之速，即不能被殺如此之慘也。一言以蔽之曰：在數難逃而已。劫數已滿，咒亦不靈，非其明證歟？

柳堂的話即使不為現代史家所接受，至少可以代表當時比較開明的士大夫階級的看法。

《清宮秘史》第廿一場中許景澄、袁昶，和光緒皇帝說的話，和柳堂的看法基本上是差不多的。光緒說：「義和團本來是我們的好百姓。他們因為洋人接二連三的欺負咱們中國，所以集合起來，要替國家報仇，原意是很好的。」事實上，真的光緒不見得對義和團這麼同情。在這場戲中，編導已把近四十年來歷史學者對所謂「農民起義」之類的民眾運動的新觀點，採用在劇中人的對話中，可是編導歷史劇本不得不受歷史的餘制，即使最進步的編導也不能不顧到歷史人物的時代局限性。他們不能硬生生地將超越時代的思想裝進人物的腦子裏，也不能教人物嘴裏吐出現代最「進步」、最「正確」的對話來。如果我們將光緒的對話改成「義和團本來是人民反帝國主義，反封建主義的民眾起義運動。他們因為帝國主義的侵略者勾結了國內民族投降主義和階級投降主義的官僚、地主、奸商、惡霸，和出賣民族利益的買辦階級，接二連三的向中國進行蠻橫的侵略、血腥的屠殺，和無恥的掠奪，所以他們集合起來，串連起來，形成一個無比的、無懼的、無堅不摧的偉大武裝力量，誓要粉碎帝國主義侵略者的紙老虎，讓大清人民帝國像太陽一般從東方升起來，把光芒照遍了整個地球，整個宇宙。」試問這樣的對白還像六十七年前光緒皇帝說的話麼？至於許景澄和袁昶說的話，據李希聖《庚子國變記》，惲毓鼎《崇陵傳信錄》，景善的《日記》等最翔實的記載，與影片中的對白並無不合之處。唯一的異點是影片中許景澄在「御前會議」中發言最多，據史料則袁昶說得多而許景澄說得較少，不知朱石麟何以如此安排。我想也許是由於演員的關係吧。

總之，許袁二人反對與列強啟釁，反對倚賴義和團的「邪術」來抵抗外國的槍砲，這是絕對可靠的事實；史料俱在，斑斑可考。編導根據可靠的史料，無非是想盡量不違背歷史的真實。如果說劇中人的言論是「反動」的，「恐帝（國主義）的」、「崇帝」的、「親帝」的、「投降主義」的、「污衊革命群眾運動」的，那是他們時代的局限使然，決不是編導的責任。劇中人說的對話必須符合他的個性、地位、思想、和文化水平；這是起碼的常識。一個劇本中間不可能只有聖賢而沒有壞蛋；伊甸園裏尚且有撒但，有禁果；中國共產黨裏尚且有所謂的「牛鬼蛇神」，有「走資本主義道路的當權派」；何況本身就封建透頂、腐敗透頂、反動透頂的滿清政府？戚本禹痛斥《清宮秘史》歪曲歷史事實，其實在上述這場戲中若將光緒、袁昶、許景澄寫成反帝、反封建，和提倡人民反帝的群眾運動的人物，那纔真正是把歷史事實歪曲了呢。

最近在《人民日報》刊載的〈澈底批判賣國主義影片《清宮秘史》——打倒黨內頭號走資本主義道路當權派〉的長文裏，作者史紅兵說：

> 一九五零年《清宮秘史》在全國放映後，「毛主席嚴正指出：《清宮秘史》是一部賣國主義的影片，應該進行批判。當時，擔任文化部電影事業指導委員會委員的江青同志，堅持毛主席的無產階級革命路線，幾次提出要堅決批判《清宮秘史》並與吹捧這部影片、阻撓這場批判的反革命修正主義分子陸定一、周揚和當時的中央宣傳部常務副部長胡××（按：當是胡喬木）進行了針鋒相

對的鬥爭。

「一些觀眾看了這部影片以後，也對它進行了抵制和批判，指出這部電影『模糊與毒害了觀眾的階級意識』，『完全歪曲了中國的歷史』。

「對這部反動影片的批判，刺痛了黨內頭號走資本主義道路當權派及其忠實追隨着，他們馬上跳了出來，竭力進行阻撓。他們捧毒草為香花，竟把這部宣揚賣國主義的影片，吹捧成『愛國主義的。基調一定，應聲蟲們便起勁地頌揚。他們胡說以光緒為代表的一派，『反映了當時新興的、萌芽的資產階級思想，在一定的限度內接受了資本主義的所謂「文明」，想迎頭趕上，以圖自強』還說光緒『是一個有愛國思想的皇帝』……賣國主義影片戴上了愛國主義的桂冠。對這部影片的批判，就這樣被扼殺在搖籃中了。」

在一九五零年三月，所謂「黨內頭號走資本主義道路當權派及其忠實追隨者」的實力，是否足以扼殺由「毛主席嚴正指出」再經「江青同志堅持毛主席的無產階級革命路線」，幾次堅決提出的批判？我們遠在香港，實在莫測高深。可是我們現在確實知道，當時中國共產黨內部對《清宮秘史》確有兩種絕對相反的看法：一派說它是「賣國主義」的影片，另一派則說它是「愛國主義」的影片。而事實告訴我們：這兩種相反的看法，經過了漫長的十七個年頭，至今還沒有達成矛盾的統一。

這兩種看法，究竟哪一種是正確的，哪一種是錯誤的，也許再過一百年也得不到一個定論。試以蘇聯為例證，列寧在世的時間，他的最親密的戰友不是斯大林，也許倒是托洛斯基。可是斯大林「奪權」成功之後，托洛斯基就變成「反革命」的「托派」頭子，他的政治理論和主張也就變成了異端邪說了。斯大林在世的時候，斯氏的聲望簡直和馬克斯、列寧不相上下；他說的話，做的事，沒有不是被認為百分之百正確的。可是身死之後，抔土未乾，他的偶像已讓人家從蘇共的「三清殿」裏捽了出去。他的政治路線和國際路線也讓他的承繼者給「修正」了。即以列寧而論，他固然是共產國際「不祧之祖」，尤其是蘇共的「開山祖師」，中共對他的尊崇也像封建皇朝尊重孔子一樣。戚本禹的文章裏就引了一段列寧的話，來抨擊《清宮秘史》對義和團的污衊。列寧說：

歐洲各國政府（最先恐怕是俄國政府）已經開始瓜分中國了。……它們盜竊中國，就像盜竊死人的財物一樣，一旦這個偽死人試圖反抗，它們就像野獸猛撲到他身上。它們殺人放火，把村莊燒光，把老百姓驅入黑龍江中活活淹死，槍殺和刺死手無寸鐵的居民和他們的妻子兒女。就在這些基督教徒立功的時候，他們卻大叫大嚷反對野蠻的中國人，說明他膽敢觸犯文明的歐洲人。

這段話固然是同情中國而抨擊歐洲列強（尤其是俄國）的。不過，目前中蘇共的關係如果繼續惡化下去，甚至於以兵戎相見，從蘇共的大國沙文主義者看來，列寧的主張可不是同袁昶、許景澄的意見一樣「反動」麼？蘇共的沙文主義者不也可以說列寧是個「宣傳民族投降主義」者，罵他「完全是一副極端可恥的恐華、崇華、親華的奴才面孔」麼？

蘇聯自十月革命以來，政治的氣候已變易了幾次。中國大陸的政治氣候又何嘗不然？今日之香花，誰知不是明日的毒草？反過來說，今日之毒草，誰知它明日不會被捧為香花？《清宮秘史》究竟是「賣國主義」影片？還是「愛國主義」影片？這本來就不是一個文藝批評的問題，而是一個政治立場的問題，一個派系鬥爭的問題。我不是一個搞政治的人——儘管有人替我戴上「反動」、「賣國」、「匪諜」的各色帽子——對這個問題實在不能贊一辭。如果有人問我自己對《清宮秘史》的看法如何，我的答覆是：它不過是抗戰以來，一部比較可以看看的歷史影片而已。

從阿Q談到《白皮書》和《清宮怨》

年青時初讀魯迅先生的《阿Q正傳》，讀到第九章〈大團圓〉，我就禁不住覺得有些惘然。一個愚昧無知、做短工的貧僱農阿Q——他唯一的不法行為是做過小偷，而且僅是一個「只站在門外接東西」的「小腳色」——因為舉人老爺的財物給強盜搶了，「做革命黨還不上二十天」的老把總就硬把他當作江洋大盜似的抓了去。阿Q糊裏糊塗的畫了供，把總就糊裏糊塗的把他判了死罪。於是把總部下的兵和團丁們就把他押到法場去槍斃示眾。我所以覺得惘然者，倒不是為阿Q被槍斃，因為像他這樣的貧僱農，活看並不比死好多少。我覺得可悲的是：他死得那麼糊塗、死得這麼不明不白。請看阿Q提堂的那一段吧：

（從略）

魯迅先生寫的是辛亥革命的事；到了五十六年後的今日，中國的情形是否變好了？還是和從前差不多？沒有犯罪的人是否仍舊可以糊裏糊塗地判罪？他有沒有申辯的餘地？他的朋友和知道事實真相人，是否可以替他辯護？如果地方官審的不公道，是否可以到高級衙門去擊鼓呼冤？如果高級衙門仍舊判的不公道，是否可以像楊乃武與小白菜那件案子一樣，告到刑部大堂，使無辜者的冤枉終久得到昭雪？假使魯迅先生至今還健在，不知他有何感想？他那支鋒利的筆，不知會寫出甚麼文章來？

判罪與刑罰並不可怕，可怕的是「莫須有」的罪名和糊裏糊塗的刑罰。在香港，一個小偷或強盜當場被警察抓住；他所犯的罪，有人證、有物證、鑿鑿確確，一點沒有冤枉，甚至於他在警署也認了罪；可是報紙上的報道只能說他是「疑犯」，不能隨便確定他的罪名，否則報紙的編輯和督印人就犯了「藐視法庭」的罪，這是尊重人權所必需的法律保障；任何人都不能主觀地、隨便地入人於罪；重大的案件一定要經過合法的審判，使疑犯有充份的辯護機會，陪審官認為罪名成立，然後法官纔得照法律的規定，判定犯人應得的刑罰。中國的法制與歐美不同，可是一定也有對於人權保障的規定，否則就不成其為文明國家的法律。

污衊無辜者的伎倆，最通常的有兩種：第一種是給人家一個惡毒的稱呼，例如北方人常用的「忘八蛋」，上海人說的「赤佬」，蘇州人罵的「殺千刀」，廣東人嘴上的「冚家鏟」之類。這是最低能的污衊方法，任何罵街的潑婦都會使用。凡是「走狗」、「漢奸」、「××主義者」、「×匪」等等都可以歸入這一類。第二種是無憑無據，惡意地誣賴某一件壞事是某人做的，上海俗語叫作「裝榫頭」；這是土豪、劣紳、流氓、惡霸們慣用的手段。劉子和毒死了葛小大，卻誣陷楊乃武是主謀，這就是一個著名的「裝榫頭」的例子。

在〈愛國主義還是賣國主義？〉那篇文章裏，戚本禹說：「徹底的賣國主義影片《清宮秘史》，實際上是公開抗拒毛主席對艾奇遜《白皮書》的批判，這是對毛澤東思想的猖狂進攻。……十分明顯，在全國解放前夕，反動的電影公司和反動文人所以要製作這種宣揚帝國主義可以幫助中國『重振朝綱』的影片，就是要通過電影製造反動輿論，公開鼓吹依靠美帝國主義來鎮壓中國人民的革命運動，為處於崩潰中的國民黨反動派出謀劃策。影片完全站在帝國主義和國民黨反動派的立場上，迎合美帝國主義侵略中國的需要，為美帝國主義及其走狗效勞，企圖維持其搖搖欲墜的反動統治。」

戚本禹對我的控告，我覺得沒有反駁或為自己辯護的必要。可是這段控告中所涉及的一些事實，卻不能任他混淆、顛倒，應該澄清一下；因為事隔多年，三十幾歲的人也許不會受矇蔽，年青的一代就不免信以為真了。

讓我先從當時美國國務卿艾奇遜的《白皮書》說起。這本書於一九四九年八月中出版；它的內容是敍述中美兩國過去及當時的關係，尤其是從一九四四年到一九四九年這個時期，並附有許多文件和文件的摘要。

書的標題是：〈美國對華關係——特別着重一九四四年至一九四九年期間的記述〉，該書的內容在七月三十日艾奇遜給杜魯門的信中有一個精簡的摘要；當時美國駐華大使司徒雷登的《回憶錄》中曾將它擇要轉載。從下面選錄的片段，可以窺見其重點之所在：

（1）就在近十年來的某一時期，國民黨開始失去其往日藉以建黨的朝氣及革命熱情。而在中國共產黨方面，其革命熱情已變成一種「狂熱」。

（2）「美國政策的傳統觀念必須要適應空前未有的新情勢。」

（3）當和平來臨時，美國在中國有三條可以採取的途徑：（一）全面撤退；（二）實行大規模的軍事干預，以協助國民政府消滅共產黨；（三）一方面協助國民政府儘可能的在中國建立其權威，同時則協助雙方覓取折衷的辦法，以避免內戰。（接看便說明美國採取第三項政策，企圖協助國民政府達成一個臨時性的協議，一方面可以避免內戰，另一方面可以保持甚至增加國民政府的力量。）

（4）在一九四七年初馬歇爾將軍駐華時，國民政府在軍事上的勝利及轄區擴張方面，可謂已臻極峯。然而其後一年半間所顯露者，乃是國民政府表面的力量，大都屬於夢幻，他們的勝利也都是建立在塵沙之上。

（5）中國政府之失敗，並非由於美援之不足……事實上我方的觀察人早在戰爭初期，已於重慶發現腐敗現象，此一腐敗現象，已將國民政府之抵抗力量，斲喪殆盡……國軍已無須被人擊敗，他們已自行瓦解了。

（6）我們（指美國政府）「曾將大量軍用及民用的戰時剩餘物資，售給中國政府」。「由於中國領袖在軍事上的措置失當，以及其部隊之叛變、投降、與缺乏鬥志，大部份軍用物資，遂落入中國共產黨手中。」

（7）美國另外可以採取的唯一途徑，便是實行大規模的干預，以支持一個已經失去其本國軍民信心的政府。這種干預，其所需經費，甚至較我們已經虛費者尤大。實行此項政策，並需要美國軍官來指揮國軍部隊。在以後所造成的戰爭中，可能需要美國的武裝部隊——陸、海、空三軍——參加作戰。此種範圍及程度的干預，必將招致中國人民的反感，並將受到美國人民的責難。

（8）中國的心臟已在共黨手中……此一外力（指蘇聯）控制中國之情形，已帶上一廣大十字軍運動的假面具……在此種情形下，我們的援助，將屬徒勞。

（9）中國內戰的結果，已超出美國控制能力範圍之外……此一結果，絕非美國政府在其能力合理範圍以內所已採取或可能採取的措施所能予以變更，此一結果之造成，亦非由於美國未採取某項措施所致。

就上面選錄的九段摘要而言，艾奇遜《白皮書》的重點無非是：（一）將國民政府軍事、政治、經濟的整個垮台，諉過於國民黨的腐敗、無能、措置不當、和失去民心，藉以卸脱美國政府應負的一切責任。（二）力言繼續援助國民黨實屬枉費心力，不如洗手不管。（三）警告美國政府及兩院：如果美國大規模軍事支持國民政府，參加作戰，其後果必招致中美兩國人民的反感。

三十歲以上的讀者也許記得，艾奇遜《白皮書》發表以後，非但引起了國民黨的憤慨，美國的親華人士也譁然大罵美國政府出賣了中國朋友。司徒雷登在《回憶錄》中説：「沒有任何政府，當友好關係仍然存在時，會發表一個報告，批評另一國家及其政府的。像美國政府在上述白皮書摘要中那樣抨擊中國及國民政府，實在是史無前例。」艾奇遜所竭力主張的對華方針，當時一般人稱之為「一筆勾銷」（Write-off）政策。由於這個政策的實施，美國政府雖仍承認國民政府，但從一九四九年十月起，已停止給予援助，直至韓戰爆發後，纔改變態度。

《清宮秘史》如果是「為處於崩潰中的國民黨反動派出謀劃策」的，它就不可能為艾奇遜的《白皮書》張目；如果是「公開抗拒毛主席對艾奇遜《白皮書》的批判」，就不可能對國民黨有利。二者之間的矛盾，任何一個小學生都看得出來，可是戚本禹卻能從《清宮秘史》影片中看到這兩個矛盾的統一；若非熟讀兼能「活用」「毛主席的矛盾論」，曷克臻此？不過專心讀「寶書」的積極分子，哪裏還有功夫讀其他的書呢？

戚同志大概是根本沒看過《白皮書》的吧！

據司徒雷登的記載，他初次收到艾奇遜的《白皮書》是在返美述職、途經檀香山的時候——一九四九年八月五日上午二時至六日黃昏；那時《白皮書》尚未公開發表。可是《清宮秘史》的電影劇本，在一九四八年三月十一日以前已經脫稿；到同年十一月初已攝製完畢，在香港公映了；而《清宮怨》的舞台劇是在一九四一年五六月間寫成，並於七月十五日在上海上演的。

若照上文所引戚本禹的看法——他的看法當然是「正確」的——我們可以得到如下的結論：

（一）在艾奇遜《白皮書》發表之前的八年零兩個月，我已經未卜先知，寫好了《清宮怨》舞台劇，藉以提早「抗拒毛主席對艾奇遜《白皮書》的批判」。

（二）在艾奇遜《白皮書》發表前一年零五個月我已寫了《清宮秘史》，而永華公司亦於《白皮書》發表前的九個月將該片製成，藉以預先「製造反動輿論，公開鼓吹依靠美帝國主義來鎮壓中國人民的革命運動，為處於崩潰中的國民黨反動派出謀劃策。……迎合美帝國主義侵略中國的需要。」（按當時國民黨尚未崩潰。）。

以上兩個結論可以證明我有一種未卜先知的鬼才；杜魯門尚未做總統，艾奇遜尚未做國務卿，希特勒尚未自焚，日本尚未投降，國共尚未決裂，徐蚌會戰尚未開始，國民政府尚未崩潰、尚未撤退到台灣，我早已料到了一切！要不然，我怎麼會在《白皮書》發表前，早就寫好了《清宮怨》和《清宮秘史》？我又怎麼會在「全國解放」一年多以前，就預先「逃」到香港來呢？

可是，我雖經戚本禹證明為未卜先知的預言家，我卻料不到，《清宮秘史》放映之後，「美帝國主義」非但沒有大力支持「處於崩潰中的國民黨反動派」反而正式宣佈：「美國政府不再直接或間接的以軍事援助給予在台灣的中國政府，既不供給物資，也不供給顧問。」

我更料不到：促使「美帝國主義」恢復援助「國民黨反動派」的，不是「賣國主義的，澈底的賣國主義」的《清宮秘史》，反而是「毛主席英明領導」的「中國共產黨」！若不是中國的「志願軍」參加了韓戰，「美帝國主義」也許早就和「中華人民共和國」妥協，而把「台灣的中國政府」一筆勾消了。

如此說來，戚本禹如果說：真正「公開鼓吹依靠美帝國主義來鎮壓中國人民的革命運動，為處於崩潰中的國民黨反動派出謀劃策」，並「企圖維持其搖搖欲墜的反動統治」的，實際上就是中國共產黨；他的話倒有鐵般的事實可以替他做證據，比歸功於《清宮秘史》強得多了！

拿艾奇遜的《白皮書》來證實《清宮秘史》及其作者的反動，和把總老爺斷定阿Q是江洋大盜，二者簡直是異曲同工，不相上下。據說當年羅曼羅蘭讀了法譯本的《阿Q正傳》後，曾為阿Q的不幸遭遇，灑了一把傷心之淚。在辛亥革命時代發生這樣的事，已足使人覺得可悲；到一九六七年的今日，類似的事還在繼續發生，而且聽說可能有「千百萬人頭落地」，這豈不是更可悲了麼？

異議與圍剿

可是最可悲的不是阿Q糊裏糊塗的被槍斃，也不是千百萬人頭之可能落地，而是未莊的輿論只有「無異議」三個大字。誰曾為阿Q辯護來着？誰敢說一句不偏不倚的公道話？輿論說：阿Q的被槍斃是罪有應得，是正確的。「被槍斃便是他的壞的證據；不壞又何至於被槍斃呢？」我們看報，報上是刻板的，清一色的「無異議」；我們聽廣播，廣播出來的聲音是刻板的，清一色的「無異議」。這難道真的是億兆人民一德一心的現象麼？這難道真的是甚麼「思想勝利」的象徵麼？

幸而表面「無異議」，骨子裏還是有異議的。在一九四九年《清宮秘史》初次在國內公映時，我聽說左派人士對它有異議，但到「解放」之後就不聽見甚麼異議了。現在我纔知道，事情並不這麼單純，事實上異議還是有的。戚本禹在他的文章裏說：

> 毛主席嚴正指出：《清宮秘史》是一部賣國主義的影片，應該進行批判。……但是，反革命修正主義分子陸定一、周揚和當時的中央宣傳部常務副部長胡××等，以及背後支持他們的黨內最大的走資本主義道路的當權派，卻頑固地支持資產階級反動立場，公然對抗毛主席的指示，說這部反動影片是「愛國主義」的，拒絕對這部影片進行批判。……江青同志要按照毛主席的指示辦事，

他們卻抬出了他們的後台老板，黨內最大的走資本主義道路的當權派的黑話，說：「某某同志認為這部影片是愛國主義的。」江青同志堅持真理，力排眾議，義正詞嚴地駁斥了他們這種反動的、荒謬的主張，堅持要批判這部影片。他們不得已，只好敷衍了事……無產階級同資產階級在文化思想戰線上一場重大的鬥爭，就這樣被他們活生生地扼殺了。……一九五四年，毛主席又在全國範圍內，發動了另一次重大的鬥爭……同年十月十六日，毛主席曾經給中央政治局的同志和其他有關同志寫了一封信，嚴肅地批判了黨內的一些「大人物」壓制新生力量向資產階級開火，甘心作資產階級的俘虜；並且再一次地提出了反動影片《清宮秘史》的問題。毛主席就兩個青年寫的關於〈紅樓夢研究〉批判的文章指出：

「……這同影片《清宮秘史》和《武訓傳》放映時候的情形幾乎是相同的。被人稱為愛國主義影片而實際是賣國主義影片的《清宮秘史》，在全國放映之後，至今沒有被批判……」

……在毛主席這樣尖銳地提出問題之後，以陸定一為首的一小撮反革命修正主義分子，以及背後支持他們的黨內最大的走資本主義道路的當權派，仍然繼續堅持資產階級反動立場，頑固地對抗毛主席的指示。從一九五四年到現在，十二年過去了，反動的、徹底的賣國主義影片《清宮秘史》還是一直沒有得到批判。

我並不因為有人稱它為「愛國主義影片」而高興。我覺得可喜的是：「輿論」非但不是沒有異議，而且是十幾年來對《清宮秘史》一直都有異議。對一部影片尚且有異議，其他可想而知。由此推想，實際上輿論現在還是不一致，而將來也仍然不會沒有異議的。這倒是健康的現象。本來人心不同猶如其面。歷史上的大獨裁者，為造成無異議的輿論，不惜用焚書坑儒、興文字獄、立黨人碑、誅九族……等等的鎮壓手段，可是自古至今還沒有一個統治者能把輿論搞成真正的無異議。秦始皇非但不能將陳勝、吳廣、項羽、劉邦那些潛在的叛亂分子誅盡殺絕，他甚至於不知他自己身邊的近臣之中，就有這一外表恭順而日後會指鹿為馬的趙高。凱撒自以為眾望所歸，沒有人會反對他；誰知從背後刺他一刀的，就是他最親密的戰友勃魯忒斯！這些都是追求「無異議」者的殷鑑。

看近十幾日的報紙，對《清宮秘史》口誅筆伐的文章越來越多，似已形成了一個圍剿的形勢。如果把《清宮秘史》批臭、批倒，就能使中國從此太平無事，我真巴不得它速臭、速倒；我願意蒼天降下一把天火，將它燒個一乾二淨。可是《清宮秘史》被徹底批判之後，輿論就真正「無異議」了麼？所有一切「反革命的反動分子」就從此絕跡了麼？

我於本文第二段中早已聲明在先：我向來對別人的批評，只取「存而不論」的態度，對謾罵更置之不理。這篇文章的本意只在說明若干事實的真相，並不是向批評者反攻。以後則甚至連說明都不願意多寫，「反攻」更不必說了。不過，我不揣冒昧，還想向圍剿《清宮秘史》的戰士們提供一點意見。第一，你們若認為《清宮秘史》是一部「徹底的賣國主義」的影片，那麼你們應該在一九五零年全國放映時，就將它批臭、批倒。你們的毛主席在一九五零年和一九五四年曾一再指示，應該進行批判；你們的江青同志也堅持你們毛主席的路線，幾次在會議上提出，要堅決批判《清宮秘史》。你們難道沒聽見麼？還是明明聽見而置諸不理呢！再退一步說，即使當時除了陸定一、周揚、胡喬未三數人之外，沒有其他人聽見你們毛主席和江青同志的話，難道說像《清宮秘史》這麼一棵顯而易見的大毒草，七億眼睛雪亮的人民中，竟然沒一個人看得出來麼？這話恐怕連三歲小孩子都不相信！如果說：當然有人看得出；那麼請問那些明眼的人們，為甚麼當時不立刻對《清宮秘史》進行批判？為甚麼一定要等到十七年後，再開始向它圍剿，徒使「反動影片公司」乘機將該片推出重映，坐收圍剿之利呢？難道說這十七年中，園剿的武士們一直跟看「黨內最大的走資本主義道路的當權派」，直到現在纔掉轉頭來，搖身一變而為毛主席的親密戰友麼？

得了吧，圍剿的戰士們：《清宮秘史》僅是一部微不足道的電影，不值得你們大動干戈，浪費這麼多筆墨、精力、和報刊上寶貴的地位，你們還記得魯迅先生在《阿Q正傳》裏描寫把總老爺圍捕阿Q的那一段妙文麼？魯迅先生是這樣寫的：

……那時恰是暗夜，一隊兵，一隊團丁，一隊警察，五個偵探，悄悄地到了未莊，乘昏暗圍住土穀祠，正對門架好機關槍。然而阿Q不衝出。許多時沒有動靜，把總焦急起來了，懸了二千元的賞，纔有兩個團丁冒了險，踰垣進去，裏應外合，一擁而入，將阿Q抓出來；直待擒出祠外面的機關槍左近，他纔清醒了。

拘捕一個手無寸鐵，不會拳棒的貧傭農，把總老爺竟要帶領這麼多人馬和槍械，擺下這麼大的陣仗！這並不可笑，我覺得實在是可哀的。謹以這一段絕妙好辭，奉獻給團剿《清宮秘史》的武士們。

一九六七·四·十九·於九龍坐忘齋

原刊香港《明報月刊》一九六七年五月號

《清宮秘史》電影攝製本（第十九場節選）

姚克

……

（光緒走下御座，在殿上蹀躞、踟躕、搓手捶胸，焦灼萬狀。屏門後履聲橐橐，光緒愕然回顧。西太后突然在屏門口出現。臉上露看殺氣。李蓮英隨後進來。其餘的人都站在屏門後。光緒上前迎接，恭敬的行禮如儀。）

光： 皇阿瑪吉祥。

（西太后不睬，向李揮手示意，李退出，光緒上前一步。）

光： 皇阿瑪請登御座。

西：（冷笑一聲）我還敢這樣放肆嗎？

（李蓮英掇大椅入，把椅放下轉身就走，太后喚住。）

西： 見了皇帝，連安都不請一個，你還要腦袋嗎？

李：喳！多虧老佛爺提醒兒——（向光緒請安）皇上吉祥！

（光緒也不睬）

（太后走過去坐椅上，光緒侍立，僵了片刻。）

光：皇阿瑪有甚麼慈訓？

西：給你請安來啦！求你饒命來啦！

光：（跪下，態度堅決）兒臣不敢！

西：你不敢？（變臉）那麼派袁世凱來殺我的是誰？

光：兒臣沒有叫袁世凱驚動皇阿瑪！

（太后自袖中掣出金箭手詔。）

西：那麼，這是甚麼？（將金箭、手詔擲在地上。）

（地上之金箭手詔，光緒略一瞥視。）

光：兒臣只要他殺死榮祿，然後領兵進京，掃清逆黨。

西：這是手諭上的話，你親口怎麼對他說的？

光：（坦然不懼）兒臣不過要皇阿瑪交出政權，以後只在園中遊山玩水，頤養天年，永不干預朝政，兒臣並沒有叫他謀害皇阿瑪。

（太后又氣，又恨，眼眶合着淚影，咬牙切齒地。）

西： 你倒說得冠冕堂皇……你四歲的時候，我抱你進宮，立你做皇帝，到現在二十四年了。

（光緒依着習慣禮貌地磕頭，西太后仍聲色俱厲。）

西： 現在你恩將仇報，違背了祖訓，維新變法不夠，還要我這條老命！……你還有良心嗎？

光： （磕頭）兒臣該死！

西： 幸而我命不該絕，天叫你瞎了眼，錯用了入。（光垂頭不語，稍微昂起臉來，疑懼參半。太后冷笑了幾聲）

西： 你以為袁世凱真心向着你，那兒知道，他一到天津，就把你賣了！

（光緒愕然抬頭，臉上露着深痛。）

西： 你要行新政，我不是沒答應，可是誰知道你連我都容不得了！

光： 並不是兒臣容不得皇阿瑪。

西： 那麼是誰？

光： 是皇阿瑪容不得新政，所以新政亦容不得皇阿瑪。

（太后勃然大怒，站起。）

西： 好！那我就跟新政拚了！（向李）小李子！傳我的口諭！叫步軍統領抓住那班亂黨，押到刑部下監。

李：喳！

（光緒磕頭苦苦哀求）

光：求皇阿瑪開恩！要降罪，降在兒臣身上就是了！

西：沒有那麼容易，他們有胆量造我的反，我就叫他們都死在我手裏。

光：（磕頭哀求）皇阿瑪殺了他們，就是殺了中國的人材，毀了咱們的國家！

西：（狠毒地）胡說！（略停）我寧可把國家毀了，也不能饒了他們！

（光緒愕然片刻，懂得了太后的意思，然後坦然不懼地慢慢站起來。）

光：皇阿媽要大權獨攬，臣兒情願退讓！……不過——

西：誰要大權獨攬？是你要我的老命。倒說我要奪你的權啦！

（李蓮英由外上，見西太后怒，悄悄至后前跪下。）

李：回老佛爺，榮總督跟王公大臣們都在儀鑾殿候駕。

西：叫他們等看！（坐下。）

李：喳！

（西太后向光緒揶揄冷笑着，光緒再上前跪下。）

光：皇阿瑪慈悲——

西：（搶着說）要我饒了這班亂黨，那除非等我死了才行。

（光緒屹然立起，背向太后。）

光：那麼臣兒立刻下一道上諭保護他們。

西：我一定降旨，把他們斬首！

（珍妃從屏門後上，西太后、光緒未注意她。）

光：我是皇帝，他們都得遵從我的旨意。

西：可是你要知道！你的皇帝，是誰給你做的？我有本事立你做皇帝，就有本事把你廢了！來啊！把他押下去！

（左右哄然答應，光緒昂然走出去，到門口劈面遇看珍妃，焦急萬狀，但已來不及打話，珍妃見光緒走後，一股正義感，使她堅強起來。珍妃搶上去跪在太后面前。）

珍：太后！皇上是一國之主，不能隨意把皇上廢了的。

西：（見了珍妃，火上加油）甚麼？這兒也配你說話？

珍：（面無懼色）奴婢該死……奴婢只求老佛爺顧全一點兒大局。

西：甚麼叫顧全大局？我可不懂！

珍：顧全大局就是請太后寬恕了皇上，讓他推行新政，使中國有富強的一天。

西：哼！哼！哼！新政，新政！我偏要廢了他們的新政。他們滿口說外國好，攛掇皇上念洋文，鉸辮子，充假洋鬼子……（咬牙）總有一天把洋鬼子都殺完了，我才痛快！

珍：太后難道就不怕亡國嗎？

西：甚麼話？

珍：（痛心地）這也許是咱們國家的氣數快完了！所以鬼使神差地叫袁世凱出賣了皇上，保全了您的政權。可是您睜着眼瞧吧！總有一天，咱們大清朝會滅亡在您的手裏。那時候您要後悔，可來不及了！

西：（忍無可忍，站起，指着珍）你找死嗎？（震怒向外叫）小李子！小崔子！（李、崔在外應聲後，向太后跪下）把這個賤貨也押起來！

李、崔：喳！（李、崔奉命起立，望着珍妃，作勢欲上，珍妃向他們瞪眼。）

珍：我自個兒會去！

（珍妃昂然向屏門口去，崔跟着。）

……

姚克著作

盧偉力

姚克在三十年代初開始文字工作，除翻譯、注釋之外，亦為中英文報紙寫稿，現在能找到的包括《申報．自由談》發表的一系列散文，《字林西報》（North-China Daily News），《北華捷報及最高法庭與領事館雜誌》（The North-China Herald and Supreme Court & Consular Gazette）。後來，他擔任民國時期最重要的英文月刊《天下》（T'ien Hsia Monthly）的其中一位編輯，並為《中國評論週報》（The China Critic）等不少中英文報刊寫稿，亦積極參與向國民介紹世界現代文學刊物《譯文》的工作。三十年代短暫加入「明星電影公司」任編劇，四十年代主要排演戲劇、創作劇本。定居香港後，為生活寫了不少電影劇本，但他矢志從事戲劇藝術，一方面積極推動香港劇運，同時關注世界戲劇發展，喜歡在演出場刊寫文章，並投稿到期刊，有不少文字留下來。以下，編者按當前能接觸的資料盡量編年收入，以方便大家進一步了解這位作家。初時他以「姚莘農」發表英文稿、以「姚克」發表中文稿，後來姚克漸漸成為較常用之名字，不過學術著作或英文著作他一直用姚莘農、Yao Hsin-nung。下面按「戲劇」、「電影」、「翻譯及注釋」表列，之後「評論及其他」列出中英文寫作，分書本與期刊，並附英語發表文章目錄。為方便檢索，期刊部份，配以序碼。

一、戲劇

年份	劇名	出版
一九三七	《保衛蘆溝橋》	中國劇作家協會集體創作，姚克是十七位作者之一。
一九三八	*When the Girls Come Back*（《出發之前》）	姚克留學美國時以英語寫的劇本，於《天下》月刊（T'ien Hsia Monthly）一九三八年八月刊出。
一九三八	《萬里長城》	孟姜女故事，以英語寫，未知曾否在英國、美國上演。
一九四一	《清宮怨》	六月脱稿，七月上海首演，由費穆導演。《大眾》月刊一九四二年起連載刊出。其後有其他導演的多次重演。一九四六年姚克主持的「上海廣播劇團」有電台廣播。單行本包括：一九四七年上海世界書局；一九五七年、一九六七年香港劇藝社；一九七八年台北聯經出版社；一九八零年北京人民文學出版社。一九七零年有 Jeremy Ingalls 英譯《The Malice of Empire》。一九四八年初姚克為香港永華電影公司把此劇改編為電影劇本《清宮秘史》，朱石麟導演。一九七零年香港電視廣播有限公司有《清宮怨》電視連續劇。
一九四二	《鴛鴦劍》	一九四二年上海首演。姚克自己擔任導演。以明朝墮民為題材的戲劇，講青年男女因階級不同而殉情。

一九四二	《楚霸王》	一九四四年上海世界書局；一九七八年台北聯經出版社。
一九四二	《春去也》	一九四二年六月十三日《申報·游藝界》提及榮偉公司有計劃演，姚克編、朱端鈞導。
一九四二	《霓裳曲》	一九四二年十二月三十日上海首演，姚克自任導演。有數支插曲的演出，以驚奇劇（Thriller）宣傳。
一九四三	《七重天》	改編自美國默片 *Seventh Heaven*（一九二七），一九三七年美國再拍聲片。戲劇一九四三年首演，一九四三年《大眾》第九期—十四期連載。
一九四四	《銀海滄桑》	一九四四年至四五年《大眾》第二十六—三十二期連載。一九四六年姚克主持的「上海廣播劇團」有電台廣播。一九四七年上海世界書局出版，四九年再版。
一九四五	《美人計》	一九四五年二月十三日農曆元旦上海首演，十二月上海世界書局出版。一九七八年台北聯經出版社。
一九四五	《熱血五十年》	抗戰勝利後上海首演。
一九五四	《李後主》	一九五四年香港《戲劇藝術》創刊號起連載。香港大學圖書館存兩期。
一九五六	《西施》	一九五六年三月香港首演。姚克自己擔任導演。一九五七年香港劇藝社出版。一九七八年台北聯經出版社。一九七一年香港電視廣播有限公司有《西施》電視連續劇。

一九五九	《秦始皇》	一九六一年香港首演。
一九六一	《陋巷》	又名《龍城故事》，一九六一年香港禁毒會出版。一九六二年香港首演於剛啓用的大會堂。姚克自己擔任導演。一九六八年四月重演，並刊《純文學》一九六八年四月第二卷第四期總十三期。一九七零年香港電視廣播有限公司有《陋巷》電視連續劇。

二、電影

年份	片名	
一九三六	《清明時節》	上海：明星公司。黎明暉、趙丹主演，歐陽予倩導演。姚克第一次編寫電影劇本。
一九三六	《吉人天相》	據《申報》一九三六年九月十七日載，明星公司導演李萍倩乘坐人力車，忽忙中遺下公事包，內有姚克這電影劇本。
一九四二	《母親》	北京《中國文藝》一九四三年第八卷第三期提到姚克剛完成這劇本。一九四八年石揮自編自導了一套也名為《母親》的影片。
一九四八	《清宮秘史》	香港：永華影業公司。朱石麟導演，周璇、舒適、唐若青主演。一九四八年初姚克寫於上海，一九四八年十一月十一日首映。超玄據電影寫《清宮秘史：電影小說》，刊《電影故事》一九四九年第五期。一九六七年初全國批判《清宮秘史》，同年，姚克出版《清宮秘史：電影攝製本》，香港：香港正文出版社，一九六七。影片有光碟，並可在互聯網看到。

一九四八	《蝴蝶夢》	上海：大同影片公司。黃漢、舒適導演，白光主演。
一九四九—一九五零	《豪門孽債》	香港：長城影業公司。劉瓊導演，李麗華、劉瓊主演。改編自杜斯妥也夫斯基《被欺負與被侮辱的》。
一九五零	《一代妖姬》	香港：長城影業公司。李萍倩導演，白光、嚴俊、黃河、龔秋霞主演。影片可在互聯網看到。香港電影資料館存有三個版本劇本，一以廣州為背景，一以北京為背景，是影片拍攝本，所以影片原名《故都妖姬》，一為對白本，另附有電影小說之特刊。
一九五一	《女人與老虎》	香港：泰山影業公司。卜萬倉導演，周曼華、嚴化、尤光照主演。香港電影資料館存附有電影小說之特刊。
一九五一	《愛的俘虜》	香港：永華影業公司。程步高導演，羅維主演。香港電影資料館存附有電影小說之特刊。
一九五二	《人海奇女子》	香港：新華影業公司。張善琨導演，陳雲裳主演。又名《翠島春曉》，香港電影資料館有存有劇本、附有電影小說之特刊。
一九五二	《此恨綿綿》	香港：永華影業公司。李英導演，周曼華、黃河主演。香港電影資料館存附有電影小說之特刊。
一九五三	《名女人別傳》	香港：自由影業公司。唐煌、易文導演，李湄、羅維主演。香港電影資料館存附有電影小說之特刊。

一九五四	《玫瑰玫瑰我愛你》	香港：永華影業公司。屠光啓導演，李麗華、羅維主演。香港電影資料館存附有電影小説之特刊。
一九五五	《霧夜情殺案》	香港：光華影業公司。台灣一九五四年十一月四日首映。香港電影資料館存影片錄影帶、附有電影小説之特刊。
一九五八	《阿Q正傳》（以許炎筆名與徐遲合編）	香港：長城電影製片有限公司。魯迅原著，袁仰安導演，關山、江樺主演。香港電影資料館存影片錄影帶、附有電影小説之特刊。

三、翻譯及注釋

年份	作品	
一九三二—一九三三	《茶花女遺事》《西線無戰事》	注釋世界文學名著 *Camille*、*All Quiet On the Western Front*。上海：世界書局。
一九三三	《世界之危境》	艾迪（Shorwood Eddy），*The World's Danger Zone*。上海：世界書局。

一九三三	《近代世界史》	卡爾登．海士、湯姆．蒙（Carlton J. H. Hayes and Parker Thomas Moon），*Modern History*。上海：世界書局。
一九三五	《藥》、《一件小事》、《祝福》、《孔乙己》、《離婚》、《論「他媽的！」》和《風箏》	英譯魯迅五篇小說和兩篇散文。見愛德格．斯諾（Edgar Snow）編譯《活的中國——現代中國短篇小說選》（*Living China*），一九三六年冬由英國倫敦喬治．G．哈拉普公司出版。
一九三五	崑劇《販馬記》*Madame Cassia*	英譯。《天下》月刊一九三五年十二月第一卷第五期。
一九三六	《自伙兒中的一個》	茲格史密斯（美國），小說。《譯文》一九三六年三月十六日，復刊號。
一九三六	《好差事沒有了》	L．修士（Langston Hughes），小說。《譯文》一九三六年新二期。
一九三六	《聖誕的前夕》	L．修士，小說。《譯文》一九三六年新三期。
一九三六	〈論魔鬼主義的倫理〉	G.B. 蕭（蕭伯納），評論。《譯文》一九三六年新三期。
一九三六	〈今日的莎士比亞〉	F.S. 巴士（英國），評論。《譯文》一九三六年新五期。
一九三六	《魔鬼的門徒》	蕭伯納（Bernard Shaw），*The Devil's Disciples*。上海：文化生活出版社，一九三七、一九五零再版。

一九三六	京劇《打漁殺家》 *The Right to Kill*	英譯。《天下》月刊一九三六年第二卷第五期。
一九三六	〈文字〉	托勒（Ernst Toller），《譯文》一九三六年新二卷第四期。
一九三六	曹禺《雷雨》 *Thunder and Rain*	英譯。《天下》月刊第三卷第三期，一九三六年十月至第四卷第二期，一九三七年二月。
一九三七	〈生靈塗炭的馬德里〉	W.P. 卡乃（美國），《譯文》一九三七年新三卷第二期。
一九六七	《張大千畫集》	高嶺梅編，姚莘農譯。香港：東方畫會，一九六七。
一九六八	《周士心畫集》	陸馨如編，姚莘農譯。九龍：中國畫藝研究社，一九六八。
一九七一	《推銷員之死》	亞瑟・米勒（Arthur Miller），*Death of a Salesman*。香港：今日世界社，一九七一；台北：台灣英文雜誌社，一九八五。
一九七四	夏衍《上海屋簷下》 第一幕 *Under Shanghai Eaves*	英譯。Renditions 4 (Autumn 1974): 128-148.

四、評論及其他

1、書本

姚莘農編，《近代大學英文選》。上海：世界書局，一九三三年。

姚克、雨文（吳雯）改編，Collodi 原著，《快樂國》（《木偶奇遇記》，*Pinocchio*）。香港：香港劇藝社，一九五七年。

姚克講述、雨文筆錄，《怎樣演出戲劇》。香港：香港劇藝社，一九五七年。

姚克，《坐忘集》。香港：正文出版社，一九六七年。

姚克，《清宮秘史：電影攝製本》。香港：香港正文出版社，一九六七年。

姚克，陳子善編，《坐忘齋新舊錄》。北京：海豚出版社，二零一一年。（收三十年代舊文和《坐忘集》問世後未結集文章。）

2、報刊

姚莘農，〈十年來的中國戲劇〉，《世界雜誌增刊》，一九三一年，頁一八九—二零一。

姚克，〈北平印象記〉，《申報．自由談》，一九三三年十一月二十一日。

姚克，〈論大出喪〉，《申報．自由談》，一九三三年十二月二十一日。

姚克，〈天橋風景線〉，《申報．自由談》，一九三四年一月七日。

姚莘農，〈中國鄉村之破落〉（英文），《字林西報》，一九三四年一月十七—十九日。

姚克，〈北平素描〉七則，《申報．自由談》，一九三四年三月二十六日—四月十一日。

姚莘農，〈中國詩歌之精神〉（英文），《字林西報》，一九三四年三月二十五日。

姚莘農，〈中國現代繪畫〉（英文），《字林西報》，一九三四年四月二十二日。

姚莘農，〈中國舞台的衰敗〉（英文），《字林西報》，一九三四年十一月二十四日。

姚莘農譯，魯迅著，〈藥〉（英文），《亞洲》（*Asia*）一九三五年二月。

姚莘農、斯諾，〈序魯迅小說《藥》的英譯〉（英文），《亞洲》（*Asia*）一九三五年二月。

姚克，〈讀古書的商榷〉，《暨中月刊》，一九三五年第五、六期，頁二零—二一。

姚莘農，〈給林語堂博士的公開信〉（英文），《中國評論週報》，一九三五年十一月十四日。

姚莘農，〈元劇之主題與結構〉（英文），《天下》，一九三五年十一月。

姚莘農，〈為何我穿西服〉（英文），《字林西報》，一九三五年十二月八日。

姚莘農，〈離開王寶川〉（英文），《中國評論週報》，一九三五年十二月十二日。

姚莘農，〈崑曲之興衰〉（英文），《天下》，一九三六年一月。

姚莘農，〈新戲舞台的問題〉（英文），《中國評論週報》一九三六年一月四日。

姚莘農，〈卓別麟的中國性〉（英文），《中國評論週報》，一九三六年三月二十六日。

姚莘農，〈電影〉，《明星》，一九三六年，第六卷第四期，頁三—五。

姚莘農，〈關於《清明時節》〉，《明星》，一九三六年，第七卷第三期，頁三—五。

姚莘農著，周深譯，〈卓別麟的中國性〉，《宇宙風》，一九三六年，第十五期，頁一五九—一六三。

姚莘農，〈給某女明星的一封信〉，《電影戲劇月刊》，一九三六年，第一卷第一期，頁三五—三六。

姚莘農，〈痛悼魯迅先生〉，原刊《逸經》，一九三六年，第十八期，頁一六—一八。陳子善編，《坐忘齋新舊錄》，頁九零—九六。北京：海豚出版社，二零一一年。

姚莘農，〈魯迅先生遺像的故事：一九三三，五，廿六日的追憶〉，《電影戲劇月刊》，一九三六年，第一卷第二期，頁一一一—一一二。

姚克，〈讀了《卻派也夫》以後〉，《夜鶯》，一九三六年第一卷第四期，頁三零八—三一零。

姚克，〈論「新聞技術」的改進〉，《中流》，一九三六年第一卷第四期，頁二二九—二三二。
姚克，〈最初和最後的一面：悼念魯迅先生〉，《中流》，一九三六年第一卷第五期，頁三零零—三零三。
姚克，〈文字：托勒（Ernst Toller）是德國籍的猶太作家〉，《譯文》，一九三六年新二第四期。
姚莘農，〈評阿克頓譯現代詩歌〉（英文），《中國新聞》，一九三六年四月二十六日。
姚克，〈怎樣裁制「文化強盜」〉，《中流》，一九三六年第一卷第七期，頁三九六—三九九。
姚莘農，〈戲劇紀事〉（英文）（Drama Chronicle），《天下》，一九三六年八月。
姚莘農譯，魯迅著，〈風箏〉（英文），《亞細亞》（*Asia*），一九三六年九月。
姚莘農，〈中國文化進步之意義〉（英文），《中國評論週報》，一九三六年十月一日。
姚莘農，The Little Critic，《中國評論週報》，一九三六年十月二十二日。
姚莘農，〈我所知道的魯迅〉（英文），《中國評論週報》，一九三六年十月二十九日。
姚莘農，〈魯迅：生平及作品〉（英文），《天下》，一九三六年十一月。
姚莘農，〈一九三六年中國文化之進步〉（英文），《中國評論週報》，一九三七年一月七日。
姚克，〈宗派主義和陰性的鬥爭〉，《中流》，一九三七年第一卷第九期，頁五四七—五五零。
姚克，〈評王譯《奇異的插曲》〉，《譯文》，一九三七年新三第一期，頁二一八—二二四。
姚克，〈我為甚麼譯《雷雨》〉，原刊《中流》一九三七年第二卷第二期。《坐忘齋新舊錄》，頁二四—二九。北京：海豚出版社，二零一一年。
姚莘農，The Bachelor Speaks（英文），《中國評論週報》，一九三七年三月四日。
姚莘農，〈評《西廂記》〉（英文），《天下》，一九三六年三月。
姚莘農，〈中國電影〉（英文），《天下》，一九三七年四月。
姚莘農，〈歌伎與中國詩歌和戲劇的發展〉（英文），《天下》，一九三七年五月。
姚克，〈從《鐵肺人》到《死魂靈》〉，《中流》，一九三七年第二卷第七期，頁三六五—三六六。

姚莘農，〈戲劇紀事〉（英文），《天下》，一九三七年八月。
姚莘農，〈阿姊！〉，《文畫周刊》，一九三八年第六期，頁五—七。
姚克、蔣旂、許幸之，〈座談：論歷史劇〉，《小劇場：半月叢刊》，一九四零年第一期，頁四—八。
姚克，〈閒談黃馬褂：中國戲劇給歐美戲劇的影響〉，《小劇場：半月叢刊》，一九四零年第一期，頁一二—一三。
姚克，〈評《海國英雄》〉，《大美晚報》，一九四零年十月十三日。
姚克，〈現階段的劇運和觀眾〉，《劇場藝術》，一九四零年第二卷第十至十二期，頁一二—一三，一九。
姚克，〈給上海學校劇團的一個建議〉，《奔流文藝叢刊》，一九四一年第一期，頁一五五—一五八。
姚克，〈戲劇與教育〉，《半月戲劇》，一九四一年第三卷第七期，頁三—四。
姚克，〈《清宮怨》後記〉，原刊《小說月報》，一九四一年第十三期。陳子善編，《坐忘齋新舊錄》，頁一一—一三。北京：海豚出版社，二零一一年。
姚克，〈介紹曹禺新作《蛻變》〉，《金星特刊》，一九四一年第四期。
姚克，〈演劇的「藝術與技術」〉，《中藝》，一九四三年創刊號，頁七—八。
姚克，〈關於《七重天》的通信：附批評摘錄〉，《萬象》，一九四三年第三卷第四期，頁一四七—一五一。
姚克，〈翻譯官艷遇〉，《國際新聞畫報》，一九四七年第七十五期，頁四；又刊《北戴河》一九四七年第六期，頁一。
姚克，〈英譯《雷雨》——導演後記〉，原刊《香港大學中文學會演出特刊》，一九五四年十一月十九日。見《坐忘集》，頁五零—五七。香港：正文出版社，一九六七年。（亦見陳子善編，《坐忘齋新舊錄》，頁三零—四一。北京：海豚出版社，二零一一年。）
姚克，〈獨白〉，原刊《香港第一屆藝術節國語話劇演出特刊》，一九五五年。《坐忘集》，頁一零六—一零七。香港：正文出版社，一九六七年。
姚克，〈導演致語〉，原刊《勵志會籌募福利經費公演〈清宮怨〉特刊》，一九五七年十二月十四日。《坐忘集》，頁一一一—一一四。香港：正文出版社，一九六七年。

姚克，〈《清宮怨》的主題〉，原刊《香港劇藝社演出特刊》，一九五八年十月。《坐忘集》，頁一二零—一二三。香港：正文出版社，一九六七年。（亦見《坐忘齋新舊錄》，頁四—八。北京：海豚出版社，二零一一年。）

許炎，〈寫在《阿Q正傳》後面〉，《阿Q正傳》特刊。香港：長城電影製片有限公司，一九五八年。

姚克，〈《西施》——導演的話〉，原刊《香港浸會學院興建院舍籌款公演特刊》，一九五九年十一月。《坐忘集》，頁一四四—一四六。香港：正文出版社，一九六七年。

姚克，〈怎樣選擇與準備劇本〉，《坐忘集》，頁五八—六三。香港：正文出版社，一九六七年。

姚克，〈魚之樂〉，原刊《香港市區教師講習班校友會建校演劇籌款特刊》，一九六零年四月。《坐忘集》，頁一三五—一三七。香港：正文出版社，一九六七年。

姚克，〈從當前劇運談到「新血」——寫在中國學生周報公演《清宮怨》之前〉，《中國學生周報社》，一九六零年十月二十八日。

姚克講述，藺文彬筆記，〈戲劇與文學〉，《新亞生活》第四卷第二期，一九六一年七月。

姚克，〈我為甚麼用「臉譜」和「京丑」？〉，原刊《聖士提反女校籌設英純貞校長獎學金獻演特刊》，一九六一年。《坐忘集》，頁一五六—一五九。香港：正文出版社，一九六七年。

姚莘農，〈明清戲曲散論（一）〉，《聯合書院學報》第一期，一九六二年。

姚克，〈《陋巷》瑣記〉，一九六二年六月，《坐忘集》，頁一六三—一六八。香港：正文出版社，一九六七年。

姚克，〈從《紅樓夢》談到文藝作品的改編〉，原刊《中英學會中文戲劇組創組十週年獻演特刊》，一九六二年十一月。《坐忘集》，頁六四—六七。香港：正文出版社，一九六七年。

姚克，〈漫談《茶花女》〉，原刊〈《茶花女》演出特刊〉，一九六二年十二月。《坐忘集》，頁六八—七零。香港：正文出版社，一九六七年。

姚克，〈《秋海棠》二十年有感〉，《坐忘集》，頁七一—七四。香港：正文出版社，一九六七年。

姚莘農，〈《出使中國記》之戲劇史資料〉，《聯合書院學報》第二期，一九六三年。

姚克，〈我們需要新的劇本〉，原刊《華僑日報》，一九六三年十月三十一日。《坐忘集》，頁七五—七七。香港：正文出版社，一九六七年。

姚莘農，〈《威尼斯商人》演後記〉，《聯合校刊》第九期，頁三—四，一九六四年七月。

姚莘農，〈中國詩歌朗誦〉，《聯合校刊》第九期，頁三二—三三，一九六四年七月。

姚克，〈劇團與劇本〉，原刊《中國學生周報社話劇團慶祝十二周年社慶》，一九六四年八月十五日。《坐忘集》，頁七八—七九。香港：正文出版社，一九六七年。

姚克，〈我們要「新」的戲劇〉，原刊《香港業餘話劇團特刊》，一九六五年九月一日。《坐忘集》，頁八零—八二。香港：正文出版社，一九六七年。

姚克，〈從三十一年前説起〉，原刊《戲劇藝術展覽特刊》，一九六五年。《坐忘集》，頁八三—八六。香港：正文出版社，一九六七年。

姚克，〈《無妻之累》觀後〉，原刊《華僑日報》。《坐忘集》，頁八七—九零。香港：正文出版社，一九六七年。

姚克，〈對大專戲劇節的意見〉，原刊《香港專上學生聯會主辦第一屆戲劇節特刊》，一九六六年二月。《坐忘集》，頁九一—九三。香港：正文出版社，一九六七年。

姚克，〈有關電影劇本的三封信〉，原刊《海光文藝》第二期，頁六二—六六，一九六六年二月。《坐忘集》，頁一—七。香港：正文出版社，一九六七年。

姚克，〈關於希治閣及其他〉，原刊《海光文藝》第三期，頁二—五，一九六六年三月。《坐忘集》，頁八—一四。香港：正文出版社，一九六七年。

姚克，〈《西施》觀後感〉，原刊《當代文藝》，頁一三三—一三八，一九六六年七月。《坐忘集》，頁一四七—一五五。香港：正文出版社，一九六七年。

姚克，〈論法國的現代劇〉，原刊《海光文藝》第六、七、八期，一九六六年六月、七月、八月。見《坐忘集》，頁一五—三五。香港：正文出版社，一九六七年。

姚克，〈從改編《欽差大臣》說起〉，原刊《中英學會中文戲劇組特刊》，一九六六年十一月。《坐忘集》，頁九四—九九。香港：正文出版社，一九六七年。

姚克，〈香港校際音樂節的中文朗誦〉，《明報月刊》第十一期，頁八一—八三，一九六六年十一月。

姚克，〈中國現代戲劇專藏簡介：香港中文大學聯合書院圖書館十週年校慶展〉。香港：中文大學，一九六六。

姚克，〈論抓住獨角獸的角〉，原刊《香港業餘話劇團公演特刊》，一九六七年二月，見《坐忘集》，頁一零零—一零五。香港：正文出版社，一九六七年。

姚克，〈朗誦技巧的商榷〉，《當代文藝》，頁八—一四，一九六七年四月。

姚克，〈《清宮秘史》劇作者的自白〉，《明報月刊》第十七期，頁一八—二八，一九六七年五月。

姚克，〈從《清宮怨》英譯本談起〉，原刊《純文學》第二期，一九六七年五月。《坐忘集》頁一二四—一二九。香港：正文出版社，一九六七年。（亦見《坐忘齋新舊錄》，頁九—一七。北京：海豚出版社，二零一一年。）

姚克，〈再論《清宮怨》的主題〉，原刊《勵志會為籌募福利經費公演特刊》，刊《純文學》第二卷第一期，一九六七年六月。《坐忘集》，頁一三零—一三四。香港：正文出版社，一九六七年。

姚克，〈從《誰怕薇琴妮亞．吳爾芙》談到目前中國的影劇〉，原刊《純文學月刊》第二卷第二期，一九六七年七月。見《坐忘集》，頁三六—四九。香港：正文出版社，一九六七年。

姚克，〈從憧憬到初見——為魯迅先生逝世三十一周年作〉，原刊《純文學》第七期，一九六七年七月。陳子善編，《坐忘齋新舊錄》，頁九七—一一六。北京：海豚出版社，二零一一年。

姚克，〈《坐忘集》自序〉，《坐忘集》，頁一—五。香港：正文出版社，一九六七年。（亦見陳子善編，《坐忘齋新舊錄》，頁四二—四八。北京：海豚出版社，二零一一年。）

姚克，〈《清宮秘史》（電影攝製本）自序〉，《清宮秘史：電影攝製本》。香港：正文出版社，一九六七年。見陳子善編，《坐忘齋新舊錄》，頁一八—二三。北京：海豚出版社，二零一一年。

姚克，〈籍貫與故鄉〉，原刊《純文學》第十九期，一九六八年十月。陳子善編，《坐忘齋新舊錄》，頁一三四—

一四五。北京：海豚出版社，二零一一年。

姚莘農，〈戰後香港話劇〉，《純文學》第二十二期，頁四三—五三，一九六九年一月。

姚克，〈劇與劇論——密勒小傳〉，《幼獅文藝》二一二期，頁一五一—一七二，一九七一年八月。

姚克，〈劇本翻譯甘苦談——由《推銷員之死》談起〉，《南北極》第十七期，頁四二—四四，一九七一年十月。

姚克，〈李賀詩歌散論〉，原刊《明報月刊》第一一八期、一二四期，一九七五年十月、一九七六年四月。陳子善編，《坐忘齋新舊錄》，頁四九—八九。北京：海豚出版社，二零一一年。

姚克，〈四人幫中的二位舍親——江青與姚文元〉，原刊《大成》第三十八期，一九七七年一月。陳子善編，《坐忘齋新舊錄》，頁一二四—一三三。北京：海豚出版社，二零一一年。

姚克，〈《魯迅日記》的兩條詮注〉，原刊《南北極》第八十一期，一九七七年二月。陳子善編，《坐忘齋新舊錄》，頁一一七—一二三。北京：海豚出版社，二零一一年。

姚克，舒明整理，〈姚克的檀香山書簡〉，《文學世紀》第四期，頁四八—五六，二零零零年七月。

3、英文

Yao Hsin-nung. “Rural China’s Collapse – How the Chinese Farmer Suffers Through Extortionate Taxation and Moneylenders.” *The North-China Daily News*, Jan 17, 1934.

Yao Hsin-Nung. “Rural China’s Collapse – The Catastrophes which have been Inflicted on Millions of Farmers.” *The North-China Daily News*, Jan 18, 1934.

Yao Hsin-nung. “Rural China’s Collapse – Money Squandered Which Might have been Used to Assist China’s Agriculture.” *The North-China Daily News*, Jan 19, 1934.

Yao Hsin-nung. “Spirit of Chinese Poetry – New Development in the Type of Popular Songs Perceived.” *The North-China*

Daily News, March 25, 1934, also in *The North-China Herald and Supreme Court & Consular Gazette*, March 28, 1934.

Yao Hsin-nung. "Modern Chinese Paintings – Phenomenon Arising Out of Contacts of the East and West: Old and New Ideas of Chastity." *The North-China Daily News*, April, 22, 1934, also in *The North-China Herald and Supreme Court & Consular Gazette*, April 25, 1934.

Yao Hsin-nung. "An Open Letter to Dr. Lin Yutang." *The China Critic*, Novermber 14, 1935.

Yao Hsin-nung. "Whither the Chinese Stage? - "Crocodile in Pear Garden": Decadence of Chinese Drama: Revaluation of Art Demanded." *The North-China Daily News*, Nov, 24, 1934, also in *The North-China Herald and Supreme Court & Consular Gazette*, Nov 27, 1935.

Yao Hsin-nung. "The Theme and Structure of the Yuan Drama." *T'ien Hsia* Vol. 1 no. 4, Nov, 1935.

Yao Hsin-nung. "Why I Wear Foreign Clothes? – Mother's Objections Overcome: Desire to Appeal to Opposite Sex: "Chimney Pipes" Favoured." *The North-China Daily News*, Dec 8, 1935, also in *The North-China Herald and Supreme Court & Consular Gazette*, Dec 11, 1935.

Yao Hsin-nung. "Exit Lady Precious Stream." *The China Critic*, December 12, 1935.

Yso Hsin-nung. "The Rise and Fall of the K'un Ch'u." *T'ien Hsia Monthly*, January 1936, Vol. I, Issue 1.

Yao Hsin-nung. "Problems of Our New Stage." *The China Critic*, January 4, 1936.

Yao Hsin-nung. "The Chinese in Chaplin." *The China Critic*, March 26, 1936.

Yao Hsin-nung, Drama Chronicle, *T'ien Hsia Monthly*, August 1936, Vol. III, Issue 1, p.45 -52.

Yao Hsin-nung. "Significances of Cultural Progress in China." *The China Critic*. October 1, 1936.

Yao Hsin-nung. "The Little Critic." *The China Critic*, October 22, 1936.

Yao Hsin-nung. "Lu Hsun: As I Know Him." *The China Critic*, October 29, 1936.

Yao Hsin-nung. "Lu Hsun: His Life and Works." *T'ien Hsia Monthly*, November 1936, Vol. III, Issue 4.

Yao Hsin-nung. "China's Cultural Progress in 1936." *The China Critic*, January 7, 1937.
Yao Hsin-nung. "The Bachelor Speaks." *The China Critic*, March 4, 1937.
Yao Hsin-nung. "Chinese Movies." *T'ien Hsia Monthly*, April 1937, Vol. IV, Issue 4.
Yao Hsin-nung. "When Sing-Song Girls Were Muses." *T'ien Hsia Monthly*, May 1937, Vol. IV, Issue 5.
Yao Hsin-nung. "Drama Chronicle." *T'ien Hsia Monthly*, August 1937, Vol. V, Issue 1.

有關姚克的資料和評論（發表年序）

盧偉力

清桐，〈談《清宮怨》〉，《小說月報》，一九四一年第十三期。

瓊英，〈《清宮怨》〉，《婦女界》，一九四一年第三卷第七期。

靜之，〈對《清宮怨》的應有評價〉，《知識與生活》，一九四一年第一卷第十二期。

張冰獨，〈姚克的《鴛鴦劍》〉，《太平洋周報》，一九四二年第一卷第三十四期。

毛毛，〈《鴛鴦劍》的縱橫談〉，《話劇界》，一九四二年第二期。

一紅，〈劇評《鴛鴦劍》〉，《話劇界》，一九四二年第二期。

遷山，〈關於《鴛鴦劍》〉，《影劇人》，一九四二年第一卷第十期。

歐陽婉華，〈漫談《鴛鴦劍》裏四演員的戲〉，《雜誌》，一九四二年第十卷第一期。

吳嬰，〈每周影劇批評：劇評：《七重天》〉，《太平洋周報》，一九四三年第一卷第七十六期。

吳嬰，〈每周影劇批評：《清宮怨》〉，《太平洋周報》，一九四三年第一卷第八十期。

麥耶，〈《清宮怨》與《大鵬山》〉，《女聲》，一九四三年第二卷第五期。

孫一帆，〈《清宮怨》觀後〉，《影劇界》，一九四三年創刊號。

雪英、美子、晶孫，〈《清宮怨》劇評引起的座談〉，《女聲》，一九四三年第二卷第六期。

英荻，〈每週劇評：《七重天》〉，《國報周刊》，一九四三年第一卷第七期。

唐突，〈演出鳥瞰：《霓裳曲》〉，《話劇界》，一九四三年第二十期。

李奧，〈劇評：《霓裳曲》〉，《太平洋周報》，一九四三年第一卷第五十二期。

麥耶，〈《清宮怨》與《武則天》〉，《雜誌》，一九四四年第十三卷第三期。

蟄夫，〈《清宮怨》〉，《北極》，一九四四年第四卷第三、四期。

沛霖，〈我導《清宮怨》〉，《青聲》，一九四四年第四期。

豐西澤，〈《清宮怨》秘辛（劇壇野史之一）〉，《小說月報》，一九四四年第四十一期。

痴人，〈南藝在津出演《清宮怨》觀後感〉，《新風周報》，一九四五年第一卷第五期。

秦羽，〈（一九五五年）演《清宮怨》雜感〉，《坐忘集》，頁一零八—一一零。香港：正文出版社，一九六七年。

柳存仁，〈聽說香港勵志會演《清宮怨》〉，《坐忘集》，頁一一五—一一九。香港：正文出版社，一九六七年。

柳存仁，〈《西施》這一個劇本〉，《坐忘集》，頁一三八—一四二。香港：正文出版社，一九六七年。

宋淇，〈西施的真面目〉，《坐忘集》，頁一四三。香港：正文出版社，一九六七年。

柳存仁，〈我看聖士提反女校的演戲〉，《坐忘集》，頁一六零—一六二。香港：正文出版社，一九六七年。

中國學生周報，〈姚克教授給現代舞台一個新嘗試，《秦始皇帝》帶來革新氣象？〉，《中國學生周報》四四五期。一九六一年一月二十七日。

柳存仁，〈我讀《陋巷》這個劇本〉，《坐忘集》，頁一六九—一七三。香港：正文出版社，一九六七年。

戚本禹，〈愛國主義還是賣國主義？——評反動影片《清宮秘史》〉，《紅旗》，一九六七年第五期。

晉群新，〈為甚麼吹捧賣國主義影片《清宮秘史》？〉，《光明日報》，一九六七年四月六日。

魯稚子，〈對「誰怕吳爾芙」劇旨的探討——姚克先生大文讀後〉，《純文學》七期，頁一零零—一零四。一九六七年十月。

舒明，〈正在想〉，《盤古》十一期，一九六八年一月。

蔡丹冶，〈姚克的《清宮秘史》和孫瑜的《武訓傳》〉，《幼獅文藝》三十七卷五期，頁八四—八九。一九七三年五月。

姜龍昭，〈中國戲劇創作的路向——姚克教授的演講及其作品簡介〉，《幼獅文藝》四十二卷五期，頁一六八—一七五。一九七五年十一月。

趙聰，〈現代中國作家列傳之1——記姚克〉，《大成》二十八期，頁三六—三七。一九七六年三月。
伊尹，〈從比較的觀點看中國戲劇的前途——姚克先生過訪記〉，《中華文化復興月刊》九卷十一期，頁四五—五一。一九七六年十一月。
金東方，〈姚克教授談戲劇〉，《明報月刊》一三六期。一九七七年四月，頁一七—二零。
舒適，〈遙念姚克〉，《新文學史料》。一九八零年第三期，頁二四五—二四六。
仲實，〈大陸為姚克恢復名譽〉，《開卷月刊》二十二期。一九八零年十月，頁一二—一三。
馬蹄疾，〈魯迅與姚克〉，《福建論壇》（文史哲版）。一九八四年第一期，頁四七—五零。
姚湘，王建國譯，〈兩種文化，一個世界——埃德加·斯諾與我父親姚莘農的友誼〉，《魯迅研究月刊》，一九九二年第八期，頁二八—三零。
錫佩，〈幸會姚克親人〉，《魯迅研究月刊》，一九九二年第八期，頁三一—三三。
關國煊，〈姚克（一九零五—一九九一）〉，《傳記文學》三六三期。一九九二年八月，頁一四五—一四九。
周劭，〈姚克和《天下》〉，《讀書》。一九九三年第二期，頁九四—一零一。
任傳爵，〈回憶姚克〉，《新文學史料》。一九九三年第三期，頁九六—九九。
凌揚，〈姚克和《天下月刊》〉，《新文學史料》。一九九三年第三期，頁一一二—一一七。
姚錫佩，〈漫話著名戲劇家、翻譯家姚克——兼述斯諾致姚克父女書簡〉，《新文學史料》。一九九三年第三期，頁一零二—一一一。
斯諾、易人，〈斯諾致姚克父女書簡〉，《新文學史料》。一九九三年第三期。
高梁，〈《清宮秘史》作者姚克不平凡的一生〉，《炎黃春秋》一九九五年第八期。
姚眉，〈關於姚克平反經過〉，《炎黃春秋》。一九九五年第九期，頁四七—五零。
高永，〈尋找舊中國的窗口——斯諾編譯魯迅作品〉，《黨史縱橫》。一九九七年第一期，頁二七。
王敬羲，〈姚克與我——記戲劇大師滯港的日子〉，《純文學》復刊第四期，一九九八年八月，頁五—八。

焦尚志，〈論姚克的戲劇創作〉，《戲劇》一九九九年第二期，頁七零—八零。

何杏楓，〈姚克《陋巷》初探〉，黃維樑編，《活潑紛繁的香港文學：一九九九年香港文學國際研討會論文集》。香港：香港中文大學新亞書院，二零零零年。頁六零三—六一九。

郭靜洲，〈姚克與《清宮秘史》〉，《文史春秋》二零零零年第二期。

孟犁野，〈《清宮秘史》懸疑新解〉，《大眾電影》，二零零二年第七期，頁四六—四七。

阿瑟・密勒，姚克譯，思果評，《〈推銷員之死〉選評》。北京：中國對外翻譯出版公司，二零零四年。

金堅範、胡志輝，〈姚克——魯迅和斯諾的好友〉，《香港文學》二五六期，二零零六年四月，頁七九—八三。

姚錫佩，〈避禍海外的著名戲劇家、翻譯家姚克〉，《一代漂泊文人》頁七七—一零三。台北：秀威資訊科技，二零零七。

Evans Chan, “Race, Nation, and Ground Zero of Chinese Modernity: Sorrow of the Forbidden City - 60 Years Later — A Reconsideration,” 載黃愛玲編，《故園春夢：朱石麟的電影人生》。香港：香港電影資料館，二零零八年，頁一六六—一八五。

霞飛，〈批判《清宮秘史》的前前後後〉，《黨史博彙》，二零零九年第九期，頁三八—四二。

羅孚，〈姚克未收到的一封信——《海光文藝》二三事〉，《文苑繽紛》。香港：天地圖書公司，二零零七年。

王炳毅，〈姚克小傳〉，《書屋》二零零七年第五期，頁六四—六八。

Shen Shuang. “Yao Ke: Narrating Hong Kong During the Cold War,” in *Cosmopolitan publics: Anglophone print culture in semi-colonial Shanghai*. New Brunswick, NJ: Rutgers University Press, 2009. 144-153.

楊劍龍，〈姚克與電影《清宮秘史》〉，《博覽群書》，二零一零年第七期，頁一零四—一零六。

陳子善，〈出版說明〉，姚克，《坐忘齋新舊錄》，頁一—七。北京：海豚出版社，二零一一年。

沈雙著，王宇平譯，〈姚克：在冷戰時期講述香港〉，《現代中文學刊》，二零一二年第二期（總第十七期），頁二八—三一。

王宇平，〈冷戰格局中的《清宮秘史》〉，《北京電影學院學報》，二零一二年第四期，頁八四—九零。

王宇平，〈鏡頭下的重述——一九五七年香港電影《阿Q正傳》考〉，《魯迅研究月刊》，二零一二年第六期，頁八四—九零。

譚文慧，〈關聯理論視角下的《雷雨》英譯本的對比研究〉。《現代交際》二零一二年第七期。

江棘，〈近代中外戲曲翻譯者的對話——何靈敦、艾克敦和姚莘農筆下的《打漁殺家》與《奇雙會》〉，《戲曲研究（第八十七輯）》二零一三年第一期。

蔡登山，〈洋才子姚克一生漂泊〉，《全國新書資訊月刊》二零一三年六月第一七四期，頁二四—二八。

倪秀華，〈游走在中外文化間的離散譯者——姚莘農雙向翻譯活動考察中〉。杭州：浙江財經學院，二零一三年。（碩士論文）

陳晨，〈譯者主體性在戲劇翻譯中的體現——以《推銷員之死》兩個中譯本為例〉，《周口師範學院學報》，二零一六年一月，頁五五—五八。

楊昊成，〈英文月刊《天下》對魯迅的譯介〉，《中國現代文學研究叢刊》，二零一六年十月，頁六七—七七。

香港藝術發展局
Hong Kong Arts Development Council

藝發局邀約計劃

香港藝術發展局全力支持藝術表達自由，本計劃內容並不反映本局意見。

天地
www.cosmosbooks.com.hk

書　　名　香港當代作家作品選集・姚克卷

作　　者　姚　克

叢書主編　孫立川

責任編輯　盧偉力

封面設計　郭志民

出　　版　天地圖書有限公司
香港皇后大道東109-115號
智群商業中心15字樓（總寫字樓）
電話：2528 3671　傳真：2865 2609
香港灣仔莊士敦道30號地庫／1樓（門市部）
電話：2865 0708　傳真：2861 1541

印　　刷　亨泰印刷有限公司
柴灣利眾街德景工業大廈10字樓
電話：2896 3687　傳真：2558 1902

發　　行　香港聯合書刊物流有限公司
香港新界大埔汀麗路36號中華商務印刷大廈3字樓
電話：2150 2100　傳真：2407 3062

出版日期　2017年9月／初版・香港

ISBN 978-988-8258-14-7